教育部人文社会科学研究一般项目（20YJA751033）

江苏省高校哲学社会科学研究重大项目（2019SJZDA106）

江苏省重点建设学科中国语言文学学科经费资助

中国诗歌发生学

祝秀权　著

上海三联书店

目 录

第一章

中国诗产生的文化因素

内容提要：影响中国诗产生的外在文化因素有音乐、宗教。诗的产生晚于乐、舞，远古的乐舞是无辞或辞极为简略的乐舞，远古时期没有诗乐舞三位一体之事。诗与乐的结合是必然的，因为它们的属性相同、相近，它们在发生学上都是人与神沟通交流的产物。与诗的产生密切相关的诸多艺术形式，如音乐、歌舞、仪式等，最初都是宗教活动，那么诗也不可能例外。但文学艺术是对宗教的超越和背离。艺术、文学产生于宗教中的仪式。进入神圣世界的最直接、最简单的途径，就是仪式。仪式洗礼带来包括思想、艺术、语言、智慧、制度的各种升华，造就了文学艺术的产生。没有西周建立之后频繁的祭祀仪式，就没有中国由远古歌谣到"诗"的创造、升华和飞跃。在促使诗产生的外在文化因素中，仪式是最重要的，也是最直接的。决定中国诗产生的内在文化因素有语言文字、节奏、音韵等。语言文字是诗产生发展的决定因素。中国文学的发生与发展演进是与语言文字的发展演进相伴的。殷商卜辞和《易经》中的诗性语言对诗的产生具有铺垫和启发作用，但它们是中国"诗"产生之前的诗性文化因素，它们本身不是诗。

列宁说："要真正地认识事物，就必须把握、研究它的一切方面、一切联系和中介。我们决不会完全地做到这一点，但是全面性的要求可以使我们防止错误和防止僵化。"[1]卢卡契说："人类的审美活动不可能由唯一的一个来源发展而成，它是逐渐的历史发展综合形成的结果。"[2]

---

[1] 列宁：《再论工会、目前局势及托洛茨基和布哈林的错误》，《列宁全集》第32卷，人民出版社，1958年。
[2] 引自柯斯文《原始文化史纲》，人民出版社，1955年。

一 中国诗产生的外在文化因素

（一）音乐与诗的产生

1. 诗的产生晚于音乐

人类音乐的产生和发展不可能与语言的产生和发展同步，因而音乐的产生更不可能与诗的产生同步。就古籍资料的记载看，中国音乐的产生远早于诗的产生。宋李昉《太平御览》引《帝系谱》曰：

> 女娲命娥陵氏制都良管，以一天下之音。又命圣氏为班管，合日月星辰，名曰《充乐》。乐既成，天下幽微，无不得理。《乐纬》曰："黄帝之乐曰《咸池》。池者，施也。道施于民，故曰'咸池'。颛顼曰《六茎》。道有根茎，故曰'六茎'。帝喾曰《五英》。道有英华，故曰'五英'。尧曰《大章》。尧时仁义大行，法度彰明，故曰'大章'。舜曰《箫韶》。韶，绍也。舜绍尧之后修行其道，故曰'箫韶'。禹曰《大夏》。禹承二帝之后，道重太平，故曰'大夏'。殷曰《大濩》。汤承衰而起，濩先王之道，故曰'大濩'。周曰《勺》，又曰《大武》。周承表而起，斟酌文、武之道，故曰'勺'。"

把音乐的产生远溯至女娲时期。且自黄帝、颛顼、帝喾，至尧、舜、禹、商、周，每一代都有一代之大乐，可知中国音乐的产生可谓久远。可是除了周代的《勺》和《大武》之外，周代之前大型乐舞均未见其词。需知，如果这些乐舞有诗一样的歌词的话，由于代代相承，不断演奏和演唱，它们应该是可以流传的，不会在历史的长河中湮没无闻。这不由让人猜想和相信：有辞的乐舞的产生时间远晚于乐本身的产生时间。故宋陈旸《乐书》曰："九夏之乐，有其名而亡其辞。"这种"有其名而亡其辞"的现象，直到《诗经》中还存在，如《诗经》的六首"笙诗"即是，它们应该本来就没有辞。

《吕氏春秋·古乐》：

> 乐所由来者尚也，必不可废。有节有侈，有正有淫矣。贤者以昌，不肖者以亡。
> 昔古朱襄氏之治天下也，多风而阳气畜积，万物散解，果实不成，故士达作为五弦瑟，以来阴气，以定群生。昔葛天氏之乐，三人操牛尾，投

足以歌八阕：一曰载民，二曰玄鸟，三曰遂草木，四曰奋五谷，五曰敬天常，六曰达帝功，七曰依地德，八曰总万物之极。昔陶唐氏之始，阴多，滞伏而湛积，水道壅塞，不行其原，民气郁阏而滞著，筋骨瑟缩不达，故作为舞以宣导之。

昔黄帝令伶伦作为律。伶伦自大夏之西，乃之阮隃之阴，取竹于嶰溪之谷，以生空窍厚钧者，断两节间而吹之，以为黄钟之宫，吹曰舍少。次制十二筒，以之阮隃之下，听凤皇之鸣，以别十二律。其雄鸣为六，雌鸣亦六，以比黄钟之宫，适合；黄钟之宫皆可以生之。故曰：黄钟之宫，律吕之本。黄帝又命伶伦与荣将铸十二钟，以和五音，以施英韶。以仲春之月，乙卯之日，日在奎，始奏之，命之曰《咸池》。

帝颛顼生自若水，实处空桑，乃登为帝。惟天之合，正风乃行，其音若熙熙凄凄锵锵。帝颛顼好其音，乃令飞龙作，效八风之音，命之曰《承云》，以祭上帝。乃令鱓先为乐倡。鱓乃偃寝，以其尾鼓其腹，其音英英。

帝喾命咸黑作为声，歌九招、六列、六英。有倕作为鼙、鼓、钟、磬、吹苓、管、埙、篪、鼗、椎、钟。帝喾乃令人抃，或鼓鼙，击钟磬、吹苓、展管篪。因令凤鸟、天翟舞之。帝喾大喜，乃以康帝德。

帝尧立，乃命质为乐。质乃效山林溪谷之音以歌，乃以麋辂置缶而鼓之，乃拊石击石，以象上帝玉磬之音，以致舞百兽。瞽叟乃拌五弦之瑟，作以为十五弦之瑟。命之曰《大章》，以祭上帝。舜立，命延，乃拌瞽叟之所为瑟，益之八弦，以为二十三弦之瑟。帝舜乃令质修九招、六列、六英，以明帝德。

禹立，勤劳天下，日夜不懈。通大川，决壅塞，凿龙门，降通漻水以导河，疏三江五湖，注之东海，以利黔首。于是命皋陶作为夏籥九成，以昭其功。

殷汤即位，夏为无道，暴虐万民，侵削诸侯，不用轨度，天下患之。汤于是率六州以讨桀罪。功名大成，黔首安宁。汤乃命伊尹作为大护，歌晨露，修九招、六列，以见其善。

周文王处岐，诸侯去殷三淫而翼文王。散宜生曰："殷可伐也。"文王弗许。周公旦乃作诗曰："文王在上，於昭于天。周虽旧邦，其命维新。"以绳文王之德。武王即位，以六师伐殷。六师未至，以锐兵克之于牧野。归，乃荐俘馘于京太室，乃命周公为作《大武》。成王立，殷民反，王命周公践伐之。商人服象，为虐于东夷。周公遂以师逐之，至于江南。乃为《三象》，以嘉其德。

故乐之所由来者尚矣，非独为一世之所造也。

《吕氏春秋·古乐》依次叙述远古之乐，朱襄氏、葛天氏、陶唐氏、黄帝、颛顼之乐舞均未言其辞，至帝喾，乃曰"歌九招、六列、六英"，至帝尧，乃曰"效山林溪谷之音以歌"，然只曰"歌"而已。直至周文王，才出现"周公旦乃作诗"之说。这种表述是令人深思，很有启发意义的。它启示我们：有辞的乐舞的产生晚于乐的产生，而诗的产生又晚于乐舞之辞的产生。显然，这是极符合事物发展规律的。我们相信，早期的乐舞之辞，一定不会是句式整齐且押韵的"诗"。诗的产生必远远晚于歌、乐、舞。

我们相信古籍记载音乐产生之早的说法，却不相信少数古籍记载的诗的产生之早的说法，因为对于早期人类来说，无法用语言表达的情感和思维，却完全可以用声音和身体动作加以表达。相对于声音表达和身体动作而言，语言表达显然要复杂得多。因为语言表达需要比较高级的思维，而声音表达和身体动作表达则只需激情即可。从语言文字产生，到早期的不完整、规范的语言文字表达，到较为完整、清晰、规范的语言文字表达，显然是一个漫长的过程，不是一蹴而就的。而即使出现了较为完整、清晰、规范的语言文字表达，它距离诗的产生也仍然十分遥远。

2. 远古时期没有诗乐舞三位一体

音乐和舞蹈大抵是同源的，而学界普遍的观点却认为：诗、乐、舞最初是同源的，三位一体的。这个影响极大的观点，现在看来，应该反思了。诗和乐、舞发展到一定阶段，比如到周代及春秋时期，它们当然是三位一体的。但从发生学意义上说，诗和乐、舞不是同一层面的文化，它们的产生时间必定有个先后的顺序和过程。诗在一开始就是复杂的、高级的文化，而乐、舞在发生之初却是较为简单的文化，它们在这一点上是不可同日而语的。需知远古时期的原始乐舞绝非今人想象的高级复杂的乐舞，原始乐舞应该是极为简单的。"事物的起源与事物的本质逻辑上是一致的。对某一事物起源的探索，实际上便是对该事物本质的追问。"[1]再简单的乐、舞，也是乐、舞；可是对于诗来说，片言只语的随意讴歌、吟啸绝不是诗。虽然这种简单抒怀方式一直存在，源远流长，但它们从来就不是在

---

[1] 施旭升：《论中国戏曲的乐本体》，《戏剧艺术》1997 年第 3 期。

作诗。诗的创作艺术,一开始就需要有"志"的内涵,否则就不会有中国诗歌发生学的开山纲领"诗言志"了。诗显然是人类高级、复杂的情感和语言艺术。高级、复杂的综合艺术的产生,当然需要高级、复杂的文化背景。中国诗产生的高级、复杂的文化背景,就是周代兴起并兴盛的礼乐文化。无法想象混沌质朴的远古人类会创作出精致、高雅的文化艺术品:诗。

歌、舞、乐、诗,这几种文化和文艺体裁,它们的发生机制有一个共同的重要因素:情。但由于它们的体裁不同,方式不同,难易程度不同,人们对它们的掌握和发明也一定有时间上先后次序的不同。人对世界万物的情感,首先应是通过"歌"表达出来。因为原始的"歌"可以是极为简单的,甚至无任何实义的言辞也可以"歌",这就是闻一多所说的:"想象原始人最初因情感的激荡而发出有如:啊、哦、唉或呜呼、噫嘻一类的声音,那便是歌的起源。"也即鲁迅所言的劳动者发出的"杭育杭育"声。但这种原始的"歌"距离"诗"相差太远,与"诗"根本沾不上边。人对世界万物的情感表达的第二阶段,即第二种方式,应该是"舞"。与原始的"歌"一样,原始的"舞"也极为简单、随意,易于掌握和表达。但原始的"舞"这种肢体动作的发生应该在声音的"歌"之后,因为声音的发出比肢体动作的表达更为简单易便。人对世界万物的情感表达的第三层次的方式,应该是"乐"。原始的"乐"是在原始的"歌""舞"基础上发生的,没有原始的"歌""舞",就不会有原始的"乐"。

从"歌"到"舞"到"乐",人对世界万物的情感表达方式越来越高级,越来越复杂。然而"诗"才是人类最高级、最复杂的情感表达方式。因为"诗"的发生必须有成熟的语言、文字这个必要条件。语言、文字必须发展到一定程度,才可能有"诗"。无法想象人类在结绳而治、图画表意文字阶段,就可以用这样的"文字"写诗——这就如同要求一个刚出生的婴儿或者一个语言表达能力极不健全的人去写诗一样。

辨明上述歌、舞、乐、诗的发生发展轨迹和理念非常重要,它可以使我们得出以下结论:1. 原始的"歌"不是"诗",所以远古人类不会有"诗"。2. 诗乐舞三位一体必须是在"诗"产生以后才有的现象,周代之前的远古时代肯定没有诗乐舞三位一体的现象。3. 歌、舞、乐三者都可以贴上"远古"的标签,但"诗"天生就不"远古",它是很高级、很"贵族化"的文化。

诗,语言的艺术,文字的艺术,音乐的艺术,礼乐的艺术,思想的艺术。诗是一种复合艺术、综合艺术,不是某种单一的艺术。可以说,诗是上古艺术的综合与结晶,是上古时期各种高级艺术的集大成者。也正因此,诗才可贵,诗人才可贵。只要得出了这个结论,明白了这一点,"诗"是否会产生于十分远古的文化古朴年代,就不言而喻了。这也就意味着,远古时期并没有诗乐舞三位一体的情形,或许只有乐、舞或歌、乐、舞一体的情形。诗乐舞三位一体应始于周代。概念的细化和明确更有利于对事物性质、本质和真相的认识。

钱穆认为:"古代社会当先有乐,然后乃有文字。在文字未兴前,仅可谓有讴歌,不得谓有诗。"①方汉文认为:"现代人诗的观念中,说诗是最早的文学形式,其实包括了许多不是诗的成分,这就造成了概念的混乱。现代人往往用了现代诗的范围去对待古诗,把这个内涵与外延的不符应用到文学起源论中,造成了错觉,就是所谓'诗乐同源'。可是人们往往忽略,诗其实有另外一个重要源泉——语言。"②

鄢化志认为,诗歌、舞蹈、音乐最初并非结合,更非同一,而是分别形成,相互分离,之后的结合与再度分离,也是纷繁复杂,错综交替的。浙江河姆渡遗址出土的新石器时代的骨哨、陶埙,河南舞阳贾湖新石器早期文化遗址出土的骨笛,青海大通县上孙寨出土的乐舞彩盆,则确凿显示:八千至一万年以前,人类已懂得在语言之外利用音乐以表达感情。而河南舞阳贾湖墓葬群中专司"吹律"(相当于《周礼》中的"乐正")的墓主身份的猜想,及山西五台县阳白村西墩台出土的龙山文化早期遗物中的男孩为"司磬者"的推测,则说明:传为黄帝至尧舜时代的《咸池》《云门》《九招》《六列》《六英》《大章》之类乐曲,或非臆造。郑樵、朱熹关于《诗经》中的《南陔》《白华》等六首笙诗为"原本有声无辞"的推断,当也不是凿空之论。③

尽管乐和乐器的历史久远,但有些较为复杂的乐器的产生时间应该不会十分久远,比如琴瑟。古人对诗的崇拜,一如古人对某些乐器的崇拜一样,有意无意中总是把它们想象得很远古,其实这不过是古人的崇拜心理使然而已。宋陈旸《乐书》:"琴一也,或谓伏羲作之,或谓神农作之,或谓帝舜使晏龙作之。瑟一也,或谓朱襄氏使士达作之,或谓伏羲作之,或谓晏龙、神农作之。岂皆有所传闻然邪?"其实琴瑟的产生时间,应该与周代诗产生的时间大致相同,或者略晚,这一点学界早有所论。郑祖襄认为,夏朝的考古和相关的记载都没有任何弦乐器的消息,商代的甲骨卜辞和金文迄今还没有发现"琴"这个字。琴既然被奉为圣

---

① 钱穆:《读〈诗经〉》,《中国学术思想史论丛》,生活·读书·新知三联书店,2009年。
② 方汉文:《诗的源流辩析:语言诗体》,《蒲峪学刊》1996年第4期。
③ 鄢化志:《先秦诗乐分合与中国诗歌发展》,《北京大学学报(国内访问学者、进修教师论文专刊)》,2000年。

人之器,越古也就显得越神圣,琴史的托古现象由此蔓延。[①] 杨荫浏说:"我们有不少关于琴瑟等弦乐器起源的传说,可是还没有发现考古学的,甚至文字学或语言学的证明。"[②]黄敏学认为:琴作为一种历史悠久的历史文化,作为一种显然具有礼乐文明清晰理路的琴器和琴乐的出现,从逻辑上说,不可能出自历史最早的原点。道理很明显,任何一种文化形态既要有其滋生的土壤,更需要一定的文化积累。目前考古发现的弦乐器实物,时代最早的琴器为曾侯乙墓出土的十弦琴和荆门郭店出土的七弦琴,均为战国时期的作品。瑟的出土虽较琴为多,但时代亦不早于琴。甲骨文中尚无琴、瑟等字。[③] 清崔述《崔东壁遗书》:"风会之开必有其渐,故包羲氏教佃渔,神农氏教耕耨,黄帝氏垂衣裳,虽圣人不能一世而尽创也。安有茹毛饮血而吹笙鼓瑟者哉? 苟能制茧成丝,则何不先为衣冠而乃以为弦? 苟能斫木成器,则何不先为栋宇棺椁而乃以为瑟也? 此皆后人猜度附会之言。"

梁启超说:"中国文明与世界文明的进化原则刚刚相反。所谓'黄金时代',他人在近世,我们在远古。中国文明万年前是金,千年前是银,以后是铜,渐渐地变成为白铁。若相信神农、黄帝许多著作,则殷墟甲骨全属假造。不然,就是中国文明特别的往后退化。否则为什么神农、黄帝时代已经典章文物灿然大备,到商朝乃如彼简陋低下呢?"[④]

在笔者看来,古人对于琴瑟起源的认识和说法,与对诗的起源的认识和说法,是多么相似。这种对中华文化远古源头的肯定和猜想的精神和心意可佳,但作为学术研究,应抱着追求真理的态度,实事求是地对纷繁复杂的文化现象。古籍中记载周代之前的乐人,如师旷、师涓、师襄、伯牙等,不一而足,但未有记载说他们是诗人。这说明作诗比作乐更复杂、更高级,更说明诗的产生远在乐舞及歌之后。在周代之前,从来未出现过"诗人",只有"歌者""乐者"。古籍中关于周代之前乐舞的记载几乎众口一词,没有任何异议,即周代之前已有大量的乐舞产生。而对于周代之前的诗的记载,则是少之又少,可谓凤毛麟角。可见即使是古人,对于周代之前的历史也是慎言"诗"的。

3. 诗与乐的相通与结合

乐在化人、乐神、拉近人与神的距离与情感、人与神的沟通与交流等方面,与

---

① 郑祖襄:《早期琴的传说与信史》,《星海音乐学院学报》2008 年第 4 期。
② 杨荫浏:《中国古代音乐史稿》,人民音乐出版社,2002 年。
③ 黄敏学:《"凤凰之鸣"果为琴声乎》,《音乐研究》2006 年第 4 期。
④ 梁启超:《古书真伪及其年代》,中国社会科学出版社,1997 年。

诗的作用与功能是相通的。《孝经》曰："移风易俗,莫善于乐。"《史记·乐书》："乐所以上事宗庙,下以变化黎庶。""凡乐者,使万民感,荡涤邪秽,斟酌以饰厥性。""太史公曰:音乐者,所以动荡血脉,通流精神,而和正心也。"显然,乐在这些方面的功能和作用,与诗是极为相近、相通的。

在上古时期的乐论中,音乐的地位之所以至高无上,根本原因在于它被赋予了贯通人神两界的异能。这种特性在上古时期主要表现为借助音乐享祭祖灵并招引自然神,如《尚书·益稷》中的"祖考来格"和"凤皇来仪"。音乐在发端期最被肯定的价值是与宗教、巫术、祭祀活动密切相关的。波兰学者塔塔科维兹在论述古希腊音乐时曾讲:"音乐是神秘宗教仪式的一部分。音乐尽管扩展到了公众与私人的世俗典礼中,但仍保持着与宗教的联系。它被称为是上帝的特殊礼物。"同样,在中国,音乐的宗教、祭祀功能也被视为首要功能。如《周易·豫卦》:"先王以作乐崇德,殷荐之上帝,以配祖考。"《周礼·大司乐》论及上古"六乐",也是以"致鬼神祇"发其端,然后《云门》"以祀天神",《咸池》"以祭地祇",《大韶》"以祀四望",《大夏》"以祭山川",《大濩》"以享先妣",《大武》"以享先祖",无一不是将会通神灵作为音乐的最重要功能。① 对于古人来说,音乐是神的特殊礼物,而诗更是神的特殊礼物,只不过它们的发生时间不同。

诗与乐的结合是必然的,正如诗与歌的结合是必然的一样,因为它们的属性是相同、相近的。鄢化志认为,语言长于描述形象事物及理性思维,音乐则长于传达微妙的、难以言传的发自心灵深处的情感。但二者的特长又恰恰是对方的短处:音乐很难表达具体事物,更无法表达理性思辨;语言虽然是更为常用的交际工具,但也常常在表达复杂情意时遇到"言不尽意""世间惟有情难诉"的慨叹。因此语言与音乐既可独立表情达意,又可以结合互补以提高表达效果。②

先秦文献中,论乐的文章和文字,远远多于论诗的文章和文字。原因很复杂,很难一言以蔽之。如果以此得出结论,认为乐的地位在当时高于诗,也未必符合实情;或许恰好相反,诗的地位其实高于乐。然而乐的普及和接受情况在当时是高于诗的,诗在当时是从属于乐的。在先秦,人们可以对乐提出异议和非难,如墨子,然而从无对诗提出异议和非难者。先秦凡言诗、论诗、引诗、赋诗者,都无一例外地对诗抱着崇拜、敬重、仰视的态度。这无疑说明:诗必定具有与歌、乐、舞不同的特质。这种不同的特质就在于诗的"出身"——诗一出生就是贵

---

① 刘成纪:《上古至春秋乐论中的"乐与神通"问题》,《求是学刊》2015 年第 2 期。
② 鄢化志:《先秦诗乐分合与中国诗歌发展》,《北京大学学报(国内访问学者、进修教师论文专刊)》,2000 年。

族身份,它是"皇亲国戚""龙子龙孙"。诗一出生就是无邪的,纯正的,高雅的。

《左传》僖公二十七年:"诗、书,义之府也。礼、乐,德之则也。"以"义"概括《诗》《书》,以"德"概括《礼》《乐》,这是由它们不同载体的特质决定的,从中可见语言艺术与视听艺术的微妙差别。

乐对于诗的意义还在于,远古的乐伴随着仪式。因为远古的乐发展到一定阶段,是与舞相伴的,且与巫术、宗教活动相关联。仪式和演剧,巫术和宗教,也是诗产生的必要条件和文化背景。并且诗与巫术、宗教、仪式、演剧都是具有艺术因素的文化,它们在源头上必定存在一些错综复杂的关联因素。"日本能乐艺术起源于村落的祭神活动。能乐起源于神人交流,致使能乐具有了一般戏剧艺术没有的特性。"①

宋陈旸《乐书》:"古者教人以道,未尝不始终之以乐。《文王世子》曰:'三王之教世子也,必以礼乐。'孔子'成于乐',则教以乐者,固所以为教人始终之道欤?"《论语·泰伯》"兴于诗,立于礼,成于乐",表达了诗、礼、乐三者在祭祀仪式中的出现、使用过程。"乐"是达到政治目的的最终载体,诗、礼均是手段和途径,诗、礼就在乐之中。

(二) 宗教与艺术的产生

1. 艺术起源于宗教

一切艺术都起源于人类生活和生产劳动的实践活动,然而宗教在艺术、文学的发生因素中起着至关重要的作用。在发生学意义上,诸多艺术形式都是宗教思想和宗教活动的副产品。对诗的产生起决定作用,或与诗的产生密切相关的诸多艺术形式,如音乐、歌舞、仪式等,最初都是宗教活动或宗教活动的一部分。因为早期人类思维中处处有神存在,因而他们的一切高级情感活动都有神相伴。那么诗也不可能例外。

从发生学上讲,宗教与艺术浑然一体。宗教与艺术都具有超自然的神圣渊源,是"天启"或"神创"的产物。在世界许多民族的早期宗教信仰和神话传说中,"神创艺术论"已屡见不鲜,尤以古希腊神话最为典型和突出。按照古希腊神话的认识,缪斯女神主管科学、文艺,阿波罗则是诗歌、音乐之神。原始艺术还不是为着纯粹审美的目的,而是为着实用的或功利的目的。今天看来属于艺术活动的许多东西,如歌舞、绘画、雕塑等,在当时却主要是一种巫术活动或宗教活动。

---

① 滕军:《神人交流:论日本能乐艺术的起源》,《戏剧》2007 年第 4 期。

原始人对巫术和宗教的信仰和崇拜,是原始艺术产生和发展的直接动因之一。①

俄国普列汉诺夫说:"人最初是从功利观点来观察事物和现象,只是后来才站到审美的观点来看待它们。""艺术与宗教是自然的理想化。"②宗白华说:"文学艺术和宗教携手了数千年,世界最伟大的建筑雕塑和音乐多是宗教的,第一流的文学作品也基于伟大的宗教热情。《神曲》代表着中古的基督教,《浮士德》代表着近代人生的信仰。"③

段德智认为,宗教对文学艺术精品的催生在人类文学艺术史上是一种相当普遍的文化现象。宗教寻求一种对不可言说者加以言说的方式,而形象思维或文学艺术手法无疑是它不得不采取的一种比较妥当的表达方式。差不多所有的艺术形式都打上了宗教观念的烙印。就诗歌来说,在西方,不仅《荷马史诗》受到了宗教的深刻影响,而且后来法国的英雄史诗《罗兰之歌》、德国的英雄史诗《尼伯龙根之歌》、意大利诗人但丁的《神曲》也都是以宗教观念为思想背景的诗歌精品。人类文学艺术相当一部分精品是由宗教催生出来的。④ 被誉为现代雕塑之父的罗丹认为:天才艺术家的作品不仅是一首神圣的颂歌,他常常会激起同样的宗教情绪。现代抽象画代表弗朗兹·马克声称:"在如今的时代,没有一个伟大的纯情的艺术是无宗教的。"⑤

2. 宗教与艺术的关系

宗教与艺术的关系大致表现在以下几个方面:

第一,宗教与艺术都运用形象思维,是富有想象性质的文化。

黑格尔在《美学》中说:"如果谈到本领,最杰出的艺术本领就是想象。"⑥而想象和幻想正是宗教思维的特征。宗教对艺术产生的最重要的作用就是它催生了一种艺术化的思维方式。尽管艺术的思维方式在内容、宗旨上与宗教并不相同,但它们以虚拟、想象为主要思维特征的基本因素是相近或相同的。

第二,宗教与艺术都是富有强烈情感因素的文化。

"宗教和艺术都是人类深邃的情感启示。在巫术和宗教两种仪式中,人们都必须诉诸最有效和最有力的办法,以造成强烈的情感经验。艺术的创造,正是产

---

① 彭益军:《浅议宗教与艺术》,《戏剧丛刊》2012 年第 6 期。
② [英]赫伯特·里德:《艺术的真谛》,辽宁人民出版社,1987 年。
③ 宗白华:《艺境》,北京大学出版社,1987 年。
④ 段德智:《浅议宗教的文学艺术功能》,《华中科技大学学报》2011 年第 1 期。
⑤ 徐岱:《宗教:艺术哲学的一个参照系》,《文艺理论研究》1988 年第 2 期。
⑥ 黑格尔:《美学》,朱光潜译,人民文学出版社,1958 年。

生这种强烈情感经验的文化活动。"①宗教与艺术的联姻是天作之合,是神性和诗性的结合。②

第三,艺术是对宗教的超越和背离。

"宗教是人民的鸦片"(马克思),而艺术是人民的精神食粮。艺术继承或模仿了宗教的思维方式,却在内容、宗旨、终极指向上超越并背离了宗教。马克思引用格隆德批判宗教的言论说:"由于恐惧压迫着心灵,因此在恐惧中教育成人和保全下来的人民,永远不能使心灵变得宽广和崇高。天生的摹仿本领和在这之上养成的艺术感觉,在他们那里往往几乎完全是被压制的。"③

宗教是对客观世界颠倒的反映,艺术是对客观世界真实的形象的反映。宗教情感是狂热的,而艺术情感是理性的。宗教是对人性的压抑,艺术是对人性中美善一面的理性引导和弘扬。人在宗教面前是被动的、无能的,人在艺术面前是主动的、能动的。信仰几乎是宗教的全部,而艺术之于人,除了信仰之外,还有审美等因素和功能。随着人类物质财富和精神财富的不断发展,随着人类认识世界的不断深入,艺术背离和超越宗教是必然的。

艺术是宗教的泥潭里生产出来的一个宗教的背叛者。因为艺术是宗教的泥潭里生产出来的,所以它在产生之初,必然带有一些宗教的属性;它在以后的发展过程中不断脱去宗教的属性,逐步明确地显示出它的艺术特性。马克思说:"人奉献给上帝的越多,他留给自身的就越少。"④反之亦然。艺术在它产生之初就与宗教分道扬镳,向着自己的理想王国前进——对人、现实世界、理想世界的描绘、塑造和改造。艺术的这一特性,突出地表现在文学之中,更突出地表现在诗中。

宗教所表现的是一种完全超现实的或者说是反现实的生活,而艺术所表现的则是现实的、人性的生活。宗教强调的是超验的东西,它指向与现世的人世生活相对立的彼岸;艺术强调的是经验的东西,此岸的或人间的东西。宗教的意图和目标是对现实生活的彻底否定,而艺术的意图和目标则是对现实生活的肯定。宗教对生活的态度是彻底的悲观和绝望,而艺术对生活的态度总的来说是积极的、乐观的。宗教对人来说只是一种虚假的满足,一种无可奈何的企求。它从对现实的不满而走向对现实的感性生活的彻底否定,这种倾向同艺术的理想是背

---

① [英]马林诺夫斯基:《文化论》,中国民间文学出版社,1987年。
② 李景隆:《宗教艺术探析》,《青海民族大学学报》2013年第2期。
③ [苏]里夫希茨:《马克思论艺术和社会理想》,人民文学出版社,1983年。
④ 《马克思恩格斯全集》第四十二卷,人民出版社,1979年。

道而驰的。[1]

全部宗教感情最后都归结到一点,即信仰,狂热的信仰,稳定的、持久的信仰。因此宗教情感最突出的特征是虔诚,是对于人之外的精神实体和它的威力的自愿的、坚定的信服和崇拜。这样,人自身就成了某种外在精神实体的附庸和玩偶,丧失了自己的自足性、自主性和感情丰富性。艺术情感的对象是美的形象,是感性的、活生生的存在物,它的归宿和价值是人自身,为实践历史所确证的人的本质。正像康德指出的那样,艺术情感是"自由的愉快"。宗教情感系于无人的彼岸,而艺术情感则是高扬了人的此岸。费尔巴哈说:"艺术家不是使艺术屈从于宗教,而是使宗教屈从于艺术。"[2]

宗教只是逃避和解脱,而艺术则是解放。艺术的起源必须以人对自然的征服为前提,它在本质上是人的智慧和自由的象征。在艺术中,人是主体,是没有任何神秘色彩的造物者。在这点上,艺术像科学一样,是宗教的敌人。艺术标志着人类征服自然的能力。艺术的想象和虚构代表的不是人的无知,而是人的智慧和才能。[3]

(三) 仪式与文学艺术的起源

如果说艺术、文学产生于宗教,那么准确地说,艺术、文学应该产生于宗教中的仪式。无论对于古人还是今人,进入神圣世界的最直接、最简单的途径,就是仪式。仪式中最重要的不是其表象,而是其内涵和象征意义。仪式是一种群体的洗礼。对于上古时期的人来说,仪式洗礼带来了各种升华:思想的升华,艺术的升华,语言的升华,智慧的升华,制度的升华。正是仪式带来的这些升华,造就了艺术、文学的产生,造就了诗的产生。从一定意义上说,仪式就是创造,就是升华,就是超越,就是飞跃——思想的、精神的、艺术的、文学的、智慧的、制度的创造、升华、超越和飞跃。没有西周建立之后频繁的祭祀仪式,就没有中国由远古歌谣到"诗"的创造、升华、超越和飞跃。

如果对仪式的特征加以概括,则上古时期仪式的特征有:表演性,象征性或隐喻性,虚拟性,教化性,情感性,群体性,重复性或循环性等。

1. 表演性

表演性是仪式的第一特征,也是仪式的基本特征,因为仪式的实质就是表

---

① 范明华:《简论艺术与宗教的关系》,《吉首大学学报》1997 年第 2 期。

② 李旭:《简论宗教情感和艺术情感》,《江汉论坛》1987 年第 3 期。

③ 范明华:《简论艺术与宗教的关系》,《吉首大学学报》1997 年第 2 期。

演,仪式就是一套表演程式。

表演性之所以是仪式最重要的特性,因为仪式都是有意义的,而且仪式的意义大都是至关重要的大义。没有了意义,仪式也就没有了举行和存在的价值和理由,而表演正是使仪式的意义得以呈现的手段。没有表演,仪式的宗旨、内涵、意义、价值就无法展现,无法被理解,仪式的历史、文化价值就无法实现和体现。

仪式的表演性特征是它决定并促进艺术、文学产生与发展演变的最重要因素,因为表演需要歌、舞、乐相伴,这样就促成了歌、舞、乐的产生或发展。敦煌壁画中的飞天乐伎形象,就是宗教仪式的形象反映。另一方面,一切艺术(包括文学、诗)大都具有一些表演或展演的特征。在这方面,戏剧艺术与仪式最为相近。英国学者哈里森认为:"原始艺术,至少就戏剧而言,是直接由仪

式脱胎而出的。"①"最早的戏剧是从宗教仪式中发展出来的,仪式中的程式化、表演化、性格化的特征,已孕育着未来戏剧的萌芽。仪式培养了人类幻想的形象性,艺术的想象力,陶冶了人类激越的情感体验,激发了人类用象征的、隐喻的形式来表现人类的情感、渴望和理想。当神话时代渐渐消去,艺术渐趋成熟,仪式就被艺术戏剧所代替。"②

仪式之所以重表演,是因为仪式表演的一个根本目的是沟通。不仅沟通人与神,也沟通人与人。在这一点上,古今仪式都是一样的。在仪式中,过去与现在、古与今融为一体,人与神融为一体。人无法克服、无法穿越的时间障碍,在仪式中得到了暂时的、象征性的克服和穿越。由此可知,无论对于古人还是今人,仪式都是极为重要的。对于古人来说,在祭祀仪式中,即使是暂时地、象征性地"见"到了祖先,聆听了祖先的教诲,那也是极为欣慰、难以言喻的精神享受和激励。

宗教仪式与艺术、戏剧起源的关系,对于我们以《诗经》为平台研究中国诗的产生,具有重要的启发意义和理论意义,因为《诗经》中的中国早期诗歌都是仪式表演的产物,是仪式表演的附属品。而西周初期恰是祭祀仪式频繁发生且祭祀仪式的质量、性质发生巨大变化、飞跃的时期,这为高级语言艺术"诗"的产生提供了契机,也使"诗"的产生成为必然。

---

① 〔英〕简·艾伦·哈里森:《古代艺术与仪式》,刘宗迪译,上海三联书店,2008年。
② 朱存明:《宗教仪式与戏剧起源》,《徐州师范大学学报》2004年第4期。

2. 象征性或隐喻性

仪式有两个层面：仪式的内涵、意义是一个层面，它们是内在的，是仪式的宗旨和价值；仪式的陈设、物品、装扮、表演是一个层面，它们是外在的。前一个层面是仪式的信仰层面，后一个层面是仪式的物质层面。仪式的这两个层面，决定了仪式表演具有象征性或隐喻性。表演是表象，意义、内涵才是实质和根本。

表演本身也是复杂多样的，包括形态动作表演、歌舞表演、语言表演、音乐、礼乐表演等。仪式表演的复杂多样性，决定了仪式是艺术、文学得以产生的重要因素。

上古时期的仪式大都是宗教仪式，宗教仪式的内涵、意义是指向神灵的，神灵是只可意会的，这就使上古时期仪式的象征性或隐喻性变得至关重要。"仪式的一瞬间，代表和浓缩着大量的、丰富复杂的社会文化信息，表演也成了一个大的文化隐喻。"①

仪式的表演性和象征性、隐喻性是与仪式的虚拟性分不开的。任何仪式都是虚拟的，或者说仪式的本质是虚拟的。仪式及仪式表演中出现的一切都是虚拟的。虚拟的表演，在虚拟中象征，在虚拟中隐喻。仪式的虚拟性是其促使艺术、文学得以产生、发展的重要因素，因为艺术、文学也是虚拟的，它们与上古时期的仪式有着共同的基因。

仪式中的诸多因素是虚拟的，但仪式中的情感却是真实的。特别是上古时期的仪式，人们的情感是真实、真诚的，是完全融入仪式之中的。以真实的情感感受虚拟的世界，是仪式的特征；而这一点，也正是艺术、文学的特征和特殊之处。所以我们说，在促使艺术、文学产生、促使诗产生的外在因素中，仪式是最重要的，也是最直接的。

德国文化哲学创始人卡西尔说："人们如此地使自己包围在语言的形式、艺术的想象、神话的符号以及宗教的仪式之中，以致除非凭借这些人为媒介物的中介，他就不可能看见或认识任何东西。"对于上古时期的人们来说，确实如此。

3. 教化性

上古宗教仪式具有重要而不可替代的功能，概括说来，仪式具有群体凝聚功能，教化功能，显示、宣示等级功能，强化社会秩序功能，渲染氛围、宣传思想理念功能等等，这些功能大抵都可以概括为教化功能。

虽然仪式的口号是借助神灵的，但它的各种教化功能却是指向现实的。宗

---

① 荆云波：《文化记忆与仪式叙事》，南方日报出版社，2010 年。

教仪式的现实意义是维持社会秩序和社会结构,这一意义是通过感染、教化实现的。人们在仪式中可以获得信仰,获得人生经验、人生意义和人生目标。人们在仪式中所受的教化在一定时期内具有恒定性和持久性,仪式可以贮存"社会记忆",故仪式教化是不可替代的。法国社会学家涂尔干认为,宗教的核心不是教义,而是仪式。仪式可以调整、维持并一代又一代地遗传感情因素。他认为,仪式是"文明进步全过程的路标,充满着意义",如"仪式有助于确认参与者心中的秩序"。涂尔干把仪式看作是社会关系的扮演或戏剧性表现,认为"仪式是社会团结的真正资源",宗教"就是一整套与神圣事物有关的信仰和仪式活动"。如果想了解一个社会中什么是重要的,它的结构如何,最好的办法之一就是去了解它的仪式。①

"宗教仪式和戏曲艺术一样,通过'转移'或'移情'的方式,将神谕或思想情感呈现在现实主体面前,通过作为媒介的演员的装扮表演传达给社会群体,在潜移默化中使社会群体的思想意识、价值观念、行为准则、处世规范等等达到与宗教意识或戏曲艺术所宣扬和倡导的思想观念相一致,从而发挥着凝聚和整合社会群体的作用。"②

4. 重复性或循环性

虽然从长时间看,仪式也是发展演变的,但一般来说,仪式在短时期内的形态是既定的、模式化的,这为仪式的可重复性、循环性提供了条件。仪式的既定性所决定的可重复性或循环性,正是仪式区别于临时性即兴表演的特征,也是仪式可以保存、流传的重要因素。《诗经》中就保存着借仪式而流传下来的诸多组诗乐章,典型的例子如《周颂》中的《大武》乐章,《周颂》、正《大雅》、正《小雅》、《周南》、《召南》五场大型礼乐歌舞表演。

二　中国诗产生的内在文化因素

(一) 语言文字：文学产生发展的决定因素

1. 语言的成熟是诗产生的前提条件

诗产生和发展的最重要、最基本的因素和动因是语言艺术水平。人类的语言艺术是诗得以产生和发展的内因,而音乐、宗教等因素都是外因。无论歌、舞、

---

① 〔法〕涂尔干:《宗教生活的基本形式》,渠东等译,上海人民出版社,2006 年。
② 陈友峰:《神坛上的"仪式"与人间的"表演"》,《中国戏曲学院学报》2013 年第 2 期。

乐与诗有多么大的联系,决定"诗"产生的核心因素还是语言、文字。其中语言是诗产生、发展的 DNA。

语言、文字是人类创造的文化符号。学界普遍认为,对于上古时期的人来说,语言有着一种法术和魔力,远古人的各种崇拜中也包括语言崇拜。《穀梁传》僖公二十二年:"人之所以为人者,言也。人而不能言,何以为人?""语言与我们智力发展的每一步紧依为伴。语言犹如我们的精神空气,在此之外我们就不能呼吸。"①

关于语言文字的产生,东西方有不少神化解释。基督教认为上帝创造了人类,并赋予人类各种能力,包括语言能力。古印度婆罗门教把语言本身看作是神,《吠陀》经说语言是一位女神,名字叫伐克(vak),她法力无边。中国古代有仓颉造字的传说,仓颉也作"苍颉",为黄帝的史官。古籍中将仓颉造字描述为"惊天地、泣鬼神,经天纬地"的大事。关于仓颉造字对社会的巨大作用,各种典籍都给出了高度的评价。《淮南子·本经训》云:"仓颉作书而天雨粟,鬼夜哭。"许慎《说文序》云:"黄帝之史仓颉见鸟兽之迹,知分理之可相别异也,初造书契,百工以乂,万品以察。"《汉学堂丛书》记载:"仓颉穷天地之变,仰观奎星圆曲之势,俯察龟文鸟羽山川,指掌而创文字,天为雨粟,鬼为夜哭,龙乃潜藏。"可见文字的发明是惊天地泣鬼神的大事。语言文字不仅是人与人之间交际的工具,也是人与神之间交际的工具。在先民心中,语言、文字都是神造的,所以语言、文字可以沟通人神。古希腊哲学的重要观念"逻各斯",希腊语本义即为语言、言说,后衍生为真实、真理、理性等意义。②

虽然远古之时的宗教、仪式、音乐、舞蹈都是人与神沟通的工具,但人与神最直接、最有效的沟通方式还是语言。原始人的语言崇拜是必然的,无论语言还是文字,都含有一种巨大的威力——感染力、宣传力、鼓动力、影响力。语言文字的这种威力,以前有,现在还有,以后还会继续存在。

与原始简单的歌、舞、乐相比,语言可谓是一种高级的思维表达和艺术表达。一个简单的事实是:思维越丰富、对语言艺术掌握得越好的人,越可以摆脱或者不需要手势、表情之类的表达。反之,思维越简单、对语言艺术掌握得越差的人,越不能摆脱或者必须借助手势、表情之类的表达。那么,认为诗这种高级的思维和语言艺术产生于远古人类思维和语言尚不发达的时期,是没有任何根据和现

---

① 〔德〕卡西尔:《语言与神话》,于晓等译,生活·读书·新知三联书店,1988 年。
② 刘萍:《从民俗看汉族的语言崇拜》,《沈阳师范大学学报》2006 年第 1 期;夏丽莉:《论古今语言观》,《前沿》2013 年第 21 期。

实基础的。

不仅诗的产生晚于音乐、舞蹈，语言的产生也应晚于音乐、舞蹈。因为音乐、舞蹈偏重表情，语言偏重表意，而"意"的表达比"情"的表达更为复杂、困难。当今论述音乐、舞蹈起源的论文和著作比较丰富，而论述语言起源、产生的论文和著作凤毛麟角。虽然语言也具有模糊性，但相较于音乐、舞蹈来说，它是清晰的、准确的。清晰、准确的情、意表达，必定产生在模糊的情、意表达之后。

陈建生对原始和上古语言的特点作了以下概括：第一，具体性。人类祖先的思维简单粗糙，以事物的感性占优势，缺乏现代人类思维的抽象性和概括性。因而原始语言和上古语言的词汇往往带有具体性的特点，即专名、特称多，综合概念少。第二，分歧性。越是生活在原始状态，语言就越分歧。第三，借喻性。原始语言中缺乏抽象程度较高的词类。很多原始部落没有硬、软、暖、冷、长、短、方、圆之类的词。抽象的形状和性质常常通过借喻（借代、比喻）的方法来表达。例如硬的东西就说"像石头"、圆的"像月亮"、热的"像火"。甲骨文中形容词很少。第四，简约性。甲骨文中假借字很多，反映了甲骨刻辞是以口语为基础的。古汉语和现代汉语的一个重要区别是：古汉语以单音词为主，现代汉语以多音词为主。上古汉语专名、特称多。概念的外延越小，它的内涵就越丰富。例如"骊"，用现代汉语表示就要说"身子黑而胯下白的马"。第五，游移性。在原始时代，动词和名词往往分不开，也就是一个词既要作动词，也要作名词，例如鱼、田、禽、兽、衣、食等。①

在人类语言文字成熟之前就有诗，是不可想象的，不合逻辑的。即使语言文字产生之后，亦未必就有诗。"诗"是人的精神和意志的彰显，只有在人从上帝鬼神的阴影笼罩下解脱出来之后，才会有人的精神、意志的彰显，才会有"诗"。西周建立之后，周人在上帝、鬼神观念上处于一种矛盾的状态：一方面，他们在申明周人代商的理由时，总是批判殷商后期统治者侮慢上帝、鬼神，招致天怨人怒；另一方面，在周人内部，在克商之后，就已经有了上帝、鬼神不可信的观念。在西周的地位稳固之后，后一方面的思想意识便很快占了上风。这种理性意识的觉醒是"诗"产生的决定因素之一。

2. 语言的发展演进与文学、诗歌的发展演进

文学创作以语言为工具。诗歌是语言的艺术，诗的产生和发展演变无不与语言、文字的产生和发展演变相伴。中国诗歌从《诗经》到楚辞，到汉赋，到骈文，

---

① 陈建生：《原始和上古语言的特点》，《化石》1987 年第 6 期。

到唐诗、宋词、元曲,既是诗歌体裁的发展变化,也是语言艺术的发展演变。

刘勰《文心雕龙·神思》:"神居胸臆,而志气统其关键;物沿耳目,而辞令管其枢机。"又《文心雕龙·情采》:"故情者,文之经也;辞者,理之纬。经正而后纬成,理定而后辞畅,此立文之本源也。"认为"情"和"辞"是文学创作的两大关键(经纬),此论深得文学创作的要义。诗的创作本质上就是运用语言表达诗人的情志,故《诗大序》曰:"情动于中而形于言。"

语言的最初功能是命名。命名使世界由不可知变为可知,由模糊变为清晰。图像时代,人们对世界的认识是朦胧的,模糊的。人类在朦胧模糊的世界面前产生的崇拜是被动的,屈服性的。语言的产生使世界变得清晰,人对于世界万物由被动而转为主动。语言是开启混沌世界的光。

认知语言学家汉弗里(Humphrey)在《岩洞艺术、自闭症与人类心智演化》中说:"洞穴绘画揭示出它们并不是符号(语言)时代的第一批艺术家,而是'天真'时代的最后一批艺术家。"汉弗里所讨论的核心问题即绘画和语言的关系。在他看来,图像恰恰是语言缺席的产物。[1]

施建平把人类语言的发展分为三个阶段:动作语言阶段,无声语言,南方古猿时期;意象语言阶段,有声语言,"北京人"时期;概念语言阶段,人类语言发展的成熟。[2]

中国最早记录的成体系的语言文字就是甲骨文,它是中国语言文字由低级向高级发展嬗变的源头。"在语法上,甲骨文已具备主谓宾句子成分,但修饰成分还不够发达。在句式方面,以单句为主,复句非常有限。单词数量不足三千,词义也比较单纯,当时的文字基本上表现的是它的本义。甲骨文中占卜性的文字记事极为简约,它只是客观的记事,记述占卜活动中的筮辞、兆辞、叙辞、命辞、占辞、验辞,全无贞人的主观表现,这反映了文字记事之初的状态。这一点也在现存的早期史书《逸周书》《世本》等得到验证,它们记事文字极简,仅为客观性记事,极少表现记事者的主观色彩。"[3]

甲骨卜辞及其文字以象形为主,语言和文字决定了人们的思维和思想认识水平,那么甲骨卜辞及其之前的语言文字亦是以象形为主的,因为"语言是思想的直接现实"。象形思维阶段的人们主要是直观地感受世界,不具有较高的抽象和概括能力,对自然和人类社会不可能有较为深刻的把握和认识。高级的理性

---

① 李森:《图像起源及其与语言关系新论》,《美术观察》2016 年第 7 期。
② 施建平:《语言、文字起源述略》,《苏州科技学院学报》2013 年第 4 期。
③ 刘刚:《先秦两汉文学与语言文字关系论》,《社会科学辑刊》2004 年第 6 期。

智慧是以高级的语言文字为载体、工具和前提条件的。殷商之前儿童式的语言水平,决定了其时的人们只能创造出公文式的语言文字,而不可能创造出真正意义上的文学,更与诗这种文学的高级状态无缘。公文式的卜辞虽然也具有一定的思想,哲理式的《易》卦爻辞虽然具有较为丰富、深刻的思想,然而它们本质上都不是文学。虽然在如今,说明文和论说文也都属于文学范畴,但在文学的范畴内,诗显然比它们更高级,更贴近"文学"的核心内涵。

《周易》是语言文字对文学产生、发展起决定作用的活化石。伏羲时代还没有文字,人们只知以简单的符号和图像记事,这就是《周易》爻画、卦画的由来。周文王生活于殷商时代,殷商是卜辞文化的时代,故周文王所作的爻辞、卦辞,如:"乾:元,亨,利,贞。""坤:元,亨,利,牝马之贞。""初九:潜龙勿用。九二:见龙在田,利见大人。九三:君子终日乾乾,夕惕若厉,无咎。"它们明显带有殷商卜辞时代的思维和文化特征。到了孔子所生活的春秋时期,中国的语言文字有了巨大的飞跃,故孔子可以为《易》作"十翼",从哲理上阐发《易》的大义。所以我们可以凭《易》中不同性质的语言文字,来判断它们的创作时代:爻画、卦画只能是伏羲时代的语言文字,爻辞、卦辞只能是周文王生活的殷商时代的语言文字,《象》《彖》《文言》《系辞》等《易》之"十翼",只能是孔子所生活的春秋时期的语言文字。凭借语言文字这个 DNA 做判断,是不会发生错误的。

卜辞时代和"易象"时代中国人的思维或思想还是一种神性思维或思想,周代的语言艺术有了巨大进步和飞跃,周人的思维和思想也随之有了巨大进步和飞跃。《诗经》中神性意识最突出的是《周颂》,然而《周颂》中被周人崇拜的"神"都是"人",即周人的祖先,这一思想迥异于卜辞时代真正意义上的神和"易象"时代的天、地之神。所以,语言文字的发展进步,是与思维和思想的发展进步同步相伴的。历来的文学家,也大多同时是思想家和语言学家、文字学家。语言文字、思维和思想共同决定了时代所能达到的文学高度和水平。

另一方面,语言艺术、思维和思想的巨大飞跃,是需要社会形态的巨大飞跃作为推动的。因为语言不是任何个人的事情,它是社会性的文化。社会稳定,这个社会语言的固有模式也会稳定,难以有大的、根本性的变化。如果殷商不被推翻,那么殷商时代的卜辞语言模式也会随之而继续存在,继续成为社会的主流语言。一个具有划时代意义的新事物的横空出世,大多都是涅槃的产物。没有毁灭,就没有创新。艾伦·泰特说:"艺术和诗最幸运的时代是一种文化处于衰亡的边缘的时代,而诗的自由也利用了社会风纪和精神衰微这一时机。"①多么精辟的言论!

王国维《殷周制度论》论述了殷周间政治、文化的各种政治、文化巨变,笔者认为,殷周间中国人的语言水平、语言艺术也一定发生了巨变。否则,就不可能有春秋战国这个中国文化"轴心时代"的出现,周代就不可能在文学上有突飞猛进的、翻天覆地的巨大进步和成就,就不可能出现语言艺术水平至今无法超越的诸多文学经典。"道可道,非常道。名可名,非常名。"这"道"与"名"的原初含义都与语言表达有不可分割的关系。在周代,特别是在周代圣贤那里,语言艺术被提高到了前所未有的高度。先秦诸子百家的"名实之辩""言意之辩"等热烈讨论的话题,其实质都是对语言艺术及其作用、重要性的讨论。这种大辩论发生在那个时代也不是偶然的,它是中国人的语言艺术水平在周代有了急剧发展进步的反映和自然结果。诸子百家著作的蜂拥问世,固然是为了阐发各自的思想主张,而另一方面,这些巨著的问世,也未尝不是圣贤们为展示自己的语言艺术水平的结果。需知,在那语言艺术突飞猛进的时代,语言艺术水平就代表了一个人或一个群体的最高文化素质和修养。无论是"六经"元典的结集,还是诸子著作的产生,都无不与语言艺术登峰造极的发展和追求息息相关。"一言而兴邦,一言而丧邦"②,"三寸之舌,强于百万雄兵;一人之辩,重于九鼎之宝"③,从语言艺术的巨变和飞跃的角度而言,在那个时代出现这样的言论和理念,不仅是可以理解的,而且是理所当然的。

《论语·宪问》:"子曰:'有德者必有言,有言者不必有德。'"我们不禁欲问:为何"有德者必有言"呢?何晏《论语集解》:"德不可以亿中,故必有言。"邢昺《论语注疏》:"德不可以无言亿中,故必有言也。"亿中,谓料事能中。可见在先秦儒者那里,即使有德,也需借助"言"来实现。

《荀子·非相篇》:

> 君子之于言也,志好之,行安之,乐言之。故君子必辩。凡人莫不好言其所善,而君子为甚。故赠人以言,重于金石珠玉;劝人以言,美于黼黻文章;听人以言,乐于钟鼓琴瑟。故君子之于言无厌。鄙夫反是,好其实,不恤其文,是以终身不免埤污庸俗。故《易》曰:"括囊,无咎无

---

① 引自韩作荣:《诗的魅惑》,《诗探索》1994年第4期。
② 《论语·子路》。
③ 《战国策·东周策》。

誉。"腐儒之谓也。

可见儒家对于"言"的重视和追求达到了登峰造极的地步。正是语言艺术的飞跃带来了周代思想意识的飞跃和深化。"白马非马""离坚白""濠梁之辩",与其说这些是思想意识的、哲理的辩论,不如说是过于追求语言表达而带来的副作用,或者说过于追求语言表达的必然结果。

以上所举都是春秋时期的例证,从殷周之际到春秋时期,中间经历了西周近三百年的历史,春秋时期语言艺术的巨大成就,形成、铺垫于西周,主要得益于西周在礼乐文化中对语言艺术教育的功绩。这一点将在后文论述。陈赟认为,先秦语言的雅化与礼文化有直接的关系,"雅言"一词就是指合乎礼仪规范的言辞。先秦著作中被誉为语言典雅的文本,字里行间都打上了礼文化的明显印记,显示了礼文化对语言雅化的影响。[①]

总之,周代是一个历史性时代,是中国历史上的里程碑时代。无论从中国文化的奠基和形成上说,还是从取得的文化成就上说,后世任何一个朝代都无法与周代相媲美。中国的"诗",特别是发生学意义上的"诗",注定与"周"这个字紧紧地捆在一起。

方汉文认为:"人们往往忽略,诗其实有另外一个重要源泉——语言。语言不仅是最早的诗,而且语言的发展与文学发展有一种互相激发、互相补充的关系。"[②]南朝齐梁诗人针对诗文创作现实,主动纠正文人诗语言过于艰涩的弊病,以永明新变和宫体新变为核心,追求诗歌语言的声韵格律和诗歌整体的韵律,产生了"永明体"新体诗,为中国古代诗歌的发展做出了贡献,为唐代格律诗的产生奠定了基础。唐代诗人继续进行诗歌语言的革新和创造,在诗的句数、字数和平仄、押韵等方面都有严格要求和规定,形成了"近体诗",亦称"今体诗",律诗和绝句由此产生,中国古代诗歌又一次得到长足发展和进步,并达到古代诗歌艺术创作的顶峰。封建时代终结之后,"五四"新文化运动倡导废文言而兴现代白话,从此中国语言进入到现代汉语时代,由此,中国文学也进入到现代白话新文学时代。这些都是语言对诗歌起决定作用的现实例证。

语言的进步,标志着并必然带来人们思维和思想的提升和进步,也带来内在精神素质和心灵世界的提升。没有语言的成熟,就没有诗的产生;没有语言的一

① 陈赟:《先秦礼文化与语言的雅化》,《湖南社会科学》2011 年第 6 期。
② 方汉文:《诗的源流辩析:语言诗体》,《蒲峪学刊》1996 年第 4 期。

次次革新和进步，就没有中国诗歌的发展进步。语言与文学、语言与诗是一个双向互动的、互利互助的过程，所以有人认为，语言生产了诗，诗也拯救了语言。海德格尔说："诗从来不是把语言当作一个现成性的东西来接受，相反，是诗本身才使语言成为可能。"①没有诗，人类的语言世界将是一个冰冷无味的世界。

3. 文字的正式产生是诗产生的前提

清刘师培《文章源始》："积字成句，积句成文。欲溯文章之缘起，先穷造字之源流。"文字的产生大大提升了人的复杂思维能力，提升了人表达精神因素、情感因素的能力。

许慎《说文解字序》："古者庖牺氏之王天下也，仰则观象于天，俯则观法于地，视鸟兽之文与地之宜，近取诸身，远取诸物，于是始作《易》八卦，以垂宪象。及神农氏，结绳为治而统其事。〔黄帝之史仓颉，初造书契。〕仓颉之初作书，盖依类像形，故谓之文。其后形声相益，即谓之字。文者，物象之本；字者，言孳乳而寖多也。"

中国文字的产生，经历了结绳、记号、图画、书契、文字几个阶段。刘大白说："至于图画，是比较繁复分明的工作，比用结绳的方法做简单浑括的记号难得多。要等到发明了刻画记号的方法以后，更进一步才能发明图画方法。先有记号，后有图画，正与从简单到繁复、从混沌到分明的进化通则相合。所以文字是发生于记号和图画二源的，而记号一源更早于图画，也可以说图画是由记号演进的。"②唐兰认为："最初的文字是书契，书是由图画来的，契是由记号来的。"③

（文字的发展阶段：结绳、记号、图画、书契）

结绳固然不是文字，记号和图画也不是真正意义上的文字。"示意图是在文字产生以前，人们用来记事、示意的，我们可以叫它为'记事图画'。这些记事图

---

① ［德］海德格尔·荷尔德林：《诗的阐释》，孙周兴译，商务印书馆，2002 年。
② 刘大白：《文字学概论》，上海开明书店，1933 年。
③ 唐兰：《中国文字学》，上海古籍出版社，1949 年。

画往往是一些画谜,令人无法猜测。文字是记录语言的,而图画却不是,这是它们之间最本质的区别。文字只能在语言的基础上产生出来,它的出现,说明社会的发展已经到了需要把语言记录下来、保存下来的阶段。"①

鲁迅说:"现在我们能在实物上看见的最古的文字,只有商朝的甲骨文和钟鼎文,但这些都已经很进步了,几乎找不出一个原始形态。只在铜器上有时还可以看见一点写实的图形,如鹿,如象。而从这图形上又能发现和文字相关的线索:中国文字的基础是'象形'。但古人是并不愚蠢的,他们早就将形象改得简单,远离了写实。篆字圆折,还有图画的余痕,从隶书到现在的楷书,和形象就天差地远。"②

形式是内容的反映。实象思维是人类思维发展的最初形式和最初状态,它概括性低而直观性强,它不属于高级文化形态。所以中国的诗不可能产生于图画文字及其之前的时代。"'诗'的本义就是见诸文字的记录。文字应用提供了文学进一步发展的阶梯。"③"从文字到文学,人类完成了从记录事实到探求思想、表达情感的飞跃。因为文学让我们不仅可以探寻自己内心的想法,也得以体验他人的存在方式,并与他人的内心世界产生共鸣。"④

4. 文字的发展演进与诗歌的发展演变

口头文学只有经过文字记录之后,真正意义上可以流传的文学经典才得以产生。鲁迅《汉文学史纲要·自文字至文章》:

> 在昔原始之民,其居群中盖惟以姿态声音自达其情意而已。声音繁变,寝成言辞;言辞谐美,乃兆歌咏。时属草昧,庶民朴淳,心志郁于内则任情而歌呼,天地变于外则祇畏以颂祝。踊跃吟叹,时越侪辈,为众所赏,默识不忘,口耳相传,或逮后世。复有巫觋,职在通神,盛为歌舞,以祈灵贶,而赞颂之在人群,其用乃愈益广大。试察今之蛮民虽状极狉獉,未有衣服宫室文字,而颂神抒情之什、降灵召鬼之人大抵有焉。然而言者,犹风波也,激荡既已,余踪杳然,独恃口耳之传,殊不足以行远或垂后。诗人感物,发为歌吟,吟已感漓,其事随讫。倘将记言行,存事功,则专凭言语,大惧遗忘,故古者尝结绳而治,而后之圣人易之以书

① 薛正兴:《关于文字起源研究的几个问题》,《社会科学战线》1987年第1期。
② 鲁迅:《且介亭杂文·门外文谈》,《鲁迅全集》第6卷,人民文学出版社,1973年。
③ 方汉文:《诗的源流辩析:语言诗体》,《蒲峪学刊》1996年第4期。
④ 杨雪:《从文字到文学》,《光明日报》2014年12月1日。

契。结绳之法今不能知。书契者，相传"古者庖牺氏之王天下也，仰则观象于天，俯则观法于地，观鸟兽之文与地之宜，近取诸身，远取诸物，于是始作八卦。"（《易·下系辞》）"神农氏复重之为六十四爻。"（司马贞《补史记》）颇似为文字所由始。其文今具存于《易》，积画成象，短长错综，变易有穷，与后之文字不相系属。故许慎复以为"黄帝之史仓颉见鸟兽蹄迒之迹，知分理之可相别异也，初造书契"（《说文解字序》）。

连属文字亦谓之文，而其兴盛，盖亦由巫史乎？巫以记神事，更进，则史以记人事也，然尚以上告于天。翻今之《易》与《书》，间能得其仿佛。至于上古实状，则荒漠不可考，君长之名且难审知，世以天皇、地皇、人皇为"三皇"者，列"三才"开始之序，继以有巢、燧人、伏羲、神农者，明人群进化之程，殆皆后人所命，非真号矣。降及轩辕，遂多传说，逮于虞夏，乃有著于简策之文传于今。

王晖认为，新石器时代的陶器刻划符号只能说是文字性的符号，却不能说是真正意义上的文字，而只能说是"文字画"。夏商时代，中国早期文字被广泛使用并逐步成熟。不过我国文字的完全成熟是西周时代，因为从文字所反映的是词、词组还是句子等语言层位关系看，殷墟甲骨文还是"文字画"的残余现象。只有在西周金文中，这种现象才完全消失。这表明即使是商代甲骨文，也还不是完全成熟的文字。[1]

被发现的甲骨文字总数已达五千左右，表明殷商时代文字已经正式形成。但这并不意味着就有了文章和文学。有的占卜序数从"一"止于"十"，周而复始；有的卜问术语如"二告""三告"，标示卜问次数；有的练字习刻，单字反复出现，内容毫无规律；有的残片意义捉摸不定。这些并非完整卜辞，都不能算文章形态。而且殷商君主那样重视甲骨刻辞，不是出于审美需要，也不全是出于迷信，而是为了生活实用。[2]

卢梭《论语言的起源》认为，语言有三个发展阶段：图画文字属于原始人，象征或表意文字属于蒙昧人，字母文字属于文明人。[3]"岩画的一种世界性规律是：一旦文字出现，社会进入以书写的方式作为交流工具的时代，岩画就会逐渐

---

① 王晖：《中国文字起源时代研究》，《陕西师范大学学报》2011 年第 3 期。
② 王章焕：《甲骨卜辞：中国最早的文章形态》，《殷都学刊》1986 年第 3 期。
③ ［法］卢梭：《论语言的起源》，上海人民出版社，2003 年。

消失。"①殷商是汉语、汉字的萌芽期,周代是汉语、汉字的发展期,这决定了商、周两个时期的文学所能达到的高度。

殷商卜辞充满了甲骨味,大篆钟鼎文(金文、铭文)充满了金石味。这并不是说它们分别刻在甲骨和金石上,而是说它们和甲骨和金石一样古朴,它们本身就是古朴的文化孕育出来的。虽然这些文字自有其大美的文化元素,这些文字的作者"乃殷世之钟王颜柳也"②。

甲骨文字是形象的"象",《易》的卦象、爻象是抽象的"象"。周代的大篆兼具抽象与形象两种因素,这显然是随着中国人思维的进步而产生发展的。"诗"的产生要求人们必须兼具形象思维和抽象思维。《易》象时代和甲骨文时代不可能产生"诗",是因为产生诗的基本因素尚不具备。过于简单和片面的思维无法产生诗。诗的产生既是对原始文化、艺术的超越,也是对原始思维的超越,同时也是对它们的背叛。

诗属于文学,文学属于艺术。无论诗、文学还是艺术,都需要包含、凝结着创作者的情感因素在内,而且抒发、表现情感也是诗、文学和艺术的宗旨。而殷商卜辞和《易》之卦爻辞虽然也有一定的情感因素,但它们以生活实用和阐发哲理为宗旨,并不以抒发、表现情感为宗旨。目前学界有一种倾向,不仅认为《易》中有大量的诗,而且认为卜辞中也有大量的诗,这种观点是错误的、肤浅的认识。是否是"诗",不仅要看形式,也要看内容。如果作者有意在写诗、创作诗,即使句式不整齐,不押韵,也可以是"诗";如果宗旨不在于写诗,那么写出来的一定不是诗。这两种情况在文化中都有实例。前者如《大雅》《楚辞》有些诗篇的句式不十分整齐,押韵也不工整,但《大雅》《楚辞》无疑是成熟的诗;后者如南北朝骈文,句子十分整齐,也略带押韵,但骈文不是诗。

秦始皇将文字定于李斯所创小篆。小篆华丽美观,但撰写吃力,故秦代官僚程邈创隶书,即"臣隶"使用的文体。以后篆字便专属秦皇帝,从皇家下放之后专用于碑额。汉代纸张的发明,为文字开拓了宽阔的平台。纸张、毛笔合成的书写方式导致楷书字体的流行。而隋唐科举一兴,汉字的繁荣便达同期世界之巅峰。③

中国文学从《诗经》到楚辞,到汉赋,到骈文,到唐诗宋词,与之相应,汉字从

---

① 何丹:《图画文字说与人类文字的起源》,中国社会科学出版社,2003年。
② 《郭沫若全集·考古编·殷契粹编》,科学出版社,1965年。
③ 郑也夫:《文字的起源》,《北京社会科学》2014年第10期。

大篆到小篆,到隶书,到楷书,到草书,中国文学的发展演进一直与中国文字的发展演进相伴。中国文字从殷商甲骨文到西周春秋的大篆,到秦小篆,到汉代隶书,都是应用性文字,学者们认为它们只是一种"有意味的形式",并非有意追求文字、书法的审美;与之相应,中国汉代及其以前的文学大都是应用性文学,或言功利性文学,并非纯粹的审美意义上的文学,它们也只是一种"有意味的形式"。东汉后期出现的草书,才是艺术性文字,至魏晋而成熟;与之相应,直到魏晋南北朝,才出现了真正意义上的文学,即鲁迅所言的"文学的自觉时代"。人们在书法艺术中概括出"汉人尚朴、晋人尚韵、唐人尚法、宋人尚意、元人尚态、明人尚趣、清人尚势"的特征,而这个时代特征亦与相应时代的文学风貌相吻合。中国书法艺术在唐代达到顶峰,书法名家辈出,如颜真卿、柳公权、虞世南、欧阳询等;与之相应,中国诗歌也是在唐代达到艺术顶峰。甚至"书法"一词最早的含义并不是指文字书写,而是指与作者思想、品德相关的一种创作艺术。如《左传》宣公二年:"董狐,古之良史也,书法不隐。"

清末以来形式多样的语言变革,目的虽在求"文字简易"以便"普及教育",但其"文字救国"的观念后来逐渐演变为"文学救国"的现代文学观,这说明清末以来的语言变革为五四文学的先导。文学革命的发难者胡适"认定文字是文学的基础,故文学革命的第一步就是文字问题的解决"。鲁迅也将清末白话运动和五四文学革命等量齐观,他说:"单在没有文字这一点上,智识者早就感到模糊的不安的。清末的办白话报,五四时候叫'文学革命',就为此。"黎锦熙在谈到五四白话文时说:"思想解放即从文字的解放而来。"从"文字救国"到"文学救国",其间先后演进的线索十分清晰。① 这些都说明,中国文学的发生与发展演进是与文字的发生与发展演进相伴的。

(二)节奏的产生

诗区别于其他文学体裁的最重要的特征是节奏和音韵。

节奏是自然规律之一,宇宙、世界、自然、社会、人生都充满了节奏。没有节奏,就没有规律,人们就不易把握世界和人生。本书从诗歌角度而言的节奏,是指语言表达中由排列整齐的句式所产生的一种诵读和演唱的节奏,即一种文学语言、诗歌语言的节奏,它是一种艺术节奏,它显然是人类语言发展到一定程度和阶段才有的。格罗塞说:"节奏的本质形态,是某一个特别单位的有规则的重

---

① 张向东:《从"文字救国"到"文学救国"》,《兰州交通大学学报》2009 年第 5 期。

复。"①朱光潜认为,节奏是宇宙中自然现象的基本原则。艺术反照自然,所以艺术也充满了节奏。②

乐器中鼓最早出现。打击乐要比弦乐、管乐的制作、表演要容易得多。普汉列诺夫说:"对于一切原始民族,节奏具有真正巨大的意义。"《尚书》中有"击石拊石,百兽率舞",击为重敲,拊为轻拍。一轻一重,一敲一拍,就形成了轻重、强弱、快慢的对比,产生了节奏。王靖献认为,《诗经》时代乐队伴奏最常用的乐器是钟、鼓。打击乐的应用在于突出节拍,这是舞蹈的乐感基础。③

歌德说:"我重视节奏和声韵,诗之所以成为诗就靠着他们。"④丹纳说:"诗人发明一种新的音步,等于创造一种新的感觉。"⑤闻一多在《诗歌节奏研究》中说,"诗的节奏促进想象的飞驰"。⑥ 语言的节奏是一种神韵,是人类智慧及其进步的象征。尼采说:

> 节奏中包含着动机,它产生不可克服的兴致,不仅使脚步同它相一致,而且心灵也跟随着节拍。对古代迷信的部落来说,还有什么比节奏更有用的东西? 当时借助了节奏,什么事都能做,能神奇般地帮助劳动,能使上帝显示下凡和倾听人们的诉说,能按照自己的意志修正未来,能使自己的心灵摆脱杂念,不仅使自己的心灵,而且使恶人的心灵摆脱魔鬼的纠缠。没有诗,人就什么也不是;有了诗,人就几乎成了上帝。⑦

郭沫若说:"节奏之于诗是它的外形,也是它的生命。我们可以说,没有诗是没有节奏的,没有节奏的便不是诗。世界不是一堆庞然杂物,而是时空的规律性运动,宇宙内的东西没有一样是死的,就因为都有一种节奏(可以说就是生命)在里面流贯着。做艺术家的人就要在一切死的东西里看出生命来,一切平板的东西里面看出节奏来,这是艺术家顶要紧的职分。"郭沫若在《论节奏》中列举了四种关于节奏起源的观点,其中第四种认为,节奏起源于"感情"。节奏是在外界或内界的刺激下,由"感情之紧张与弛缓所生出的一种特殊的感觉"。"一切情感,

---

① [德]格罗塞:《艺术的起源》,商务印书馆,1984 年。
② 朱光潜:《朱光潜美学文集》,上海文艺出版社,1982 年。
③ 廖扬敏:《〈诗经〉的韵式与偶句韵成因探索》,《广西师院学报》2000 年第 1 期。
④ 歌德:《歌德自传·诗与真》,刘思慕译,人民文学出版社,1983 年。
⑤ [法]丹纳:《艺术哲学》,人民文学出版社,1963 年。
⑥ 闻一多:《闻一多论新诗》,武汉大学出版社,1985 年。
⑦ [德]尼采:《快乐的科学》,黄明嘉译,华东师范大学出版社,2007 年。

加上时间要素,便要成为情绪的。所以情绪自身便成为节奏的表现。我们在情绪气氛中的时候,声音要战栗的,身体是要摇动的,观念是要推移的。由声音的战栗,演化为音乐;由身体的摇动,演化为舞蹈;由观念的推移,表现而为诗歌。所以这三者都以节奏为其生命。"郭沫若认为,人类"情绪的世界便是一个波动的世界、节奏的世界",诗歌中的节奏正是人类情绪世界的一种外化表现。① 郭沫若所言情绪说或情感说,正与《诗大序》所言"情动于中而形于言,言之不足故嗟叹之,嗟叹之不足故永歌之,永歌之不足,不知手之舞之足之蹈之"相合。

劳承万认为心理学有一个"生理能"转化为"心理能"的论题,并引用列宁"外部刺激力向意识事实的转化"的论点,提出节奏感是拓通生理能到心理能的得力手段的观点。按马克思的观点,人是"情欲的存在物"。情欲(又译激情)是人强烈追求自己的对象的本质力量。(《经济学哲学手稿》)节奏是情欲、激情的存在方式。节奏与情感的关系,是一种相互激发的关系。② 周锡也认为:"从一定意义上说,诗乃是激情的产物。"③

以上观点可以启发我们对中国诗节奏的起源的思考,即中国最早的诗《周颂》的节奏是如何产生的。我们据此认为,中国最早的诗《周颂》的节奏,仍然与殷周之际那场巨大的社会变革有关。对于西周建立之初的周人来说,几乎一切都是新的,万象更新的世界,改天换地的巨变,使西周建立之初的周人的情绪充满了激情,充满了想象,这种时刻的周人极富有创造力,极具天才。周公自称"多才多艺",也一定与特殊的时代背景有关。可以推知:即使西周之前语言没有节奏,在西周建立之初,周人的歌、乐、舞也一定会在激情的驱使下有了节奏,故制礼作乐中配乐而作的乐之辞或歌之辞也一定会按照歌、乐、舞的模式而有了节奏。这并非唯心主义,而是一种历史的必然和人情的必然。这正如同人在情绪激烈的时候,身体动作会不自主地有节奏一样。

诗歌节奏的出现,首先应是音乐、舞蹈节奏影响、推动、促进的结果。一个典型的例子,词的兴起与音乐关系密切,即所谓的"倚声填词"。"音乐的节拍具有一种我们无法抗拒的魔力,所以我们在听音乐时常不知不觉地打着节拍。"④语言表达上节奏的出现,首先应该是为了配合、适应音乐的需要。虽然诗产生于西周初期,但周代之前的音乐、舞蹈已经发展到了一定阶段,古籍中记载的远古大

---

① 郭沫若:《论节奏》,《创造月刊》1926 年第 1 期。

② 劳承万:《节奏论》,《华中师范大学学报》1988 年第 1 期。

③ 周锡:《中国诗歌押韵的起源》,《中国社会科学》1998 年第 4 期。

④ [德]黑格尔:《美学》,北京大学出版社,2017 年。

型乐舞就是例证。节奏符合自然节律,它也是人类思维进步和文化进步的结果。节奏具有力量之美,气势之美,活力之美,和谐之美,均齐之美,愉悦之美,音乐之美,重复之美。所以诗歌意义上节奏的出现是必然的,只要有合适的时机、机缘,它就自然会出现。

节奏是一种力,一种生命力,它在重复中显示自身的突进和永恒。节奏是生命的规律和象征,是生命力奋进的象征。节奏具有两个明显的作用:第一,节省精力。这是格罗塞《艺术的起源》的观点。第二,直观性。这是古代希腊毕达哥拉斯学派的观点。节奏可以使人的智慧从容舒展、一目了然,毫不费力地便能抓住中心,因此节奏具有积极的本质和表现情绪的力度。这就是笛卡尔所说的"结构的完美"。①

任何形式都是为其内容服务的。鼓点的节奏尚可表现各种情绪和情感,更不用说本身载有情感内容的语音的节奏了。语言的节奏更应反映人们的情感状态,也有利于对内容的揭示。节奏是传达情感的脉搏,节奏是语言音乐美的特质和灵魂。②

从节奏的角度看,《诗经》在诗歌语言上奠定了二节拍的节奏模式,即:每一句是一节拍,每二句(每两个节拍)构成一组完整的意群,表达一个完整的意思。此后的中国古代诗歌的诗句节拍大都沿袭此节奏模式。"二节拍节奏是一种自然的原形节奏或曰母节奏。"③

郭沫若《论诗三札》认为,通常所说的节奏只是诗的外在节奏,而诗还有其内在节奏,诗的内在节奏就是诗人情绪的自然消涨。曹聚仁说:"诗与文之不同不在形式,精神上自有不可混淆者在。"④宗白华说:"在中国文化里,从最低层的物质器皿,穿过礼乐生活,直达天地境界,是一片混然无间、灵肉不二的大和谐,大节奏。"⑤

语言节奏,排列整齐的句式,亦即有的学者所言的"齐言",它的产生是与仪式相伴的。没有仪式,可能也就没有这种语言的"齐言"带来的节奏。殷商甲骨卜辞有"齐言"的倾向,就是占卜仪式带来、促成的语言现象。那么周代句式整齐的"诗"的产生,毫无疑问也是与西周初期大量的祭祀仪式密不可分。"原始祭祀

---

① 劳承万:《节奏论》,《华中师范大学学报》1988 年第 1 期。
② 赖先刚:《节奏—语言的音乐美》,《修辞学习》2001 年第 3 期。
③ 王永:《节奏与诗》,《贵州大学学报》2007 年第 3 期。
④ 章太炎:《国学概论》,上海古籍出版社,1997 年。
⑤ 宗白华:《中国艺术意境之诞生》,《宗白华全集》第二卷,安徽教育出版社,1994 年。

中的巫歌祝祷,往往用一种不同于日常口语的语言形式,显示非同一般的神秘性和权威性,其特征为语句简短、趋向齐言化和韵化,以利于记忆和深入人心。由于仪式歌曲伴乐而行,因而要求语言形式具有切合音乐的节奏感。仪式歌咏是具有集体权威性的语言行为,齐言化的非常态语言是在仪式中获得集体确认,从而成为一种具有特定文化意味的语言形式,进而成为一种传统。《荀子·大略》传录的商代祷雨辞:'政不节与? 使民疾与? 何以不雨,至斯极也?'《墨子》和《吕氏春秋》传录的商王的驱旱祷辞:'万方有罪,即当朕身。朕身有罪,无及万方!'文献中远古歌辞的齐言化倾向,是周诗体发生的历史文化渊源和历史前奏。"①

既然音乐、舞蹈的产生是有"神"在,那么"诗"的产生也一定有"神"存在的因素。《诗大序》"动天地,感鬼神",正是从根源上揭示"诗"产生的文化因素和背景。

(三)音韵的产生

中国语言的押韵产生于何时,周锡对此有较好的论述。他一反前贤梁启超、陈钟凡、闻一多、王力、朱光潜等人一致认为中国韵文远早于散文的观点,认为中国韵语、韵文的产生不可能很早,韵语的产生受很多因素的限制,中国韵语的产生远晚于散文:

> 就现有资料看,商代的甲骨文和金文以及周原甲骨文(时期约当商末周初)都没有押韵现象,也未见叠词、叠音词与双声叠韵词的踪迹,而只有基于实用需要而来的语句重复这类早期复叠现象。例如:1.贞:王其疾目? 贞:王弗疾目? 2.丙辰卜,贞:帝佳其冬(终)邑? 贞:帝弗冬(终)邑? 贞:帝佳其冬(终)邑? 贞:帝弗冬(终)邑? 3.癸卯卜:今日雨? 其自西来雨? 其自东来雨? 其自北来雨? 其自南来雨? "同字(音)反复"只是初具节奏感,带有一定的音乐性,但是由于缺乏变化,效果始终比较单调,所以充其量只能说是"先声"而已,还不能视为"同韵反复"这一真正押韵形式的开端。因此,认为韵文出现早于散文,有韵的诗在史前时代即已产生的说法,实在缺乏根据,只是想当然的臆测而已。

> 虽然商代已出现同字(音)相协的"前押韵"形式,但同韵相协这种真正的押韵形式乃萌芽于商周之际,而成熟于西周中晚期,与叠音构

---

① 李昌集:《周诗体式生成论:文化文体学的视角》,《中国社会科学》2014年第7期。

词、双声叠韵构词等其他声韵复叠形式大致同时发生。而那恰是铜钟、编钟乐器开始出现并流行,乐律也逐步完善的时候(西周中期),同时也是周朝"制礼作乐"的一个高峰期。这种情况绝非巧合,它表明音乐文化的发达促进了人们审音、辨音能力的提高,对各种声韵复叠形式的发展,对韵文的完善和繁荣,也是个有力的推动。至此,汉语诗歌完成了从原始艺术向早期古典艺术的转变,中国第一种古典诗体——四言体也就成熟于此时。这是文学本体意识觉醒的开始,也是真正文学创作萌芽的标志。

"同韵相协"的新美感形式开始只用于少数句子,韵的位置也有较大的随意性。诗歌正式用韵的同时,叠词以及与押韵同取"声韵复叠"形式的叠音词和双声叠韵词等也相继出现。如《臣工》"嗟嗟"、《桓》"桓桓"、《清庙》"济济",都是叠音形容词;《访落》"判涣"是叠韵词;《鸱鸮》"恩(殷)勤""绸缪""漂摇"均是叠韵词,"谯谯""翘翘""哓哓"则为叠音词。和押韵一样,相对于商代来说,这些都是新兴的语言现象。铜器铭文多属"官式文章",故采用韵语应比接近口语的《诗经》为缓。根据现有资料,西周成王初年的《何尊》始见片断韵文,但用韵似尚在有意无意间。而康王二十三年之《大盂鼎》铭韵位颇密,显然已是有意识地用韵。

押韵这种美感形式诞生后,很快便引起广泛的兴趣和关注,不但诗人们争相采用,而且影响到整个文化学术界,连一些文章高手也乐于尝试这种新颖的形式,热心追求音韵美。于是我们便看到这种现象:诸如《尚书》《周易》和《老子》《庄子》等先秦典籍,以及西周中、晚期金文的"官样文章",都不时会使用韵语。不过,那并不表明"散文是由诗解放出来的"(朱光潜),而只是证实,韵文在它初露头角的阶段,曾引发过那么一股持续时间颇长、涵盖面甚广的仿效热潮而已。因为比《尚书》后期篇章以及《周易》《老子》年代更早的散文——如商代甲骨文、西周初期金文与《尚书》可靠的早期篇章等,全都是没有韵的,这正与《诗经·周颂》的情况相合。[①]

周锡认为,中国早期诗歌从无韵到有韵,这个演变是周代完成的。《周颂》可确定为无韵的诗如《清庙》《昊天有成命》《时迈》《臣工》《噫嘻》《武》《酌》《桓》《般》

[①] 周锡:《中国诗歌押韵的起源》,《中国社会科学》1998 年第 4 期。

都写成于西周初年的武王、成王时期。这些诗既无韵，又极少复叠，有些句子还长短不齐，和散文没有多大差别。可以设想，我们的先人当年在庄严的宗庙里，在"周原"上咏唱这些诗篇的时候，除了用音乐伴奏和舞蹈动作来加强气氛之外，还借助抑扬顿挫的语调、富于感情的"声气"，或者再加上"拖腔"，去酣畅地表达其中的诗的韵味。

傅斯年也认为："大约韵之在《诗》中发达，由少到多。《周颂》最先，故少韵；《鲁颂》《商颂》甚后，用韵一事乃普遍，便和风雅没有分别了。"①白川静说："所谓押韵的反复律修辞法已见于令簋、班簋、大盂鼎、大丰簋等青铜祭器之铭文，这些祭器是属于周成王、康王时期的。据此可以推测祭祀礼仪中可能已采用歌谣，但《诗经》这时期的诗，显然似非韵文。"②

上一节我们认为，节奏的产生首先应该是音乐影响和促进的结果。押韵的产生应该与音乐也有关联。《礼记·乐记》："乐者，心之动也。声者，乐之象也。文采、节奏，声之饰也。"可见歌声和作为文饰的文采、节奏都是从属于乐的。朱光潜说："诗源于歌，歌与乐相伴，所以保留有音乐的节奏。诗是语言的艺术，所以含有语言的节奏。"③黑格尔说："通过同韵复现，韵把我们带回到我们自己的内心世界。韵使诗的音律更接近单纯的音乐，也更接近内心的声音。"④周锡对音乐与押韵产生的关系持肯定态度：

> 音乐文化的发达必然影响到语言文学，尤其对韵文艺术的繁荣、进步有积极的引发、启示和推动作用。音乐文化的发达促进人们审音、辨音能力的提高（有些双声迭韵词可能直接摹仿自互谐共振的钟磬之音），大大增强对重复再现、对称均衡以及和谐之美的体悟，由此推动了声韵、词句各种复迭形式的发展以及韵文的完善与繁荣。据现有资料，商、周甲骨文、西周初期金文以及《尚书》《逸周书》中属于周武王、成王时代的作品，都还没有韵语。周人立国之初，韵语首先在乐歌中出现。西周早期的诗篇好些尚无韵，偶见有韵者也零星而不工：入韵句较少，韵的位置带随意性，又往往同音（字）或异调（不同声调）相协，句式多不均齐，其典型代表是《诗经·周颂》的部分篇章。至西周中晚期的作品

---

① 傅斯年：《诗经讲义稿·周颂说》，台北联经出版事业公司，1980年。
② 白川静：《诗经研究》，台湾幼狮月刊社，1974年。
③ 朱光潜：《诗论》，上海文艺出版社，1982年。
④ ［德］黑格尔：《美学》，朱光潜译，商务印书馆，1981年。

才走向匀称、规整化,具备多种格律因素,形式美感因此大大增强。具体表现为:押韵方面,从无序变有序,从同音(声、韵皆同)或异调相协到同韵(韵同声不同)、同调相协;词语方面,多迭词、迭音词和双声迭韵词;文句方面,从参差到均齐,从散行到排偶,后来更有章句复迭。至此,汉语诗歌完成了从原始艺术向早期古典艺术的演变,犹如人类之告别童稚而迈向体智渐长的少年时代。这一切都和礼乐文化的蔚然兴盛有关。①

关于"韵"的实质,周锡认为:

> 所谓"韵",是指一个音节的主要元音和韵尾(如果有韵尾的话),例如缸(gang)、江(jiang)、光(guang)的韵都是"ang"。押韵,便是相同的"韵"(同韵字)每隔一定时空有规则地再现。它是语言复叠形式之一种,体现了"重复、再现"的美感法则。由于相同的"韵"多处在句末"长休止"的重要位置,兼且同中有异(同韵字的声母或韵头往往不同),异中显同,故能产生既回环往复又具微妙变化的形式美感和节奏感,是汉语诗歌音乐性的重要来源,且能加强作品的统一感。不过这种表现手法并非是一下子形成的。②

廖扬敏认为,元音是最容易切分出来的乐音,因而古人选择押韵作汉语诗歌的最早形式。瞽矇是职业巫师,擅长巫术歌舞表演及审音,他们选择偶句韵为主的原因是:它能体现以和为美、错综为美的审美范式,适应巫术表演和瞽矇工作的需要,和声才能入耳而藏于心。元音最容易感觉得到、最富有音乐性,用元音来谐音便是自然的事情。盲人更容易产生通感,容易进入通灵状态。由于通感作用,他滔滔不绝描绘了一幅大异于现实的图景,说话方式又往往令人不可思议,先人认为这就是通灵了。大自然本身就存在对比、对称、和谐等形式。人是自然进化的最高级形式,人脑就积淀了自然进化的精华。③

从瞽矇的角度阐释押韵的产生,很有启发意义,因为瞽矇是审音的天才,对音乐的超常敏感,让我们有理由相信,他们应该与押韵的产生有关。瞽在《诗经》

---

① 周锡:《〈易经〉的语言形式与著作年代》,《中国社会科学》2003 年第 4 期。
② 周锡:《中国诗歌押韵的起源》,《中国社会科学》1998 年第 4 期。
③ 廖扬敏:《〈诗经〉的韵式与偶句韵成因探索》,《广西师院学报》2000 年第 1 期。

中只出现于《周颂》，其他诗篇中并无出现，也很能说明问题。

《说文》："韵，和也。从音，员声。"《说文》所言之"和"应是和谐之义。所以，追求如同音乐一样的和谐，应是押韵产生的一个因素。即：押韵是周人对文辞的音乐效果追求的结果。模仿是人的天性，我们相信，即使没有瞽矇，押韵的产生也是必然的。句式整齐的节奏和押韵，都是周人对祭祀文辞的音乐和谐效果的追求。这种和谐效果的追求，最初却不是为了单纯的美学追求，而是出于人神沟通、交流的实用目的。如果认为这就是一种美学追求，那也是一种无意识的美学追求。

韵在诗歌中意义很重要：（1）韵去而复返，前后呼应，显示了诗的节奏。(2)提示、限制着诗行的开始、结束。(3)起引导作用，表现、强调诗行的意义关系。韵脚相当于乐句中的重拍、强拍。如果另一句句末不押韵，就可以形成轻重、强弱的对比。再者，此时汉语构词方式正处于单音节向双音节过渡，表现为出现大量的重言、双声、叠韵词。郭绍虞说："双声叠韵是汉语单音词孳乳演化最重要而又最方便的法门，又是使文学语言具有天籁般的声音效果的奥妙之一。"[1]

韵语可以降低诗歌创作和记忆的难度。阮元说："古人以简策传事者少，以口舌传事者多；以目治事者少，以口耳治事者多。同为一言，转相告语，必有愆误，是必寡其词、协其音以文其言，使人易于记诵，无能增改，且无方言俗语杂于其间，始能达意，始能行远。"[2]

陈致研究西周金文与诗歌的关系，得出以下结论：1. 从西周金文看，铭文的入韵和四言化是在西周中期，特别是恭王、懿王时期。2. 西周金文与《诗经》之《雅》《颂》部分的诗歌语词多相重合，这些多源于周人习用祭祀语词，而非金文引诗。3. 中国四言诗体的发展成熟时期是与周代贵族的祭祀生活密切相关，而其成熟时期很可能在西周中期。这与周代雅乐在西周中期的成熟与标准化密切相关，如乐钟双音的使用以及四声音阶在礼乐中的主导地位等等。[3]

这些结论与本书从诗歌发生的角度的研究结论是一致的。本书认为：1.《周颂》是中国最早的诗，但它是不成熟的诗，所以押韵也不成熟。真正成熟的诗的产生应该在西周初期之后，大致在成、康至昭、穆之间。2.《周颂》是祭祀礼

---

① 廖扬敏：《〈诗经〉的韵式与偶句韵成因探索》，《广西师院学报》2000年第1期。
② 引自申小龙：《文化语言学论纲》，广西教育出版社，1996年。
③ 陈致：《跨学科视野下的诗经研究·从周颂及金文中的成语看西周中期四言诗体的形成》，上海古籍出版社，2010年。

乐文化的产物,也是殷周之际各种文化巨变的产物。

三　中国诗产生之前的诗性文化

(一)原始诗性思维

"诗性"一词源出于十八世纪意大利学者维柯的《新科学》。在世界文化学领域,人们常用"诗性思维"代指原始思维,指早期人类以想象力和情感为关注世界的主要方式的思维。因为这种思维与诗人作诗的思维方式相同或相近,故名之曰"诗性思维"。维柯把人类的历史分为神的时代、英雄时代和人的时代。神话大都发生、活跃于旧石器时代晚期到阶级社会早期这个时间段里,当时人类正前行在从神的时代、英雄时代向人的时代迈进的征程上。神话正是诗性思维的直接精神产品,从奥林匹斯山上宙斯家族谱系的神话,到远古东方龙飞凤舞的图腾神话,我们能在其中发现诗性智慧的基因。

维柯认为,对于原始人来说,世间一切都是神:语言在表达神,艺术在描绘神,巫术在证实着神。"进入他们视野的全部宇宙以及其中各个部分,他们都赋予生命,使之成为一种有生命实体的存在。"[①]这种用心灵去把握、体验世界万物的原始诗性思维,正是后人,特别是多数现当代人所缺乏的,因为现当代人的思维充斥着大量概念化、抽象化的东西,妨碍了对世界万物本身的细腻体验和情感把握。

对于人类文化、艺术、文学研究来说,"诗性思维"最重要的价值和作用在于它是一种具有艺术因素的思维,对人类艺术的萌生具有重要作用。因为原始人类的诗性思维,概念化的因素少,形象化、情感化的因素多,故维柯把原始诗性思维比作儿童思维。这种"以己度物"的感性思维富有审美因素,且由于以人性化、情感化的方式和态度关注、感知和体验世界万物,因而对世界万物的把握、分辨十分细腻,富有人情味。这正是文学、艺术创造的首要必备条件。在希腊文里,"诗人"就是"创造者","诗"就是"创造""制造"的意思。

原始诗性思维是受多种客观条件限制的一种被动的"诗性思维",有了这种"诗性思维"并非就意味着会有"诗",因为其时人类的语言、文字等各种物质条件还没有发展到可以写诗的地步。中国最早的可见文字殷商甲骨文中就没有出现"诗"字。《尚书·尧典》中帝舜所言"诗言志"是后人的追述表演之辞,"诗言志"

---

① [意]维柯:《新科学》,朱光潜译,人民文学出版社,1997年。

显然非帝舜时代所能有的文化思想概念。也许维柯《新科学》的最大缺陷就是认为"诗"就产生于人类原始的"诗性思维"时代,而忽略了"物质"条件对"诗"产生的决定作用。维柯甚至认为:"诗就是原始人生而就有的一种功能(因为他们生而就有这些感官和想像力),他们生来就对各种原因无知。"按照此观点,我们可以得出结论:有感官、想象力、无知,就可以写诗,就可以成为诗人。这显然是简单幼稚的唯心主义观点,是荒谬的错误结论。"诗性思维"催生了原始艺术,但并非就产生了诗,因为"诗"的产生受制于语言、文字等各种物质条件的制约,而"诗性思维"时代的原始人是不具备这些物质条件的。

诗虽然也属于艺术,但诗远比原始艺术高级,诗的产生不仅仅需要诗性思维,还需要理性思维。诗在一开始就是具有理性的。理性与情感一样,是诗必不可少的元素。朱光潜说:"事实上诗和一般艺术虽然主要靠形象思维,但也并非绝对排斥抽象思维。理想的诗(和一般艺术)总是达到理性和感性的统一。"[1]单纯强调情感而排斥、否定理性,那只能是"歌",而不是"诗"。只有诗性思维而没有理性思维,只能产生巫术和原始艺术,不能产生诗。那种认为疯狂的人、变态的人、思维畸形的人最适合做诗人的观点,是另一种悖论和谬误。"文学作品只有在感性和理性都达到极致并相互渗透以后,才能产生伟大的作品。"[2]

维柯自己承认他的研究是建立在对"原始野蛮人"考察的基础上的,故他的研究充其量也只能是对"诗性思维"的研究,而不是对"诗"的研究。遗憾的是维柯却把二者等同了起来。"历史学家描述已发生的事,而诗人却描述可能发生的事,因此诗比历史是更哲学的、更严肃的:因为诗所说的多半带有普遍性,而历史所说的则是个别的事。"[3]诗中的这种理性、高度的概括性、预见性和智慧,远远不是原始人所能做到的。而且诗性思维和诗性智慧是具有最高级的灵性的人与生俱来的一种思维智慧,绝非原始人所独有。

原始诗性思维是建立在人对神的完全信仰和依赖基础上的。实际上,正是原始诗性思维本身限制了"诗"的产生。这种说法仿佛是自相矛盾的悖论,但"诗"既然是高级文化形态,那么"诗"的产生需要人们首先摆脱、超越低级的原始神性思维,迈向理性的、面向人类的思维。而从各种方面看,中国人思维的这种迈进和飞跃是在西周时期。真正的诗的思维和诗人的思维,绝不是人类文化学上而言的原始诗性思维。人们只是借"诗性思维"这个词来表达、形容原始人的

---

① 朱光潜:《西方美学史》,人民文学出版社,1981年。
② 韩作荣:《诗歌讲稿》,昆仑出版社,2007年。
③ 朱光潜:《西方美学史》,人民文学出版社,1981年。

思维方式、思维特点和思维等级,而不是说人类在"诗性思维"时代就有了"诗",就有了写"诗"的能力。

诗人用情感和心灵去关注世界,这与原始诗性思维相近,但绝不相同。人类关注世界的方式由情感而发展到理性,而诗人再次以情感关注世界,这绝不是倒退,而是又一次超越。从情感,到理性,再到情感,这第三阶段的"情感"(即诗人的关注世界的情感)绝不等同于第一阶段的情感。诗人的情感是包含理性的,原始人的诗性思维是不包含理性的。诗和诗人之可贵,就在于这种高级的情感因素。

情感、思想需要表达,而表达出来的情感、思想同样需要被理解,而无论何种理解、哪一层次层面上的理解,都需要理性的参与。费尔巴哈说:"感情只对感情讲话。只有感情、感情本身,才能理解感情。因为只有感情,才是感情本身之对象。思想只对思想讲话。"①对于高级的文化形态"诗"的理解,即使排除语言、文字等各种物质条件的因素,原始人也是做不到的。"诗"在最初产生之时是高级文化,不仅高级在语言和艺术形式方面,而且高级在内容方面:最初的诗都是关于国家、民族之大义、大节的情怀,而不是一己之个人情怀,此即所谓"诗言志"。这对于远古时期的原始人,更是不可能有的事。没有国家,安有国家情怀?

(二) 周代之前的"歌"与"志"

《礼记·大学》:"汤之《盘铭》曰:'苟日新,日日新,又日新。'"从"诗"的发生学角度看,今人有认为《诗三百》之前曾有过一段三言诗的时期,这个观点是有争议的。因为从"诗"的角度看,"苟日新,日日新,又日新"不是诗,它们只是"诗"产生之前具有诗性文化因素的格言警句。它们与早期的"诗言志"之"志"相类,即具有格言警句、谚语的性质。虽句式整齐,但它们既没有"诗"之名,亦没有"诗"之实。如果认为这就是三言诗,那么"断竹,续竹,飞土,逐宍"就应是二言诗了,这种推论和结论是不能成立的。

　　《淮南子·人间训》:"千里之堤,以蝼蚁之穴漏;百寻之屋,以突隙之烟焚。尧戒曰:'战战栗栗,日慎一日。人莫蹪于山,而蹪于垤。'"

　　《列子》:"帝治天下五十年,不知天下治与不治与亿兆愿戴己与,乃征服游于康衢,闻儿童谣:'立我蒸民,莫非尔极。不识不知,顺帝

---

① 吉德炜:《考古学与思想:中国的诞生》,中国社会科学院考古研究所编:《考古学的历史·理论·实践》,中州古籍出版社,1996年。

之则。'"

《尚书·商书·汤誓》："夏王率遏众力,率割夏邑。有众率怠弗协,曰:'时日曷丧?予及汝皆亡。'"

《国语》郭偃曰:"商之衰也,其铭有之:'嗛嗛之德,不足就也。不可以矜,而只取忧也。嗛嗛之食,不足狃也。不能为膏,而只离咎也。'"

《大戴礼记》载盥盘铭武王之歌曰:"与其溺于人也,宁溺于渊。溺于渊犹可游也,溺于人不可救也。"《带铭》记武王歌曰:"火灭修容,慎戒必恭,恭则寿。"

《太平御览》引《太公金匮》:"武王曰:'吾随师尚父之言,因为《书铭》,随身自戒:"行必虑正,无怀侥幸。""自致者急,载人者缓。取欲无度,自致而反。""石墨相著而黑。邪心谗言,无得污白。""忍之须臾,乃全汝躯。"'"

《后汉书·崔骃传》注引《太公金匮》曰:"吾欲起居之戒随之以身:'辅人无苟,扶人无咎。'"《太平御览》引《太公阴谋》:"毫毛茂茂,陷水可脱,陷文不活。"

以上这些例子,所记内容虽是周代之前事,但均为后世之书所记,且记者均不以"诗"视之,而曰戒、曰铭、曰歌、曰谣,可知书的作者亦知它们的性质不是诗。它们仍然是与"志"(格言警句、谚语)相类似的语言。虽曰"诗言志",但"志"本身并不是"诗"。这正如同《尚书·牧誓》牧野之战前周武王引用"古人之言"曰:"牝鸡无晨。牝鸡之晨,帷家之索。"《左传》僖公五年:"谚所谓'辅车相依,唇亡齿寒'者。"虽都是与《诗》一样的四言句式,但总不能认为这些也是"诗"吧?

《尚书大传》:"微子朝周,过殷故墟,见麦秀之蔪蔪兮,禾黍之蝇蝇也,曰:'此固父母之国。'乃为《麦秀之歌》。歌云:'麦秀蔪蔪兮,禾黍油油。彼狡童兮,不我好仇。'"

《史记·伯夷列传》:"武王已平殷乱,天下宗周,伯夷、叔齐耻之,义不食周粟,隐于首阳山,采薇而食之。及饿且死,作歌云:'登彼西山兮,采其薇矣。以暴易暴兮,不知其非矣。神农虞夏忽焉没兮,我安适归矣?吁嗟徂兮,命之衰矣!'"

以上这两条记载虽较为可信,但它们明确曰"歌",不曰"诗",说明作者的立言是谨慎而准确的。虽然它们很接近于诗,后人也可以把它们当作诗,但微子、伯夷、叔齐均是殷商之人,其时没有"诗"的概念,这与有"诗"之名之后的有意识地作诗,性质是有所不同的。

> 《琴苑要录》:"《水仙操》,伯牙所作也。伯牙学琴于成连,三年而成,至于精神寂寞、情之专一未能得也。成连曰:'吾之学不能移人之情,吾师有方。'子春在东海中,乃赍粮,从之至蓬莱山。留伯牙曰:'吾将迎吾师。'刺船而去,旬时不返。伯牙心悲,延颈四望,但闻海水汩没,山林窅冥,群鸟悲号。仰天叹曰:'先生将移吾情。'乃援琴而作歌:'繄洞渭兮流澌濩,舟楫逝兮仙不还。移形素兮蓬莱山,歆钦伤宫仙石还。'"
>
> 《孔子家语》:"舜弹五弦之琴,歌南风之诗。其诗云:'南风之熏兮,可以解吾民之愠兮。南风之时兮,可以阜吾民之财兮。'"
>
> 《艺文类聚·歌》:"帝舜乃唱之曰:'卿云烂兮,礼缦缦兮,日月光华,旦或旦兮。'八伯咸进。稽首曰:'明明上天,烂然星辰,日月华,弘兮一人。'帝乃再歌曰:'日月有常,星辰有行,四时从经,万姓允诚,于予论乐,配天之灵。'"

以上这些"诗"应系后人的伪托,不可作为"诗"产生的凭据。

(三) 殷商甲骨卜辞的诗性思维和立言方式

中国文化整体上而言是诗性文化。中国"诗"产生之前,已经有一些具有诗性的文化因素存在,如甲骨卜辞的立言方式、《周易》卦、爻辞的思维和立言方式等。这些具有诗性因素的文化,是促成中国"诗"正式产生的基础和铺垫,但它们本身并不是诗,而只是具有了一种诗性的思维和立言方式而已。现代学者常将殷商甲骨卜辞里句式较为整齐的韵文和《易经》卦辞、爻辞看作中国诗古老的源头,这种视为源头的观点是对的,但若将它们直接视为诗,则无法令人信服。

甲骨卜辞,顾名思义,是将占卜的结果刻在龟甲兽骨上而留传下来的占卜之辞。这种占卜之辞尽管有齐言化和押韵的倾向,但它们本就不是为了写诗,那么其言辞有可能是"诗"吗?答案是否定的。中国诗产生于西周初期,周公制礼作乐,产生了中国最早的"诗":《周颂》。"制作"对于最早的"诗"的产生实在是太重要了,因为对于"诗"而言,早期没有真正的创作,"制作"就是创作,是一种有意识、有目的的艺术行为。尽管中国最早的"诗"《周颂》是在祭祀言辞的基础上"制作"的,但"制作"之前那些作为原材料的仪式言辞是不可以称为"诗"的。殷商甲骨卜辞即是未经"制作"的原始卜辞,它们的性质只能是卜辞,而不是"诗"。

下面是学者举证较多的甲骨卜辞中被认为是"诗"的例子:

癸卯卜,今日雨?其自西来雨?其自东来雨?其自北来雨?其自南来雨?(《甲骨文合集》12870)

己巳王卜,贞,□岁商受年?王占曰:吉。东土受年?□。南土受年?吉。西土受年?吉。北土受年?吉。(《甲骨文合集》36975)

有不少学者将它们与汉乐府《江南》相比较,以此证明有些卜辞即是"诗":"江南可采莲,莲叶何田田,鱼戏莲叶间。鱼戏莲叶东,鱼戏莲叶西,鱼戏莲叶南,鱼戏莲叶北。"我们认为这种观点是错误的。有些甲骨卜辞具有一定的文学性,有一定的诗性因素,我们可以把它视为诗产生之前的诗性文化,它对于中国诗的产生起到了铺垫、启蒙的作用。但如果直接认为卜辞就是诗,则不能成立。把上两例卜辞与汉乐府《江南》相比较,很明显,《江南》是纯抒情的,歌辞的宗旨不在于叙采莲之事,也不在于写莲叶、鱼等事物,而在于抒发江南采莲之情。而卜辞就不同了,卜辞记"雨",就是为了记事。虽然其"事"并不是真实发生的事,而是占卜期盼的事,但记"事"是卜辞的宗旨。卜辞作者不是为了抒写而记,而是有明确、直接的功利目的。如上两条卜辞,一为求雨,一为求丰年,它们显然不是为了抒写"情志"而作诗。

陈桐生认为,殷商甲骨卜辞的艺术成就体现在三个方面:一是甲骨卜辞堪称中国记叙散文之祖,已经具备记叙散文的时间、地点、人物、起因、经过、结果这些基本要素;二是用字精炼,措辞精确,验辞中有少量描写文字不乏精彩之笔;三是开始运用一些简单的比喻修辞手法,如:"王占曰:有祟。八日,庚戌,有各云自东,冒母(晦)。昃,亦有出虹,自北饮于河。"把弧形的彩虹比作巨龙饮于黄河,充满了想象力。① 笔者认为,正如陈桐生所言,殷商甲骨卜辞的文学性仅此而已。陈桐生在文中还认为,"求雨"卜辞与汉乐府《江南》只是偶然的形式巧合。这是因为从东西南北四个方位的贞问是殷商占卜的一个基本规则,这就如同古今中外招魂词多从东南西北四方呼唤魂灵归来一样。从殷商甲骨文中可以找出不少四方贞问的例子,如:"贞(乎)田(从)西?贞乎田从北?贞乎田从东?贞乎田从南?"(《甲骨文合集》10903)"东方曰析,风曰协。南方曰夹,风曰微。西方曰

---

① 陈桐生:《殷商甲骨卜辞的散文成就》,《铜仁学院学报》2018 年第 11 期。

夷,风曰彝。北方曰宛,风曰伇。"(《甲骨文合集》14294)这些卜辞都是从东南西北四方贞问,它们完全出于占卜的需要,用的都是占卜的语句。此类卜辞句式排列整齐,这是因为四方贞问的内容完全相同。

即使殷商甲骨卜辞在当时可以配乐奏唱,它们也只能是歌,而不是诗。不仅因为它们没有"诗"之名,更因为它们在语言表达上达不到"诗"的语言的精致,也没有诗的情韵。唐兰说:"卜辞本身不能代表商代的文学,它只是属于太卜的龟室里面的一大批陈年档案,要在这里面求伟大的文学作品,是不可能的。"①

鲁迅先生认为:

> 巫史非诗人,其职虽止于传事,然厥初亦凭口耳,虑有愆误,则练句协音,以便记诵。文字既作,固无愆误之虞矣,而简策繁重,书削为劳,故复当俭约其文,以省物力,或因旧习,仍作韵言。今所传有黄帝《道言》(见《吕氏春秋》),《金人铭》(《说苑》),颛顼《丹书》(《大戴礼记》),帝喾《政语》(《贾谊新书》),虽并出秦汉人书,不足凭信,而大抵协其音,偶其词,使读者易于上口,则殆犹古之道也。②

杨公骥认为甲骨卜辞"并不是文学作品",而是"具有特殊格式的文体"。③ 这实际上就否定了甲骨卜辞是诗的观点。徐正英从三个层面考察了殷商甲骨刻辞的文艺思想因素:通过对带"伐""舞""奏""文"等辞条的考察,发现商朝人有浓厚的尚文意识;通过对"占""谱""册""祝""诰"等刻辞的考辨,发现商朝人具备了朦胧的文体意识;通过对甲骨刻辞字、句、篇的例释,发现商朝人已具备了较明晰的写作意识。为使记事效果更佳,记事者选用了多种类型的句子,除陈述句外,还运用了疑问句、告诫句、判断句、选择句、假设句等,在所记内容的详略取舍上也颇费了些心思。所以认为:殷商甲骨刻辞中已蕴含了初步的文艺思想因素。④ 这个结论我们可以赞同。周代文学的繁荣不是无源之水、无本之木,周代兴起的任何文体都不会没有源头。然而"源"与"流"毕竟有着性质的不同,有了诗性因素和思维,未必就有了诗。对甲骨卜辞的文学定性,只能认为它们有了一些文学因素的萌芽,有了一定的诗性思维和诗性表达方式,但它们本身不是

---

① 唐兰:《卜辞时代的文学和卜辞文学》,《清华学报》1936 年第 3 期。
② 鲁迅:《汉文学史纲要》,北京联合出版公司,2014 年。
③ 杨公骥:《中国文学》,吉林人民出版社,1980 年。
④ 徐正英:《甲骨刻辞中的文艺思想因素》,《甘肃社会科学》2003 年第 2 期。

"诗"。

上文所举的有一定文学因素的"求雨"卜辞,在殷商卜辞中并不占多数。大量的殷商甲骨卜辞都是如下:"癸巳卜,壳爻贞,旬亡田(咎)?王曰:(有)(祟),其(有)来(艰)。气(迄)至五日丁酉,允(有)来(艰)自西。沚告曰:'土方正于我东鄙,(灾)二邑。(工口)方亦帚我西鄙田。'"(郭沫若《卜辞通纂》第五一二片)如果把这样的卜辞也和"诗"挂上钩,实在没有任何依据和可信度。

有人认为,"卜辞既然是巫术占卜的产物,那么巫师通神的语言表达方式就有可能是一种说唱,可以想见这种口头的占卜式说唱肯定是十分具有文学表演色彩或文学特性的,比如口头的语调、节奏与韵律以及大量的说词。"[1]这种超越了卜辞性质的夸大其词的观点很容易误导、诱惑人,让人误以为殷商已经有了可以与周代文学相提并论的较为繁荣的文学,这是不能成立的。原始巫师或殷商巫师的说唱或歌舞至多具有一定的艺术性,而不是文学性。说唱的言辞的艺术性不会高于刻记下来的卜辞的艺术性,因为刻记下来的言辞也是经过一定程度的筛选和提炼。殷商甲骨卜辞最高的艺术性就是我们所见的卜辞,而不是存在于巫师的说唱中。这种情形类似于屈原加工创作的《九歌》与楚国巫歌的关系,其精与粗的关系自不待言。

殷商甲骨卜辞中含有诗性文化和诗性智慧,它们是中国文化和中国人思维、智慧发展的一个环节,但它们本身不是诗。实际上,正是甲骨卜辞本身,约束、限制了"诗"在殷商时代的产生。因为这种记录在甲骨上的文字、文辞,是当时最精致、最高级、最美的文辞,它们完全可以满足殷商之人在人神沟通方面的需要,因而无需在文化上创新。在以卜辞为至高无上的文辞的时代,文辞表达上的创新会被视为另类,视为异端,而遭到排斥甚至扼杀。除非支撑这种文化的政治制度被推翻,否则卜辞文化时代还将延续下去。在卜辞文化盛行的时代,如果能产生像《商颂》这样的正规的诗,高级的文学艺术,是大为异常,不合情理的。

遍检卜辞,"奏舞"一辞出现了 29 次,"舞"字出现了 198 次,殷商乐舞之宏富自不殆言。[2] 舞的兴盛正是殷商巫文化和神灵思维的产物。巫、神思维支配下的文化,压抑、限制了以指向人、以人为宗旨的高级文化"诗"的产生。人只有把目光、情感、心灵从注重神的世界转向注重人的世界,思维才能摆脱禁锢而获得进步和飞跃,各种文化才能由此获得进步和飞跃,因为"文化"是指人创造的并且

---

① 蔡先金:《从文学史的角度:甲骨卜辞透视》,《社会科学战线》2015 年第 9 期。
② 李振峰:《甲骨卜辞与殷商时代的文学和艺术研究》,哈尔滨师范大学 2012 年博士学位论文。

为人而创造的物质和精神财富。而中国人这种对神、人世界关注的转变是在西周建立之后,这一点无需更多论述,因为这是学界的共识。神灵意识禁锢下的人的思维是狭隘的、迟钝的,这与"诗"的创造、创作、创新精神是相悖的。从这个意义上说,中国"诗"的产生是中国文化的分水岭——神的世界和人的世界的分水岭。神的世界压抑、限制、阻碍了人的世界,因而神的文化也压抑、限制、阻碍了人的文化。如果人类社会没有从以神为中心的世界迈进、飞跃到以人为中心的世界,"诗"就不可能产生。

"殷人尊神,率民以事神,先鬼而后礼。"(《礼记·表记》)孔子所言绝不是一般现象,而是对时代文化特征的高度概括。西周建立之后,祭祀文化由殷商的神性祖先祭祀过渡到西周的血缘祖先祭祀,"卜辞"这种形式的文辞已经不能满足周人对血缘祖先祭祀的需要,周人需要创造一种更精致、更优美的文辞,用于人与神的沟通和交流,表达对血缘性祖先的亲近和敬仰。于是以西周初期周公制礼作乐为起点,创作了句式整齐、有节奏、押韵的"诗"。从中国语言文字、文辞的发展角度看,"诗"在西周初期的产生,就是为了代替殷商的"卜辞"文化,以在祭祀的内容和形式上与殷商彻底决裂,划清界限。从这个意义上说,诗的产生不仅是文学上划时代的大事,它也标志并宣示着一个新时代的诞生。

(四)《易经》的诗性思维和立言方式

比起殷商甲骨卜辞,《周易》中大量的卦辞、爻辞更具有诗性特征,更易于让人认为它们是诗,这正是学界越演越烈的一种错误认识倾向和观点。但实际上,《易经》卦辞、爻辞的思维方式和立言方式都还是殷商甲骨卜辞时代的思维方式和立言方式,因此它们不是诗。如:"鸿渐于陆,夫征不复,妇孕不育。"显然是卜辞时代的巫术性质的思维和立言方式,而不是"诗"所具有的高级抒情形态。

从甲骨卜辞到《易》卦爻辞,简单纪实性的文字,渐渐发展为带有一定雕饰成分的美文,艺术审美观念逐渐提高,它们必然会对后世文学产生一定的影响。《诗》的艺术形式的丰富完善,反映了文化审美情趣的进一步提高。但《易》与《诗》的传承关系又较为复杂,因为《易》的编集有一个过程,或认为商末周初,或认为西周末东周初。《易》与《诗》有一个艺术传承的交叉期。《易》对《诗》艺术手法的传承表现在:其一,"比兴"手法的运用。如《坤》六四:"括囊,无咎无誉。"《小畜》九三:"舆说辐,夫妻反目。"《明夷》初九:"明夷于飞,垂其左翼,君子于行,三日不食。"《中孚》九二:"鸣鹤在阴,其子和之;我有好爵,吾与尔靡之。"其二,"叠字"的运用。《乾》九三:"君子终日乾乾,夕惕若。"《履》九二:"履道坦坦,幽人贞吉。"《贲》六五:"贲于丘园,束帛戋戋。"《颐》六四:"虎视眈眈,其欲逐逐。"其三,用韵。《否》九五:"其亡其亡,系于苞桑。"《同人》九三:"升其高陵,三岁不兴。"《革》上六:"君子豹变,小人革面。"《渐》六二:"鸿渐于磐,饮食衎衎。"这些有韵之句使得卦爻辞更具艺术性,读之朗朗上口,但其中并没有统一规则可循。发展到《诗》,则出现多种多样的韵式,有的句句用韵,有的隔句用韵,或隔章用韵,形式复杂多样。《易》卦爻辞并非真正的诗体,它只是具有诗的原始素质,并不是诗的自觉表现。

《诗》与《易》在性质上是不同的。卜辞的性质是占卜记事,《易》的性质是哲理,《诗》的性质是抒情。性质的不同,决定了它们必定不是同一种文体。"人们起初只感触而不感觉,接着用一种迷惑而激动的精神去感觉,最后才以一颗清醒的心灵去反思。这条公理就是诗性语句的原则,诗性语句是凭情欲和恩爱的感触来造成的。"[①]卜辞和《易经》中诗性文化的最重要作用,在于它们的诗性智慧对诗的产生的铺垫和启发作用。如果把诗的产生比喻为日出,那么卜辞和《易经》中的诗性文化和诗性智慧则是黎明前的曙光。

卜辞以兆象为基本元素,"易"以卦象、爻象为基本元素,它们的基本性质都是一种原始思维模式,即原始人的非语言的图像思维模式。《诗经》的兴象虽然也是"象",但它是以语言为工具和载体的,故与卜辞的兆象和"易"的卦象、爻象性质有所不同。以语言为载体的"象"显然比非语言的图"象"更高级,更复杂。没有这种文化的进步和飞跃,就不可能有"诗"的产生。语言与图"象"的不同,把"诗"与卜辞、"易"在性质上区别开来。这种性质的不同,也就是"诗"与非"诗"的不同。"诗"的产生是以语言文字的进步和飞跃为基本前提条件的。"象"也是一种表达方式。卜辞的兆象和"易"的卦象、爻象是对"诗"的一种铺垫和启蒙。不过它们性质不同:卜辞兆象的属性是民俗学,"易"之卦象、爻象的属性是哲学,而《诗》之兴象的属性是艺术、文学。三者的本质不同,是事、理、情的不同。

学界误以为甲骨卜辞和《易经》卦爻辞都是诗,于是有了"二言诗""三言诗"之说。笔者认为,这是不能成立的。周锡馥认为:"中国上古诗谣不少是由应和呼吸节拍形成的二言体模式,再由之演进为三言、四言体。《易经》作为散文韵化先驱之一,自然受到诗谣的影响,所以许多卦爻辞都句短语促,韵位亦密。由此可见,在中国文学史上,首先成熟的应当是二言诗体,而非四言体。请看一些上古诗谣的例子:断竹,续竹。飞土,逐肉。(《吴越春秋》引古孝子《弹歌》)瓯窭,

---

① [意]维柯:《新科学》,商务印书馆,1997年。

满篝;污邪,满车。五谷,蕃熟。穰穰、满家。(《史记·淳于髡传》引古《禳田者祝》)"①

笔者按:首先,把这些远古歌谣称为"诗谣"就大有问题。远古歌谣之所以称为"歌谣",就因为它们只能是"歌""谣",而不是"诗"。虽然它们与"诗"相近,但它们是"诗"产生之前的文化形态,"歌""谣""诗"是不同时间产生的不同文化、文学形态,它们有艺术上低级与高级的不同,精与粗的不同。这正如同后世陆续产生的文学形态:辞赋、骈文、词、曲,不能笼统混一地称之为"诗"一样。诗就是诗,不是歌、谣、赋、词、曲。没有这种概念的明确和细化,文学研究就无从谈起,无从下手。

其次,其所举的《禳田者祝》这种祝辞更不是"诗",比起歌、谣,它与"诗"的距离更大。虽然最早的"诗"大都是根据现成的言辞加工"制作"而成的,但未"制作"(即指"制礼作乐")之前的"言辞",与"制作"之后而形成的"诗",两者的性质有着本质的不同。"制作"之后而成的"诗"是艺术,是文学,"制作"之前的那些特殊的"言辞",虽也有一定的艺术、文学因子,但它们终归是"言辞",而不是正式的文学。这正如同未制作之前是麦子、面粉,制作之后是馒头,你不能把制作之后而成的馒头再称为面粉吧? 实际上,"加工""制作"正是"诗"与"非诗"的分水岭。因为"加工""制作"带来了"精"与"粗"的不同,"加工""制作"造就了精致的文化和文学。那种认为原始的巫术咒语、祝辞、卜辞等都是"诗"的观点,注定是错误的,本质上是对"诗"的性质的认识不清而造成的错误的、模糊的、肤浅的认识。

其三,《禳田者祝》根本不是二言一句,而是明显的四言。这种为证明"二言诗"之说而硬性地割裂文句的作法,就不值得一辩了。正如同周锡𩁖在文中把《乾卦》爻辞硬性地标读为:"见龙、在田。利见,大人。飞龙、在天。利见,大人。"研究《易》、读《易》的人从来没有这种读法,因而其观点、结论当然是错误的。中国远古时期没有所谓的"二言诗""三言诗"时代,或许只有"二言""三言"思维和立言方式的时代。一些见于记载的零星的"二言""三言",即使它们确实是远古时期的言、文,它们也绝不是"诗",而只能属于歌、谣之类。中国"诗"一开始就是四言诗,即始于周代的诗歌。《诗经》时代的四言句式只能适应于当时的音乐形式,不可能也适应更久远的音乐形式。"②

解《易》,必须抓住其"理";解《诗》,必须抓住其"情"。实际上人们历来也确

---

① 周锡𩁖:《论〈易经〉标点的原则与方法》,《周易研究》2009 年第 6 期。
② 陈本益:《汉语诗歌形式的"细胞"》,《中国文学研究》2007 年第 1 期。

是这么做的,这当然是对的,因为《易》与《诗》性质不同,这种不同的最基本方面就是由诗与非诗而带来的明理和抒情的不同。当然,《易》与《诗》的不同,不是截然相反、水火分明的不同,而是一种有着近似因素的不同。《周易》中的有些句子,不仅有韵文化的倾向,甚至还有了起兴的意味。如《中孚·九三》:"鸣鹤在阴,其子和之。我有好爵,吾与尔靡之。"《明夷·初九》:"明夷于飞,垂其翼。君子于行,三日不食。"实际上,《诗经》中有些诗句表达,其源头就在《周易》,这样的例子并不在少数。如《周易·渐》:"鸿渐于陆,夫征不复,妇孕不育。"《豳风·九罭》:"鸿飞遵陆,公归不复,于女信宿。"但无论如何,《周易》中的卦爻辞看似抒情,其实是在叙事;《诗经》的有关诗句,看似在叙事,其实是在抒情,这就是两者性质的不同。所以《周易》中的爻辞不是诗,只能是诗产生之前的具有诗性的文化因素。

崔波认为,从原始的卜筮到《周易》的卜筮,经历了长时期的演变,中国的文化也由此从蒙昧进入了文明状态。据近人研究,《周易》中断定吉凶的辞句同甲骨文的卜辞相比,有许多是相同的,"贞"字也是卜问之意。这说明《周易》中的占辞是脱胎于或模仿于卜辞的。但《周易》所讲的筮法以及《系辞》所说的以蓍求卦的方法,不会早于殷人的龟卜。[①] 李镜池认为,《周易》卦、爻辞本来是编纂而成的,编纂者一方面是编辑旧有的筮辞,一方面是有意为文。不用"何咎"(《随·九四》《睽·六五》),而用"何其咎",以与"复自道"作整齐的句法;"枯杨生稊"与"枯杨生华"互相对照;"艮其背,不获其身;行其庭,不见其人","女承筐无实,士刲羊无血",成对偶之文。这说明在周代诗歌产生之前,有一种散文句式向韵文句式发展演变的文化迹象。[②] 周玉秀认为,《周易》卦爻辞中的古歌产生较早,其中一些原以口头形式流传,作《易》者采之,并赋予象征意义;还有一些应当是《易经》作者的创造。其时代有早于殷末周初的,写定时间最晚也在西周早期。[③] 于弗认为,最早的韵语可以用来记事,未必是诗。即使到了韵文产生的时候,也不是所有的韵文都是诗。《老子》全用韵语写成,《庄子》《荀子》等书中也有部分韵语,王国维和郭沫若曾对周代的金文做过韵读,但是这些韵文并不是诗。[④]

"只有当节奏形式能固定与持久时,艺术才得以起步。"[⑤]就所能见的文字资

---

① 崔波:《殷周宗教思想嬗变初探》,《郑州大学学报》2007 年第 3 期。

② 李镜池:《周易探源》,中华书局,1978 年。

③ 周玉秀:《〈周易〉卦爻辞古歌的辑录原则及意义》,《西北师大学报》2011 年第 6 期。

④ 于弗:《关于诗的几个本质要素的辨析》,《文艺评论》2003 年第 1 期。

⑤ 〔德〕玛克斯·德索:《美学与艺术理论》,兰金仁译,中国社会科学出版社,1987 年。

料看,中国汉民族的语言节奏始于殷商甲骨卜辞,从卜辞发展到《易经》的卦辞、爻辞,在此基础上,周代的语言艺术得以再次进步,才有了"诗"的产生。但很明显,殷商甲骨卜辞和《易经》的卦爻辞的语言节奏是不固定的,只有到了周代的四言诗,语言表达才有固定的节奏。这一事实正验证了德国学者的观点。

第二章

发生学意义上的歌与诗

　　内容提要：先有歌，后有诗。歌与诗不仅发生的时间不同，它们的性质也不同。远古歌谣既没有"诗"之名，又没有诗之实，故它们不是诗。"歌"和"诗"是两个虽有联系，但实际上有很大不同的概念。"歌"属于俗文化，"诗"属于雅文化；"歌"从一开始就不分身份、地位，人人皆可歌，"诗"在一开始就产生于上层社会，它只是上层社会特定人群的文化产物和文化用品；"歌"源远流长，夏商周之前就有，"诗"则是中国的语言、文化、礼乐制度、人的思想认识水平和境界发展到一定阶段的产物。《周颂》是中国文学从歌到诗发展的桥梁和标本：它是高级的"歌"，是初级的、萌芽阶段的"诗"。春秋时期大量流行"诗曰"这一术语，以及《诗》文本在春秋时期的结集成册，其重要原因是"诗"在当时是个新事物。周代以前没有"诗"，只有"歌"。

一　发生学意义上的歌与诗

1. 歌、诗之辩：远古歌谣不是诗

　　按照一般人的观念，该是先有诗，再有歌吧，或者早期的歌、诗虽名称不同，实际并无大别吧。其实不然，早期中国歌、诗情况不是这样。先有歌，后有诗。歌与诗，不仅发生的时间不同，它们的性质也不同。

　　古人言乐、言诗，均从声音开始言起。《礼记·乐记》："凡音之起，由人心生也。人心之动，物使之然也。感于物而动，故形于声。声相应，故生变，变成方谓之音。比音而乐之，及干戚羽旄，谓之乐。"有了声音，然后就有了诗吗？情况肯定不会是

这样的。从声音到诗,中间还有漫长的发展过程,比如音乐的产生和文字的产生。文字的产生使无字的歌逐渐变成有字有义的歌。然而有字有义的歌仍然不是诗,诗是非常高级的文化形态,人类文明必须发展到一定程度才可能产生诗。否则的话,随便喊两嗓子就是诗,那么诗也就真的没什么了不起,没什么珍贵的了。

闻一多说:"想象原始人最初因情感的激荡而发出有如:啊、哦、唉或呜呼、噫嘻一类的声音,那便是歌的起源。不错,'歌'就是'啊',二者皆从可陪声,古音大概是没有分别的。"①闻一多认为,"啊"就是原始的发生期的歌,甚是。但是诗就没有那么简单了,单纯的"啊、哦"之类绝不是诗。鲁迅《且介亭杂文·门外文谈》里所言的劳动者发出的"杭育杭育"声,当然不是诗,它们与"诗"的距离太远。闻一多所言的"啊、哦"之类,因是由"情感的激荡"而发出,可以"歌"视之;至于劳动者发出的"杭育杭育"声,视之为"歌"都勉强,更不用说"诗"了。

《淮南子·道应训》:"今夫举大木者,前呼'邪许',后亦应之,此举重劝力之歌也。"称为"举重劝力之歌",因为这种"邪许"之辞绝不能称之为"诗"或"诗歌",它们与"诗"无关,它们与"诗"在内容上和时间上的距离都很遥远。前人不辨"歌"与"诗"之别,把很多原始歌谣、甚至连歌谣都称不上的"邪许"类之辞,一并混言之曰"诗歌",这显然是很不严谨、不准确的,也是不正确的。

梁启超说:"歌谣既为韵文中最早产生者,则其起源自当甚古。质而言之,远在有史以前半开化时代,一切文学美术作品没有,歌谣便已先有。"②陈钟凡说:"世界各国文学演进之历程莫不始于讴谣,进为诗歌。中国古籍所传葛天氏之八阕(《吕氏春秋·大乐篇》)、伊耆氏之《蜡辞》(《礼记·郊特牲》)及古孝子《断竹之歌》(《吴越春秋》)、尧时《击壤之颂》(《帝王世纪》),其名目虽存,而遗文逸句莫能尽识。虽真伪无从臆测,要皆为尚世之讴谣可以断言。"③鲁迅《汉文学史纲要》:

> 在昔原始之民,其居群中,盖惟以姿态声音自达其情意而已。声音繁变,寝成言辞,言辞谐美,乃兆歌咏。时属草昧,庶民朴淳,心志郁于内,则任情而歌呼,天地变于外,则祗畏以颂祝,踊跃吟叹,时越侪辈,为众所赏,默识不忘,口耳相传,或逮后世。复有巫觋,职在通神,盛为歌舞,以祈灵贶,而赞颂之在人群,其用乃愈益广大。
>
> 诗歌之起,虽当早于记事,然葛天《八阕》,黄帝乐词,仅存其名。

① 闻一多:《神话与诗·歌与诗》,吉林人民出版社,2013年。
② 梁启超:《中国之美文及其历史》,台湾中华书局,1956年。
③ 陈钟凡:《中国韵文通论》,中华书局,1936年。

《家语》谓舜弹五弦之琴，造《南风》之诗曰："南风之薰兮，可以解吾民之愠兮；南风之时兮，可以阜吾民之财兮。"《尚书大传》又载其《卿云歌》云："卿云烂兮，纠缦缦兮，日月光华，旦复旦兮！"辞仅达意，颇有古风，而汉魏始传，殆亦后人拟作。其可征信者，乃在《尚书》，《皋陶谟》曰："夔曰'：於！予击石拊石，百兽率舞，庶尹允谐。'帝庸作歌曰：'敕天之命，惟时惟几。'乃歌曰：'股肱喜哉，元首起哉，百工熙哉！'皋陶拜手稽首扬言曰：'念哉！率作兴事，慎乃宪，钦哉！屡省乃成，钦哉！'乃赓载歌曰：'元首明哉，股肱良哉，庶事康哉！'又歌曰：'元首丛脞哉，股肱惰哉，万事堕哉！'帝曰：'俞，往，钦哉！'"以体式言，至为单简，去其助字，实止三言，与后之汤之《盘铭》曰"苟日新，日日新，又日新"同式；又虽亦偶字履韵，而朴陋无华，殊无以胜于记事。然此特君臣相勗，冀各慎其法宪，敬其职事而已，长言咏叹，故命曰歌，固非诗人之作也。[①]

鲁迅先生的这段话，除"诗早于记事"的观点有争议之外，其余论述都很精确。如他认为早期的任情而歌是口耳相传的，既是口耳相传，则无文字记载，到了周代，偶被记载，亦不是"诗"，因为它们既没有"诗"之实，亦没有"诗"之名。这些被记载下来的歌，偶有被称为"诗"的，亦是记录者从自己的角度而立言的。

《说文》："歌，咏也。"徐锴《系传》："歌者，长引其声以咏也。"《释名》："人声曰歌。"《韩诗章句》："有章曲曰歌，无曰谣。"《古乐府》注："齐歌曰讴，吴歌曰歈，楚歌曰艳。奏乐曰登歌、曰升歌。""登歌""升歌"见于《周礼》，它们显然是周代奏乐术语，不是原始之"歌"义。唐段安节《乐府杂录》："歌者，乐之声也，故丝不如竹、竹不如肉，迥居诸乐之上。善歌者必先调其气，氤氲自脐间出，至喉乃噫其词，即分抗坠之音。既得其术，即可致遏云响谷之妙也。"《尔雅》："声比于琴瑟曰歌。"相比之下，这个阐释其实是比较贴切的，因为琴瑟之声是有音调的，人声模仿琴瑟之声而发出的有情感、有音调的长咏，当然就是歌。原始意义的歌当然是徒歌，后来才有依凭乐器的"弦歌"。

因为远古之"歌"是非正式的、非仪式的随意而歌，它无需文字记载，限于各种条件因素，也不可能有文字记载，故古籍中记载的远古之"歌"十分零散，数量很少。"歌"在文字产生之前就已经有，而且其数量应该很多，远多于人们已知的或可预知的周代"诗"的数量。然古籍文献中记录下来的先秦之前的"歌"如此之

---

① 鲁迅：《汉文学史纲要》，岳麓书社，2013 年。

少,正是因为"歌"与"诗"在发生学意义上有所不同,即"歌"的创作具有随意性和非记诵、传诵性。故在中国诗的发生期周代,就形成了第一部诗集,而先秦之前的大量的歌只零散地记载于部分文献中。

《吕氏春秋·音初》:"禹行功,见涂山氏之女。禹未之遇,而巡省南土。涂山氏之女乃令其妾候禹于涂,女乃作歌,歌曰:'候人兮猗。'"仅此一句,只能是歌。

《吕氏春秋·古乐》:"帝尧立,乃命质为乐。质乃效山林谷之音以歌,乃以麋冒缶而鼓之。"此处"效山林谷之音"的"歌",其实略同于"啸"。

《吕氏春秋·古乐》:"昔葛天氏之乐,三人操牛尾,投足以歌八阕:一曰载民,二曰玄鸟,三曰遂草木,四曰奋五谷,五曰敬天常,六曰达帝功,七曰依地德,八曰总万物之极。"此处之"歌"有"乐"相伴,且有乐章,是比较成熟的歌,但它仍然只能是"歌"。试想:"候人兮猗"一句尚被记载,若此处有较为完整、较有规模的辞章,不应其辞全无记录。既无记录,说明其辞极为简略,不完整,不成规模,故只能是"歌"。

值得注意的是,《吕氏春秋·古乐》篇遍举远古歌乐,均未出现"诗"字,直至周代,方曰:"周文王处岐,诸侯去殷三淫而翼文王。散宜生曰:'殷可伐也。'文王弗许。周公旦乃作诗曰:'文王在上,於昭于天。周虽旧邦,其命维新。'以绳文王之德。"这正是《大雅》之首篇《文王》的诗句。这个例子是很耐人寻味的。

关于歌与诗的争议,前人所引较多的是以下几个例子:

《吴越春秋》:"越王欲谋伐吴,范蠡进善射者陈音,音楚人也。越王请音而问曰:'孤闻子善射,道何所生?'对曰:'臣闻弩生于弓,弓生于弹,弹起于古之孝子不忍见父母为禽兽所食,故作弹以守之。歌云:"断竹,续竹。飞土,逐宍。"'"

《礼记·郊特牲》:"伊耆氏始为蜡:'土反其宅,水归其壑,昆虫毋作,草木归其泽。'"

《帝王世纪》:"帝王之世,天下太和,百姓无事,有老人击壤而歌:'日出而作,日入而息。凿井而饮,耕田而食。帝力于我何有哉?'"

相对于《吕氏春秋》所记载的歌,这几个例子较有规模,词句更完整,意思更连贯,更容易被认作是诗。但它们内容极简,几乎不可咏诵。而"诗",即使是最简的诗,也是可以咏诵的。故它们明确曰"歌",而不曰"诗"。有人认为,它们句式较整齐,它们就是原始的诗。但句式整齐并不意味着它们是诗。这样的远古歌谣,它们既没有"诗"之名,又没有诗之实,故它们肯定不是诗。并且记载这些歌谣的书皆成书于先秦以后,就可能带有后人想象、附会甚至编造的因素。李昌集说:"中国早期文献中记录的远古歌辞,有着某种代代相传的遥远历史记忆,于是学人们普遍认为周诗四言体的历史源头是远古时代的原始歌辞。依据是远古歌辞中已有二言体和四言体，前者如《吴越春秋》传录的《弹歌》、后者如《礼记·郊特牲》传录的《蜡辞》等。这一看法宏观上不无可取，但在学理上要解决这样的问题：远古尚无文字，文献中的远古歌辞均为后世的传录，由于中国古代口头语言和文字语言并不直接对应，因而文献中的远古歌辞只是传录者对古老传说的当下书写，并非远古歌辞的本原形态。"①所以，如果认为《弹歌》《击壤歌》《伊耆氏蜡辞》就是"诗"的话，显然是没有根据的，不可凭信。否则，如果认为远古就有了大量的"诗"的话，那么甲骨文中为什么没有出现"诗"字？《周易》中为什么没有出现"诗"字？任何事物的产生、形成都不是空中楼阁，"诗"在产生、正式形成之前，必定有一些虽然不是"诗"、但与诗有关、为"诗"的产生、形成做铺垫的文化、文学因素。但不能把这些做铺垫的非诗的"歌"视为"诗"，因为它们既没有"诗"之实，亦没有"诗"之名。"'歌'体的形成，其上溯时间则会提前至文字诞生以前的上古时期，而此时期则绝未出现以'诗'为名之指称。歌体是长久通行于社会的通俗语言概念，而诗体则是秉赋政治意义的文化符号。以诗体的形成与发展而论，诗产生于周代，先周无诗，尧舜禹时代与'诗'具有相似指称者均以'歌'指代。"②在中国人的心目中，一提到"诗""诗人"，就有敬慕的心理和情感，这正是因为"诗"从其产生之时起，就是一种神圣的事物，它不像"歌"那样通俗、随意。歌与诗虽然一直水乳交融，难以分别，但它们是两种不同的文化概念。若从发生学意义上来说，更不可等同视之。《诗三百》虽然可歌，但《诗三百》能名之曰《歌三百》吗？答案是否定的。实际上，"诗三百"之名本身正在于强调它是"诗"，以区别于周代之前没有诗时代的"歌"。

《说苑》载夏侯玄辨《乐论》曰："昔伏羲氏因时兴利，教民田渔，天下归之，时则有网罟之歌。神农继之，教民食谷，时则有丰年之咏。黄帝备物，始垂衣裳，时则有龙衮之颂。"《古今乐录》曰："周文王时，凤凰衔书而至，文王乃作歌。又黄帝、尧之世，民乐无事，击壤之欢，庆云之瑞，因以作歌。"曰"歌"、曰"咏"、曰"颂"，而不曰"诗"。既未有"诗"之名，则其时必定未有诗。

2. 中国"诗"肇始于周代

（1）周代是中国诗的发生期

周泉根认为，检索分析出土和传世文献，发现在《易》和《诗》的时代，较之于

---

① 李昌集：《周诗体式生成论：文化文体学的视角》，《中国社会科学》2014 年第 7 期。
② 刘士义：《两汉经学与"歌诗"嬗变考》，《浙江学刊》2018 年第 1 期。

"诗","歌"更经常地代表我们今天所谓的诗歌,而"诗"则更像是乐教文化中的一个概念。综合诗、乐、歌谣之间的源流正变关系,我们发现,发乎自然性情的歌天然合乎自然之声律,乃诗之前身歌谣;而服务政教事功的诗却要求合乐而"中声之所止";因诗制乐旨在诵美讥过,诗之道乃是始于制礼之后,而制礼做乐发生在周代,做诗配乐也正是这个时代的产物。[①]

周锡认为:

> 韵文的出现却远远后于散文。认为韵文出现早于散文,有韵的诗在史前时代即已产生的说法,实在缺乏根据,只是想当然的臆测而已。真正押韵的早期古典诗歌,要到西周才出现。虽然商代已出现同字(音)相协的"前押韵"形式,但同韵相协这种真正的押韵形式乃萌芽于商周之际,而成熟于西周中晚期,与叠音构词、双声叠韵构词等其他声韵复叠形式大致同时发生。至此,汉语诗歌完成了从原始艺术向早期古典艺术的转变,中国第一种古典诗体——四言体也就成熟于此时。对韵文"成熟度"的认识,反过来可以鉴别上古诗文真伪。通观古籍记载的远古歌谣,它们的共同特点:1. 句式均齐或基本均齐,且运用对偶或排比句。2. 以上古音押韵,韵位很有规则。3. 除《击壤歌》末句外,都是同调相协。据此可以断定:它们绝不可能产生于西周中期以前,应是周秦间人的托古之作。其他古诗谣也可用类似方法去鉴别。[②]

周代有了诗及"诗"之名之后,歌与诗概念之别仍然是判然分明的。故先秦古籍有大量"引诗""赋诗",却没有"作诗"。而歌,不论什么身份的人,皆可随意而作。《左传》昭公十二年:"(南蒯)将适费,饮乡人酒。乡人或歌之曰:'我有圃,生之杞乎? 从我者子乎? 去我者鄙乎? 倍其邻者耻乎? 已乎已乎,非吾党之士乎?'"《左传》定公十四年:"卫侯为夫人南子召宋朝,会于洮。大子蒯聩献盂于齐,过宋野,野人歌之曰:'既定尔娄猪,盍归吾艾豭?'"春秋庚桑楚《亢仓子》:"亢仓子俯而循袵,仰而嘻,超然而歌曰:'时之阳兮信义昌,时之默兮信义伏。阳与默,昌与伏,泪吾无谁私兮,羌忽不知其读。'"在春秋时期,即使是有身份、地位的人,也只能"歌曰"。虽然这种歌近于诗,但仍称"歌"而不称"诗",可知春秋时期

---

① 周泉根:《西周礼乐文明之诗乐关系辨》,《南都学坛》2006 年第 2 期。
② 周锡:《中国诗歌押韵的起源》,《中国社会科学》1998 年第 4 期。

的"诗"是特指的。之所以"诗"在当时用于特指,是因为"诗"是周代才有的,"诗"在周代是个新事物,故周人不轻言"诗"。

《礼记·檀弓》:"孔子歌曰:'泰山其颓乎?'""泰山其颓乎"是一句话,当然不是诗,只能歌。班固《两都赋序》:"皋陶歌虞,奚斯颂鲁。""奚斯颂鲁"是诗,而"皋陶歌虞"却不是诗。"元首明哉,股肱良哉,庶事康哉",虽有诗性文化的因素,却无诗之名和实。

通过搜集、分析古文献中记载的先秦及其之前的"歌",可以看出,周代之前没有"诗",只有零散的、不成体系的"歌",故它们大多在文献中被称为"歌曰"。偶有称"诗"者,乃是文献作者自己的认识,并不是周代之前就已有诗。"诗"在最初是由特定身份的上层人物创作的。与此相印证,"赋诗""引诗"也都是有身份、地位的上层人物在特定场合才有的事。而与此相反、相对照的是,先秦文献中记载的"歌"却不分身份地位,人人皆可随意而歌。这充分证明了"歌"与"诗"的不同。周代以前没有"诗",只有"歌"。

古今很多人误以为诗产生得很早,其错误认识的根本原因是没有弄清歌与诗在概念、内涵上的不同,混淆了歌与诗两个不同层面、不同内涵而又有紧密联系、一直水乳交融地互相促进的两个概念。如刘师培《论文杂记》:"盖古人作诗,循天籁之自然,有音无字,故其起源甚古。"[①]有音有字者尚未必是诗,则有音无字者绝不是诗。

"歌"和"诗"是两个虽有联系,但实际上有很大不同的概念。"歌"属于俗文化,"诗"属于雅文化;"歌"从一开始就不分身份、地位,人人皆可歌,"诗"在一开始就产生于上层社会,它只是上层社会特定人群的文化产物和文化用品;"歌"源远流长,夏商周之前就有,"诗"则是中国的语言、文化、礼乐制度、人的思想认识水平和境界发展到一定阶段的产物。《国语》《左传》记载的"歌",皆是随时随地随意而歌,不分身份、地位;而"赋诗"却不是这样,得有一定身份、地位之人,在特定之场合,方可赋诗。之所以"赋诗",而不是作诗,这是由其时对诗的尊重决定的。说明其时之人对诗和歌的性质具有明确的认识。特别是对于原始人而言,歌并非如今人想象的高雅的艺术,而大抵只是一种本能、随意的情感和情绪表达和发泄,即如同说话和语言本身一样。

《文心雕龙·章句》:"寻二言肇于黄世,《竹弹》之谣是也;三言兴于虞时,《元首》之诗是也;四言广于夏年,《洛汭之歌》是也。"把二言、三言、四言之歌谣与诗

---

① 刘师培:《论文杂记》,人民文学出版社,1959年。

混为一谈，这也是不辨歌、诗之别之误。且把《尧典》演绎、假托性质的君臣对歌误以为真，也是不正确的。

《礼记·乐记》："故歌之为言也，长言之也。"从发生学意义上说，因为"歌"的内容和情感都极简单、单纯，故需用"长言之"以增强、弥补其内容和情感表达的不足。即使在后世"歌"的艺术发展到高级阶段，与诗水乳交融之时，原始歌谣的"长言之"的方式，仍然保留着，一直至今。而诗，虽然不排斥"长言之"的方式，但因为诗的内容和情感表达都比歌复杂得多，所以这种方式对于它来说不是必须的。

春秋时人即兴之作，皆称之为歌、谣、讴、诵等。与之相应，《毛诗序》对《诗经》的阐释，特别是对《国风》的阐释，没有一篇阐释为普通民众所作，这无疑是与"诗"的性质、地位、诗最初产生时的情形及周代的文化背景相吻合的。这种对比和不同说明：从发生学意义上说，歌、谣、讴、诵等不是诗。作为周代新事物的诗，是产生于上层社会的，不是产生于民间，这是"诗"与"歌"的一个最重要的不同。前人关于中国诗的产生的研究和探索，其实只是在研究探索"歌"而已。

从文学的角度说，你可以把"诗"理解为"歌"的升级或高级形态。然而如果从"歌"与"诗"所产生的本源上来看，两者是大相径庭的。"歌"作为一种俗文化，与人类、人类文化一样远古，这是由"歌"的简单性、通俗性决定的；"诗"则不然，它的发生途径和源头正与"歌"相反，这是由它的复杂性和"诗"最初的狭隘性决定的。"诗"产生之后，很快便与"歌"融合了，于是汉代开始，便有了"歌诗"一词。正是这一点，极易让人们误解，以为远古的歌、乐也一定与诗一样高级、复杂，而且这种误解好像是世界性的。误解是一个因素，托古，即古人崇古的心理文化特征是另一个因素。罗根泽说："葛天八阙之说源自《吕氏春秋·古乐篇》。《吕氏春秋》的编著在公元前 240 年，距离葛天氏起码在三千多年，如何能凭空知道葛天氏有八阙？诸子的著书立言采用的手段是托古。孔子已说夏、殷的'文献不足征'（《论语·八佾》），后于孔子的墨子却'背周道而用夏政'（《淮南子·要略》），在墨子之后的许行更'为神农之言'（《孟子《滕文公上》）。之所以越托越古，如《淮南子·修务篇》所说：'世俗之人多尊古而贱今，顾为道者必托之神农、黄帝而后能入说。'"[1]罗根泽在论文集中对一向认为是诗三百之前的诗歌作品给予了考辨证伪，如：《弹歌》见《吴越春秋》，旧传东汉赵晔撰，徐天佑已谓不类汉文

---

[1] 罗根泽：《罗根泽古典文学论文集》，上海古籍出版社，2009 年。

《四库提要》），此歌一定不可信；伊耆氏《蜡辞》见《礼记·郊特牲》，荀子已谓"五帝以外无传人"（《非相篇》），汉儒撰《郊特牲》时忽有《蜡辞》，岂非咄咄怪事？《击壤歌》见晋皇甫谧《帝王世纪》，此书所言古帝先王多无古据，此歌亦为伪托；舜及皋陶之《庚歌》见《尚书·皋陶谟》，《诗经》言禹不言尧舜，《论语》言尧舜不言皋陶，言皋陶似始《孟子》。

木斋认为：

> 不论是古人对于上古时代的诗歌、歌谣的说法，还是现当代以来流行"诗歌起源于劳动""诗歌起源于民间歌谣"等，这些都仅仅是观点。如果将传说中的上古歌谣弃之不论，中国诗歌的真正发端，就在《诗三百》之中。[①]

> 无论是甲骨文还是礼乐制度，皆为帝王宫廷文化的重要组成，与所谓下层民众并无关系。因此，无论是最早由甲骨文记载的应用体散文，随后一些的政令性散文、记载历史的散文《尚书》，还是与西周礼乐制度密切相关的《诗经》，都同样是贵族政治制度的产物。中国文学的起源，由宽泛概念的文学到狭义的文学的出现，一直到西周初期周公制礼作乐之际，才真正出现。换言之，真正意义上的中国文学，发端于周公时代，是礼乐制度的产物，周公本人即为其中的创造者、始作俑者。中国诗歌的起源，来源于礼乐制度的需要。诗三百的写作时间，基本为开始于周公时代的作品。一个重大文化现象、文学现象的产生，必定要有政治、军事、经济、宗教、哲学、文艺、语言文字到文学等多学科的重大历史变革作为背景，方能得以发生飞跃性的突破，从而成为一个新时代的里程碑。正如周公制礼作乐的革命，发生了中国诗歌的飞跃，从而产生诗三百以及中国诗歌。[②]

（2）《周颂》是中国诗的萌芽

周代之前的原始歌谣及《周易》卦爻辞的性质均不是诗，它们只能是具有一定诗性思维的语言表述。"诗"之名的产生更是不会在周代之前，那么中国最早的诗一定就在《诗经》里了。《商颂》是春秋时期宋国的诗歌，本书后文有论。古

[①] 木斋：《论中国诗歌的起源发生——兼论〈周颂〉为中国诗歌的开山之作》，《山西大学学报》2015 年第 3 期。

[②] 木斋：《中国文学起源问题重议》，《安徽师范大学学报》2014 年第 4 期。

今《诗经》的编排和流传顺序都是风、雅、颂，然而对《诗经》略有熟悉便可知：《诗经》诗篇的实际创作顺序是颂、雅、风。这一点在《诗经》的五部分"正诗"中体现得十分明显。《周颂》、正《大雅》、正《小雅》、《周南》《召南》四部分"正诗"，它们的语言表达方式和抒写方式分别具有朴拙、疏朗、流畅、精致四种不同的风格，它们所反映的周代思想、文化具有明显的发展、递进痕迹，那么《诗经》中最早的诗当然就是《周颂》。《周颂》收集保存在《诗经》里，在后人及今人看来，它当然是诗；然而《周颂》很特殊，由于它作为"诗"的原始性，它在当时还没有"诗"之名，西周之人并不把它当作"诗"，而只是高级的礼乐歌舞，所以较为准确地说，《周颂》是中国诗的萌芽。

郑玄《诗谱序》："诗之兴也，谅不于上皇之世。大庭、轩辕逮于高辛，其时有亡载籍，亦蔑云焉。"《毛诗正义》："上皇谓伏牺。郑知于时信无诗者，上皇之时举代淳朴，田渔而食，与物未殊。居上者设言而莫违，在下者群居而不乱，未有礼义之教，刑罚之威，为善则莫知其善，为恶则莫知其恶，其心既无所感，其志有何可言？故知尔时未有诗咏。大庭、轩辕疑其有诗者，大庭以还，渐有乐器，乐器之音，逐人为辞，则是为诗之渐，故疑有之也。大庭有鼓籥之器，黄帝有《云门》之乐，明其音声和集。既能和集，必不空弦，弦之所歌即是诗也。但事不经见，故总为疑辞。"

上皇伏牺之时无诗，郑、孔言之甚确。大庭、轩辕逮于高辛之时亦无诗，因为有乐器、有音乐，未必就有诗，诗的产生比乐器和音乐复杂、高级得多。"弦之所歌即是诗"，周代以后的情形大抵是这样，然而远古时期却并非"所歌即是诗"，因为极其简单的言辞，甚至无甚实义的吟啸之类皆可歌，但这种极为简单的歌实在与"诗"的距离太远。"美国现代人类学家弗朗兹通过对众多的原始民族乐歌的考察，发现古老的爱斯基摩族人所唱的歌，从头到尾只是一连串的咏叹而无歌词。其他的一些原始部落，其歌曲虽有歌词，却异常简单，'只有在旋律转折时才换上一个字，而每句歌词只有一个字，这个字又往往是所歌颂的神的名字'。（《原始艺术》)中国的史籍也证明了这一点，《路史》记载：'东户氏，其歌有乐而无谣。'"①《吕氏春秋》所记载的涂山氏之女"候人兮猗"，作者认为它是歌，没有任何问题；但后人却有人认为它就是诗，实在没有任何证据和可信度。所以，认为远古时期即有诗，实际是对诗的贬低。孔颖达也认为：

上古之时徒有讴歌吟呼，纵令土鼓、苇籥，必无文字雅颂之声。故伏牺作瑟，女娲笙簧，及黄桴、土鼓，必不因诗咏。如此，则时虽有乐，容或无诗。郑疑大庭有诗者，正据后世渐文，故疑有尔，未必以土鼓、苇籥遂为有诗。《六艺论·论诗》云："诗者，弦歌讽谕之声也。自书契之兴，朴略尚质，面称不为谄，目谏不为谤，君臣之接如朋友然，在于恳诚而已。斯道稍衰，奸伪以生，上下相犯。及其制礼，尊君卑臣，君道刚严，臣道柔顺，于是箴谏者希，情志不通，故作诗者以诵其美而讥其过。"彼书契之兴既未有诗，制礼之后始有诗者，《艺论》所云今诗所用诵美讥过，故以制礼为限。（《毛诗正义》）

《诗谱序》："及成王、周公致大平，制礼作乐，而有颂声兴焉，盛之至也。本之由此，风、雅而来，故皆录之，谓之《诗》之'正经'。"秀权按：郑玄此论极精确：其一，先有"颂声兴"，然后雅、风本之"颂声"而来。郑玄此语揭示了《诗经》诗篇创作的真相和秘密。其具体情形，本书后文将逐一展开论述。其二，既然"成王、周公致大平，制礼作乐"，才有"颂声兴焉"，那么诗之萌芽必亦自此时始。没有"颂声"，何来"诗"？故《周颂》就是中国最早的诗。

李泽厚认为："历史地考察起来，我们认为在远古的氏族社会中，还不可能产生后世那种抒发个人情感、被称为文艺作品看待的'诗'。"[1]

很多人认为，《易经》卦爻辞具有诗性智慧，这总体上说不误，但若把它直接视为"诗"则不可，因为《易经》卦爻辞本身不是诗。《文心雕龙·原道》："人文之远，肇自太极。幽赞神明，《易》象唯先。""幽赞神明"之辞其实仍停留在巫祝的祝祷辞、祝颂辞阶段，它是诗的前奏、启蒙和铺垫，但它未达到"诗"的艺术标准和水平，所以不是诗。不是所有押韵且句式整齐的文字都是诗，例如《三字经》《百家姓》都不是诗。"如果只是从形式上认识诗的本质，那么就必然要得出这样一个结论：凡是采用诗的形式所写的东西都是诗。这个结论的危险性在于：它将会把诗歌创作引向形式主义的邪路。更为严重的是，它将混淆诗与非诗的界限，其最终结果是取消诗。"[2]

先秦文献中有"诗颂"一词，笔者推测，把"诗""颂"并称，其实是有意把"诗"的概念与《周颂》区别开来，其时之人即使对《周颂》亦不敢轻易以"诗"视之，那么

---

① 李泽厚、刘纲纪：《中国美学史》，中国社会科学出版社，1990 年。
② 王长俊：《泛论诗的本质》，《南京师大学报》1987 年第 1 期。

《周颂》之前的爻辞、祝祷辞就更不是诗了。不过称"诗颂"阶段是一个很微妙的阶段,"颂"与"诗"若即若离,已经距离不远了。笔者觉得,"诗颂"一词微妙地透露了《周颂》在中国"诗"产生过程中的地位和性质:《周颂》是萌芽阶段的诗,是不成熟的诗。

二 从歌到诗及歌与诗的交融

1. 从歌到诗

原始的"歌"与周代始有的"诗"是有所不同的。就歌之辞来说,原始的歌辞未必押韵,未必有整齐的句式,而"诗"是必须押韵和句式整齐的。原始的歌未必与祭祀有关,而"诗"的发生是祭祀、仪式与礼乐等综合文化的产物。无论从哪个层面上看,诗都是区别于歌的,诗都是高于歌的。这决定了诗绝不可能产生于人类文明的低级阶段,而只能是人类文明、文化发展到一定阶段后的产物。

从"歌"到"诗",还有一些中间环节,如果大致排列一下,情况应当是这样:歌→谣→谚→志→诗。刘毓崧《古谣谚序》:"抑知言志之道,无待远求,风雅固其大宗,谣谚尤其显证。欲探风雅之奥者,不妨先问谣谚之途。诚以言为心声,而谣谚皆天籁自鸣,直抒己志,如风行水上,自然成文,言有尽而意无穷,可以达下情而宣上德。其关系寄托,与风雅表里相符。盖风雅之述志,著于文字,而谣谚之述志,发于言语。"

早期的歌虽然也有文字,有歌词,但其歌词是简单的、笼统的、概括性的,甚至可以说是模糊的。歌主要以声音为载体,以声音与歌唱感动人。诗以语言、文字为载体,虽然也有一定的抽象性、模糊性,但其形象性、具体性显然要高于歌唱与音乐。所以从发生学意义上说,早期的歌是不尽如人意的。可能周代人正是意识到了这一点,他们在歌《周颂》时,感觉到其文辞的抽象性、模糊性、笼统性,所以在"歌"之后要有一个"语"的仪式环节,把"歌"(《周颂》)中的人和事充分地铺展、挖掘、演绎出来,于是就有了周代乐语教育中的"既歌而语"。这种极具艺术性的、有韵律、节奏的"乐语",直接导致了中国"诗"的产生。

"歌"是冲动型的,"诗"是理智型的。"歌"可以纯抒情,纯为发泄情绪,即使"歌"全无义,也不失为歌。而"诗"则不然。"诗"在一开始就必须要有"志"才成其为"诗"。"志",其实也就是"义",即:"诗"不可以像"歌"一样无义。当然,"志"在诗中是可隐可显的,不一定非要说出来。先秦诗歌理论中,在阐释"诗"时,都不约而同地强调"志",甚至把"诗"直接解释为"志",最重要的原因有两点:一是为了强调"诗"与"歌"的区别,二是"诗"在当时是个新事物,是周代才有的,周代之前没有"诗",只有"歌"。

早期的"歌"还不成为一种真正意义上的文学。苏珊·朗格说:"在所有的语言中,伟大的诗歌传统是随着写作的发展而取得的,事实上也只有随着文字的自由运动才能取得。"(《情感与形式》)口语文学如果没有文字应用而带来新的面目,它就只能永远停留在质朴、自然的象形阶段。社会进步,各种制度、仪礼、政治思想等汇聚为一个社会生活的复合体,光靠直抒胸臆的"歌"是不能满足人们的需要了,于是在歌的基础上产生了"诗"。①

《尚书·尧典》的君臣对歌是儒家的一种美政理想,创作者想象中的君臣对歌本可以用诗的形式呈现,然而却只创作了略类似于诗的对歌,而没有真正用诗加以表现,这说明即使是春秋时期人,也不敢想象远古尧舜时期就有诗。

2. 歌与诗的交融与互动

诗的产生及其发展进步,应归功于"歌"的促进和推动作用。中国早期诗的创作,所创作之诗很快就被应用于歌舞表演。"颂"本来就含有"歌"的意思。中国最早的不成熟的诗《周颂》,在其时直接被视为和用为"歌",而不是被视为和用为"诗"。诗与歌,两者虽然出生于不同的家庭,有着不同来源背景,但它们天生是一对夫妻,注定有着一份携手共济的姻缘。

诗的本性是抒情。正因为诗继承了歌的抒情特征,故歌与诗从最初直至今日,都是二而一、一而二,分分合合,而又水乳交融的。"结合、分离,再结合、再分离,分离了、又结合。循环往复,以至无穷。每当一种新的音乐出现,便要产生一种倚声填词的新歌诗,乐府、词、曲就是这样形成的。"②公木先生这话说的是音乐与诗歌的关系,其实,用这话来形容歌与诗的关系,似乎更贴切,更合适,更准确。

马萌认为,从沈约《宋书·乐志》首次将俗乐歌诗引入官修乐志这一角度思考,歌诗依据雅化程度可分为四个层次:仪式雅乐,相和歌、杂舞与鼓吹铙歌,吴歌杂曲,西曲。③ 这与《诗经》中"颂""大雅""小雅""国风"的组成结构及创作、结集过程相似。我们从中可以窥见歌与诗的关系。

《史记·项羽本纪》:"于是项王乃悲歌慷慨,自为诗曰:'力拔山兮气盖世……'"班固《汉书》改《史记》之"自为诗"为"自为歌诗",这体现了班固和司马迁两人一保守一开放的思想状态。按照司马迁看来,项羽作歌,其实就是作诗,

---

① 吴琦幸:《歌诗缘起论》,《文学遗产》1992 年第 4 期。
② 公木:《歌诗与诵诗》,《文学评论》1980 年第 6 期。
③ 马萌:《〈宋书·乐志〉歌诗"援俗入雅"倾向及其原因》,《殷都学刊》2007 年第 2 期。

而且在后世也肯定被认为是诗；而在班固看来，这种临时之作，与汉代之前的诗的性质和传统颇为不同，故改称为"歌诗"。

汉代最初把诗歌中出现的新品种五言诗以杂诗视之，这与任何新事物最初出现时的情形是相同的。《大雅》是最初被视为"诗"的诗，可是在其出现之初，其地位是低于被视为"歌"的《颂》诗的。

汉代最早的五言诗源于新声，其实最早的四言诗也是源于新声，这个新声，就是西周时期的"升歌"或"登歌"，因为"升歌""登歌"是周人的新创，在此之前没有这种"歌"法，它在西周时期就是一种"新声"。诗的每一步进化和创新，都是在"歌"的陪伴、推动下进行的，都与歌有着不可分割的联系。或者说，诗的每一步进化和创新，都是先有新歌，然后再有新诗。由此可见，诗的每一次的发展演变，都与歌密不可分，歌在其中起到了推动、促进的催化剂的作用。

中国早期的"诗"是特定礼乐文化的产物，是仪式的产物，它产生于上层社会，应用于上层社会。中国早期的"诗"与普通民众无关，故它与中国早期"歌"的性质迥然有别。即使到了汉代，"诗"的称名、概念仍然未被普遍接受。汉乐府的创作仍然并不主要是被当作"诗"的，汉乐府的基本特质仍然是"歌"，它仍然主要是被视为"歌"的，这从汉乐府的题名方式就可以看出来。汉乐府的题名方式大体有三类：一是模仿《诗经》，以首句或首句中的词语题名，如《江南》《乌生》《枯鱼过河泣》；二是以"歌"题名，如《安世房中歌》《郊祀歌》；三是以"行""歌行""吟"等题名，如《东门行》《长歌行》《悲歌行》等。均不以"诗"题名。宋代郭茂倩《乐府诗集》的分类有：郊庙歌辞、燕射歌辞、鼓吹曲辞、横吹曲辞、相和歌辞等，亦均不以"诗"名，都是从歌的角度分类的。

汉代人自己把配有乐谱、可以歌唱的乐府诗称为"歌诗"。汉代诗歌本来就是诗，却称"歌诗"，颇含有借诗为歌增光、歌与诗套近乎的意味。从"歌诗"之名，我们可以看到中国的"歌"与"诗"从其发生到后来发展过程中存在的微妙关系。先秦以后，"诗"概念被人们的接受，在很长一段时间内一直是羞羞答答，"犹抱琵琶半遮面"，这与任何新事物出现之后被接受的情形是相同的。这也反过来证明了，周代最初的"诗"一定是上层社会的贵族文化。否则，如果诗一开始就是一种俗文化、民众性质的文化，先秦以后之人没有理由不顺理成章地接受它。可是汉代人却一直对其时的诗是否可直接称为"诗"犹犹豫豫，欲言又止，最终弄了个今人看来有点不伦不类的名称：歌诗。后来"歌诗"概念的普遍流行并被广泛接受、认可，"歌"与"诗"才渐渐融为一体，"诗"才与"歌"一样，被广泛地接受、认可。再到后来，"诗"的称名就渐渐地代替了"歌"的称名，成为中国古代文学的主流。

中国诗歌从产生到发展成熟,经历了"歌—诗—歌诗—诗歌"几个阶段。

春秋以后对"诗"之概念的接受为什么会出现迟缓的现象呢?其一,这与中国最早的"诗"产生于仪式有关。仪式有特定的场合、特定阶层的人群等方面的因素限制,那么仪式所用之诗的接受和流行、普及也会受到这些因素的限制。如果那种仪式、那种特定阶层的人群不在了,那么其"诗"的被接受和普及、流行也会受到限制,人们接受前代事物需要一个时间过程。其二,这与"王者之迹熄而诗亡"有关。《孟子》曰:"王者之迹熄而诗亡。"西周灭亡以后,周天子地位下降,名存实亡,西周天子的礼乐不能行于世,乐语制度消亡,故诗从之而亡。郑玄《诗谱序》曰:"五霸之末,上无天子,下无方伯,善者谁赏?恶者谁罚?纪纲绝矣。"孔颖达《毛诗正义》:"此言周室极衰之后不复有诗之意。……贤者不复作诗,由其王泽竭故也。"在"诗"盛行的时代,"王道"行于天下,诗人们对于君、政之善恶,善者美之,过者讥之,以诗作为补察、纠正时政的工具。至五霸之末,"王道"纲纪绝灭,武力征伐决定一切,美与刺皆于世无补,故而诗亡。孟子与郑玄之言揭示的现象、道理是相同的。诗既亡,它在后世的重新被接受与流行必然会迟缓。

三 《周颂》与歌

《周颂》是诗吗?从秦汉以后直至今人的角度答曰:是;从西周、春秋时人的角度答曰:不是。《周颂》在其创作之初是歌,是舞,是乐,然而不是诗。是"歌"者,《礼记》多次言及"升歌《清庙》"或"登歌《清庙》"是也。又《礼记·乐记》:"《清庙》之瑟,朱弦而疏越,一倡而三叹,有遗音者矣。"孔颖达《礼记正义》:"《清庙》,谓作乐歌《清庙》也。"《周礼·乐师》:"帅学士歌《彻》。"《彻》,即《周颂·雍》。《周颂谱·毛诗正义》:"王功既成,德流兆庶,下民歌其德泽,即是颂声作矣。"是"舞"者,《毛诗序》:"《维清》,奏《象舞》也。""《武》,奏《大武》也。"即使以今人的眼光来看,《周颂》也不太符合诗的特征。或许从较为宽泛的意义上来看,它才勉强可以称为诗。这都是因为《周颂》是中国"诗"的萌芽,是中国最早的"诗","最早"决定了它有点不像"诗"。

1. 《周颂》的形式特征与"诗"的概念不完全相符

《汉语大词典》:"诗,通过有节奏、韵律的语言反映生活,抒发情感。"《汉字源流字典》:"诗,通过精炼而有节奏、韵律的语言来反映社会生活和个人情感。"《中文大词典》:"有声韵、可歌咏之文词谓之诗。"可知节奏、韵律是诗的重要形式特征。

在节奏方面,《周颂》与《诗经》其他部分的诗歌一样都是四字句,固然有节奏。可是《周颂》的非四字句比《诗经》其他部分诗歌的非四字句的比例要高很多。

在押韵方面,《周颂》多数诗篇在押韵上不规则,有相当多的诗篇则根本不押韵。在笔者看来,《周颂》押韵比较规则的只有两首诗:《执竞》和《载见》①。其余诗篇,即使句式较为工整,也没有《风》《雅》那样的押韵。清顾炎武《日知录》谈到《诗经》押韵时说:"有全篇无韵者,《周颂》之《清庙》《维天之命》《昊天有成命》《时迈》《武》是也。"王力认为:"《周颂》时代最早。《商颂》实际是宋国的诗,比《周颂》晚。可能在西周初期,诗人写诗还不一定押韵。"②夏含夷在研究《周颂》的押韵及形式特征时说:"从结构和句法方面看,这些诗表现出很多语言学和诗学的共性。在结构方面,它们的诗行既没有一定的长度,也没有固定韵律;甚至有的根本就不押韵。青铜器铭文显示,韵文这一特征出现于西周中期,那么这些诗中无韵,可能正印证了把它们定为西周初年的传统看法。"③夏含夷又认为,《周颂》中的"其"字大多数用作语气词,如"维王其崇之"(《烈文》),这与西周金文中"其"的用法相同。

日本白川静认为:"所谓'押韵'的反复律修辞法已见于令簋、班簋、大盂鼎、大丰簋等青铜祭器之铭文,这些祭器是属于周成王、康王时期的,据此可以推测祭祀礼仪中可能已采用歌谣。但《诗经》这时期的诗,显然似非韵文。"④周锡认为:"'同韵相协'的新美感形式开始只用于少数句子,韵的位置也有较大的随意性,如《周颂》的《赉》。商代甲骨文、西周初期金文与《尚书》可靠的早期篇章等全都是没有韵的,这正与《周颂》的情况相合。"⑤

《周颂》是三百篇中最古老的诗歌,它在艺术形式上显示出中国诗歌刚萌芽时的诸多原始性特征。例如《周颂》有半数诗篇的诗句是奇数句,它们与对偶工整的偶数句在形式和风格上显示出一定的差异,如:"命我众人,庤乃钱镈,奄观铚艾"(《臣工》),"敷天之下,裒时之对,时周之命"(《般》),这样的奇数句诗篇共有 15 首。虽然《风》《雅》中也有一些奇数句,但比例远没有这么高。这说明,《周颂》与"诗"的概念尚有距离。

---

① 我们不能因为有这两首诗押韵比较规则而否认《周颂》为西周初期的诗篇。任何事物都会偶有一些特例。
② 王力:《诗经韵读》,上海古籍出版社,1980 年,
③ [美]夏含夷:《从西周礼制改革看〈诗经周颂〉的演变》,《河北师院学报》1996 年第 3 期。
④ 白川静:《诗经研究》,台湾幼狮月刊社,1974 年。
⑤ 周锡:《中国诗歌押韵的起源》,《中国社会科学》1998 年第 4 期。

高亨评价《周颂》之《大武》乐章说："它的艺术形式，文辞比较空泛，少有具体形象的刻画；语句比较呆板，不流利，不生动；可以说全篇没有韵律，和散文相近。"①其实这是《周颂》的总体形式特征。另外，《周颂》中的虚词多，以虚词开头的诗句多，这也是其原始性、歌唱性特征的表现。

《周颂》的形式特征与汉译佛经中的偈颂性质相近。张昌红认为，佛经中的偈颂，"并不是严格意义上的中国诗。它只是在形式上采用了若干诗歌元素，有点像诗而已，如分行排列、两句为一个韵律单位以及两句、四句或更多句的齐言等。偈颂在汉译前与汉译后都是不押韵的。……偈颂在形式上极为自由。最初的汉译经偈在形式上几乎没有要求，只要做到大体齐言即可"。②《四库全书总目提要·全唐诗》亦曰："释氏偈颂……本非诗歌之体。"王丽娜也认为："佛经中的偈颂本皆由歌唱而造就的。"③通过这种比较，我们可以更清晰地认识《周颂》的形式特征及其性质——《周颂》的创作性质是作歌，非是有意识地作诗。在中国文学由"歌"到"诗"的产生、发展中，《周颂》是一个中间环节，它处于中国"诗"的萌芽阶段。

2.《周颂》与"诗"产生之前的歌谣相近

从古籍中记载的原始歌谣可以看出原始歌谣的一些形式特征。如《礼记·郊特牲》记载的《伊耆氏蜡辞》："土反其宅，水归其壑，昆虫毋作，草木归其泽。"《淮南子·人间训》记载的《尧戒》："战战栗栗，日慎一日。人莫蹎于山，而蹎于垤。"《帝王世纪》记载的《击壤歌》："日出而作，日入而息。凿井而饮，耕田而食。帝力于我何有哉？"《史记》等书记载的伯夷、叔齐《采薇歌》："登彼西山兮，采其薇矣。以暴易暴兮，不知其非矣。神农虞夏忽焉没兮，我安适归矣？吁嗟徂兮，命之衰矣！"这些歌谣在形式上的共同特征是：非四字句比例多，押韵不规则，或者不押韵。显然，《周颂》与这些原始歌谣形式相近，而与句式整齐的《风》《雅》相距较远。

上述古籍在记载这些歌谣的时候，大多都是以"歌曰""作歌曰"称之。如《帝王世纪》："帝王之世，天下太和，百姓无事，有老人击壤而歌……"《史记》："武王已平殷乱，天下宗周，伯夷、叔齐耻之，义不食周粟，隐于首阳山，采薇而食之。及饿且死，作歌云……"有少数古籍以"诗"称之，应该是作者以其生活之时代的眼光和视角视之为"诗"的缘故，一如我们今天把《周颂》视为"诗"一样。

---

① 高亨：《文史述林》，中华书局，1980年。
② 张昌红：《论诗、偈的异同及偈颂的诗化》，《河南师范大学学报》2012年第5期。
③ 王丽娜：《韵律的文字：汉译佛典中的偈颂》，《中国宗教》2014年第3期。

原始歌谣与"诗"有较大的距离,它们更接近于口头的散语的言辞,这些原始歌谣实际上就是口头创作。即使认为这些原始歌谣可信,在这些原始歌谣的时代,也肯定是没有"诗"的。鲁迅在谈及《尚书·皋陶谟》中的君臣对歌时说:"长言咏叹,故命曰歌,固非诗人之作也。"[①]

李昌集认为:

> 《周颂》显示了周代诗体的早期进化轨迹,其中的杂言体、无韵体和"不完全韵",显示了歌曲语言与口语散言的"疏离"起初是不太规则的——双音节词还未充分形成,"齐言"的字数还不尽统一,四言连句中还间杂非四言句;韵式上起初是无韵的,渐而产生不规则的错落押韵。而交韵体和一韵体则显示了作为歌辞的周诗从不完全韵走向有规则的交韵、最终形成整饬的一章一韵。《周颂》无韵、不完全韵和押韵三体,正是诗体韵化过程的逻辑体现。其意味是:周诗"颂"类的韵化,是在渊源久长的传统仪式歌曲活动中成为自觉和发展成熟的。在《周颂》中,无韵和不完全韵占小半,大半已韵化,说明诗体的韵化在西周前期已基本完成。[②]

木斋说:"从写作的情态来看,《周颂》诸篇更为古朴,显示了从散文向诗歌过渡的早期痕迹。《周颂》篇章简短,最短一篇《维清》仅有 18 字,距离商周时期金文的篇幅和写法并不遥远。《周颂》与散文差异不大,如《清庙》并无韵脚。诗三百是中国最早的诗,中国诗歌的产生是礼乐制度的产物,是周公时代祭祀祖先的产物。从写作方式来说,显示了从散文向诗歌过渡的早期痕迹,包括从无韵向有韵的过渡、杂言向整齐四言的过渡等。"[③]

《周颂》的创作方式及其形式都与原始歌谣更为接近,那么《周颂》的性质也与"歌"更为接近,而与"诗"有一定距离。闻一多先生认为:"歌的本质是抒情的。诗的本质是记事的,是一种史。"[④]《周颂》与《大雅》便是歌与诗之不同的标本。《周颂》在创作之时,它们是不被称为、视为"诗"的。对于中国文学而言,《周颂》之前没有"诗"。那么,以乐语为媒介而创作出的第一批"诗",便是中国最早的

---

① 鲁迅:《汉文学史纲要》,岳麓书社,2013 年。

② 李昌集:《周诗体式生成论:文化文体学的视角》,《中国社会科学》2014 年第 7 期。

③ 木斋:《论中国诗歌的起源发生》,《山西大学学报》2015 年第 3 期。

④ 闻一多:《神话与诗·歌与诗》,古籍出版社,1956 年。

诗——正《大雅》。

顾希佳说："祭祀仪式中要唱歌，这也几乎是一种世界性的现象。它是从祭祀仪式中的祷词、咒语发展而来的。可以设想：人类要跟神灵沟通，让神灵知道自己的需求和愿望，就必须在仪式上把自己的这层意思表达出来。表达的方式不外乎是手势、语言。手势和身体姿势的进一步发展，就是舞蹈和绘画；语言的进一步发展，就是歌唱，这是很自然的。"[①]祭祀仪式中要唱歌，但没有什么古籍记载祭祀仪式中要作诗。虽然这些祭祀仪式中的歌，在后世可以近似地视为诗，可是我们要特别强调的是：在它们创作之时，它们是不被称为"诗"，不被视为"诗"的。我们可以肯定地说：对于中国文学而言，《周颂》之前没有"诗"。

3. 春秋时期人仍常有不把《周颂》视为"诗"者

《周颂》是《诗经》中最早的诗，在它创作之初，它是不被认为是"诗"的。春秋时期，完整的《诗》文本收录、编辑完成，这时 305 篇都被归属于"诗"的名下了，可是春秋时期人有时有意无意间仍不把《周颂》称为"诗"。先秦古籍中大量的"诗曰"，有时与"周颂曰""颂曰"相区别，说明《周颂》在早期是不被认为是"诗"的。《左传》文公十五年：

> 诗曰："胡不相畏，不畏于天？"君子之不虐幼贱，畏于天也。在《周颂》曰："畏天之威，于时保之。"不畏于天，将何能保？

鲁国季文子引《大雅》诗句称"诗曰"，引《周颂》诗句称"周颂曰"，很明显，"诗曰"与"周颂曰"，这种称名是相区别看待的。否则，《周颂》亦属于《诗》，为什么不言"诗曰"？ 这就说明：《周颂》在春秋时期仍有有意无意间不被视为"诗"的情况。

据笔者统计，《国语》《左传》中引"诗曰"或"诗云"，绝大部分都不指《周颂》。引《周颂》诗句一般用"周颂曰"或"颂曰"。两书引诗值得注意的方面如下。

《国语》引诗有两点值得注意。其一，《国语》的第一条引诗见于《国语·周语上》：

> 故《颂》曰："思文后稷，克配彼天。立我蒸民，莫匪尔极。"《大雅》曰："陈锡载周。"是不布利而惧难乎？ 故能载周，以至于今。

---

① 顾希佳：《祭坛古歌与中国文化》，人民出版社，2000 年。

《国语》的第一条引诗，《周颂》与《大雅》是相区别称之的，并不笼统地称之为"诗曰"，这也是很引人深思的，说明《周颂》在春秋时期被接受为"诗"，应该是比较晚的事情。

其二，《国语·楚语上》有两条引诗记录：

> 周诗曰："经始灵台，经之营之。庶民攻之，不日成之。经始勿亟，庶民子来。王在灵囿，麀鹿攸伏。"夫为台榭，将以教民利也。
>
> 周诗有之曰："弗躬弗亲，庶民弗信。"

这两条所引之诗分别是《大雅·灵台》和《大雅·节南山》，均称之为"周诗"。这应该给我们两点启示：第一，最早的"诗"是周代才有的。引"诗"而特别强调曰"周诗"，这是很耐人寻味的，暗含着说话人这样的思维："诗"只属于"周"，周之前无"诗"。第二，中国最早的正式的"诗"是《大雅》，正《大雅》无疑创作于西周前期。两引《大雅》而皆曰"周诗"，既强调"周"，亦强调"诗"，不可轻易看过。它隐约暗示了："诗"什么时候才有，什么才是正式的被认可的"诗"。否则，为什么不统称之"诗曰"，而特言"周诗"？发生学意义上的"诗"，注定与"周"密不可分。

《白虎通·三正篇》："王者所以存二王之后何也？所以尊先王，通天下之三统也。明天下非一家之有，谨敬谦让之至也。故封之百里，使得服其正色，用其礼乐，永祀先祖。诗曰：'厥作裸将，常服黼冔。'言微子服殷之冠助祭于周也。《周颂》曰：'有客有客，亦白其马。'此微子朝周也。"可见直到汉代，仍有把"诗曰"与"周颂曰"相提并论以加以区别的现象。

《礼记·乐记》：

> 子夏对曰："夫古者天地顺而四时当，民有德而五谷昌，疾疢不作而无妖祥，此之谓大当。然后圣人作为父子君臣，以为纪纲。纪纲既正，天下大定。天下大定，然后正六律，和五声，弦歌诗颂，此之谓德音，德音之谓乐。诗云：'莫其德音，其德克明。克明克类，克长克君。王此大邦，克顺克俾。俾于文王，其德靡悔。既受帝祉，施于孙子。'此之谓也。"

对于子夏所言的"弦歌诗颂"，古人没有什么明确的解释，只见有把"诗"解释为《风》《雅》，"颂"解释为三《颂》者。古人的这种唯一解释也不正确，因为如果是这样,子夏曰"弦歌诗"即可,曰"弦歌诗颂"实在是赘辞。不过古人并不把"弦歌诗颂"解释为今人所理解的"弦歌《诗·颂》",其实古人的理解比今人还是更接近于真相的。子夏所言的"颂",必不包括《鲁颂》《商颂》,而是指《周颂》。那么,能与《周颂》并列而相提并论的"诗",也一定是"正诗",即指"正雅"。"弦歌诗颂","诗"与"颂"并称,"颂"者,《周颂》也;"诗"者,正《大雅》也。故子夏下文引诗,即《大雅·皇矣》篇。这很明显地说明:《周颂》在子夏所生活的时代仍有不被视为"诗"的情况。可以说,《周颂》与《雅》的不同之处,也大致就是"歌"与"诗"的不同之处。

春秋引诗大量见于《左传》,笔者根据所统计的《左传》引诗情况,概括出以下几点:

(1)《左传》隐公三年:"《商颂》曰:'殷受命咸宜,百禄是荷。'"(《商颂·玄鸟》)引"《商颂》曰",不称"诗曰",其时的三《颂》(《周颂》《鲁颂》《商颂》)应该还没有进入《诗》文本。这与《国语·周语》中引诗,把《周颂》与《大雅》分别称之,是一致的。

(2)《左传》中除隐公三年引"《商颂》曰"这一条之外,从隐公元年至僖公十九年的引诗,全部都是《雅》诗。其中以《大雅》占大多数,以正《雅》占大多数。笔者认为,这可以确定地证明:中国最早的"诗"是指《诗经》中的"雅"。《雅》诗中,又以正《大雅》创作最早。这一点也与《国语》的引诗记载相一致:《国语》的引诗几乎全部是《雅》诗,其中也以正《雅》占大多数。

(3)《雅》诗占《左传》全部引诗的绝大多数,其原因可能有两点:其一,在春秋时期人的心目中,"诗"的概念主要还是指"雅"。这显然是受最早的"诗"的概念的影响所致,与最早的"诗"是怎么产生的有关。其二,《雅》不仅是最早的"诗",也是最"正"的"诗"。《毛诗大序》曰:"雅者,正也。"

(4)春秋时期人引《颂》诗,有意无意地称之为"周颂曰""鲁颂曰""商颂曰",而引《雅》诗,无一例外地称之为"诗曰",这说明三《颂》被认可为"诗",以及三《颂》被收入《诗》文本,都相对较晚。而《周颂》的创作在《雅》诗之前,这就说明,《周颂》在周代早期是不被视为"诗"的——它只能是"歌"。

(5)《左传》引《国风·召南·行露》始于僖公二十年:"诗曰:'岂不夙夜?谓行多露。'"而且《左传》中引《国风》的比例很小,这说明《国风》被编辑成册的时间相对较晚。这一点也与《国语》引诗的记载相一致。

(6)《左传》中引逸诗7条,全部称"诗曰"或"诗云",这说明当时的诗不止被编辑成册的《诗经》305首。

4.《周颂》是中国文学从歌到诗发展的桥梁和标本

中国最早的"诗"是指《诗经》中的正《雅》，先有正《大雅》，后有正《小雅》，它们无疑都创作于西周时期，那么"诗"的概念无疑在西周时既已有之。春秋时期大量流行"诗曰"这一术语，其重要原因，就是"诗"在当时是个新事物。否则，它为什么不名之曰《歌》呢？

先有歌，后有诗。《诗经》本身即是一个从歌到诗的逐步产生、转化、结集、接受的过程。《周颂》正是中国文学从歌到诗发展的桥梁和标本——它是高级的"歌"，是初级的、萌芽阶段的"诗"。萌芽阶段的诗也是"诗"，关键在于，《周颂》创作的时代没有"作诗"的意识和概念，因为其时只有"歌"的概念，更因为《周颂》是乐舞配歌的产物。《周颂》之前有谣、谚、歌、颂，没有"诗"，其时之人沿袭已有的意识、概念，故在《周颂》产生后的相当长的时间内，一直有意无意地不把《周颂》称之为"诗"。但这丝毫不意味着《周颂》的地位低于其后产生的"诗"，《周颂》的价值、地位没有因为"歌""诗"概念的差异而受到影响。在《诗经》中，《周颂》的地位是最高的，因为从诗学的角度而言，《周颂》就是《诗三百》的"源头活水"；从经学的角度而言，《周颂》是《诗三百》的大纲大法，是《诗》中的"宪法"。

歌主要是以声音为载体的，主要是以声音感神、感人的。所以歌虽然也有辞，但其文字是简单的、笼统的、概括性的。故《周颂》中的歌颂，没有对所颂对象的具体事迹的描述，都是概括性的、笼统的歌颂。而诗，一开始就是一种"语""言"艺术，它是需要用文辞抒情、感人的。

歌是诗的母体，诗是歌的升华。如果歌是小麦，那么诗就是面粉和馒头。《国语》《左传》记载的"歌"，皆是随时随地随意而歌，不分身份、地位；而"赋诗"却不是这样，得有一定身份、地位之人，在特定的场合，方可赋诗。之所以"赋诗"，而不是作诗，这是由其时对刚刚出现不久的新事物"诗"的尊重决定的——中国最早的诗来自于上层社会，用于特定仪式，非一般人所能参与。《汉书·艺文志》曰："古者诸侯卿大夫交接邻国，以微言相感，当揖让之时，必称诗以谕其志，盖以别贤不肖而观盛衰焉。"诗可以"别贤不肖而观盛衰"，歌则不具此功能。

即使在"诗"已经产生并被接受的西周后期及春秋时期，人们对自己所作的诗，有时仍然按照"传统"习惯认识，称之为"歌"。如《召南·江有汜》："不我过，其啸也歌。"《魏风·园有桃》："心之忧矣，我歌且谣。"《陈风·墓门》："夫也不良，歌以讯之。"《小雅·四牡》："是用作歌，将母来谂。"《小雅·何人斯》："作此好歌，以极反侧。"《小雅·四月》："君子作歌，维以告哀。"《大雅·桑柔》："虽曰匪予，既作尔歌。"

古籍中"作诗"一词最早出现于《吕氏春秋·古乐》:"周公旦乃作诗曰:'文王在上,於昭于天。周虽旧邦,其命维新。'"这一条资料有两点值得注意:一是据此可知,"作诗"这一概念在中国先秦时出现及被接受的时间是较晚的。二是《吕氏春秋·古乐》所言的周公旦作诗,是指《大雅》的首篇《文王》,可知中国最早的"诗"是指什么,即:中国最早的"诗"指的是正《大雅》。笔者认为,从比较严格的学术术语来说,《大雅·文王》是中国的第一首"诗"。《吕氏春秋》把《文王》的创作归之于周公,其一是因《文王》是中国的第一首诗,比较特殊;其二是因周公是制礼作乐之人,而"诗"是在制礼作乐中产生的。

《周颂》被收入《诗》文本是必然的、必须的,因为《周颂》是中国"诗"的来源之所在,中国最早的"诗"是从《周颂》中产生的。没有《周颂》,就没有"诗"。没有《周颂》,《诗经》中的正《大雅》、正《小雅》《二南》都成了无本之木,无源之水。但《周颂》本身是中国诗的萌芽,是不成熟状态的诗,它在西周初期及其以后的很长一段时间里是不被认为是"诗"的,而只作为"歌"看待。作为今人,如果准确地评价《周颂》的话,应该说:《周颂》既是歌,也是萌芽状态的诗。那种认为"诗"的概念与"颂"最为接近的观点,根本原因是没有弄清楚"诗""歌""颂"的概念及中国"诗"产生发展的文化轨迹,因而其观点与真实情况不相吻合——正《大雅》才是周代当时人所认可的最早的"诗"。

第三章

西周文化飞跃与《周颂》的产生

内容提要：《周颂》是中国最早的歌诗，它是在周代思想、文化巨大进步和飞跃的背景下产生的，如：从神本文化到人本文化的转型，从巫祝文化到史官文化的转型，以及西周语言艺术、音乐艺术的巨大进步等。"颂"的本义为"容"。"颂"之义从占筮之"颂"发展到祝祷之"颂"，再发展到乐器之"颂"，再发展到歌咏西周当世统治者"成功"与"盛德"之容状的歌诗之"颂"，清楚地显示了"颂辞""颂声"中巫神文化因素的逐渐消退和人的文化因素的逐渐彰显和高扬，这是《周颂》得以产生的重要文化契机和条件。《周颂》是伴随着西周音乐和歌舞而产生的。纯粹从语言的角度看，《周颂》是根据当时的各类言辞"制作"的，但剔除了大量原始性、巫术性较浓的言辞，而主要选择理性意识较强的针对现实的言辞制作歌辞，故一言以蔽之曰："歌永言"。《周颂》的言辞是其时最具有典范性、仪式性的佳言善语，它们最能体现其时代的治国大政和礼义大纲。《周颂》的"创作"经历了复杂的过程：从祭祀演剧之辞，到瞽矇讽诵之辞，到史官记录之辞，到西周初期的制礼作乐。这个过程中的每一个环节都是一种集体创作，每一个环节对前一个环节的文辞都有所提炼和升华，而制礼作乐是这些精品文辞的汇总和定型。最早的"诗"是一种"制作"，而不是"创作"。

一 周代思想文化的飞跃

1. 从神本文化到人本文化的转型

周代祭祀仪式的升华突出表现在人文思想理念的高扬。刘师培认为："周初之时代,文明大启之时代也。西周之时,由野朴之风浸而至于文明之俗。"①《礼记·表记》:"殷人尊神,率民以事神,先鬼而后礼。周人尊礼尚施,事鬼神而远之。"周人祭祀礼仪简朴,祭品洁净;商人礼仪繁琐,祭品血腥。商代除了用人牲做祭品数量众多、血腥之外,祭祀的频次和繁琐程度也是空前绝后的。从周代开始,祭品明显有所改变,不但没有以人为祭祀的情况,连以牲畜作为祭品的情况都减少了。周人在祭祀礼品上有一种倾向,就是用植物作为祭祀物品,并且表现出崇尚简单朴素的特点。故《周易·既济》云:"东邻杀牛,不如西邻之禴祭实受其福。"王弼注:"牛,祭之盛者也;禴,祭之薄者也。祭祀之盛,莫盛修德,故沼沚之毛、蘋蘩之菜可羞于鬼神,故'黍稷非馨,明德惟馨',是以东邻杀牛不如西邻之禴祭实受其福也。"《礼记·坊记》引此语,郑玄注:"东邻,谓纣国中也。西邻,谓文王国中也。"

周人在推翻殷王朝之后,在文化上有一个倾向,就是有意识地对商代文化在继承的基础上加以更新,刻意表现出与之不同的文化特质。如商人用牲,周人便用菜;商人繁琐,周人便简朴;商人血腥,周人便洁净。这一现象背后有思想大解放的因素在起作用。思想意识、精神状态的飞跃,德的思想观念的兴起,是周人对于殷人神权思想的超越。② 殷人虽有祭祀之仪节,但其所重者在由仪节所达到的致福目的,而不在仪节本身,故礼之观念不显。到了周公才特别重视这种仪节本身的意义,于是礼的观念始显著。周初的宗教活动已特别注意其中的人文因素。③

殷周的更替,在文化上显示出从以神为本的文化向以人为本的文化的转变,这是学界的共识。《礼记·曲礼》:"天子建天官,先六大:曰大宰、大宗、大史、大祝、大士、大卜,典司六典。"可以看出,周代建官之制,大史的地位紧承于统领政治事务的大宰和统领宗教事务的大宗之后,排居第三,而大祝居于大史之后,负责卜筮事务的大卜排居最后。史、祝、卜的顺序显然是周代的建官顺序,它很能说明周人思想理念的进步性,即:重史而轻巫卜。这样的思想理念非殷商及其之前时代所能有。又《礼记·曲礼》:"道德仁义,非礼不成;教训正俗,非礼不备;分争辨讼,非礼不决;君臣、上下、父子、兄弟,非礼不定;宦学事师,非礼不亲;班朝治军,莅官行法,非礼威严不行;祷祠祭祀,供给鬼神,非礼不诚不庄。"在"礼"的各种要素中,《礼记》作者把"道德仁义"放在第一位,而把"祷祠祭礼,供给鬼

---

① 刘师培:《刘申叔遗书》,凤凰出版社,1997 年。
② 冯盛国:《周代祭祀礼仪的简朴洁净特征及其成因》,《兰州学刊》2013 年第 9 期。
③ 徐复观:《中国人性论史》,上海三联书店,2001 年。

神"放在最后加以陈述,这是很能说明问题的,也很令人深思。周人的这些思想理念在当时无疑是超前的,是对前代思想的超越和质变。礼经中的这些思想理念应肇始于周初思想文化的巨变和飞跃。

殷商的"帝"思想即如同春秋时期的霸道思想,周人的"天"理念即如同春秋时期的王道理念。周人以"天"代替殷商之"帝",然而对于周人自创的"天",周人也不是完全笃信的。"从天而颂之,孰与制天命而用之? 大天而思之,孰与物蓄而制之?"(《荀子·天论》)相比之下,周人思想是极具人性化、情感化的柔性思想,它是中国人思想理念的进步。它把天意与民意结合起来,把天意与人间君王的德行联系起来,自然之神的天不再是周人行事的绝对标准和信仰。"殷周之际的人文转向,使中国主流文化由尊神的天命论转向了尊礼的礼乐文化。"[1]"尊鬼与尊礼,先鬼和近人,是殷、周对待鬼神的原则分歧。"[2]

巫觋文化发展为祭祀文化是宗教学上的进化,祭祀文化不再诉诸巫术的交感力量,而更多通过献祭和祈祷。周人与殷人的不同,并不在于周人是否有天命或类似天命的观念,而在于他们对天命的整个理解与殷人不同。在西周的政治思想中,天意已经被民意化,天命在信仰形态上虽然仍具有神学特征,但在内容上则反映了政治民本主义,使得西周政治开始远离神权政治。[3]

殷商人笃信鬼神,祭祀繁杂,这是学界的共识。殷商后期甚至称年为祀。《尔雅·释天》:"夏曰岁,商曰祀,周曰年。"频繁的祭祀,为什么没有产生"诗"呢? 除了语言文字的因素外,思想理念是最重要的决定因素。祭祀和祭祀物品的无以复加,使殷人无需在祭祀之外寻求别的思想文化因素,这就限制了人神沟通的质的提升,限制了诗的发生。西周时期,最高上"帝"神的黯然离去,巫祝地位的渐趋衰落,诗的功能和重要性越发彰显,因为诗承担着通神、彰显政治地位、政治教化等作用。

《诗大序》:"颂者,美盛德之形容,以其成功告于神明者也。"美盛德、颂成功,其实就是对英雄的歌赞,而且是对人间英雄的歌赞,不是对神界英雄的歌赞。商代考古表明,直到商代后期,生产工具依然是石器、蚌器,与新石器时代并无本质区别。由卜辞看,商朝仍是原始宗教盛行时期,其时宗教形态是相当原始的。物质资料的生产方式决定着精神生产水平。在殷代及其前的神本文化条件下,不可能产生高于神或与神并肩而立的英雄。在神本文化社会里,神主宰着人,神代

---

[1] 洪修平:《殷周人文转向与儒学的宗教性》,《中国社会科学》2014 年第 9 期。
[2] 沈文倬:《宗周礼乐文明考论》,浙江大学出版社,1999 年。
[3] 陈来:《殷商的祭祀宗教与西周的天命信仰》,《中原文化研究》2014 年第 2 期。

替了人。卜辞中未发现将任何功绩归于国王的记载,即使国王也无权代表自己。在这样的文化背景下,人是渺小的,微不足道的。郭沫若说:"在奴隶制兴盛时期,人是失掉了他的独立的存在的,宇宙内的事情一切都是天帝作主。人王对社会上的事也不能作主,也是要听命于神的。"商代后期到西周时,是中国由神本文化向人本文化过渡的时期。这个时期正是中国文化剧变的阶段。青铜农具出现,是个重大突破。农业生产有较大发展,许多墓中都有酒器陪葬,表明粮食已有一定剩余。生产力的发展必然引起意识形态领域的巨大变化。商代晚期产生了一股蔑视神、向神挑战的思潮。周人也将商王不敬神灵的行为当作灭商的口实。西周时,生产力又有一定发展,表现为生产规模的扩大和粮食品种的增多,粮食产量进一步增加。西周的人神关系发生了质的变化。商代原始宗教中的神祇开始改变形态,神的变化是根据人间社会的模型而来。郭沫若说:"地上的权力归于一尊,于是天上的神秘也就不能不归于一统。"如果说原始宗教是先民对自然力无能为力而作的超自然幻想,商代中期之前是人主动屈服于神,那么到西周,人开始尝试根据自身的需要给神安排位置了。人开始主动发现自己,认识自己,这是西周人神地位最根本的变化。周人已经认识到统治者个人的品质、所作所为对国家政权的存亡会产生巨大影响,开始注意人自身的存在和人自身的努力,不再只依赖于冥冥之中的神灵。从现有的西周文献中,我们可以看到大量人的觉醒的事实。人文精神,也就是以人为本的文化精神。[①]

殷人亦祭祖,亦有祝祷之辞,但殷人的祖先既是降福者,亦是降祸者,而在周人思想意识中,祖先神灵只是降福者。殷商之人生活在浓厚氛围的神灵世界里,那个时代如果有《周颂》这样以人和人的理性、精神为主题的歌诗的出现,一定与时代主题氛围格格不入,从而必定被视为另类、异类而被扼杀,就像主张日心说、否定地心说而被烧杀的科学家一样。尼采说:"宗教消退之处,艺术就抬头。它吸收了宗教所生的大量情感和情绪,置于自己心头,使自己变得更深邃,更有灵气,从而能够传达升华和感悟。"[②]

《周颂》——中国最早的"诗"的产生,是祭祀活动由宗教性质转向人伦性质的标志,是祭祀语辞由巫术性质转向审美、教化性质的标志。这种转变是中国文化的巨大进步和飞跃。鲁迅说魏晋是中国文学的自觉时代,我们可以说:西周时期是中国人理性意识的自觉时代,是中国文化的觉醒时代。

---

① 叶林生:《殷周人神关系之演进及思考》,《苏州大学学报》2001年第1期。
② [德]尼采:《悲剧的诞生—尼采美学文选》,生活·读书·新知三联书店,1986年。

2. 从巫祝文化到史官文化的转型

甲骨文的出现在很大的程度上是与当时尊神事鬼文化联系在一起的。以饕餮为主的青铜器一方面是恐怖的化身,一方面又是保护神祇,它对异氏族部落是威惧恐吓的符号,对本氏族部落则具有保护的神力。怪异狞厉的青铜器是殷商时代神本文化的积淀物。[①] 殷商时代的神本文化更接近于原始文化,这种文化背景下产生的艺术也接近于原始艺术。在这种文化艺术背景下,人类理性的文明曙光被遮蔽,人自身的思想意志被压抑,以人为本的文化、文学也就不可能产生。

频繁的占卜、祭祀,深厚的巫文化传统,造成巫觋在商代拥有崇高的社会地位,而乐人的地位则相对较低。虽然卜辞记载或出土的殷商乐器及音乐活动并不少,但在卜辞中却少有乐官的记载。[②] 诗在产生之初,是乐舞的附属品。正规、系统的乐官是“诗”得以产生的前提。殷商重卜筮,巫文化浓厚,巫又是擅长以乐舞祀神者,但巫不是乐官,殷商时代没有乐官机制。准确地说,中国早期的诗不是“创作”出来的,而是“制作”出来的。显然,“制作”需要上层社会有特定的组织或职能部门。西周庞大的乐官体制是诗得以产生的重要条件。

《说文》:“巫,祝也。女能事无形,以舞降神者也。象人,两褎舞形。”陈梦家《殷墟卜辞综述》:“巫之所事,乃舞号以降神求雨,名其舞者曰巫,名其动作曰舞,名其求雨之祭祀行为曰雩。”[③]王国维《宋元戏曲史》:“歌舞之兴,其始于古之巫乎?”[④]巫术与某些原始艺术的发生和起源有关,但“诗”从本质上说并不是原始艺术。认为原始文化艺术中既有诗,是对“诗”的本质的认识不足和错误造成的。屈原的《九歌》是根据楚地的巫歌加工创作而成的,屈原加工创作《九歌》,正与《周颂》多数诗篇的创作情形十分相近。

殷商重卜,周人重筮。从卜到筮的发展演变,其中亦有人的理性意识逐步萌芽的因素。“卜”是运用钻龟以预测事物,它是纯宗教的,非理性的;而“筮”借助蓍草,以理性的数字计算和排列以预测事物,它毕竟有了人的理性意识的参与。从“卜”到“筮”,表明人的抽象思维能力和理性意识的逐步萌芽和提升。殷商占卜文化是巫文化,周代占筮文化则已经由以巫为主的文化转向以祝为主的文化。白居易所言“赠君一法决狐疑,不用钻龟与祝蓍”,其中即蕴含了殷周之际卜、筮

① 吴天德:《从神本走向人本:殷商西周时期的文化特征》,《阿坝师范高等专科学校学报》2004 年第 1 期。
② 王齐洲:《论古优的来历及其分化》,《南京大学学报》2015 年第 4 期。
③ 陈梦家:《殷墟卜辞综述》,中华书局,1956 年。
④ 王国维:《宋元戏曲史》,上海古籍出版社,1998 年。

文化的不同。从大文化背景看,殷商龟卜文化主要一种原始的图象意识文化,而周人的筮占文化已经过渡到一种数理文化,显然其中有中国文化发展演进的因素,故王夫之《周易外传》认为龟卜是鬼谋也,而占筮是人谋也。

"中国早期文化的理性化道路,是先由巫觋活动转变为祈祷奉献,礼由此产生,最终发展为理性化的规范体系:周礼。夏以前是巫觋时代,殷商是典型的祭祀时代,周代是礼乐时代。中国文化在西周开始定型,形成比较稳定的精神气质,达到了理性化的阶段。"[1]"周之克殷,乃系一个有精神自觉的统治集团,克服了一个没有精神自觉或自觉得不够的统治集团。"[2]礼乐时代的最大进步就是人的价值和主动性的发现和高扬。诗在本质上属于人,而不是属于神。一切文化皆是人化。没有人的精神和理性意识的高扬,就不会有歌咏人的精神意识的诗的产生。

《周易》最大限度地突显了"人的发现"的时代主题,揭示了尊天畏帝、敬奉神灵前提下,人的价值与作用。《易经》中,卜筮的非理性宗教巫术信仰发生了理性化、人文化的转向,重构起了着力展示人及人文的价值、意义与作用的卜筮新意蕴。《周易》古经卦爻辞所集中突显的,就是人在筮占事件乃至整个人生中的实质主体性地位。卦爻辞在涉及各类筮问事项时,多言及物人的各类情势,开示人一旦处于某种情势或境遇下,或吉凶休咎之局将如何,或人当如何作出回应,或人采取某种行动或举措后吉凶休咎之局将怎样,而很少涉及神的观念。人成了诠论的中心。这与殷商卜辞中动辄提及帝等神灵如何如何,形成了鲜明对照。在此基础上,古经着力开示了刚健有为精神与深沉忧患意识:"君子终日乾乾,夕惕若厉,无咎。"(《乾》)指明刚健而大有所为的人生。富有理性的人生才是真正充实的人生,如此,人才可望成为自己生命的主人,最大限度地实现其人生之价值。《周易》强调了人文德性对于人之为人的重要性,表达了对于人文德性的理想人格的赞赏,昭示了初步的人文关切:"谦,亨,君子有终"(《谦》),"谦谦君子,用涉大川,吉"(《谦》),"劳谦君子,有终,吉"(《谦》),"无不利,谦"(《谦》);"不恒其德,或承之羞,贞吝"(《恒》)。[3] 所以《周易》只能是周代的《易》,而不可能是殷《易》。

卜筮关心的是吉与凶,而非善与恶。周革殷命后,实际信仰对象从殷人的神圣上帝转变为周人的德性祖考。这个信仰转变的关键,是将"德"的光环赋予祖

① 陈来:《古代宗教与伦理》,上海三联书店,2009 年。
② 徐复观:《徐复观文集》,李维武编,湖北人民出版社,2002 年。
③ 王新春:《卜筮与周易》,《周易研究》2003 年第 6 期。

考。殷人也崇拜祖考,但在殷人看来,祖考不完全是亲善的,更不是完美的,卜辞中常有占问祖考作祟(如妨碍降雨、损害健康等)的记录,甚至需要禳除。因为殷人没有强烈的"德"的意识,所以没有赋予上帝和祖考以"善"的属性。周人祖考拥有"德"的品质,成为万世崇敬膜拜的典范,就取代了具有自然属性的"天"的地位。如"天不可信,我道惟宁王德延"(《尚书·君奭》)、"上天之载,无声无臭,仪刑文王,万邦作孚"(《诗经·大雅·文王》)。①

从出土发现和文献记载看,商代固然亦有礼乐。吕思勉说:"盖迷信深重之世,事神之道必虔,故礼乐之道必设。其后迷信稍澹,则易为陶身淑心之具矣。"②殷商虽有礼乐,然其鬼神主宰人世的思想文化观念使其礼乐不会产生陶身淑心的诗。思想的解放、观念的更新、文化的进步以及由此而带来的制度创新,是社会发展进步的巨大推动力和标志,也是诗得以产生的重要因素。王夫之《诗广传》:"昭明德以格于家邦,人神之通,以奉神而治人也,非仅以事神也。"王夫之所言不误,然而这是周代始有的思想文化理念。《文心雕龙·祝盟》亦深深感叹:"后之君子,宜存殷鉴。忠信可矣,无恃神焉。"

商周从巫到史、从神到人的文化转型是诗产生的前提。《周颂》31首诗虽然内容不一,创作方式不一,但它们无不高扬着积极向上的主题,无不以人为关注的中心。而在巫神文化为主导的时代,人是被动的,压抑的,自卑的,一切听命于无形的神,这显然是与《周颂》的主题、与诗的精神是相悖的。今人切莫轻视、鄙视甚至否定《周颂》的"美盛德,颂成功",它实际是商周神、人文化转型的典型预示和反映,是中国文化大发展、大飞跃的结果。与其把《周颂》看作是中国最早的"诗",不如把它看作是一种精神,一种觉醒,一种思想、文化的质的飞跃。从中国思想、文化飞跃的角度而言,《周颂》真的是"东方的微光,林中的响箭,冬末的萌芽,进军的第一步"③,是"列祖列宗惨淡经营得来的无价之宝"④。

3. 语言艺术的提升与飞跃

《仪礼·士冠礼》加冠时的祝辞曰:"始加,祝曰:'令月吉日,始加元服。弃尔幼志,顺尔成德,寿考惟祺,介尔景福。'再加曰:'吉月令辰,乃申尔服,敬尔威仪,淑慎尔德,眉寿万年,永受胡福。'三加曰:'以岁之正,以月之令,咸加尔服。兄弟具在,以成厥德。黄耇无疆,受天之庆。'醴辞曰:'甘醴惟厚,嘉荐令芳。拜受祭

---

① 王汐朋:《神的浮现与退隐》,《周易研究》2009年第4期。
② 吕思勉:《读史札记》,上海古籍出版社,1982年。
③ 鲁迅:《白莽作〈孩儿塔〉序》。
④ [英]马林诺夫斯基:《巫术科学、宗教与神话》,李安宅译,上海文化艺术出版社,1987年。

之,以定尔祥。承天之休,寿考不忘。'醮辞曰:'旨酒既清,嘉荐亶时,始加元服。兄弟俱来,孝友时格,永乃保之。'"全是四言句式,且颇有押韵的痕迹。《士冠礼》所记虽非西周初建国时的礼仪,但它让我们看到了周代祝颂辞呈现出前所未有的崭新面貌,这是在新的思想、文化背景下周人有意识地升华语言艺术的结果。

《周礼·大祝》:"大祝掌六祝之辞以事鬼神示,祈福祥,求永贞:一曰顺祝,二曰年祝,三曰吉祝,四曰化祝,五曰瑞祝,六曰策祝。掌六祈以同鬼神示:一曰类,二曰造,三曰禬,四曰禜,五曰攻,六曰说。作六辞以通上下、亲疏、远近:一曰辞,二曰命,三曰诰,四曰会,五曰祷,六曰诔。辨六号:一曰神号,二曰鬼号,三曰示号,四曰牲号,五曰齍号,六曰币号。"这里的"六祝""六祈""六辞""六号"都是祝祷之辞,这种言辞、文辞的分类和细化在周代之前是没有的。可见周人以周礼为依托,在言辞、文辞艺术的提升及语言表达艺术的飞跃方面是下了大功夫和努力的。周代语言表达艺术的飞跃不是无本之木、无源之水,它是西周初期统治者提升整个礼乐、文化水平的整体努力的一部分。

先秦祭礼对祝祷文体的发生、分类、形态及功能均产生了重要影响。祭祀活动的繁荣,促进了祝祷文体的发展。巫祝各掌其辞的祭祀制度、不同祭仪对所需祭辞的特定选择,增强了人们的文体分类意识。大祝所掌"六辞"、大师所教"六诗"体现了先秦祭祀活动对文体发展与分类的推动作用。[①]

文献中的远古歌辞只是传录者对古老传说的当下书写,并非远古歌辞的本原形态。中国最早的文字殷商甲骨文,基本形式为参差不齐的散言。远古仪式中祝祷咏诵歌辞与日常语言疏离的齐言化倾向以及商代仪式咏诵歌辞的齐言化,是周诗体式生成的历史文化渊源。周代仪式音乐水平及咏诵技艺的提升,是诗体韵化与四言体逐渐规范化的技术性发生机制。旋律化语言是人们在各种文化活动中基于口语和吸取其他声音形式再创造的一种有意味的形式。当人们因种种需要将歌辞用文字记录下来,歌辞便脱离音乐而成为一种单纯的文本,歌辞的文体亦随之而生。《周颂》显示了周代诗体的早期进化轨迹,其中的杂言体、无韵体和不完全韵,显示了歌曲语言与口语散言的疏离起初是不太规则的,四言连句中还间杂非四言句,韵式上起初是无韵的,渐而产生不规则的错落押韵。韵是咏诵中语句和乐句相呼应的听觉示意,当先民最初从发自天然的韵押中感觉之,进而在技艺行为中有意追求之,诗体便从无韵走向了有韵。音乐化的语言行为是韵文体生成和演变的发生基础和直接动力。人类的音乐化语言在一定的场

---

① 刘湘兰:《先秦祭礼与祝祷文体》,《社会科学研究》2013 年第 3 期。

合、一定的意图中使用,其"文"其"体"在音乐与语言的双重规定和双向建构中,形成种种特定的规则,以语句的简约、协韵、整齐为主要倾向。①

汉语中主要的语法现象、主要的词类、词性、构词法以及主要的句法结构,大都产生于周代,始于西周初期。仅此一点,即可证明周代语言文化的飞跃是不争的事实。周人以西都镐京地区的语言为"雅言",这应该是中国第一次在语言方面的规范化。《论语·述而》:"子所雅言,《诗》《书》、执礼皆雅言也。"刘宝楠《论语正义》:"周室西都,当以西都音为正。凡夫子读《易》及《诗》《书》、执礼,皆用雅言。"钱穆《论语新解》:"古西周人语称雅,故雅言又称正言,犹今称'国语'或'标准语'。"②

周代语言艺术文化的进步当然离不开儒家对"言""文"艺术的重视。清姚永朴《国文学·序目》:"稽经传所载,周公曰'言有序',孔子曰'言有物',曰'修辞立其诚',曰'辞达而已',曰'言之无文,行而不远',曰'辞欲巧',孟子以'言近而指远'为善言。"③

4. 西周音乐的发展进步

西周音乐的发展、飞跃是诗得以产生的重要因素,因为周代的诗是附属于乐的。即使在周代以及先秦之后,中国古代历代诗歌的发展无不伴随着音乐的因素,无不是音乐推动、促进的结果。诗最突出的特征是节奏和韵律,在发生学意义上,诗的节奏和韵律是从音乐那里"学"来的,并受音乐决定和支配的。如果说中国古代诗歌是音乐孕育出来的,一点也不为过。诗的节奏,形式上表现为语言节奏,本质上是音乐节奏。古代诗歌用什么样的句式和节奏,是由当时的音乐艺术水平决定的。"中国古典诗歌中的律句与拗句,类似音乐中的协合音程和不协合音程。"④在中国古代,诗的每一次进步和发展变化,无不是以音乐的进步和发展变化为先导,无不是受音乐的决定和支配。自汉代乐府诗产生之后,后人为什么对乐府诗高度痴迷?最重要的原因即在于乐府诗的音乐性。后人自曹操始,沿用汉乐府诗的旧题写新诗,其实是欲以继承乐府诗的音乐因素而重振诗歌创作,推动诗歌的发展。没有音乐的推动和促进,诗歌自身的发展将是极为缓慢而艰难的。唐代是中国古代诗歌的顶峰,同时也是音乐的兴盛时代,很多大诗人同时兼有极高的音乐素养,如王维、李白等。"古代诗歌的兴衰无不取决于音乐,每

---

① 李昌集:《周诗体式生成论》,《中国社会科学》2014 年第 7 期。
② 钱穆:《论语新解》,生活·读书·新知三联书店,2002 年。
③ 方苞:《方苞集》,刘季高点校,上海古籍出版社,1983 年。
④ 李静:《音乐对中国古典诗歌影响探析》,《音乐创作》2012 年第 3 期。

次音乐的新生都导致新体诗歌的产生及其繁荣。如巫音之于楚辞、胡夷里巷及清商之乐于汉魏六朝乐府,燕乐之于唐五代词,南北曲之于元明清的杂剧传奇等,皆形成风行当世的'一代之文学'。"①

上古时期,乐器和乐的发展史几乎就映射了歌的发展史。诗的高级属性又决定了极为简单的乐器时代不可能孕育出与之不相匹配的"诗"。商文化具有粗犷、稚气和原始的野性之美。在这个时代的美学里,我们看到了尊神事鬼、夸扬暴力以及崇尚武功,可以说这是一个"怪力乱神"的时代。李泽厚《美的历程》将最能代表商代美学精神的青铜器之美称为"狞厉的美"。这个时代的音乐,必定和它的青铜器艺术一样向我们昭示着其时代精神。殷商乐舞代表作是"桑林之舞",是求雨祭典的一部分,目的是通过祈雨来求得神灵的庇护,它是由巫师领舞的动作狂放、衣着袒露的舞蹈,在虔诚的祭祀宗教活动中忘记了自我。故《礼记·乐记》曰:"桑间濮上之音,亡国之音也,其政散,其民流,诬上行私而不可止也。"②殷商的这种乐舞文化与文质彬彬、清淡疏朗和美的周代乐舞形成了鲜明对照。显然,殷商乐舞更接近于原始乐舞,与"诗"的特质大相径庭。

董晓明认为,礼乐制度的形成在西周不在殷商。殷商铜铙在乐器形态上透露出的礼乐因素和西周青铜乐器所体现出来的礼乐制度有根本区别。③ 目前所见编钟最早诞生于西周早期,还未见有殷商时期编钟出土,这也是西周音乐称为"金石之乐"的原因。④

在音乐上使用四声音阶与西周祭祀语言四言化有直接关系,正是四声音阶的定形,改造了早期的祭祀语辞,而祭祀语词的四言化又直接导致四言诗体的形成。与音乐的发展相对应,西周青铜器铭文也经历了由杂言向四言,由无韵到入韵的变化。《周颂》与金文一样呈现了由无韵到杂韵再到合韵、通韵、全韵的发展痕迹。⑤

对于《周颂》的无韵或押韵不工整,王国维《观堂集林·说周颂》认为:"颂之所以多无韵者,其声缓而失韵之用,故不用韵。……若声过缓,则虽前后相叠,听之亦与不叠同。颂之所以不分章、不叠句者当以此。"周人立国之初,韵语首先在

① 鄢化志:《论中国诗歌发展中诗与音乐的合与分》,《宿州师专学报》2001 年第 2 期。
② 王云龙:《"怪力乱神":商代乐文化探究》,《北方音乐》2016 年第 22 期。
③ 董晓明:《殷商乐器的礼乐因素及其演进》,中央音乐学院 2011 年硕士学位论文。
④ 毛悦:《西周早期编钟的音乐考古学研究》,天津音乐学院 2016 年硕士学位论文。
⑤ 陈致:《从〈周颂〉与金文中成语的运用来看古歌诗之用韵及四言诗体的形成》,"出土文献与传世典籍的诠释——纪念谭朴森先生逝世两周年国际学术研讨会"提交论文,香港,2009 年。

乐歌中出现。西周早期诗篇多无韵,有韵者零星而不工:入韵句较少,韵的位置带随意性,又往往同音或异调相协,句式多不均齐,其典型代表是《周颂》。至西周中晚期的作品才走向匀称、规整化,形式美感大大增强,这都和礼乐文化的发生、发展及兴盛有关。①

西周初期,周人在青铜乐钟上第一次革新是以编甬钟代替殷商编铙,革新的主要目的是礼乐器的旧貌换新颜,这次革新的主要动因在礼不在乐。穆王末叶,周人在青铜乐钟用制上进行了第二次改革,甬钟的编列更大,形式更壮观,音乐性能也大大提升,4件组编列代替3件组编列,甬钟编列扩大,音域拓宽。甬钟侧鼓音用制形成,四声音列取代三声音列。这次改革的主要动力是乐。从此,周人的青铜乐钟脱离了殷商青铜乐钟旧制。②

《荀子·礼论》:"《清庙》之歌,一倡而三叹也,县一钟,尚拊之膈,朱弦而通越也,一也。"明确说演奏《清庙》使用单件的钟,而不是编钟,在一定程度上与地下考古发现的情况相吻合。在音乐活动中使用单钟会造成什么样的音乐效果呢?我们可以玄想:沉闷而缓慢的钟声节制了音乐活动,它并不要求旋律,只要借助缓慢悠长的钟声来烘托出庄严肃穆的气氛。在这种情况下,诗的语言不可能轻快,也不需要押韵,不需要同时也不可能有太长的篇章。少许的几句话,和着钟声,虔诚缓慢地念出来就行了。编钟体制的成熟定型带动了诗歌创作,《雅》是编钟体制成熟的产物。③

西周乐制是伴随着编钟制度的出现而形成的。《诗经》的四言句式是受了一种内容之外的、与节奏有关的强大因素的制约,即青铜编钟等打击乐器所产生的金奏。周代诗、乐、舞的节奏多为两拍为一个音步,一拍或三拍的情况很少。诗句字数也多以两拍的偶数倍为主,奇数字诗句很少。《诗经》诗句多采用两言一顿的内部结构方式,也在于当时乐舞对两拍为一个音步的选择。节拍缓慢是周代雅乐的共同特点,这在制约单元内舞蹈动作多少的同时也限制了《诗经》句式的长短。因此在编钟及舞蹈节奏较缓的情况下,《诗经》歌诗的句式不宜太长,四言是最佳的选择。④

《吕氏春秋·音初》篇南音、北音之始分别是"候人兮猗""燕燕往飞",都是四言。远古时期的不同阶段,不可能作出的歌都是相同的四言,这种表述只能是

---

① 周锡䪖:《易经的语言形式与著作年代》,《中国社会科学》2003年第4期。
② 王友华:《西周前期黄河流域甬钟用制分析》,《中国音乐学》2009年第4期。
③ 曹建国:《出土文献与先秦诗学研究》,复旦大学2004年博士学位论文。
④ 管恩好:《论编钟和乐舞对〈诗经〉四言诗体的影响》,《电影评介》2007年第7期。

《诗经》时代的音乐思维和诗歌思维。在《吕氏春秋》作者的思想意识中,四言之外即没有成熟的"歌"。

历史盛传的周公"制礼作乐",其实并非由周公个人完成,也非一下子完成的,它有个逐步发展、完备的过程。其开始当在周初,而高峰期则在西周中叶的昭、穆王时,那也是乐器增多,表达力提高,特别是性能优越的铜甬钟(后来更有钮钟)、编钟开始出现并流行,而乐律也逐步精密、完善化的时候。据文献记载,当时的乐器多达七十余种,并按制作质料的不同,分为金、石、土、革、丝、木、匏、竹八类,号称八音。以钟乐而论,近年实物出土甚多,其制作工艺之精,调和律吕之巧,音色之美,令世人大为惊叹。现知西周中晚期的甬钟已形成规范化的编配制度,按音阶排列,一般以八件为一套,并普遍有意识地使用第二基音,即从第三钟开始,每钟正、侧鼓能发相距小三度的两个基音,实际测音结果表明,它们在演奏时通过共鸣互应,会形成异音相谐的和声关系,并可能因此特色而称为"和钟"(纯律的三度音程在和声结构中是比较完满地达到和谐效果的音程)。音乐文化的发达实促进人们审音、辨音能力的提高(有些双声迭韵词可能直接摹仿自互谐共振的钟磬之音),大大增强对重复再现、对称均衡以及和谐之美的体悟,由此推动了声韵、词句各种复迭形式的发展以及韵文的完善与繁荣。《雅》《颂》的许多形式特点很大程度上便是为配合雅乐这一特定的仪礼效果而设,或者说是在与雅乐这种特定仪礼效果的互动配合过程中形成的。①

文化人类学研究表明,由打击、节奏到丝管、旋律,是几乎所有民族乐奏起源和发展所遵循的顺序。《盐铁论》说原始音乐"乐而无转",旋律性不强,是可信的。迄今为止,卜辞中尚未发现琴瑟等代表弦乐器的字。西周可见琴瑟,乐器制作大大发展,《诗经》记载的乐器达二十余种之多,但西周雅乐的主体结构仍然是打击乐。西周雅乐的"简""素"是在物质和生活条件较为丰裕情况下的有意为之,是基于对王朝兴废的反思。雅乐因其风貌之刚健,也获得了"金石之声"的美誉。磬用玉或其他名贵的石料制成,镂刻精美文饰,工艺精湛,堪与金钟媲美。从商到周,钟磬渐成宫廷大型乐队的主乐器,形制愈益丰富,从最初的数枚编钟编磬,增至后来的数十枚编钟编磬。上下数层横向悬挂排列,气派恢宏。钟磬质地坚硬,合奏的音响效应"近之则钟声亮,远之则磬音彰"(《淮南子》)。②

《周礼·春官·大司乐》:"凡建国,禁其淫声、过声、凶声、慢声。"这应该是出

---

① 周锡馥:《易经的语言形式与著作年代》,《中国社会科学》2003 年第 4 期。
② 张锡坤:《西周雅乐的刚健风貌与刘勰的"风骨"》,《吉林大学学报》2009 年第 1 期。

于对雅乐的提倡和保护而制定的礼制。周人设立了庞大的雅乐机构,这在《周礼·春官》有详尽记载。而周代雅乐机构的一个重要职能即是对贵族子弟进行雅乐教育,这对于提升社会的音乐整体水平起到了重要作用。

儒家极力主张乐教,提倡用"雅乐"来"感发人之善心"(《礼记·乐记》),认为雅乐"之入人也深,其化人也速"(《荀子·乐论》)。在儒家哲人看来,雅乐"与天地同和"。"雅乐"的核心美学精神就是"和",即荀子所说:"调和,乐也。"(《荀子·臣道》)雅乐的音调、节奏谐调完美、自由和谐、纯正温雅,通过乐教,可以使人的心灵得到陶冶,从而血气平和,过分的物质欲望得以合理的节制而保持适度。[①]

雅文化是一个时代的引领文化,无论雅文化在一个时代的流行、普及程度如何,它都是一个时代文化的主心骨,是时代文化发展前进的推动力和主动脉,缺乏雅文化的时代是不可想象的。"雅,是一个时代的标志。雅之不生,社会大环境则堪危。雅,是人类文明的结晶,雅之不存,人类将还原到动物世界。"[②]

三　"颂"的演进轨迹:从占筮之颂到歌诗之颂

1. 占筮之"颂"

(1)《周礼·占人》:

> 占人掌占龟,以八筮占八颂,以八卦占筮之八故,以眂吉凶。凡卜筮,君占体,大夫占色,史占墨,卜人占坼。凡卜筮,既事,则系币以比其命。岁终,则计其占之中否。(筮:即"筮"。眂:即"视")

郑玄注:"'以八筮占八颂',谓将卜八事,先以筮筮之。言'颂'者,同于龟占也。"贾公彦《疏》:"凡大事,皆先筮而后卜。此八,还是上文大事之八也。凡筮之卦,自用《易》之爻占之。龟之兆,用颂辞占之。今言'八筮占八颂'者,郑云'同于龟占'也,以其吉凶是同,故占筮之辞亦名颂。龟占,则繇辞是也。""卜筮皆有礼神之币及命龟筮之辞。书其辞及兆于简策之上,并系其币,合藏府库之中。至岁终,总计占之中否而句考之。"

宋朱申《周礼句解》:"将占八命之事,先以蓍筮之,而以八颂占之。"清李光坡

---

① 李天道:《"雅乐"之美学意义原始》,《西南民族大学学报》2008 年第 11 期。
② 王士学:《雅言俗语》,《杂文选刊》2009 年第 5 期。

《周礼述注》："八颂者，八事之将卜诸颂也。"

明郝敬《周礼完解》："颂，即八命之颂。八故，即八事之故。古者先筮后卜。其所筮坼文有纵横、邪直、上下，所谓体也。色，谓色有光泽，昏昧、连络、陵犯也。墨，以墨画灼处，观其食坼，谓灼处罅坼，即兆也。墨食坼，明吉；不食坼，昏凶。坼而观墨，墨而观色。色，而后体备。卜人，史大夫，皆为君占也。既事，谓筮毕，则以礼神之币书其所命事，比而记之，岁终通计其验否。"

明柯尚迁《周礼全经释原》："占人亦占筮，言龟者，筮短龟长，以龟为主。龟书有颂。颂者，占兆之辞。八故，即八命也。命筮之辞以八籥占八颂者，八籥，即九籥也。用其八，以命籥之事合于龟颂之繇辞，以命龟之事合于八卦之系辞，故曰'以八卦占八故'也。占人先筮而后卜，两者相习俱作，而两眠其从违以断吉凶也。诗曰'卜筮偕止，会言近止'是也。卜以龟，筮以著。体、色、墨、坼，皆龟也，而曰'凡卜筮'，则筮亦占体也。然必先筮而后卜。诗曰'尔卜尔筮，体无咎言'，筮亦有体，谓卦体也。郑氏曰：'体，兆象也。色，兆气也。墨，兆广也。坼，兆釁也。'体有吉凶，色有善恶，墨有大小，坼有微明。尊者视兆象而已，卑者以次而详其余。王氏曰：'卜之事，龟坼而后墨见，墨见而后色著，色著而后体备。卜人先占坼，史占墨次之，大夫占色又次之。众占备焉，而后君占体以断吉凶，事之序也。'故《玉藻》曰：'卜人定龟，史定墨，君定体。'据序事先后言之。此先言君占体者，尊卑之序也。凡卜筮，既事则系币，谓礼神之币也。比其命，谓书其命龟筮之辞而比之。岁终，则计其占中否以考官，占之得失而进退之。"

清胡煦《卜法详考》："将占八命之事，先以著筮之，而以八颂占之。八卦，即三《易》之经卦也。八故，八事之故也。龟有颂，颂者，占兆之辞；筮有故，故者，合筮之辞。以筮占兆之颂，以卦占筮之故，然后两观其从违而断其吉凶也。凡卜筮，龟为卜，著为筮也。体，兆之象也；色，兆之气也；墨，兆之广也；坼，兆之釁也。体有吉凶，色有善恶，墨有大小，坼有微明。尊者视兆象而已，卑者以次详其余焉。体、色、墨、坼皆龟卜，而曰'凡卜筮'者，国之大事，既筮后卜，以卜为主也。计其占之中否，当是验其颂之当与不当耳。八故，即征象，与谋之八事皆有其故，故占之。八籥、八颂、八故，即太卜邦事作龟之八命也。谓将卜八事，先以著筮之，是曰八籥。凡筮之占用卦爻，龟之占用颂辞。今言'八籥占八颂'者，以筮之吉凶同乎龟占，故占筮之辞亦名颂也。"

清刘沅《周官恒解》："卜筮以求神，神不可知也，故卜、筮必兼用，以致其详慎。占人掌占龟，盖与卜师互参成之，而大卜特总其事耳。八颂，即大卜所掌八命。卜而得其颂矣，又以八筮占其颂，再以八卦占人筮之故。龟从、筮从，不外于义理,而后吉凶可眠焉。《玉藻》'卜人定龟,史定墨,君定体',则先后之序。"

清孙怡让《周礼正义》:"八事,即《大卜》云'以邦事作龟之八命'。彼经又云'以八命者赞三兆三易三梦之占',是八事通于卜筮。以其大事卜、筮相兼,又三《易》爻辞亦为韵语,故通得颂名也。"

由此可知,"颂",即如同《易》之卦爻辞的占筮之辞。八颂,八占筮之辞。龟占之辞为韵语,类似歌谣体裁,用来解释卦的吉凶,故名为颂。南朝宋谢庄《宋孝武宣贵妃诔》:"八颂扃和,六祈辍渗。"

(2)《周礼·大卜》:

> 大卜掌三兆之法:一曰玉兆,二曰瓦兆,三曰原兆。其经兆之体皆百有二十,其颂皆千有二百。掌三易之法:一曰连山,二曰归藏,三曰周易。其经卦皆八,其别皆六十有四。掌三梦之法:一曰致梦,二曰觭梦,三曰咸陟。其经运十,其别九十。以邦事作龟之八命:一曰征,二曰象,三曰与,四曰谋,五曰果,六曰至,七曰雨,八曰瘳。以八命者赞三兆、三易、三梦之占,以观国家之吉凶,以诏救政。凡国大贞,卜立君,卜大封,则眠高作龟。大祭祀,则眠高命龟。凡小事,莅卜。国大迁、大师,则贞龟。凡旅,陈龟。凡丧事,命龟。

郑玄注:"颂,谓繇也。杜子春云:'玉兆,帝颛顼之兆。瓦兆,帝尧之兆。原兆,有周之兆。'"贾公彦《疏》:"云'经兆'者,谓龟之正经。云'体'者,谓龟之金木水火土五兆之体。云'经兆之体',名体为经也。云'皆百有二十'者,三代皆同。百有二十,若经卦皆八然也。云'其颂千有二百'者,每体十繇,故千二百也。繇之说兆,若《易》之说卦,故名占兆之书曰繇。"兆,原指古代占验吉凶时灼龟甲所成的裂纹。后引申指事物发生前的征候,故汉语词汇中有兆象、征兆、预兆、兆头、吉兆、凶兆等。

清陆陇其《读礼志疑》:"今人不知繇为何义,以《易》比,例最明。"宋沈括《梦溪笔谈》:"古之卜者皆有繇辞。"宋林之奇《尚书全解·金縢》:"《周官》所谓'颂',即《春秋》所谓'繇',而此所谓'书'也。故既占,则必视其书。公视其兆,则曰:'如此兆体,王必无害也。'"明郝敬《周礼完解》:"经,犹正也。体,兆象。颂,兆书辞,《春秋传》谓之繇。"清官献瑶《石溪读周官》:"颂,辞也。筮与梦亦当有辞。一体十颂,犹之一卦六爻。而卦第言别,岂夏商之时,爻未有辞,至周公而辞始作欤?抑占卦而爻在其中欤?"清徐灏《通介堂经说》:"古有卜辞著为成书,命之曰颂,皆韵语也。"

《左传》襄公十年:"孙文子卜追之,献兆于定姜。姜氏问繇,曰:'兆如山陵,有夫出征,而丧其雄。'"《左传》庄公二十一年记占卜繇辞曰:"凤皇于飞,和鸣锵锵。有妫之后,将育于姜。五世其昌,并于正卿。八世之后,莫之与京。"孔颖达《疏》:"卜人所占之语,古人谓之为繇。其辞视兆而作,出于临时之占。或为旧辞,或是新造。"这虽是春秋时期的事,但它让我们看到了殷周时作为占筮繇辞之颂的影子。

古代"繇"与"谣"同音可通用,二者都是整齐的韵语。谣是用来唱的,故从"言";繇是专门用来占断吉凶的,故从"系"。"系"也就是《周易》中的《系辞》之"系",也就是系于一定的占断象征符号的像歌谣一样的占断之辞,它的形式应该和"谣"相同。这些整齐的韵文占辞又和《诗经》中的句子很相似,所以又叫做"颂"。繇、谣、颂都使用韵语,目的是便于记诵。①

《史记·龟策列传》:"太史公曰:自古圣王将建国受命,兴动事业,何尝不宝卜筮以助善? 唐虞以上,不可记已。自三代之兴,各据祯祥。涂山之兆从,而夏启世;飞燕之卜顺,故殷兴;百谷之筮吉,故周王。"对照《周颂》,《噫嘻》曰:"率时农夫,播厥百谷。"《载芟》《良耜》同曰:"俶载南亩,播厥百谷。"而司马迁却称之为"百谷之筮",由此我们可以明白为什么占筮之辞可以称之为"颂"了——因为这些诗句的创作本即与占筮之辞有关,即:"颂"的源头即是占筮之辞。

占筮文化源远流长,《周礼》中把这种占筮之辞称为"颂",当然是周人的称呼,并非周代之前即有"颂"之称名。这种整齐的韵语,无论从形式上说还是从内容上说,都是三代当时文化的精华,也是中国"诗"得以产生的源头。研究《诗经》必从《周颂》始,原因即在于此。

2. 祝祷之"颂"

史墙盘是1976年出土于陕西省扶风县庄白村的礼器,其铭文内容丰富,记述了西周文、武、成、康、昭、穆王的重要史迹以及微氏家族的事。"史墙盘铭"有这样一段话:

于武王既戈殷,微史烈祖乃来见武王,武王则令周公舍寓于周,俾处甬。

与其同时出土的一件"癫钟铭"也有一段相似的文辞:

于武王既戈殷,微史烈祖〔乃〕来见武王。武王则令周公舍寓,以五十

---

① 刘银昌:《焦氏易林文学研究》,陕西师范大学2006年博士学位论文。

颂处。①

丈 zāi：《说文解字注》："伤也。伤者，办（创）也。"两段铭文基本相同，只是盘铭的"于周俾处"在钟铭里被改成了"以五十颂处"。"于周俾处"实为"俾处于周"（周指周原）的倒装形式。意思是武王令周公让"微史烈祖"在周原居住。至于"以五十颂处"，则是凭靠着"五十颂"居住下来的意思。"微"是殷王纣的庶兄微子启的封国。烈祖的身份是"微史"。微子启是殷王纣的庶兄，又是殷王朝的卿士。"五十颂"当是类似殷人占筮之辞的有韵之文。微史一家在武王克殷之后，带着"五十颂"投奔周人。周人对微史带来的"五十颂"十分重视，报之以优渥。这对微史家族的后人来说是一件很光荣的事，于是史墙的儿子癲在钟铭文中将"于周俾处"改成了"以五十颂处"。可惜这"五十颂"内容我们无法知道。

对于中国诗歌发生学研究和"颂"的发生发展史研究而言，这两条铭文的价值在于：

其一，微史烈祖来周见武王，因其所作"五十颂"而被留于周定居下来，且此事被其后世子孙镌刻于金文器皿，可知当时能创作有韵之辞的人和才能是多么受重视，多么珍贵。由此可知，在周武王时代，有韵之文一定罕见。由此再推之，殷末周初一定是有韵之文的萌芽、肇始阶段。刘勰《文心雕龙·颂赞》论颂的文体特征时说："原夫颂惟典雅，辞必清铄，敷写似赋而不入华侈之区，敬慎如铭而异乎规戒之域。"

其二，刘翔认为微史烈祖的"五十颂"就是殷人的占筮卦辞。笔者认为，微史烈祖是于周武王克殷后奔周的，时间已经是西周之初，故其"五十颂"有可能是"颂"发生发展的第二个阶段：祝祷之"颂"，即微史善于创作有韵的祝祷之辞。如果微史烈祖所作"五十颂"就是殷人的占筮卦辞，那么当时这种有韵的占筮卦辞应当不罕见，周人应该不会视若珍宝。而武王时，有韵的祝祷文辞应该在萌芽阶段，故极受推崇和重视。微史善于作的"五十颂"是歌诗意义上之"颂"的可能性不大。但这种有韵的祝颂之辞，周人在金文铭文上称之为"颂"，那么它与歌诗

---

① 刘翔：《"以五十颂处"解释》，《学习与思考》1982 年第 2 期。

意义上的"颂"已较接近,它应该是"颂"诗产生的源头。

其三,即使殷商时期的占卜筮辞就有"颂"之名,因为它完全是为占筮之用,故它必定是不可歌的,因而它们必定不能发展为"诗"。很难想象最早的"诗"即可纯诵而不歌,这不符合事物的发生、发展规律。因而我们认为,周代之前没有"诗"产生的物质和文化基础。

其四,"微史烈祖"的身份是"史",善作"颂",又是"史",这不由得让我们想起《诗大序》所言的史官作诗说,证明了《诗大序》史官作诗说的正确性——"诗"在未成形之时,即与史官有关。[①]

其五,殷商时期的有韵占筮之辞,内容一定是颂神的。至周人创作《周颂》,"颂"得到了本质的提升,其中最重要的提升是由颂神为主变为颂人为主。"颂"的这种变化、提升是由周人不同于殷商的进步思想文化因素决定的,其中西周初期的制礼作乐又是这种提升的关键因素。没有周人的进步思想文化因素,没有西周初期的制礼作乐,就不会有真正文学意义上"颂"的产生。而"颂"的产生,又是中国真正意义上"文学"的源头。

其六,"史墙盘铭"和"癲钟铭"都是西周金文器皿,称为"五十颂"有可能是周人的称法,在西周以前,或者在周武王之前,未必有"颂"之名,即西周武王之前的殷商时期未必把有韵的卜筮占辞称作"颂"。上文的占筮之"颂"都是周代文献的记载,未必能证明殷商时代即有此"颂"称。张宪华认为,由现存材料看,"颂"字最早出现在西周金文,如西周中期《颂簋》、西周中期《史颂匜》等。[②] 如此,则只能认为殷商时期有有韵的占筮之辞,而不是有"颂"体诗文。"史墙盘铭"的"俾处甬",使我们认为"甬"有可能即是"诵"。"俾处甬"可能与"以五十颂处"表达的是相同或相近的意思。那么当时铭文所称之"颂",即是"诵",即有韵的诵辞。它应该有别于、高于殷商的占筮之"颂"。

祝祷之颂是"颂"发生发展的第二个阶段,它们是在三代占筮之颂的基础上发展而来的。但祝祷之颂却不像占筮之颂那样在周代即逐渐湮没,而是在后世有很长时间的发展演变过程,以至于形成了一种特定的文化现象。《礼记·檀弓下》:

> 晋献文子成室,晋大夫发焉。张老曰:"美哉轮焉!美哉奂焉!歌于斯,哭于斯,聚国族于斯。"文子曰:"武也得歌于斯,哭于斯,聚国族于

[①] 《诗大序》:"国史明乎得失之迹,伤人伦之废,哀刑政之苛,吟咏情性以风其上,达于事变而怀其旧俗者也。"
[②] 张宪华:《西周文研究》,上海大学 2017 年博士学位论文。

斯,是全要领以从先大夫于九京也。"北面再拜稽首。君子谓之善颂善祷。

郑玄注:"善颂,谓张老之言。善祷,谓文子之言。"孔颖达《疏》:"成室,谓文子作宫室成也。发,礼也。晋君既贺,则朝廷大夫并发礼同从咀荈贺之。'轮'谓轮困高大也。'美哉轮焉',张老心讥文子宫室饰丽,故佯而美之也。《春秋外传》曰'赵文子为室,斫其椽而砻之,张老谏之'是也。'美哉奂焉',谓其室奂烂众多也。既高又多文饰,故重美之。'颂'者,美盛德之形容。'祷'者,求福以自辅也。张老因美而讥之,故为'善颂'。文子闻过即服而拜,故为'善祷'也。"称为"善颂善祷",可见"颂"在本源上与"祷"密不可分。"祷"与"颂"是宗教信仰的重要表达方式。

《礼记·少仪》:

> 为人臣下者,有谏而无讪,有亡而无疾;颂而无谄,谏而无骄;怠则张而相之,废则扫而更之:谓之社稷之役。

郑玄注:"颂,谓将顺其美,匡救其恶。"孔颖达《疏》:"颂,美盛德之形容也。谄,谓横求见容。若君有盛德,臣当美而颂之也。君苟无德,则匡而救之,不得虚妄以恶为美,横求见容。故《孝经》云:'将顺其美,匡救其恶。'"

尽管周人把卜筮之辞和祝祷之辞都称为"颂",但本质上而言,它们都不是诗。亚里士多德《诗学》认为:"诗人的职责不在于描述已发生的事,而在于描述可能发生的事。历史家与诗人的差别不在于一用散文、一用韵文,两者的差别在于一叙述已发生的事,一描述可能发生的事。希罗多德的著作可以改写为韵文,但仍是一种历史,有没有韵律都是一样。因此写诗这种活动比写历史更富于哲学意味,更被严肃的对待,因为诗所描述的事带有普遍性,历史则叙述个别的事。"[1]这可以为我们解释为什么有韵的占筮繇辞不是诗,它只是对诗的一种启示和铺垫。认为有韵的占筮繇辞、祝祷之辞甚至原始的歌谣都是诗,是学术态度的不严谨。

3. 乐器之"颂"

(1)《周礼·视瞭》:

---

① [古希腊]亚里士多德:《诗学》,人民文学出版社,1962年。

视瞭掌凡乐事播鼗，击颂磬、笙磬。掌大师之县。凡乐事，相瞽。大丧，廞乐器；大旅亦如之。宾射，皆奏其钟鼓；鼗恺献亦如之。

郑玄注："视了播鼗又击磬。磬在东方曰笙。笙，生也。在西方曰颂。颂或作庸。庸，功也。"贾公彦《疏》："按《序官》，视瞭三百人皆所以扶工。以其扶工之外无事，而兼使作乐。以东方是生长之方，故云笙。西方是成功之方，故云庸。庸，功也。谓之颂者，颂者，美盛德之形容，以其成功告于神明，故云颂。言'或作庸'者，《尚书》云'笙庸以间'，孔以庸为大锺，郑云庸即《大射》颂，一也。"

宋陈旸《乐书》："颂磬，编磬也。笙磬，特磬也。"宋魏了翁《仪礼要义》："东笙磬、西颂磬，取阴阳生成。"宋黄度《周礼说》："升歌则击颂磬，笙歌则击笙磬。"清蔡德晋《礼经本义》："颂、诵通，即歌也。颂磬，与歌相应者也。钟，歌钟也。"

(2)《仪礼·大射》：

乐人宿县于阼阶东。笙磬西面，其南笙钟，其南镈，皆南陈，建鼓在阼阶西，南鼓应鼙在其东，南鼓。西阶之西，颂磬东面，其南钟，其南镈，皆南陈。一建鼓在其南，东鼓。朔鼙在其北。一建鼓在西阶之东，南面。簜在建鼓之间。鼗倚于颂磬西纮。

郑玄注："言成功曰颂。西为阴中，万物之所成。《春秋传》曰：'夷则所以咏歌九则，平民无忒。无射所以宣布哲人之令德，示民轨义。'是以西方锺磬谓之颂。朔，始也。奏乐先击西鼙乐，为宾所由来也。锺不言颂，磬不言东鼓，义同，省文也。古文'颂'为'庸'。"贾公彦《疏》："《尚书》云：'笙庸以间。'笙东方，锺磬西方。是'庸'亦'功'也，亦有成功之义也。"

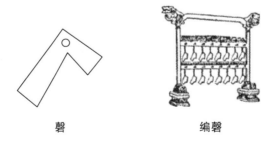

磬　　　　　　　　　　　编磬

磬是一种打击乐器，传说是古代的毋句氏发明的，用玉、石或铜制成，是中国最古老的乐器之一。古磬最初是单一的特磬,逐步发展为编磬。殷墟出土的特磬有半圆形与曲折形两种,后多作曲折形。周代以来用于雅乐的编磬由悬挂在木架上的一系列石制或玉制的磬组成。磬在西周时代是作为庙堂之乐的代表,是雅颂之声的载体,是祭祀时的重要乐器。笙磬、颂磬皆为编磬。笙磬是悬挂在东面的编磬,颂磬为悬于西面的编磬。颂磬在西面,象征秋季万物成熟,歌颂成功之意。《周礼·大司乐·疏》引郑玄《书》注云:"西方之乐谓之庸,庸,功也,西方物熟有成功。亦谓之颂,颂亦是颂其成也。"颂、庸、功皆音近义通。颂磬得名于所在方位的象征义,其词源义为歌功。① 宋魏了翁《仪礼要义》:"东方云'笙'而西方言'颂'者,以其夷则、无射主西方成功收藏,故称'颂'。"

清杨名时《诗经札记》:"庸,即颂也。颂钟、颂磬与歌声应,直言'颂',重人声也。"称乐器磬为"颂磬",必是"颂"由原来的有韵之占卜筮辞发展至"颂"成为音乐的重要内容之后,而"颂"成为音乐的重要内容显然是周代始有的文化现象,那么"颂磬"之名亦应是周代所有。周代始有的编磬即称为"颂磬",让我们从音乐的角度窥视周代音乐、歌舞、诗歌必始于"颂"。而古人对乐器之"颂"的阐释,正与《诗大序》以"美盛德,颂成功"释《诗》"颂"之义相吻合。当然,乐器之"颂"的含义,究竟是在歌诗之"颂"含义之前还是之后,尚有待考证。从诗来源于音乐和歌舞表演的角度,我们把乐器之"颂"放在歌诗之"颂"之前。

(3)《周礼·籥章》:

> 籥章掌土鼓、豳籥。中春,昼击土鼓,龡豳诗以逆暑。中秋夜迎寒亦如之。凡国祈年于田祖,龡豳雅,击土鼓,以乐田畯。国祭蜡,则龡豳颂,击土鼓,以息老物。

龡:古同"吹"。籥(yuè):古代形状像笛的乐器。"豳颂",前人解释为:1.指《七月》的一部分。2.指《周颂》的部分诗篇。此处文献的"豳颂"历来均不解释为乐器,但笔者以为它仍有可能指乐器。前文有"吹豳诗"之文,可以肯定"豳诗"不是乐器,尽管如此,"豳雅""豳颂"仍有可能指乐器名。因为"吹豳雅"和"吹豳颂"的语言表达方式与"吹豳诗"有所不同。前文先曰"昼击土鼓",然后才曰"吹豳诗以逆暑"。后文的语言表达有所不同:都是先曰"吹豳雅""吹豳颂",然后接曰"击土鼓"。这样的表达似乎有意把"吹豳雅""吹豳颂"与"击土鼓"相并

---

① 参见梁冬梅:《从笙磬、颂磬看古代中国音乐文化》,《黄钟》2007 年第 2 期。

列,有意并列的目的就是为了暗示"豳雅""豳颂"与"土鼓"一样是乐器名。"龡"(吹)后面本来就应该跟乐器名,而且"龡"字的造形亦与管乐器"籥"有关。《周礼》中的"龡"后多跟乐器名,如"笙师掌教龡竽、笙、埙、籥、箫、篪、笛、管,舂牍、应、雅,以教祴乐","籥师掌教国子舞羽、龡籥"。前文的"龡豳诗",其实也是吹乐器以奏豳诗之意。

清朱骏声《说文通训定声》:

> "颂"又为"镛"。《仪礼·大射仪》"颂磬东面",注"西方钟磬谓之颂"。古文"颂"为"庸"。《周礼》"视了击颂磬、笙磬",注"颂或作庸"。《书》"笙镛以间"正作"镛"。按:凡大钟曰镛,次曰鏄,小曰编钟。西阶本有镛,不须县设,故编磬之与镛同在西阶者曰颂磬,与笙同在东阶者曰笙磬。编钟亦然。

据学界研究,甲骨文中没有出现"颂"字,但甲骨文有"庸",借作"镛",指乐器。如果周代金文中作为乐器的"颂"就是指甲骨文的"庸"("镛"),那么这是令人深思的:乐器之"颂"必定与周代歌诗之"颂"有密切关联,即:乐器之"颂"必定与《周颂》有关。《周颂》是《诗经》中最早的"诗",也是中国最早的"诗",周代之前无"颂"之名,也一定没有歌诗之"颂"。

前人释《诗》之"颂",多有主张"颂"为乐器"镛"者。但笔者认为,"镛"不是"颂"的本源之义。必先有称为"颂"的言辞,然后才有称为"颂"的歌乐,再后才有把伴奏的乐器称为"颂"之事。既然殷商已有占筮之"颂",那么它一定是后来祝祷之颂、乐器之颂及歌诗之颂的直接来源。乐器之"颂"是周代才有的文化现象,它不是"颂"的本义。或许只有在乐器这一点上,周之"颂"与殷之"镛"才有一点关联。"周人在学习商人之礼乐文化时,既采其用其体式,又需标榜独立性和文明程度,故有'颂'这种诗歌音乐舞蹈体式。"①

4. 歌诗之"颂"

郑玄《周颂谱》:"颂之言容。天子之德光被四表,格于上下,无不覆焘,无不持载,此之谓容。于是和乐兴焉,颂声乃作。"孔颖达《毛诗正义》:"颂之言容,歌成功之容状也。言'颂声'者,诗各有声,故《公羊传》曰'什一而税,颂声作'是也。

---

① 陈致:《从〈周颂〉与金文中成语的运用来看古歌诗之用韵及四言诗体的形成》,"出土文献与传世典籍的诠释——纪念谭朴森先生逝世两周年国际学术研讨会"提交论文,香港,2009 年。

此颂声由其时之君德洽于民而作,则颂声系于所兴之君,不系于所歌之主。以其虽咏往事,显祖业,昭文德,述武功,皆令歌颂述之,以美今时,不为祖父之颂矣,但祖父之功由此以显。显其父祖之功,所以颂子孙也。故《时迈》之等尽为武王之事,要归颂声于周公、成王也。颂者,述盛德之容,至美之名,因此复有借其美名因以指所颂者,《駉》颂僖公是也。"

《诗大序》:"颂者,美盛德之形容,以其成功告于神明者也。"《毛诗正义》:"《易》称'圣人拟诸形容,象其物宜',则'形容'者,谓形状容貌也。作颂者美盛德之形容,则天子政教有形容也。可美之形容,正谓道教周备也,故《颂谱》云:'天子之德,光被四表,格于上下,无不覆焘,无不持载,此之谓容。'其意出于此也。干戈既戢,夷狄来宾,嘉瑞悉臻,远迩咸服,群生尽遂其性,万物各得其所,即是成功之验也。民安业就,须告神使知,虽社稷山川四岳河海皆以民为主,欲民安乐,故作诗歌其功,遍告神明,所以报神恩。颂诗直述祭祀之状,不言得神之力,但美其祭祀,是报德可知。此解'颂'者,唯《周颂》耳,其商、鲁之颂则异于是矣。《商颂》虽是祭祀之歌,祭其先王之庙,述其生时之功,正是死后颂德,非以成功告神,其体异于《周颂》也。《鲁颂》主咏僖公功德才,如变风之美者耳,又与《商颂》异也。"

"颂"训"容"虽见于对歌诗之"颂"的训释,但"容"应该是"颂"的基本义和原始义,并非后起的引申义。"颂"最早用于指有韵的占筮之辞,但占筮之辞为什么名之曰"颂"呢?因为占筮之辞是记录、描述占筮之容状的文辞,故称"颂"(容)。至于这个"容"被引申为成功和盛德的样子(容状),应该是周代始有的引申义。所以《周颂》之被称为"颂"是顺理成章的,因为《周颂》的主题就是歌颂西周初期统治者的"成功"与"盛德"之容状,并以之告神。[①]

前人亦多有主"颂"为"容"者,但或以为"容"乃"舞容",或以为"容"乃"礼容",其实均不得其要,有所误解。"容"其实就是"样子""容状""情形"之义。占筮有占筮的样子,神有神的样子,成功有成功的样子,盛德有盛德的样子。"容"(颂)由占筮后记录结果之"容"(颂),发展至祝祷时陈述神灵之"容"(颂),最终发展至指颂美西周初期时王的"成功"与"盛德"之"容"(颂),由神到人、由虚到实的发展脉络很清晰。

以上"颂"的四个义项,每一个新义项都是在前一义项的基础上发展演进而来。殷商时期有韵的占卜筮辞,周人称之为"颂",是"颂"的最早义项。在占筮之

---

① 参见祝秀权:《诗经考论》,湖南人民出版社,2017年。

"颂"的基础上,殷周之际有了祝祷之"颂",史墙盘所记微史烈祖的"五十颂"应该就是祝祷之"颂",它比占筮之"颂"在内容和形式上应该都有所演进。内容上而言,占筮之"颂"只针对神,而祝祷之"颂"即可颂神,亦可颂人;形式上而言,祝祷之"颂"应该比占筮之"颂"文辞更文雅,形式更规范,更具有"诗"意。"颂"的前两步演进无疑使"颂"更具有音乐性。或许正是"颂"的演进,推动、促进了周代歌、乐的演进,由此周人把当时音乐演奏中一种重要的乐器称之为"颂磬"。顾名思义,"颂磬"作为一种乐器,它一定与"颂"密切相关。有了"颂磬",歌诗义项的"颂"就呼之欲出,应运而生了。

《汉书·儒林传》:"汉兴,鲁高堂生传士礼十七篇。而鲁徐生善为颂,以颂为礼官。"颜师古注:"颂读与容同。"颜师古注不误,因为"颂"在早期,其音、义均与"容"相近或相同。但汉代"鲁徐生善为颂",可能更应该理解为歌诗之"颂",而不是仪容、威仪之义。否则的话,鲁徐生善为仪容,有什么珍贵和值得记载的?

《礼记·乐记》子夏曰:"天下大定,然后正六律,和五声,弦歌诗颂,此之谓德音。德音之谓乐。诗云:'莫其德音,其德克明。克明克类,克长克君,王此大邦;克顺克俾,俾于文王,其德靡悔。既受帝祉,施于孙子。'此之谓也。"孔颖达《疏》:"'弦歌诗颂'者,谓以琴瑟之弦歌此诗颂也。""弦歌诗颂"这样的表述,说明"颂"已经发展成为歌诗的义项。不过"诗"与"颂"并提,"颂"还与"诗"处于若即若离的状态,"颂"在此时主要被视为"歌",而不是"诗"。子夏所言"弦歌诗颂"之"诗",即指正《大雅》,子夏语后文引"诗云"即出自《大雅·皇矣》,可证明这一点。"颂"指《周颂》在当时应该是人人皆知、不言自明的。为什么曰"弦歌诗颂"? 原因有二: 其一,在《诗》之六体中,"颂"是最纯的诗,也是最早的诗,也是最符合"德音"的诗。其二,"颂"是功成作乐而创作的诗,即《乐记》所言"天下大定"之后,"正六律,和五声"而产生的诗,故它是最正的诗。钟嵘《诗品·总论》:"古曰诗颂,皆被之金竹。"《诗经》中不是所有的诗都"被之金竹"的,只有《周颂》和与《周颂》并列的"正诗"才可"被之金竹"。清刘沅《礼记恒解》:"天下大定,则治功成也,然后作乐以正人心,而诗颂作焉,此之谓德音。德音然后谓之乐,则非德音、凡器数皆不足言乐矣。引诗言王季之德音积累深厚,至于文王而后受帝祉,欲文侯知乐必由德音而成,盖深探其本也。"

"颂"之义从占筮之"颂"发展到祝祷之"颂",再发展到乐器之"颂",再发展到歌咏西周当世统治者"成功"与"盛德"之容状的歌诗之"颂",清楚地显示了"颂辞""颂声"中巫神文化因素的逐渐消退和人的文化因素的逐渐彰显和高扬,这是《周颂》得以产生的重要文化契机和条件。可以想见,占筮之"颂"一定是以颂神为主的。而祝祷之"颂"就已经转向了颂人。至于以《周颂》为代表的歌诗之"颂"，则是对西周初期当世统治者"成功"与"盛德"的歌咏，无疑是颂人的。① 而歌诗之"颂"，其含义虽仍然有"容"之本义，但作为歌诗之颂的《周颂》，"颂"之义其实已经很接近今日之"颂"的含义了，即：颂美、歌颂。《诗大序》："颂者，美盛德之形容，以其成功告于神明者也。"既曰"美"，又曰"形容"，说明《周颂》之"颂"，是"颂"之义由本义"容状""形容"发展到"颂美"之义的转折点。所以笔者认为，"周颂"可以有两解：一曰"周容"，二曰"颂周"。"盛德""成功"是有"样子"（容）的，而其"样子"（容）是需要歌以美之的，此乃"周颂"两解之义。

占筮之"颂"，祝祷之"颂"，乐器之"颂"，歌诗之"颂"，"颂"之义的发展演变是汉语词汇发展演变的典型例证，此种情形在汉语中是常见的。如"成相"，原义指劳动时的打夯节奏，又演变引申为舂米时的诵唱，又演变引申为乐人诵唱时敲击节拍的乐器，最终因为文人的模仿而发展演变为一种以荀子"成相"体为代表的赋诵体文学。又如"呗"（bài），原义指佛教徒诵念经文，后引申为念经的声音，后发展引申为南方一些民族的乐器，后演变发展为佛教中的唱赞宗教颂歌，最终固定为颂佛赞歌之义。这些词汇的发展演变都与"颂"之义的发展演变如出一辙。如果固执地坚持一种义项而不顾其词汇的发展演变过程，并以此否认其他义项的真实、合理性，则必然会一叶障目，不见泰山，得出狭隘而错误的结论。

四　《周颂》与言辞

《周颂》是伴随着西周音乐和歌舞而产生的。纯粹从语言的角度看，《周颂》是根据当时的各类言辞"制作"的，但剔除了大量原始性、巫术性较浓的言辞，而主要选择理性意识较强的针对现实的言辞制作歌辞，这当然是由周代礼乐文化和周人的思想意识决定的。

纵观《周颂》31篇，尽管内容各异，形式也不尽相同，但它们有两个共同特点：第一，这些诗篇创作的原材料都是各类言辞；第二，它们都是配合乐歌之辞。《周颂》的这两个重要特点，决定了"歌永言"非《周颂》莫属。故《周颂》一言以蔽之曰："歌永言"。

周代对各种言辞类别的划分真是空前绝后的细致，仅在《周礼》中就有：

（1）大司乐教国子的六种音乐语言：兴、道、讽、诵、言、语。

---

① 参见祝秀权：《诗经考论》，湖南人民出版社，2017年。

（2）大祝所掌的六祝之辞：顺祝、年祝、吉祝、化祝、瑞祝、筴祝。

（3）大祝所掌的六祈之辞：类、造、禬、禜、攻、说。

（4）大祝所作的六辞：祠、命、诰、会、祷、诔。

（5）大师教瞽矇的六种演诗方式：风、赋、比、兴、雅、颂，其实也是语言表达方式的分类。

以上五类言辞之中，大司乐教国子的六种乐语直接导致、决定了正《大雅》的产生和创作。而大师教瞽矇的六种演诗方式涉及了《诗经》的全部内容，比较复杂。所以与《周颂》创作密切相关的就是大祝所掌的三类言辞。在大祝所掌的六祝之辞、六祈之辞和六辞之中，只有"六辞"是直接针对人的，故曰"作六辞以通上下、亲疏、远近"，而六祝之辞、六祈之辞大抵都是针对神灵的。《周颂》的主题是主颂人，而非主颂神；主颂时王，而非主颂前王。故大祝所掌的三类言辞，只有"六辞"真正与《周颂》的创作密切相关。

但是，与正《大雅》的创作与六种乐语完全对应、吻合不同，《周颂》的创作并不与"六辞"完全对应、吻合，《周颂》言辞的分类比大祝之"六辞"更复杂，涉及面更广。由此，我们在对《周颂》创作的言辞加以分类时，还需引入《尚书》"六体"的概念，因为《尚书》"六体"基本也是言辞的分类，而且《尚书》"六体"的言辞与《周颂》的言辞在时间上亦有重合之处；更重要的是，《尚书》"六体"言辞与《周颂》言辞在类型划分上有相同、类似、重合之处。

（一）《尚书》体言辞

1.《尚书》"六体"

孔安国《尚书序》："典、谟、训、诰、誓、命之文凡百篇。""典"有《尧典》《舜典》；"谟"有《大禹谟》《皋陶谟》；"训"有《伊训》《高宗之训》；"诰"有《大诰》《召诰》《康诰》《酒诰》等；"誓"有《汤誓》《甘誓》《泰誓》《牧誓》《费誓》《秦誓》等；"命"有《说命》《微子之命》《蔡仲之命》《顾命》《毕命》《冏命》《文侯之命》等。

明吴讷《文章辨体序说》引宋张表臣《珊瑚钩诗话》曰："帝王之言，道其常而作彝宪者谓之'典'，陈其谋而成嘉猷者谓之'谟'，顺其理而迪之者谓之'训'，属其人而告之者谓之'诰'，即师众而誓之者谓之'誓'，因官使而命之者谓之'命'。"

薛凤昌《文体论》："'典'是典册高拱，谓尧舜的德教可为后世常法；'谟'是嘉谋嘉猷，谓禹与皋陶、益稷等赞襄献替，君明臣良，可为后世懿范；'训'是诲导启迪之义；'诰'为晓谕臣民之辞；'誓'为约束士民之言；'命'为戒饬臣工之诏。"[①]

---

① 薛凤昌：《文体论》，商务印书馆，1931年。

黄寿祺《群经要略》："经典之文,各体兼备者当首推《尚书》。其体制有典、有谟、有训、有诰、有誓、有命之异。典者,典册尊严之义,记尧舜之德教,可为后世常法者。谟者,嘉谋嘉猷之义,言禹、皋陶、益稷等赞襄之道。训者,诲导儆迪之义,敷奏陈说之辞。诰者,告也,晓谕臣下之辞。誓者,约也,约信于士民之辞。命者,令也,戒敕臣下之言。"[①]

夏传才《十三经概论》："'典'古文写法上半象册字,即书册,下半象几字,象形,把书册放在几案上,有表示尊重的意思。'谟'与'谋'通,谋议的意思。'训'是教诲的意思。'诰'是告谕的意思。'誓'是约束的意思,多半指征伐交战的誓师词。'命'是'令'的意思,所以命体是命令之词,多是君王奖赏臣子宣布的命令。"[②]

《尔雅·释言》："诰、誓,谨也。"郭璞注："皆所以约勤谨戒众。"邢昺疏："以大义谕众谓之诰,集将士而戒之曰誓,《尚书》'诰''誓'之类是也。"《经典释文》："告上曰告,发下曰诰。"朱自清《经典常谈》："平时的号令叫'诰',有关军事的叫'誓'。君告臣的话多称为'命';臣告君的话却似乎并无定名,偶然有称为'谟'的。"[③]

2.《周颂》中的"典"辞

"典"就是典范、典章制度。孔颖达《尚书正义》："称典者,以道可百代常行。于常行之内,道最为优。"如果"经"是指先王之常道的话,那么"典"就是经中之经,因为"典"中寄寓了圣人之"大道"。故《尧典》为《书经》之首绝不是无意的,也不是因为它最早的缘故,而是因为它是《书经》之大纲和精华,寄寓了经典编辑者以经设教的大义,是一经之大纲和经义的凝缩。

《周礼·天官》大宰掌建邦之六典,包括治典、教典、礼典、政典、刑典、事典,政治、经济、礼乐、教化、刑法等事务无所不包。《书经·虞夏书》之《尧典》《皋陶谟》《禹贡》几乎涵盖了《周礼》"六典"的所有方面。《尧典》很大程度上是假想性质的"典",所以它才如此完美。《天官·大宰》居《周礼》之首,《尧典》居《书经》之首,仅此即可见"典"的意义和地位非同寻常。《虞夏书》中的人物形象太具有典范性了,故读者会留下永久不灭的偶像性尧舜禹印象。我们以之参照《周颂》,认为《周颂》首三诗即具有"典"的性质。

从宽泛的意义上说,《周颂》31 首诗记录的都是"典",因为它们都是对典礼仪式的歌咏。但《虞夏书》对于《尚书》来说,显然它的典礼仪式比其他篇所记载

① 黄寿祺:《群经要略》,华东师范大学出版社,2000 年。
② 夏传才:《十三经概论》,天津人民出版社,1998 年。
③ 朱自清:《经典常谈》,北京出版社,2004 年。

的典礼仪式重要得多。与此相应,《周颂》首三诗《清庙》《维天之命》《维清》,它们所歌咏的祭祀文王的典礼仪式,远比《周颂》其他诗篇所歌咏的典礼仪式重要,它们歌咏的是最重要、最高级、最具有典范性和垂教意义的典礼仪式。

> （1）於穆清庙,肃雝显相。济济多士,秉文之德,对越在天。骏奔走在庙。不显不承,无射于人斯。(《清庙》)
> （2）维天之命,於穆不已。於乎不显,文王之德之纯。假以溢我,我其收之。骏惠我文王,曾孙笃之。(《维天之命》)
> （3）维清缉熙,文王之典。肇禋,迄用有成,维周之祯。(《维清》)

《清庙》歌咏周人在开国之初万象更新的时刻,带着庄严肃穆的神情,丝毫不敢怠慢地奔走于文王之清庙,精心备办祭祀文王的一切祭品和环节,并决心继承和发扬光大文王的品德和事业,这正是对文王的最高礼赞。《毛诗正义》:"以其祀之得礼,诗人歌咏其事而作《清庙》之诗。后乃用之于乐,以为常歌也。"祭祀文王的典礼,一切都是那么清静肃穆,有条不紊,这正与文王的清明之德相吻合,亦与周初的开国气象极为一致。

《清庙》的"典"体性质主要在于两个方面:第一,它是祀文王的。周文王在《诗经》中的地位,即如同尧舜禹在《书经》中的地位。第二,它是最具有周代礼仪之典范性的祭祀典礼,故周人以之为常歌。

如果说《周颂》亦有"体",《清庙》就属于类似《书经》居首位的"典","秉文之德""不显不承,无射于人斯"所传达的对周文王德行的继承传扬、赞美仰慕之情,使《清庙》足以在周代永远传唱,成为周王朝的"国歌"。尧舜与周文王无疑都是古代君王行王道、仁政的典范,那么对他们的歌咏、表演之辞也足以成为后世君王的法典,特别是周代。把《清庙》作为《周颂》的"典",不会有任何问题。反之,不以"典"视《清庙》,就轻视了《清庙》在《周颂》中的地位和作用。

除少数诗篇外,《周颂》大多数诗篇歌咏的都是常典,而不是具体事件。但常典之中又有大小、轻重之别,《周颂》首三诗是周代常典中最重要者,只有它们才可以与《虞夏书》的垂范意义相媲美。故《礼记·大传》《尚书·武成》同有"骏奔走"之语,说明此语是周代历次祭祀时经常使用的言辞。

《清庙》《维天之命》《维清》是相辅相成的一体乐章,《清庙》《维天之命》从文德层面上歌咏,《维清》则从文王的武功征伐的事功层面上歌咏。"文王之典"就是文王征战讨伐的典章,"典"即"法",这与《尚书》之"典"的含义不谋而合。《维清》直接歌咏"典",而且是"文王之典"。在三位一体的首三诗的末篇点明"文王之典",正暗示了此一乐章的性质,同时亦有一种结构上的前后关联和照应。《说文》:"典,五帝之书也。"文王不属于五帝,但《周颂·维清》既然曰"文王之典",那么它一定是周人思想意识中的"典"。《周颂》前三篇的突出典范性是毋庸置疑的。

3. 《周颂》中的"谟""训"辞

（4）闵予小子,遭家不造,嬛嬛在疚。於乎皇考,永世克孝。念兹皇祖,陟降庭止。维予小子,夙夜敬止。於乎皇王,继序思不忘。(《闵予小子》)

（5）访予落止,率时昭考。於乎悠哉,朕未有艾。将予就之,继犹判涣。维予小子,未堪家多难。绍庭上下,陟降厥家。休矣皇考,以保明其身。(《访落》)

（6）敬之敬之,天维显思,命不易哉。无曰高高在上,陟降厥士,日监在兹。维予小子,不聪敬止。日就月将,学有缉熙于光明。佛时仔肩,示我显德行。(《敬之》)

（7）予其惩,而毖后患。莫予荓蜂,自求辛螫。肇允彼桃虫,拚飞维鸟。未堪家多难,予又集于蓼。(《小毖》)

《诗序》分别以嗣王朝于庙、谋于庙、群臣进戒嗣王、嗣王求助阐释《闵予小子》《访落》《敬之》《小毖》四首诗,四首诗的《序》文前后关联、照应。这是一组君臣间的谋划、警诫之辞。它们在语气上不是严厉的训诫和命令,而是一种带有反省和求助性质的警诫。这种君臣谋庙之辞具有鲜明的仪式性。《闵予小子》表达了成王"维予小子,夙夜敬止"的决心和愿望,随之《访落》向群臣表达了"将予就之,继犹判涣"的求助之情,继而《敬之》歌咏若群臣能辅弼成王,成王将"日就月将,学有缉熙于光明"的宏愿。"谟"通"谋",既有计谋、谋略之义,又有教诲之义,《尚书·皋陶谟》就兼具这些含义,同样,《闵予小子》四首诗亦兼具计谋、教诲之义。如果从诗歌创作之所本的言辞性质上分类,这四首诗是根据"谟"类言辞为底本而创作的。《访落·序》直接言"嗣王谋于庙也","谋"字说的正是君臣之间的谋划、商议,正与"谟"的内涵相合:君臣之间谋议互动,为国事谋划策略。

"训"与"谋"接近,两者有交叉之处,实际言辞中,往往谋议中有训诫,训诫中有谋划。《尚书》"六体"中,谟、训、诰、命四者,从谋议到训诫、到告诫、到命令,言辞、语气是逐渐加重的,但它们并没有截然划一的界限。再加上把这些言辞改写加工为歌诗时,往往是一种综合性的"制作",并不是十分明晰、具体地针对某一次、某一种言辞而制作,故诗篇与言辞的对应亦较为模糊,故本书把谟、训归为一类。在本组诗篇中,前三首诗比较接近于"谋",而第四首《小毖》比较接近于"训"。《小毖》针对周初发生的管蔡之乱等政治事件,在一片惩前毖后的训诫声中,为本乐章落下帷幕。至今读来,仍似有历历在目之感,令人惊叹。

4.《周颂》中的"诰"辞

(8) 烈文辟公,锡兹祉福,惠我无疆,子孙保之。无封靡于尔邦,维王其崇。念兹戎功,继序其皇之。无竞维人,四方其训之。不显维德,百辟其刑之。於乎! 前王不忘。(《烈文》)

《烈文》是周成王或周公告诫助祭诸侯群臣的诗,周天子居高临下地对诸侯发布诰令:不要怎样,必须如何,都必须服从;必须尊崇先王,效法其训令,明晓周王室的威严;训诫诸侯秉承先王遗志,严于律己,尊崇君王权威。《烈文》突出的政治性使其在《三百篇》中别具一格,它完全是一篇对诸侯百官加以约束、警诫的诰辞,它与《尚书》中《大诰》《康诰》《酒诰》《召诰》等篇的言辞、语气十分接近。但我们又似乎找不到《烈文》与《尚书》"八诰"相对应的言辞,这是因为,歌诗是一种综合制作,即综合某一类言辞而制作,某一首诗并不针对、对应某一次言辞,故诗与史的对应是笼统而模糊的。这样的告诫在周初时是具有历史意义的大事,故其辞被改编为诗。其言辞被改编为诗的,都是具有历史意义的、能够垂范后世的大事,这是中国早期诗歌创作的规律之一。

5.《周颂》中的"誓"辞

(9) 绥万邦,屡丰年,天命匪解。桓桓武王,保有厥士。于以四方,克定厥家。於昭于天,皇以间之。(《桓》)

(10) 文王既勤止,我应受之。敷时绎思,我徂维求定。时周之命。於绎思。(《赉》)

(11) 於皇时周,陟其高山。嶞山乔岳,允犹翕河。敷天之下,裒时之对,时周之命。(《般》)

按照学界的阐释,"誓"有以下特征:(1)与军事、出师有关。(2)即师众而誓,是出师时的誓众辞。(3)约束、诫勉士众。(4)以帝王的口吻讲话、约戒。《尚书》中的"誓"有《甘誓》《汤誓》《泰誓》《牧誓》《费誓》《秦誓》等,它们在内容上都符合上述几类特征。

对照《周颂》,《桓》《赉》《般》三首诗大抵符合"誓"类言辞的特征。《诗序》曰:"《桓》,讲武类祃也。桓,武志也。""《赉》,大封于庙也。赉,予也,言所以锡予善人也。""《般》,巡守而祀四岳河海也。般,乐也。"《桓》既然是"讲武类祃"之歌,它就与武事有关,而不单单是歌咏丰年。《般》是巡守之歌,巡守也是当时的武事。《赉》虽然是"大封于庙"之歌,但它的内容却是一种誓辞。三首诗都以周天子的口吻约束、诫勉士众。特别是《赉》《般》二诗都以"时周之命,於绎思"作结,誓众的语气十分明显。

《赉》《般》《桓》三首诗符合"誓"体的特征,但由于它们是诗,是艺术,故它们不应是真实意义上的出师,而是具有典礼仪式性质的"誓"类言辞。三诗歌咏的是周武王与分封诸侯共誓的言辞。《赉》曰"敷时绎思",《般》曰"敷天之下,裒时之对,时周之命",《桓》曰"天命匪解""皇以间之",这些都是天子与诸侯共誓的言辞。

6.《周颂》中的"命"辞

按照学界的阐释,凡诫勉臣民、因官使命、宣布命令、册封宣命、指令任命、指使命事等等,皆属于"命"。据此,《周颂》以下诗篇是根据"命"类言辞制作的。

(12)嗟嗟臣工,敬尔在公。王釐尔成,来咨来茹。嗟嗟保介,维莫之春,亦又何求?如何新畬?於皇来牟,将受厥明。明昭上帝,迄用康年。命我众人:庤乃钱镈,奄观铚艾。(《臣工》)

(13)噫嘻成王,既昭假尔。率时农夫,播厥百谷。骏发尔私,终三十里。亦服尔耕,十千维耦。(《噫嘻》)

《序》:"《臣工》,诸侯助祭,遣于庙也。"遣,其实就是命令之意。诗的内容是命令、督促农官("臣工")重视农耕,布置其如何从事农业劳作的言辞。诗曰:"命我众人:庤乃钱镈,奄观铚艾。""命"的特征十分明显。《臣工》所咏是西周最高统治者于诸侯助祭时的命辞。

与《臣工》一样,《噫嘻》含有告诫、命令之辞。"率时农夫,播厥百谷。骏发尔私,终三十里。亦服尔耕"云云,命令的意思很明显,符合"命"类言辞特征。《臣工》《噫嘻》所咏即是西周时行"敬授民时"仪式的命辞。但诗歌不是直接对现实生活中真实命令文辞的制作,而是对仪式表演中此类表演性命令言辞的加工、提炼和制作。《周颂》制作所依本的原辞都是仪式表演中的言辞,不是直接来自现实生活中的言辞。但仪式表演中的言辞肯定是对现实生活中言辞的模仿,仪式表演中的言辞来源于现实生活中的言辞。当时的仪式表演本身应该就是分乐章的,所以我们看到《周颂》31 首诗有清晰的乐章划分。[①]

(二) 祝颂体言辞

1. 六祝之辞

《周礼·春官》:"大祝掌六祝之辞,以事鬼神示,祈福祥,求永贞:一曰顺祝,二曰年祝,三曰吉祝,四曰化祝,五曰瑞祝,六曰筴祝。"郑玄注引郑司农云:"顺祝,顺丰年也。年祝,求永贞也。吉祝,祈福祥也。化祝,弭灾兵也。瑞祝,逆时雨、宁风旱也。筴祝,远罪疾。"贾公彦《疏》:"此六辞皆是祈祷之事,皆有辞说以告神,皆所以事人鬼及天神地祇。"此大祝所掌之"六祝之辞",对应于《周颂》者,只有顺丰年、求永贞、祈福祥之辞,即只有顺祝、年祝、吉祝。此"六祝之辞"的特点是,它们主要是针对来自自然的吉凶灾祥之辞,当然也包括来自祖先鬼神的祝祷之辞,故曰"以事鬼神示,祈福祥,求永贞"。

(14)丰年多黍多稌,亦有高廪,万亿及秭。为酒为醴,烝畀祖妣,以洽百礼。降福孔皆。(《丰年》)

(15)载芟载柞,其耕泽泽。千耦其耘,徂隰徂畛。侯主侯伯,侯亚侯旅,侯强侯以。有嗿其馌,思媚其妇,有依其士,有略其耜。俶载南亩,播厥百谷,实函斯活。驿驿其达,有厌其杰。厌厌其苗,绵绵其麃。载获济济,有实其积,万亿及秭。为酒为醴,烝畀祖妣,以洽百礼。有飶其香,邦家之光。有椒其馨,胡考之宁。匪且有且,匪今斯今,振古如兹。(《载芟》)

(16)畟畟良耜,俶载南亩。播厥百谷,实函斯活。或来瞻女,载筐及筥。其饟伊黍,其笠伊纠,其镈斯赵,以薅荼蓼。荼蓼朽止,黍稷茂止。获之挃挃,积之栗栗。其崇如墉,其比如栉。以开百室,百室盈止,妇子宁止。杀时犉牡,有捄其角。以似以续,续古之人。(《良耜》)

《序》:"《丰年》,秋冬报也。""《载芟》,春籍田而祈社稷也。""《良耜》,秋报社

---

① 参见祝秀权:《诗经正义》,上海三联书店,2020 年。

稷也。"《丰年》可谓完全符合"六祝之辞"中的顺丰年、求永贞、祈福祥三个方面，这首诗就是"六祝之辞"的典型体现。《载芟》《良耜》二诗一曰"祈社稷"，一曰"报社稷"，它们显然是一体之诗。《周礼》"六祝"之辞之下虽然有"六祈"之辞，但《载芟》《良耜》从内容看当属于"六祝"之辞属于而非"六祈"之辞。诗篇显然是根据已有的礼乐祝颂之辞制作而成的。三首诗所歌咏的都是普遍性的、一以贯之的、具有典范性的礼仪。诗据礼仪而作，为礼仪而作，非为某一具体事件而作。

2. 六祈之辞

《周礼·春官》："大祝掌六祈以同鬼神示：一曰类，二曰造，三曰禬，四曰禜，五曰攻，六曰说。"郑玄注：

> 祈，嘂也，谓为有灾变，号呼告于神以求福。天神、人鬼、地祇不和，则六疠作见，故以祈礼同之。故书"造"作"灶"，杜子春读灶为造次之造，书亦或为造，造祭于祖也。郑司农云："类、造、禬、禜、攻、说，皆祭名也。类祭于上帝，诗曰'是类是祃'，《尔雅》曰'是类是祃，师祭也'；又曰'乃立冢土，戎丑攸行'，《尔雅》曰'起大事，动大众，必先有事乎社而后出，谓之宜'。故曰：'大师宜于社，造于祖，设军社，类上帝。'《司马法》曰：'将用师，乃告于皇天上帝、日月星辰，以祷于后土、四海神祇、山川冢社，乃造于先王，然后冢宰徵师于诸侯曰：某国为不道，征之，以某年某月某日师至某国。'禜，日月星辰山川之祭也。《春秋传》曰：'日月星辰之神，则雪霜风雨之不时，于是乎禜之；山川之神，则水旱疠疫之灾，于是乎禜之。'"玄谓类、造，加诚肃，求如志。禬、禜，告之以时有灾变也。攻、说，则以辞责之。禜，如日食以朱丝萦社；攻，如其鸣鼓然。董仲舒救日食，祝曰"炤炤大明，瀸灭无光，奈何以阴侵阳，以卑侵尊"，是之谓说也。禬，未闻焉。

"六祈"之辞大都是"天神、人鬼、地祇不和"而作的祈祷之辞，这与《周颂》美盛德、颂成功的主题不合。但"六祈"之辞中有"类"，而《桓·序》曰："《桓》，讲武类祃也。桓，武志也。"明言与"类"有关。孔颖达《毛诗正义》：

> 武王将欲伐殷，陈列六军，讲习武事，又为类祭于上帝，为祃祭于所征之地，治兵祭神，然后克纣。诗人追述其事而为此歌焉。《序》又说名篇之意，桓者，威武之志，言讲武之时军师皆武，故取"桓"字名篇也。此

经虽有"桓"字,止言王身之武。名篇曰《桓》,则谓军众尽武。《谥法》:"辟土服远曰桓。"是有威武之义。"桓"字虽出于经,而与经小异,故特解之。经之所陈武王伐纣之后,民安年丰,克定王业,代殷为王,皆由讲武类祃得使之然。作者主美武王,意在本由类祃,故《序》达其意,言其作之所由。讲武是军众初出,在国治兵也。类则于内祭天,祃则在于所征之地。自内而出,为事之次也。

虽然《毛诗正义》把《桓·序》之"类"解释为类祭,但"类"祭与"类"辞一定是相关联的,故《桓》的制作底本应该是"类"祭中的"类"祝辞。且郑玄认为"类、造,加诚肃,求如志",这亦与《桓》的内容和主题相合。

《桓》在前文已经归类为《尚书》"誓"类言辞,"誓"亦与军事祭祀有关。《大雅·皇矣》"是类是祃",《毛传》:"于内曰类,于野曰祃。"《毛诗正义》:"《皇矣》说伐崇之事而云'是类是祃',《王制》云:'天子将出征,类乎上帝,祃于所征之地。'然则类者,祭天之名。祭天而谓之'类'者,《尚书》夏侯、欧阳说以事类祭之,在南方就南郊祭之。《春官·肆师》注云'类礼依郊祀而为之',是用《尚书》说为义也。"《桓》既属于《尚书》"誓"类言辞,又属于《周礼》大祝"六祈"之辞,《桓》的这种两属性,有力地证明了《周颂》以现成言辞为底本而创作的特性。这种两属性的例证不独《桓》,还有下文大祝所作"六辞"中的"命""诰"。

3. 六辞

《周礼·春官》:"大祝作六辞以通上下、亲疏、远近:一曰祠,二曰命,三曰诰,四曰会,五曰祷,六曰诔。"郑玄注:

> 郑司农云:"祠当为辞,谓辞令也。命,《论语》所谓'为命裨谌草创之'。诰,谓《康诰》《盘庚之诰》之属也。盘庚将迁于殷,诰其世臣卿大夫,道其先祖之善功,故曰以通上下亲疏远近。会,谓王官之伯命事于会,胥命于蒲,主为其命也。祷,谓祷于天地、社稷、宗庙,主为其辞也。《春秋传》曰:铁之战,卫大子祷曰:'曾孙蒯聩敢昭告皇祖文王、烈祖康叔、文祖襄公:郑胜乱从,晋午在难,不能治乱,使鞅讨之。蒯聩不敢自佚,备持矛焉。敢告无绝筋,无破骨,无面夷,无作三祖羞。大命不敢请,佩玉不敢爱。'若此之属。诔,谓积累生时德行,以锡之命主为其辞也。《春秋传》曰:'孔子卒,哀公诔之曰:旻天不淑,不憗遗一老,俾屏余一人以在位,茕茕予在疚。呜呼哀哉尼父!无自律。'此皆有文雅辞

令,难为者也,故大祝官主作六辞。或曰诔,《论语》所谓'诔曰:祷尔于
上下神祇'。"杜子春云:"诰当为告,书亦或为告。"玄谓一曰祠者,交接
之辞,《春秋传》曰"古者诸侯相见,号辞必称先君以相接"辞之辞也。
会,谓会同盟誓之辞。祷,贺庆言福祚之辞。晋赵文子成室,晋大夫发
焉,张老曰:"美哉轮焉! 美哉奂焉! 歌于斯,哭于斯,聚国族于斯。"文
子曰:"武也得歌于斯,哭于斯、聚国族于斯,是全要领以从先大夫于九
京也。"北面再拜稽首,君子谓之善颂善祷。祷是之辞。

贾公彦《疏》:"先郑之义,后郑皆不从之者,此六辞皆为生人作辞,无为死者
之事,故不从。"贾公彦认为"此六辞皆为生人作辞",此言甚是。大祝所作"六辞"
之中,"命""诰"其实就是《尚书》"六体"之"命""诰"。《尚书》的作者是史官,但周
代是由祝官文化向史官文化过渡、飞跃的时代,史官所作"命""诰"等类言辞与祝
官所作"命""诰"等类言辞并没有本质的不同。在周代,祝、史在很多情况下很可
能为同一人或同一类人,故周代常见"祝史"并称的现象,祝、史之间的关系极为
密切。

可以看出,周代的祝颂类文辞不是只针对神灵,而是神、人兼顾的。这一点
很重要,它为诗的萌芽、产生提供了至关重要的前提条件。大祝所作"六辞"之
中,"祠"训为"辞",其义过为宽泛,无所比应。故大祝所作"六辞"之中,除了前文
已归类为《尚书》"六体"中的"命""诰"类言辞外,还有"祷"与颂诗的制作密切
相关。

关于"祷",郑司农曰"祷于天地、社稷、宗庙,主为其辞也",郑玄曰"贺庆言福
祚之辞",相比之下,郑司农之说得之。因为"大祝"既然是祝官,其所作言辞必然
是以各类祝祷之辞为主。祝祷之辞既可针对鬼神,亦可针对生人,郑司农并未认
为大祝"六辞"皆是针对死者鬼神之辞。

《诗大序》认为:"颂者,美盛德之形容,以其成功告于神明者也。"这是针对
《周颂》而下的定义。"盛德"者,即郑玄《周颂谱》所言:"天子之德,光被四表,格
于上下,无不覆焘,无不持载。""成功"者,即孔颖达《毛诗正义》所言:"干戈既戢,
夷狄来宾,嘉瑞悉臻,远迩咸服,群生尽遂其性,万物各得其所。"《毛诗正义》又
曰:"万物本于天,人本于祖。天之所命者,牧民也;祖之所命者,成业也。民安业
就,须告神使知。虽社稷、山川、四岳、河海,皆以民为主。欲民安乐,故作诗歌其
功,遍告神明,所以报神恩也。颂诗直述祭祀之状,不言得神之力,但美其祭祀,
是报德可知。此解'颂'者,唯《周颂》耳。"《周颂》的主题既然是美盛德、颂成功以

告神,其制作所依凭的底本必然是以各类祝祷之辞为主,而且是以针对生人(时王、周天子)的祝祷之辞为主。郑司农曰:"此皆有文雅辞令,难为者也。"此言甚为精当。"祝"的前身是巫,后身是史,巫、祝、史本就是当时的文化精英,又能沟通人神,故在祭祀文化、巫祝文化盛行的殷周时期,一定有大量的一般人难为的祝祷性文雅之辞。"难为"的辞一定是有文采的辞,一定是内容、形式俱佳的辞。相对来说,内容的"难为"是关键,因为内容中包含着思想,而且是那个时代最高级的思想。所以《周礼》的"六辞"不是普通的辞令。周代思想文化的飞跃,使这些祝祷性文雅之辞升华为歌诗成为势不可挡的必然趋势。西周初期的制礼作乐,则是这些祝祷性文雅之辞升华为歌诗的直接因素。中国"诗"产生于周代,看似偶然,其实有其历史文化的必然性。

(17)天作高山,大王荒之。彼作矣,文王康之。彼徂矣,岐有夷之行。子孙保之。(《天作》,祀先王先公也)

(18)昊天有成命,二后受之。成王不敢康,夙夜基命宥密。於缉熙,单厥心,肆其靖之。(《昊天有成命》,郊祀天地也)

(19)我将我享,维羊维牛,维天其右之。仪式刑文王之典,日靖四方。伊嘏文王,既右飨之。我其夙夜,畏天之威,于时保之。(《我将》,祀文王于明堂也)

(20)时迈其邦,昊天其子之,实右序有周。薄言震之,莫不震迭。怀柔百神,及河乔岳。允王维后。明昭有周,式序在位。载戢干戈,载橐弓矢。我求懿德,肆于时夏。允王保之。(《时迈》,巡守告祭柴望也)

(21)执竞武王,无竞维烈。不显成康,上帝是皇。自彼成康,奄有四方,斤斤其明。钟鼓喤喤,磬筦将将,降福穰穰。降福简简,威仪反反。既醉既饱,福禄来反。(《执竞》,祀武王也)

(22)思文后稷,克配彼天。立我烝民,莫匪尔极。贻我来牟。帝命率育,无此疆尔界,陈常于时夏。(《思文》,后稷配天也)

(23)振鹭于飞,于彼西雝。我客戾止,亦有斯容。在彼无恶,在此无斁。庶几夙夜,以永终誉。(《振鹭》,二王之后来助祭也)

(24)有瞽有瞽,在周之庭。设业设虡,崇牙树羽。应田县鼓,鞉磬柷圉。既备乃奏,箫管备举。喤喤厥声,肃雝和鸣,先祖是听。我客戾止,永观厥成。(《有瞽》,始作乐而合乎祖也)

(25)猗与漆沮,潜有多鱼。有鳣有鲔,鲦鲿鰋鲤。以享以祀,以介

景福。(《潜》,季冬荐鱼,春献鲔也)

(26)有来雍雍,至止肃肃。相维辟公,天子穆穆。於荐广牡,相予
肆祀。假哉皇考,绥予孝子。宣哲维人,文武维后。燕及皇天,克昌厥
后。绥我眉寿,介以繁祉。既右烈考,亦右文母。(《雍》,禘大祖也)

(27)载见辟王,曰求厥章。龙旂阳阳,和铃央央。鞗革有鸧,休有
烈光。率见昭考,以孝以享,以介眉寿。永言保之,思皇多祜。烈文辟
公,绥以多福,俾缉熙于纯嘏。(《载见》,诸侯始见乎武王庙也)

(28)有客有客,亦白其马。有萋有且,敦琢其旅。有客宿宿,有客
信信。言受之絷,以絷其马。薄言追之,左右绥之。既有淫威,降福孔
夷。(《有客》,微子来见祖庙也)

(29)於皇武王,无竞维烈。允文文王,克开厥后。嗣武受之,胜殷
遏刘,耆定尔功。(《武》,奏《大武》也)

(30)於铄王师,遵养时晦。时纯熙矣,是用大介,我龙受之。蹻蹻
王之造,载用有嗣,实维尔公允师。(《酌》,告成《大武》也。言能酌先祖
之道以养天下也)

(31)丝衣其紑,载弁俅俅。自堂徂基,自羊徂牛。鼐鼎及鼒,兕觥
其觩,旨酒思柔。不吴不敖,胡考之休。(《丝衣》,绎宾尸也。高子曰:
"灵星之尸也。")

"一个时期有一个时期特定的言说方式,人们总是在前人提供的言说方式的
基础上来言说的。"①《周颂》中以上诗篇大抵本当时的各类祝颂性言辞而制作。
以上诗篇虽然并不与大祝"六辞"一一对应,但这些诗篇都具有统一的主题特征:
祝颂、歌颂、颂美。美盛德、颂成功,是这些诗篇的统一主题。它们有力地诠释了
什么是"颂"。它们已经不见殷商时占卜之"颂"的影子,也已经较为明显地显示
出摆脱祭祀祝祷言辞之神性因素的倾向。有的诗篇文采斐然,抒情描写形神兼
备,灵动而不板滞,如《振鹭》《有客》。

《周颂》中的很多诗篇具有大致相同的抒情模式,诗篇所反复咏颂的无非是
祖先(或天帝)、"我"这两个要素:先是歌颂高高在上的天帝,然后转而歌颂因功
德卓著而承天命的祖先,最后表达"我"保守天命的决心和愿望。如:"天作高山,
大王荒之。彼作矣,文王康之。彼徂矣,岐有夷之行,子孙保之。"这种一诗之中

---

① 李春青:《论毛郑诗学"正变"说之合理性》,《中国文化研究》2004 年秋之卷。

神、人两个要素的抒情模式在《周颂》中多次重复,有力地证明了《周颂》诗篇创作时所依据的言辞有统一的来源和蓝本:仪式祝颂之辞。

《周颂》中神(祖)、人的顺序也是固定的:先神(祖)后人,故这些诗篇大都以指向人的诗句结束。这些指向人的结束语,要么表决心,要么求福禄。如以上第17—31例中:

> (17)……子孙保之。(《天作》)(18)……於缉熙,单厥心,肆其靖之。(《昊天有成命》)(19)……我其夙夜,畏天之威,于时保之。(《我将》)(20)……允王保之。(《时迈》)(21)……福禄来反。(《执竞》)(22)……陈常于时夏。(《思文》)(23)……庶几夙夜,以永终誉。(《振鹭》)(24)……永观厥成。(《有瞽》)(25)……以介景福。(《潜》)(26)……绥我眉寿,介以繁祉。既右烈考,亦右文母。(《雍》)(27)……绥以多福,俾缉熙于纯嘏。(《载见》)(28)……降福孔夷。(《有客》)(29)……耆定尔功。(《武》)(30)……载用有嗣,实维尔公允师。(《酌》)(31)……不吴不敖,胡考之休。(《丝衣》)

抒写模式的基本统一和固定,证明了这些诗篇创作时所依据的原材料也是基本统一和固定的,诗人的创作(制作)思维是基本统一和固定的。

《周颂》的内容模式也与周代金文铭文的内容模式大致相同。周代铭文的内容模式大致有两种:(1)直接引用祝祷辞原话。如《叔向父禹簋铭》:"叔向父禹曰:余小子司(嗣)朕皇考,肇帅井(型)先文且(祖),共(恭)明德,秉威义(仪),用(申恪奠)保我邦、我家,乍(作)朕皇且(祖)幽大叔尊簋,(其)皇才(在)上,降余多福、緐(繁)厘,广启禹身,勖于永令(命),禹迈(其万)年永宝用。"(2)以铭文作者身份直接叙述。如《梁其壶》铭文:"佳(惟)五月初吉壬申,梁其乍(作)尊壶,用享孝于皇且(祖)考,用斯(祈)多福眉寿,永令无疆,其百子千孙永宝用。其子子孙孙永宝用。"《周颂》的抒写模式也相应地分为这两种:(1)直接引用祝祷原话。如以《武》为核心的《大武》乐章六首诗及《天作》《昊天有成命》《我将》等,均是用原辞作诗。(2)以歌诗作者的口吻直接叙述。如《振鹭》《有瞽》《雍》《载见》《有客》等。《周颂》首三诗中,《清庙》以歌诗作者口吻直接叙述,而《维天之命》《维清》直接用祝祷原辞作诗。《周颂》与周代铭文这种内容和抒写模式的相近相同,有力地证明了《周颂》多数歌诗是据祝颂类言辞而创作(实际是"制作")。

西周铭文很多都明确交代了作器、作铭的时间、地点、用途等实实在在的因素,因为它们本身就是因实实在在的事件而作。而与之相对比,《周颂》诗篇却不交代这些因素。这可以证明:《周颂》记录的不是具体事件,而是对具有普遍性、代表性、典型性的仪式表演之辞的记录和创作,是对各类礼仪表演之辞的概括性综合记录和提炼。这是《周颂》与周代铭文的不同之处,因为周代铭文就是据具体事件而作。这种区别和不同也是艺术与非艺术的区别和不同。

我们发现,《周颂》有不少诗篇以感叹性、呼告性的虚词开头。如《清庙》"於穆清庙"、《维天之命》"维天之命,於穆不已。於乎不显! 文王之德之纯"、《维清》"维清缉熙,文王之典"、《臣工》"嗟嗟臣工"、《噫嘻》"噫嘻成王"、《潜》"猗与漆沮"、《雍》"有来雍雍"、《武》"於皇武王"、《酌》"於铄王师"、《般》"於皇时周"等。以感叹性、呼告性的虚词开头,应该是由祝祷、祝颂的仪式言辞决定的。至今有很多诗、歌仍以感叹性虚词开头,以加强抒情效果。罗家湘认为,"以一声长叹启动情感关怀,一下子进入了庄严的话语场景,奠定了情感基础。"[1]陈彦昭认为,"祝官在祝告之前,都会发出一种类似于口技的祝声,主要是在祭礼中用以唤醒神明,聆听由祝官代表子孙向神明的祈求等。"[2]我们可以推知,"於"其实就是"於乎"。不同的祝祷呼告对象,呼告词也不同,它们无疑都具有浓烈的感情色彩,是祭祀文化、巫祝文化的产物。《文心雕龙·祝盟》:"祝史陈信,资乎文辞。"刘永济《文心雕龙校释》:"盖巫以歌舞降神,祝以文辞事神。《国语》谓聪明圣知者始为巫觋,郑注《周官》谓有文雅辞令者始作大祝,是知二者乃先民之秀特,而文学之滥觞也。"[3]

《礼记·礼运》:"祝嘏辞说藏于宗祝巫史,非礼也,是谓幽国。……故先王秉蓍龟,列祭祀,瘗缯,宣祝嘏辞说,设制度。故国有礼,官有御,事有职,礼有序。"郑玄注:"藏于宗祝巫史,言君不知有也。幽,暗也。国闇者,君与大夫俱不明也。"孔颖达《疏》:"宣,扬也。祝嘏有旧辞,更宣扬告神也。"我们从此语可以看出当时对"祝嘏辞说"的尊崇与重视。"祝嘏辞说"本来就是藏于宗祝巫史的,怎么说"非礼"呢? 笔者推测,这意思是说:"祝嘏辞说"是当时所能见到的最精美的文辞,如果只藏于宗祝巫史而不知用,则对于礼制社会的周代而言,当然是非礼了。《礼记》此语对我们很有启发意义。最早的诗,源头出于祝官的祝颂之辞,看似偶然,实则必然。因为祝颂之辞在其时之人看来都是"神语""神谕",而诗在产生之始也是被奉为"神语""神谕"之辞的。古往今来,有谁不会向大神靠近、学习,向

---

① 罗家湘:《〈逸周书〉研究》,上海古籍出版社,2006 年。
② 陈彦昭:《〈逸周书〉原始格言文体初探》,《励耘学刊》2013 年第 5 期。
③ 刘永济:《文心雕龙校释》,中华书局,2007 年。

大神表示敬仰、尊崇之意呢？春秋诸子之文最初都是语录体，这些语录体典籍的创作结集，对于其时之人来说，都有向"大神"靠近、学习的意思。对于上古时期的人来说，任何一种思想、行为、信仰、艺术方式的产生，没有比神谕更好更合理的理由了。而对于诗的产生来说，这种神谕理由更是一种实实在在的真实存在，因为诗最初就是在感天地、动鬼神的祭祀仪式表演中产生的。"只有那具有宗教感的眼睛才深入了解真正美的王国。"①诗本来就是神语——神圣的语言，那么在它发生之初，更必然是"神语"。但到了周代，人终于可以在神面前说理了，而不只是像前代那样只有拜服和祈求。

笔者推测，周代祭祀中，最先使用句式整齐的韵语的，可能是祭祀时神对人的嘏辞。祭祀时这种句式整齐的神对人的嘏辞，又引发了人对神的颂辞也模仿采用了句式整齐的韵语的形式。"诗"产生于祭祀献神仪式的虔诚和需要，而人献神之诗又源自于神对人的嘏辞。"诗"本身也是人对神的模仿而产生的。"神如不存在，世界将不堪设想。因为神一消失，于是凡要想在理念天国中寻求价值的一切可能性也随之消失。"②"在《圣经》研究中，《圣经》与诗歌（歌赞）关系的研究一直是一个焦点。新歌颂赞是从对神有发现的新思维而来，表示我们回应神每天新的恩惠，与神有活泼的关系。诗班的侍奉扮演着先知的角色，是神的传言人、圣言的教训者。能听见神说话的人，就能以神的话语培养他人。诗班要扮好先知的角色，就必须在圣言上下工夫。信仰群体便可以在圣言上深化、成长。"③

《孔子家语·冠颂》孔子曰："周公居冢宰，冠成王而朝于祖。周公命祝雍作颂曰：'祝王达而未幼。'祝雍辞曰：'使王近于民，远于年，啬于时，惠于财，亲贤而任能。'其颂曰'令月吉日，王始加元服，去王幼志，服衮职，钦若昊命，六合是式，率尔祖考，永永无极。'此周公之制也。"《周礼·冬官考工记》："祭侯之礼，以酒、脯、醢。其辞曰：'惟若宁侯，毋或若女不宁侯，不属于王所，故抗而射女。强饮强食，诒女曾孙诸侯百福。'"这些例子让我们看到了当时这类言辞的大致情形。我们可以以此得出结论：当时这类言辞只能定性为"言辞"，它们距离"诗"还很有距离，因为它们没经过提炼、制作。

前文把《清庙》《维天之命》《维清》三首诗归类为据《尚书》"典"体言辞而作的诗，是因为这三首诗的典范性居《周颂》之首，但这三首诗也是据祝颂性言辞而制作。由此可以肯定，据祝颂类言辞而制作的歌诗占《周颂》大部分。本书所归类

---

① ［德］费希特：《人的使命》，商务印书馆，1982 年。
② 萨特：《存在主义哲学》，商务印书馆，1963 年。
③ 谭静芝：《崇拜与音乐系列：从崇拜中的神人对话看诗班的角色》，《天风》2012 年第 4 期。

的《尚书》体言辞的诗篇,其实也是以颂美盛德、彰显成功为主题的,《周颂》31 首诗都统一在这个主题之下。而统一主题的形成,又必然是"制作"的结果和产物。

(三)《周颂》据各类仪式言辞而作的其他实证

《礼记·郊特牲》:"伊耆氏始为蜡。蜡者,索也。岁十二月合聚万物而索飨之也。祝辞曰:土反其宅,水归其壑,昆虫毋作,草木归其泽。"把《伊耆氏蜡辞》直接称为"祝辞",这是很珍贵、很真实的有价值的资料。它告诉我们:原始歌谣的创作性质是言辞,而不是作诗。当时没有制礼作乐的机制,不会有人把这些祝辞加工提炼为诗。周代始有制礼作乐机制,但周人以及后人只会主要加工提炼其当代的言辞为诗,而不会加工提炼前代的言辞。

李学勤在《走出疑古时代》中提到陕西出土的一件铜器"史惠鼎",其上铭文写着"日就月将"[1],这便是《周颂·敬之》中的诗句。铭文不可能源自诗篇而记,诗篇源自铭文而作的可能性也不大,实际情况应该是,铭文所记和诗篇所咏均源自其时仪式中的现成言辞,它们分别以不同的方式记录了仪式中的言辞而已。这就证明了《周颂·敬之》所咏一定是当时仪式上的成辞。《周颂》的性质近似于原始歌谣,但《周颂》是经过加工提炼的言辞,这种加工提炼也就大致等同于后世的创作,故《周颂》与原始歌谣又有实质的不同。我们必须认识《周颂》的特殊性,才能认识中国早期诗的特征。

孔颖达《毛诗正义·周颂·思文》曰:"此'立我烝民',与《尚书》'烝民乃粒'事义正同。"故《毛诗正义·周颂·载芟》曰:"凡言典籍者,谓作事设法,书而记之,或复追述前言,号为典法。"此语准确地概括了《诗经》"正诗"[2]的创作方式和性质。

《尚书·微子之命》成王告微子曰:"与国咸休,永世无穷。""慎乃服命,率由典常,以蕃王室。弘乃烈祖,律乃有民,永绥厥位,毗予一人。世世享德,万邦作式,俾我有周无斁。"此正是《周颂·振鹭》诗"在彼无恶,在此无斁。庶几夙夜,以永终誉"之意。诗所咏正是《微子之命》所载诰辞的大意,几乎如出一辙。《振鹭》后四句即是咏《微子之命》中成王对微子的诰辞之意。

《左传·定公四年》:"昔武王克商,成王定之,选建明德以藩屏周。分鲁公以大路大旂,……命以《伯禽》而封于少皞之墟。……分唐叔以大路,……命以《唐诰》而封于夏墟。"唐兰认为:"《伯禽》和《唐诰》俱失传。《诗·鲁颂·閟宫》说:

---

① 李学勤:《走出疑古时代》,辽宁大学出版社,1994 年。
② 《诗经》"正诗",指《周颂》、正《大雅》、正《小雅》、《二南》。

'王曰：叔父，建尔元子，俾侯于鲁，大启尔宇，为周室辅。乃命鲁公，俾侯于东，锡之山川，土田附庸'等话，应是从《伯禽》中转述的。晋公鐟(午)鎛说：'我皇祖唐公膺受大命，左右武王，□□百蛮，广嗣四方，至于大廷，莫不事王。王命唐公：肇宅京师，□□晋邦。'也就是叙述《唐诰》的册命。……命辞虽已亡佚，其内容却因此而被保存下来。"①此即《周颂》之外《诗》所咏诰辞之一例。

夏敏认为，在藏族宗教祭祀仪式中，"对人用说的，对神用唱的。"②"原始宗教仪式中的咒语、祈祷语和颂神词是人类诗歌的起点。"③这应该是古代各民族祭祀仪式的共同特点。说的和唱的是有关系的。唱的辞是根据说的辞加工而来的。《周颂》的创作即是如此。

《文心雕龙·祝盟》：

> 祝史陈信，资乎文辞。昔伊耆始蜡以祭八神，其辞云："土反其宅，水归其壑，昆虫毋作，草木归其泽。"则上皇祝文爰在兹矣。舜之祠田云："荷此长耜，耕彼南亩，四海俱有。"利民之志颇形于言矣。至于商履，圣敬日跻，玄牡告天，以万方罪己，即郊禋之词也；素车祷旱，以六事责躬，则雩禜之文也。及周之大祝掌六祝之辞，是以"庶物咸生"陈于天地之郊，"旁作穆穆"唱于迎日之拜，"夙兴夜处"言于祔庙之祝，"多福无疆"布于少牢之馈。宜社类祃，莫不有文，所以寅虔于神祇，严恭于宗庙也。

刘勰所列举的周祝之辞都不是诗句，因为它们都没有经过"制作"和提炼，故它们只能是原汁原味的祝辞原文。

《文心雕龙·原道》："逮及商周，文胜其质，雅颂所被，英华日新。文王患忧，繇辞炳曜，符采复隐，精义坚深。重以公旦多材，振其徽烈，剬诗缉颂，斧藻群言。至若夫子继圣，独秀前哲，熔钧六经，必金声而玉振；雕琢性情，组织辞令，木铎启而千里应，席珍流而万世响，写天地之辉光，晓生民之耳目矣。"这里提到周公旦在"斧藻群言"的基础上"剬诗缉颂"，孔子也是在"组织辞令"的基础上"熔钧六经"，均与本书的论点和结论相吻合。又《文心雕龙·才略》："九代之文，富矣盛矣，其辞令华采，可略而详也。虞夏文章则有皋陶六德，夔序八音，益则有赞，五

---

① 唐兰：《西周青铜器铭文分代史征》，中华书局，1986 年，第 53 页。
② 夏敏：《歌谣的宗教文化功能》，《中国藏学》2002 年第 1 期。
③ 夏敏：《咒语、祈祷语、颂神词与诗的诞生》，《民族文学研究》2004 年第 1 期。

子作歌,辞义温雅,万代之仪表也。商周之世则仲虺垂诰,伊尹敷训,吉甫之徒并述诗颂,义固为经,文亦足师矣。"可见现成的言辞是中国早期文学创作、歌诗创作所依据的底本,这是不争的事实。

(四)《周颂》对祝颂辞的超越和提升

殷商重占卜,西周重祭祀,两者的区别在于:第一,占卜主要偏重突发性事件,祭祀偏重惯例性的事件。第二,占卜多面向的是实践意义上的具体问题,祭祀偏向于心理或情感方面的精神寄托。第三,占卜是单纯的人神之间信息传递仪式,整个过程发生在相对封闭私密的空间中,参与占卜的人员较少;祭祀多为在开放性空间进行的复杂典礼,参与人员较多。第四,占卜偏重神秘的巫术力量,祭祀偏重赤诚、稳定的情感力量。[1]

歌诗这种句式整齐的韵语,在祭祀仪式表演中的表达运用,其功效和作用是巨大的,它可以强化祭祀的重要地位。按照王国维的理论,周人推翻殷商之后的政治文化变革和飞跃,首先体现在"国之大事"之首的祭祀上。在备办祭祀物品方面,周人无论如何精心备办,想必也不会比以前的殷商有太大的变革和进步。那么该如何在祭祀方面胜过前人呢?周人选择了祭祀时献给神灵的言辞作为变革、飞跃的突破口。在周人看来,与神交流的语言应该是经过修饰的精致语言,只有这种句式整齐的、句末押韵的"神语",才能配得上精心备办的精美的酒、食物,才能配得上如此高级而神圣的礼仪。虽然周代之前即有有韵的祝祷之辞,但是对这种有韵文辞的史无前例的重视和普及应用却始于周代。《礼记·郊特牲》云:"殷人尚声,臭味未成,涤荡其声。乐三阕,然后出迎牲。声音之号,所以诏告于天地之间也。""殷人尚声",并非"尚辞"。从"尚声"到"尚辞",正是殷周间文化的变革之一。殷人祭祀时"尚声",并非无辞,但其辞应是粗而简的;周人"尚辞",亦并非无声,其"声"未必逊于殷商,其"辞"却有了巨大质的变化。句式整齐的韵语,无疑是其时最"文"、最"雅"的高级语言。这种语言的普遍应用,给周人带来巨大的文化震撼和冲击,以至于从成王、周公的西周初期,到成、康之际,再到昭、穆之际,从《周颂》的句式略微整齐、略微押韵,到正《大雅》的句式基本整齐、押韵基本工整,再到正《小雅》的句式完全整齐、押韵完全工整的真正意义上的"诗",短短百年时间,只经历了四代周天子,周代诗歌有如此神速的巨大飞跃。在周代,"诗"这种文体给周人带来的思想、文化、视听上的冲击和震撼,是后人难以想象的。以至于春秋时期大量流行"诗曰""诗云",正是这种冲击和震撼而带来的

---

[1] 李喆:《商周祭祖礼的前兆》,《山东理工大学学报》2020年第1期。

对"诗"的崇拜的余响。周,那是一个真正的诗的朝代。周代之前,句式整齐的、押韵的真正意义上的"诗"是不存在的。"诗"在周代横空出世,人们能不对之顶礼膜拜吗? 只要想一想电脑、手机出世后人们的热衷、痴迷程度,便不难体会这一点。

《周颂》诗篇都是立足于人的角度而抒写的,虽亦时有颂神之语,但诗的宗旨是颂人。当时祖先祭祀礼仪中必定也会有神对人的言辞,而这些立足于神的言辞都没有被加工为诗。这有力地证明了:诗虽然产生于宗教,但绝不等同于宗教。诗是对宗教的超越,是对宗教祭祀中有益于人的思想和精神因素的提炼。所以《圣经·诗篇》是对神的赞歌,而《周颂》是对人的赞歌,特别是对人的内在精神、盛德的赞歌。《圣经·诗篇》与《周颂》的不同,正是周代之前的仪式祝颂、祝祷之辞与作为歌诗的《周颂》之不同的最好比照,它们最本质、最核心的不同就是宗教与非宗教的不同——前者是对神的赞美诗,后者是对人的赞美诗;前者只是工具,没有个性和精神,后者是人的理性、个性和精神的高扬;前者本质上不是诗,后者才是文化、文学意义上的诗。故《周礼·太师》郑玄注:"颂之言诵也,容也,诵今之德,广以美之。"今人对郑玄所言"诵今之德"视而不见,不信不从不认同,对《周颂》的内容、主题不细加研究、考查就去高谈阔论,顽固地认为《周颂》是颂神之歌,此乃钱锺书先生所言"惜乎! 不能劝其不读《诗》"者。

马王堆汉墓帛书《要》篇孔子曰:"《易》,我后其祝卜矣! 我观其德义耳也。幽赞而达乎数,明数而达乎德,有仁□者而义行之耳。赞而不达于数,则其为之巫;数而不达于德,则其为之史。史巫之筮,向之而未也,好之而非也。后世之士疑丘者,或以《易》乎? 吾求其德而已,吾与史巫同途而殊归者也。君子德行,焉求福? 故祭祀而寡也;仁义,焉求吉? 故卜筮而稀也。祝巫卜筮其后乎?"对于文明、开化之世的周人来说,巫祝之辞再多、再美,如果没有以人为中心、以人的思想灵魂、精神素质的构建、引导、提升为主题的"诗"的产生,终究无甚大用,无济于事。所以我们可以仿照孔子的话曰:《周颂》与巫祝之辞可谓"同途而殊归者也"。孔子的思想与周公的思想一脉相承。

《周颂》是提炼、制作的产物,也只有经过"提炼"这一步,祝颂、祝祷类言辞才有可能成为"诗"意义上的"颂"。《周颂》及《诗经》中有大量当时的"成语",这些"成语"也大量出现在周代金文中,很多"成语"在不同的地方有不同的表述,这应该是不同身份的人在不同的使用情境中分别"提炼"的结果。如陈致认为,《周颂》中许多词语在西周金文中都有对应的辞例,有学者以为是金文引用诗句,但实际上并非引诗,而是金文和《诗经》都在用当时成语。如《清庙》"骏奔走在庙",

周公簋铭文:"隹三月……州人、重人、庸人,奔走上下。"西周早期大盂鼎铭文:"朝夕入谏,亯,奔走畏天畏(威)。"金文中"奔走夙夕""奔走上下""奔走畏天威",皆用以形容与祭之人敬事祀事。《周颂》中其他可与金文比读的类似成语和习语的文例极多。《诗经》中《周颂》之外的其他诗篇亦有大量这样的例子,如"以雅(夏)以南""旻(日、昊)天疾威(畏)""出入(内、纳)王命""夙夜匪(筐、不)解"等,这些成语是周人早期宗教活动中逐渐形成的。《周颂》诸篇在使用祭祀成语的过程中,句式逐渐变得规则,向四言形式发展,同时又有一种入韵化的倾向。这种入韵的倾向,又与金文铭辞特别是编钟铭文逐渐变得规则并且入韵几乎可以说是同步的。《周颂》诗篇中的许多成词或成语运用,与西周铜器铭文上嘏辞是相同、相近的,两者都是当时宗教活动中常用语词。① 《周颂》的提炼、制作与西周铭文的制作以及其他经典的制作有相类之处,但《周颂》的制作情况更复杂,因为"诗"之成品的产生需要经过讽诵、记录、提炼制作等一系列步骤。

王逸《楚辞章句》:"昔楚国南郢之邑沅湘之间,其俗信鬼而好祠。其祠必作歌乐鼓舞以乐诸神。屈原放逐,窜伏其域,怀忧苦毒,愁思沸郁,出见俗人祭祀之礼,歌舞之乐,其辞鄙陋,因为作《九歌》之曲,上陈事神之敬,下见己之冤结,托之以风谏。"我们推测,殷商的祭祀之辞与楚国的巫歌情形相近,而周代据祝颂言辞制作歌诗,又与屈原作《九歌》情形相近。不过屈原作《九歌》是其个人之事,而周人美化、雅化祭祀用语,与周人对祭祀表演仪式整体的质的提升有关,这也是殷周间政治文化制度的一大变革。

《周颂》虽然是"制作"的产物,但已经有了创作的影子。如"有客有客,亦白其马。有萋有且,敦琢其旅。有客宿宿,有客信信。言授之絷,以絷其马。薄言追之,左右绥之。"抒情描写可谓声情并茂,内容、形式俱佳。又如关于周成王励精图治的《闵予小子》四首诗亦极富真情实感。"日就月将,学有缉熙于光明",即虚心求教,不断学习,以便日有所成,月有所进,不负众望。这样的精言,即使对于今人,亦极富思想的教育和智慧的启迪。这些诗篇情辞俱佳,显然非祝颂、祝祷原辞所能比。它们在"制作"时,无论内容上还是形式上,都比原辞有较大程度的艺术提升。而且更为重要的是,有了从祝颂辞到歌诗《周颂》的这一次提升和飞跃,人们对语言艺术魅力的认识也得到了提升和飞跃,语言从此开始成为真正的艺术被认识和使用。对语言艺术的认识有了本质的提升和飞跃之后,于是便

---

① 陈致:《从〈周颂〉与金文中成语的运用来看古歌诗之用韵及四言诗体的形成》,"出土文献与传世典籍的诠释——纪念谭朴森先生逝世两周年国际学术研讨会"提交论文,香港,2009 年。

一发而不可收拾,从颂到雅到风,周代诗歌艺术取得了飞速的发展进步。周代诗歌艺术的巨大成就始于《周颂》,滥觞于西周初期的制礼作乐。

在《周颂》产生之后不久,周代人就发明了"乐语"。其实追根究底,"乐语"就是模仿"颂"而发明的。不过"乐语"是"颂"的升级版,因为作为正《大雅》原材料的"乐语"之"语",一定比作为《周颂》原材料的各类诵辞更文雅、高级、复杂,因而从诗的艺术水平的角度看,正《大雅》比《周颂》高级。

中国的"文"的前身是"辞"。① "文"源于"辞",那么"文"的最初性质也是"辞"。从"辞"到"文",这一文化飞跃的前提是思想理念的飞跃以及由此而带来的语言艺术的飞跃,而这一飞跃是始于西周初期的,《周颂》是这一飞跃的典型代表和反映。重视"文",就必然重视"辞",因为"文"在最初是"辞"的高级形态、升级形态。《易·系辞》曰:"极天下之赜者存乎卦,鼓天下之动者存乎辞。""爻象动乎内,吉凶见乎外,功业见乎变,圣人之情见乎辞。"《易·乾卦·文言》:"子曰:'君子进德修业。忠信,所以进德也;修辞立其诚,所以居业也。'"儒家对"辞"的重视、推崇溢于言表,因为"辞"可以鼓动天下,寄托圣人之情,故必"修辞"以寄其诚信之情。

(五)《周颂》言辞的特征

1. 典范性、仪式性

朱熹《诗集传序》:"若夫《雅》《颂》之篇,则皆成周之世朝廷郊庙乐歌之辞,其语和而庄,其义宽而密,其作者往往圣人之徒,固所以为万世法程而不可易者也。"《周颂》歌诗创作所依据的言辞的种类不一,但典范性、仪式性是这些歌诗制作时所选取的言辞的最重要、最基本的标准。凡是不具有重大典范性和突出仪式性的言辞,均不会以之制诗。把这些言辞制作为歌诗,就是欲让人们永久传唱,永远牢记,并以这些仪式为典范而实行之。同时,典范性、仪式性是《诗经》五部分"正诗"创作的共同特征。

《周颂》是对典范性仪式及其言辞的综合、概括和提炼,而不是直接对祭祀仪式进行记录。仪式本身就具有艺术性和虚拟性,再加上"制作"诗篇时的综合、概括和提炼,《周颂》总体上说是艺术,不是史料。《周颂》的要义在于以一种艺术化的形式彰显周礼。正风、正雅即是在《周颂》这个基本大法的基础上,继续以艺术化的形式具体阐释、显扬周礼。

典范性和仪式性决定了《周颂》是经不是史。《周颂》有着经的内涵和要义,

---

① "辞"的前身是"象"。

而不是在记录史事。它的经学要义乃在于其中所体现的治国的大政,礼义的大纲,以及以周代圣贤明君作为后世君王典范的深意。这些诗在当时是为了配合歌乐舞而创作的,这些诗歌乐舞就是以垂范后世为目的而创作的。如果把它们当作史看待,就误解了《周颂》的性质,歪曲了《周颂》的创作宗旨,也降低了《周颂》的经学价值和地位。圣人编定《诗经》,其要义不在于由具体事件而构成的细枝末节,而在于关于家国、政治、社会乃至后世子孙的整体的远大构想。

《周颂》是有组织、有计划的制礼作乐的产物,每一幕表演都是综合多次仪式典礼而发挥、创作的。如《清庙》,它是以"周公既成洛邑,朝诸侯,率以事文王"的那场祭祀为主要背景,同时综合了历次祭祀文王的典型场面和文辞而创作的,而并不专颂那一件事,并不专咏那一次祭祀典礼。而且诗的要义在于咏礼,不是咏事。

典范性和仪式性是《周颂》诗篇创作的不二法则,这是读《周颂》最需注意的,否则对于圣人寄予大典大法的经文就会流于肤浅而无谓的理解。周公所作《鸱鸮》一诗虽与《周颂·小毖》内容相关,创作时间也相近,但因是周公个人抒怀之作,不具有仪式性,故未能入"正诗"。

2. 治国大政,礼义大纲

笔者曾在专著中把《周颂》划分为十个乐章,十个乐章的主题分别是:万象更新、筚路蓝缕、强大的武王、后稷的丰功伟绩、成功报祖先、壮观的助祭、大武、励精图治、重农籍田、礼敬神尸。[1]《周颂》中以《清庙》统领的《清庙》《维天之命》《维清》数诗,以歌咏西周初期万象更新、"秉文之德"为主题;以《天作》统领的《天作》《昊天有成命》《我将》,以歌咏周先王的筚路蓝缕之功为主题;《时迈》《执竞》以歌咏强大的武王为主题;以《思文》统领的《思文》《臣工》《噫嘻》,以歌咏后稷的丰功伟绩为主题;以《振鹭》统领的《振鹭》《丰年》《有瞽》《潜》,以歌咏成功报祖先为主题;以《雍》统领的《雍》《载见》《有客》,以歌咏壮观的助祭为主题;以《闵予小子》统领的《闵予小子》《访落》《敬之》《小毖》,以歌咏成王、周公的励精图治为主题,等等。还有以振武扬威为主题的《大武》乐章六首诗。可见《周颂》歌咏的都是治国的大政,礼义的大纲,绝无细枝末节之事。

在周代,没有什么典礼比《周颂》中这些典礼更重要的了。它们都是最隆重、盛大,级别最高的祭祀典礼,只有周天子才有权主持、行使这些典礼,它们绝对是当时的"国之大事"。关于这一点,把《周颂》记载的周礼与《小雅》记载的周礼相

---

① 祝秀权:《诗经正义》,上海三联书店,2020 年。

比较,则更可清晰地看出《周颂》中祭祀典礼的重要性和地位。正《小雅》从《鹿鸣》至《菁菁者莪》16 首诗所歌咏的礼仪有:养老乞言礼、劳礼、觐见礼、燕礼、赏赐礼、狩猎习兵礼等,它们在礼仪层次、级别的高低上显然不能与《周颂》中的这些典礼相比。《大雅》正诗中对《周颂》诗篇的阐释、演绎、语说,其时之人在通过这种方式缅怀祖先的同时,其实也是在回顾、温习这些重大礼仪。①

从《周颂》所咏典礼都是周代规模最大、级别最高的祭祀礼仪,再结合后文关于正《大雅》、正《小雅》歌咏礼仪诗篇的创作情况来看,《周颂》是《诗》之根,是《诗经》其他诗篇创作及其内容的来源。《周颂》对《诗经》的创作起决定作用,没有《周颂》就没有《诗经》。

3. 佳言善语

尊祖、美德、成功、敬业,这是《周颂》的主题词。如《周颂》突出反映了周初统治者的敬业意识。《维天之命》曰:"文王之德之纯,假以溢我,我其收之。骏惠我文王,曾孙笃之。"《昊天有成命》曰:"成王不敢康,夙夜基命宥密。於缉熙!单厥心,肆其靖之。"《我将》曰:"我其夙夜,畏天之威,于时保之。"其他如:"子孙保之"(《烈文》《天作》),"允王保之"(《时迈》),"绥万邦,娄丰年,天命匪解"(《桓》)等等。这都反映了周初统治者在推翻殷商王朝之后的那段时间内的思想和精神状态,正所谓"世道未平,战斗不息"(《毛诗正义·敬之》)。

周代对治国、修身的佳言善语的尊崇可谓史无前例。《国语·楚语下》:"教之语,使明其德,而知先王之务用明德于民也。教之故志,使知废兴者而戒惧焉。教之训典,使知族类、行比义焉。"韦昭注:"语,治国之善语。"《尚书·酒诰》周公曰:"古人有言曰:'人无于水监,当于民监。'"《尚书·泰誓下》:"古人有言曰:抚我则后,虐我则仇。"《大雅·荡》:"人亦有言:颠沛之揭,枝叶未有害,本实先拨。"《大雅·行苇·序》:"《行苇》,忠厚也。周家忠厚,仁及草木,故能内睦九族,外尊事黄耇,养老乞言,以成其福禄焉。"《郑笺》:"乞言,从求善言可以为政者,敦史受之。"周人对善言的尊崇达到了以专门仪式乞求之的程度。在当时,这些佳言善语是时人或前人知识、智慧的结晶。周代人文意识、理性文化的高扬,使这些流传的"谚""语""故志"等受到了空前的推崇、提炼和记录。周代有一些古籍作品几乎就是佳言善语的汇集,如《国语》《逸周书》。《逸周书》中《周祝》《王佩》等篇的内容纯以格言警句组成,如:"文之美而以身剥,自谓智也者故不足。角之美杀其牛,荣华之言后有茅。凡彼济者必不怠,观彼圣人必趣时。石有玉伤其

---

① 参见后文有关论述。

山,万民之患故在言。时之行也勤以徙,不知道者福为祸;时之从也勤以行,不知道者以福亡。"

《诗经·鄘风·定之方中·毛传》:"建邦能命龟,田能施命,作器能铭,使能造命,升高能赋,师旅能誓,山川能说,丧纪能诔,祭祀能语。君子能此九者,可谓有德音,可以为大夫。"此九者大抵都是能赋说佳言善语的美文美辞的能力。拉丁语中"诗"的最初涵义就是"精致的讲话",这与中国最初的"诗"的性质特征不谋而合。"诗与歌舞艺术以谣谚文化为基础,诗可看作谣谚艺术的逐步雅化,适用于文化较高的群体。"①

《周颂》歌诗制作所依据的言辞以祝颂类言辞为主。在《周礼》中,大祝除了掌"六祝之辞""六祈之辞"和"六辞"之外,还"辨六号"。大祝之外,还有小祝掌"宁风旱,弥灾兵,远罪疾"等,此外还有丧祝、甸祝、诅祝等等,他们也都是以掌各类言辞为主,但《周颂》中看不到这些言辞的影子,故《周颂》歌诗制作所依据的言辞一定是经过精心选择和提炼的。选择、提炼的标准除了"典范性、仪式性""治国大政,礼义大纲"之外,还应包括"佳言善语"这一标准。可想而知,丧祝、甸祝、诅祝所掌之辞一定与"佳言善语"这一标准有一定距离,亦与"美盛德,颂成功"的主题不合,故不可能以之作诗。

《文心雕龙·颂赞》:"颂主告神,义必纯美。"故《周颂》制作的原材料主要源自祝颂类文辞。刘师培认为:"盖古代文词恒施于祈祀,故巫祝之职文词特工。今即《周礼》祝官职掌考之,若六祝、六词之属,文章各体多出于斯。又颂以成功告神明,铭以功烈扬先祖,亦与祠祀相联。是则韵语之文虽匪一体,综其大要恒由祭祀而生。欲考文章流别者,曷溯源于清庙之守乎?"②李学勤认为:"祝是专掌文辞的,他们在工作中积累辑集一些格言谚语,正是其职业的需要。《周祝》篇以及文末誓辞与之近似的《殷祝》篇,来源或即如此。卜、祝、巫、史这几种人物又每相兼互通,史职在于记述历代的成败存亡祸福古今之道,而当时流传的格言谚语又常即这种古今之道的结晶。"③

但《周颂》无论在内容上还是在艺术形式上都与祝颂类原辞有着质的不同,这大致类似于屈原《九歌》与楚国巫歌的关系。文学、诗歌并非直接出于巫祝之官,因为巫祝的言辞还需史官的记录、整理、加工、修饰,才能成为"诗"。这正如同《九歌》出于屈原,而不是出于巫祝。

---

① 孙立涛:《从谣谚起源到歌舞艺术》,《船山学刊》2014 年第 2 期。
② 刘师培:《文学出于巫祝之官说》,《刘申叔遗书》,江苏古籍出版社,1997 年。
③ 李学勤:《简帛佚籍与学术史》,江西教育出版社,2001 年。

《逸周书·小开武》武王曰："允哉！余闻在昔训典中规。非时，罔有格言，正余不足。"潘振注："言信哉！我闻在昔先王之书合于天道，非天时，无有至言矣。余有所短，汝日正之也。"这可能是"格言"的最早出处。上古时期，"格"与"各"通，"格""各"均有"告"义。而"告"显然是与祭祀祝祷有关的告神之"告"。而"格"字又由此进一步引申为感通、感动、感知的含义。因此感通上天叫"格天"，感天动地称为"格天彻地"，推度感知事物叫"格知"，推究事物之理叫"格物""格物致知""格物穷理"。由此我们推知，上古时期把有关家国治理和修身的佳言善语称为"格言"，也一定是与祭祀祝祷之辞密切相关的。

（六）前贤对《周颂》认识的误区

前贤有人认为，《周颂》是原始宗教诵辞，就《周颂》是据当时的祭祀祝颂言辞为底本而制作这一点来看，这种观点有其正确的因素。但这种说法还是有问题的。首先，《周颂》不原始。周人作诗所依据的底本当然是周代当时的各类言辞，而不是前代久远的"原始"言辞。总不能认为周代还是原始社会吧？西周建立之后，思想、文化巨大飞跃文化背景下周人的文明、理性、文雅的诵辞，与"原始"诵辞有质的区别，故它们可以作为中国最早的诗歌的母体，而真正的原始诵辞是产生不了"诗"的。所以《周颂》不是"原始"宗教诵辞。

其次，直接说《周颂》是宗教诵辞，似乎把《周颂》与宗教诵辞等同起来，这种说法也是有问题的。因为《周颂》是据当时的各种祝颂类言辞而制作的，制作后的《周颂》是歌诗，而制作前的祝颂辞不是歌诗，两者有质的不同，不能用"是"加以等同。《周颂》是文学、艺术，而宗教诵辞不是文学、艺术。没有制作、提炼，也就没有《周颂》，没有诗。这也就是为什么周代才有诗，而周代之前没有诗的原因。周代之前固然有祝颂、祝祷类言辞，但由于各种文化因素的限制，它们在内容和形式上肯定没有周代的祝颂辞精致，再加上没有"制礼作乐"的政治文化机制，所以周代之前的祝祷类言辞最终无法成为"诗"。

第三，更为遗憾的是，前贤是在否定"颂"为"容""镛"的基础上论述自己观点的。[①] 而实际情况是，"颂""容""镛"这些概念，在中国语言文字和文化的发展过程中，它们的关系并不是非此即彼的，而是前后互相关联的。从占卜繇辞之"容"（周人称之为"颂"），到乐器之"镛"，再到歌诗之"颂"，其发展脉络和线索十分明显，几乎可以说没有前者就没有后者。在上述每一个义项中，本义"容"始终没有完全消失，都或隐或显地存在于这些概念之中。故前贤郑玄、阮元等均明确、坚

---

① 刘毓庆：《"颂"为原始宗教诵辞考》，《晋阳学刊》1987 年第 6 期。

定地释"颂"为"容"，其实是探本之论。如《周礼》郑玄注："颂之言诵也，容也，诵今之德广以美之。"《释名·释言语》："颂，容也。叙说其成功之形容也。"阮元《释颂》："'颂'之训为'形容'者，本义也。且'颂'字即'容'字也。容、养、羕一声之转，古籍每多通借。所谓'商颂''周颂''鲁颂'者，若曰'商之样子''周之样子''鲁之样子'而已。"然而阮元的"舞容"说应当纠正。阮元认为，"颂"为"容"，"容"为"样子"，故"周颂"若曰"周之样子"，此皆不误。然而阮元所言的"周之样子"，意指歌舞的样子，即指"舞容"，此则不然。"周之样子"是指西周建立初期之君王成王、周公等盛德、成功的样子。《诗大序》："颂者，美盛德之形容，以其成功告于神明者也。"《诗经》中的"典、谟、训、诰、誓、命"以及其他各类言辞都统一在"周颂"这个标题之下，就是因为它们有一个统一的主题：它们都是盛德与成功的"样子"（容）。《诗经》中"颂"的命名，与"风""雅"的命名一样，都具有政治属性，而不只是立足于文学意义上的命名。

　　"颂"的本义为"容"，但"颂"字的产生一定有其与"容"之义不同之处。这种不同之处在于："颂"主要承担了精神、品德层面的无形不可见之"容"的含义，而有了"颂"之后，"容"主要承担仪容、器容层面的有形可见之"容"的含义。在"颂"产生之前，这两方面的含义皆由"容"承担。或者实际情况是：周代之前或许还不存在精神层面的无形不可见之"容"，即周代之前没有这种精神层面之"容"的思想意识，周代才有这种思想意识，故特用"颂"加以表达并区分。（殷商文化崇尚狰狞、粗野，可作为证据）而无形之"容"由于其不可视见，故多用言辞加以描述形容，这样，"颂"的含义就逐渐地转向"歌颂"之义了。而"歌颂"之义已经与"颂"之今义几乎无别。

　　第四，称《周颂》是原始"宗教"诵辞，看似没有问题，实则易误使人认为《周颂》是宗教的产物，误使人认为《周颂》的主题是颂神灵。实际上，《周颂》的主题是颂人，而非颂神；颂时王，而非颂前王；颂"今"，而非颂"古"。《周颂》的宗教性并不浓，这是《周颂》作为中国最早的歌诗得以产生的至关重要的因素。所以，《周颂》既不是"原始"诵辞，也不是"宗教"诵辞。周人在对颂辞的改造、提炼、提升时，将"颂"的内容和主题由指向神改为指向人，这是对颂辞根本性的重大改造和提升。这种改造和提升，是由殷周之际的思想文化背景的变革和提升决定的。孔颖达《毛诗正义》："颂声由其时之君德洽于民而作，则颂声系于所兴之君，不系于所歌之主。虽咏往事，显祖德，昭文德，述武功，皆令歌颂述之，以美今时，不为祖父之颂矣，但祖父之功由此以显。显其父祖之功，所以颂子孙也。""西方早期的美颂颂赞的是神，而在天人合一的中国文化语境中，美颂从《诗经》时代，宗教外衣下颂赞的其实是人。"①

五 表演、讽诵、记录、制作：《周颂》产生的复杂过程

（一）仪式表演与言辞的诗化

1. 仪式与戏剧表演

任何事物的发生阶段，其情形都是复杂的，《周颂》亦是如此。

古今一切祭祀活动都是一种纪念仪式，仪式的突出特征就是表演，与早期歌诗有关的祝颂、祝祷之辞都是仪式表演的产物。在各民族文化中，人们公认祭祀具有"祭中有戏""以戏代祭"的特点。"戏"在早期其实就是指仪式。"中、韩仪式剧的基本形态是祭夹戏。中国仪式剧较多的是以戏代祭，韩国仪式剧一般是先祭后戏。仪式剧采取叙述的演出方式，表演者直接述说事件和人物。一人演唱制，内容表述方式大部分是代言体。"②引用"戏"的概念来研究《周颂》，并不是以后证前、以今证古，因为《诗经》的五部分"正诗"就是五场规模宏大的礼乐仪式表演，每一乐章和每一幕都井然有序，它们符合后世戏剧表演的特征。③ 不过用"戏"比况、描述《周颂》，也许略有拔高或超前，因为《周颂》诗篇在当时只是配乐演唱的歌辞，没有戏剧情节，把《周颂》所有乐章连在一起才略有情节感，这与后世成熟意义上的戏剧有所不同。不过《周颂》来源于当时的仪式表演之辞，这是可以确定的。真正的祝颂往往并不出现在具体的献祭仪式中，而是常见于仪式表演中，且与乐舞结合在一起。日本学者松元雅明认为，在祭祀活动中，有些角色扮演类似早期戏剧表演的行为。④ 上古时期祭祀仪式的表演性、戏剧性，一直保存在迄今为止各民族的祭祀演剧中，并且是后世各种戏剧的源头。

"装扮、表演均产生于仪式。土家族祭祖、祈福、镶灾时所唱之经，俗称'摆手歌'，是土家族为摆手舞伴唱的一种古歌。其中的祭祀唱经，在坛师的领唱下，一人唱，众人和，有问有答，抑扬有致。不仅叙述并赞颂先人的丰功伟绩，寄托对先人的哀思，而且运用讲唱和歌舞的形式，演绎出富有诗意的农事活动和英雄史

---

① 匡迎辉：《〈诗经·颂〉与〈圣经·诗篇〉中美颂传统的比较研究》，《暨南学报》2017 年第 9 期。
② 张国强：《中韩仪式剧比较研究》，《当代韩国》2010 年冬季号。
③ 参见祝秀权：《诗经正义》，上海三联书店，2020 年。
④ 松元雅明：《诗经诸篇的成立に关する研究》，东洋文库，1958 年。引自陈致：《从〈周颂〉与金文中成语的运用来看古歌诗之用韵及四言诗体的形成》，"出土文献与传世典籍的诠释——纪念谭朴森先生逝世两周年国际学术研讨会"提交论文，香港，2009 年。

诗。"①刘汉光认为,"戏""剧"二字皆产生于先秦蜡祭活动中。"剧"直接是蜡祭中扮演虎与田豕搏斗的场面记录,此种角力表演由娱神而娱人,遂演化为戏剧。"戏""剧"二字的创造实是我国戏剧产生于先秦时代的文字见证。②

中国戏剧的本源是仪式,仪式戏剧依赖祭祀仪式而存在。以巫觋装扮演故事的仪式性戏剧在民间不同地区形成不同特色、不同称谓的剧种,如傩堂戏、傩坛戏、目连戏、阳戏、阴戏、庆坛戏、延生戏、丧戏、会戏、桃园戏、提阳戏、梓潼戏、关索戏、端公戏、赛戏、僮子戏、香火戏、洪山戏、香童戏、师道戏、师公戏等等。③古希腊的戏剧也是以原始祭礼仪式为条件的。仪式对戏剧的起源具有重要意义,仪式与戏剧表演很难分开。仪式像戏剧一样有一定的情节,有一定的象征性。周初以宗教性的舞蹈渐代替巫舞,开始渐脱去巫风而代之以礼制。《周颂》是音乐、舞蹈、歌辞的混合体,既是诗,亦具戏曲雏形。④

仪式只有层次、级别、规模、人群的不同,而没有神圣和世俗之别,因为一切仪式都是神圣的。普通民众举行的仪式,对于普通民众自身来说,也是神圣的,不可以世俗的眼光看待。把仪式分为神圣仪式和世俗仪式,有贱视民众之嫌,会导致凡是民众的都是世俗的、凡是统治者的都是神圣的这样的结论。民众的仪式并非全为娱乐,统治者的仪式亦并非全无娱乐因素。

祭祀仪式的实质不在于物质,而在于精神、心灵和灵魂。物质层面的祭品,其实是祭祀者内在精神、心灵的外在物质表现。《礼记·祭统》:"夫祭者,非物自外至者也,自中出生于心也。心怵而奉之以礼,是故唯贤者能尽祭之义。"精美的言语更能寄托虔诚的灵魂和浓烈的情感。《礼记·冠义》:"礼义之始,在于正容体,齐颜色,顺辞令。容体正,颜色齐,辞令顺,而后礼义备。以正君臣,亲父子,和长幼。"在周代,祭祀仪式中的辞令与容体、颜色同样重要,成为周代祭祀仪式的必要因素。真正能"动天地,感鬼神"的也许不是祭祀仪式中物质层面的东西,而是像优美的颂祷辞令这样的精神层面的东西。祭祀仪式中精神层面的优美高雅的颂祷辞令,是催生艺术和文学的重要因素。

祭祀仪式表演既针对"古",亦针对"今"。仪式感越强、越美,越能显示神灵、祖先之美、之神秘和"今人"之美、之虔诚。仪式表演不仅是文化象征,也是政治象征。"颂者,美盛德之形容",这不只是文学意义上的阐释,而兼具政治

---

① 陈友峰:《从"神圣祭坛"到"世俗歌场"》,《戏曲研究》第八十一辑。
② 刘汉光:《戏剧起源的文字解码》,《河池师专学报》2001 年第 3 期。
③ 段明:《仪式戏剧的理论建构》,《四川戏剧》2004 年第 2 期。
④ 朱存明:《宗教仪式与戏剧起源》,《徐州师范大学学报》2004 年第 4 期。

含义。

2. 诗、礼同源于仪式

诗与礼均源自仪式,它们是仪式产下的双胞胎。"中国的礼由仪式而来,人的美感亦由仪式而萌生。祭祀之礼就像一场大剧,各种展示、展演都是最精美的。"[1]"礼是对仪式的继承和凝练,礼是对仪式的规范和突破。仪式不仅仅是行为的展演,在形式背后还潜藏着意识观念及价值信仰。礼同时继承了仪式的有形和无形:礼之进退洒扫便是对仪式活动和行为的模仿,而礼之精神则是对仪式价值信仰和观念形态的提炼和承续。"[2]《诗》与礼为什么息息相关?就是因为它们都是仪式的产物。所以《诗》中有礼,《诗》与礼可以互解。

祭祀演剧在传统宗教祭祀中履行着礼乐教化的职能。"祭祀演剧对宗族成员日常行为规范、价值观、人生观的塑造都发挥了重要的作用,已成为宗族自我管理和文化建设的一种方式。"[3]在祭祀仪式表演中,句式整齐、略带押韵的文辞,本身即是一种礼,它代表了周人对神明的高度礼敬之意。祭祀仪式中的祝颂已经接近于歌诗,它可以强化仪式感,强化仪式表演的情感因素和神圣因素。最高统治者的仪式会成为全社会的典范。诗的产生是周代礼乐思想观念决定的。

一个很有意思并极有说服力的证据是:最早的诗是"颂",而"颂"的本义是"容";与此相应,礼亦有"礼容"。《周礼·地官·保氏》教国子"六艺"之外,还有"六仪",即"祭祀之容、宾客之容、朝廷之容、丧纪之容、军旅之容、车马之容"。郑玄注:"以师氏之德行审谕之,而后教之以艺、仪也。"即保氏是在师氏教国子"三德""三行"的基础上而教国子"六艺""六仪"的,这样"艺、仪"就有了德行的基础和保障。《史记·孔子世家》:"孔子为儿嬉戏,常设俎豆,设礼容。""容"若用于指人,就有了威仪的含义。《周颂·振鹭》:"振鹭于飞,于彼西雍。我客戻止,亦有斯容。"郑玄《笺》:"杞、宋之君有洁白之德,来助祭于周之庙,得礼之宜也。其至止亦有此容,言威仪之善如鹭然。"曹建墩认为,西周时期,政治典章、礼仪制度逐渐完备,对威仪的崇尚是周人尚文之风的体现。周人对威仪的崇尚与对文德的崇尚是一体之两面。威是具备君子德性、人格之后所呈现出的一种精神气质,可以令百姓产生一种敬畏感。仪是人视听言动等符合礼仪规范的仪态、举止,称为

---

① 张法:《礼:中国之美在远古的基本框架》,《湖南科技大学学报》2020年第1期。
② 刘书惠:《神话与仪式:先秦儒家祭祀礼的原始意蕴》,《浙江师范大学学报》2011年第3期。
③ 杨惠玲:《明清江南宗族祭祀演剧及其文化功能》,《戏曲研究》第九十一辑。

礼容。威仪象征君子之德,即所谓"德行可象"。① 周人在培养人的君子风范方面可谓是煞费苦心,做到了极致,以至于先秦文献中强调君子仪容风范的言辞比比皆是。《大雅·假乐》:"威仪抑抑,德音秩秩。"《邶风·柏舟》:"威仪棣棣,不可选也。"《毛传》:"君子,望之俨然可畏,礼容、俯仰各有威仪耳。"《大雅·抑》:"敬慎威仪,维民之则。"《国语·周语中》:"周旋序顺,容貌有崇,威仪有则。……则顺而德建。"《左传》文公十八年:"先君周公制周礼曰:则以观德,德以处事,事以度功,功以食民。"

"礼容"本身没什么错,人的礼仪和仪容确实在一定程度上可以反映人内在的一些方面,更何况先秦"礼容"强调与"德"的关联与契合呢?然而始于周代儒家的这种认为外在即能反映内在的思想在后世发展过程中却渐渐有了偏差。人的外在并不能完全代表、反映内在,那么对"礼容"的过分强调和重视,其缺陷就显然了——一切都看外在,外在即是内在。其结果是导致人们忽略内在而专重外在,真正的美与丑被混淆和忽视,于是虚伪的小人横行于世,道貌岸然的伪君子被视为君子而受崇拜,好人坏人、小人君子全都凭外在之"容"而加以评判,小人有其"容"也就成了人们眼中名副其实的君子,飞煌腾达,占尽好处。且此恶习、恶风一旦形成,再也难以改变。《周易·系辞上》:"形而上者谓之道,形而下者谓之器。"圣贤在礼乐文化中寄寓的"道""德"在后世荡然无存,只剩下圣人贬之为在"下"层面的如同"器"一样的外表、形式上的"形""容"了,此乃前贤讥之为"委曲周旋仪,姿态愁我肠"者。

3. 诗的产生源自仪式表演

如果追根溯源的话,表演艺术可以追溯至上古时期的巫。"歌舞之兴,其始于古之巫乎? 巫之兴也,盖在上古之世。"刘师培认为,古代乐舞已经具备歌、舞、演故事三个关键的戏曲要素,是戏曲的最初源头。"古人之乐舞已开演剧之先。"② 巫祝之官在进行祀神等宗教活动中所使用的祈祷语言,充满炽热的虔诚和信仰,具备与日常语言不一样的宗教情感和音韵、修辞等艺术特征,这些语言成为藻绘成章的"文"的萌芽和雏形。而巫祝之官往往身兼数职,他们为了祀神的宗教目的,既要有工于文词的语言表达,又要掌管用以降神的音乐和舞蹈,所以"乐师、大司乐诸职,盖均出于古代之巫官,巫官所掌盖不独舞雩之事也。"王国维同样认为古代之巫蕴含着戏曲的萌芽:"灵之为职……盖后世戏曲之萌芽已有

① 曹建墩:《两周社会崇尚威仪之风的兴衰及其观念之演进》,《中州学刊》2018 年第 11 期。
② 刘师培:《刘申叔遗书·舞法起于祀神考》,凤凰出版社,1997 年。

存焉者矣。"①

巫、祝均是神职官员,均是聪明圣智者,亦是德才兼具的正直之人,其职事有时由当时的最高统治者亲自担任。《国语·楚语下》:"民之精爽不携二者,而又能齐肃衷正,其智能上下比义,其圣能光远宣朗,其明能光照之,其聪能听彻之,如是则神明降之。在男曰觋,在女曰巫。"《文心雕龙·祝盟》:"天地定位,祀遍群神。六宗既禋,三望咸秩,甘雨和风,是生粢稷。兆民所仰,美报兴焉。牺盛惟馨,本于明德。祝史陈信,资乎文辞。……赞曰:毖祀钦明,祝史惟谈。立诚在肃,修辞必甘。""祝史陈信,资乎文辞。……修辞必甘",是有先秦文献依据的。《左传》桓公六年:"上思利民,忠也。祝史正辞,信也。"《左传》襄公二十七年:"夫子家事治,言于晋国无隐情,其祝史陈信于鬼神,无愧辞。"《左传》昭公二十年:"若有德之君,外内不废,上下无怨,动无违事,其祝史荐信,无愧心矣。是以鬼神用享,国受其福,祝史与焉。其所以蕃祉老寿者,为信君使也,其言忠信于鬼神。"

仪式表演是各类言辞的艺术水平得以提升的重要因素。上古时期的仪式表演面对两个对象:一是神,一是人。不雅的、没有艺术性的言辞不会受到神与人这两个对象的青睐和接受。而且表演的言辞是口头的,一般并没有文本,所以每一次仪式表演的言辞都或多或少具有一定的创作或再创作因素,这样语言艺术也就在表演艺术中得到了发展和进步。从这个意义上说,《诗经》的结集既是上古口头语言艺术的一次总结,也是仪式语言艺术的一次总结。

周代名目繁多的祭祀礼仪有一个有序、系统化的体系,伴随着一套系统有序的祭祀演剧。如果认为《周颂》的创作直接源自祭祀活动本身,应该不符合《周颂》大多数诗篇的创作实情。而祭祀演剧本身就是艺术,它本身就是艺术化表演。祭祀演剧中的台辞、言辞、文辞也都是颇具艺术性、颇有文采的艺术语言,正是它们直接催生了最早的"诗"《周颂》的产生。

祭祀仪式表演保证了祭祀仪式的循环性、稳定性、程序性,这为仪式表演中的歌颂之辞的保存、传承和记录提供了条件和可能。那些湮没在历史长河中而不复可见的文学艺术形式,大都是不具有仪式性的活动。

洛德认为,对于口头诗人来说,创作的那一刻就是表演,创作和表演是同一过程的两个方面。一部口头史诗是以表演的形式来完成的。诗就是歌,它的表演者同时也是创作者。史诗演唱者的每一次吟诵都是一种再创作。②"仪式与

---

① 引自施秋香:《刘师培与王国维戏曲理论之比较》,《求索》2010 年第 11 期。
② 尹虎彬:《口头诗学的本文概念》,《民族文学研究》1998 年第 3 期。

艺术具有相同的根源，它们都源于生命的激情。而原始艺术，至少就戏剧而言，是直接由仪式脱胎而出的。"①"仪式的意义是通过一定的装扮表演呈现出来的。作为宗教行为活动层面的仪式与作为戏曲艺术实践活动的演出都以装扮表演为中心，它们在行为活动的可重复性和可循环性、装扮表演的隐喻性和象征性，以及对主体心理和社会成员的化育和整合功能上都有相似性。"②

仪式演剧是对祭祀情形的艺术性再现和提炼，而不是简单低级的复制。任何艺术都是对实际生活事件的提炼和浓缩，提炼本身就是一门艺术。作为具体事件的祭祀祝颂是现实生活中的偶然，不具有稳定性和永恒性，只有仪式表演才具有稳定性和永恒性。诗产生的直接因素不会是不具有稳定性和永恒性的偶然因素，而只能是具有稳定性和永恒性的仪式表演。诗的稳定性和永恒性是仪式的稳定性和永恒性赋予它的。信仰、记忆和情感的维护，需要的就是这种稳定性和永恒性。表演的宗旨是创造一种群体记忆。早期诗的性质也是由仪式的性质决定的。既然仪式是一种与政治和宗教有关的综合性表演艺术，那么早期的诗也是一种与政治和宗教有关的综合性表演艺术。

认为诗源自仪式，并不与文学源自生活的观点相矛盾。文学源自生活，并非源自偶然性的生活，而是源自带有必然性质的生活。仪式就是那时的必然性质生活的浓缩。"击石拊石，百兽率舞"并不是直接描述狩猎场面，而是描述仪式表演。

笔者研究《周颂》的起源，认为其源头是祭祀祝颂言辞，在祭祀祝颂言辞之后又经过了仪式演剧之诵唱的加工和提升。之所以认为《周颂》在产生定型过程中有祭祀演剧这一步，还有一个重要证据：《周颂》都是分乐章、分板块的，每一乐章之中的每一幕亦清晰可辨。这样的结构只能是仪式演剧的痕迹和产物，而不会直接是祭祀活动的产物。

如果我们假想把时间定格在西周初期那个时代，那么其时所有的言辞包括卜筮之辞、巫祝之辞、器皿铭文、仪式演剧中的表演之辞等。在这些言辞、文辞中，最高级、最有文采的是哪一种呢？应该是仪式演剧中的表演之辞。那么其时之"诗人""作诗"，理当选择其时所拥有、所能见到的最高级、最有文采的文辞，通过一定的加工而作诗。其时诗人不会舍其精而选其粗。在诗产生之前，仪式表演的文辞是当时所能见到的最精致的文辞，更为精致的文辞——诗的产生，一定

① 哈里森：《古代艺术与仪式》，刘宗迪译，上海三联书店，2008 年。
② 陈友峰：《神坛上的仪式与人世间的表演》，《中国戏曲学院学报》2013 年第 2 期。

是以仪式言辞为直接依据和来源的。

周代是礼乐时代，仪式表演本身就是礼乐，礼乐时代最重视和推崇的当然是礼乐。"仪式具有记忆保存、当下展演、作用未来三种功能。"①而诗也正具有这三种功能。诗和仪式这种功能的重合和相近不是偶然的，这显然是两者有密切关系的结果。如果我们把《诗经》中的"正诗"理解为歌舞仪式表演的唱辞，那么《诗经》在我们面前所展现的性质和面貌会截然不同，一系列聚讼纷纭的学术公案也会迎刃而解。《诗经》中大部分诗篇就是歌舞仪式表演的唱辞，不仅仅是"正诗"，"变诗"也有。例如《卫风·氓》属于"变风"，但《氓》就是一出小型歌舞仪式表演的唱辞。即使是《硕鼠》《相鼠》这些直言不讳的讽刺诗，其实也是仪式歌舞表演的唱辞。不过它们在定型为《诗经》中的诗之前，还是需要加工整理的。

4. 仪式演剧对言辞艺术的提升

仪式表演中的言辞从何而来？无非是两个来源：一是来源于祭祀中的祝祷、祝颂类言辞，二是表演者的发挥和创作。当然，更多的实际情形可能应该是：表演者在祭祀祝祷、祝颂言辞基础上加以发挥。祝祷、祝颂类言辞本就是表演性质的言辞，现在它们又用于仪式演剧，可谓是理所当然，名至实归。仪式演剧的诵唱之辞不会照搬祭祀诵辞，而是有所加工和发挥。从祭祀中的祝祷、祝颂类言辞，到仪式演剧中的颂唱、诵读之辞，这些言辞经过了一次内容和艺术的提升。这方面可以比较各民族诵唱表演的情形加以说明。

口头诗学理论强调，史诗文本是表演中的文本，表演决定着文本的性质。② 在史诗的演唱过程中，歌手会在程式的基础上进行大幅度的"创编"，在模仿中再次"创作"，以便使作品达到最大程度的"完整"和"精致"。③ 对歌手而言，歌就是故事，它是用诗体来表述的。史诗歌经历了一次又一次吟诵的变异。在歌手那里，词语从来也没有固定过，故事的非实质性部分也从来没有固定过。变化的形式包括精心的铺陈或简化，叙事顺序的变化，材料的增删和主题的替换，最为常见的是歌的结尾的不同方式。一组一组的歌其实就是"系列史诗"的雏形。④ 河西宝卷的表演者即是念卷先生，他们是德高望重、令人尊敬的人。宝卷的表演形式虽是照本宣科，但每位念卷先生的表演都有自己的风格。他们在表

---

① 朱林：《仪式的时向问题：一个符号叙述学研究》，《符号与传媒》2015 年第 2 期。
② 鲜益：《口头诗学理论中的史诗演述与文本流播》，《理论与创作》2011 年第 1 期。
③ 李建宗：《口头诗学：西部裕固语口头诗歌程式分析》，《河西学院学报》2012 年第 3 期。
④ 尹虎彬：《口头诗学关于"歌"的概念》，《民族文学研究》1999 年第 4 期。

演的同时,也在创作,为吸引观众的注意力,往往运用各种表演技巧。① "笔者在考察中,内心不停地感叹,如此繁多的内容与程序,如此即兴却又娴熟而默契的表演,经师们是如何做到的? 应该说,程式性与即兴性完美相融是秘诀之一。"②

广西毛南族肥套的说唱艺术是师公们在特定场合所展现的语言艺术,其中虽有即兴创作,但更多地源于传承的语言文本。而这些文本,很多是在传抄的过程中不断地经过师公们的加工,甚至有可能大量地添加了师公们的艺术创造成果。从师公们撰写的坛联和朗诵的巫语来看,毛南族师公已经体现出较高的语言艺术创造才能。肥套中的巫语是一种散文体颂词。③

涂尔干认为,仪式是社会关系的扮演或者戏剧性表演。如果想了解一个社会中什么是重要的,它的结构如何,那么最好的办法之一就是去了解它的仪式。④ 仪式表演是使世俗生活神圣化、有序化、合理化、制度化的重要方式和手段。仪式表演还有宣告、震慑的作用,还有族群凝聚力的作用。而诗的创作、制作和《诗》的结集,其宗旨和功用大抵与仪式表演的功用相近。

从祭祀仪式的具体事件到具有艺术性的仪式演剧,其间肯定有一个时间过程。《周颂》大部分诗篇,《序》皆以"祀"阐释之,如:"《清庙》,祀文王也。"现在我们认为,就诗篇创作的角度而言,《诗序》所言之"祀",应该是就仪式演剧而言的。周人首次祀文王无疑是在西周建立之际,但从祭祀到形成为仪式演剧,其间也不会有太长的时间,仪式表演之"祀"仍然在西周初期。

5.《诗经》中的戏剧语言

罗家湘认为,仪式还产生了"微言"。"微言"就是从仪式表演游离出来或遗留下来的语言因素,它虽少而精,虽隐匿却不乏征兆。"大义"是指通过微言体认出来的仪式表演的意义。⑤

《周颂》在当时是以乐舞的面貌呈现的,而《周颂》之乐舞是依托仪式这个平台而展演的。一个颇有说服力的证据是,《周颂》中的"成王",《传》《笺》释为"成此王功""成是王事","成康"释为"成大功而安之",今人对这样阐释百思不得其解,固然不信不从。如果从仪式戏剧表演的角度来看,情况就不同了:只有在戏剧表演的台辞中,"成王""成康"才会有"成此王功""成大功而安之"这样的含义,

---

① 段小宁:《表演视域下的河西宝卷研究》,兰州大学 2018 年硕士学位论文。
② 黄奇霞:《潮阳棉安善堂"功德"仪式音乐的考察与研究》,星海音乐学院 2011 年硕士学位论文。
③ 吕瑞荣:《神人和融的仪式——毛南族肥套研究》,云南大学 2013 年博士学位论文。
④ [法]涂尔干:《宗教生活的基本形式》,汲喆译,上海人民出版社,1999 年。
⑤ 罗家湘:《"微言"考论》,《郑州大学学报》2004 年第 1 期。

因为戏剧语言不同于口语和其他文体的语言,它是高度凝缩和简化的用语,具有高度的戏剧性。而内涵的丰富性和表达的艺术性,正是戏剧语言的典型特征。也就是说,《周颂》中的"成王""成康"是保留了仪式演剧原语言的词汇,是一种高度艺术化的用语。戏剧语言具有丰富的含义,不可以正常用语加以理解。而早期的周代仪式演剧又必定与神灵有关,它很可能比后世戏剧语言更具有艺术性和丰富的内涵,因为人神之间的关系和情感是极其微妙的,它需要具有艺术性和丰富内涵的"微言"加以表达和描述。

又如《召南·殷其雷》:"殷其雷,在南山之阳。何斯违斯,莫敢或遑。振振君子,归哉归哉?"诗曰"归哉归哉",今人皆以为盼其归,然《笺》《疏》并曰:"劝以为臣之义,未得归也。"孰是孰非?《二南》是礼乐表演,其诗皆是虚拟之辞,皆是假托以象征之义。古义解为反问语气,"岂可得归哉?"符合诗义和经义,[①]且与前文"莫敢""莫或"义相承接,又与"殷其雷"带有阳刚、奋进之气的起兴义相合。若把"归哉归哉"理解为今人所谓的盼其归,则诗乃实赋其事而已,非虚拟、假托,诗的内涵、境界大降,毫无空灵、寄兴之感,且与仪式表演的主旨及仪式表演的用语特征不合。《诗》语是先秦古语,本就与今语有很大差异,再加上无论是"正诗"还是"变诗",大都是根据仪式表演之辞加工创作的,则此种差异和隔膜无疑会更大。如果不信古人的阐释,则《诗经》的经义(即诗的本义)会荡然无存,最终结果是导致《诗》变成普通的诗集,再也不是圣人创作和编辑的"诗经"了。

《小雅·楚茨》不是场景描述的平面文本,而是固有仪式的场景表演。在许多显然是描述性、说明性的章节中,有人发现它们不仅简短和不完整,而且混杂着难懂和戏剧性的讲话结构。正是这种难懂的戏剧性语言和结构阻碍了解读。礼仪语言注意的是身份,而不是个人,就像《诗经》和《仪礼》中的许多例子表明的那样。在这样的环境里,演说是被规定好的,和行动一样井然有序。《诗经》是仪式表演的具体而真实的场景,乐和舞不是外在于诗的,《诗》文本本身即具有多媒体性。[②]

"阿比朋人与普通人甚至在语言上也有区别。他们通常也使用同一些词,但是通过增添或插入其他字的办法把这些词改变到这种程度,以致看去它们好像是属于另一种语言。此外,有一些词是只属于他们所有的,他们用这些词来代替同义的通用词。"[③]从这个观点来看《周颂》,《周颂》有很多人无法理解的词语是

---

① 《序》:"《殷其雷》,劝以义也。召南之大夫远行从政,不遑宁处,其室家能闵其勤劳,劝以义也。"
② [美]柯马丁:《〈诗经〉作为表演的文本:〈楚茨〉的个案分析》,引自张节末、张妍:《"自我指涉":柯马丁对〈诗经〉的解读》,《浙江学刊》2013年第3期。
③ [法]列维·布留尔:《原始思维》,商务印书馆,1981年。

很正常的,因为它们是特定仪式场合中的特定术语。如"肃雍显相""不显不承""假以溢我""维清缉熙""夙夜基命宥密""振鹭于飞""俾缉熙于纯嘏""胜殷遏刘""学有缉熙于光明""匪且有且,匪今斯今"等等,仔细体味,这些诗句其实都是仪式表演的特殊用语,它们与正常的语言表达显然有所不同。另外,《周颂》中有很多诗篇以感叹性、呼告性的虚词开头,如"於穆""维清""嗟嗟""噫嘻""猗与""於皇""於铄""於皇"等等,其实也是因为它们保留了仪式演剧语言词汇原型原貌的结果。这启示我们:切莫轻易以今人想当然的理解而否定古人对《诗经》的传统注解。实际上,《诗》的"微言"正是《诗》的最大魅力之一。故《汉书·艺文志》曰:"古者诸侯卿大夫交接邻国,以微言相感。当揖让之时,必称诗以谕其志,盖以别贤不肖而观盛衰焉。"班固说得很清楚:当时以诗"别贤不肖而观盛衰",考验的就是人的"微言"艺术。不掌握这种艺术的人,在当时一定会被视为等同文盲的素质低劣的人。

日本田仲一成认为:"中国戏剧并不是产生于城市和宫廷,而是产生于中国乡村这一特定的人文环境。"①中国地大物博,礼乐文化丰富复杂,源远流长,田仲一成关于中国戏剧产生于祭祀的观点虽然正确,但其结论和视野其实很狭隘,不能令人信服。田仲一成脚踏实地地进行考察的态度和精神固然可贵,但他的论文和论著建立在对民间祭祀实地考察的基础上,而忽略、缺失了中国古籍文献方面的证据,这就使得他关于中国戏剧产生时间的结论大大后推,证据也只限于民俗方面的祭祀仪式。中国戏剧并非一开始就是民俗文化,绝非只有中国农村、乡村才有戏剧。田仲一成的研究其实只是研究中国现代农村的戏剧,与他自称的"中国戏剧的起源与产生"相去甚远。

(二)瞽矇讽诵与口传文化

1. 瞽矇讽诵及其文化功用

仪式演剧的唱诵之辞就直接形成了"诗"吗? 答案不会这么简单。因为在当时的条件下,记录是一个大问题。录音和记录,在今日已经不是什么难事,但在周代那时却是个大问题。从仪式表演颂辞到歌诗,中间还应有两个环节:口传和记录。在当时的条件下,仪式表演中的颂辞不可能当时就被记录下来,它理应要经过口传的环节。当时既没有录音设备,又没有较为便捷的记录工具和方式,那么口传就是最好的、必须使用的方式。而口传的最佳人选当然是瞽矇,因为瞽矇记忆力超凡;而经过精选和培训教育的瞽矇,才智亦超凡。故在诗的制作、产

---

① 〔日〕田仲一成:《中国戏剧的起源与产生》,《民族艺术》1997年第3期。

生过程中,瞽矇是重要的一环。《国语·晋语四》:"侏儒扶卢,蒙瞍修声,聋聩司火。"韦昭注:"蒙瞍无目,于音声审,故使修之。"

在《周礼》中,大宰是总理邦国事务的总官,大宗伯是礼乐总官。大宗伯、小宗伯直接统管礼事,乐事由大司乐统管。大司乐统管的执事大抵分为乐官、礼官、史官三类,瞽矇即是乐官之一。

《周礼·春官·大师》:

> 大师掌六律、六同,以合阴阳之声。阳声:黄钟、大蔟、姑洗、蕤宾、夷则、无射;阴声:大吕、应钟、南吕、函钟、小吕、夹钟。皆文之以五声:宫、商、角、征、羽;皆播之以八音:金、石、土、革、丝、木、匏、竹。教六诗:曰风,曰赋,曰比,曰兴,曰雅,曰颂。以六德为之本,以六律为之音。大祭祀,帅瞽登歌,令奏击拊;下管播乐器,令奏鼓𫕘。大飨亦如之。大射,帅瞽而歌射节。大师执同律以听军声而诏吉凶。大丧,帅瞽而廞,作柩谥。凡国之瞽矇正焉。

郑玄注:

> 教,教瞽矇也。风,言贤圣治道之遗化也。赋之言铺,直铺陈今之政教善恶。比,见今之失,不敢斥言,取比类以言之。兴,见今之美,嫌于媚谀,取善事以喻劝之。雅,正也,言今之正者以为后世法。颂之言诵也,容也,诵今之德,广以美之。郑司农云:"古而自有风雅颂之名,故延陵季子观乐于鲁时,孔子尚幼,未定《诗》《书》,而因为之歌《邶》《鄘》《卫》,曰:'是其《卫风》乎?'又为之歌《小雅》《大雅》,又为之歌《颂》。《论语》曰:'吾自卫反鲁,然后乐正,雅颂各得其所。'时礼乐自诸侯出,颇有谬乱不正,孔子正之。曰比曰兴,比者,比方于物也;兴者,托事于物。"所教诗必有知、仁、圣、义、忠、和之道,乃后可教以乐歌。

贾公彦《疏》:

> 凡受教者必以行为本,故使先有六德为本,乃可习六诗也。言"帅瞽登歌"者,谓下神、合乐皆升歌《清庙》。故将作乐时,大师帅取瞽人登堂,于西阶之东北面坐,而歌者与瑟以歌诗也。"令奏击拊"者,拊所以

导引歌者,故先击拊,瞽乃歌也。大师是瞽人之中乐官之长,故瞽矇属焉而受其政教也。

《周礼·春官·小师》:

掌教鼓鼗、枳、敔、埙、箫、管,弦、歌。大祭祀:登歌,击拊;下管,击应鼓;彻,歌。大飨亦如之。大丧,与廞。凡小祭祀、小乐事,鼓棘。掌六乐声音之节与其和。

《周礼·春官·瞽矇》:"瞽矇掌播鼗、枳、敔、埙、箫、管,弦、歌。讽诵诗世奠系,鼓琴瑟。掌九德、六诗之歌以役大师。"
郑玄注:

播,谓发扬其音。讽诵诗,谓闇读之,不依咏也。故书"奠"或为"帝"。郑司农云:"讽诵诗,主诵诗以刺君过,故《国语》曰'瞍赋矇诵',谓诗也。"杜子春云:"帝读为定,其字为奠,书亦或为奠。世奠系,谓帝系,诸侯、卿大夫《世本》之属是也。小史主次序先王之世、昭穆之系,述其德行。瞽矇主诵诗,并诵世系,以戒劝人君也。故《国语》曰:'教之世,而为之昭明德而废幽昏焉,以休惧其动。'"玄谓"讽诵诗",主谓廞作柩谥时也,讽诵王治功之诗以为谥。世之而定其系,谓书于《世本》也。虽不歌,犹鼓琴瑟以播其音,美之。役,为之使。

贾公彦《疏》:

讽诵诗,谓于王丧将葬之时,则使此瞽矇讽诵王治功之诗,观其行以作谥,葬后当呼之。云"世奠系"者,奠,定也。谓辨其昭穆,以世之序而定其系。系,即帝系,《世本》是也。鼓琴瑟者,诗与《世本》二者虽不歌咏,犹鼓琴瑟而合之,以美之也。"帝系"据王,即《经系》也;诸侯、卿大夫谓之"世本",即《经世》也。《楚语》云:"庄王使士亹傅大子箴,辞,王卒使傅之。问于申叔时,申叔时曰:'教之春秋,而为之耸善而抑恶焉,以戒劝之。教之世,而为之昭明德而废幽昏焉,以休惧其动。'"注云:"先王之系《世本》,使知有德者长,无德者短。"

清阮元《清经解·礼说》：

> 瞽矇讽诵诗者，郑司农云诵诗以刺君过，杜子春云瞽矇主诵诗，并诵世系以戒劝人君也。孙诒让云："《大师》云'大丧，帅瞽而廞作匶谥'，注云'廞，兴也。兴言王之行，谓讽诵其治功之诗'是也。后郑据彼以破郑司农、杜子春诵诗以戒劝之说。王引之云：'瞽矇讽诵诗，所以箴王之阙，司农说是也，非为作谥而设，故但曰讽诵诗，而无大丧之文。若以为"廞作匶谥"，则是瞽之诵诗专用之于大丧，而平时规过之职反阙焉不讲矣，无是理也。'王说是也。《国语》'瞽诵教世'及《贾子·保傅》之'瞽史诵诗'，为刺过纳教之事，皆与'廞作枢谥'时无涉，后郑合为一事，误矣。"

《周礼》中所记"大师"之职主要是乐歌之事，这可能是由"春官"的总属性决定的。大师的主要职能可概括为三个字：乐、诗、歌。在诗方面，大师教瞽矇"六诗"，且是"以六德为之本，以六律为之音"来"教六诗"；在歌方面，大师指挥瞽矇从事演唱和演奏。瞽矇的文学才能是大师教出来的，而瞽矇的演奏、演唱才能是小师教出来的。

《周颂·有瞽》："有瞽有瞽，在周之庭。设业设虡，崇牙树羽。应田县鼓，鞉磬柷圉。既备乃奏，箫管备举。喤喤厥声，肃雝和鸣。"《毛传》："瞽，乐官也。"《郑笺》："瞽矇以为乐官者，目无所见，于音声审也。"《有瞽》诗中对瞽奏乐的描写正与《周礼》的记载相互印证。又《大雅·灵台》："鼍鼓逢逢，矇瞍奏公。"《郑笺》："凡声，使瞽矇为之。"

瞽矇凭记忆讽诵诗，其讽诵的方式、技巧，即是大师所教瞽矇的六种方法：风、赋、比、兴、雅、颂。瞽矇从大师那里所学的讽诵技巧里就有"颂"，那么《周颂》的产生就必与瞽矇有关。又，风、赋、比、兴、雅、颂，《诗经》最重要的六个元素，最初都是瞽矇的讽诵技艺，那么作为《诗经》礼乐体系之纲领的五部分"正诗"，即《周颂》、正《大雅》、正《小雅》《二南》，也应该皆与瞽矇的讽诵有关。

但是，有一个明显的事实：《诗经》中的风、雅、颂肯定不是同一时间产生、创作的诗篇，那么度其情理，作为讽诵方式的"六诗"也不应该是同一时间就具有的技艺。如果"六诗"技艺是同时教的，瞽矇同时讽诵的，那么《诗经》的所有诗篇岂不是作于同一时间？这显然是不可能存在的情况。度其情理，"六诗"的实际顺序应该是：颂、雅、风、赋、比、兴。《周礼》以"风、赋、比、兴、雅、颂"为顺序，这正如同古今《诗》的顺序都是风、雅、颂,但《诗》的实际创作顺序却是颂、雅、风一样。"六经"均成书于春秋战国时期,笔者推测,是春秋战国时经师圣人以此顺序来弘扬春秋战国的时代文化,扬"今"以抑"古"。因为春秋战国的时代文化(风)毕竟在艺术水平上要先进于之前的西周"古"文化(雅颂)。在书的一开始就展示时代文化的精华(风),这也更有利于经典、经文的流传。所以可能是《周礼》作者将"六诗"合并而言之的,或许并非大师一开始就教瞽矇此六种技艺,而是周代不同时期的大师分别教瞽矇不同的讽诵技艺,从而陆续产生了"正诗"中的"颂""雅""南"。比如西周初期的大师只教瞽矇"颂",从而产生了《周颂》。

从中国诗歌发生的角度看,瞽矇"讽诵诗",应该不是讽诵已成形的诗。讽诵诗与讽诵世奠系(帝王世系)同时并行,这应该是"诗"正在创作中的情形。如果是讽诵已定型、成形的诗,那么《诗》的世系已经了然,正如《诗序》所阐释的那样,就不必讽诵"世奠系"了。瞽矇"讽诵诗、世奠系",可能就是要按照"世奠系"为谱系来讽诵"诗",这样瞽矇所讽诵的诗就有了体系和顺序,不致于杂乱无章,漫无目的。明柯尚迁《周礼全经释原》:"'诗世奠系'者何也?讽诵其诗,必及其世,乃定为乐章而编系之也。孟子曰:'诵其诗,读其书,不知其人,可乎?是以论其世也。'则诗必系之世,乃可知其为人之实。而讽咏其词,涵泳其德,想象其人,然后以乐而播其声词,故可以感神、和上下也。苟不系之世以实其人,则《大韶》何以知其为舜?《大武》何以知其为武王哉?此诗所以必有序次时世而后别以六体也。"清孔广森《大戴礼记补注》:"'讽诵诗世'者,诵其诗,论其世也。"明郝敬《周礼完解》:"讽诵,犹咏歌。《国语》云:'瞍赋蒙诵。'郑云:'闇读不依咏曰讽,以声节之曰诵。'世,上世。奠,定也。系,帝王相传之统系。讽诵古人诗,因述古世系,以指作诗之由,明兴亡之故。"清刘沅《周官恒解》:"用乐时,瞽矇但主玄歌而已。以其知音,故兼肆诸器而审其音。世奠系,历代帝王善败之事,先王定为册以贻后,如今世系。"

宋王与之《周礼订义》引郑锷曰:"先儒之说以'奠'为'帝',谓'世帝系'者乃古书之纪述帝王之本系。又《国语》曰:'教之《春秋》,而为之耸善而抑恶,以戒劝之;教之《世》,而为之昭明德而废幽昏焉,以怵惧其心。'以《春秋》对《世》言,则知《世》如《世本》之类。使之讽诵乎诗与世,又定其所传之系以讽诵,使人君知古之传世者有德,则子孙绵远而世系不衰;无德,则子孙之传不远,所言者不定,则其闻也不信。故必奠而后讽诵之。黄氏曰:'讽诵其诗,以其世定系次,其盛衰为可知。今诗之有系次,瞽矇传之也。'"清刘青芝《周礼质疑》:"奠,定也,已定之世系。讽诵诗,因知已定世之盛衰。用是播诸乐章而奏于祭享之时,使人君知前世有德则盛,而子孙世系绵长;无德则衰,而子孙世系微弱,《国语》所谓'昭明德而废幽昏,以怵惧其心'者。"

周代瞽矇在说唱艺术活动中创立了韵散相间的通俗文艺形式,这在《逸周书》之《周祝》《太子晋解篇》等典籍中已有所反映。《周祝》全篇用韵,是教训说理的说唱体,其中七言句式已被广泛采用,并出现变体"三、三、七"字句式的组合,具有回环往复的节奏韵律感。如:"角之美,杀其牛,荣华之言后有茅。天为盖,地为轸,善用道者终无尽。地为轸,天为盖,善用道者终无害。"《太子晋解》记晋国瞽矇乐官师旷见周太子晋的故事,行文散韵相间,可以想见早期说唱在宫廷中流行的情况。① 秀权按:《逸周书》的文体形式是典型的战国文体、文风,它与清华简的文体、文风相吻合,所以《逸周书》的说唱文体不能代表先秦早期的说唱艺术形式。但先秦说唱艺术显然非始于战国,它还是能透露出一些西周早期瞽矇说唱的形式特征,即:瞽矇的说唱(其实即《周礼》所言"讽诵")其实不纯粹是"诗",而是一种韵散相间的说唱体。瞽矇的说唱、讽诵是"诗"发生过程中的重要一环。《周礼》记载瞽矇"讽诵诗世奠系",古注或以为于周王丧葬之时讽诵王治功之诗以作谥,或以为诵诗与世系以戒劝人君。当时没有文学研究意识,因而并不关心、关注"诗"的产生及其文化缘起之事,故对瞽矇对于"诗"产生的作用也并不关心。瞽矇"讽诵诗世奠系",应该有更为丰富的文化内涵。

《周礼》郑玄注:"凡乐之歌,必使瞽矇为焉。命其贤知者以为大师、小师。"教瞽矇的大师、小师是否也全是瞽矇,令人疑惑,尚待考证。但大师、小师以及与礼乐有关的瞽矇都是"贤知者",这是没有疑问的,他们对中国早期文化起到了至关重要的作用。刘师培说:"古人以简策传事者少,以口舌传事者多;以目治事者少,以口耳治事者多。故同为一字,转相告语,必有愆误。是必穷其词,协其音,以文其言,使人易于记诵,无人增改,且无方言俗语杂于其间,始能达意,始能行远。"②"瞽矇主要靠唱诵来劝导。'诵'的本义指吟咏,即带有一定习惯性调子的诵读,有抑扬的语调和节奏感。瞽史一体的文化模式增强了中国古代诗歌与历史的内在联系。"③

2. 瞽矇讽谏与先秦说唱艺术

对于《周礼》所言"瞽矇讽诵诗",古人皆主讽谏说,以"戒劝人君"阐释之。通过讽诵以讽谏君王,这应该是当时"瞽矇讽诵"的重要职能。瞽矇讽诵的这一性

---

① 鲍震培:《瞽矇与"成相"》,《文学与文化》2012 年第 4 期。
② 刘师培:《论文杂记》,上海科学技术文献出版社,2014 年。
③ 戴永新:《先秦史著文学化的文化内因》,《江苏师范大学学报》2015 年第 2 期。

质决定了《诗经》，特别是《诗经》中的"正诗"，必定与天子有关，必定与家国兴亡有关，必定与礼教、政治有关。比如《诗经》中的《周南》《召南》，今人一律以民风民歌视之，殊不知仅从瞽矇讽诵的职能和宗旨看，《周南》《召南》就不可能是民风民歌，它必定与天子、后妃有关，它注定就是针对天子及上层贵族的教化歌诗，故曰："《周南》《召南》，正始之道，王化之基。"（《诗大序》）《诗》，从其创作根源上来看，它的本质就是为上层社会服务的。鲁迅《汉文学史纲要》曰："《诗》三百篇，……虽诗歌，亦教训也。"可谓真知灼见。

在以诗讽谏君王这一含义和功用上，瞽矇讽诵的形式有可能类似荀子《成相》，是一种说唱艺术。在周代当时没有明确、清晰的文体意识的情况下，这种说唱艺术有可能被战国时期的《周礼》作者认为是"诗"，故曰"讽诵诗世奠系"。

"成相体是瞽史文化语境下的一种话语方式，是瞽史在礼乐活动中借乐歌以歌颂先祖、表达讽谏、教育国子的言语形式，是口传文化时期的声教话语方式。"[①]《荀子·成相篇》托瞽矇以讽谏，亦很能说明瞽矇的才华和作用："请成相，世之殃，愚暗愚暗堕贤良。人主无贤，如瞽无相何伥伥。"清王先谦《荀子集解》引清人卢文弨注："《礼记》'治乱以相'，'相'乃乐器，所谓舂牍。又古者瞽必有相。篇首即称'如瞽无相何伥伥'，义已明矣。首句'请成相'，言请奏此曲也。大约托于矇瞽讽诵之词，亦古诗之流也。《逸周书·周祝解》亦此体。"王先谦《荀子集解》引清人郝懿行曰："《荀子》指归意趣尽在《成相》一篇，而托之瞽矇之词以避患也。"瞽在讽诵时，可能还伴随着器物打拍子，使其讽诵富有节奏和音乐感，于是就有了"成相"这样的术语。

《礼记·乐记》子夏曰："今夫古乐，进旅退旅，和正以广，弦匏笙簧，会守拊鼓。始奏以文，复乱以武。治乱以相，讯疾以雅。""治乱以相，讯疾以雅"，"相""雅"都是与音乐、说唱艺术有关的节拍乐器，"雅"是控制快慢节奏的（"讯疾"），"相"则与掌握控制"治乱"有关。《荀子·成相篇》的主题就是"治乱"，正印证了《礼记》关于"相"的记载。这样一首与"治乱"密切相关的说唱诗歌，以"成相"为题，那么"成相"不会仅是"敲击节拍"的意思，题目"成相"也一定与诗歌的主题"治乱"有关。

湖北云梦秦墓出土竹简有《为吏之道·成相篇》："凡戾人，表以身，民将望表以戾真。表若不正，民心将移乃难亲。将发令，索其政，毋发可异使烦请。令数纠环，百姓摇贰乃难亲请。审民能，以任吏，非以官禄使助治。任非其人，及官之昏岂可悔？"这证明"成相辞"这种艺术形式在当时确实存在并流传。"成相"是中

---

① 路怀国：《从瞽史文化看荀子〈成相篇〉》，《宜宾学院学报》2007 年第 10 期。

国说唱文学的始祖,以三言、四言、七言为主要形式,应当是为演唱而作。"成相"与周代礼乐制度中的瞽史吟唱传统相关。朱熹《楚辞辩证》:"荀卿《成相》之篇本拟工诵箴谏之词,其言奸臣蔽主擅权,驯致移国之祸,千古一辙。"击"相"而歌的人是被称为"瞽"的盲人歌者。两篇"成相辞"与周代宫廷的瞽史讽诵有明显的相通之处。同时也可证明《国语·周语》有关记载的真实性:"故天子听政,使公卿至于列士献诗,瞽献曲,史献书,师箴,瞍赋,曚诵,百工谏,庶人传语,近臣尽规,亲戚补察,瞽史教诲,耆艾修之,而后王斟酌焉,是以事行而不悖。"[①]

《周礼·春官》:"瞽曚,上瞽四十人,中瞽百人,下瞽百有六十人。"瞽曚在周代上层社会有如此大的群体,这一定与某种文化现象的兴盛有关,这一文化现象即是周代的说唱艺术。周代语言艺术的进步和飞跃,周代诗歌的兴盛和急速发展,都与瞽曚文化密切相关。清章学诚《文史通义》:"后世竹帛之功胜于口耳,而古人声音之传胜于文字,则古今时异,而理势亦殊也。"

"成相"体歌辞使我们看到了先秦诗歌在"诗经体""楚辞体"之外的另一种形式。其实这种语言表达并非是《诗经》之外的形式,它仍然隐约地留存于《诗经》中。如:"螽斯羽,诜诜兮,宜尔子孙振振兮。"(《周南·螽斯》)是"三三七"言句式。"摽有梅,其实七兮。求我庶士,迨其吉兮。"(《召南·摽有梅》)"墙有茨,不可扫也。中冓之言,不可道也。"(《鄘风·墙有茨》)这两个例子,我们可以把它还原为《诗经》加工整理前的"三三七"言形式:"摽有梅,其实七,求我庶士迨其吉。""墙有茨,不可扫,中冓之言不可道。"《周颂》中也有这样的痕迹例子:"於穆清庙,肃雝显相。济济多士,秉文之德。"可还原为:"穆清庙,肃雝相,济济多士秉文德。""振鹭于飞,于彼西雍。我客戾止,亦有斯容。"可还原为:"振鹭飞,于西雍,我客戾止有斯容。"可见当时的说唱体对《诗经》形式的影响和决定作用。

中国历史博物馆藏"击鼓说唱俑",盲乐人席地而坐,耸肩翘腿,左臂环抱皮鼓,右手高扬鼓锤,夸张而又真实地展现了古代瞽曚的说唱表演情形。(图:中国历史博物馆藏"击鼓说唱俑")

从《老子》《文子·符言》《周祝》到《荀子·成相》《为吏之道》,再到汉代的《成相杂辞》、淮南王的《成相》,都是以格言谚语集锦为形式,以道德教化、

---

① 陈良武:《出土文献与〈荀子·成相篇〉》,《长安大学学报》2008 年第 3 期。

行为规劝为内容,用赋诵的方式传播。这种通俗韵语是可以付诸演出的。①

"从书场走向舞台,从即兴说唱到即兴演剧,是戏曲口头剧本生成的主要路径。考察我国剧种发展史,幕表制戏剧的前身往往为说唱伎艺。伶人沿袭说书人的编创手法,以梗概式文本为依据,营造剧目,演述剧情。戏词的创作方法亦与说唱同出一辙,运用诗词赋赞这一程式化工具,进行灵活套用、转化,在表演中即兴编词。伶人改编小说的技法亦源自说唱,遵循可演性原则,凸显主要情节和人物,保留并突出小说中的重要科白与诗词韵语。"②从祭祀仪式到祭祀演剧,从祭祀演剧到歌诗,中间可能都有瞽矇讽诵的环节。从言辞到歌诗的发展演变,可能正是瞽矇的讽诵在起着传承、传递的作用。《周礼·春官·大司乐》郑玄注:"倍文曰讽,以声节之曰诵。"既然"倍文曰讽",那么首先得有"文"可"倍"(背),才可以讽诵。如此,瞽矇在先秦的作用就不只是讽谏君王和丧葬作谥,瞽矇讽诵在先秦一定有广泛的应用场合,发挥着巨大的文化传播和传递作用。说唱是文学、艺术的源头,也是戏剧的源头,故中国诗的产生必与说唱艺术有关。

说唱艺术在其他国家和民族的作用和地位也是如此。巴胜超认为,当作为文字书写的叙事长诗《阿诗玛》占据学术研究的核心位置时,不能忽略一个不争的事实,作为口语说唱的叙事长歌《阿诗玛》才是《阿诗玛》传承的起点。根据汉语的经验,最早的诗就是歌,歌诗一体,舞乐相伴,歌才是诗的原型。因此若要研讨"诗"的本体,就得回到"歌"的事像,也就是回到口传,回到演唱,回到人类诗意表达的原初综合。《阿诗玛》的本体就是"叙事长歌",是一部可以听到的诗歌。口语文化中《阿诗玛》的传唱与传承具有很多不稳定性,特别是传唱的内容会根据具体的语境进行调整和加工。③我国三大少数民族史诗《格萨尔王传》《玛纳斯》《江格尔》都是由说唱艺人搜集汇总加工并依赖说唱表演得以流传下来的。作为我国民族艺术的瑰宝,说唱艺术对中国戏曲的起源和形成起到了重要作用。两汉乐府诗歌的"相和歌辞"中的叙事诗如《白头吟》《陌上桑》等,是配合管弦来歌唱故事的。南北朝时期有以一只曲子反复演唱多遍来叙述一个完整的故事的音乐形式,称为"大曲"。④

3. 瞽矇讽诵与先秦口传文化

刘师培说:"古之解说悉是口传,自汉以来乃为章句。三《传》之义本皆口传,

①　伏俊琏:《〈汉书·艺文志〉"成相杂辞""隐书"说》,《西北师大学报》2002年第5期。
②　郑劭荣:《从书场走向舞台:民间说唱与戏曲口头剧本的形成》,《天府新论》2013年第2期。
③　巴胜超:《口语文化中〈阿诗玛〉的传承与传播》,《民族文学研究》2011年第6期。
④　王琼:《中国戏曲艺术的几种来源》,《戏曲》2011年第2期。

后之学者乃著竹帛而以祖师之目题之。"①"人们习惯上认可有文字记载的历史,而'讲史'常被忽略。其实在文字产生之前,人类对往事的记忆、对经验的记载,主要是依靠口头讲述。因此在中国文学艺术发展史上,'讲史'体裁一直源远流长、延绵不绝,流传至今。"②

"盲人由于脱离了生产劳动,可以用较多的时间学习、研究和练习演唱。同时由于目盲,他们可以专心致志地掌握语言的韵律和节奏的规律,并应用于诗歌演唱。"③盲人看不见,不识字,更无法书写,自然不能用文字记事(那时肯定没有盲文)。但记事又何必非用文字不可?在没有文字之前,人类就早已使用口头语言记忆和流传历史了,文字流通之后,人类才开始使用文字这种更便于保存的媒介记录历史。但是一方面由于早期文字书写的困难和书面语言的笨拙,另一方面由于用口头语言叙事更容易做到绘声绘色、生动感人,因此在文字产生后的一段时期内,人们仍保留了口述历史的传统。由于盲人对声音的高度敏感并有非凡的记忆力,因此王廷中吟诵历史的职责多由此辈担当,所谓"瞽史"是也。④ 杨宽对"瞽史"的定义是:"春秋时代有一种瞎眼的贵族知识分于,博闻强记,熟悉历史故事,又能奏乐,善于传诵历史或歌唱史诗,称为瞽史,也称瞽矇。他们世代相传,反复传诵,不断加工,积累了丰富的史实内容,发展成生动的文学作品。"⑤

盲人由于专心从事记诵和歌唱,所以对于那些流传于氏族部落的神话、歌谣、传说,以及礼仪活动的追忆等,都格外关注和留心。这些原材料或"半成品"经过他们的初步整理加工,再配上天才的歌唱,广为流传。宏大的仪式乐章,奇妙的舞姿,倘若没有一批专门歌唱家的唱诵,是断难出现的。在当时的历史条件下,最有资格充当这批专职人员的,首先应是瞽乐人,因为他们积习有素,通晓音律和演唱。《吕氏春秋·古乐》:"帝喾命咸黑作为声歌:《九招》《六列》《六英》。""咸黑"之名显然与目盲有关。《逸周书》里的《太子晋》和《周祝》两篇,行文散韵相间,填补了我国说唱体的缺环,使读者可以想象最早的说唱在宫廷中流行的情况。中国古代的瞽矇不是像荷马那样把史诗短歌汇编加工成鸿篇巨制,而是把具有史诗苗头或趋向的文辞压缩、改制成祭祀歌舞之乐。当古希腊行吟诗人荷马在创制长篇巨构的民族史诗时,中国的盲目诗人却过早地被宫廷化、政治化

① 陆淳:《春秋啖赵集传纂例》,中华书局,1985 年。
② 高婧怡:《"讲史"体裁的历史溯源与发展新态》,《华中人文论丛》2012 年第 1 期。
③ 徐北文:《先秦文学史》,齐鲁书社,1981 年。
④ 刘宗迪:《古史、故事、瞽史》,《读书》2013 年第 1 期。
⑤ 杨宽:《战国史》,上海人民出版社,1998 年。

了,被超前地异化为王公贵族享祭祖先以及教诲的工具,其诗歌作品就不能不适应祭祀礼乐的简短形式。[①]

中国先秦时期的历史主要是由乐师来完成的。[②] 语体与瞽史讲诵有密切关系,以道德教化为目的,通过对前代先王历史的追述,传承治国思想。为了建构情节,瞽史们会根据情理和自己的生活经验进行合理想象,增添不少虚构的内容,以吸引听众,达到讲诵的效果。《国语》记述历史并不像《左传》那样按照历史年代把重大事件依次列出,而是选取有代表性的典型事件。如《周语》中记载穆王,聚焦于祭公谋父劝谏穆王征伐犬戎之事,其他事迹概不提及。厉王朝则记载了厉王虐,国人谤王,厉王说荣夷公两则事件,展现了厉王昏暴、不听劝谏。幽王朝仅选取三川皆地震这一自然灾害事件,预言国亡。史传文学并非纯粹的历史再现,是将历史事件以叙事性的话语重新表达出来,“时人出言,史官入记。虽有讨论润色,终不失其梗概者也。”(唐刘知几《史通》)口头讲诵是早期礼仪活动的重要内容,有一些文体就是在这种口头宣讲的活动中产生的。《说文》“言”部所载表示文体的词语,比如语、诗、谶、讽、诵、训、谟、论、议、谏、说、誓、记、讴、谚等,本义都与口头形式有关。这些词语既指口头行为,也指文体名称,表示此类文体源于口头行为。[③]

瞽史通过讲诵的方式叙述历史,常用重复叙事的手法来记忆历史事件和嘉言善语。《国语》保留了口头讲诵的痕迹,是瞽史讲诵的记录本。重复是远古时期口头文学的常用手法,大量运用在史诗中。《荷马史诗》通过口头吟诵来创作和传播,其中的重复套语屡见不鲜。程式化的重复叙事是瞽史口头讲诵使用的技巧,它使得故事能够在无书面文字指引的情况下代代传承,保证故事大纲不发生变异。佛经是对佛陀讲经说法的记录,所以口传的痕迹明显,有大量的重复,如句式、段落的重复,套语形式的重复等。《诗经》中出现大量的主题套语,同样证明了《诗经》是口头吟诵的诗歌。瞽史讲述中只存历史之梗概,细节上可以随意发挥。故《国语》《左传》中有大量细节和心理描写,就是瞽史生动讲诵的产物。“‘语’这种文体源于口头。中国古代文体的生成大都基于与特定场合相关的‘言说’这种行为方式。”[④]《国语》中提到“瞽史之纪”“瞽史记”,可能就是口头讲诵的记录本。司马迁也说:“左丘失明,厥有《国语》。”“语”是治国的嘉言善语,包括史

---

① 李军:《论瞽乐人及其诗歌》,《吉林大学学报》1988 年第 6 期。
② 阎步克:《乐师与史官》,生活·读书·新知三联书店,2001 年。
③ 魏玮:《口头叙事与先秦语体、说体的形成》,《中州学刊》2018 年第 2 期。
④ 郭英德:《中国古代文体学论稿》,北京大学出版社,2005 年。

官记载的重大事件和人物言论,也包括对瞽矇口述的整理。

4. 瞽矇讽诵是"诗"产生的重要因素

《周礼》既然记"瞽矇讽诵诗",那么瞽矇的讽诵应该是中国早期诗产生过程中的一个重要环节。《周颂》的最终"作者"应该不是盲人,但瞽矇的口头讽诵对于《周颂》的产生起着至关重要的作用。"讽诵诗世奠系"连言,瞽矇所讽诵之"诗"亦可能与"世奠系"一样,是具有史料性质的韵文。"讽诵"之"诵"与《周颂》之"颂"虽然有一定关联,但两者仍有一定距离:《周颂》之"颂"是歌诗,"讽诵"之"诵"是言辞。瞽矇之所"讽诵"者,可能很像荀子《成相》的赋诵。

任半塘《唐声诗》认为:"惟'诵'之声无定调,为朗读,为时言;歌之声有定调,为音曲,为永言。诵欲有所讽谏,故吐辞必近语言,以便当面晓悟;歌之用在感发,故衍声必符乐曲,以利远飏而激众。"[1]所以我们认为,在《周颂》产生之前,瞽矇之所讽诵者不是最终的"诗"。但《周颂》产生过程中应该有一个瞽矇讽诵的环节,否则《周颂》那些言辞的记录便缺少一个情理之中应有的证据链。因为仪式演剧的唱诵之辞,在仪式进行之时很难被记录下来。瞽矇讽诵内容的来源之一即是仪式演剧,因为瞽矇记忆力超群的缘故。从仪式演剧之辞到瞽矇讽诵之辞,这一过程是语言艺术的又一次提升,故《周礼》直言"讽诵诗"。

"南音"的说唱艺术,演唱者都是盲人,故称"瞽师"或"盲公",说唱时用古筝伴奏,并用传统的"拍版"作节拍,他们大都能说唱一百则以上的曲词。当被问起如何能记忆如此多的词句,有一位有名的瞽师杜焕说:"我并非背诵这些作品,它们中大部分十分相似,大都由相似的片段所组成,我只需要记得这些片段而在适当的时候运用出来。我的演唱就像煮菜一样。一个厨子只有有限的材料与调味品,但可以用不同的方法及次序调烹,煮出很多不同的菜色。"[2]

瞽矇的地位和重要作用是由上古时期以口耳相传为主要记录和记载方式决定的。《韩非子》记载,师旷是春秋时期著名的盲人乐师,他生而无目,博学多才,尤精音乐,善弹琴,辨音力极强,以"师旷之聪"闻名后世。古希腊诗人荷马也是盲人。"瞽者的听力和记忆力比普通人都要强些,最适宜作音乐和演述故事的工作。古代还没有文字的时候,或已有文字而书写条件十分困难,那时要想保存历史事件的具体情节,惟有利用瞽者这一特长,这样瞽和史就自然地结合起来了。"[3]

---

① 任半塘:《唐声诗》,上海古籍出版社,2006 年。
② 容世诚:《戏曲人类学初探》,广西师范大学出版社,2003 年。
③ 王树民:《瞽史》,《文史》1983 年第 21 辑。

《国语·周语下》："古之神瞽考中声而量之以制，度律均钟。"韦昭注："神瞽，古乐正，知天道者也，死以为乐祖，祭于瞽宗，谓之神瞽。"瞽矇因为记忆力超群，在远古时期还被崇奉为预言家，故有"神瞽"之称。

盲人因为有预言的能力，实际在某种程度上掌握了众人的命运并赢得社会的敬畏和尊重。如《圣经》中的预言家很多都被特别说明是盲人，而希腊神话中的盲人预言家也不少。传说中古希腊最著名的卜师忒瑞西阿斯便是一位老盲人，他在西方的神话、戏剧和诗歌中频频出现。荷马史诗里，希腊人要采取重大行动之前，总要请出一位或若干位老人（以盲人为多）来出谋划策、预测前程，其中就有这位忒瑞西阿斯。失明是获得比普通人更多的精神自由的条件，套用有宗教色彩的西方文化的传统说法，失明是获得与神沟通的必要前提条件。《荷马史诗》中的盲歌手德摩道科斯被称为"通神的歌手"，"缪斯女神黑瞎了他的眼睛，却给了他甜美的诗段"。盲人与乐人、歌手的关系在世界各民族都是一样的，不少古老神话与宗教典故都向人们表达了"盲人才具备当乐师或诗人的条件"。英国诗人弥尔顿本人的遭际更是一个现成的名例，激烈紧张的政治斗争使他逐渐失去了光明，成为盲人的他转而集中精力从事诗歌创作，从而为世界文学奉献了不朽的篇章《失乐园》等。与此相似的还有现代派作家乔伊斯，他晚年也遭失明厄运，却也留下传世之作《芬尼根守灵夜》，它与《失乐园》一起成为"两部伟大的失明音乐家的作品"。①

维谢洛夫斯基认为，在人类原始文化初期，存在着各种不同艺术混为一体的现象，即"混合艺术"，而诗歌及其样式则是随着社会文化的历史发展逐步从混合艺术中演化出来的。随着礼仪和祭祀活动的出现，即兴的歌曲变成了某种比较稳定、完整、更富有意义的东西。抒情诗最简朴的形式是即兴的两句诗或四句诗。②

《周颂》是中国最早的歌诗，如果认为瞽矇讽诵是诗得以产生的重要环节，那么它应该会在《周颂》中留下痕迹。如《周颂》的第一乐章的主题是"万象更新"，其第一幕主题"秉文之德"：

> 於穆清庙，肃雝显相。济济多士，秉文之德，对越在天。骏奔走在庙。不显不承，无射于人斯。（《清庙》）

---

① 倪正芳：《尘世的盲视与心灵的洞见》，《延安大学学报》2004 年第 1 期。
② 刘宁：《维谢洛夫斯基的历史诗学研究》，《世界文学》1997 年第 6 期。

第二幕"文王之德之纯"：

> 维天之命，於穆不已。於乎不显，文王之德之纯。假以溢我，我其收之。骏惠我文王，曾孙笃之。（《维天之命》）

第三幕"文王之典"：

> 维清缉熙，文王之典。肇禋，迄用有成，维周之祯。（《维清》）

第四幕"成王即政"：

> 烈文辟公，锡兹祉福，惠我无疆，子孙保之。无封靡于尔邦，维王其崇之。念兹戎功，继序其皇之。无竞维人，四方其训之。不显维德，百辟其刑之。於乎！前王不忘。（《烈文》）

"讽诵"其实就是说唱艺术。如果我们以说唱艺术的视角观察《周颂》的第一乐章，那么第一幕就很可能是"说"辞的产物，而第二、三、四幕均是"唱"辞的产物。而在说唱艺术中，"说"其实是"唱"的引子或开端。所以在《周颂》的第一乐章中，首篇《清庙》就相当于这场礼乐歌舞表演的一个引子或序幕，以引出礼乐表演的主题。所以《清庙》有人物，有场景，有活动，甚至有表情。这个引子或序幕应该是说出来的。而后三幕均是唱辞，又证明了说唱艺术是以唱为主的。据学者研究，甘肃河西走廊一带的宝卷，其说唱结构一般是散说在前，说唱结合，散韵相间，以唱为主。[①]

中国汉民族没有远古时期的长篇史诗，可能原因即在于：很多民族早期时代"史""诗"不分，其"诗"即是其"史"；而汉民族的"史"和"诗"在先秦就分开了，诗是诗，史是史。这是由汉民族文化的早熟决定的。与史分离后的汉族早期的诗，更具有文学艺术的特质，也更利于它的长足进步与发展。那么我们研究《诗经》，也就必须从文学的、艺术的、文化的角度研究；若以史视之，即使不是南辕北辙、本末倒置，也必如隔靴搔痒，不得其要。

---

① 李贵生：《河西宝卷说唱结构嬗变的历史层次及其特征》，《社会科学战线》2015 年第 11 期。

《诗大序》："故诗有六义焉：一曰风，二曰赋，三曰比，四曰兴，五曰雅，六曰颂。"中国的"诗"在一开始就是用特殊方法、技巧"制作"出来的一种特殊的文化产品。"诗"是用这六种方法制作出来的，那么它当然就有这"六义"了。不过"六诗"本质上是动词，指六种语言表达方式或讽诵方式，而"六义"本质上是名词。在"六诗""六义"的这六者之中，只有"颂"较为远古。"六诗""六义"都是周代产生的作诗和诗义用语，它们的产生是周代语言表达艺术的发展、进步、飞跃和礼乐文化发展进步的产物。

中国最早的"诗"既然是用特殊方法、技巧"制作"出来的一种特殊的文化产品，那么中国早期的诗，肯定与普通民众无关。因为最早掌握这六种作诗技巧的人，是当时的顶尖文化精英：太师。太师所教的瞽矇，也不是普通的民间瞽矇。《诗经》，无论从创作层面上说，还是从编辑层面上说，都与普通民众无关。

5. 《周颂》符合先秦"语"体文的特征

钱锺书《管锥编》论《左传》《国语》曰："史家追叙真人真事，每须遥体人情，悬想事势，设身局中，潜心腔内，衬之度之，以揣以摩，庶几入情合理。盖与小说、院本之臆造人物、虚构境地，不尽同而可相通，记言特其一端。……《左传》记言而实乃拟言、代言，谓是后世小说、院本中对话、宾白之椎轮草创，未遽过也。"当时行拟言、代言之事的人是这些史事的传述者瞽矇。《左传》《国语》的作者历来认为是左丘明，而左丘明很可能即是盲人，即司马迁所言"左丘失明，厥有《国语》"。当时没有著作权意识，故真正做记录工作的"史"成了"幕后英雄"，传述者是理所当然的作者。

学者们在研究先秦"语"体时，全体一致地只关注《国语》《左传》等历史类文献，而忽略了《诗》类文献。甚至有人认为，"在先秦文献中，除《诗经》外都存在值得推敲的未必真实的问题"。[①] 这种观点的误区在于：史书类的典籍《左传》《国语》等均有未必真实的内容，而抒情性的诗歌类典籍《诗经》是"真金美玉、字字可信者"（梁启超《要籍解题及其读法》），这是不明中国早期诗歌创作的真实情形造成的。中国诗歌的萌芽是《周颂》，可信度最大的也是《周颂》，可是即使是《周颂》，也并不是"字字可信"，因为中国诗歌一开始就是抒情的，更因为《周颂》是经历多重环节而记录下来的，其中一个环节就是瞽矇的讽诵。瞽矇在无法视见的情况下，其所讽诵怎么能是"字字可信"呢？ 不过用"真金美玉"形容《周颂》倒不为过。

---

① 张居三：《〈国语〉的史料来源》，《哈尔滨学院学报》2006 年第 12 期。

任何历史都不可被百分之百地真实记录，除非任何历史都是用录像视频的方式记录，而不是用文字记录。既然文字不可能百分之百地真实记录历史，那么只有取其"神似"，即本质、实质的真实，而不是取其"形似"，即细节的真实。用文字记载的任何历史都是"神似"，那么"诗"就毫无疑问更是"神似"了。

《诗经》并非"字字可信"，并不意味着它是虚假的，而是它的发挥、演绎成分其实比史书更多。或者更准确、具体地说：在《诗经》颂、雅、风的陆续创作过程中，演绎、发挥是它的最重要、最主要、最基本、处于第一位的创作特征和手法。故《诗经》尽管有浓厚的政治因素、礼教因素，但它毫无疑问是真正的文学和艺术。

总结学界对先秦"语"体文的研究结论，主要可归纳为：（1）以记言为主，记言与记事相结合。（2）"言"与"事"的大框架、大轮廓是真实的，而有些描写、描绘、形容之辞是演绎的产物，或含有口传、讽诵者的演绎成分。（3）思想上以教化为核心，内容上皆嘉言善语。（4）只记最为典型、典范的"言"和"事"。

《周颂》的创作完全符合学界所论的先秦"语"体的创作特点。以下试分别举例论证之。

（1）以记言为主，记言与记事相结合。

元郝经《续后汉书》："记，凡志之典籍者皆是也。故《易》，记理之书也；《书》，记辞之书也；《诗》，记声之书也；《春秋》，记事之书也。四经，万世之大记也，而不以'记'为名。""声"其实是不可记的，所以认为《诗经》是"记声"之书，就是认为《诗经》是记言之书，这是懂《诗》者之论。《诗经》四部分"正诗"：《周颂》、正《大雅》、正《小雅》《二南》，都是以记言为主。即使是"变诗"，亦有很多是记言的。如《相鼠》："相鼠有皮，人而无仪！人而无仪，不死何为？相鼠有齿，人而无止！人而无止，不死何俟？相鼠有体，人而无礼！人而无礼，胡不遄死？"《相鼠》是诗人据卫文公训诫群臣的训辞而作。从措辞之严厉、用语之狠、表达之直白来看，当时卫文公决心移风易俗、正上层社会腐化之风、拨乱反正的意志跃然纸上。

记言与记事在先秦时期是不能清晰划分的。唐刘知几《史通》："盖古之史氏，区分有二焉：一曰记言，二曰记事，而古人所学以记言为首。"清章学诚《文史通义》："《尚书》典、谟之篇记事，而言亦具焉；训、诰之篇记言，而事亦见焉。故古人事见于言，言以为事，未尝分事、言为二物也。"

（2）"言"与"事"的大框架、大轮廓是真实的，而有些描写、描绘、形容之辞是演绎的产物，或含有口传、讽诵者的演绎成分。

清章学诚《文史通义》："三代盛时，各守人官物曲之世氏，是以相传以口耳，而孔孟以前未尝得见其书也。至战国而官守师传之道废，通其学者述旧闻而著于竹帛焉。中或不能无得失，要其所自，不容速昧也。以战国之人而述黄农之说，是以先儒辨之文辞而断其伪托也。不知古初无著述，而战国始以竹帛代口耳，实非有所伪托也。"如果认为是"伪托"，当然是不正确的，其文其诗并无伪托之意，而实有演绎、发挥之实。钱锺书说："古代史与诗混，良因先民史识犹浅，不知存疑传信，显真别幻。号曰实录，事多虚构，想当然耳，莫须有也。"①

如《载芟》《良耜》二诗对农耕大典的描绘，"千耦其耘，徂隰徂畛"，"载获济济，有实其积，万亿及秭"，这样的诗句只能是描绘性的、演绎性的，而不是实录性的。这种描绘、演绎而产生的灵动之气，是诗的灵魂。又如《振鹭》："振鹭于飞，于彼西雍。我客戾止，亦有斯容。"前二句似兴，显然是虚拟性的演绎、发挥。但这些诗篇的总体描写，如周天子率民众举行农耕大典仪式、夏殷之后杞宋来至周助祭的事件轮廓，都是真实的。没有这种真实，不可以为诗；没有一定的演绎、发挥，也不可以为诗，这就是诗的特殊性。

(3) 思想上以教化为主，内容上皆嘉言善语。

《汉书·礼乐志》：

> 周诗既备，而其器用张陈，《周官》具焉。……其威仪足以充目，音声足以动耳，诗语足以感心。故闻其音而德和，省其诗而志正，论其数而法立。是以荐之郊庙则鬼神飨，作之朝廷则群臣和，立之学官则万民协。听者无不虚己竦神，说而承流。是以海内遍知上德，被服其风，光辉日新，化上迁善而不知所以然，至于万物不夭，天地顺而嘉应降。故诗曰："钟鼓锽锽，磬管锵锵，降福穰穰。"《书》云："击石拊石，百兽率舞。"鸟兽且犹感应，而况于人乎？况于鬼神乎？故乐者，圣人之所以感天地，通神明，安万民，成性类者也。

《周颂》在内容上是皆嘉言善语，在思想上以教化为主。《周颂》这些大典在当时被讽诵和记录，首要宗旨即是教化，以使周之后人不忘先人遗则，牢记祖训。

《国语·楚语下》："人求多闻善败，以监戒也。"《大雅·烝民》："故训是式，威仪是力。"《郑笺》："故训，先王之遗典也。"《逸周书·常训解》："行古志今，政之至也。政维今，法维古。"《周颂》即是《诗三百》之"古"。这种大纲式仪典和嘉言善

---

① 钱锺书：《写在人生边上》，生活·读书·新知三联书店，2002 年。

语,正是周代后人所遵奉的法典、仪则。《周颂》本身就是先贤据真实仪典而讽诵、记录、演绎的产物,而其后产生的正《大雅》、正《小雅》《二南》,又是周代后人以《周颂》为蓝本而陆续再次演绎的产物。《大雅》正诗对《周颂》诗篇的阐释、演绎、语说,其时之人在通过这种方式缅怀祖先的同时,其实也是在回顾、温习这些重大礼仪。①

（4）只记最为典型、典范的"言"和"事"。

《周颂》中,祭祀文王、武王及其他先王先公、郊祀天地、助祭、巡守告祭、祈、报之祭、庙祭时的谋、戒、封以及以乐舞祭祖、绎祭、师祭等,在周代,没有什么典礼比《周颂》中这些祭祀典礼更重要的了。它们都是最隆重、盛大,级别最高的仪典,只有周天子才有权主持、行使这些仪典,它们绝对是当时的"国之大事"。

如果把《周颂》中的典礼与正《小雅》记载的典礼相比较,可清晰地看出《周颂》中祭祀典礼的重要性和地位。正《小雅》从《鹿鸣》至《菁菁者莪》共16首诗,所歌咏的礼仪有:养老乞言礼、劳礼、觐见礼、燕礼、赏赐礼、狩猎习兵礼等。它们在礼仪层次、级别的高低上显然不能与《周颂》中这些典礼的重要性和典型性相比。

郑玄《周颂谱》:"《周颂》者,周室成功致太平德洽之诗,其作在周公摄政、成王即位之初。"《毛诗正义》:"史传群书称'成、康之间四十余年刑措不用',则成王终世太平。正言'即位之初'者,以即位之初礼乐新定,其咏父祖之功业、述时世之和乐,宏勋盛事已尽之矣,以后无以过此,采者不为复录。"这一结论亦与班固《两都赋序》所言"昔成、康没而颂声寝"相合。

（5）叙述的视角:代言。

《周颂》的抒写视角皆为代言。如首篇《清庙》全是以祭祀礼仪之外的第三者视角抒写,它是以"周公既成洛邑,朝诸侯,率以祀文王"的那场祭祀为主要背景,同时综合了历次祭祀文王的典型场面和文辞而创作的,而并不专颂那一件事,并不专咏那一次祭祀典礼。《周颂》歌咏的是常典,而不是具体事件;歌咏的是普遍性的礼仪,而不是某一场特定的典礼;歌咏的是某一礼仪应该怎样,而不是某一典礼在某一时间的发生就是怎样。之所以会如此,是因为《周颂》是经过了多道"工序""制作"而成的。从仪式演剧,到瞽矇讽诵,到史官记录,到制礼作乐,每一程序都是以礼仪之外的第三者身份来加工、制作这些言辞的。即使有不少诗篇中有"我",如"假以溢我,我其收之。骏惠我文王,曾孙笃之","我将我享,维羊维

---

① 参见后文有关论述。

牛。……我其夙夜，畏天之威，于时保之”，“我求懿德，肆于时夏，允王保之”，“立我烝民，莫匪尔极。贻我来牟，帝命率育”，“命我众人”，“我客戾止”等等，它们无非两种情况：一种是群体性的“我”，并不特意针对个人；二是表演、讽诵、记录、制作者代天子而言的“我”，并非周天子自己在作诗。

《周颂》的内容和记录模式与先秦“语”体文有如此诸多雷同，故它与先秦“语”体文的成书情形一样，也一定经历过瞽矇讽诵这一环节。

（三）史官文化与文辞的记录

1. 《周礼》中的史官职能

史官人群的庞大是《周礼》官制的一个重要特征，在《天官》《地官》《春官》的所有礼职职位中，“史”参与了周代大部分礼职职位，这无疑反映了周代有庞大而完善的史官建制，反映了周代史官文化的进步、飞跃。

《周礼·春官》：

> 小史掌邦国之志，奠系世，辨昭穆。若有事，则诏王之忌讳。大祭祀，读礼法，史以书叙昭穆之俎簋。大丧、大宾客、大会同、大军旅，佐大史。凡国事之用礼法者，掌其小事。

郑玄注：

> 郑司农云：“志谓记也，《春秋传》所谓‘周志’、《国语》所谓‘郑书’之属是也。史官主书，故韩宣子聘于鲁，观书大史氏。系世，谓帝系、世本之属是也。小史主定之，瞽矇讽诵之。先王死日为忌，名为讳，故书‘奠’为‘帝’。杜子春云：“帝当为奠，奠读为定，书帝亦或为奠。”玄谓王有事，祈祭于其庙。

贾公彦《疏》：“邦国连言，据诸侯。志者，记也。古者记识物为志。诸侯国内所有记录之事皆掌之。云‘奠系世’者，谓定帝系、世本。天子谓之帝系，诸侯谓之世本。帝系、世本之中皆自有昭穆亲疏，故须辨之。庙中有祈祭之事，小史告王以先王之忌讳也。”

《周礼·春官》：

> 内史掌王之八柄之法，以诏王治：一曰爵，二曰禄，三曰废，四日

置，五日杀，六日生，七日予，八日夺。执国法及国令之贰，以考政事，以
逆会计。掌叙事之法，受纳访，以诏王听治。凡命诸侯及孤卿、大夫，则
策命之。凡四方之事书，内史读之。王制禄，则赞为之，以方出之。赏
赐亦如之。内史掌书王命，遂贰之。

外史掌书外令，掌四方之志，掌三皇五帝之书，掌达书名于四方。
若以书使于四方，则书其令。

御史掌邦国都鄙及万民之治令，以赞冢宰。凡治者，受法令焉。掌
赞书，凡数从政者。

就与本书有关的话题而言，周礼史官有两方面职能至关重要：一是掌记录
之事（"志"），二是"赞"。郑玄注："赞为之，为之辞也。郑司农云：'以方出之，以
方版书而出之。'杜子春云：'方，直谓今时牍也。'王有命，当以书致之，则赞为辞，
若今尚书作诏文。"贾公彦《疏》："谓若今出诏敕之书，是王有命颁下于外，其诏敕
书，则御史赞王为此书，故云'掌赞'也。"史官有"赞"的职能，而"赞"是与"颂"相
近的，故《文心雕龙》有《颂赞》篇，刘勰以"颂""赞"合论，足见其文体功能相近。
《颂赞》篇曰："赞者，明也，助也。昔虞舜之祀，乐正重赞，盖唱发之辞也。及益赞
于禹，伊陟赞于巫咸，并扬言以明事，嗟叹以助辞也。……然本其为义，事在奖
叹。所以古来篇体促而不广，必结言于四字之句，盘桓乎数韵之词，约举以尽情，
昭灼以送文，此其体也。发源虽远，而致用盖寡，大抵所归，其颂家之细条乎？"据
刘勰所言，"赞"是"颂"发展变化而来的文体，其文体功用不及"颂"。结合《周礼》
所记，我们认为刘勰的观点是正确的。《周礼》史官有"赞"的职能，那么史官之
"赞"亦应与诗的产生相关联。刘勰认为"赞"体"必结言于四字之句，盘桓乎数韵
之词，约举以尽情，昭灼以送文"，这就是认为"赞"体为四字句，且是有韵之辞，这
显然是中国早期诗的特征。史官既能"记"，又能"赞"，在职能上是优于只能讽诵
的瞽矇的。

早期诗歌是音乐的产物，而《周礼》记载的乐官大都有"史"的参与，如：

大司乐：中大夫二人。乐师，下大夫四人，上士八人，下士十有六
人；府四人，史八人，胥八人，徒八十人。

大胥：中士四人。小胥，下士八人。府二人，史四人，徒四十人。

大师：下大夫二人。小师，上士四人。瞽矇，上瞽四十人，中瞽百
人，下瞽百有六十人。视瞭，三百人，府四人，史八人，胥十有二人，徒百

有二十人。

典同：中士二人；府一人，史一人，胥二人，徒二十人。

磬师：中士四人，下士八人；府四人，史二人，胥四人，徒四十人。

钟师：中士四人，下士八人；府二人，史二人，胥六人，徒六十人。

笙师：中士二人，下士四人；府二人，史二人，胥一人，徒十人。

镈师：中士二人，下士四人；府二人，史二人，胥二人，徒二十人。

韎师：下士二人；府一人，史一人，舞者十有六人，徒四十人。

旄人：下士四人；舞者众寡无数，府二人，史二人，胥二人，徒二十人。

籥师：中士四人；府二人，史二人，胥二人，徒二十人。

籥章：中士二人，下士四人；府一人，史一人，胥二人，徒二十人。

大祝，下大夫二人，上士四人。小祝，中士八人，下士十有六人；府二人，史四人，胥四人，徒四十人。

司巫：中士二人；府一人，史一人，胥一人，徒十人。

可以看出，几乎全部乐官都有"史"的参与，而且"祝""巫"之职亦有"史"的参与。"史"参与周代的乐官、祝官、巫官的职事，显然是为了记录之需。难怪前人对周代史官地位评价极高。龚自珍《古史钩沉论》："周之世官大者史，史之外无有语言焉，史之外无有文字焉，史之外无人伦品目焉。""夫六经者，周史之宗子也。诸子者，周史之小宗也。"（《龚定庵全集类编》）柳诒徵将古学进一步细化，认为：有史而后有法，故法学出于史官；有史而后有文，故文学亦出于史官；史籀作大篆，以教学童，故文字学出于史官。李泽厚将中国文化传统的发展分为几个阶段：巫史合一，由巫而史，周公制礼作乐。认为由巫到史是中国传统文化理性化的关键。[①] 刘师培《古学出于史官论》："史也者，掌一代之学者也。吾观古代之初，学术铨明，实史之绩。……史为一代盛衰之所系，即为一代学术之总汇。"班固在《汉书·艺文志》中提出了"诸子出于王官"说，有学者认为"王官"就是史官。周代学术几乎无不源自史官。

与《周礼》的记载相印证，先秦各类文献中记载的西周历史上的史职类人员很多，如：辛甲、召公奭、召公之子友、毕公、祭季、史佚、太史鱼、寺𠂤、史颂、尹逸等。史佚是西周初期的著名史官，历任文、武、成、康四朝，很多史料都对他有记

---

① 丁波：《百年来先秦史官研究述评》，《中国史研究动态》2004 年第 1 期。

载,其事迹主要有:参与武王克商,参与武王举行的献俘礼,随侍周王左右。《逸周书·世俘解》:"时四月……武王降自车,乃俾史佚繇书于天号。"《逸周书·克殷解》:"召公把小钺,召公奭赞采。……尹逸策曰:'殷命孙受,德迷先成汤之明,侮灭神祇不祀,昏暴商邑百姓,其彰显闻于昊天上帝。'"金文中出现的史官名更多,大都冠以"史"或"作册"之名,如大史兄、大史各、公大史、史蔡、史麦、史斿父、作册矢令、作册友、作册休、辛史、彭史、宁史等。①

2. 周代史官文化与文辞的记录

梁启超说:"吾中华天、祖并重,而天志则祝司之,祖法则史掌之。史与祝同权,实吾华独有之特色也,于是史职遂为学术思想之所荟萃。《周礼》有大史、小史、左史、右史、内史、外史,六经之中,若《诗》、若《书》、若《春秋》,皆史官之所职也,若《礼》、若《乐》,亦史官之支裔也。故欲求学者,不可不于史官。周之周任、史佚也,楚之左史倚相也,老聃之为柱下史也,孔子适周而观史记也,就鲁史而作《春秋》也,盖道术之源泉皆在于史。"②邓实说:"成周一代之学术、艺文、典章制度,其寄于文字典籍者莫不掌之于史官,不特鬼神术数之学之掌于史也。"③

《大戴礼记·保傅篇》:"明堂之位曰:笃仁而好学,多闻而道慎,天子疑则问、应而不穷者谓之道;道者,道天子以道者也,常立于前,是周公也。诚立而敢断,辅善而相义者,谓之充;充者,充天子之志者也,常立于左,是大公也。洁廉而切直,匡过而谏邪者,谓之弼;弼者,弼天子之过者也,常立于右,是召公也。博闻而强记,接给而善对者,谓之承;承者,承天子之遗忘者也,常立于后,是史佚也。"

礼乐典籍是文化的凝结,史官则是文化的保存者、传播者。周公"制礼作乐",他不可能独自担当创造新礼乐、新文化的重任。周代新文化的建设凝聚着当时无数知识分子或文化贵族的心血,其中史官功不可没。④

《礼记·曲礼上》:"史载笔,士载言。"周代史官职能众多,但记录是其重要职能之一。史官的记录当然主要是以文字记录,这相对于巫觋的口耳相传,是文化上的一大进步。

周代以亲亲为纽带的分封制的确立,周王在各诸侯宗族中的道德和政治领袖地位得到空前的强化和尊崇,由此在其周围亦形成了一个以载录、保存周王言行为核心职能的机构——内史。周代内史不仅可以直接记录王命,还有权事先

---

① 郑智豪:《西周史官制度研究》,河北师范大学 2012 年硕士学位论文。

② 梁启超:《饮冰室合集·论中国学术思想变迁之大势》,中华书局,1989 年。

③ 邓实:《国学微论》,《国粹学报》第 2 期。转引自蒋大椿《史学探源》,吉林教育出版社,1991 年。

④ 胡新生:《异姓史官与周代文化》,《历史研究》1994 年第 3 期。

起草拟制周王诰命、代表周王宣布诰命并书契于简帛钟鼎。过去对于《尚书·周书》的"王若曰""周公若曰",大都认为系史官当时实录或事后追录而成,但陈梦家通过金文与《周书》的相互印证,认为:"周诰中的'王若曰'乃是史官或周公代宣王命,与西周金文相同。"明确作册内史掌书起草的职能之后,这些命辞的来源便昭然若揭了:内史负责诰命的掌书起草,是代王立言。①

史官所记,不论是言和事,都是当时周王朝的时政大事。史官除了掌握关于宗教方面的阴阳天时礼法的知识以外,还因主官书、司典籍而有博闻强记、见多识广的才能,因此他们能够"接给而善对",而且对王侯贵族进行规谏,更有发言权。他们往往利用应对答问的时机,旁征博引,道古论今,大谈盛衰兴亡之理,寓规谏劝戒于其中。先秦史官虽还不是如后代那样以修史为专职的史官,但他们通晓古今,善于修辞,兼有文史两方面的特长,使修史与文学撰作相结合,对于把先秦历史与文化传于后世是有贡献的。②

史官也有收集格言的职能。《逸周书·史记解》汇辑很多格言,如:"信不行,义不立,则哲士凌君政。禁而生乱,皮氏以亡。谄谀日近,方正日远,则邪人专国政。禁而生乱,华氏以亡。好货财珍怪则邪人进,邪人进则贤良日蔽而远。赏罚无位,随财而行,夏后失以亡。"史佚是周初很有影响的史官,《左传》《国语》多次征引他的言论,如《左传》僖公十五年:"且史佚有言曰:'无始祸,无怙乱,无重怒。'"文公十五年:"史佚有言曰:'兄弟致美。'"昭公元年:"史佚有言曰:'非羁何忌。'"成公四年:"史佚之志有之曰:'非我族类,其心必异。'"《国语·周语》:"昔史佚有言曰:'动莫若敬,居莫若俭,德莫若让,事莫若咨。'"③

周代史官记事,并非只为保存历史资料,而是为了监察君臣,并为后世立法垂宪。《左传》庄公二十三年:"君举必书。书而不法,后嗣何观?"《大戴礼记·保傅》:"(天子)失度则史书之,工诵之,三公进而读之,宰夫减其膳,是天子不得为非也。""太子既冠,成人,免于保傅之严,则有司过之史,有亏膳之宰。太子有过,史必书之。史之义不得不书过,不书过则死。"历史之所以受到后人的重视,主要在于它能为现实生活提供宝贵的经验教训和为人做事的法则。《大雅·假乐》:"穆穆皇皇,宜君宜王。不愆不忘,率由旧章。"《国语·周语上》:"肃恭明神而敬事耇老,赋事行刑必问于遗训而咨于故实。不干所问,不犯所咨。"④

① 宁登国:《先秦记言制的形成及其演变》,《南昌大学学报》2011 年第 1 期。
② 余行迈:《先秦史官制度概说》,《苏州大学学报》1982 年第 1 期。
③ 夏德靠:《先秦格言传统及其文献意义》,《河北师范大学学报》2017 年第 4 期。
④ 许兆昌:《〈周礼〉"大史"职掌记事考》,《大连教育学院学报》2000 年第 1 期。

周代史官继承了瞽矇的政治文化职能,以史实讽谏君王。《国语·周语上》有内史过列举国家兴亡事例"以诏王听治"的记载。《逸周书·史记解》:"维正月,王在成周,昧爽,召三公、左史戎夫曰:'今夕朕寤,遂事惊予。'乃取遂事之要戒,俾戎夫言之,朔望以闻。"周穆王要求左史戎夫辑录历史上重要的可资借鉴的事实,并在每月的朔日望日讲给自己听。左史戎夫紧扣亡国主题为穆王讲史,列举大量前代亡国史例,这些史例有许多不见于其他古籍记载,而左史戎夫娓娓道来,语言优美生动,情节生动,文采斐然。《国语·周语上》内史过为周惠王论神,列举了夏、商、周三代兴亡之时皆有神降临的史例,更以昭王娶房后为例,得出了"道而得神,是谓逢福;淫而得神,是谓贪祸"的结论,阐明"黍稷非馨,明德惟馨"的道理。《国语·楚语下》王孙圉论"楚国之宝"时提到观射父、左史倚相,也都是具备高超讲述技巧的史官。左史倚相"能道训典,以叙百物,以朝夕献善败于寡君,使寡君无忘先王之业;又能上下说于鬼神,顺道其欲恶,使神无有怨痛于楚国。"《国语·楚语上》有一段倚相讲述故事的记载,同样体现了他作为史官而熟知历史掌故,并融会贯通、发挥情节、举一反三的口头讲述技巧。《左传》襄公四年晋国魏绛讲述了一段夏朝衰微的故事,并引用周太史辛甲的《虞人之箴》劝诫晋悼公好田。①

从以上这些文献记载我们可以看出,周代史官有记言、记史、讽谏等职能,这些职能都需要非凡的文学艺术才能。周代史官有丰富的史识和非凡的才艺,他们是中国早期诗歌创作的重要参与者和实施者。

3. 周代瞽史一体的文化职能

人类在使用文字记载历史之前,就早已在用口头语言记忆历史。《庄子·大宗师》南伯子葵问女偊是从哪里闻知"道"的,后者说:"闻诸副墨之子,副墨之子闻诸洛诵之子,洛诵之子闻之瞻明,瞻明闻之聂许,聂许闻之需役,需役闻之于讴,於讴闻之玄冥,玄冥闻之参寥,参寥闻之疑始。""副墨之子"显喻书写,"洛诵之子"则喻口说,"於讴"则可能指吟唱。庄子之意,无非是说文字叙事是承自口头叙事。刘知几《史通》云:"盖史之建官,其来尚矣。昔轩辕氏受命,仓颉、沮诵实居其职。"其说当出自《世本·作篇》:"黄帝使……沮诵、仓颉作书。沮诵、仓颉,黄帝左右史。"将史官之设追溯到黄帝,是为了神乎其事,但传说中将沮诵、仓颉并列,又可见口说之史与书写之史原本并驾齐驱。沮诵,显然与《庄子》的"洛诵"一样,都因口头诵唱而得名。盖洛诵和仓颉,一擅诵吟,一擅书写,书写者将诵吟

---

① 林训涛:《周代史官劝谏讲史与早期文学活动》,《云梦学刊》2019 年第 4 期。

者所说笔之于简策,此或许正是"左史记言、右史记行"这一制度的渊源所在。①

瞽矇只能唱诵,他们的唱诵之辞若欲流传后世,必须得有人记录,故先秦文献中有"瞽史"之说。"瞽史"这一概念说明,瞽矇文化发展至周代,逐渐地与史官文化相结合,并随着后来书写技能的逐渐发展,最终发展为以史官文化为主体,瞽矇文化则逐渐下移为民间文化。瞽、史结合是上古文化的必然,它对远古文化的保存和传播起到了至关重要的作用。随着瞽矇文化向史官文化的发展过渡,"史"具有了以前"瞽"的文化职能,而在这个转变的过渡时期,瞽、史职能的交叉、合一就造成了"瞽史"合称之名。

《国语·周语下》:"瞽,乐太师,掌知音乐风气,执同律以听军声而诏吉凶。太史掌抱天时,与太师同车,皆知天道也。"《国语·晋语》:"瞽史之纪曰:唐叔之世,将如商数。""瞽史记曰:嗣续其祖,如谷之滋,必有晋国。""纪(记)"当然是"史"(史官)之记,但"瞽史之纪"的概念表述说明:史的记录工作与瞽联系密切。这两条瞽史之记的内容皆是整齐的四言,亦可证明史官的记录源于瞽矇的讽诵。

阎步克说:"古史传承本有'记注'和'传诵'两种形式,二者相辅相成。史官记其大略于简册之上,其详情则有瞽矇讽诵。孔子《春秋》和左丘明《左传》的相为表里关系,我想就由此而来,《左传》不过是把瞽矇所讽诵者化为了书本而已。"②

《国语》等先秦史书经过瞽矇的讽诵,《诗》也一样经过瞽矇的讽诵,因为先秦时期大抵还处于一种文、史不分的阶段。学界研究瞽矇文化,只认识到瞽矇讽诵产生了《国语》等史类文献,而不知在歌诗领域,瞽矇的讽诵其实也是创作,诗的产生也与瞽史一体的文化密不可分。顾颉刚说:"盖瞽有其箴赋,史有其册书,容有同述一件事者,如《牧誓》之与《大明》《閟宫》之与《伯禽》然,故合而言之耳。《楚辞》之《天问》,《荀子》之《成相》,大、小《雅》及《三颂》纪事之篇章,诗也,而皆史也,非瞽取与史而作诗,则史袭瞽之声调、句法而为之者也。"③

《仪礼·聘礼》:"辞多则史,少则不达。"郑玄注:"史,谓策祝。"贾公彦《疏》:"《周礼》大史、内史皆掌策书。《尚书·金縢》云'史乃策祝',是策书祝辞,故辞多为文史。"《左传》昭公十七年:"乐奏鼓,祝用币,史用辞。"《左传》成公五年:"祝币史辞,以礼焉。"《文心雕龙·祝盟》:"祝币史辞,靡神不至。"先秦史官并未与巫、

---

① 刘宗迪:《古史、故事、瞽史》,《读书》2013 年第 1 期。
② 阎步克:《乐师与史官》,生活·读书·新知三联书店,2001 年。
③ 顾颉刚:《史林杂识》,中华书局,1963 年。

祝、卜完全分化,他们的职能有交叉,故史官亦是祭祀礼仪的重要参与者。史官是周代各类文辞、言辞的记录、保管、传承者,也应该是这些文辞、言辞的应用者和加工、修饰者。从这个意义上说,诗的产生必与史官有关,必有史官的参与。

《说文》:"史,记事者也。"段玉裁注:"《玉藻》:'动则左史书之,言则右史书之。'不云记言者,以记事包之也。从又持中。中,正也。君举必书。良史书法不隐。"先秦不仅有"瞽史"连言,还有"巫史""祝史"连言,证明中国史官文化源远流长,史之职能不仅与瞽相通,还与巫、祝相通。明吴讷《文章辨体序说》:"古者祀享,史有册祝,载其所以祀之之意,考之经可见。"鲁迅《汉文学史纲要》:"巫以记神事,更进,则史以记人事也。"[①]"史官是周代歌诗的重要作者和参与者。史官兼通众体的写作能力使其在字词、语句、韵律等方面必然会相互影响。史官所作铜器铭文能够反映出史官的行文风格、文体特征、语言特点、思想特征等等,周代铜器铭文中的四言句式及押韵方式在某些方面与《诗经》四言诗句之间存在着相通之处。"[②]

史官文化以社会政教人伦为本位,崇尚立德保民,它使中国文学注重政治教化功能,使中国文学在发展过程中处于文学与非文学因素交织的状态,使中国传统文学无不显现着史官文化理性精神的涵盖。中国文学是沿着巫官文学、史官文学、作家文学的轨迹发展的,这跟西方文学从巫官文化直接衍生出史诗、戏剧、抒情诗的情况有所不同。[③]

4. 国史作诗的诗文本证据

刘知几《史通》认为:"寻夫战国以前,其言皆可讽咏,非但笔削所致,良由体质素美。……时人出言,史官入记,虽有讨论润色,终不失其梗概者也。"文字记录使"诗"成为可结集的易于流传的文本,也为后来诗与乐、舞的分离提供了前提条件和可能性。故史官对中国诗的产生功不可没。

《诗大序》曰:"国史明乎得失之迹,伤人伦之废,哀刑政之苛,吟咏情性以风其上,达于事变而怀其旧俗者也。"孔颖达《毛诗正义》:"国之史官皆博闻强识之士,明晓于人君得失善恶之迹,礼义废则人伦乱,政教失则法令酷,国史伤此人伦之废弃,哀此刑政之苛虐,哀伤之志郁积于内,乃吟咏己之情性以风刺其上,觊其改恶为善,所以作变诗也。国史者,《周官》大史、小史、外史、御史之等皆是也。"《诗大序》认为"变风""变雅"乃"国史"所作,我们有理由认为,"正风""正雅"及

---

① 鲁迅:《汉文学史纲要》,人民文学出版社,1973 年。
② 管恩好:《青铜文化与〈诗经〉发生学研究》,山东师范大学 2007 年博士学位论文。
③ 倪进:《史官文化与中国文学民族性的确立》,《上海行政学院学报》2004 年第 5 期。

《周颂》的创作亦必与"国史"有关。

虽然《大雅》和《周颂》不是同一时间的创作,但它们的创作时间距离不远,《大雅》诗篇的作者仍可作为探究《周颂》作者的重要参考。"正诗"皆为礼乐用诗,是一种集体创作和制作,故"正诗"之《序》一般不言及作者。但正《大雅》中,《公刘》《泂酌》《卷阿》,《诗序》皆以"召康公戒成王"阐释之。召康公姬奭于周成王时担任太保之职,是监护与辅弼国君之官,与史官十分相近。变《大雅》中,《诗序》言及的作者有凡伯、召穆公、卫武公、芮伯、仍叔、尹吉甫等,他们都是周天子身边的重臣,亦与史职有相通之处。《郑笺》:"凡伯,周同姓,周公之胤也,入为(周)王卿士。""芮伯,畿内诸侯,王卿士也,字良夫。""仍叔,周大夫也。""尹吉甫,周之卿士也。"西汉刘向编著《芮良夫解》,其中所载芮良夫的言辞多为四言句式,大类诗体,如:"以言取人,人饰其言;以行取人,人竭其行。饰言无庸,竭行有成。"

《鲁颂》虽然是春秋时期的创作,与西周初期的《周颂》时间较远,但它既然称为"颂",就有与《周颂》在体裁和功用上的相同点。《诗序》:"《駉》,颂僖公也。僖公能遵伯禽之法,俭以足用,宽以爱民,务农重谷,牧于坰野,鲁人尊之,于是季孙行父请命于周,而史克作是颂。"《閟宫》末章曰:"奚斯所作,孔曼且硕,万民是若。"这与《大雅·烝民》末章曰"吉甫作诵,穆如清风"一样,是作者自报其名之辞。《郑笺》:"史克,鲁史也。"《左传》文公十八年记载"季文子使太史克对宣公",可知《鲁颂》的作者史克、奚斯亦皆是君王身边的重臣,亦具有史职的职能。

《诗大序》"国史"作诗说及其相关文本证据,有力地证明了《诗经》的创作与史官密不可分。

(四)制礼作乐:诗的最终定型与结集

1. 发生学意义上的"诗"是一种"制作"

(1)"诗"是一种"制作"

英语词 poetry 源自古希腊语词 poiēsis(诗),原意指制作过程。动词"编造"的原文即"作"(poiois),似乎作诗就是编造谎话。柏拉图笔下的苏格拉底说过:"一位诗人如果算得上诗人,就得制作故事而非制作论说。"(《斐多》)编故事就是"作诗","作诗"就是制作故事。智术师属于那类天生对文字或言辞有极大兴趣的人,他们发明修辞术,为的是培养民主政制的公民。对于智术师来说,修辞术就是"制作"言辞的技艺。为了启发苏格拉底,第俄提玛举了一个例子:无论什么东西从没有到有,其原因就是种种制作(poiēsis)。所以,凡依赖技艺制作出成品都是制作品(poiēseis),所有这方面的高超艺匠都是制作者(poiētai)。这个句子中出现的 poiēsis 显然不能译作"诗"，poiētai（即 poiētēs 的复数形式）也不能译作"诗人"。但是制作这个行当五花八门，制作者的名称也五花八门。鞋子不是本来有的东西，有人凭技艺制作出鞋子，人们把这种 poiētēs（制作者）叫"鞋匠"。同样，人们会把凭技艺制作出房子的艺人叫"建筑师"，把凭绘画术制作出一幅画的艺人叫"画师"。因此第俄提玛紧接着说：并非所有的高超艺匠都被叫作制作者/诗人（poiētai），而是有别的名称。从所有搞的制作中（pasēstēspoiēseōs），我们仅仅拈出涉及乐术的那一部分，然后用这名称来表达所有的诗。毕竟，只是这一部分才被叫作诗，那些具有这一部分制作（能力）的人才被称为诗人。（《会饮》）这段话中出现的 poiētai 的语义起初仍然含混，译成"制作者"或"诗人"都行，直到第俄提玛明确界定凭靠"乐术和音步"制作，poiētēs 的含义才明确为"诗人"。这段说法让我们得以印证，希罗多德称荷马和赫西俄德为"诗人"，其实是借用当时雅典人对戏剧诗人（制作者）的习称。[①] 希罗多德究竟是如今所谓的实证史学家抑或善于"制作"的诗人，古典学家虽然迄今没有定论，但希罗多德的《原史》是因应雅典民主政治时代及其问题的纪事体制作（作诗），却是不争的文本事实。希罗多德清楚展示了荷马如何"制作"：既泄露又不曾泄露真相。所谓"叙事诗"，其实是荷马这样的高人的制作，尽管其形式是所谓"叙事歌"。如果祭司们关于海伦故事的"说法"代表了某种宗教传统，那么荷马的"制作/作诗"就无异于改造了这一传统。[②]

从词源上来看，无论中国还是古希腊，最初的艺术都不被看作严格意义上的"创作"或"创造"，而是把它当作一个制作或生产过程。诗人做诗，就像鞋匠做鞋一样，二者都凭自己的技艺生产或制作社会需要的东西。所以在亚里士多德这里看不到柏拉图灵感意义上的创造，他只有制作技艺。[③] 柏拉图认为诗与遵循规则的理性的技艺活动是背道而驰的，诗人不是凭技艺做成他们优美的诗歌，而是因为他们身上有神力凭附着。荷马的本领并不是一种技艺，而是一种灵感。如果他得不到神所赋予的灵感，就无法作诗，诗人只是神的代言人。与柏拉图针锋相对，亚里士多德认为诗是一种技艺。他在《诗学》里指出：希腊语为 poiētikē 即"制作技艺"，而诗人是 poiētēs（制作者），一首诗是 poiēma（制成品）。"在绘画、雕塑和诗的艺术之中，模仿同样都是充分的条件。诗人必须模仿下列三种对象之一：过去有的或现在有的事、传说中的或人们相信的事、应当有的事。"古希

---

① 刘小枫：《古希腊语的"作诗"词源小辨》，《外国语文》2018 年第 6 期。
② 刘小枫：《希罗多德与古希腊诗术的起源》，《文艺理论研究》2019 年第 1 期。
③ 王琼：《亚里士多德〈诗学〉的逻辑体系与其模仿论》，《宝鸡文理学院学报》2014 年第 2 期。

腊著名画家宙克西斯在画海伦的像时用五个美女做模特，把众人的美集中在一个人身上，当时许多人指责宙克西斯画中的人物不可能存在。亚里士多德则认为："这样画更好，因为画家所画的人物应比原来的人更美。画出一个人的特殊面貌，求其相似而又比原来的人更美。"亚里士多德认为绘画与诗一样都需要处理好艺术与自然的关系问题，艺术既要真实反映生活，又要高于生活。①

文明是从制造器物开始的。在中国文学批评史上，有以器物及其制作经验喻文的现象，它基于器物制作与文章写作之间在营构和巧饰上的相通之处，是礼乐文明的产物。器物之喻演变为一种文学批评范式，体现了艺术创作对法度的追求和对典范的认可。器物之喻是一种普遍性的文学经验，为诗学提供了可供沟通的话语。以"雕龙"喻写作，刘勰继承了古已有之的"雕"和"龙"的观念，自认为写作《文心雕龙》是一件神圣的事业。篇首《序志》即曰"古来文章以雕缛成体"，承认"雕"是文章成体的重要环节和手段。《考工记》曰："天有时，地有气，材有美，工有巧，合此四者，然后可以为良。"《文心雕龙·事类》："夫山木为良匠所度，经书为文士所择，木美而定于斧斤，事美而制于刀笔，研思之士无惭匠石矣。"梁启超用自然美与人工美区分歌谣与诗，认为："好歌谣纯属自然美，好诗便要加上人功的美。但我们不能因此说只要歌谣不要诗，因为人类的好美性决不能以天然的自满足。对于自然美加上些人工，又是别一种风味的美。譬如美的璞玉，经琢磨雕饰而更美；美的花卉，经栽植布置而更美。原样的璞玉、花卉，无论美到怎么样，总是单调的，没有多少变化发展；人工的琢磨雕饰栽植布置，可以各式各样，月异而岁不同。诗的命运比歌谣悠长，境土比歌谣广阔，都为此故。"②

从前贤的论述可以看出，最早的"诗"是一种"制作"，它与后世的"创作"显然有异。制作的过程既是去粗取精的过程，也是思想内容和艺术形式的提升过程，这个过程对于真正的艺术品——"诗"的产生是至关重要的。"制作"出来的展现在我们面前的"物品"（诗），当然是百分之百真实的，但制作时所用的手法、材料却有很多是虚构的，组合的，这就是"文学"的实质性特征。关于这一点，我们将在后文"演义（演绎）"这一章加以论述。

（2）"制作"是早期文化的普遍规律

早期诗歌的抒写模式和语言大都是程式化的，程式化其实是"制作"的产物和痕迹。早期诗歌的程式化有力地证明了它们是制礼作乐的产物。

---

① 王毓红：《亚里士多德对诗的艺术本质的界定》，《宁夏社会科学》2004年第2期。
② 闫月珍：《器物之喻与中国文学批评》，《中国社会科学》2013年第6期。

最早的"诗"是制礼作乐(制作)的产物,这本来是毋庸置疑的事实,只因有的人不明上古文化的实情和真相,故而不解或不信。其实远古时期的每一种文化,都是在经历过最终的"制作"环节后而正式产生的,如语言、文字、音乐等等。关于汉字的起源,古有"仓颉造字"和"伏羲造字"说。其实仓颉或伏羲是汉字的最终整理、制作者,他们是在人民群众大量创造的"文字"基础上而整理、制作的。"仓颉是众多造字者之一,更是整理众人所造之字、使之系统化的杰出人物。他的作用太突出了,所以只有他的名字流传下来。"①或许这一点会涉及是人民群众创造历史还是英雄人物创造历史的话题。按照马克思主义观点,当然是人民群众创造历史,但英雄人物却在每一个关键时刻起着最终的决定性作用。"杰出人物宛如导演,在历史舞台上导演一幕幕威武雄壮的历史活剧。"②是的,早期诗的"创作"(制作)是需要"导演"的。

从发生学意义上说,"诗"是"制作"出来的,而原始的歌是没有制作、不需制作的。"诗"是对语言加工制作的产物,而"歌"直接就是语言,是配上声调的语言。诗看似"神授",实则是"人创",这也与语言、文字的产生情形一致。对于语言、文字的起源以及一切艺术形式的起源,我们不相信神创说,但如果把一切文化艺术的产生皆归之于生产劳动,归之于人民群众,这种太宽泛的结论跟没有观点、没有结论几乎是一样的。"群体"是散性的,群体创造的东西一般不具有规范性、典范性,也就不具有规定性。群体文化必须有一次整合性的、规范性的"制作",才能有较为固定的形式,才能较为广泛地推广和流传。即使现代社会也是如此。远古诸多文化现象的起源,都有最终的、关键性的"那一个"总结者、"制作"者,他们就是促使诸多文化产生的"英雄人物"。"启动文字的最初社会系统非国家权力莫属,国家管理机构是文字产生的第一推手。文字的孕育很可能是一个漫长期和一个短暂期之结合:前者是多种视觉符号形式的呈现期,后者是文字系统的初创时。费希尔说:'语言可能是进化,书写则是人类有目的的制造。'文字从来就是人为的、权力的产物,也是权力的工具。契文、甲骨文均产生于王权,拉丁文的盛衰亦源自权力。汉字的命运与特征均与中国历史上的政治权力结构有不解之缘。"③按照郑也夫的观点,殷商甲骨文本身也是"制作"出来的。殷商卜辞中有"乍册"二字,与周成王诰命所言"唯殷先人有册有典"相印证,则"乍册"很可能就是殷商甲骨文的制作者。笔者认为,殷商甲骨卜辞只有在出

① 胡双宝:《汉字起源臆说》,《汉字文化》2000 年第 1 期。
② 周溯源:《关于历史创造者问题的新思考》,《历史研究》1989 年第 3 期。
③ 郑也夫:《文字的起源》,《北京社会科学》2014 年第 10 期。

土后才能见到,它们没有在先秦形成文献流传下来,重要原因就是因为它们没有经过再次升华性的文献性的"制作"。推而广之,"五经"都可能经过不止一次的"制作"才成为"经"的,才得以流传的。"乐经"的失传,或许也有某种"制作"因素的缺失在内。因为音乐不易于保存和流传,《乐》在春秋战国至秦汉的文献性经典性"制作",一定遇到了不可知的困难,而导致最终失传。近些年新出土的文献,如《清华简》《上博简》《长沙马王堆帛书》《湖北荆门郭店竹简》等,都是没有经过最终的"制作"环节,而导致它没有形成文献而流传后世。

　　口传文本是民间文学的根本,史诗学界称此类文本"往往由编辑者根据某一传统中的口传文本或与口传有关的文本进行汇集后创编出来的,通常情形是将若干组成部分或主题内容汇集在一起经过编辑、加工和修改。"这一论点主要是由于芬兰史诗《卡勒瓦拉》而引起的,而事实上,芬兰历史上并没有实际存在过一部名叫《卡勒瓦拉》的民间叙事长诗,这一日后蜚声世界的名作,直到19世纪上半期才由一名叫做埃利亚斯·伦洛特的药物人员从芬俄边境的卡累利亚地区搜集大量较短篇幅的民间叙事或抒情歌唱之后,以一己之力"汇集在一起,经过编辑、加工和修改"而成。放眼民间文学文本的实际状况,它却具有非常突出的代表性。中国很著名的作品像《阿诗玛》《刘三姐》《梅葛》之类,也只能归于此类名下。①

　　各民族各国家的语言、文字、歌谣等在起源上都是大致相同的,正是"制作"方式的不同导致了它们最终形态的差异。而且"制作"是个分水岭,"制作"之前的歌谣、文辞只能算是文化,"制作"之后才有了"诗",才有了真正的文学。西周建立后,周公实行了中国历史上最庞大、严谨的封建制,这使当时的天下文字高度统一,为各种文化的产生和飞跃提供了条件。所以,我们可以套用"仓颉造字""伏羲造八卦"等说法,而言"周公造诗"。

北美印地　中国文字　埃及文字　巴比伦文字
安的文字

　　中国早期的"文""言"不一致,即口语和书面语不一致,正是"制作"这个因素造成的。鲁迅在《门外文谈》中针对当时学者们认为中国远古时期"言""文"一致

---

① 陈泳超:《倡立民间文学的文本学》,《民族文学研究》2013年第5期。

的说法,提出了自己的见解:"我的臆测是以为中国的言文一向就并不一致的。"鲁迅分析了汉字的由来及其书写繁难的特点,得出结论:古汉语言、文不一致,"大原因便是字难写,只好节省些。""因为文字愈容易写,就愈容易写得和口语一致,但中国却是那么难画的象形字,也许我们的古人向来就将不关重要的词摘去了的。"先秦时期记录语言的文字犹如一幅幅图画,当时刀刻、漆书非常困难,只好记录口语的要点,而将次要的词语甚至句子内部的某些成分都尽可能压缩或抛弃,故言、文差距必然很大。鲁迅把我国古代漫长历史时期的书面语概括为两种类型,摆出了言、文不一致的实际情况:一类是"口语的摘要",即与当时口语差距很大,句中词语、成分省缺颇多的书面语,也就是鲁迅说的"今人谁也不说,懂的也不多的"那一类书面语。鲁迅举例是《书经》《史记》,这类书面语,后来通称"文言"。一类是"提要"性质的,即"用字较为平常,删去的文字较少,就令人觉得"明白如话"的书面语。鲁迅举例是《淮南王歌》以及"后来宋人的语录、话本,元人的杂剧和传奇里的科白"。先秦书面语大都属于"今人谁也不说,懂的也不多"的文言,这是"制作"的结果。①

2. 周公制礼作乐与礼乐文化的兴盛

(1) 古籍对制礼作乐的记载

《尚书大传》:"周公摄政,一年救乱,二年克殷,三年践奄,四年建侯卫,五年营成周,六年制礼作乐,七年致政成王。""周公将作礼乐,优游之三年,不能作。君子耻其言而不见从,耻其行而不见随。将大作,恐天下莫我知也;将小作,恐不能扬父祖功业德泽。然后营洛,以观天下之心,于是四方诸侯率其群党各攻位于其庭。周公曰:'示之以力役且犹至,况导之以礼乐乎?'然后敢作礼乐。《书》曰:'作新大邑于东国洛,四方民大和会。'此之谓也。"

郑玄《诗谱序》:"及成王、周公致大平,制礼作乐,而有颂声兴焉,盛之至也。"又《郑志》答赵商云:"周公摄政,致太平,制礼作乐,乃立明堂于王城。"

《礼记·明堂位》:"武王崩,成王幼弱,周公践天子之位以治天下。六年,朝诸侯于明堂,制礼作乐,颁度量,而天下大服。七年,致政成王。"《逸周书·明堂解》:"周公摄政君天下,弭乱六年而天下大治。……制礼作乐,颁度量,而天下大服,万国各致其方贿。"《左传》文公十八年:"先君周公制周礼曰:则以观德,德以处事,事以度功,功以事民。"

《礼记·乐记》:"王者功成作乐,治定制礼。其功大者其乐备,其治辩者其礼

---

① 朱维德:《关于先秦汉语书面语与当时口语的关系问题》,《衡阳师专学报》1984 年第 3 期。

具。""声音之道与政通。"郑玄注:"功成、治定同时耳。功主于王业,治主于教民。辩,遍也。"《史记·周本纪》:"周公……兴正礼乐,度制于是改,而民和睦,颂声兴。"裴骃《史记集解》引何休曰:"颂声者,太平歌颂之声,帝王之高致也。"唐杜佑《通典》:"洎周武王既没,成王幼弱,周公摄政,六年致太平,述文武之德,制《周官》及《仪礼》,以为后王法。"其中"述文武之德"其实就对应着制礼作乐。

(2)周公制礼作乐开创了礼乐文化新时代

周公创始了中国古代的礼乐文化,并很快在西周发展至礼乐文化兴盛之顶峰,这是学界的共识。而礼乐文化是真正的文明之始,礼乐文化使中华文明迈进了一大步,迈上了一个新台阶、新时代。"制礼作乐"使殷商的鬼神文化转向了周代更高级的礼乐文化。《论语·八佾》孔子曰:"周监于二代,郁郁乎文哉!吾从周。""郁郁乎文哉"之周是从制礼作乐开始的,没有制礼作乐就没有"郁郁乎文哉"之周。

前人对周代礼乐文化的价值、地位评价极高。《礼记·表记》:"殷人尊神,率民以事神,先鬼而后礼。周人尊礼尚施,事鬼敬神而远之,近人而忠焉。"《礼记·乐记》:"乐至则无怨,礼至则不争。揖让而治天下者,礼乐之谓也。"阮籍《乐论》:"礼踰其制则尊卑乖,乐失其序则亲疏乱。礼治其外,乐化其内,礼乐正而天下平。"南朝梁沈约《辩圣论》:"文王造周而未集,武王集之而未成。周公虽无王录,而父兄二圣之烈不可以终,若不表以圣功,制礼作乐,则太平之基不著,二圣之美不彰。"《元史·礼乐志》:"周公相成王,制礼作乐而教化大行,邈乎不可及也。"

王国维《观堂集林·殷周制度论》:"中国政治与文化之变革莫剧于殷周之际。殷周间之大变革,自其表言之,不过一姓一家之兴亡与都邑之移转;自其里言之,则旧制度废而新制度兴,旧文化废而新文化兴。""周之克殷,乃系一个有精神自觉的统治集团,克服了一个没有精神自觉或精神自觉得不够的统治集团。"①武王伐纣是政治革命,而周公制礼作乐则是一次政治、文化革新。周公制礼作乐是中国文化从以神为本的尊神文化发展为以人为本的尊礼文化的关键所在,开启了一个异于殷商的文化新纪元,对中华文化的未来发展方向有巨大的规范、导向作用,中国文化的精神气质亦由此而基本定型。②彭林说:"周公制礼作乐,使中国从崇尚鬼神的时代解放出来,这是中国历史上最为深远的一次变革。"③

《吕氏春秋·贵公》篇把周公当作"公天下"的典范;《当染》篇称赞周公对武

---

① 徐复观:《中国人性论史》,上海三联书店,2001年。
② 雷永强:《周公气质与其"制礼作乐"》,《河南科技大学学报》2017年第4期。
③ 石梅:《彭林教授的礼乐人生》,《中华儿女》2008年第1期。

王王业起重要作用,应是武王的导师;《尊师》篇进一步确定周公是武王之师;《古乐》篇说周公作诗及歌舞,是音乐家;《观世》篇说周公提出"惟贤者必与贤于己者处",意在德行、学问上不断提升,与比自己高明贤能的相处,向他们学习;《重言》篇称赞周公善于言说,重视天子言行一致及其作用;《精谕》篇指出周公善于言听,以无言处明其意;《长利》篇说周公不选地势险阻之地为封国,"公天下"有其深谋远虑。①

(3) 礼乐文化的特征

西周音乐史上最大的事件,莫过于周公制礼作乐。自此以后的 3000 年,西周礼乐成为中国历代帝王无不效仿的辉煌典范、治国方略的完美理想。周人充分认识到音乐的社会功能,严格地规定了各级贵族的社会地位和相应的权益,将他们的礼仪用乐制度化,由此赋予了"乐"的重大政治意义。西周各级贵族在使用配享、列鼎之外,还在乐器、乐曲、舞队规格、用乐场合等方面,均做出了严格的规定。西周考古资料表明,周初,殷商流行多见的编铙突然消失,同类乐器甬钟崭露头角,这应该就是"制度于是改"的内容之一。西周金文称乐官为辅师(铸师)或师(见《辅师嫠簋》和《师嫠簋》铭文)。文献中多见乐官的名称大师、少师。对高水平的宫廷音乐家,在他们的名字前面常加上"师"字,如师旷、师涓、师襄、师文、师乙等,可见西周对音乐的重视。周公全面推行其新的礼乐制度,作为这一制度的重要形式,"乐悬"的组建首当其冲。周代的乐悬,由周初以祭祀的政治功能至上,至春秋逐渐转化为祭祖、娱人并重,艺术的功能获得提升。故有人说春秋时期不是"礼崩乐坏",而是"礼崩乐盛"。春秋之初,旋律性能更佳的新型编钟纽钟崭露头角。纽钟不仅五音齐全,而且七声具备。曾侯乙编钟这一人类青铜时代最伟大作品的出现并非自天而降,而是周代乐悬的音乐性能日臻完备的结果。先秦编钟在其演进过程中,规模因时扩大,音列日益丰富。"周乐戒商"确有其事,西周编钟确实不用商音,周代编钟音列始终保持在"羽、宫、角、徵"四声上。直至新型纽钟随时代音乐之需应运而生,才五音齐全,七声皆用。这种情形与《乐记》孔子与宾牟贾有关《大武》乐"声淫及商,何也"的对话完全吻合。②

西周早期歌诗本质上是一种音乐文化:雅乐。雅乐的特征是清静、肃穆、神圣,这些特征在《周颂》中都有明显体现。如《清庙》曰:"於穆清庙,肃雍显相。"《周颂》以《清庙》为首,不仅因为它是祀文王之诗,也因为《清庙》具有雅乐的典型

---

① 杨兆贵:《论〈吕氏春秋〉对周公的评论》,《天中学刊》2019 年第 5 期。
② 王子初:《巡礼周公》,《中国音乐学》2019 年第 3 期。

风格和内容特征。"正声而可协和神人,感通天地,流而不息,和同而化。"①

中国的"诗"在一开始就打上了"礼"的烙印。周代之前祭祀仪式中对神的狂热崇拜,在本质上与礼是相冲突的,因为礼是讲究理性的。本来可以狂热的诗,在周礼的约束下,一开始就变得异常理性。这种理性不仅约束了诗的内容,也约束了诗的形式。中国早期没有长篇叙事诗,这也是个重要的决定因素。

郑玄《诗谱序》:"论功颂德,所以将顺其美;刺过讥失,所以匡救其恶。各于其党,则为法者彰显,为戒者著明。"郑玄此语有以下几点值得注意:第一,郑玄先言"论功颂德",再言"刺过讥失",不是偶然的,对于"诗"的产生来说,"诗"是从最初的"论功颂德"而发展至后来的"刺过讥失"的。第二,无论是"顺其美"还是"救其恶",最初的诗带有政治功利性,非纯为抒情,故最初的诗必有"法""戒"之义在内。

3. 制礼作乐与《周颂》的产生

（1）《周颂》是制礼作乐的产物

古今皆盛赞西周初期周公制礼作乐,然而"制礼作乐"这一影响中国文化极大的事件,总得有具体的实证加以支撑,它才不至于是个虚空的概念,才能令人信服,但古今对"制礼作乐"都没有论证出实在的、具体可见的实证。

艺术源于宗教,但是艺术对宗教的超越和背离是需要一定契机的。即:真正的艺术超越、背离宗教而独立产生,需要一定的促进因素,艺术才能实现飞跃而产生。西周初期周公制礼作乐,作为歌诗的《周颂》是制礼作乐的产物,是礼乐的附属品和派生物。那么制礼作乐就是中国诗、中国文学得以产生的引擎和导火索。

任何一场特定的祭祀礼仪都不具有普遍性、代表性,因为任何一场特定的祭祀礼仪,都在一定程度上具有即兴性。尽管某一场特定的祭祀礼仪是对以前礼仪的重复和模仿,它也不具有普遍性和代表性,因为它是偶然的,是特定的"这个"。只有特意制作的纪念性礼仪和礼乐才具有普遍性、代表性、典型性,才能流传后世。周代之前有大量的祝祷辞、祝颂辞,却没有形成诗而流传后世,除了音乐、舞蹈等各种艺术还没有发展到一定程度,因而可能较为质朴之外,没有经过专门的修饰、整理、加工、制作的过程,应该是一个至关重要的关键因素。可以推知,没有西周初期周公的制礼作乐,就没有《周颂》,就没有中国诗和中国文学的产生和飞跃。

---

① 清信都芳:《乐书》,引自王耀华、方宝川《中国古代音乐文献集成》,国家图书馆出版社,2012 年。

《礼记·礼运》："陈其牺牲，备其鼎俎，列其琴、瑟、管、磬、锺、鼓，修其祝嘏，以降上神与其先祖，以正君臣，以笃父子，以睦兄弟，以齐上下。"显然，祭祀礼仪的祝嘏之辞，是需要"修"才可以应用的。

《周颂》创作于西周初期，这是古今学术界较为一致的结论。郑玄《周颂谱》："《周颂》者，周室成功致太平德洽之诗，其作在周公摄政、成王即位之初。"《毛诗正义》："以即位之初礼乐新定，其咏父祖之功业，述时世之和乐，宏勋盛事已尽之矣，以后无以过此，采者不为复录。且检《周颂》事迹皆不过成王之初，故断之以为限耳，不谓其后不得作颂也，故曰'成康没而颂声寝'（班固《两都赋序》）。"《周颂》的创作当然是西周初期周公制礼作乐的产物。在"诗"产生之前，以"歌"为抒情方式的时代持续了很长时间，那么"诗"的产生理应是一个复杂的过程。任何事物的从无到有，都不会是一蹴而就的，都不会是极为简单和随意形成的。中国最早的诗经过了祭祀祝颂辞、祭祀演剧之辞、瞽矇讽诵之辞、史官记录之辞之后，还没有成为最终定型的诗。如果史官记录之后即可有诗，那么殷商及其之前就同样可以有诗。所以我们认为，制礼作乐是中国最早的歌诗——《周颂》的最终定型。

把先秦"成相"体韵文与《周颂》相比较，很能看出未经"制作"的韵文与经过"制作"的韵文、个人创作与集体创作、民间体与官方体的区别。《汉书·艺文志》称之为"成相杂辞"，"杂"即含有非正统的含义。制礼作乐必然伴随着文献的生成。在以口传文化为主导的时代，制礼作乐催生了以文字为载体的文献的生成，这个意义是极其重大的，具有里程碑式的历史文化意义。《国语·鲁语》孔子曰："若子季孙欲其法，则有周公之藉矣。"《左传》哀公十一年孔子曰："且子季孙若欲行而法，则周公之典在。"《隋书·礼仪志》："周公救乱，弘制斯文。成、康由之，而刑措不用。"

诗是从属于礼乐的，所以，如果承认周公制礼作乐的真实性，那么就不得不承认：中国诗的产生与制礼作乐密切相关。诗就产生于西周礼乐的制作过程中。学界常言"制礼作乐"，为什么这个术语中没有"诗"？因为诗就隐含在礼乐之中，诗是周代礼乐的副产品。周代礼、乐的整齐划一，必然导致并带来礼、乐中言辞、言语的整齐划一，"诗"就是在这样的文化背景和契机中产生的。

任何"制作"，无论是实物的制作，还是艺术品的制作，都需要原材料。直至今日，诗人作诗仍然需要原材料。那么周代诗人作诗，固然也必定有原材料。所以在发生学意义上，只有"歌"是原创的，而"诗"一开始就不是原创的，是在仪式诵辞这个原材料基础上"制作"出来的。那么我们可以得出结论：没有制礼作乐,就没有中国最早的歌诗《周颂》的产生。

《周颂·有瞽·序》:"《有瞽》,始作乐而合乎祖也。"《郑笺》:"王者治定制礼,功成作乐。合者,大合诸乐而奏之。"《毛诗正义》:"周公摄政六年,制礼作乐,一代之乐功成,而合诸乐器于太祖之庙奏之,告神以知和否。诗人述其事而为此歌焉。以乐初成,故于最尊之庙奏之耳。此太祖谓文王也。"《诗经》三次出现"以洽百礼"的诗句,其中两次出现于《周颂》,可见西周礼乐的繁荣兴盛。

关于周公"制礼作乐",前贤有一些认识模糊不明的误区。其一,学界论及西周初期周公"制礼作乐",证据一直只局限于先秦古籍片言只语的记载,并没有认识到《周颂》是周公"制礼作乐"的最具体、最有力的证据。其二,人们提到"制礼作乐",总是把"礼""乐"分开,以为礼是礼、乐是乐,并没有认识到在当时其实"礼乐"是一体的,礼即寄寓于乐中,至少在西周时期是这样。"制礼作乐"其实就是"制作礼乐"而已。其三,前贤言及周公制礼作乐,总以为周公制作"周礼"和《周礼》。其实,无论是泛言的"周礼"还是《周礼》《周官》其书,它们的大部分内容都不是周公制作,而是周代陆续制作形成的。周公或许只制作了"周礼"或《周礼》《周官》内容中的很少一部分,或者周公只制作了"周礼"或《周礼》《周官》的大纲和轮廓,其中繁复的内容非周初所能作。

"制礼作乐"的本质和宗旨是制作一种典范性的礼乐文化,以弘扬周人的精神和思想理念。制作这种典范性新礼乐文化的原材料不可能是凭空产生的,西周礼乐文化的内容就是在周人的宗教实践中孕育产生的。所以制礼作乐中歌诗的产生,也是在祭祀演剧之辞、瞽矇讽诵之辞、史官记录之辞的基础上产生的。这个过程中的每一个环节都是一种集体创作,每一个环节对前一个环节的文辞都有所提炼和升华,而制礼作乐是这些精品文辞的汇总和定型。对于中国最早的歌诗《周颂》来说,谁是诗人,这是一个说不清道不明的问题,一笔糊涂账,一桩清官难断的案件,一个注定没有结论的命题。

(2)《周颂》中的周公之作

《史记·太史公自序》:"夫天下称诵周公,言其能论歌文、武之德,宣周、邵之风,达太王、王季之思虑,爰及公刘,以尊后稷也。"只要熟悉《诗经》文本即可知,此语无异于是说"周公作诗",或者准确地说,是认为周公作"正诗"。《小雅·四牡·毛传》:"文王率诸侯抚叛国而朝乎纣,故周公作乐以歌文王之道为后世法。"《孔疏》认为《毛传》"举中以明上下"。这些应该都是知本之论。而"周公作诗"其实是"周公造诗",即周公制作诗,并非认为"正诗"都是周公所作,古人立言方式就是这样。但也不排除《诗经》中有些诗篇确有可能是周公所作。

据古籍记载，《周颂》中有些歌诗是周公所作。（1）《汉书·王褒传》："周公咏文王之德而作《清庙》，建为《颂》首。"刘向《封谏》："及至周文开基，西郊杂沓，众贤罔不肃和，崇推让之风以销分争之讼。文王既没，周公思慕歌咏文王之德，其诗曰：'於穆清庙，肃雝显相。'"（2）《国语·周语上》："周文公之颂曰：'载戢干戈，载櫜弓矢。我求懿德，肆于时夏，允王保之。'（《时迈》）"（3）马瑞辰《毛诗传笺通释》："《武》实周公作之于武王之世，故《逸周书·世俘解》：'籥人奏《武》，王入进《万》。'正指武王时言。诗言'於皇武王'者，象功颂德之词，非谥也。"（4）《春秋繁露·质文篇》："周公辅成王，受命作宫邑于洛阳，成文、武之制，作《勺》《酌》乐以奉天。"

笔者认为，《周颂》中周公作诗说不误。"公"和"师"都是周时的官名。《史记·周本纪》："武王即位，太公望为师，周公旦为辅，召公、毕公之徒左右王师，修文王绪业。"杨宽《西周史》："《大戴礼记·保傅》和贾谊《新书·保傅》都说成王有'三公'，'召公为太保，周公为太傅，太公为太师。''三公'的称谓是后起的，但是当时确有'公'的称谓。召公、周公和太公确实都曾担任师、保之职而辅佐成王。"[1]《逸周书·官人解》："王曰：'呜呼，大师！'"陈逢衡注："王，成王也。"孙诒让注："此大师即指周公。《本典篇》叙云：'周公为大师。'是也。《太平御览》八十四引《帝王世纪》云：'成王八年正月朔，王始躬亲政事，以周公为太师。'"唐兰《西周青铜器铭文分代史征》引周公时铜器铭文有："元年八月丁亥，师旦受命作周王、太姒宝彝。"[2]由此可知，周初周公有"师"之职和"师"之称。

再从另一面来看，《周礼·大师》之职既曰"掌六律、六同"，又曰"教六诗"，可知在周代，大师之职本就与乐、诗有关。同时，大师之职还与祝颂有关。《周礼·小祝》曰："大师掌衅祈号祝。"可知大师一定亦是善作颂祷之辞的人。虽然周公非一般大师所能比，但周公作为"师"，一定有"师"的职业职能和文化品位。故周公既是西周初期礼乐的总设计师，也是《周颂》总制作者，同时也是《周颂》部分诗篇的创作者。就中国最早的歌诗《周颂》的产生情况而言，周公同时兼具了"祝"和"史"两种角色和职能。李泽厚说："从远古时代的大巫师到尧、舜、禹、汤、文、武、周公，所有这些著名的远古和上古政治人物，还包括伊尹、巫咸、伯益等人在内，都是集政治统治权（王权）与精神统治权（神权）于一身的大巫。"[3]

古代国君兼巫师和祭司的现象并非仅仅局限于中国，而是具有世界性的。

---

① 杨宽：《西周史》，上海人民出版社，2003 年。
② 唐兰：《西周青铜器铭文分代史征》，中华书局，1986 年。
③ 李泽厚：《由巫到礼　释礼归仁》，生活·读书·新知三联书店，2015 年。

弗雷泽在其著名的《金枝》中认为:"把王位称号和祭司职务合在一起,这在古意大利和古希腊是相当普遍的。古代中国的皇帝们也都主持公共祀典。在那些年代里,笼罩在国王身上的神性绝非是空洞的言辞,而是一种坚定的信仰。在很多情况下,国王不只是被当成祭司,即作为人与神之间的联系人而受到尊崇,而是被当作神灵。"[1]

《清华大学藏战国竹简(叁)·周公之琴舞》组诗中有《敬之》一诗,此组诗在清华简中也归于周公名下,笔者认为其可信度不高,可能是战国时人演绎的结果。另外,《周颂》和《豳风》之外的有些诗篇,亦有古籍记载为周公之作,笔者认为可信性都不大。因为以周公生活的年代和正《大雅》、正《小雅》及《二南》这些诗篇的创作时代相对照,两者明显不相吻合,故此不赘述。

钱穆认为:今果认《诗经》乃古代王官之学,为当时治天下之具,则其书必然与周公有关,必然与周公之制礼作乐有关,必然与西周初期政治上之大措施有关。实则《诗经》创自周公,本属古人之定论,历古相传之旧说。其列指某诗某篇为周公作者亦甚不少。其间宜有虽非周公亲作而秉承周公之意为之者,欲求深明古诗真相,必由此处着眼。惜乎,后人转于此大纲领所在放置一旁,而诗之大义愈荒。周公之以礼治天下,盖凡遇有事,则必为之制礼;有礼,则必为之作乐;有乐,则必为之歌诗;有诗,则必为之通情好而寓教诲焉。此周公当时创制礼乐之深旨也。[2]

(3) 制礼作乐催生了早期戏剧

曲六乙对少数民族剧种和傩戏考察时发现,有些演出的戏剧台本或早期剧本是无改动或基本不改动的说唱文学作品,据此认为这类剧本有双重性:既是戏曲演出台本,又是说唱文学文本。戏曲或戏剧是不断发展变化的概念,早期的"戏"是一个含混的概念。为了请神、酬神和娱神,原样照搬说唱文学作品。用今人的现代戏剧观念要求,它们不是戏,但在古代艺人和观众眼里,它们就是戏。我们在印度新德里观察过一次坐唱演出,印度朋友说这是戏剧,因为有表演。说唱文学输入戏曲文学的方式不是一种,而是两种:除整理、改编外,还有原样照搬。我们从中国傩戏演出中分明看出巫师是怎样衍变成演员的。而原样照搬说唱文学正是早期藏剧、傣剧和地戏等在形成过程中的特殊过渡形态。[3]

《周颂》31首诗都是成组出现的,这种情况也说明了《周颂》创作的集中性、

---

[1] 张树国:《绝地天通:上古社会巫觋政治的隐喻剖析》,《深圳大学学报》2003年第2期。
[2] 钱穆:《读〈诗经〉》,生活·读书·新知三联书店,2009年。
[3] 曲六乙:《说唱文学输入戏曲的独特形态》,《中国戏剧》1995年第6期。

一体性,它们不是一首一首单独创作的,而是有计划、有规模的创作,这就是那场伟大的制礼作乐。《周颂》是《诗经》中的第一场礼乐歌舞表演。《周颂》虽然总体上并不按时间顺序记录、编排,但它在内容上是分板块、分乐章的,每一板块、乐章都有独立的主题。所有乐章加在一起,又构成一个大型的礼乐系统,这个礼乐系统具有早期戏剧的特征。这显然是"制作"的结果。

《诗经》的五部分"正诗":《周颂》、正《大雅》、正《小雅》《周南》《召南》,是五场规模宏大的礼乐歌舞表演。五场礼乐层次清晰。每场礼乐都是分乐章的,每一场礼乐的乐章都昭然可辨。每一乐章中的每一首诗即是这一乐章的其中一幕。每一乐章都有自己的中心和主题,各乐章的排列井然有序,彼此相互关联。每一幕也都有独立的主题,《诗序》阐释之语即是每一幕歌舞表演的主题。每一幕之间的排列顺序同样井然有序,丝毫不乱。五场礼乐内部的每一幕之间也是相互联系、照应的,由此才有"《麟之趾》,《关雎》之应也""《驺虞》,《鹊巢》之应也"这样的阐释。这种阐释说明:当时的礼乐歌舞表演确实有这样的前后一呼一应,浑然一体的情形。五场礼乐歌舞表演清晰地反映了中国早期诗歌的发展脉络及其在当时的应用情况。详细论述请见后文。

4. 从《周颂》看制礼作乐

(1) 制礼作乐是一个过程,不是一个时间点。

西周初期周公制礼作乐,是在克商之后、社会政局尚不稳定的情况下的制作,这种制作的规模不应很大。更为重要的是,制礼作乐是一个过程,而不是一个时间点。

从《诗经》中保存的完整的五场礼乐来看,制礼作乐是一个过程,不是一个时间点。以《清庙》《文王》《鹿鸣》《关雎》为首的《周颂》、正《大雅》、正《小雅》《二南》四部分,在诗的风格、语言特征等方面,分别有朴拙、疏朗、流畅、精致四种特征,它们反映了中国早期诗歌从发生、发展到成熟到几个不同阶段,且四部分诗歌所反映的周人的思想认识水平,也各自具有明显不同的特征。大体来说,《周颂》是中国"诗"的萌芽,它创作于西周初周公、成王时期,这正与历史上的"周公制礼作乐"相照应、相印证。正《大雅》的创作略晚于《周颂》,大致在西周成康至昭穆之际。正《大雅》中的礼仪与《周颂》大体相对应,而又略有发展,说明正《大雅》距离《周颂》的创作时间不会太远。《周颂》和正《大雅》中都能看到周礼的雏形。正《小雅》无一篇不写礼,无一篇不反映礼。而且正《小雅》中的礼仪复杂、成熟而完备,它是有体系、有规模的周礼,它显然是周礼发展到成熟时期的文化产物,这一时期即是西周中后期。《周南》《召南》中的周礼已经下移,且《二南》具有明显的德政思想意识,故《二南》的创作应该在春秋时期。"正诗"创作的发展脉络,清晰地反映了西周礼乐的发展脉络和轨迹,代表了周代文化在四个不同时期的四次进步和飞跃。学界多言春秋时期"礼崩乐坏",实则不然,春秋时期的真实情形应该是:礼并未全崩,乐不仅完全未坏,而且还比前代更为兴盛。周代"制礼作乐"从西周初期一直延续到春秋时期,"制礼作乐"的重要成果之一就是《诗经》的五部分"正诗"。

冯洁轩说:"事实上周公是周初可数的大政治家,西周初年所采取的一系列措施可以说都与他有关,说他制礼作乐,应是可信的。但他或者只是个草创者,礼乐之日趋繁复,还在于历史的积渐。"①过常宝也认为,西周制礼作乐是一个不断发展的过程。西周初期在周公主导下,下至成、康时期,形成了制礼作乐的第一个高潮,不少文献于此时生成,初步的文献编纂活动也同时出现。昭王、穆王时期有意识地对制礼作乐的成果进行总结,于是"合群国,比校民之有道者,设象以为民纪,式美以相应,比缀以书,原本穷末"(《管子·小匡》),形成了又一个文献编纂高潮。②

(2)《周颂》是周公制作礼乐的重要内容

虽然《周颂》中记载的礼乐未必是西周初制礼作乐的全部内容,但周公制礼作乐的重要内容之一就是《周颂》中保存的礼乐。而且《周颂》很可能保存了西周初期制礼作乐中所制之"乐"的大部分乃至全部内容。因为周代礼乐有产生、发展到成熟的过程,最初短时期内制定的礼乐不可能太多。周代礼乐至西周中期才渐趋成熟、完善。

《周颂》中保存的礼乐是至关重要的,它让我们看到了周代礼乐的源头,看到了周代礼乐产生之初的大纲和体系框架,看到了周代礼乐中最基本、最重要的精神元素和价值取向。西周初期以后的周礼,都是在《周颂》保存的这个礼乐体系框架内发展、增修、演变、成熟的。如果眼光再看远一点,《周颂》中保存的礼乐不仅是周代和先秦礼乐制度的源头,它也是秦汉以后中国封建社会礼乐制度的滥觞和雏形。

了解《周颂》与礼乐的关系,可以使我们更清晰地看到中国诗歌发生的礼乐文化背景。从《周颂》我们可以看到,西周初期的祭祖礼以祭祀文王、武王为核心,往前追溯至后稷和先王先公,这首先就为周人的祖先崇拜意识制定了典范,

---

① 冯洁轩:《论郑卫之音》,《音乐研究》1984 年第 1 期。
② 过常宝:《西周制礼作乐与经典的生成》,《中国社会科学报》2015 年 3 月 4 日。

树立了旗帜。其他祭祀礼仪,有郊祀天地礼,有祈、报祭礼,巡守时有告祭,庙祭时有君臣谋、戒、封礼仪,大乐制作成功时以乐舞告祭祖先礼,有礼敬"尸"的绎祭,军事演练和狩猎有师祭,在祭祀祖先等重大祭祀礼仪中有分封诸侯和前代贤王后裔的助祭礼。《周颂》让我们看到了西周初期所制作礼乐的几乎全部内容,这无疑是极为尊贵的历史、文化资料。

所以,以《周颂》为证据,我们可以得出结论:对于西周初期那段时间来说,"制礼",就是制作祭祀礼仪;"作乐",就是制作《周颂》。故郑玄《诗谱序》曰:"及成王、周公致大平,制礼作乐,而有颂声兴焉,盛之至也。"

汉代陆贾《新语》曰:"周公制作礼乐,郊天地,望山川,师旅不设,刑格法悬,而四海之内奉供来臻,越裳之君重译来朝。"《汉书·郊祀志》:"周公相成王,王道大洽,制礼作乐,天子曰明堂、辟雍,诸侯曰泮宫;郊祀后稷以配天,宗祀文王于明堂以配上帝,四海之内各以其职来助祭。天子祭天下名山、大川,怀柔百神,咸秩无文。"汉代人对周公制礼作乐的描述,在《周颂》中都能找到对证。如"郊天地",《昊天有成命》也;"望山川",《时迈》也;"郊祀后稷以配天",《思文》也;"宗祀文王于明堂以配上帝",《我将》也;"四海之内各以其职来助祭",《烈文》《臣工》《振鹭》也;"天子祭天下名山、大川,怀柔百神",《般》也。可见,即使是距离周代最近的汉代人,言及周公制礼作乐时,除了《周颂》中所载录的祭祀礼乐之外,也说不出别的什么了。

周公摄政的几年时间里,西周刚刚建立,政局尚不稳定,平叛、营洛邑都是大事,在这样的短时间内和这样急迫而不稳定的政局下,由周公亲自制定的礼乐不可能太繁多。系统而完备的繁杂的周礼,是后来陆续制定形成的,非一蹴而就可成。后人为了嘉赞周公,突出周公的地位,也为了表述之方便,更因为周公是制礼作乐的首创者,故概而言之曰"周公制礼作乐"。《尚书·金滕》周公曰:"以旦代某之身,予仁若考能,多材多艺,能事鬼神。乃元孙不若旦多材多艺,不能事鬼神。"我们丝毫不怀疑周公的多才多艺,但毕竟周公自己的言辞中所举的多才多艺的例子,只有"能事鬼神"而已。

第四章

周代乐语教育与诗的正式产生及发展演变

      内容提要：乐语，就是针对"乐"而"语"。"乐"即指升歌之歌乐。《周礼》记载的乐语有六种形式：兴、道、讽、诵、言、语。"乐语"既不是诗，也不是普通语言，它介于普通言语和诗之间，是一种有文采、有章法、有节奏、有韵律的"语"，它是未成型的诗，是诗的原材料。乐语因其更符合雅言的规范，是一种极为有效的人才培养手段，因而在周代之后的历朝历代都不难寻觅它的踪迹。乐语的最重要的意义在于：它是诗的源头，是中国诗产生、创作的根源。在乐语之前，只有歌，没有诗。乐语产生了诗，没有乐语就没有诗。乐语把"歌"变成了"诗"，或者说，乐语从"歌"中提炼、演绎出了"诗"。中国最早的诗不是写出来的，而是说出来的。

      《大雅》"正诗"都是据乐语而创作。对《大雅》"正诗"与周礼六种"乐语"做一对应、归类考查，从中看出西周时代的乐语，是严格按照"兴、道、讽、诵、言、语"六种方式执行的，故据这些乐语而加工创作的诗篇，其创作方式均可一一归类于六种乐语。"乐语"的性质决定了部分《大雅》与《周颂》诗篇有一种对应关系——正《大雅》是对相应的《周颂》诗义的阐发，这种对应是由礼仪决定的。这一研究成果打通了《诗经》"雅"、"颂"两部分之间的关系，揭示了《诗经》研究领域的一个千古之谜。这一结论有力地证明了《诗经》的创作与周代礼乐密不可分。周礼乐语之教在《诗》的创作方面留下了深深的痕迹。看似周代诗歌的发展演变，实则是周代礼乐从西周初期到春秋时期的发展演变在起决定作用。

一 周代奏乐仪式

1. 金奏

在《礼经》所记载的周代各类奏乐仪式中，金奏为其始，它如同一个大型奏乐仪式的序曲。金奏，顾名思义，即奏击金属乐器。"金"主要是指钟、镈类乐器。《周礼·春官·钟师》："钟师掌金奏。"郑玄注："金奏，击金以为奏乐之节。金谓钟及镈。"又《仪礼·燕礼》郑玄注："以钟镈播之，鼓磬应之，所谓金奏也。"《周礼·地官·鼓人》郑玄注："金奏，谓乐作击编钟。"孙诒让《周礼正义》："凡诸侯以上作乐之节以金奏为始，故《鲁语》谓之先乐矣。"《左传》襄公四年孔颖达《正义》曰："奏，谓作乐也。作乐先击钟，钟是金也，故称金奏。"

清秦蕙田《五礼通考》："八音之中，金石为众音之纲纪。"金属乐器发出的声响，洪亮、厚重、舒缓、雍和，与瑟、笙等管弦乐器的声响不同。仪式奏乐以"金奏"始，其目的是为仪式奠定、营造一种庄严、隆重的氛围，并以此显示仪式之主人的特殊、尊贵的身份和地位。后世用"钟鸣鼎食"形容高级富贵之家族，即源于此。考古中，凡墓葬出土之物有大量编钟的，一律是国君或高级贵族，也能证明这一点。

在先秦时期，钟是天子身份、地位的象征，故"金奏"仪式也是政治地位与权利的象征，只有盛大、隆重、特殊的仪式才有金奏。《周礼·春官》记载："大祭祀，……王出入则令奏《王夏》，尸出入则令奏《肆夏》，牲出入则令奏《昭夏》。"这里的"奏"应即金奏。可见金奏用于祭祀的前提是"大祭祀"，并非凡祭祀皆有金奏。

在周代，除了大祭祀之外，高级别的燕享、大射、军旅、迎宾等仪式中也有金奏。《国语·鲁语》："金奏《肆夏》《繁遏》《渠》，天子所以飨元侯也。"韦昭注："元侯，大国之君。"《左传》襄公四年杜预注："元侯，牧伯。"周称诸侯之长为"元侯"。后人对金奏所用之曲目《肆夏》等并不十分了解，但古籍记载中金奏仪式的级别之高是显而易见的。《左传》成公十二年："晋郤至如楚聘，且莅盟。楚子享之，子反相，为地室而县焉。（杜预注：县钟鼓也）郤至将登，金奏作于下，（杜预注：击钟而奏乐）惊而走出。"郤至闻金奏声"惊而走出"，肯定是认为金奏级别之高而自己承当不起。又《仪礼·燕礼》郑玄注："《肆夏》，乐章也，今亡。以锺镈播之，鼓磬应之，所谓金奏也。记曰：'入门而县兴。''示易以敬也。'卿大夫有王事之劳，则奏此乐焉。"由此可见，金奏有时也可以单独使用。

金奏本身也是有级别之分的。《周礼·春官·磬师》："凡祭祀，奏缦乐。钟师掌金奏。凡乐事,以钟鼓奏《九夏》:《王夏》《肆夏》《昭夏》《纳夏》《章夏》《齐夏》《族夏》《祴夏》《骜夏》。"这是天子祭祀级别的金奏。郑玄注引吕叔玉云:"《肆夏》《繁遏》《渠》,皆《周颂》也。《肆夏》,《时迈》也。《繁遏》,《执竞》也。《渠》,《思文》也。"又《周礼·春官·磬师》:"凡射,王奏《驺虞》,诸侯奏《貍首》,卿大夫奏《采蘋》,士奏《采蘩》。"这是大射级别的金奏。显然,祭祀级别的金奏曲目明显高于大射级别的金奏曲目。这里要说明的是,虽然郑玄注引吕叔玉云《肆夏》等是《周颂》的篇目,但金奏可能是无辞无歌的,只奏其相应的曲目而已。

《论语·八佾》:"子语鲁大师乐,曰:'乐其可知也:始作,翕如也。从之,纯如也,皦如也,绎如也,以成。'"孔子所言应是他对春秋时奏乐过程的感受。郑玄注:"始作,谓金奏时。闻金作,人皆翕如变动之貌。从,读曰纵。纵之,谓八音皆作。纯如,咸和之矣。皦如,使清浊别之貌也。绎如,志意条达。"[1]

2. 升歌、登歌

升歌,亦曰登歌。《礼记·明堂位》曰"升歌《清庙》",《礼记·文王世子》曰"登歌《清庙》",可知"升歌"即"登歌"。用语不同,其差别在于:"升歌"是从仪式的角度而言的术语,"登歌"是从人的角度而言的术语。故《礼记·明堂位》曰:"以禘礼祀周公于大庙……升歌《清庙》,下管象,朱干玉戚,冕而舞《大武》。"《礼记·祭统》曰:"夫祭有三重焉:献之属莫重于祼,声莫重于升歌,舞莫重于《武宿夜》。"此即从仪式的角度而言者。《礼记·文王世子》曰:"天子视学……反,登歌《清庙》。既歌而语,以成之也。"《周礼·春官·大师》:"大祭祀,帅瞽登歌,令奏击拊。"此即从人的角度而言者。"升歌"与"登歌"虽有此细微差别,但其含义是相同的。

大师和小师在周礼升歌仪式中的职能是:大师帅瞽登歌,而瞽矇之所歌是由小师教的。《周礼·春官·小师》:"小师掌教鼓鼗、柷、敔、埙、箫、管、弦、歌。"郑玄注:"教,教瞽矇也。弦,谓琴瑟也。歌,依咏诗也。"

升歌或登歌的场合,《礼经》所载有二:祭祀和宴飨。上文所引《周礼·春官·大师》《礼记·明堂位》《礼记·祭统》所载之升歌或登歌,皆明确言祭祀。《仪礼·燕礼》《礼记·乡饮酒义》《礼记·仲尼燕居》《礼记·郊特牲》所载之升歌或登歌,皆明确言宴飨。《仪礼·燕礼》:"燕,朝服,……升歌《鹿鸣》,下管《新宫》,笙入三成。"《礼记·乡饮酒义》:"工入,升歌三终,主人献之。"

---

[1] 《论语》郑玄注已经失传。20 世纪以来,敦煌吐鲁番出土了 30 多个唐人抄写的《论语》郑玄注,可以恢复一部分郑注的面貌。

　　《礼经》正文所载升歌或登歌的场合以祭祀和宴飨为主。《周礼·春官·大师》贾公彦《疏》云："凡祭祀、大飨及宾射，升歌、下管，一皆大师令奏，小师佐之。"可知宾射时亦升歌。《礼记玉藻》记国君沐浴、"进羞"之后，"工乃升歌"，可见周代升歌仪式的实际应用场合应该比较广。

　　《周礼·春官·大师》："大祭祀，帅瞽登歌，令奏击拊。下管播乐器，令奏鼓朄。"郑玄注引郑司农云："登歌，歌者在堂也。"可知之所以称"登歌"，乃登堂而歌之意。登歌时，大师率瞽人登堂而歌。大师和瞽矇是周礼中与诗、乐关系最密切的人。

　　《周礼·春官·大师》郑玄注引郑司农云："登歌，下管，贵人声也。"《礼记·郊特牲》："奠酬而工升歌，发德也。歌者在上，匏竹在下，贵人声也。"孔颖达《礼记正义》："歌是人声，人声可贵，故升之在堂。匏竹可贱，故在堂下。然瑟亦升堂者，瑟工随歌工故也。"可知周代乐制是以人声为贵的。

　　《礼经》中除"升歌"和"登歌"之外，《仪礼·乡饮酒礼》和《仪礼·燕礼》还有"工歌"的记载："工歌《鹿鸣》《四牡》《皇皇者华》。"对于"工歌"和"升歌"的关系，《礼记·郊特牲》曰："奠酬而工升歌，发德也。歌者在上，匏竹在下，贵人声也。"可知"工歌"就是"升歌"，是"工升歌"的一种简称。

　　但实际上，"工歌"与"升歌""登歌"是有所不同的。"工歌"应该是春秋时期的术语，而不是西周时期的术语。"工歌"是从"升歌"和"登歌"发展变化而来的，它主要是指诸侯国国君之礼仪，而不是周天子之礼仪。因为我们看到：第一，《仪礼》"工歌"的三首诗都在《诗经·小雅》，与三《礼》经文和注疏中所言的"升歌"和"登歌"的内容绝不相同。第二，"工"，指乐工。春秋时期"工歌"之歌者"工"已经未必是西周时"升歌""登歌"的大师和瞽人。三《礼》中，"升歌"和"登歌"的细微差别也用不同的术语区分，那么"工歌"必不与"升歌"和"登歌"完全相同。所以我们认为，"工歌"不应该是西周时期的现象。故《左传》中有"工歌"，而没有"升歌"和"登歌"。先秦文献中，"工歌"只歌《雅》诗，"升歌"和"登歌"只歌《颂》诗，显然，它们是不同时期、不同级别的礼仪用语。《礼记》乃至三《礼》所记之礼仪，本就并非单指西周之礼仪。《礼记·祭统》："夫大尝禘，升歌《清庙》，下而管《象》，朱干玉戚以舞《大武》，八佾以舞《大夏》，此天子之乐也。"这才是西周升歌所用诗乐的真实情况。天子祭祀礼仪不可能升歌《雅》诗。只有天子享诸侯和臣子时歌《雅》，但这也不是西周早期礼仪之旧，而是周代较晚的礼仪。笔者认为，三《礼》乃至先秦文献凡是有"工"参与的"歌"都是春秋时期诸侯国之礼仪，不是西周天子"升歌"礼仪之旧。

不仅如此，三《礼》及其注疏中记载的一整套歌乐仪式，升歌之前有金奏，升歌之后有下管、间歌、合乐等，也应该不是西周礼仪之旧。西周早期的礼仪，其歌乐仪式比较单纯，只有金奏、升歌、下管。

3. 升歌所歌之诗

歌，即今语之"唱"。歌唱什么呢？《周礼·春官·大师》贾公彦《疏》曰："大师帅取瞽人登堂，于西阶之东，北面坐，而歌者与瑟以歌诗也。"其时所歌之诗，即保存于今《诗经》中的诗。

周礼升歌仪式中所歌之诗是有等级制度的。《周礼·春官·钟师》贾公彦《疏》："歌诗尊卑各别。若天子享元侯[①]，升歌《肆夏》《颂》，合《大雅》；享五等诸侯，升歌《大雅》，合《小雅》；享臣子，歌《小雅》，合乡乐。若两元侯自相享，与天子享己同。五等诸侯自相享，亦与天子享己同。诸侯享臣子，亦与天子享臣子同。燕之用乐与享同，故《燕礼》燕臣子升歌《鹿鸣》之等三篇。襄四年晋侯享穆叔，为之歌《鹿鸣》。"《左传》襄公四年："穆叔如晋，报知武子之聘也，晋侯享之。金奏《肆夏》之三，不拜。工歌《文王》之三，又不拜。歌《鹿鸣》之三，三拜。韩献子使行人子员问之，曰：'子以君命辱于敝邑，先君之礼，藉之以乐，以辱吾子，吾子舍其大而重拜其细，敢问何礼也？'对曰：'三《夏》，天子所以享元侯也，使臣弗敢与闻。《文王》，两君相见之乐也，使臣不敢及。《鹿鸣》，君所以嘉寡君也，敢不拜嘉？'此事的记载还见于《国语·鲁语下》。《左传》《国语》所记无疑是春秋时期的事，其实《周礼·贾疏》所言也应该是春秋时期的事。西周时期的升歌仪式应该只升歌《周颂》，它是西周天子之升歌礼仪独用之诗。

这种升歌用诗的等级制度也可以略有所变通。郑玄《小大雅谱》曰："其用于乐，国君以《小雅》，天子以《大雅》。然而飨宾或上取，燕或下就。"因为周代的礼仪中，飨的等级高于燕，所以诸侯国君飨宾时可上取，用《大雅》；天子行燕礼时可下就，用《小雅》。《毛诗正义》曰："诗为乐章，善恶所以为劝戒，尤美者可以为典法。故虽无诗者，今得进而用之，所以风化天下。"

三《礼》和《左传》《国语》所言升歌、工歌、歌，所用之大、小《雅》诗篇都很明确：歌《大雅·文王》之三和《小雅·鹿鸣》之三，即：《大雅》前三首诗：《文王》《大明》《绵》；《小雅》前三首诗：《鹿鸣》《四牡》《皇皇者华》。那么，升歌《颂》诗的情况如何呢？

---

① 《左传·襄公四年》杜预注："元侯，牧伯"。《国语·鲁语下》韦昭注："元侯，大国之君。"周称诸侯之长为"元侯"。后泛指重臣大吏。

三《礼》所言"升歌"者只歌《清庙》，没有提及《周颂》的其他诗篇。《周礼·春官·钟师》贾公彦《疏》又出现了升歌《肆夏》。那么是否周礼升歌《颂》诗时只歌《清庙》，或者只歌《清庙》和《肆夏》呢？我们认为，并非如此。

首先，《周礼·春官·钟师》贾公彦《疏》不曰"升歌《肆夏》《清庙》"，而曰"升歌《肆夏》《颂》"，应该不是随意的，它意味着除《清庙》以外的《颂》诗也是可以升歌的。《礼记·郊特牲》孔颖达《正义》亦曰："元侯自相享，亦歌《颂》，合《大雅》。"第二，《周礼·春官·钟师》郑玄注引杜子春云："《肆夏》《繁遏》《渠》，所谓《三夏》矣。"又引吕叔玉云："《肆夏》《繁遏》《渠》，皆《周颂》也。《肆夏》，《时迈》也。《繁遏》，《执竞》也。《渠》，《思文》也。"又《礼记·郊特牲·孔疏》："王享燕元臣，升歌《三夏》。《三夏》即《颂》。"可见《周颂·时迈》《执竞》《思文》亦可用之于升歌。第三，孔颖达《毛诗正义》于《小大雅谱》下曰："《书传》多云'升歌《清庙》'，是事重为常歌，故以为诸篇之首也。"此言得之。《清庙》是文王之诗，周天子升歌仪式所用最频繁者。《周颂》中的其他诗篇亦可用于升歌，只是其使用不如《清庙》频繁，地位亦不如《清庙》显著。孔颖达《毛诗正义》于《周颂谱》下曰："既作之后，其祭皆升堂歌之，以为常曲，故《礼记》每云'升歌《清庙》'，是其事也。"以《清庙》为升歌之常曲，应该是西周最初升歌的情况。孙希旦《礼记集解·文王世子》亦曰："升歌之诗以《清庙》为最尊，天子祭祀及飨诸侯乃用之。今养老亦升歌《清庙》，尊老更也。"《钦定周官义疏》："凡乐必升歌，若非祭文王，则所歌不必《清庙》。"另《周颂谱·毛诗正义》曰："《乐师》'帅学士歌《彻》'，谓歌《雍》也。"这些都可证明：《周颂》诗篇用于升歌、登歌者非只限于《清庙》。明确这一点对下文的论述非常重要。笔者窃以为，西周初期的升歌，应该只升歌《清庙》。《周颂》其他诗篇用于升歌，应该是后来随着祭祀礼仪的发展变化，奏乐、升歌亦陆续随之发展变化的结果。至于《周颂》31首诗是否都曾可用于升歌，则不得而知。

到后来，不仅《周颂》可用于升歌，二《雅》中部分"正诗"亦可用于升歌。《仪礼·燕礼》："若与四方之宾燕，则……升歌《鹿鸣》。"郑玄《小大雅谱》曰："天子飨元侯，歌《肆夏》，合《文王》。诸侯歌《文王》，合《鹿鸣》。"又《仪礼·乡饮酒礼》郑玄注："《小雅》为诸侯之乐，《大雅》《颂》为天子之乐。乡饮酒升歌《小雅》，礼盛者可以进取也；燕合乡乐，礼轻者可以逮下也。《春秋传》曰：'《肆夏》《繁遏》《渠》，天子所以享元侯也。《文王》《大明》《绵》，两君相见之乐也。'然则诸侯相与燕，升歌《大雅》，合《小雅》。天子与次国、小国之君燕亦如之，与大国之君燕，升歌《颂》，合《大雅》。"可见越到后来，升歌所用之诗的范围越广。但在这种仪式的初期，即西周较早时期，是只升歌《周颂》的。"二雅"部分诗篇用于升歌，应是这一仪式发展到西周较晚时期及春秋时期的礼仪现象。另值得一提的是,这种"升歌""登歌"仪式在中国封建社会中一直延续下来,非周代独有。如《汉书·礼乐志》:"高祖时,叔孙通因秦乐人制宗庙乐。大祝迎神于庙门,奏《嘉至》,犹古降神之乐也。皇帝入庙门,奏《永至》,以为行步之节,犹古《采荠》《肆夏》也。乾豆上,奏登歌,独上歌,不以管弦乱人声,欲在位者遍闻之,犹古《清庙》之歌也。登歌再终,下奏《休成》之乐,美神明既飨也。皇帝就酒东厢,坐定,奏《永安》之乐,美礼已成也。"《元史》记载:"皇帝升殿,登歌乐奏《顺成》之曲。""初献升殿,登歌乐奏《肃宁》之曲。""撤笾豆,登歌乐奏《丰宁》之曲。"

总之,《清庙》是最早用于升歌的。而且最早用于升歌仪式的,应该只有《清庙》,其他《周颂》诗篇应该是后来陆续进入升歌仪式的。再到后来,即春秋时期,《大雅》和《小雅》的前三首诗也进入了升歌仪式,不过它们用于级别低于《颂》诗的仪式。但无论在任何时期,升歌《清庙》都是级别最高的、最隆重的仪式。

4. 下管、笙奏、间歌

关于"下管"是否就是"笙奏",不能确定,前人意见亦不一。孙怡让《周礼正义·笙师》认为:"作乐时,下管、笙奏、间歌、合乐诸节皆钟笙并奏。"其以为下管、笙奏是二。笔者窃以为:"管"应该就是指"笙",西周早期的"下管"应该就是指"笙奏"。《周礼·春官·大师》贾公彦《疏》:"凡乐,歌者在上,匏竹在下,故云'下管播乐器'。乐器,即笙、箫及管皆是。"后来春秋时期奏乐仪式渐趋繁复,不断翻新花样,在"下管"之后又多了"笙入"环节,这应该就是指"笙奏"。所以两者的不同仍然在于时间方面的因素,即它们是不同历史时期的奏乐术语。显然,"下管"早于"笙奏"。《礼记·祭统》:"夫大尝禘,升歌《清庙》,下而管《象》,朱干玉戚以舞《大武》,八佾以舞《大夏》,此天子之乐也。"《仪礼·燕礼》:"升歌《鹿鸣》,下管《新宫》,笙入三成。"可知,升歌《清庙》后仅有"下管",而升歌《鹿鸣》后有"下管",亦有"笙入"。而早期的西周礼仪是不会有升歌《鹿鸣》之事的。且文献中记载的"笙入"仪式只见于诸侯燕礼和乡饮酒礼,二者均是级别较低的礼仪。

春秋时期的升歌仪式还伴随有"间歌"。"间"含有轮流相间的意思。堂上堂下一歌一奏,称为"间歌一终"。孔颖达《春秋左传正义》:"堂上歌一篇,堂下吹一篇,相间代也。"

在仪式中,升歌、间歌都以"三终"为常数。《礼记·乡饮酒义》:"工入,升歌三终,主人献之。笙入三终,主人献之。间歌三终,合乐三终,工告乐备,遂出。"孔颖达《疏》:

"工入，升歌三终"者，谓升堂歌《鹿鸣》《四牡》《皇皇者华》，每一篇而一终也。"主人献之，笙入三终"者，谓吹笙之人入于堂下，奏《南陔》《白华》《华黍》，每一篇一终也。"间歌三终"者，间，代也。谓笙歌已竟，而堂上与堂下更代而作也。堂上人先歌《鱼丽》，则堂下笙《由庚》，此为一终；又堂上歌《南有嘉鱼》，则堂下笙《崇丘》，此为二终也；又堂上歌《南山有台》，则堂下笙《由仪》，此为三终也。

5. 合乐

周代礼仪在升歌之后，还有合乐。在周礼用语中，"合"是相对于"间"而言的。"间"是指堂上堂下先登歌后奏乐（吹笙），"合"是指登歌与奏乐同时进行。《仪礼·乡饮酒礼》郑玄注云："合乐，谓歌乐与众声俱作。"

升歌仪式的要义，是在彰显以主人为首的整个群体的凝聚力。下管仪式的要义，是在彰显一种上下、尊卑的等级秩序。故《礼记·文王世子》在升歌、下管之后，即曰："正君臣之位、贵贱之等焉，而上下之义行矣。"间歌仪式的要义，是在比喻一种君臣之间一唱一应、上唱下和的和谐。合乐是仪式的高潮，也是最热烈的环节，它的要义应该是显示君臣上下天下一家、和谐共济的内涵。

升歌用诗，合乐也用诗。升歌在当时是最隆重、等级最高的礼仪，即《礼记·祭统》所言"声莫重于升歌"。合乐的等级比升歌低一级，所用之诗也比升歌低一个级别。《礼记·郊特牲》孔颖达《正义》曰：

> 凡合乐，降于升歌一等。王享燕元臣，升歌《三夏》，《三夏》即《颂》，合乐降一等，即合《大雅》也。元侯自相享，亦歌《颂》，合《大雅》。故《仲尼燕居》两君相见，歌《清庙》是也。侯伯子男相见，既歌《文王》、合《鹿鸣》也。准约元侯，则天子享燕侯伯子男，亦歌《文王》、合《鹿鸣》也。诸侯燕臣子，歌《鹿鸣》、合乡乐，燕礼是也。其天子燕在朝臣子，工歌《鹿鸣》、合乡乐。故郑作《诗谱》云："天子、诸侯燕群臣及聘问之宾，皆歌《鹿鸣》、合乡乐。"是也。升歌、合乐所以异者，案：《乡酒礼》及《燕礼》工升自西阶，歌《鹿鸣》《四牡》《皇皇者华》。歌讫，笙入，立于堂下，奏《南陔》《白华》《华黍》。奏讫，乃间歌《鱼丽》，笙《由庚》；歌《南有嘉鱼》，笙《崇丘》；歌《南山有台》，笙《由仪》。间歌讫，乃合乡乐《周南·关雎》《葛覃》《卷耳》《召南·鹊巢》《采蘩》《采蘋》。间者，谓堂上堂下一歌一吹，更递而作；合者，上下之乐并作。此其所以异也。

又《礼记·乡饮酒义》孔颖达《正义》曰："'合乐三终'者,谓堂上下歌瑟及笙并作也。若工歌《关雎》,则笙吹《鹊巢》合之;若工歌《葛覃》,则笙吹《采蘩》合之;若工歌《卷耳》,则笙吹《采蘋》合之。"这里应该指出的是,"合乐"应该是指堂上、堂下共同歌、奏某一个等级的歌乐,共同依次歌、奏某一组诗章、乐章。如果堂上、堂下同时各自歌、奏不同的诗章、乐章,杂乱无章,混淆视听,应该不会是这样的情形。明朱载堉《乐律全书》曰:"所谓合乐者,如堂上歌《关雎》,则堂下亦奏《关雎》以合之;如堂上歌《鹊巢》,则堂下亦奏《鹊巢》以合之。此之谓合乐也。旧说如堂上歌《关雎》,则堂下奏《鹊巢》以合之,此不达之论也。"清毛西河《答李恕谷书》:"合乐之法,工歌《关雎》,则堂上之瑟、堂下之笙管皆群起而应之。其歌《葛覃》《卷耳》《鹊巢》《采蘩》《采蘋》皆然。"所以,"合乐"很接近现在有伴奏的歌唱。

总之,周代礼仪用乐的顺序是:一金奏,二升歌,三下管,四笙奏,五间歌,六合乐,七兴舞。但对于每一个具体的仪式来说,六者不必全备。较小的、等级较低的礼仪,可以只择取其中的一个或几个环节。例如可以只合乐,也可以只升歌,或者只升歌、合乐,而略去其他。只有重大的、高等级的礼仪才前六者全备,只有最隆重的礼仪才有兴舞。

我们可以看到,周代奏乐仪式从西周到春秋发生了很大的变化。首先,最重要的变化是由简到繁,由简单到复杂,由朴素到华丽。西周时期最早的升歌是隆重而单一的,既没有间歌,也没有合乐。间歌、合乐应该都是春秋时期的事,至少也应该是西周中后期才有的事。因为《大雅》的创作时间晚于《周颂》,《小雅》的创作时间晚于《大雅》,《二南》的创作时间晚于《小雅》,那么它们被用于奏乐的时间也应该是一个比一个晚,逐渐延后的。不可能诗篇创作之时即用之于奏乐。《周颂·执竞》:"钟鼓喤喤,磬管将将。"《周颂·有瞽》:"喤喤厥声,肃雍和鸣。"西周早期的奏乐是"肃雍和鸣"的,虽有钟鼓和磬管,亦只"喤喤厥声"而已,一派庄严肃穆的气氛。《论语》:"子曰:'师挚之始,《关雎》之乱,洋洋乎盈耳哉!'"这"《关雎》之乱",应该就是指工歌《关雎》之后合乐时的情景。上下之乐并作,一片"洋洋乎盈耳"的乐声,一定是不同于西周时期"肃雍和鸣"的奏乐氛围。其次,从西周到春秋,升歌仪式所用之诗也发生了很大变化。由西周时最初只升歌《清庙》,到后来《清庙》之外的其他一些诗篇也陆续进入升歌仪式;再到后来,大、小《雅》的前三首诗也进入升歌仪式;再到后来,《周南》《召南》的前三首诗似乎也进入了升歌仪式。随着升歌所用诗篇的发展变化,间歌、合乐所用诗篇也随之而发展变化。从《诗经》在周代的使用情况看，其由高到低的等级是《颂》《雅》《风》。第三，升歌的内涵、要义也发生了变化。《礼记·文王世子》："反，登歌《清庙》。"郑玄注："反，谓献群老毕，皆升就席也。反就席，乃席正于西阶上歌《清庙》以乐之。"认为"登歌《清庙》"的内涵、要义是为了乐群老，对于春秋时期的升歌礼仪来说，这也许没有错。但西周时期的升歌是仪式中最隆重而严肃的事，大致即如同今之重要集会开始时的奏唱国歌，绝不是为了"以乐之"。升歌仪式从西周到春秋的这些变化，当然是社会政治的变化而决定的，其中周天子地位的下降和礼乐制度的渐趋世俗化是最重要的两个因素。

6. 正歌、正乐、无算乐

在周礼仪式用乐术语中，还有"正歌"。据《礼经》记载及其注疏的阐释看，"正歌"的含义有三。其一，《仪礼·燕礼》："大师告于乐正曰：'正歌备。'"郑玄注："正歌者，声歌及笙各三终，间歌三终，合乐三终，为一备。备亦成也。"郑玄认为，当升歌、下管、笙奏、间歌、合乐都齐备后，称之为"正歌备"。其二，《仪礼·乡射礼》："工不兴，告于乐正曰：'正歌备。'"贾公彦《疏》："言'正歌'者，升歌也。"贾公彦认为"正歌"就是指升歌。其三，天子以《颂》《大雅》（指"正《大雅》"）为自己的正歌，诸侯以《小雅》（指"正《小雅》"）为自己的正歌，诸侯以下之乡大夫诸人以《二南》为自己的正歌。上引《仪礼·乡射礼》贾公彦《疏》："升歌《鹿鸣》是上歌，诸侯乐非己正乐，故以《二南》为正歌也。"《仪礼·乡射礼》孔《疏》又云："《颂》及《大雅》天子乐，《小雅》诸侯乐，此《二南》乡大夫乐。"

"正歌"之外，还有"正乐"一术语。《礼记·乡饮酒义》云："工入，升歌三终，主人献之；笙入三终，主人献之；间歌三终，合乐三终。工告乐备。"这个"乐备"，即是指正乐备。《礼经》正文中没有"正乐"一语，它只出现在《仪礼》郑玄、贾公彦的注疏中，它的含义与"正歌"相同或相近。但据注疏的阐释，它还有另一层含义。《仪礼·乡射礼》："乐正告于宾，乃降。"郑玄注："乐正降者，堂上正乐毕也。"贾公彦《疏》："云'正乐'者，对后无算乐非正乐也。"所以"正乐"含有与"无算乐"相对、相比较的含义。

《仪礼·乡射礼》："无算乐。"郑玄注："合乡乐无次数。"《仪礼·燕礼》："无算乐。"郑玄注："升、歌、间、合无数也，取欢而已，其乐章亦然。"贾公彦《疏》："无算对上升歌、笙、间、合各依次第而三终，有次有数。此则任君之情，无次无数。其诗乐章亦然，亦无次无数。"《仪礼·大射仪》："无算乐。"郑玄注："升、歌、间、合无次数，唯意所乐。"所以，"正乐"演奏的次数有具体规定，"无算乐"是正式仪式之后演奏之乐，等级较低，演奏次数不固定，可多可少，随宾主所好而定。至于无算乐所演奏的诗篇，《仪礼·乡饮酒礼》："无算爵。无算乐。"郑玄注："燕乐亦无数，或间或合，尽欢而止也。《春秋》襄二十九年：吴公子札来聘，请观于周乐。此国君之无算。"贾公彦《疏》曰："上升歌、笙、间、合乐皆三终，言有数，此即无也。云'或间或合，尽欢而止也'者，以其不言《风》《雅》，故知或间：如上间歌用《小雅》也；或合：用《二南》也。"襄公二十九年鲁国为季札演奏周乐，把《诗经》风雅颂几乎全部遍奏了一遍。由此可知，无算乐不仅演奏次数很随意，所演奏的诗篇也很随意，演奏的方式和次序也很随意，均没有限制。有人认为，无算乐与正乐演奏的诗篇是一样的，只是演奏的次数和次序等很随意。这里我们想强调的一点是："正歌"以外的诗篇亦可用于无算乐。这一点与前贤的认识不同。孔颖达《毛诗正义》于《小大雅谱》下曰："变者虽亦播于乐，或无算之节所用，或随事类而歌，又在制礼之后，乐不常用，故郑于变雅下不言所用焉。"

无论如何，用于升歌、间歌、合乐的诗，都是《诗经》中的"正诗"，即《周颂》、大小正《雅》和《二南》。"变诗"不用于升歌仪式，但也可歌。《诗经》"正诗"之名，首先即源自于《礼经》中的"正歌""正乐"。

7. 世界最早的交响乐

虽然合乐是仪式的高潮和最热烈的环节，但升歌才是周代奏乐仪式最重要的环节，也是其时之人最重视的环节。《礼记·祭统》："声之属莫重于登歌。"《礼记·文王世子》："天子视学……反，登歌《清庙》。既歌而语，以成之也。言父子、君臣、长幼之道，合德音之致，礼之大者也。"在周代奏乐仪式的一系列环节中，升歌最古，亦最为重要，其他环节都是在升歌基础上发展、增益而来的。所以其他奏乐环节均可视礼仪层次的具体情况而可省略，或有或无，但"歌"不可无。只不过西周早期最初的"升歌"，发展至春秋时期，演变为"工歌"。

现在我们要探讨的是：周代"升歌"时有没有乐器伴奏呢？是独歌、清唱呢，还是有乐器伴奏的歌唱呢？我们认为，升歌是有伴奏的，这个伴奏的乐器就是瑟。

《礼记·乐记》："《清庙》之瑟，朱弦而疏远，一倡而三叹，有遗音者矣。"郑玄注："《清庙》，谓作乐歌《清庙》也。朱弦，练朱弦，练则声浊。越，瑟底孔也，画疏之，使声迟也。倡，发歌句也。三叹，三人从叹之耳。"孔颖达《疏》："《清庙》之瑟，谓歌《清庙》之诗。所弹之瑟朱弦，谓练朱丝为弦，练则声浊也。越，谓瑟底孔也。疏通之，使声迟，故云'疏越'。弦声既浊，瑟音又迟，是质素之声，非要妙之响。以其质素，初发首一倡之时，而唯有三人叹之，是人不爱乐。虽然，有遗余之音，言以其贵在于德，所以有遗余之音，念之不忘也。……'大乐必易'者，'朱弦而疏越'是也。"这说明，升歌《清庙》时是有瑟伴奏的，只是没有琴而已。可能因为鬼神是属阴的，因而只适合用瑟伴奏《颂》诗演唱，而不可用属阳的琴。并非像有的学者单凭文字统计而得出的结论，认为《颂》诗中没有出现琴瑟，所以升歌时没有伴奏。

《尚书·皋陶谟》："夔曰：'戛击鸣球，搏拊琴瑟以咏，祖考来格，虞宾在位，群后德让。下管鼗鼓，合止柷敔，笙镛以间，鸟兽跄跄。"这里先曰"搏拊琴瑟以咏"，后曰"下管鼗鼓，合止柷敔"，与周礼升歌、下管、合乐的顺序完全吻合，这完全就是对周代升歌、奏乐仪式的描述，不可能是尧舜时期的情况。又《尚书大传》曰：

> 古者帝王升歌《清庙》之乐，大琴练弦达越，大瑟朱弦达越，以韦为鼓。谓之搏拊，何以也？君子有大人声，不以钟鼓、竽瑟之声乱人声。《清庙》升歌者，歌先人之功烈德泽也，故欲其清也。其歌之呼也，曰："於穆清庙，肃雝显相。"於者，叹之也。穆者，敬之也。清者，欲其在位者遍闻之也。故周公升歌文王之功烈德泽，苟在庙中尝见文王者，怵然如复见文王。故《书》曰："搏拊琴瑟以咏，祖考来假。"此之谓也。

这里以为升歌《清庙》时有瑟亦有琴。又《魏风·园有桃·传》："曲合乐曰歌。"又《大雅·行苇·传》："歌者，比于琴瑟也。"两相对照，可知"曲合乐曰歌"，即是指"比于琴瑟"而歌。

相比之下，我们认为《乐记》的记载更可信。因为据学者研究，琴的出现晚于瑟。宋末元初熊鹏来《瑟谱》曰：

> 《尔雅》释曰："瑟者，登歌所用之乐器也。"古者歌诗必以瑟。《论语》三言瑟，而不言琴。《仪礼》乡饮、乡射、大射、燕礼，堂上之乐惟瑟而已。在礼堂上侑歌，惟瑟而已。歌诗不传，由瑟学废也。《仪礼》乡饮、乡射、大射、燕礼四篇皆以瑟歌诗。歌诗必以瑟。楚俗亦以瑟歌而合乐，故其词曰："陈竽瑟兮浩倡。"又曰："缊瑟兮交鼓。"又如郊庙乐章、汉房中歌十七、郊祀歌十九、梁十二雅、唐十二和，盖亦以歌瑟合乐。唐诗犹以《陌上桑》《归雁》为瑟曲。或谓"暮春浴沂"，乃所鼓之瑟曲，如此因以言志，于理或然。

明朱载堉《乐律全书》：

古人歌诗未尝不弹琴瑟，弹琴瑟亦未尝不歌诗，此常事也。或有不弹而歌，不歌而弹，此则变也，故《尔雅》曰："徒歌谓之谣，徒鼓瑟谓之步。"别而言之，著其变也。歌与谣、讴故当不同。《韩诗章句》曰："有章曲曰歌，无章曲曰谣。"孟子曰："河西善讴，齐右善歌。"然则歌贵而谣贱，歌尊而讴卑。凡先王雅乐，切忌讴之，讴之是轻之也。何谓讴之？不鼓琴瑟而歌是也。

此语可以为我们解释，何以《周颂》、正《大雅》、正《小雅》、正《风》(《二南》)的重要诗篇，在当时都被逐步地用为以琴瑟伴奏的"升歌"，因为它们都是其时的"雅乐"。因此我们有理由认为，《清庙》在升歌时是用瑟伴奏的。由此我们可以推知，当时升歌仪式皆用瑟伴奏。

周代升歌仪式用瑟伴奏，而瑟无疑是早期的弦乐器。升歌之后的下管、笙奏，无疑是早期的管乐器。升歌、下管之后的间歌，是上、下之弦、管乐器的轮流、交替演奏；而其后的合乐，是上、下之弦、管乐器的合奏。这样一种管、弦乐器搭配的合奏，用今天的音乐术语来说，它无疑就是管弦乐。而经过间歌、合乐环节的反复演奏，形成了一种多乐章的大型管弦乐，这无疑即类似于现代意义上的交响乐，应该是世界上最早的交响乐。

对于先秦时的这种管弦乐，早在汉代人们就有所认识，而且既已名之为"管弦"，或亦曰"筦弦"。

《淮南子·原道训》："夫建钟鼓，列管弦。"

《淮南子·主术训》："古之为金石管弦者，所以宣乐也。"

《汉书·礼乐志》："为其俎豆筦弦之间小不备，因是绝而不为，是去小不备而就大不备，或莫甚焉。""和亲之说难形，则发之于诗歌咏言，钟石筦弦。"

《汉书·礼乐志》："高祖时……登歌，独上歌，不以管弦乱人声，欲在位者遍闻之。"

《汉书·韩延寿传》："春秋乡社陈钟鼓管弦，盛升降揖让。"

《汉书·董仲舒传》："圣王已没，钟鼓、筦弦之声未衰。"颜师古注："筦与管字同。"

陆贾《新语》："智者达其心，百工穷其巧，乃调之以管弦、丝竹之音，设钟鼓、歌舞之乐,以节奢侈,正风俗,通文雅。"

扬雄《扬子法言》:"声音以扬之,《诗》《书》以光之。"注:"歌于管弦,咏其德美。"

汉代以后,这种"管弦"之称更多。晋张华《情诗》:"终晨抚管弦,日夕不成音。"唐白居易《琵琶行》:"主人下马客在船,举酒欲饮无管弦。"唐崔湜《奉和春日幸望春宫》:"庭际花飞锦绣合,枝间鸟啭管弦同。"唐张泌《春日旅泊桂州》:"溪边物色宜图画,林伴莺声似管弦。"

周代祭祀、宴飨奏乐其实就是一种早期的管弦乐。汉代典籍中记载的"管弦"乐应该不是无本之木,管和弦的配合演奏非始于汉代。所以周代礼乐中的"升歌,下管",应该是世界上最早的管弦乐;"间歌,合乐",应该是世界上最早的交响乐。交响乐气势磅薄,带给听众的美妙体验非它乐可比,故孔子听合乐《关雎》之声而曰"洋洋乎盈耳"。

《周礼·大司乐》:

> 凡乐,圜钟为宫,黄钟为角,大蔟为徵,姑洗为羽;雷鼓、雷鼗,孤竹之管,云和之琴瑟,云门之舞,冬日至于地上之圜丘奏之,若乐六变,则天神皆降,可得而礼矣。凡乐,函钟为宫,大蔟为角,姑洗为徵,南吕为羽;灵鼓、灵鼗,孙竹之管,空桑之琴瑟,咸池之舞,夏日至于泽中之方丘奏之,若乐八变,则地示皆出,可得而礼矣。凡乐,黄钟为宫,大吕为角,大蔟为徵,应钟为羽;路鼓、路鼗,阴竹之管,龙门之琴瑟,九德之歌,九韶之舞,于宗庙之中奏之,若乐九变,则人鬼可得而礼矣。

可知上古时期的奏乐,琴瑟与管乐器之属的合奏,是其时的主要特征。《周礼》瞽矇之职之一就是"鼓琴瑟"。明陈士元《论语类考》:"盖古人不徒歌,必合琴瑟而后谓之歌。口举其辞,而琴瑟以咏之,犹作乐者升歌而有琴瑟从之也。"宋陈旸《乐书》中所列的琴瑟名类,有雅琴、颂瑟,亦颇有启发意义。《史记·田敬仲完世家》:"琴音调而天下治。夫治国家而弭人民者,无若乎五音。"笔者相信,此语所言一定有其时之礼乐文化背景。杨荫浏在描述周代奏乐仪式的情形时说:"全部乐队是以贵族的席位为中心,围绕着它排列的。专业乐工的歌唱和声音较小的瑟的弹奏距离最近;声音较响的管乐器稍稍远一些;更响的击乐器距离最远。总之,演奏的时候,贵族都能听到,而且可以不至于觉得声音弱得听不见或响得刺耳。"①

《风》之始《关雎》与《小雅》之始《鹿鸣》都出现了琴瑟,这对于《诗》而言,也是编辑者所设置的一个密码——它暗示了中国"诗"的产生与琴瑟相关,与琴瑟相伴。

琴与瑟的分离,以及琴在后代超越瑟而一枝独秀,其中一个不为人知的原因,可能是与中国的"诗"由早期的集体创作,转变为后来的个人创作有关;由早期的因仪式而创作,转变为后来因个人抒情言志而创作有关。因为因仪式用乐而产生的诗,其伴奏是需瑟搭配使用的;而后来个人抒情言志而创作诗,一般都只有琴相伴。

二　诗是一种言说的艺术

1. 诗始于言说

《左传》襄公二十五年:"仲尼曰:'志有之:"言以足志,文以足言。"不言,谁知其志? 言之无文,行而不远。'"

〔古希腊〕亚里士多德:《政治学》:"人如果轻率地出口任何性质的恶言,他就离恶行不远了。"②

文字虽然比语言具有优越性,但也有不及语言之处,因为相比较而言,文字是死的或较为死板的,语言是活的或较为灵活多变的。文学创作如果不多吸取口语的有益因素,那么写出来的文字往往不具有活力,也难以不断发展进步,所以以文字为工具的文学创作必然要依托生活语言。在诗学领域,西方曾盛行"口头诗学",提倡"表演中的创作",这是对诗歌本质和本源的真实认识,因为早期诗歌无不是依托现实生活中的口语而创作。口语——说话艺术,是早期诗歌创作的唯一源泉。"诗歌在语言中发生,因为语言保存着诗的原始本质。"③《论语·季氏》孔子曰:"不学诗,无以言。"如果明晓早期诗歌与言说艺术水乳交融的密切联系,可能会对孔子此言有更深刻的领悟和体会。因为对于早期诗歌而言,诗就是言说,诗是一种言说的艺术。

"诗,这个词导源于一个很古的希腊语词 poetes,它的意义是拉丁语'精致的讲话'。最初有些人,为了避免说得简单而不能感人,或说得冗长而使人生厌,他们把一些固定规则应用到说话中来,把说话约束在一定数量的音步和缀音中。

① 杨荫浏:《中国古代音乐史稿》,人民音乐出版社,1981 年。
② 〔古希腊〕亚里士多德《政治学》,吴寿彭等译,商务印书馆,1965 年。
③ 张祥龙:《从"不可说"到"诗意之说"》,《河北学刊》2006 年第 3 期。

于是他们不再用较为一般的名称来称谓这种讲究的说话方法,而管它叫'诗'。"①诗是"精致的讲话",用一般语言代替精致语言去重述诗意,这不但难以做到,而且会损害诗歌。诗的特性和早期诗歌创作的规律,决定了"诗"注定与言说密切相关,决定了"诗"注定是一种特殊的言说艺术。

在文学史上,任何书写意义上、文字意义上的文学的发生和进步,都有口头意义上的、语言意义上的"文学"作为其先驱和铺垫。没有这个先驱和铺垫,就不会有真正意义上的书面文学。从古至今,历代都是如此。然而由于其不可见性、难以保存和难以流传性,口头、语言意义上的"文"一直是不被视为"文学"的,这不能不说是文学研究领域的一种无奈。

世界上有许多民族没有自己的文字,所以他们没有书写的文学,但世界上任何民族都有口语文学,如传说、神话、故事、歌诗、歌谣、谚语、戏剧等。口语文学的创作经常是集体的,经过众人的集体传诵。口语文学最引人入胜之处在于其展演的形式:如何用语言(音调、速度、韵律、语调、修辞、戏剧性)以及语言以外的方式(姿态、表情、动作、音乐、舞蹈、表演技巧)来表达、表演与交流,使之更易于传诵。②

2. 口头诗学

"从发生学意义上说,书写的一个重要的原始功能就是对口述材料作记录。"③美国哈维洛克《缪斯学写:古今对口传与书写的反思》提出"文本能否说话"的命题,提出让古希腊文本重新"说话"的可能性,即通过早期的文本去透视更早的口传世界。朝戈金以尚处在"说话"状态的蒙古史诗文学为对象,探讨如何"说"的规则。这些研究表明:作为"过程"的文学相对于作为"作品"的文学,对于理解文学现象来说是如何的不可或缺。④

口头诗学,又称帕里-洛德理论,它的产生与著名的"荷马问题"有关。帕里在对《荷马史诗》进行分析时,发现《荷马史诗》具有高度的程式化特征。这种高度的程式化必定是传统的,也必定是口头的。后来他和他的弟子洛德到南斯拉夫进行田野作业,收集了大量口头诗歌。将口语文学的精细分析与人类学的田野调查相结合,帕里和洛德共同创立了口头诗学理论。这一理论的核心概念包括程式、主题或典型场景、故事类型及表演中的创作等。通过对这些核心概念进

---

① [意]卜伽丘:《异教诸神谱系》,《西方文论选》,上海译文出版社,1979 年。
② 李亦园:《民间文学的人类学研究》,《民族艺术》1998 年第 3 期。
③ 彭兆荣:《口述传统与文学叙事》,《贵州大学学报》2010 年第 4 期。
④ 叶舒宪:《口传文化与书写文化》,《广东社会科学》2001 年第 5 期。

行定义和文本分析,帕里和洛德较好地揭示了口传史诗的成因、创编等问题。[1]

朝戈金认为,诗歌中的重复往往被轻视和忽视,而实际上,这是口头文学最重要的特征——程式。"程式是蒙古口传史诗的核心要素,它制约着史诗从创作、传播到接受的各个环节,而程式化的根源是它的口头性。"[2]一个有经验的歌手,哪怕刚听到一则新故事,也能立即讲述出来,而且学来再讲的故事比原来的故事还要长,细节还要充盈。在不同的叙事传统中,都能够见到歌手在演述大型韵文体裁时,往往调用祝词、赞词、歌谣、谚语、神话等等其他民间文类,整编到故事中。这也说明,大脑文本往往是超文类的,也是超链接的。到了书面文化发达的社会,一些原本有着口头创作来源的叙事,最终被以文字记录下来,乃至经过文人的整编、改写和打磨,成为主要供阅读的书面文学了。在阅读占居支配地位的社会中,声音的文学渐次隐退或削弱,语言所特有的声音的感染力、声音的效果乃至声音的美学法则,变得不大为人们所关注。[3]

综观前贤的口头诗学研究,大都集中在对民间文学和民族文学的领域,而对于中国口头诗学的源头却极少涉及,并没有对中国最早的诗集《诗经》的口头诗学文化特征较为系统的论述和研究,这不能不说是一种偏向和缺失。中国的口头文学、口头诗学理念是受国外影响而兴起的,学者们关注的焦点一开始也集中于国外学者的理论,后来研究目光又集中于中国少数民族的口传文学和诗学,中国的口头文学、口头诗学研究至今也没有涉及汉族文学、诗学,至今也没有涉及中国传统上层社会文学。似乎在中国学者们的思想理念中,中国传统上层社会文学不可能存在口头文学、口头诗学现象,口头文学和诗学只能是民间文学应有之事,这不能不说是一个认识理念上的误区。如果走出这个误区,大胆进行尝试,就会发现,中国传统上层社会文学不仅存在口头文学、口头诗学,而且源远流长,超乎想象。甚至中国传统上层社会口头文学、诗学和民间口头文学、诗学,何者是源何者是流,一时都难以结论。笔者的这种观点是在对中国诗歌的发生和《诗经》的有关研究中得出的。

3. 周代言说艺术的兴盛

中国的语言源远流长,但就所见资料而言,中国人对语言表达艺术的重视是从周代开始的。诗曰:"辞之辑矣,民之洽矣。辞之怿矣,民之莫矣。"(《大雅·

---

① 胡继成:《口头诗学的中国"旅行"》,《理论界》2016 年第 3 期。

② 朝戈金:《口传史诗诗学:〈江格尔〉程式句法研究》,广西人民出版社,2000 年。

③ 朝戈金:《回到声音的口头诗学》,《西北民族研究》2014 年第 2 期。

板》)《毛传》："辑，和。洽，合。怿，说。莫，定也。"《鄘风·定之方中·毛传》："建邦能命龟，田能施命，作器能铭，使能造命，升高能赋，师旅能誓，山川能说，丧纪能诔，祭祀能语。君子能此九者，可谓有德音，可以为大夫。"仔细观察不难发现，毛公所言君子此"九能"大都是语言表达方面的才能。《说苑》："子贡曰：'出言陈辞，身之得失，国之安危也。诗云："辞之绎矣，民之莫矣。"夫辞者，人之所以自进也。'主父偃曰：'人而无辞，安所用之？昔子产修其辞，而赵武致其敬；王孙满明其言，而楚庄以惭；苏秦行其说，而六国以安；蒯通陈其说，而身得以全。夫辞者，乃所以尊君、重身、安国、全性者也，故辞不可不修，而说不可不善。'"《周易·系辞上》子曰："君子居其室，出其言善，则千里之外应之，况其迩者乎？居其室，出其言不善，则千里之外违之，况其迩者乎？言出乎身，加乎民；行发乎迩，见乎远。言行，君子之枢机。枢机之发，荣辱之主也。言行，君子之所以动天地也，可不慎乎？"在周代那个语言表达艺术的萌生期，这些重视语言表达艺术的言论绝不可低估，不可以后人及今人的眼光视之。

周代语言表达艺术的飞升体现在对"说"的重视。"说"的艺术，在西周时期并不称为"说"，而称为"语"，此即《周礼》所言之"乐语"。"说"之名盛行于春秋战国时期。从西周盛行"语"到春秋战国盛行"说"，反映了周代语言表达艺术从群体言说到个体言说、从上层社会正统言说下移到文士言说乃至民俗言说的演变发展进程。

《墨子·经上》篇："说，所以明也。"《小取》篇："以名举实，以辞抒意，以说出故。"《韩非子》有《说林》《储说》，汉代刘向有《说苑》，《汉书·艺文志》所记"六艺"中，《易》有五鹿充宗《略说》，《书》有《欧阳说义》，《诗》有《鲁说》《韩说》，《礼》有《中庸说》《明堂阴阳说》，《论语》有《齐说》《鲁夏侯说》等，《孝经》有《长孙氏说》《江氏说》等，此外还有《伊尹说》《鬻子说》《黄帝说》《虞初周说》。唐代有韩愈《师说》《杂说》，柳宗元《捕蛇者说》等。先秦以后以"说"为名的书未必是说出来的，而是写出来的，或者是收集各种散见之"说"而写出来的。这其实已经不是"说"了，而仍然以"说"为题名，这都源自于周代。周代是一个盛行"语""说"的时代，而周代"语""说"的盛行，又是时代文化和思维使之然。更重要的是，周代"语""说"文化的盛行，是导致诗产生的最重要、最直接的因素。

《汉书·艺文志》："小说家者流盖出于稗官，街谈巷语，道听途说者之所造也。孔子曰：'虽小道，必有可观者焉。致远恐泥，是以君子弗为也。'然亦弗灭也。闾里小知者之所及，亦使缀而不忘。如或一言可采，此亦刍荛狂夫之议也。"先秦各种怪诞的"说"，其实是远古巫神文化思想的遗续。因为巫、神有神力，借之可增强自己语言的说服力、影响力。有些荒诞不经的"说",未必在思想内容上多大意义,但在文化上特别是文学上,它们是催生先进文化的重要因素,特别是促使文学语言表达艺术提升的重要因素。

4. 言说的要义

"说"最早指一种祝祷性言说。《周礼·春官》:"大祝掌六祈,以同鬼神示:一曰类,二曰造,三曰禬,四曰禜,五曰攻,六曰说。"郑玄注:"郑司农云:'类、造、禬、禜、攻、说,皆祭名也。'董仲舒救日食,祝曰:'炤炤大明,灭灭无光,奈何以阴侵阳,以卑侵尊?'是之谓'说'也。"《国语·楚语下》左史倚相"能上下说于鬼神,顺道其欲恶,使神无有怨痛于楚国",《博物志·史补》记子路与子贡过郑神社,"社树有鸟,子路搏鸟,社神牵挛子路,子贡说之,乃止"。

陆机《文赋》:"说炜晔而谲诳。"李善注:"说以感动为先,故炜晔谲诳。"方廷珪注:"说者,即一物而说明其故,忌鄙俗,故须炜晔。炜晔,明显也。动人之听,忌直致,故须谲狂。谲狂,诙谐也。解人之颐,如淳于髡之笑而冠绝系。"六臣《文选》注:"说者,辩词也。辩口之词,明晓前事,诡谲虚诳,务感人心。"刘勰《文心雕龙·论说》:"说者,悦也。兑为口舌,故言咨悦怿。过悦必伪,故舜惊谗说。"

说要有感染力,忌平铺直叙的刻板叙述,讲求语言的生动诙谐。"说"要以形象叙事说理,最有效的方法就是加入生动有趣、蕴含道理的故事。以形象叙事说理,使其具有譬喻性;还运用夸张的手法,使其具有夸饰性。《文心雕龙·夸饰》:"神道难摹,精言不能追其极;形器易写,壮辞可得喻其真;才非短长,理自难易耳。故自天地以降,豫人声貌,文辞所被,夸饰恒存。"范文澜注:"至饰之为义,则所喻之辞,其质量无妨过实。正如王仲任所云:'誉人不增其美,则闻者不快其意;毁人不益其恶,则听者不惬于心。闻一增以为十,见百益以为千。'夸饰之文意在动人耳目,不必尽合伦理学,亦不必尽符于事实。读书者不以文害辞,不以辞害意,斯为得之。"夸饰性使"说"能够摆脱所谓真实、合理等束缚,对所说的故事作一定夸张、变形,不拘泥于事实,达到动人心目的言说效果。[①]

5. 音乐言说

诗与思的另一面是诗与音乐。诗歌语言是一种音乐语言。诗歌的音乐性最显著的特征是语音和语气符合音乐规律的组合,表现为押韵、有节奏,在语音处理上有固定的长度单位,在叙述方式上常采取反复吟咏以及语气助词的大量运用等。早期诗歌区别于日常语言的不是语言本身,而是语调和语气。"候人"是

---

① 周瑾锋:《说、说体文与小说》,《文艺理论研究》2015 年第 4 期。

日常语言,而"候人兮猗"就是诗歌了。原始诗歌所注重的不是"言",而是由言说方式所导致的"音"。对于汉语诗歌而言,"诗"这一概念就是和"乐"并且作为"乐"的一部分提出来的,"乐"是诗歌的前提。诗歌无论从情感实质或声音形式来说,它都和乐有着本体论上的联系。有诗歌阅读经历的人一定不会否认,大多数情况下,诗歌阅读速度比日常口语或散文阅读慢,同时具有更多变化。正因为音调以及音调所造成的词语音节之间的音程、音高有规律的变化形成节奏,以及萌芽状态的旋律因素,使得诗歌中的词语不再是"言",而是由"言"所构成的"音"。①

对音乐的体验本来是不可言说或难以言说的,但出于理解和交流的需求,人们又要言说。体验和言语之间所存在的对立和矛盾,迫使人们采用了特殊的语言策略来进行言说。(1)印象式言说。运用概括性的语词描述一种总体的印象。《左传》吴公子季札聘鲁而遍闻周乐,叹曰:"美哉,渊乎!""美哉,泱泱乎!""美哉,荡乎!""美哉,风风乎! 大而婉,险而易行。""广哉! 熙熙乎。"(2)分解式言说。分别言说音乐体验的某一因素、某一局部或某一瞬间。《琵琶行》描写了对琵琶演奏的手法、曲名、音量、速度、音色、休止、联想等诸种体验,逐一言说。(3)通感式言说。"佳人抚琴瑟,纤手清且闲。芳气随风结,哀响馥若兰。"(陆机《拟西北有高楼》)"歌台暖响,春光融融。舞殿冷袖,风雨凄凄。"(杜牧《阿房宫赋》)(4)隐喻式言说。音乐的体验不可用逻辑的语言来描述,因此往往采用隐喻的诗性语言。《乐记》:"故歌者,上如抗,下如队(坠),曲如折,止如槁木,倨中矩,句中钩,累累乎端如贯珠。"《吕氏春秋》记钟子期听伯牙鼓琴,发出"巍巍乎若太山"、"汤汤乎若流水"的感慨,用高山流水的形象来形容伯牙的琴声。②

三 什么是"乐语"

《汉书·艺文志》:"汉兴,制氏以雅乐声律世在乐官,颇能纪其铿锵鼓舞,而不能言其义。"这说明:"乐"是有"义"的。对"乐"之义加以言说,是周代乐教的一个重要方面。早期的乐教,绝不仅仅只是奏乐而已。"作为古代乐教术语的'乐'不等于音乐,乐教也不等于音乐教育,其功能在于移风易俗。它本质上不是艺术

---

① 沈亚丹:《关于诗歌的音乐性言说》,《南京大学学报》2000 年第 3 期。
② 刘鸿模:《不可言说的言说——对音乐感性体验的语言描述》,《南京艺术学院学报》2009 年第 2 期。

活动,而是一种教育化导的方式。"①

何为"乐语"?《周礼·春官·大司乐》:

> 大司乐掌成均之法,以治建国之学政,而合国之子弟焉。以乐德教
> 国子:中、和、只、庸、孝、友。以乐语教国子:兴、道、讽、诵、言、语。以
> 乐舞教国子:舞《云门》《大卷》《大咸》《大磬》《大夏》《大濩》《大武》。

由于周礼的繁杂性,以及其中所蕴含的文化知识的丰富性,本章对"乐德"和
"乐舞"暂且不论,专门讨论周礼"乐语"之教。这是周代专门针对太学中的学
士——国子们进行音乐与语言训练的项目。其宗旨有两方面:一是通过这种方
式,对乐语之教的对象——国子们进行思想传统的教育和诫勉;二是对国子们进
行技能训练,使之将来能承担、主持各种礼仪和政治事务。这种乐语之教由大司
乐直接掌管。元毛应龙《周官集传》引郑锷曰:"国子者,异时为公卿大夫,奉命周
旋,出入专对之人也,一语一言不可以不和,故以乐而教之。"明王志长《周礼注疏
删翼》:"人身唯词气不可强为,苟非中正和乐之德积中发外,则刚柔疾徐必有乖
戾不中节者,此古人所以有乐语之教也。"

《大司乐》"以乐语教国子"的上文是:"以乐德教国子。"《孔疏》释"乐德"曰:
"此是乐中之六德。"可见针对国子而教的德、语、舞都与"乐"有关。教国子以"六
德""六语""六舞",是以"乐"为背景和依托的。即,应当是先有乐,然后才有所教
的具体内容"乐语"。"乐"是前提,"语"是在"乐"的背景和基础上"语"。之所以
称为"乐语",原因即在于此。宋王昭禹《周礼详解》:"德不足则不可与有为,言不
足则不可与有应,容不足则不可与有接。则大司乐之教,其可缓乎? 以乐成其
德,谓之乐德;以乐达其语,谓之乐语;以乐节其舞,谓之乐舞。"

兴、道、讽、诵、言、语六种"乐语",其实都是某种程度的"语",只是"语"的方
式、侧重点和要义略有不同而已。周人对其时所歌之"乐"极其尊崇和重视,故用
各种方式详尽地阐发、挖掘"乐"中的各种教化意义。"以乐语教国子",即是教国
子针对"乐"而兴、道、讽、诵、言、语。

那么,什么是"乐语"中的"乐"呢?

《礼记·文王世子》:

---

① 王小盾:《寓教于乐:从三个侧面看乐教》,《文史知识》2012 年第 4 期。

> 天子视学……遂设三老、五更、群老之席位焉。适馔省醴,养老之珍具,遂发咏焉。退修之,以孝养也。反,登歌《清庙》。既歌而语,以成之也。言父子、君臣、长幼之道,合德音之致,礼之大者也。

这是记天子视学之后举行养老乞言之礼的仪式。其中有一个重要环节:"登歌《清庙》"之后,有"既歌而语"的环节。在这个环节中,"歌"与歌后之"语"的关系如何?郑玄注:

> 反,谓献群老毕,皆升就席也。反就席,乃席正于西阶上,歌《清庙》以乐之。既歌,谓乐正告正歌备也。语,谈说也。歌备而旅,旅而说父子君臣长幼之道、诸合乐之所美,以成其意。《乡射记》曰:"古者于旅也语。"

孔颖达《礼记正义》:

> 乐之所美,谓《清庙》之诗所美文王有君臣、父子、长幼之德。今于旅之时,论说君臣父子之道,合会《清庙》所美之事,以成就其升歌《清庙》之意。

据郑、孔的阐释可知,歌之后"语"的内容是:语说父子、君臣、长幼之道,语说"合乐之所美",即针对登歌所歌的内容而语。"既歌而语"仪式既是这种礼仪的最终目的,也是作为此种礼仪之成功的最终的总结性的标志。语说"合乐之所美",就是语说乐歌《清庙》所美之义,并加以发挥。

元陈澔《礼记集说》:

> 反,反席也。老、更受献毕,皆立于西阶下东面,今皆反升就席,乃使乐工登堂歌《清庙》之诗以乐之。歌毕,至旅酬时,谈说善道,以成就天子养老之礼也。其所言说者,皆是讲明父子、君臣、长幼之道理,集合《清庙》诗中所咏文王道德之音声,皆德之极致,礼之大者也。

这更明确地指出:"语"的一项重要内容,就是语说"《清庙》诗中所咏文王道德之音声"。孙希旦《礼记集解》亦曰:

升歌及下管、间歌、合乐之后,乐正告乐备作,相为司正,乃行旅酬,
于此时有合语之礼也。合语,谓于旅酬之时而论说义理,以合于升歌
之义。

所以我们可以据之得出结论:"既歌而语"这个仪式环节中的"语",不是漫无
边际、无框架、无限定范围、无依托的语,而是有明确针对性的"语",语的对象就
是"登歌《清庙》"的内容,否则为什么叫"既歌而语"呢? 郑玄认为"语"是"说合乐
之所美,以成其意","合乐"就是指"登歌《清庙》"之后的"合乐"。"合乐"时虽不
单单是歌奏《清庙》,但亦是以《清庙》为主题的。《清庙》是《颂》,《颂》无疑是有所
美的,而《清庙》所美的对象和内容就是:美文王之德,美祭祀文王之典礼的庄严
肃穆和得礼。但《清庙》之《颂》所美的内容是简单的、概括的、抽象的,无具体可
感的事迹和情节。"语"的目的就是针对《清庙》之所美而加以具体言说,使人知
晓合乐之所美的具体事迹、具体人物和情节,其宗旨是郑玄所言的"以成其意",
即以此成就"登歌《清庙》"及"合乐"之意。当然其最终的目的是以这种方式使参
与仪式的人员——天子和太学中的国子们受到思想上的教化和礼仪用语的
训练。

《文王世子》下文曰:

是故圣人之记事也,虑之以大,爱之以敬,行之以礼,修之以孝养,
纪之以义,终之以仁。

郑玄注:"纪之以义,谓既歌而语之。"孔颖达《疏》:"'纪之以义'者,解'既歌
而语'是纪录德音之义,亦存天下之大义也。""纪录德音"即是指乐歌所美之德
音。即以这种"登歌《清庙》,既歌而语"的方式,记录前代圣王德音之义。陈澔
《礼记集说》:"虞、夏、商、周皆有养老之礼,后王养老亦皆记序前代之事也。……
纪义,'既歌而语'也。"

现在我们可以回答什么是"乐语"之"乐"了。"乐语"之"乐",即是指升歌、登
歌及"合乐"之乐。不过这个"乐"不单指所奏之乐,还包括所歌之辞。

这里需特别强调的是:我们以《礼记·文王世子》记载的"登歌《清庙》,既歌
而语"为例,说明什么是"乐语"。然而《文王世子》记载的"既歌而语"虽然是"乐
语",但它却不是最初的"乐语"。最早的"乐语"是《周礼·大司乐》教国子的六种
"乐语"。《周礼·大司乐》教国子的六种"乐语",它最初只用于天子大祭祀仪式。

《文王世子》记载的"既歌而语",是一种旅酬之后的"语",它在《礼经》中被称为"合语",它与《周礼·大司乐》教国子的六种"乐语"在礼仪层次的高低、大小及"语"的方式诸方面有所不同。而且《周礼》所载大司乐教国子的"乐语"与《礼记》所载旅酬之后的"既歌而语",在产生的时间上亦有先后之不同。大司乐教国子的"乐语"是最正的、最古的"乐语",最初的这种"乐语"应该不会有旅酬之事。只因旅酬之"既歌而语"与《周礼》大司乐教国子的六种"乐语"有相同、相通、相类之处,故我们以之阐明什么是"乐语"。

《周礼·春官·大司乐》先言"大司乐掌成均之法",而后才有教国子的乐德、乐语、乐舞。"成均"即是周代的一种音乐术语。《周礼·春官·大司乐》:"凡乐事,大祭祀,宿悬,遂以声展之。"郑玄注:"叩听其声,具陈次之,以知完不。"贾公彦疏:"谓相扣使作声,而展省听之,知其完否善恶也。"这是说,在举行乐事之前,先把钟挂上,边敲边听,把每件钟的音高都调准了,并依次排列起来。成均,就是调准音乐中的十二律。成均之法,就是调准十二律的方法。这是音乐实践中最根本的工作。西周规定这须由大司乐亲自来掌定,足可见它的重要性。[①] 清庄有可《周官指掌》:"成均之法,制乐之法也。国学之政莫重于乐也。"所以,对于"乐语"的理解,"乐"和"语"两方面都至关重要。为什么是"乐语",而不是"语"?就是要让"语"向音乐靠近和学习,就是要让"语"具有韵律和节奏,具有音乐的特质,这显然是中国人欲对语言表达艺术和能力加以提升的一种训练手段和努力。这种语言表达艺术的提升训练,是借助礼仪这个平台,以语言、言说向音乐靠近和学习为手段而实现的。由此可以看出,早期的仪式、礼仪对于文化进步和提升的重要性,早期仪式、礼仪中的音乐对于语言表达艺术及歌诗发展进步的决定性。仪式、礼仪是中国早期文化的摇篮,音乐是语言艺术及歌诗的催化剂。

中国语言表达艺术的提升与飞跃与音乐密不可分,在中国早期语言表达艺术的发展进步过程中,音乐始终与之相伴,且是至关重要的决定因素。周代乐教是一个纷繁复杂的系统。《周礼·春官》所记周代乐制,由大司乐负其总职,其下有乐师、大师、小师、瞽矇、大胥、小胥等各司其职的专职人员。王公贵族的子弟——"国子",从小就在大司乐的直接教导下习学诗、乐、礼,既接受思想、伦理上的传统教育和诚勉,又训练各种技能。周代乐教的细致入微是由乐教在上古时期的地位所决定的。清俞正燮《癸巳类稿》曰:"通检三代以上书,乐之外无所

---

① 郑祖襄:《华夏旧乐新证》,上海音乐学院出版社,2005 年。

谓学。"刘师培说："上古教民,六艺之中,乐为最崇,固以乐教为教民之本。"①

周代对语言表达艺术的重视始于对音乐的重视,在西周,即表现为对乐歌的重视。"乐语",既是针对乐歌而"语",又是一种模仿音乐的"语"。"升歌""登歌"之后而"语",就是要把对乐歌的感受说出来,而且是以音乐的方式说出来。说出来是为了让它保持永恒,因为感受和记忆都是短暂的,甚至是瞬间的;同时也是为了相互交流、切磋,在交流、切磋中相互补充、学习。

四　六种"乐语"考

1. 兴、道

《周礼·大司乐》郑玄注："兴者,以善物喻善事。道,读曰导。导者,言古以剀②今也。"唐贾公彦《疏》："'兴者,以善物喻善事'者,谓若老狼兴周公之辈;亦以恶物喻恶事,不言者,郑举一边可知。'道,读曰导'者,取导引之义,故读从之。云'导者,言古以剀今也'者,谓若《诗》陈古以刺幽王、厉王之辈皆是。"

"兴""道"的共同特点是:1."兴""道"都是一种由此及彼的言语方式。2."兴""道"都是一种由古及今的言语方式。"道"是"言古以剀今"自不待言,其实早期乐语中的"兴"也是以古兴今的。因为乐语是不离"歌"的,是围绕着"歌"之辞而"语"的,而对于乐语仪式中的人来说,"歌"之辞已经是"古"。3."兴""道"尽管并非即是比喻,但它们都含有一种类似于比喻的含义在内。"兴"有喻意自不待言,"道"亦含有喻意,否则,通过道古而开导"今"的作用就难以实现。《礼记·学记》："不学博依,不能安诗。"郑玄注："博依,广譬喻也。"孔颖达《疏》："若欲学诗,先依倚广博譬喻。若不学广博譬喻,则不能安善其诗,以诗譬喻故也。"

郑玄认为"兴"是"以善物喻善事",这是对的。贾公彦认为"兴""亦以恶物喻恶事",这也是对的。因为在乐语之时,"歌"中只有"善物",所以郑玄不言"恶物"。但后来"兴"由乐语发展至被用为创作诗的手法,就亦可以"以恶物喻恶事"了。

"兴"最突出的特点是从"歌"中发掘对"今人"有教育、启发意义的大义、要义,以委婉的方式对"歌"的内容加以演绎、发挥。唐陆德明《毛诗音义》："兴是譬谕之名,意有不尽,故题曰兴。"宋吕祖谦《丽泽论说集录》："惟是以乐之理见于言

---

① 刘师培:《刘申叔先生遗书》,凤凰出版社,1997 年。
② 《辞源》:"剀(kǎi),晓谕。"

语之间,便有感发人处。谓之'兴'者,托物引类,感发兴起。"宋王与之《周礼订义》:"郑锷曰:'兴,如诗人之兴,因物以感发其心之所欲言者。'"元何异孙《十一经问对》:"兴者,旁引曲喻,感发善心。"清方苞《周官集注》:"兴者,引彼物以兴此事。"清姜兆锡《仪礼经传》:"托物喻事曰兴。"清刘沅《周官恒解》:"兴,即物喻理,如诗之因物起兴。"明郝敬《周礼完解》:"兴,发动也。"《文心雕龙·比兴》:"比者,附也;兴者,起也。附理者切类以指事,起情者依微以拟议。起情,故兴体以立;附理,故比例以生。"

乐语之"兴"为"兴"之本源与本义,中国文学中"兴"的源头即在乐语,《诗》之"兴"亦来源于乐语之"兴"。清孙诒让《周礼正义》:"《大师》注云:'兴,见今之美,嫌于媚谀,取善事以喻劝之。'《释名·释典艺》云:'兴物而作谓之兴。'《论语·阳货篇》孔安国注云:'兴,引譬连类也。'案:此言语之兴,与六诗之兴义略同。"

与"兴"相比,"道"的含义更为简明易解。宋王安石《周官新义》:"道,谓直道其事。"宋王与之《周礼订义》引郑锷曰:"道,如《撢人》所谓'道国之政事'之'道',事有隐意,则以言而导达之。"宋王昭禹《周礼详解》:"乐语有六:非兴非讽,直道其事,则谓之道。"宋易祓《周官总义》:"道,即诗之陈古者。"宋卫湜《礼记集说》引马氏曰:"道古者,道上古之治,而以明其作乐之意也。"元何异孙《十一经问对》:"道者,诱掖开导,使归于正。"明王志长《周礼注疏删翼》引潜溪邓氏曰:"道者,依古剀今。皆博喻,无指斥。"清方苞《周官集注》:"道者,述古而道其义,如'德正应和曰类,故能载周,以至于今'之类是也。"清官献瑶《石溪读周官》:"道者,敷陈其事而道之,即赋也,而诗成矣。"清刘沅《周官恒解》:"道,读为导,以古喻今,引之于善。"

"道"与"兴"相比,有一直一曲的特点。道古事的目的是为了开导"今人"的思想和心胸,使之通畅,无所滞碍,使之归于正。"兴"的含义较为隐微,但其宗旨和方式却与"道"相似。《礼记·文王世子》:"登歌《清庙》,既歌而语……下管《象》,舞《大武》。大合众以事,达有神,兴有德。"郑玄注:"达有神,明天授命周家之有神也。兴有德,美文王、武王有德。"这正是以所登歌之诗为依托,对乐歌之义加以发挥,借美文王、武王有德,使参与仪式之人有所感化和教育。《礼记·郊特牲》:"奠酬而工升歌,发德也。"郑玄注:"以诗之义发明宾主之德。"对升歌之义加以发挥,以"发明宾主之德"。《文王世子》"兴有德"着重发明神之德,《郊特牲》"发德"着重发明人(时王)之德,但二者都是对所升之歌的要义加以阐明、发挥。《礼记·仲尼燕居》:"升歌《清庙》,示德也。下而管《象》,示事也。是故古之君子不必亲相与言也,以礼乐相示而已。”“兴德”“发德”“示德”,实际含义大致相同,都是借升歌之义来阐发君王之德。

周代社会尚文,要求贵族成员有高度的文化修养,能够通过含蓄隐微的辞令表现温文尔雅的风度。作为特殊的话语方式,兴和喻具有微婉蕴藉、含而不露的特点。这种“以微言相感”的方式,正是兴的特点。《礼记·经解》:“温柔敦厚,诗之教也。”[1]

2. 讽、诵

《周礼·大司乐》郑玄注:“倍文曰讽,以声节之曰诵。”贾公彦《疏》:

> “倍文曰讽”者,谓不开读之。“以声节之曰诵”者,此亦皆背文,但讽是直言之,无吟咏,诵则非直背文,又为吟咏、以声节之为异。

倍,通“背”。唐韩愈《韩滂墓志铭》:“滂清明逊悌以敏,读书倍文,功力兼人。”元黄镇成《尚书通考》:“然伏生倍文暗诵,乃偏得其所难。”《五百家注昌黎文集》:“倍文,谓背本暗记也。”《汉书·贾谊传》颜师古注:“倍,读曰背。”这样看来,“讽诵”即大致等同于现在的“背诵”。

“讽”是“不开读之”,即不宣读,不大声读出来,这是一种默背、默念。但也不是不出声的背,而是一种小声的、轻声的背。

《尔雅·释乐》:“和乐谓之节。”“诵”是在“讽”的基础上,加上有节奏的声音抑扬顿挫地加以吟咏。《大雅·桑柔》:“诵言如醉。”不曰“讽言”而曰“诵言”,可能“诵”比“讽”更动听,更耐听,听起来更具有诗、乐般的节奏、韵律之美。正因“诵”有优于“讽”的这个特点,它在后世的运用比“讽”广泛得多,如《内则》“十三学乐,诵诗”、《楚语》“矇不失诵”、《左传》“国人诵之”、《国语》“舆人诵之”、《论语》“子路终身诵之”、《汉书·礼乐志》“采诗夜诵”等。当后来它转变为名词的时候,又可以用“诵”代指“诗”,如《大雅》中有“家父作诵”“吉甫作诵”等。较之于“讽”,“诵”更接近于“歌”,故后世有曰“弦诵”者。

《一切经音义》:“讽,谓咏读也,谓背文也。”清孙诒让《周礼正义》:“徐养原云:‘讽,如小儿背书,声无回曲。诵则有抑扬顿挫之致。’案:徐说是也。《说文·言部》讽、诵互训,盖散文得通。”清方苞《周官集注》:“讽者,微吟。诵者,朗读。”清官献瑶《石溪读周官》:“因而长言咏歌之,其声低者为讽,高者为诵。”清邹

汉勋《读书偶识》："声曲均具者谓之歌。'家父作诵''吉甫作诵',诵,有曲折可诵,尚未被之管弦也。"明湛若水《湛甘泉先生文集》："'诵'也者,吟哦、咨嗟之谓也。"清戴震《毛郑诗考正》："《国语》云:'闻一二之言,必诵志而纳之,以训道我。'又云:'倚几有诵训之谏。'又云:'使工诵谏于朝。'凡诵者,皆为诵成言以纳箴谏。"王夫之《楚辞通释》："诵,诵读古训以致谏也。"

杨伯峻《春秋左传注》："以声节之,只是指讽诵之腔调,非指乐谱。歌与诵不同。歌必依乐谱,诵仅有抑扬顿挫而已。"王力《古汉语字典》："讽、诵两字的本义都是背诵,但'讽'是背着念,'诵'是背着高声朗诵。"朱自清说:

> "诵"是有节奏的。这腔调是"乐语"的腔调,该是从歌脱化而出。现在儿童的读书腔,也许近乎古代的"诵"。而宣读文告的腔调,本于口语,即是朗读,不是"诵"。古代的"诵",腔调虽不可知,但"长言"或"永言"(就是延长字音)的部分,大概总是有的。《学记》:"今之教者,呻其占毕。""呻"是"吟诵",是"长咏",可以参证。……只有朗读才能玩索每一词每一语每一句的义蕴,同时吟味它们的节奏。[①]

在"乐语"阶段,"讽"和"诵"已经很接近于歌咏,但它们不等同于歌咏,它们仍然是一种"语"的素材,故而称之为"乐语",而不称之为"乐歌""乐咏"之类。

《礼记·乐记》:"清庙之瑟,朱弦而疏越,壹倡而三叹,有遗音者也。"这"壹倡而三叹",是否即是指"升歌"和歌后之乐语"讽诵"而言呢?我们认为是很有这种可能的。

《国语·晋语》"舆人诵之"韦昭注:"不歌曰诵。"此既透露了诵与歌的联系,又暗示了诵与歌的不同。孙诒让《周礼正义》:"盖诵虽有声节,而视歌为简易易明。"《左传》襄公十四年:"命大师歌《巧言》之卒章。大师辞。师曹请为之。……公使歌之,遂诵之。""公使歌之",而师曹只"诵之",不歌,则"诵"不同于"歌"。如果是"歌之",当然是指歌《巧言》诗的原文。笔者推测,"诵之"有可能不是指诵《巧言》诗的原文,而是在原文的基础上有所加工、改编、创造。《巧言》是讽刺诗,献公叫'歌'这章诗,是骂他的。师曹和献公有私怨,想激怒孙蒯,怕'歌'了他

---

① 朱自清:《朗读与诗》,《朱自清全集》(第二卷),江苏教育出版社,1988年。

听不清楚,便'诵'了一通。"①"师曹不采用歌而采用诵,就在于诵是采用新的节奏、声情对歌辞进行改编,强化了诗的字面意义。"②

《汉书·艺文志》:"三百五篇遭秦而全者,以其讽诵,不徒在竹帛故也。"明海瑞《兴革条例·礼属》:"讽之读书者,非但开其知觉而已,亦所以沉潜反覆而存其心,抑扬讽诵以宣其志也。"可见在六种乐语之中,"讽诵"是至关重要的。《荀子·大略》:"少不讽诵,壮不论议,虽可,未成也。"

3. 关于"倍文"

"讽""诵"都是指"倍文","倍文"即"背文",背什么文呢? 经典注解中没有对"倍文"之"文"加以具体阐释。笔者认为,"倍文"最可能的含义就是指背诵升歌的歌辞。

升歌所唱的歌辞已歌过,人人皆能听到,似乎不需再背,其实不然。"歌"与"背"的方式和效果是不一样的,"歌"之后完全有可能再"背"。"诵"的时候,诵者可以使用不同的语气、节奏、音调、音色、高低、强弱等变化形式,对所背之"文"加以尽情地演绎,造成各种不同的效果。在这方面,"讽诵"是比"歌"更为优越的方式,是"歌"所不能代替的。清惠周惕《诗说》:"岂宗庙之诗既歌之,而复诵之欤?既比其音,复诵其词,俾在位者皆知其义,所以彰先王之盛德。"此言得之。《礼记·文王世子》"春诵夏弦",郑玄注:"诵,谓歌乐也。"孔颖达《疏》:"'诵,谓歌乐'者,谓口诵歌乐之篇章,不以琴瑟歌也。"笔者颇疑郑玄注应为:"诵,谓诵歌乐也。"刘永济认为:"考故书凡称'诵'者,以有节之声调,歌配乐之诗章,盖异于声比琴瑟之歌也。"③

《说文·人部》:"倍,反也。"段玉裁注:"'倍文曰讽',不面其文而读之也。"又,段玉裁《说文解字注》:"讽,谓背其文。"韩愈《韩滂墓志》:"读书倍文,功力兼人。"注:"倍与背同。倍文,谓背本暗记也。"故后世有"背讽"一词。如宋刘清之《戒子通录》:"温公幼时患,记问不若人。群居讲习,众兄弟既成诵游息矣,独下帷绝编,迨能背讽乃止。"清方以智《浮山集》:"年十五,十三经略能背讽,班史之书略能粗举。"清杨岘《藐叟年谱》:"先生曰:'诸经注疏能背讽乎?'曰:'粗记亿,背讽犹未也。'"

《说文解字·文部》:"文,错画也,象交文。"文:甲骨文作✸,金文作✸,象

① 朱自清:《朗读与诗》,《朱自清全集》(第二卷),江苏教育出版社,1988年。
② 曹胜高:《讽诵之法与两汉讽谏机制的失效》,《贵州社会科学》2015年第11期。
③ 刘永济:《屈赋通笺》,中华书局,2010年。

人胸部有刺画的花纹,是古代纹身的写照。可知"文"的字义一开始就与"文彩"密切相关。这为我们理解、推测"倍文"之义提供了一些线索和启发。在没有"诗"之前,宗庙颂歌之"文"(即《周颂》)是其时最有文彩的文辞。所以乐语中的这种"倍文",不仅是一种记忆,亦是一种训练、学习、熏陶和感化。

"讽、诵"虽然都是"倍文",即背诵所"歌"之辞,但这种背诵决不可等闲视之。这是因为,其一,在"乐语"之前,是没有"诗"的。虽然《周颂》在今人看来也是诗,可是在"乐语"之前的当时,却不被视为"诗"。《周颂》在当时被用于"歌",亦可用于"奏",亦可用于"舞",但其文辞却不可、亦从没有被用于朗读、背诵。乐语中对"歌"之辞(即《周颂》)加以"讽、诵",是《周颂》诗篇的文辞有史以来第一次、最早被用于背诵。因而这种"讽、诵"是具有开创性的,是无前例的。也正因为这个原因,这种对《周颂》诗篇文辞的朗读、背诵才被称为"讽、诵"。乐语的"讽、诵"对于中国诗歌的产生、发展起到了关键性、决定性的作用。公木说:"诗歌从音乐的束缚中解放出来,成为语言艺术的一种独立形式,才能把语言的机能充分发挥。中国古典诗歌的语言诗化过程,是在诵诗出现,并经过建安、盛唐的高度发展才完成的。建安、盛唐两个高峰,主要成就都在诵诗方面,这不是偶然现象。"①

其二,在当时,"倍文",其实也就是"倍礼"。周代的礼,其实就蕴含在诸种仪式和歌舞乐之中。《礼记·乐记》:"识礼乐之文者能述。"郑玄注:"述,谓训其义也。"《论语·子罕》:"文王既没,文不在兹乎?"朱熹《论语集注》:"道之显者谓之文,盖礼乐制度之谓。"《礼记·大传》:"立权度量,考文章,改正朔,易服色。"郑玄注:"文章,礼法也。"《国语·周语》:"有不享则修文。"韦昭注:"文,典法也。"《周颂·武》:"允文文王,克开厥后。"以"允文"赞文王,此"文"亦应含有礼乐、典法的含义在内。故清章学诚《文史通义·原道》曰:"圣人即身示法,因事立教,而未尝于敷政出治之外别有所谓教法也。"

《逸周书·谥法解》:"经纬天地曰文,道德博厚曰文,学勤好问曰文,慈惠爱民曰文,愍民惠礼曰文,赐民爵位曰文。"《国语·周语下》韦昭注:"文者,德之总名也。"《说苑·修文》:"文,德之至也,德不至则不能文。"王先谦《荀子集解》引王念孙曰:"凡荀子书言'文理'者,皆谓礼也。"先秦时期,"文""德""礼"这几个概念有交叉的含义。

《国语·晋语》:"周尚文。"《论语》:"子曰:'周监于二代,郁郁乎文哉!吾从

---

① 公木:《歌诗与诵诗》,《文学评论》1980 年第 6 期。

周。'"夏静说:"'文'有教化之功,故'文'与'化'能合而为一,谓之'文化'。这是华夷之辨的前提,文野之分的界线。化外为野,化内为文;化前为朴,化后成人。礼乐传统乃'文'的产物。'文'是三代文化昌盛的标志,以继承礼乐传统为己任的儒者素来重'文',以'文'为学,以'文学'为事业。"①从礼乐的角度看,没有儒家礼乐文化,就没有中国文学。清顾炎武《日知录》:"君子博学于文,自身而至于家国天下,制之为度数,发之为音容,莫非文也。"

笔者认为:"讽、诵"其实是不完全等同于"背"的。这倒不是郑玄解释有误,而是语言表达本身的局限所致。如果"讽、诵"完全等同于"背",则无需用"讽、诵"来表达。"讽、诵"是有感情的,是以教育和训练为宗旨的。当时之人以"讽、诵"的方式背诵"歌"之辞,一定是饱含深情、唇齿留香的。在反复涵咏中参透"歌"的大义,沉浸在"歌"的境界中,如微风拂面,陶冶心灵,涤荡杂念。否则,何以称之为"讽"? 而且笔者认为,"讽、诵"更多的更重要的涵义是在复述"歌"辞大意的基础上有所发挥,而不只是或完全不是"背(倍)"。否则的话,直接的、纯粹的"倍文",称之为"诵"则可,称之为"讽",就不适当。

4. 言、语

《周礼·大司乐》郑玄注:"发端曰言,答述曰语。""言""语"含义相近,其中"语",即《礼记·乐记》"君子于是语"及《文王世子》"登歌《清庙》,既歌而语"之"语"。

"言"是主动说,自己说。"语"含有与人讨论,相互问答的意思。《礼记·杂记》:"三年之丧,言而不语,对而不问。"郑注:"言,言己事也。为人说为语。"《礼记·丧服四制》:"斩衰之丧,唯而不对。齐衰之丧,对而不言。"郑注:"言,谓先发口也。""对而不言",如同"言而不语"一样,"言"与"对"相对,即如同"言"与"语"相对。

宋吕祖谦《丽泽论说集録》:"言、语者,《论语》所谓'食不语、寝不言'。与学者相酬酢谓之语,独自说而无问答谓之言。"宋王与之《周礼订义》:"王氏曰:'相酬酢谓之语。独自说谓之言。'独说是教者自言,学者无所答问。郑锷曰:'"食不语,寝不言。"则言、语异矣。自言其己心之所蕴者曰言,以言而与人应答则曰语。'"宋王昭禹《周礼详解》:"彼有问而吾答之,则谓之语。非诵非语,自形诸言,则谓之言也。此乐语之序也。"明朱载堉《乐律全书》:"《虞书》'诗言志,歌永言,声依永,律和声',亦与此条暗合。诗言志,言、语之谓也。歌永言,讽、诵之谓也。

---

① 夏静:《论先秦"文"观念及其所衍生诸问题》,《汉语言文学研究》2012 年第 2 期。

声依永、律和声,兴、导之谓也。言者,出言也。子曰'始可与言诗已矣',又曰'不学诗,无以言'是也。语者,答语也。'子语鲁大师乐'及《乐记》曰'居,吾语女'是也。"明郝敬《周礼完解》:"言,自言。语,相语。"清方苞《周官集注》:"言者,赋诗以自言其情。语者,赋诗以答人之意也。古之人不必亲相与言也,以礼乐相示而已。观《春秋传》列国君臣赋诗赠答,彼此各喻其意,非达于六语,何能相应如响耶? 故曰:'不学诗,无以言。'"清刘沅《周官恒解》:"言,不待问而言其事理。语,答其所问。"清戴震《毛郑诗考正》:"'直言'者,徒言之而已,不待辨论也。'论难'者,理有难明,必辨论之不已也。"清桂馥《说文解字义证》:

> 《释名》:"言,宣也,宣彼此之意也。"《书·旅獒》:"志以道宁,言以道接。"传云:"在心为志,发气为言。"《诗·羔裘·笺》云:"言,犹道也。"《正义》言:"谓口道说。""直言曰言,论难曰语"者,《艺文类聚》《太平御览》并引作"论议曰语"。《广韵》引《字林》:"答难曰语。"《楚辞·七谏》王逸注云:"出口为言,相答曰语。"《说苑·善说篇》梁王谓惠子曰:"愿先生言事则直言耳,无譬也。"刘歆《七略》:"《尚书》,直言也。"馥谓《论语》"子所雅言",直言也;"子语鲁太师乐",《孝经》"居,吾语女",皆论议也。

"言"和"语"的这种差异,在现代汉语中已无多大意义,但在古代,特别是在先秦,是有很大意义和作用的。如《左传》庄公十四年:"(楚子)以息妫归,生堵敖及成王焉,未言。楚子问之,对曰:'吾一妇人而事二夫,纵弗能死,其又奚言?'"这里的息妫"未言",如果理解为不说话、未尝说话,就不准确,也可以说不正确,因为在生二子的数年里,一言不发是不可能的。正确的意思应该是:息妫因为是被俘虏来,强行娶作夫人的,内心不悦,所以数年来从不在楚子面前主动说话。

陆宗达先生认为:《论语》中用"语"作动词的大都有"回答""对答"或"为他人说"的意思。在两个字后来的引申、发展中,"言"向"问"的方向引申,"语"向"对"的方向引申。[①]

《汉书·艺文志》:"古者诸侯卿大夫交接邻国,以微言相感,当揖让之时,必称诗以谕其志,盖以别贤不肖而观盛衰焉。"诗在当时为什么被人们,特别是贵族士大夫,当作交际的语言使用呢? 就是因为最初的诗本来就是一种言语,

---

① 陆宗达:《言与语辨》,《语文教学通讯》1981 年第 5 期。

而且是一种有文彩的文雅的言语。《论语·季氏》："不学诗，无以言。"皇侃《疏》："孔子闻伯鱼未尝学诗，故以此语之，言诗有比兴、答对、酬酢，人若不学诗，则无以与人言语也。"看来，这"不学诗，无以言"的圣人语录中，其实也含有乐语的影子。

关于《论语》书名二字的含义，后人虽然有多种说法，但一般以班固的解释为准。《汉书·艺文志》："《论语》者，孔子应答弟子、时人及弟子相与言而接闻于夫子之语也。当时弟子各有所记，夫子既卒，门人相与辑而论纂，故谓之《论语》。"后人认为，班固之意谓"论语"为经过编纂的孔子语言。现在我们以周代"乐语"为视角来阐释"论语"的含义。

《诗经·大雅·公刘》："于时言言，于时语语。"《毛传》云："直言曰言，答述曰语。"许慎《说文解字》云："直言曰论，答难曰语。"直言既可称为"言"，亦可称为"论"，则"言""论"之义相近。《说文》："论，议也。从言，仑声。"段玉裁注："论以仑会意。凡言语循其理、得其宜谓之论。当云从言、仑，仑亦声。"由此可知，"论"有"言"义。《文选·西京赋》："不可胜论。"杜甫《咏怀古迹》："分明怨恨曲中论。"此"论"即言、说的意思。另一方面，"言"亦有"论"义。《论语·学而》："赐也，始可与言诗已矣。"《战国策·秦策》："而使天下之士不敢言。"《礼记·曲礼下》："在官言官。"

《汉字字源》：

> "仑"字表示书简一层一层摞起来，整个字的意思是一层一层地说，由此产生分析的含义，由此产生评论的含义。还可理解为以层为单位来说，由此产生按某种单位或类别说的含义。"仑"字还有分门别类的含义，整个字还可理解为分门别类地说。《论语》这部书的书名表示它是分门别类阐述儒家主张的书。

可知"论语"的"论"与言说有关。《论语》这种分门别类阐述孔子思想的编排结构已为学者所证实。刘绪义认为："《论语》尽管其材料来源可能非常复杂，作者众多，但在最后整理成书的时候，体现了编者的思路。1.《学而》置于《论语》篇首，是因为'此篇皆人行之大者'。2.《为政》，'学而后入政。'3.《八佾》，'为政之善，莫善礼乐。'4.《里仁》，'君子体仁，必能行礼乐。'5.《公冶长》，'明贤人君子，仁知刚直。'……20.《尧曰》，总结全书，阐明'天命政化之美皆是圣人之道可以垂训'的道理。"①

汉刘向《别录》:"《鲁论语》二十篇,皆孔子弟子记诸善言也。"邢昺疏:"直言曰言,答述曰语,散则言、语可通,故此论夫子之语而谓之善言也。"汉刘熙《释名·释典艺》:"《论语》,记孔子与弟子所语之言也。"他们都没有说"论语"二字含有编纂的意思。又《文心雕龙·论说》:"昔仲尼微言,门人追述,故仰其经目,称为《论语》,盖群论立名始于兹矣。"元何异孙《十一经问对》:"《论语》有弟子记夫子之言者,有夫子答弟子问,有弟子自相答者,又有时人相言者,有臣对君问者,有师弟子对大夫之问者。皆所以讨论文义,故谓之《论语》。"他们都是从"言语"的角度阐释"论语"的。

《论语》一书的主要内容无非二端:一是孔子自己的言辞,二是孔子与弟子及时人问答、讨论的言辞。这两方面的内容,正是早期"言""语"二字所包含的内容。由此可知"论语"书名的含义。

或许班固并没有认为"论语"二字含有编纂的意思,只是后人对班固的话理解有误而已。《汉书·艺文志》中的话,前半阐释何为"论语",后半阐释《论语》是如何编辑而成的。前半段话中有两个关键词:"《论语》者,……应答……相与言。"如此看来,班固与同时代其他人对"论语"的阐释并无二致。后人以其后半段话为阐释"论语"之语,从而误解了班固之语。

邢昺《论语疏》引郑玄云:"论者,纶也,轮也,理也,次也,撰也。以此书可以纶世务,故曰纶;圆转无穷,故曰轮;蕴含万理,故曰理;篇章有序,故曰次;群贤集定,故曰撰。""论语"二字是否有如此丰富的含义,不可强论。就本文所论,我们只能认为:"论语"者,"言语"也,谓孔子及其弟子的言语。

德国哲学家费尔巴哈说:"问和答是最初的思维活动。在原始时,要思维,就必得有两个人。……在一切古老的和感性的民族那里,思维和说话是一回事。他们只有在说话时才思维,他们的思维仅仅是交谈罢了。"②

根据现有的资料,对六种"乐语"情形的考查、描述,我们只能得出现在这样的结论。"对声音的记载如果不是使用音乐符号,那是无法传至后世的。即使用了专门的术语,后人的理解也往往有差误。企图完全弄清'诵'的形式、声调,那是一种奢望。过于着实的考据反而会使结论缺乏弹性。"③

---

① 刘绪义:《〈论语〉在宋前为何不受重视》,《中国文学研究》2010年第1期。
② [德]费尔巴哈:《基督教的本质》,荣震华译,商务印书馆,1984年。
③ 伏俊琏:《汉译佛经诵读方式的来源》,《敦煌研究》2002第2期。

五　乐语的重要意义

乐语的出现不会在西周初期以前,因为乐语是在"升歌""合乐"之后而"语"的,而《周颂》被用于升歌也应该是在周公制礼作乐之后,因为《周颂》是西周初制礼作乐的产物。"大司乐掌成均之法",说明掌管"乐语"之教是大司乐的主要职责,而西周初周公时期未必有大司乐之职,这种复杂的音乐官僚组织体系也是在西周音乐有了一定的发展之后才有的。

《礼记·乐记》:"致乐以治心,则易、直、子、谅之心油然生矣。易、直、子、谅之心生则乐,乐则安,安则久,久则天,天则神。"周人对乐的重视是人所共知的。可是周人是如何重视乐的?笔者对乐语的研究,揭示了其冰山一角。

在乐语仪式中,"歌"与"语"是相辅相成的。"歌"只是一种听觉上的教育,所以"歌"之后需要用"语"——对"歌"之义的实际赋诵和阐发以助成之,以强化这种教育和训练。因为这种"语"是以乐歌为背景和依托的,故而称为"乐语"。因为那时的人没有书可读,所以"乐语"对于其时之人来说是非常神圣、庄重而严肃的事情,是一种正规的、正式的学习和训练。笔者把乐语的功用概括为以下几个方面。

1. 乐语在"语"中添加了韵律、节奏的因素,因而它增加了言辞的情感因素。虽然普通语言也是具有情感的,但乐语因增加了"乐"的因素,它的情感比普通语言更丰富,更浓厚,因而它对于人的培养、训练和感化更富有功效。这是其他方式的培养训练所无法替代的。《礼记·少仪》曰:"言语之美,穆穆皇皇。"明柯尚迁《周礼全经释原》:"教之者,非特审乐音,歌诗章,凡教导之间,以此教之,欲其有得乎乐之语也。从容和缓,优游感发,所谓乐之语也。"元陈友仁《周礼集说》曰:"当时设教有如时雨化之者,人自不能已。"

宋吕祖谦《丽泽论说集录》:"自舜命夔典乐、教胄子,以此知五帝、三王之学政无不由乐始。盖陶冶之功入人最深,动荡鼓舞,优游浃洽,使自得之。成均之法虽不可见,观舜命夔略可见。当时设教有如时雨化之者,人自不能忘先王。使之祭于瞽宗,亦是因人心之不忘,与身没教已尽者不同。故知古之择人非特一时赖之,没世亦赖之。其精择之审,不言可知。"

2. 乐语是围绕着"歌"而"语"的,是一种万变不离其宗的"语",因而它比普通语言更具有针对性和系统性,更符合雅言的规范。乐语训练在培养人的语言表达艺术能力的同时,亦使之具有内心信仰的恒定性和思想指向的唯一性。对于最高统治者来说,它无疑是一种极为有效的人才培养手段,因而我们在周代之后的历朝历代都不难寻觅"乐语"的踪迹和影子。

《诗经·鄘风·定之方中·毛传》:"建邦能命龟,田能施命,作器能铭,使能造命,升高能赋,师旅能誓,山川能说,丧纪能诔,祭祀能语。君子能此九者,可谓有德音,可以为大夫。"由此可见周人是把"祭祀能语"作为培养、衡量人才的一个标准。并且《毛传》所言君子之"九能",大抵都是语言表达能力,可见周代对人才的语言表达能力的重视。

清胡承诺《绎志》:

> 《清庙》之诗何以使人如见文王乎?《乐记》曰:"清庙之瑟,朱弦而疏越,一唱而三叹,有遗音者矣。"盖练其弦使声浊,疏其孔使声迟。浊而且迟,欲其不乱人声也。不乱人声,故在位者得遍闻。诗曰:"於穆清庙,肃雍显相。"凡助祭公卿闻此,莫不谨其容仪矣。诗曰:"济济多士,秉文之德。"凡百执事闻此,莫不一其心志矣。仪容谨乎外,心志一乎中,所以曾见文王者如复见也。以此推之,郑卫之诗日奏于前,所闻者芍药之赠,所思者彤管之贻,有不淫惑其志、放纵其欲者乎?子夏论乐,取其"可以语、可与道古"。班固曰:"闻其声而德和,省其诗而志正,论其数而法立。"以此观之,未有不解其义而能感者也。

《大雅·思齐》:"肆成人有德,小子有造。古人之无斁,誉髦斯士。"即是指周代造作人才之事而言。《小雅·都人士》曰:"彼都人士,狐裘黄黄。其容不改,出言有章。行归于周,万民所望。"《毛传》:"彼,彼明王也。"《郑笺》:"古明王时,都人之有士行者,其动作容貌既有常,吐口言语又有法度文章,其余万民寡识者咸瞻望而法效之。"这就是西周盛时以礼乐培养人才的功效,其"出言有章"无疑应归于乐语的作用和功劳。

《小雅·菁菁者莪》:"菁菁者莪,在彼中阿。既见君子,乐且有仪。"《诗序》:"《菁菁者莪》,乐育材也。君子能长育人材,则天下喜乐之矣。"《郑笺》:"乐育材者,歌乐人君教学国人秀士,选士俊士,造士进士,养之以渐,至于官之。君子能长育人材,如阿之长莪菁菁然。"周代统治者在培养、教育人才方面,为后人做出了优秀的楷模。

3. 乐语的宗旨是训练、培养人的技能和素质,因而它既是一种美的语言,也是一种富有教育意义的语言。就形式来说,乐语是富有音乐韵律和节奏的语言,因而它美；就内容来说，"歌"后之所以要"语"，就是要充分发挥、演绎、挖掘"歌"的教育意义，把"歌"的教育意义延伸、利用到极致。不解其义，何能感人？这种触类旁通、由此及彼、联想引申、演绎发挥能力的培养训练，其核心宗旨，一是为王朝培养能够具备赋引辩说能力的人才，二是在"乐歌"背景的指引下，对参与仪式的国之栋梁给予一种传统的思想教育。宋王与之《周礼订义》曰："国子，他时公卿大夫，则奉命周旋、出入专对之人，一语一言不可以不和，故以乐而教之语，则出言之际和而不暴矣。"

明郝敬《周礼完解》："贵介之子骄蹇气胜，卒然折之以礼，则距而不相入。圣人以歌咏、舞蹈之法陶融其情，绰约其气，使优游自得，和顺于道德。故曰：'礼之用，和为贵。'非礼外别有乐也。恒人之性暴戾驰骋，皆血气之强阳。而其从容和顺者，皆礼乐之薰育也。故揉傲莫如礼，行礼莫如乐。故曰：'兴于诗，立于礼，成于乐。'"清王棠《燕在阁知新录》："古人陶冶之功最深也。舜与周皆乐官兼教导之事。汉太常典乐兼教育之任，亦此意，然六代之乐已失其故矣。不独汉时，后世教胄子皆无陶冶之功，不过章句训诂之学。人才不能及古，实由于此。"宋章如愚《山堂考索》："岂当时世家子弟皆贤哉？亦教之有道耳。夫乐者，所以和平其心志而导达其善性也。舜之教胄子亦先诸乐，自'直而温'至'简而无傲'，即教以乐德也；自'诗言志'至'律和声'，即教以乐语也。"宋林駉《源流至论》："教者，所以长养之；政者，所以规正之。政寓于教，而无偏废之失矣。盖天下之尊有三：覆载我者，天地也；鞠育我者，父母也；而导迪作成者，虽天地、父母亦无所用其力，故有师教之义焉。听礼义之悔，如临深渊；视规矩之严，如畏简书。目濡耳染，无非政也；手举足履，无非政也。成周盛时，人人君子，长育如沚，润泽如陵。既教以射御，又教以诗书；既习以讽、诵，又习以羽、钥，而教之之意详矣。"

宋叶时《礼经会元》："《大司乐》曰教乐德，曰教乐语，曰教乐舞，虽其为名不同，然皆德行道艺中物也。教以乐者，以乐之感人也深，其化人也易。周人之于国子，其教之也详，其责之也深，其养之也至，则其任之也重。盖以公卿大夫之子，席父兄之宠豢、宫闱之安，未离襁褓，已列搢绅，不限才愚，概居禄位。怙恃世禄，则鲜克由礼；不学墙面，则莅事惟烦。苟无教养之素以变化其气质而保护其德性，将何以责其有中和孝友之行，有兴道讽诵之文？动容未必中乎礼，节奏未必比于乐，异时莅官临民而欲授之以政，使之皆达，其可得乎？此周人所以详于教国子也。当成王时，鲁公之子伯禽、卫康叔之子牟、齐太公之子伋皆事成王，他日皆为显诸侯，此非国子之验也欤？"

明亢思谦《慎修堂集》："圣人之教必以理性情为要焉。欲理性情，舍乐，其奚以哉？昔者圣人之作乐也，以民有血气心知之性而无喜怒哀乐之常，故制雅颂之音，本之性情，稽之度数，制之礼义，合生气之和，导五常之行，使之阳而不散，阴而不密，刚气不怒，柔气不摄，四畅交于中而发作于外，皆安其位而不相夺，足以感动人之善心而不使邪气得接焉，是圣人立乐之方也。故乐与天地同和，移风易俗莫逾焉。声音有以养其耳，采色有以养其目，歌咏有以养其性情，舞蹈有以养其血脉。查滓消融，邪秽荡涤，潜移默化，涵泳优游，而忽不自知其入于中和之域矣。性情既协于中和，由是而措之于用也。为己则顺而祥，为人则爱而公，为天下、国家将无所处而不得其当矣。使不于性情是先而徒于标末焉事，则为力虽劳，而其效殆未可期也。故曰：'正其本，万事理。'又曰：'善教者师逸而功倍。'后世音乐废坏，而中和之教不闻；节目虽详，而身心性情之学不讲。噫！治之所以不古若也。《中庸》曰：'中也者，天下之大本也。和也者，天下之达道也。致中和，天地位焉，万物育焉。'"

清刘青芝《周礼质疑》："古来掌乐之官多使掌教，何与？盖学政必自乐始。古者十三学乐，舞《勺》。成童舞《象》，二十舞《大夏》。国子弟膏粱成性，骄悍惯习，尤为难化。惟纳之钟鼓管弦之中，声音以静其神，舞蹈以和其气，优游浃洽，动荡鼓舞，庶几潜移默化而不自知也。大司乐以乐官之法治学政，乐德、乐语、乐舞，乐官之政也。中正和乐之德积于中，发而为语，安雅中节，必无鄙背之响，德言也；形而为舞，抑扬合度，必鲜暴慢之态，德容也。德足以有为，言足以有应，容足以有接，皆由乐陶冶而成之，乐不綦重哉？然大司乐犹退然不自以为足也，必延请有道德者使教焉。及其死，乃谓之乐祖，而祭于瞽宗，未尝以师道处之，此古人掌教寓于掌乐之深意也。"

朱自清《诗言志辨》："这六种'乐语'……是将歌辞应用在日常生活里。这些都用歌辞来表示情意，所以称为'乐语'。"[①]周代"乐语"的培养、训练和教育，正是周代礼乐制度的核心内容，是周礼的重中之重，也是周礼得以推行和延续的重要因素。

4. 六种"乐语"："兴、道"是针对"古"的，是对"歌"之背景的挖掘、发挥、演绎，是从"歌"中汲取先代圣贤修身、治国的典范意义，以使参与"乐语"之人受到感化、教育。"讽、诵"是直接或间接对"歌"之辞的吟咏，从"歌"之辞中直接提炼、领悟其思想、教育意义以及文辞的美感。"言、语"是针对现实的一种教育和训练，以"歌"为背景、依托和中心话题，针对现实和未来，对"歌"的教育意义加以延

---

① 《朱自清说诗·诗言志辨》，上海古籍出版社，1998 年。

伸和发挥。

六种乐语分三个层次："兴""道"是第一个层次,它们基本上是向古的、向"前"的。显然,在六种"乐语"之中,"兴""道"是基础,是根本。只有在听歌、观舞之后,先挖掘出、回顾出先王的品德、事迹,才能够由古及今的逐步得到教化和启发。"讽""诵"是第二个层次,它们显然是针对"升歌"之歌舞而言的。"讽""诵"是结合现有的"文本"(歌舞),对先王的品德、事迹加以回顾、温习。"言""语"是第三个层次,它们是向"今"的、向后的,它们是对前四种乐语的总结,也是前四种乐语之宗旨的最终实现。

可以看出,六种"乐语"其实分为三组,它们按照由古及今、由远及近的顺序而语,这样就把"歌"的要义挖掘、发挥、演绎的淋漓尽致了。"乐语"之所以重要,就是因为这种训练既可使人知古,又可使人知"今";既有德育的培养,又有技能的训练;既针对最高统治者天子,亦针对当时的"大学生":国子。并且,这种乐语训练把古、今和未来联系在了一起,把德育、智育、美育联系在了一起,把史识和文彩、文才训练联系在了一起。它是一种针对国子乃至所有参与仪式之人的全面培养和训练,关乎国家政治、前途之大计。

《周礼·地官·师氏》:"师氏掌国中、失之事,以教国子弟,凡国之贵游子弟学焉。"郑玄注:"国子,公卿大夫之子弟。师氏教之,而世子亦齿焉。教之者,使识旧事也。中,中礼者也。失,失礼者也。"师氏教国子的宗旨,郑玄认为是"使识旧事"。大司乐教国子与师氏教国子的宗旨是相同的,但不止于"识旧事",两者都是一种全面的培养教育。李森说:"《诗经》《荷马史诗》都曾被作为贵族的学习教科书,并非因为它们的文学性或描写的具体内容,而是因为它们对当时的社会交往具有规范作用,这是今人很难理解的。'不学诗,无以立。'那学诗之后'立'的内容又是什么? 应该就是语言所蕴涵的逻辑理性。"[1]其实,学诗而"立"的不仅仅是在于语言技巧和技能方面,"立"的内容是相当广泛、全面的。《国语·楚语上》申叔时曰:"教之诗,而为之导广显德,以耀明其志;教之礼,使知上下之则;教之乐,以疏其秽而镇其浮;教之令,使访物官;教之语,使明其德,而知先王之务用明德于民也。"

《礼记·文王世子》:"是故圣人之记事也,虑之以大,爱之以敬,行之以礼,修之以孝养,纪之以义,终之以仁。"郑玄注:"虑之以大,谓先本于孝弟之道。爱之以敬,谓省其所以养老之具。行之以礼,谓亲迎之如见父兄。修之以孝养,谓亲

---

[1] 李森:《"失明"的文学》,《学术月刊》2011 年第 6 期。

献之荐之。纪之以义,谓既歌而语之。终之以仁,谓又以命诸侯归于国复自行之。"乐语就是当时的贵族在重大仪式中使众人牢记仪式的核心内容——升歌,并加以引申、发挥的一种手段。

兴、道、讽、诵、言、语只是方式、方法,它们本身不是目的和宗旨。《淮南子》曰:"歌者有诗,然所以使人善之者非诗也。"清范家相《诗渖》:"古之于诗也,讽咏之,歌诵之,然后可以变易其气质而陶冶其性灵。若徒曰读之而已,不几失其所以为诗乎?"清阎若璩《四书释地》:"孔子曰诵诗,孟子亦曰诵诗。诵之者,抑扬高下其声,而后可以得其人之性情与其贞淫、邪正、忧乐之不同。然后闻之者亦以其声之抑扬高下也而入于耳,而感于心。其精微之极,至于降鬼神,致百物,莫不由此而乐之,盛衰莫逾焉。"①

清孙诒让《周礼正义》:"乐语,谓言语应答比于诗乐,所以通意旨、远鄙倍也。"《论语·泰伯》:"君子所贵乎道者三:动容貌,斯远暴慢矣;正颜色,斯近信矣;出辞气,斯远鄙倍矣。"宋邢昺《疏》:"鄙倍,鄙恶倍戾之言。"在其时之人的心目中,乐歌的文辞是纯粹的语言,是语言之精华;乐歌的内容是周人奉为贤圣、楷模而顶礼膜拜的文、武、成、康及其文治武功。因而他们围绕着"歌"之辞,以"歌"之辞为中心话题,用六种"乐语"方式对之加以反复地品赏、发挥,咀嚼其文辞,演绎其思想内容之要义,从而使参与仪式之人远离"鄙恶倍戾"的言语和行为。这就是乐语的要义。宋刘炎《迩言》:"'于是乎语,于是乎道古',所谓'有德者必有言'②也。"

孔子与宾牟贾论《武》而言及"牧野之语"(《乐记》),用的就是结合历史的方法:

> 且女独未闻牧野之语乎?武王克殷反商,未及下车而封黄帝之后于蓟……使之行商容而复其位。庶民弛政,庶士倍禄。济河而西,马散之华山之阳而弗复乘。……将帅之士使为诸侯,名之曰建櫜。然后天下知武王之不复用兵也。散军而郊射,左射狸首,右射驺虞,而贯革之射息也。……食三老五更于大学,天子袒而割牲,执酱而馈,执爵而酳,冕而总干,所以教诸侯之弟也。若此,则周道四达,礼乐交通,则夫《武》之迟久,不亦宜乎?

---

① 此语又见清桂馥《说文解字义证》、清姜宸英《湛园集》等,不知谁是原作者。
②《论语·述而》。

孔子结合武王伐纣之后的一系列"事为"详尽地解说了《武》乐迟久之故,其解说有两点需注意。一、"且女独未闻牧野之语乎",说明孔子之语为述前人之"语"。二、此段论说武王克殷后之一系列事件与历史事实未必相符,这可能是对此事不断语说的过程中,人们对某些历史片段的发挥。"语"不是机械地复述历史事实,而是根据所要申明、强调的德义,对所谈论乐歌的相关历史的重新梳理和演绎。

5. "兴、道、讽、诵、言、语"既是一种言说,亦是一种对答、讨论和交流。所以乐语的重要意义还在于:它为其时之君臣提供了一种相互讨论、交流、切磋的方式和机会。这在当时,尤其是在礼乐制度严格的西周时代,是极其重要的。

郑玄《诗谱序》:"《虞书》曰:'诗言志,歌永言,声依永,律和声。'然则诗之道放于此乎?"此语得之。《尚书·虞书》"诗言志"数语出自帝舜君臣的对歌之辞,这无疑也是一种君臣之间的交流、切磋和互勉互励。我们完全可以模仿郑玄之语而曰:乐语之道放于此。帝舜君臣对歌之时尚未有诗——既没有诗之实,亦没有诗之名,它不过是一种对歌而已。

孔颖达《毛诗正义》引郑玄《六艺论·论诗》曰:"诗者,弦歌讽谕之声也。自书契之兴,朴略尚质,面称不为谄,目谏不为谤,君臣之接如朋友然,在于恳诚而已。斯道稍衰,奸伪以生,上下相犯。及其制礼,尊君卑臣,君道刚严,臣道柔顺。于是箴谏者希,情志不通,故作诗者以诵其美而讥其过。"由此可知,周初制礼之后方有"诗"。故孔颖达《毛诗正义》引郑玄《六艺论·论礼》曰:"礼其初起,盖与诗同时。"而周礼中"乐语"的运用和实施,又在一定程度上克服、减弱了由于制礼而造成的君臣之间的"情志不通",弥补了政治制度的缺陷。这仿佛可以引导我们深思:为什么中国的"诗"是伴随着礼制而产生。——因为这是必须的,亦是必然的。

六　从乐语到诗

1. 乐语产生了中国最早正式的诗

对于今人来说,乐语的最重要的意义在于:它是中国正式的、成熟的、有"诗"之名的诗的直接来源。在乐语之前,只有"歌",没有"诗"。乐语产生了真正意义上的诗。换言之,乐语把"歌"变成了"诗",或者说乐语从"歌"中提炼、演绎出了"诗"。乐语促成了汉语文学语言与生活语言的分离,也促成了文学语言与音乐的分离。中国最早的诗不是写出来的,而是说出来的。人们常说"诗是语言的艺术",如果从乐语的角度来看这话,可能会有更深的体会和含义。

上古时期的乐,教育意义是其第一要义,欣赏、审美作用是其末节,是第二要义。而乐语,就是要把升歌、合乐的教育意义充分挖掘、发挥出来,使参加仪式的人身临其境地感受歌乐的教育意义,而不是单纯欣赏歌乐。

西周贵族对西周初期创作的《周颂》的运用,可以说达到了登峰造极的地步。对于西周时期之人来说,《周颂》不仅是文,也不仅是歌,它也是乐,也是礼,它就是被其时之人奉为至高无上的"经典"。从乐语中可以看到,周人在升歌之后,用各种不同的方式,对所升之歌加以反复的演绎、发挥、切磋、交流、讨论,使升歌的含义浸透到参与仪式的每个人的骨髓和灵魂。从中我们可以感受到周人对传统的敬重,对国子教育的重视。当时的教育对人内在素质和思想灵魂的感化、熏陶,远非后世所能比。故《周颂》之后,能产生大量的《风》《雅》诗歌精品,绝不是偶然的,这是素质教育和思想灵魂熏陶的结果。

刘勰《文心雕龙》有"诗为乐心""乐辞曰诗"的著名论断,如果与乐语相结合、相对照,可以加深我们对这一论断的理解:仪式升歌之"乐",在乐语的背景下产生了"诗"。清郭嵩焘《养知书屋集》:"盖自周世文盛之时,莅身课政,以诗为衡,美恶贞淫于是见焉,而因以为法戒。则诗者,为学始终条理之事也。"

《礼记·乐记》魏文侯问乐,子夏的答语中亦有关于语说乐歌之义的记载:

> 子夏对曰:"今夫古乐,进旅退旅,和正以广,弦匏笙簧,会守拊鼓。始奏以文,复乱以武。治乱以相,讯疾以雅。君子于是语,于是道古。修身及家,平均天下。此古乐之发也。今夫新乐,进俯退俯,奸声以滥,溺而不止,及优、侏儒,獶杂子女,不知父子。乐终不可以语,不可以道古。此新乐之发也。"

对于春秋时人来说,西周时期创作的用于"升歌"的《周颂》无疑是"古乐"。古乐十分重视乐的政治、伦理意义和教化作用,仪式奏乐过程中有一套行使其教化作用的程式,子夏所言的"语"和"道古"便是这一程式的关键环节,周人以之作为培养、训练"修身及家,平均天下"技能的手段。而到了礼崩乐坏、思想文化大解放的春秋战国时代,古乐的伦理教化意义不受重视,人们更乐于欣赏新乐的感官刺激,难怪魏文侯听古乐而昏昏欲睡了。

《礼记·孔疏》:"谓君子于此之时,语说乐之义理也。"可知子夏所言的古乐中的"语",也正是《文王世子》所言的"登歌《清庙》,既歌而语"之"语",它可能是

《周礼》大司乐教国子之"乐语"的凝缩。《文王世子》"既歌而语,以成之也",说明"语"之后,便标志着仪式之"成"。"礼以'成之'为贵。"①正因为"语"是至关重要的环节,所以在春秋时期的仪式中,升歌之后可以直接"语",而省去了奏乐仪式的其他环节。乃至发展到后来,又出现了不歌而语,见《左传》及本书下文的论述。

子夏既曰"语",又曰"道古",则"语"和"道古"应有所不同:"道古"是言古事,"语"除了语说所歌之义外,还关注"今",这便是"语"和"道古"的不同。但"语"和"道古"的共同点是:它们都针对所歌之义而"语"。清李光地《古乐经传》:"盖古人之为乐者,必有事实,而非虚词,故可以讲论而知其意。如孔子之说《大武》,其一端也。无义理而不足以讲论,无事实而不足以道古,'今'之与'古'不同如此。两言'发'者,由其根本异也。凡此皆言古乐和缓中正之美,而且有理义事实以贯乎其中,故可以讲论善道,称说古人,而用之为修己治人之方也。"

贾谊《新书·道德说》:"诗者,志德之理而明其指,令人缘之以自成也。"对照《周礼》乐语,可以约略明白贾谊为什么这样阐释"诗",因为此语含有丰富而深刻的周代礼乐文化背景。元郝经《陵川集》:"六经,理之极,文之至,法之备也。故《易》有阳阴奇耦之理,然后有卦画爻象之法;《书》有道德仁义之理,而后有典谟训诰之法;《诗》有性情教化之理,而后有风赋比兴之法;《春秋》有是非邪正之理,而后有褒贬笔削之法;《礼》有卑高上下之理,然后有隆杀度数之法;《乐》有清浊盛衰之理,而后有律吕舒缀之法。始皆法在文中,文在理中,圣人制作裁成,然后为大法,使天下万世知理之所在而用之也。"

清庄有可《周官指掌》:"天地之理,充而为气,动而为声,形而为容。正气、正声、正容,即理也,皆自然而无不中和也。诗者,人心之所不能已也。心有不能已,言之而成文。其诗中正和平,出于口,节宣其气,播乎金石土革丝木匏竹,无不合律而成声,应乎手足官骸皆有容也。以其可乐,故谓之乐,历代之歌舞是已。不歌不奏,不可以为舞也,以无节也;歌奏无辞,不可以为乐也,以无物也;有辞无文,不可以为诗也,以无体也。风赋比兴雅颂,诗之六体也。诗不合律,非正声也。六律六同,天地自然之正声也。"

语言表达能力在仪式中得到提升,语言的功能和作用在仪式中得到重视和强化。非仪式语境下用说,仪式语境下用唱,因为好听的才被视为是有神性的。唱诵中的字调要与乐调相谐调。人通过唱诵沟通了人和神,仪式生活就是现实

---

① 沈文倬:《宗周礼乐文明考论》,浙江大学出版社,1999 年。

生活的延续和升华；而仪式唱诵中表现的非现实成分，恰恰是一付有用的心理安慰剂。有不同的文化模式，必然有不同的诗的模式，因为诗是属于它的文化群体的。诗越古朴就越与仪式相合一。段宝林说："诗律的民族性是最强的。"①

周公制礼作乐，一方面有了文学的需要，另一方面对教育提出了更高要求。这种学校教育的特征，首先是学在官府，民间无之；其次，所有的教育，目的都是为了政治治理的需要；其三，从教育的动机出发，促进了学术的繁荣和文化史的发展。关于"学在官府"，清章学诚《校雠通义》言："有官斯有法，故法具于官；有法斯有书，故官守于书；有书斯有学，故师传其学；有学斯有业，故弟子习其业。官守学业皆出于一，而天下以同文为治，故私门无著述文字。"既然在西周时代，学术、教育、学业、著述皆在于官府，在于贵族内部，则一向所说的《诗三百》采诗于民间之说不攻自破。没有受过教育的人怎么能创作出来《诗三百》这样的诗作呢？故有学者言："惟官有书，而民无书；惟官有器，而民无器；惟官有学，而民无学。"②礼乐制度的建立，带来了士阶层的产生，故《礼记·王制》曰："顺先王诗、书、礼、乐以造士。"③"周代自周公制礼作乐以来，礼乐教化就是周代人教育思想的主题。当时产生的《诗经》，在艺术形式方面是'乐'，在艺术内涵方面是'礼'。吾人今日从纸上欣赏《诗经》，已经失去了周代的'乐'，若再失去周代的礼，对《诗经》的看法将一无是处。"④

2. 从乐语到诗

清姜宸英《湛园札记》："诗，古者谓之乐语，又谓之歌乐。"古人的观点大都如此，认为乐语就是诗。笔者认为，"乐语"不直接就是诗，它们是诗或《诗》之前的韵语，是诗或《诗》的原材料。它们都需要再次加工，才能成为诗。故孔颖达《毛诗正义》于《诗大序》下曰："直言者非诗。"

章炳麟《辨诗》："古者大司乐以乐语教国子，盖有韵之文矣。"把"乐语"视为"文"，而不直接说就是诗。宋张邦基《墨庄漫录》："优词乐语，前辈以为文章余事，然鲜能得体。"明陈继儒《读书镜》："纯仁属撰乐语，浩辞。纯仁曰：'翰林学士亦为之。'浩曰：'翰林学士则可，祭酒司业则不可。'"此二条，一则以"乐语"为"文章"，一则称"撰乐语"，可见乐语并不直接就是诗。

《文心雕龙·原道》："重以公旦多材，振其徽烈，剬诗缉颂，斧藻群言。"对于

---

① 夏敏：《仪式言说与诗歌形式的锤炼》，《艺术探索》2004年第1期。
② 孙培青主编：《中国教育史》，华东师范大学出版社，2015年。
③ 木斋：《论"士"之起源发生及与西周教育的关系》，《厦门大学学报》2016年第1期。
④ 黄永武：《中国诗学》，台北巨流图书公司，1980年。

此语的含义,各家注解都比较模糊,似是而非,不得要义。其原因即在于不了解乐语,不知中国的"诗"是怎么产生的。笔者认为,《文心雕龙》此语的含义是说:周公旦以其多才多艺,振文王之余烈,在删削、修饰"群言"的基础上,制作"诗",辑录《颂》。"群言",即指"乐语";"诗",即指正《雅》;"颂",即指《周颂》。毫无疑问,"乐语"在当时就是一种"群言"。从这种"群言"到"诗"的产生,尚有一步"斧藻"的工作,即对"群言"进行加工、修饰、改造。不过这种"斧藻"应该不是大幅度的,而是小幅度的、细节性的。正《大雅》、正《小雅》诗篇应该较大程度地保留了当时乐语的原貌。如《礼记·文王世子》:"凡三王教世子必以礼乐。乐所以修内也,礼所以修外也。礼乐交错于中,发形于外,是故其成也怿,恭敬而温文。……语曰:'乐正司业,父师司成。一有元良,万国以贞。'世子之谓也。"《文王世子》所引"语曰"四句,很可能就是当时的"乐语",可以看出它们很像诗。但既然称为"语曰",它们在加工制作之前,性质不是"诗"。

乐语既然是一种"语",它的讽诵可能不仅仅是背诵,应该还有"语"的成分。因为六种乐语虽方式各别,但毕竟有共同的"语"的因素。乐语中的"讽诵"其实不是直接"倍文",即不是直接背诵升歌之歌辞,而是用"语"的方式复述歌之"文",即用乐语的方式复述"升歌"之辞大意,如此才能称之为"语",如此才能称之为"讽"。

兴、道、讽、诵、言、语都是针对"乐"而发的,但六者均非只是对乐之义的复述,而应是对乐歌之义有所发挥的。王小盾说:

> "诗"是采自"歌"的,但传述之时有"讽""诵"的区别。"兴、道、讽、诵、言、语"之所以被称作"乐语",一方面在于它们服务于礼乐,另一方面也在于它们有别于日常语言,是用音乐的语言来复述诗和诗义。乐语在古代仪式中曾经占有很重要的地位,所以《乐记》以是否使用乐语作为判别"古乐"与"新乐"的标准。而乐语之所以重要,则因为它能"道古",即说明礼乐的本事或本义。对仪式上的诗义和礼乐之义作朗诵或表白,是乐语之教的首先一个功能。[①]

中国最早的"诗"是采自"歌"的,传述"歌"的。"歌"是原材料,经过六种言说方式"兴、道、讽、诵、言、语"之后而产生了"诗"。由此我们可以得出结论:对于

---

① 王昆吾:《中国早期艺术与宗教·诗六义原始》,东方出版社,1998年。

中国文学而言,没有"歌",就没有"诗";没有"乐语",就没有"诗"。从"歌"到"诗",中间有一个至关重要的环节:乐语。乐语把"歌"变成了"诗",或者说,乐语从"歌"中提炼、演绎出了"诗"。乐语是中国"诗"产生的一个重要环节和因素,是一个被前贤忽略了的因素。"乐语"最重要的意义和作用即在于此。当然,要确信不疑地证明这一结论,还需有《诗》文本方面的内证和实证,详见下文。

伏俊琏在研究汉译佛经的诵读方式时说:

> 汉译佛经的诵读方式,更多地是借用中国传统的唱诵形式。六朝以来汉译佛经的诵读方式以转读、唱导为主。转读就是诵经。《出三藏记集》卷15《道安法师传》云:"初,经出已久,而旧译时谬,致使深义隐没未通。每至讲说,唯叙大义,转读而已。"转读者,以汉声读佛经也。唱导则是诵经的通俗化。《高僧传》卷13《唱导论》说:"昔佛法初传,于是齐集,止宣唱佛名,依文致礼。至中宵疲极,事资启悟,乃别请宿德升座说法,或杂序因缘,或傍引譬喻。""元唱导所贵,其事四焉:谓声辩才博。""声"要求"含吐抑扬";"辩、才、博"则要求"如为出家五众,则需切语无常,若陈忏悔;若为君王长者,则需兼引俗典,绮综成辞;若为悠悠凡庶,则须指事造形,直谈闻见;若为山民野处,则须近局言辞,陈斥罪目。凡此变态,与事而兴。可谓知时知众,以能善说。虽然故以恳切感人,倾城动物,此其上也"。唱导文的体制形式特点,陈允吉先生说:"今考诸旧籍,可知它同后来的变文一样,是韵散间隔,有说有唱。"可见转读、唱导的内容不同,而唱诵的形式并无多大的区别。汉译佛经的转读、唱导等,更多的是借用中土传统的唱诵形式。以往的研究过分强调梵文诵经对汉文转读的影响,而忽视了转读唱导对先秦两汉时期唱诵技艺的继承。①

佛经的汉译始于汉代,所以我们认为这种比较还是有意义的。通过比较,我们可以看到:(1)汉译佛经的"转读"方式是"唯叙大义,转读而已",这无疑是周礼"乐语"中"讽诵"的影子;汉译佛经的"唱导"方式是"杂序因缘,或傍引譬喻",这无疑是周礼"乐语"中"兴道、言语"的影子。(2)六种乐语的语说方式也应该是要求"含吐抑扬""声辩才博"的。六种乐语的内容不同,语说形式也是大同小异

---

① 伏俊琏:《汉译佛经诵读方式的来源》,《敦煌研究》2002年第2期。

的,这也与汉译佛经类似。(3)乐语是处于诗与语言之间的一种言语形式,那么它很有可能也是类似于汉译佛经的韵散间隔,有说有唱。由此我们可以推知六种"乐语"方式的大致情形。

《大藏经·显扬圣教论》对佛经偈颂中"讽颂"的解释是:"讽颂者,谓诸经中非长行直说,然以句结成,或二句或三句或四句或五句或六句。"认为佛经偈颂中"讽颂"是以二句至六句不等的"结成"形式而说,既然如此,它与真正意义上的诗还是有区别的。同样,如果"乐语"直接就是诗,那么它就不是"语"、不是"说"了。

佛经中的偈颂是一种诗歌体式。"偈"是一种有韵律的诗,类似中国古诗中的颂。支谦在《法句经》译本序中说:"偈者,结语,犹诗颂也。"所以又意译为"颂"或者"讽颂",后中外混合为"偈颂"。一般认为原始佛经的表述形式主要是偈颂。吕澂《印度佛学源流略讲》:"按照当时的习惯是口传,凭着记忆互相授受,采用偈颂的形式是最合适的了。因为偈颂形式简短有韵,既便于口诵,又易记牢。这些偈颂,有些是不问自说,有些是相互问答。"一般所谓偈颂,即诗体的佛经,是佛经中文学性最强的部分之一。偈颂作为一种文体,在佛经中运用非常广泛,成为与"长行"(即散文体)相对的一种叙述方式,其中不乏杰出的文学作品。这些作品有的偏重叙事,有的偏重抒情,有的偏重说理。在原始佛典中,偈颂作为佛法的表述方式,以说理见长。因此从内容角度说,佛经中的偈颂可以称为"法句",即关于正法的格言警句,也就是佛教哲理诗。它们是佛徒从早期佛典中搜集编选的佛教格言诗集,其主要内容是佛学义理。吴支谦在译序中说:"其在天竺,始进业者不学法句,谓之越叙。"诵习法句成为佛徒的必修课。以偈说法传教成为佛教传承的一种重要手段。在文学创作方面,通过偈颂可以抒情写意,交流思想,表达情感。慧皎曾将印度偈颂与中国诗歌进行比较:"然东国之歌也则结韵以成咏,西方之赞也则作偈以和声。虽复歌赞为殊,而并以协谐钟律,符靡宫商,方乃奥妙。故奏歌于金石则谓之以为乐,设赞于管弦则称之以为呗。夫圣人制乐,其德四焉:感天地,通神明,安万民,成性类。如听呗,亦其利有五:身体不疲,不忘所忆,心不懈倦,音声不坏,诸天欢喜。"①

宋代宫廷演剧,命词臣作乐语,使伶人歌唱。先为对偶韵文,后附以诗,也有不附诗的。后遂成为文体,各作家常有所作。宋代乐语虽未必是周代乐语的原貌,但宋代乐语应是宋代人据其对周代乐语的理解而模仿创作的,故它与周代乐

---

① 侯传文:《偈颂与赞歌》,《东方论坛》2017 年第 1 期。

语之间仍然具有可比性。如《全宋词》载王义山创作的乐语《寿崇节致语·隆兴府》：

> 万年介寿，星辰拱文母之尊；四海蒙恩，雨露宠周臣之宴。颂声交作，协气横流。与天同心，为民立命。以圣子承承继继，九州番臣；奉太后怡怡愉愉，亿载永久。宝册加徽称于汉典，彩衣绚瑞色于舜庭。捧金炉香，胥庆寿崇之旦；□玉卮酒，永延长乐之春。躬禀聪明，性纯爱敬。晋福介王母，三千年之桃晕新红；华封祝圣人，八九叶之蓂开并绿。耳凤韶之雅奏，身鱼藻之深仁。臣等幸围明时，忻逢盛事。遥瞻禁卫，蔼播衢谣。东极承颜肃紫宸，恩西农湛露宴群臣。香传禁柳鸣球瑟，影颤宫花蔼缙绅。璀璨神光三殿晓，怡愉和气万年春。明朝又纪流虹瑞，更效封人祝圣人。

可以看出，宋代乐语有对偶，有押韵，但它只有局部整齐的句式，而全文句式并不是如诗一般的整齐。它更像是赋，而不是诗。由此我们可以窥见周代乐语的影子。

总之，"乐语"既不是诗，也不是普通语言，它是介于普通言语和诗之间的一种"乐语"，是未成型的诗，是诗的原材料。《尚书·洪范》："五事，一曰貌，二曰言。"孔颖达《疏》："言者，道其语有辞章也。""乐语"就是一种有章法、有节奏、有韵律的"语"，是一种有文采辞章的"语"。

从乐语的角度看，中国诗的产生是"语"向"乐"学习、模仿的产物。因为"乐"是有节奏、韵律的，西周时期为教育培养国子人才，向他们传授一种像"乐"那样有节奏、韵律的"语"，要求他们把话说的文雅、动听、易于流传，由此产生了"乐语"，并由此而产生了"诗"。

诗体句式和韵式的演化，依托着两个方面实践能力的提升：其一是语言能力的提升；其二是仪式音乐水平和歌咏技术的提升。语言能力的提升，表现为从单音词组合演化为双音词组合。殷商甲骨文尚以单音词为多，西周早期青铜铭文已大量使用双音词，中期以降已以双音词为主体，是为周诗体演变语言上的内在机制。仪式音乐水平的提升，与诗体建构关系最密切的是西周"一钟双音"，即在一个乐钟上奏出两个乐音技艺的产生。从西周早期开始，乐人开始有意识应用"一钟双音"技术。乐钟制作和"一钟双音"技术是为仪式活动服务的，目的在配合咏诵双音节奏的行进，"双音钟"标志着"四言体"及其咏诵方式从局部、自在逐步走向普及、自觉的集体范式。也许更合乎逻辑的解释是双音节咏诵方式发生在先，从而促使了"一钟双音"技术的产生。周诗"四言体"的建构与完善，是与仪式咏诵行为相联系的。音乐化的语言行为，是韵文体生成和演变的发生基础和直接动力。①

刘师培认为："若古代教育之法，则有虞之学名曰成均。均字即韵字之古文。古代教民，口耳相传，故重声教。而以声感人，莫善于乐。观舜使后夔典乐，复命后夔教胄子，则乐师即为教师。又商代之大学曰瞽宗，而周代则以瞽宗祀乐祖。周名大学为辟雍，雍训为和，隐寓和声之义，而和声必用乐章。观《周礼》大司乐掌成均之法以教合国之子弟，并以乐德、乐舞、乐语教国子，而春诵夏弦，诏于太师，四术四教，掌于乐正，则周代学制亦以乐师为教师，固仍沿有虞之成法也。古人以礼为教民之本，列于六艺之首，岂知上古教民，六艺之中，乐为最崇，因以乐教为教民之本哉？"②

"颂"本是古歌的通称，在西周初期，它代表了最高级的文化形式。周礼乐语的产生，提升了周人的语言表达艺术，产生了比"颂"更高级的艺术语言，于是有了新的高级语言文化的称呼："雅"。从语言的角度看，没有"雅"，就没有"诗"。因为语言的提升和雅化是真正意义上的"诗"产生的必要条件。或许周人造出"雅"这个词，并不含有比"颂"高级的意思，它只意味着一种"新"的雅语。

从周代乐语的情况，我们可以推知《诗经》中大多数诗篇为什么没有留下诗人的名字，其原因有二：一是当时诗歌创作的原材料"乐语"是一种集体创作，而不是个人创作。集体创作是不便于、而且没必要留下作者之名的，故当时没有留名的意识。二是从乐语到诗只一步之遥，而相对于纯粹的诗歌创作来说，这一步是比较简单的。有了乐语，诗就呼之欲出了。当时把这些乐语加工为"诗"的人，他们不是纯粹意义上的诗人，他们只是加工制作者，这样就不需、不必留名了。所以我们看到，《诗经》中凡是因仪式用乐而创作的诗篇，都不留名。至西周后期和春秋时期，出现了单独的诗歌创作，才开始有留名的意识，如"寺人孟子，作为此诗"，"吉甫作颂，穆如清风"，"奚斯所作，孔曼且硕"等。而且从乐语与中国早期"诗"的关系的角度看，秦汉文献中关于一些诗篇的作者的说法，其实是不可靠的，不太可能的。如《吕氏春秋》记载周公作《大雅·文王》，《小雅·常棣》一诗，《国语》曰周公所作，《左传》则曰召穆公所作，等等。秦汉时期人对这些诗篇作者

---

① 李昌集：《周诗体式生成论：文化文体学的视角》，《中国社会科学》2014 年第 7 期。
② 刘师培：《刘申叔先生遗书·古政原始论》，广陵书社，2014 年。

的说法明显具有随意性,大抵托圣贤之名而已。

人们常说,《诗经》是中国诗歌的源头。理解了"乐语"是如何从"歌"中演绎出"诗"的过程,才算真正理解《诗经》是中国诗歌的源头"这句话的真正内涵及其文化意义。

《周颂》产生之后,这种句式整齐、句末略带押韵的"文"的表达方式,以前从未有过,它给周人带来的惊喜、惊叹、好奇、膜拜,是巨大的、空前的、史无前例的。所以《周颂》产生之后,周人在礼仪之中用各种不同的方式("乐语":兴、道、讽、诵、言、语),对之加以阐释、发挥、演绎,这些阐释、发挥、演绎《周颂》的"乐语",也是以模仿《周颂》的形式而呈现的:句式大致整齐,略带押韵,可以讽诵。"诗人"又对这些"乐语"加以整合、加工,从而产生了周代自《周颂》产生之后的第二批诗——正《大雅》。

"乐语"本身也是对《周颂》产生情形的模仿,因为《周颂》也是说出来的,也是"语"的产物。亚里士多德《诗学》认为:"一般来说,诗的起源仿佛有两个原因,都是出于人生的天性:其中一个是模仿的本能,我们最初的知识就是从模仿得来的。另一个就是'音调感'和'节奏感'。"①就中国诗歌发生的情形看,《周颂》的创作或制作就是模仿巫祝类祝祷辞、祝颂辞的产物,而中国最早被称为"诗"的正《大雅》的创作,又是模仿《周颂》的产物,这证明了亚里士多德之语的正确性。

语言崇拜本自原始社会即有,它是人类自古至今一直存在的一种崇拜,是语言艺术不断发展的推动力。古代日本人的言语崇拜中有一个独特的词"言灵",也就是"言语之魂灵""言语之神"的意思,它把言语作为一种客观存在着的神灵。"言灵"是冥冥中隐含于言语的一种神秘的力量,是对"言"之"灵"的信仰和崇拜。日本古代文学、文献的诸种形式,包括神话、传说、歌谣、和歌、祝词、宣命等,实际上都是"言灵"思想的产物。②

话语对人心灵的影响犹如药物之于身体。言说是心灵的外在表现,金玉良言是良好的内在品质的外化,良好的语言表达能力是具有正常头脑的标志。西塞罗在公元前1世纪时就已提出:雄辩源于渊博的学识。音乐修辞是需通过长期的音乐实践和领悟才建立起来的一套技艺,其最高境界是在音乐修辞过程中自然地将"人品诉求""情感诉求"和"理性诉求"融合加以表达。③

"在太初,唯有语词。当然,那是神的语词。神的预言性语词创造了世界。

---

① [古希腊]亚里士多德:《诗学》,陈中梅译,商务印书馆,1996年。
② 王向远:《语言崇拜与东方传统语言观念的内在关联》,《东北亚外语研究》2017年第4期。
③ 王丹丹:《崇高心智的"言说"艺术》,《音乐艺术》2012年第1期。

其后有神的儿子耶稣基督拯救这个世界。那些语词不仅是口说出来的，而且也被写成一部书，那就是《圣经》，即《旧约》和《新约》。"其实所谓"旧约""新约"，原本不是书写的协约条文，而是"约言"，即神与人之间的神圣约言。因为其神圣性，才需要信徒们一致尊奉和永远坚守。《创世记》中的上帝本不拿笔写。《创世记》也不宜混同为《创世纪》。"言"的偏旁之有无，不只是通假字的问题，而是文化史大变革的区分问题。当初的圣言当然是诉诸听觉的，而不是阅读或者念诵的。①

七　乐语对中国后世文学的影响

"乐语"本身应该也不是无本之木，例如周代以前的"谟"之类的仪式，应该与乐语比较相近。《尚书》中有《皋陶谟》《大禹谟》，记录的都是远古时期的君臣对答之辞，其功用和宗旨均与怀古、修身、治国有关。至于它们之间的关系，尚需深入研究。

朱自清先生认为，"诗"的概念"大概是周代才有的"。② 其观点言之有理，在一定程度上揭示了真理。可是，由于没有重视、研究周礼"乐语"，那"宫廷政坛的'限定言说时空'"究竟是什么，为什么"诗"的概念周代才有，一直没有人能说清楚。

"乐语"不仅与中国"诗"的发生有关，它也与中国其他文学样式的发生有关。比如，赋是以问答的形式写出来的文体，它其实也有"乐语"的影子。早期的先秦诸子散文都是语录体，其实也有"乐语"的文化背景在内。

夏德靠认为，《韩诗外传》解诗模式主要受到乐语传统的影响。乐语六体可划分为赋诗、释诗两个层面，赋诗包含"引诗以证事""引事以明诗"。《韩诗外传》的"故事＋诗"通常是对话式的史事再加上特定的诗文本，这与乐语中的"道"有密切联系。"道"主要运用历史故事来解读诗句，即以事解诗，这与《韩诗外传》解诗模式一致。韩婴编撰《外传》固然是出于阐释《诗经》的需要，同时也是着眼于训练、培养经生阐释诗的能力，这同样是乐语传统影响的结果。③

汉大赋亦具有一种"亚仪式"特征，指由言说内容和言说方式构成的一种隐含性质的言说形态。先秦乐歌的仪式情结在汉代得以延续，主要表现在对先秦仪式歌乐《大雅》与《颂》的音乐言说形态的继承方面。汉大赋的言说形式是可歌

---

① 叶舒宪：《神圣言说》，《百色学院学报》2009 年第 3 期。
② 朱自清：《诗言志辨》，广西师范大学出版社，2004 年。
③ 夏德靠：《乐语传统与〈韩诗外传〉的生成》，《河北师范大学学报》2018 年第 1 期。

的韵文,多采用韵文加音乐的言说方式,故赋在某种程度上也是可歌的。刘向《别录》曰:"有丽人歌赋。"这里的"歌赋"是动宾结构。班固《两都赋序》:"赋者,古诗之流也。"杨修《答临淄侯笺》:"今之赋颂,古诗之流。"《周易·豫卦·象》:"先王以作乐崇德,殷荐之上帝,以配祖考。"上古时期,歌因具有神圣性而可献给神灵,这是其时社会之普遍观念。仪式赋予了乐歌以神圣意味,因而作歌作乐也是非常严肃之事。[①]

汉代开始流行一种众人合作创作的诗歌,称为"柏梁体"。宋严羽《沧浪诗话》:"柏梁体,汉武帝与群臣共赋七言,每句用韵,后人谓此体为柏梁体。"如汉武帝和群臣所作的《柏梁台诗》:

> 日月星辰和四时,(汉武帝)
> 骖驾驷马从梁来。(梁王)
> 郡国士马羽林材,(大司马)
> 总领天下诚难治。(丞相)……

晋代贾充《与妻李夫人联句》:

> 室中是阿谁,叹息声正悲。(贾)叹息亦何为,但恐大义亏。(李)大义同胶漆,匪石心不移。(贾)人谁不虑终,日月有合离。(李)我心子所达,子心我所知。(贾)若能不食言,与君同所宜。(李)

陶渊明诸人的《联句》诗:

> 鸣雁乘风飞,去去当何极。念彼穷居士,如何不叹息。(渊明)虽欲腾九万,扶摇竟何力!远招王子乔,云驾庶可饬。(愔之)顾侣正徘徊,离离翔天侧。霜露岂不切,徒爱双飞翼。(循之)高柯擢条干,远眺同天色。思绝庆未看,徒使生迷惑。(渊明)

清王兆芳《文章释》:"联句者,作诗不一人,共以句相属也。主与众才合韵,属词接声。"宋高承《事物纪原》:"自汉武为《柏梁诗》,使群臣作七言诗,始有联句

---

① 白晓丽:《汉大赋的"亚仪式"特征及其意义》,《中州学刊》2008 年第 4 期。

体。梁何逊集多有其格,唐文士为之者亦众。凡联一句或二句,亦有对一句出一句者。《五子之歌》有'其一''其二'之文,则又联句之体也。"宋章樵重订《古文苑》所录谢朓《阻雪连句遥赠和》题注云:"同咏七人各赋绝句,音韵相叶而不相犯,意亦往来酬答。题以联句,盖宋齐间体也。至唐则有人咏一韵两句,周而复始,合成长篇者。"范晞文《对床夜语》:"或二人三人,随其数之多寡不拘也。其法则不同,有跨句者,谓连作第二第三句,《城南》等作是也;有一人　·联者,《会合》《遣兴》等作是也;有一人四句者,《有所思》等作是也。"明徐师曾《文体明辨序说》:"联句诗起自《柏梁》,人各一句,集以成篇。其后宋孝武《华林曲水》、梁武帝《清暑殿》、唐中宗《内殿》诸诗皆与汉同,唯魏《悬瓠方丈竹堂宴飨》则人各二句,稍变前体。自兹以还,体遂不一:有人各四句者,如陶靖节集所载是也;有人各一联者,如杜甫与李之芳及其甥宇文所作是也;有先出一句,次者对之,就出一句,前人复对之者,如韩昌黎集所载《城南诗》是也。"

胡大雷说:"这些联句,一般视其为诗体的某种形式,但其多为口头创作状态并由众人合作而成的形式,其根由与诗歌创作前的文体状态有相当的关系。当我们认为文学最早是由口头、集体而产生,'问答'就具有太多的意味。就《文选》所列文体来看,诸如赋、七、设论、对问都是直接的问答;而诏、令、教、文、表、上书、启、弹事、笺、奏记、书、檄等都是有特定告知对象的,也有问答性质,那么很多文体的原始创作状态都是问答。于是可以说,很多文体不都是从'问答'这种形式中产生的吗?"[1]胡大雷认为,"柏梁体"形式的诗歌创作,"其根由与诗歌创作前的文体状态有相当的关系",但他并未能说明这些诗歌创作的前文体状态是什么。笔者认为,中国古代流行一时的这些问答体的诗、赋、文,其形式的源头都在于周代的"乐语"。乐语就是一种集体创作,而非单独的个人创作。当然,我们现在说"创作",在当时,周礼中的乐语并不是有意地创作,而是一种极其认真的训练和培养。

古人如何讲诵,我们已无法确知,但可以通过文献做此推测。佛家有"转读"和"唱导","转读"就是以汉语的声调读诵佛经;根据《高僧传·唱导论》的记载,"唱导"与唐代的变文差不多,也是韵散间隔,有说有唱。《高僧传》和《续高僧传》曾作过形象的描写和记录,如说"(昙智)独拔新异,高调清澈","(慧常)声发喉中,唇口不动","声调陵陵,高超众外","(智云)每执经对御,向振如雷,时惨哀啭,停驻飞走","(善权)每读碑志,多疏丽词,傍有观者,若梦游海。及登席列用,

---

① 胡大雷:《论"语体"及文体的前"文体"状态》,《文学遗产》2012 年第 1 期。

牵引嗺之,人谓拔情,实惟巧附也","(法琰)遂取《瑞应》,依声尽卷,举挪牵进,嗺态惊驰",等等。这些形象的描写,大致是把长短有差、高低交错、洪细变化的声调羼糅在念诵之中,造成一种特殊的音乐效果。在那个遥远的写本时代,得一卷书真是不容易,一旦得到,爱不释手,反复吟诵自在情理之中。晋代文学家束皙有《读书赋》,今残缺不全,其中记载耽道先生读书的情景:"垂帷帐以隐几,被纨素而读书,抑扬嘈囔,或疾或徐,优游蕴藉,亦卷亦舒。颂《卷耳》则忠臣喜,咏《蓼莪》则孝子悲,称《硕鼠》则贪民去,唱《白驹》而贤士归。"这种读书,灵魂与声音都与古圣先贤相融会。正像陶渊明《读〈山海经〉》一样,"泛览《周王传》,流观《山海》图。俯仰终宇宙,不乐复何如?"读书到了激动处,可以长笑,可以傲啸,可以痛哭,可以吟唱,甚至于手舞足蹈。①

《旧五代史·李守贞传》:"少帝开曲宴于内殿,以宠其行。教坊伶人献语云:'天子不须忧北寇,守贞面上管幽州。'"这种像诗句一样的"献语",显然就是"乐语"。而伶人就是当时的乐官或戏剧演员,这显然都是对周代礼乐文化传统的继承。

乐语在宋代的使用非常广泛,不仅在宫廷宴会中使用乐语进行表演,地方官吏府衙的宴会,甚至世俗民间的嫁娶、生日宴会都可使用乐语。乐语有一套完整的形式。《东京梦华录》《梦粱录》和《宋史·乐志》对宫廷宴会使用乐语的形式有详细描述。简而言之,一套完整的乐语包括教坊致语、口号、勾合曲、勾小儿队、队名、问小儿队、小儿致语、勾杂剧、放小儿队、勾女弟子队、队名、问女弟子、女弟子、女弟子致语、勾杂剧、放女弟子队共十六个组成部分。这些构成部分有严格的演出次序,不能随意颠倒。演出时,由参军色手执竹杆子念致语、口号,逐步引导演出的进行。当然,并不是所有的乐语都要同时具备上述步骤。作者可以根据宴会的隆重程度或者宴会的性质,选择乐语的组成部分。如宋祁的《春宴乐语》、王珪的《秋宴乐语》、苏轼的《兴龙节集英殿宴乐语》三者的组成形式就各不相同。其中,致语和口号是乐语最常用的组成部分。简单的乐语可以只由致语与口号组成,多用于官吏宴会,如欧阳修的《会老堂致语》、苏轼的《寒食宴致语》等。而口号甚至可以单独成篇,宋代胡宿《文恭集》在"五言律诗"体收有《晨入都省闻子奇内翰宿太常因寄口号》,郭祥正《青山集》和其续集有《雨晴都按口号呈元舆》《种花口号》《选官口号》等作品,多为五言或七言绝句。乐语的内容以颂赞、祝愿为主。张端义《贵耳集》卷上云:"生日诗、致语诗皆不可易为,以其徇情

---

① 伏俊琏:《中古音学著述与文学诵读》,《光明日报》2020年11月9日。

应俗而多谀也。""徇情应俗而多谀"说明乐语的思想内容没有多少价值可言。特别是宋代宫廷的教坊致语,其内容不外乎歌功颂德,称道太平之词。间或有些翰林学士撰写的乐语,于丽语中寓有规谏之意,所谓曲终而奏雅也。从语体而言,乐语以四六体为主,其中口号则是五、七言绝句体或律体。最初的乐语由伶人创作,据《宋会要辑稿》"宴飨"条记载,天禧三年(1019)十二月十四日,翰林学士钱惟演上言说:"伏见每赐契丹高丽使御筵,其乐人白语多涉浅俗,请自今赐外国使宴,其乐人词语教坊即令舍人院撰。"可见在宋真宗时,宫廷宴会的乐语由教坊乐人撰写。由于乐人文化素养很低,辞语浅俗,难登大雅之堂,此后才由翰林院学士代笔。然而,翰林学士在创作乐语时,还是要注意乐语作为优伶诵念之辞的特点,其行文风格"不必典雅,惟语时近俳乃妙"。乐语之不易作也许正在于此。所以张邦基云:"优词乐语,前辈以为文章余事,然鲜能得体。"由于乐语为俳优之词,其地位非常低下。当时人是不屑于写作乐语的。现存众多的教坊乐语,是翰林学士职责所在,不得不作的应制之文。[①]

桐城方苞谓"自周以前,学者未尝以文为事,而文极盛;自汉以后,学者以文为事,而文益衰",究其原因是"古之圣贤,德修于身,功被于万物,故史臣记其事,学者传其言,而奉以为经,与天地同流"。后来康有为通观古今文学演变后也说"古者惟重言语,其言语皆有定体,有定名",而"自秦汉后,言语废而文章盛,体制纷纭,字句钩棘",揭示出了在先秦两汉间潜藏有一个从"言"到"文"的传统。[②]

八　乐语与正《大雅》的创作

宋易祓《周官总义》:"乐语者,使学者寻行数墨以为传授之习,要皆乐德之寓者也。兴,即诗之托兴者。道,即诗之陈古者。讽,即微言以动其心者。诵,即迭奏而申其意者。言,即句剖以明其训者。语,即讲析以示其义者。此六者,使之涵泳浸渍,自然感发,而'中、和、只、庸、孝、友'之念有不可御者。"宋王与之《周礼订义》引郑锷曰:"兴,如诗人之兴,因物以感发其心之所欲言者。道,如《撢人》所谓'道国之政事'之'道',事有隐意,则以言而导达之。讽,如讽谏之讽,微言以寓意。诵,如诵诗之'诵',飏古人之言而告之。'食不语,寝不言',则言、语异矣。自言其己心之所蕴者曰言,以言而与人应答则曰语。"

---

① 吴承学:《颂赞类文体》,《古典文学知识》2010 年第 1 期。
② 王思豪:《汉赋用〈诗〉"四言"之拟效与改造》,《文学遗产》2017 年第 2 期。

我们将把六种"乐语"与《诗经》诗篇相对照，一一找出根据六种"乐语"而创作的诗篇，以此证明"乐语"对《诗经》乃至中国早期诗歌创作的重要决定作用。

祭祀在礼仪中的地位是至高无上的，有一种观点认为，礼仪本身即起源于祭祀。《礼记·祭统》："礼有五经，莫重于祭。"《荀子·礼论篇》："礼有三本：天地者，生之本也；先祖者，类之本也；君师者，治之本也。""上事天，下事地，尊先祖而隆君师，是礼之三本也。"《左传》成公十三年刘子语曰："国之大事，在祀与戎。"在祭祀礼仪中，周天子的祭祀礼仪又是所有礼仪中最高的。周天子的祭祀不仅是一种宗教仪式，也是一种政治仪式。祭祀仪式不仅是祭祀神灵、缅怀祖先的仪式，还是巩固宗族统治、维系天子与贵族之间政治、亲情纽带的手段，关乎国家、王朝长治久安的大计，故其中包含着丰富复杂的礼乐教化内容。

在《诗经》中，正《大雅》18 篇，正《小雅》16 篇，《二南》25 篇。《诗序》对这 59 首《风》《雅》"正诗"的阐释有两个特点：其一，除正《大雅》的《公刘》《泂酌》《卷阿》三首诗之外，《诗序》均不言及诗篇的作者。诗首《序》对这 56 首"正诗"的阐释之辞只言及诗篇的内容和相关事件，毫不言及作者为谁。其二，《序》只言及诗篇之所用，而不言及作诗的时间和时代。这是因为，这些诗篇均是据乐语而创作，它们的底本是一种群言，本就没有具体的作者。而且这些诗篇均是历代通用的礼仪用诗，在当时，这些诗篇之所"用"比它们的创作情况重要得多。

《大雅》"正诗"都是据乐语而创作。我们将对《大雅》"正诗"与六种"乐语"做一对应、归类考查。从中我们可以看出，西周时代的乐语，是严格按照"兴、道、讽、诵、言、语"六种方式执行的，故据这些乐语而加工创作的诗篇均一一有迹可循。这些诗篇并非都是祭祀的产物，但它们都是仪式的产物，是各种仪式中"乐语"的产物。

1. "兴"与正《大雅》的创作

《行苇》：

敦彼行苇，牛羊勿践履。方苞方体，维叶泥泥。

戚戚兄弟，莫远具尔。或肆之筵，或授之几。

肆筵设席，授几有缉御。或献或酢，洗爵奠斝。

醓醢以荐，或燔或炙。嘉肴脾臄，或歌或咢。

敦弓既坚，四鍭既均，舍矢既均，序宾以贤。

敦弓既句，既挟四鍭。四鍭如树，序宾以不侮。

曾孙维主，酒醴维醹，酌以大斗，以祈黄耇。

黄耇台背，以引以翼。寿考维祺，以介景福。

《行苇》除首章外,后七章均述祭祀及其后的燕射之事。那么首章以"行苇"起笔是否是"兴"呢?或者说,它是起兴还是写实的赋呢?汉代三家诗均把"行苇"之事与公刘相关联。刘向《列女传·晋弓工妻》:"君闻昔者公刘之行,羊牛践葭苇,恻然为民痛之,恩及草木,仁著于天下。"王符《潜夫论·德化》:"公刘厚德,恩及草木、牛羊六畜,仁不忍践生草,则又况于民萌而有不化者乎?"王符《潜夫论·边议》:"公刘仁德广被行苇,况含血之人,已同类乎?"班彪《北征赋》:"慕公刘之遗德,及行苇之不伤。"赵晔《吴越春秋》:"公刘慈仁,行不履生草,运车以避葭苇。"《后汉书·寇荣传》:"公刘敦行苇,世称其仁。"《蜀志·彭羕传》:"体公刘之德,行勿践之惠。"所以三家诗均认为《行苇》诗言公刘事。集三家诗大成的王先谦《诗三家义集疏》亦曰:"盖公刘举射飨之礼,出行有此故事,诗人美之,因以名篇。"但毛诗却认为《行苇》是成王时诗。既然是成王时诗,不关公刘事,那么首章应该是兴了吧?然而《行苇·毛传》并不标兴。《行苇》首章《孔疏》:"言周之先王忠厚之至,见敦敦然道旁之苇,乃禁牧者:尔所牧牛羊勿得践履折伤之。……周之先王尚爱及草木,况于人乎?是其忠厚之至也。"虽不言公刘,但与三家之公刘仁德、不伤草木说是相合的,只是把"仁德"说成"忠厚"而已。

最初的"兴"就是乐语之"兴",即郑玄注《大司乐》曰"以善物喻善事"之谓,其要义在以古兴"今"。《行苇》首章的兴,是周代乐语之"兴",即以古兴"今"之义。从汉代及其以后关于公刘不伤草木的种种说法中可知,其时应有此类传说或记载。但《行苇》亦只是首章与公刘事有关而已,此诗并非全颂公刘,亦并非作于公刘之世。首章之"古"只是一种引子,后七章之"今"才是诗的主体。胡承珙《毛诗后笺》:"盖汉时古书尚多,必有公刘爱行苇之事,故三家或据以说诗。然求之经文,并无专属公刘之意,故《序》但言'周家忠厚',则所包者广。"此言是。《行苇》末章曰:"黄耇台背,以引以翼。"周代乐语之教与养老乞言仪式相关联,故此诗亦述及之。《诗序》曰:"《行苇》,忠厚也。周家忠厚,仁及草木,故能内睦九族,外尊事黄耇,养老乞言,以成其福禄焉。"诗以牛羊勿践行苇起,以下述宴、射、"序宾"等事,一片和乐的气象。《左传》隐公三年君子亦曰:"《雅》有《行苇》《泂酌》,昭忠信也。"

朱熹《诗序辨说》极力批驳《行苇序》之误:"此诗章句本甚分明,但以说者不知比兴之体、音韵之节,遂不复得全诗之本意而碎读之,逐句自生意义,不暇寻绎血脉,照管前后。但见'勿践行苇',便谓'仁及草木';但见'戚戚兄弟',便谓'亲睦九族';但见'黄耇台背',便谓'养老';但见'以祈黄耇',便谓'乞言';但见'介尔景福',便谓'成其福禄'。随文生义,无复伦理。诸《序》之中,此失尤甚。览者详之。"若不明晓此诗创作的礼仪文化背景,定会觉得朱熹对《行苇序》的批驳确乎有理。但从礼仪的角度观察,结论就会不同:"戚戚兄弟,莫远具尔""酌以大斗,以祈黄耇""黄耇台背,以引以翼"之类,不是亲九族、养老乞言又是什么呢?

早期的兴,与后人所言《诗》之兴,既有不同,又有密切关系。早期的兴重在"以善物喻善事",重在以古喻今、以古兴今;后世兴的范围扩大了,恶事、恶物亦可用来起兴,且用来起兴的事物只是偏重于兴起下文的作用。周礼乐语之兴即是后来作为诗歌艺术的赋比兴之兴的滥觞和雏形。这种早期的兴,既有赋的特征,又有兴的特征。

《礼记·学记》:"大学之教也,……不学博依,不能安诗。"郑玄注:"博依,广譬喻也。"《孔疏》:"此教诗法也。博,广也。依,谓依倚也,谓依附譬喻也。若欲学诗,先依倚广博譬喻。若不学广博譬喻,则不能安善其诗,以诗譬喻故也。"此虽不言兴,但兴其实就是一种间接的广博譬喻,故兴与比很相近,甚至有时很难区分。《学记》所言,可能就是对周礼乐语之"兴"的一种阐释。

《凫鹥》:

> 凫鹥在泾,公尸来燕来宁。尔酒既清,尔殽既馨。公尸燕饮,福禄来成。
>
> 凫鹥在沙,公尸来燕来宜。尔酒既多,尔殽既嘉。公尸燕饮,福禄来为。
>
> 凫鹥在渚,公尸来燕来处。尔酒既湑,尔殽伊脯。公尸燕饮,福禄来下。
>
> 凫鹥在潀,公尸来燕来宗。既燕于宗,福禄攸降。公尸燕饮,福禄来崇。
>
> 凫鹥在亹,公尸来止熏熏。旨酒欣欣,燔炙芬芬。公尸燕饮,无有后艰。

《大雅·凫鹥》与《周颂·丝衣》对应,两者对应的关系及证据下文有述。《丝衣》只是述宴饮"宾尸"之事,没有涉及"凫鹥",则《凫鹥》之"凫鹥在泾"云云应是"兴",故此诗的创作方式应归之于"兴"。

此诗是如何以凫鹥兴起诗意的呢?《毛传》:"凫,水鸟也。鹥,凫属。太平则万物众多。"《郑笺》:"泾,水中也。水鸟而居水中,犹人为公尸之在宗庙也,故以喻焉。祭祀既毕,明日又设礼而与尸燕。成王之时,尸来燕也,其心安,不以己实臣之故自谦。言此者,美成王事尸之礼备。"《孔疏》:"以鸟之所在,取其象类为喻。"

《诗序》:"《凫鹥》,守成也。大平之君子能持盈守成,神祇祖考安乐之也。"《郑笺》:"君子,斥成王也。言君子者,大平之时则皆然,非独成王也。"《周颂》的主旨是"美盛德,颂成功",且作于周初。"持盈守成"之"成",即《诗大序》"以其成功告于神明"之"成"。"神祇祖考",即是指诗中"公尸"而言,因为"公尸"是"神祇祖考"的象征。《凫鹥》是通过对燕"尸"之礼的发挥、演绎,以歌咏其时之"君子"(即诗中之"尔")的成功与盛德。

《棫朴》:

> 芃芃棫朴,薪之槱之。济济辟王,左右趣之。
> 济济辟王,左右奉璋。奉璋峨峨,髦士攸宜。
> 淠彼泾舟,烝徒楫之。周王于迈,六师及之。
> 倬彼云汉,为章于天。周王寿考,遐不作人?
> 追琢其章,金玉其相。勉勉我王,纲纪四方。

《旱麓》:

> 瞻彼旱麓,榛楛济济。岂弟君子,干禄岂弟。
> 瑟彼玉瓒,黄流在中。岂弟君子,福禄攸降。
> 鸢飞戾天,鱼跃于渊。岂弟君子,遐不作人?
> 清酒既载,骍牡既备。以享以祀,以介景福。
> 瑟彼柞棫,民所燎矣。岂弟君子,神所劳矣。
> 莫莫葛藟,施于条枚。岂弟君子,求福不回。

《棫朴》《旱麓》同属正《大雅》,篇次相连,它们的共同特征是有"兴"。《棫朴》曰"芃芃棫朴,薪之槱之",《旱麓》曰"瞻彼旱麓,榛楛济济""鸢飞戾天,鱼跃于渊"云云,无疑是"兴"。它们都歌颂周王、君子"遐不作人"。"作人"者,造作、兴作人才也,这也应是一种太学之教中的礼仪用语。

董仲舒《春秋繁露·郊祭篇》:"春秋之义,国有大丧者,止宗庙之祭而不止郊祭,不敢以父母之丧废事天地之礼也。父母之丧,至哀痛悲苦也,尚不敢废郊也,庸足以废郊者？故其在礼亦曰：丧者不祭，唯祭天为越丧而行事。夫古之畏敬天而重天郊如此甚也。是故天子每至岁首，必先郊祭以享天，乃敢为地，行子礼也；每将兴师，必先郊祭以告天，乃敢征伐，行子道也。文王受命而王天下，先郊乃敢行事，而兴师伐崇，其诗曰：'芃芃棫朴，薪之槱之。济济辟王，左右趋之。济济辟王，左右奉璋。奉璋峨峨，髦士攸宜。'此郊辞也。其下曰：'淠彼泾舟，烝徒楫之。周王于迈，六师及之。'此伐辞也。以此辞者，见文王受命则郊，郊乃伐崇。"秀权按：《春秋繁露·郊祭篇》所记对于理解《棫朴》诗有两点启发：一是诗颂文王确有其据，二是诗中语辞乃是当时仪式的成辞。

《棫朴》以"芃芃棫朴，薪之槱之"作兴，《序》以为"文王能官人也"。如果从乐语之兴的角度来看，《棫朴》亦只首二句可能与文王有关，诗非作于文王时，亦并非主咏文王事。《旱麓》亦可作如是观。《艺文类聚》引《周书》曰："文王在翟，（太姒）梦南庭生棘。小子发取周庭之梓树，树之于阙间，化为松柏棫柞，惊以告文王。文王召发于明堂，拜吉梦，受商大命，秋朝士。"此或即《棫朴》起兴之本事。

《泂酌》：

> 泂酌彼行潦，挹彼注兹，可以餴饎。岂弟君子，民之父母。
> 泂酌彼行潦，挹彼注兹，可以濯罍。岂弟君子，民之攸归。
> 泂酌彼行潦，挹彼注兹，可以濯溉。岂弟君子，民之攸塈。

《左传》隐公三年："潢汙行潦之水，可荐于鬼神，可羞于王公。《雅》有《行苇》《泂酌》，昭忠信也。"可知《大雅》中《行苇》《泂酌》等诗与祭祀中的言辞有关。

正《大雅》中的《棫朴》《旱麓》《泂酌》三首诗均在颂美中兼有讽意，如《棫朴》"勉勉我王，纲纪四方"，《旱麓》"岂弟君子，遐不作人"，《泂酌》"岂弟君子，民之父母""岂弟君子，民之攸归"。因三首诗都有明显的"兴"，故把它们归类于乐语之"兴"。辞虽褒美而意实讽谏，是三首诗的共同特点。笔者推测，六种乐语中，并非只有"讽诵"才有讽谏之意，其他四种乐语亦微有讽谏之意。实例才是最可靠的证据。

《诗序》："《泂酌》，召康公戒成王也。言皇天亲有德、飨有道也。"清顾镇《虞东学诗》："此篇大指与《召诰》相表里，盖欲王以德化民也。"方玉润《诗经原始》："此等诗总是欲在上之人当以父母斯民为心，盖必在上者有慈祥岂弟之念，而后在下者有亲附来归之诚。"宋范处义《诗补传》："是诗止言行潦至微，可以供祭祀之用，岂弟君子可以为斯民之主，初不明言皇天亲有德、飨有道，而序诗者发之。

盖召公之言诚非浅近,序诗者得召公进戒之深意,乃能发明微旨于言外。然则作诗者之意、序诗者之言,皆未易以浅近论也。"

《泂酌·毛传》释"岂弟"曰:"乐以强教之,弟以说安之。"此《礼记·表记》语,其文曰:"子言之:'君子之所谓仁者,其难乎! 诗云:"凯弟君子,民之父母。"凯以强教之,弟以说安之;乐而毋荒,有礼而亲;威庄而安,孝慈而敬;使民有父之尊,有母之亲。如此,而后可以为民父母矣。非至德,其孰能如此乎?'"孔子所言"凯以强教之,弟以说安之",即是以"岂弟"为婉言讽化君主之意。《诗经》中"岂弟君子"出现在《小雅》之《湛露》《青蝇》及《大雅》之《旱麓》《泂酌》《卷阿》,都在《雅》。除《青蝇》外,其他四篇均在正《雅》。我们推测,"岂弟君子"可能是随西周乐语之教而兴起的用语,它最初可能是有针对性的,是乐语之教中颂美、讽化君主的专用语。

2. "道"与正《大雅》的创作

《绵》诗原文参见下文。《大雅·绵》是乐语之"道"的产物,是根据"道"之辞而创作的诗篇。第一,诗所颂的人物是古公亶父,其实"亶父"才是其名,称"亶父"为"古公亶父",本身即说明诗篇所述乃道古之辞。第二,"民之初生,自土沮漆",诗一开始就把读者引入了一种往昔的境界,以下即逐步叙述古公亶父在"未有家室"的情况下,带领周人至于岐山之下,通过垦辟岐山,建立家室的过程。诗篇以颂文王作结,说明文王继承了古公亶父的筚路蓝缕之功,发扬而光大之,为周之子孙造福。诗之首句"绵绵瓜瓞"即已暗示、比喻了这一点:从太王古公亶父到周文王的前代圣贤前赴后继,优良传统的继承有如一条绵绵不断的藤蔓,绵延不绝。《绵》以颂文王作结,也是一种道古,诗并非作于文王之时。《绵》与《周颂·天作》对应,下文有论。

《生民》诗原文参见下文。《生民》起首一句"厥初生民",就把读者带入了一种往古的境界。以下历叙后稷的出生、成长,以及发明农作物,为周人造福的历程。诗末以描写祭祀后稷的场面作结,正符合乐语中之"道"是由古及今的这一特点。《生民》与《周颂·思文》对应,下文有论。

《思齐》:

　　思齐大任,文王之母。思媚周姜,京室之妇。大姒嗣徽音,则百斯男。
　　惠于宗公,神罔时怨,神罔时恫。刑于寡妻,至于兄弟,以御于家邦。
　　雍雍在宫,肃肃在庙。不显亦临,无射亦保。

肆戎疾不殄，烈假不遐。不闻亦式，不谏亦入。

肆成人有德，小子有造。古人之无斁，誉髦斯士。

把《思齐》归类于"道"的理由：一是此诗颇似针对某事而忆古思今时之辞，二是它亦有以古及今、以古讽今的特点。诗结尾"肆成人有德，小子有造。古人之无斁，誉髦斯士"，应是针对"今"而言的，而且无疑是针对太学之教而言的。"斯士"无疑应指"今"之士，即指太学之教中的国子。故刘向《说苑·建本篇》曰："'成人有德，小子有造'，大学之教也。"此言甚是。"肆成人有德，小子有造。古之人无斁，誉髦斯士"，四句中，两句说老人，两句说国子，这无疑是把太学之教和养老仪式两者结合着来说——本来这两种仪式就是密不可分的，甚至可说是一个仪式的两个环节。我们依此类推，《大雅》之中，《棫朴》曰"周王寿考，遐不作人"，《旱麓》曰"岂弟君子，遐不作人"，这些言辞亦应与太学之教有关。"作人"者，兴作人才也。既对国子们有所颂美和鼓励，又以兴作人才之功归之于君子，诗人可谓言不虚发矣！陈子展《诗经直解》引薛瑄云："《思齐》一诗，修身、齐家、治国、平天下之道备焉。"《诗三百解题》又曰："《思齐》这诗不妨和《大学》同读。相传曾子作《大学》，他是不是从《思齐》一诗而得到了启示呢？"俞樾《群经平议》释《思齐》末章曰："惟成人有德，故古老之人不见厌恶；惟小子有造，故其俊士无不安乐也。"

《思齐》的这种道古亦是针对、围绕着乐歌而语的，所以《思齐》的"雍雍在宫，肃肃在庙"，即针对、照应着《周颂·雍》的"有来雍雍，至止肃肃"。

3. "讽、诵"与正《大雅》的创作

《文王》诗原文参见下文。何以确定《大雅·文王》是根据乐语中"讽诵"之辞而作之诗呢？按照古人的阐释，"讽诵"都是"倍文"，即背诵升歌之辞，其实准确地说，是背诵升歌义。因为上文已经说过，"倍文"应该不是直接背诵歌辞，而是复述歌辞之意，而且是有所发挥的。以《大雅·文王》和《周颂·清庙》相对应的例子来看，我们更确信了这一点。《清庙》是《周颂》的第一篇，《文王》是《大雅》的第一篇，《文王》无疑是根据升歌《清庙》时的乐语而创作。之所以把《文王》的乐语方式归类于"讽诵"，因为我们可以看到：《清庙》曰"不显不承"，《文王》即曰"有周不显，帝命不时"，"不（丕）承"即"不（丕）时"，前人早有所论；《清庙》曰"济济多士，秉文之德"，《文王》即曰"济济多士，文王以宁"；《清庙》曰"对越在天"，《文王》即曰"文王在上，於昭于天"。可知"讽诵"既是"倍文"，又不局限于"文"；名曰"倍文"，其实是以发挥、演绎为主的。并且，既然称之曰"讽"，可知这种"倍文"应该是有所"讽"的,而且必定是讽"今"的。所以我们可以看到,《文王》结尾曰:"无念尔祖,聿修厥德。永言配命,自求多福。……宜鉴于殷,骏命不易!……仪刑文王,万邦作孚。"这些不正是讽"今"之辞吗?《毛诗正义》亦曰:"六章以下为因戒成王,言以殷亡为鉴,用文王为法。"而且"无念尔祖,聿修厥德"这些诗句,可以肯定是诗人根据当时的现成言辞而创作的,而当时的这种现成言辞,无疑是乐语之辞。

由于"讽"和"诵"只是声音的高低、强弱、有无节奏等的差别,所以像《文王》这样的诗篇的创作,究竟是属于"讽",还是属于"诵",不可强分。

《下武》:

> 下武维周,世有哲王。三后在天,王配于京。
> 王配于京,世德作求。永言配命,成王之孚。
> 成王之孚,下土之式。永言孝思,孝思维则。
> 媚兹一人,应侯顺德。永言孝思,昭哉嗣服。
> 昭兹来许,绳其祖武。于万斯年,受天之祜。
> 受天之祜,四方来贺。于万斯年,不遐有佐。

我们把《下武》的创作方式归类于乐语的"讽诵",原因在于:其一,《下武》的创作方式,有一个特点与《文王》类似:它们都使用了连珠格的修辞手法,即今之顶针的修辞手法。其二,《周颂·昊天有成命》曰"昊天有成命,二后受之",而《下武》曰"三后在天,王配于京";《昊天有成命》曰"成王不敢康",而《下武》曰"永言配命,成王之孚。成王之孚,下土之式。永言孝思,孝思维则"云云;《昊天有成命》曰"夙夜基命宥密","基命"者,"继命"也,继承天命之意,而《传》《笺》正释"下武"为"后继",且《下武》曰"昭兹来许,绳其祖武"云云,亦含有继承的意思。这些都符合"倍文"的特征。鉴于此,我们认为《下武》应是乐语中"讽诵"之辞。

五章"昭兹来许","来许"指"后进"言,即指当时行乐语之时受教化之人,包括周天子、国子及大臣在内。这与《思齐》"肆成人有德,小子有造。古人之无斁,誉髦斯士"一样,诗句的内容和言语模式都是西周乐语之教那个特定场合和环境下的特定用语。四章"媚兹一人",《毛传》以"一人"指天子,陈奂以为"一人"即指武王,其实"一人"可能即指作诗之时的周天子而言。《下武》的创作方式应属于乐语中的"讽",因为:第一,此诗对当时的君臣有讽义。第二,此诗有"倍文"。

二章:"永言配命,成王之孚。"《郑笺》:"此为武王言也。"《毛诗正义》:"此篇是武王之诗,于此独云'此为武王言'者,余文是作者以己之心论武王之事,此则称武王口自所言,故辨之也。"陈奂《诗毛氏传疏》:"'永言配命',言武王长配天命也。《文王》篇句义皆同。《噫嘻·传》云:'成王,成是王事也。'《文王·传》云:'孚,信也。'"四章:"永言孝思,昭哉嗣服。"《毛诗正义》:"又述武王所言而叹美之:武王自言:长我孝心之所思者,此事显明哉。"秀权按:《文王》亦曰:"永言配命,自求多福。""言"者,"我"也。我们可以窥见当时乐语之时,有很多据已有的成辞而"语"的情形。这应该就是六种乐语中的"倍文"。

《文王有声》:

> 文王有声,遹骏有声,遹求厥宁,遹观厥成。文王烝哉!
> 文王受命,有此武功。既伐于崇,作邑于丰。文王烝哉!
> 筑城伊淢,作丰伊匹,匪棘其欲,遹追来孝。王后烝哉!
> 王公伊濯,维丰之垣。四方攸同,王后维翰。王后烝哉!
> 丰水东注,维禹之绩。四方攸同,皇王维辟。皇王烝哉!
> 镐京辟廱,自西自东,自南自北,无思不服。皇王烝哉!
> 考卜维王,宅是镐京。维龟正之,武王成之。武王烝哉!
> 丰水有芑,武王岂不仕?诒厥孙谋,以燕翼子。武王烝哉!

《周礼·大司乐》郑玄注:"倍文曰讽,以声节之曰诵。"贾公彦《疏》认为:"诵则非直背文,又为吟咏、以声节之为异。"《文王有声》一诗的节奏感极强,押韵亦很工整,特别适于有节奏地朗诵、吟诵,所以我们认为它是乐语之"诵"的产物。至于这首诗的"诵"是在背什么"文",笔者认为这有两种可能性:其一,《周颂》中似乎没有与《文王有声》相对应的篇目,但《维清》曰:"维清缉熙,文王之典。肇禋。迄用有成,维周之祯。"《毛传》:"祯,祥也。"唐陆德明《经典释文》作"维周之祺"。孔颖达《毛诗正义》:"文王始造伐法,武王用以成功,是文王之法为伐纣征兆,故为周家得天下之吉祥。"这正与《文王有声序》所言"《文王有声》,继伐也。武王能广文王之声,卒其伐功也"意思相同。且《文王有声》反复颂曰"文王烝哉""王后烝哉""皇王烝哉""武王烝哉",陆德明《经典释文》引《韩诗》曰:"烝,美也。"祯、祺、烝意思相近,都是"美"的意思。西周乐语之时,众人正是抓住并紧扣乐歌《维清》中"维周之祯"这一中心话题加以阐释、发挥、演绎而语的,以阐扬有周自文王至西周建立以来一派美好的景象。这样看来,《文王有声》是与《周颂·维清》对应的诗篇，《文王有声》是乐语之"诵"的产物。其二，"倍文"不只是复述乐歌之文辞，也有一些前代流传的其他"文"类言辞，并亦有所发挥。例如本篇《文王有声》所歌颂的文王伐崇、作丰、武王宅镐京等事，即分别见于《史记·周本纪》《尚书大传》《逸周书》等有关记载。关于"倍文"的含义，具体的实例毕竟比论证分析更有说服力。

董仲舒《春秋繁露·楚庄王》篇："文王之时，民乐其兴师征伐也，故武。武者，伐也。诗云：'文王受命，有此武功。既伐于崇，作邑于丰。'乐之风也。"《春秋繁露·郊祭篇》："文王受命而王天下，先郊乃敢行事，而兴师伐崇。其诗曰：'芄芄棫朴，薪之槱之。济济辟王，左右趋之。济济辟王，左右奉璋。奉璋峨峨，髦士攸宜。'此郊辞也。其下曰：'淠彼泾舟，烝徒楫之。周王于迈，六师及之。'此伐辞也。以此辞者，见文王受命则郊，郊乃伐崇。"秀权按："乐之风"怎么成了《大雅》？"郊辞""伐辞"怎么入了《大雅》诗篇？曰：这应该是在"倍文"，是乐语讽诵之时"倍文"的证据。

于鬯《香草校书》："此诗三章、四章言'王后烝哉'，五章、六章言'皇王烝哉'，盖述时人之辞也。四章云'王后维翰'，承'四方攸同'之下；五章云'皇王维辟'，亦承'四方攸同'之下。是四方之人美文王，故曰'王后烝哉'；四方之人美武王，故曰'皇王烝哉'。当时既未有谥，故诗人述之亦不加以谥。文王未为天子，则称'王后'；武王既为天子，则称'皇王'，亦事实也。"秀权按：其说新颖可喜，此又《文王有声》乃乐语"倍文"之一证。

陈奂《诗毛氏传疏》："全《诗》多言'曰''聿'，唯此篇四言'遹'。遹，即'曰''聿'，为发语之词。《说文》：'欥，诠詞也。'引诗'欥求厥宁'。'欥'字从欠、曰，会意，是发声。当以'欥'为正字。曰、聿、遹三字皆假借字。《笺》训'遹'为'述'，义本《释言》，不作语词。"秀权按：曰、聿、遹三字亦实亦虚，虚中有实，它们透露了一个信息：最初的诗是说出来的，是"语"的产物。《诗》中的"遹"字，除"回遹"之外，亦实亦虚、虚中有实的"遹"只见于《文王有声》。

《后汉书·班彪传》："昔成王之为孺子，出则周公、召公、大史佚，入则大颠、闳夭、南宫括、散宜生，左右前后，礼无违者。故成王一日即位，天下旷然大平。是以《春秋》爱子教以义方，不纳于邪。骄奢淫佚，所自邪也。诗云：'诒厥孙谋，以宴翼子。'言武王之谋遗子孙也。"秀权按："诒厥孙谋，以燕翼子"，与《思齐》"肆成人有德，小子有造。古人之无斁，誉髦斯士"及《下武》"昭兹来许"语意相近，都是周礼乐语之教那个特定场合和环境下的特定用语，可知这些诗篇的创作必是乐语之教的产物。

《假乐》：

> 假乐君子，显显令德。宜民宜人，受禄于天。保右命之，自天申之。
> 干禄百福，子孙千亿。穆穆皇皇，宜君宜王。不愆不忘，率由旧章。
> 威仪抑抑，德音秩秩。无怨无恶，率由群匹。受福无疆，四方之纲。
> 之纲之纪，燕及朋友。百辟卿士，媚于天子。不解于位，民之攸墍。

"讽诵"的突出特征有二：一是"倍文"，二是有所讽谏。由于资料的缺失，今人已难以看出《假乐》一诗"倍文"含义，但此诗中的讽义还是昭然可见的。如诗曰"不愆不忘，率由旧章""不解于位，民之攸墍"等语，便兼具美与讽之义。《假乐·孔疏》："哀三年《左传》曰：'鲁灾，季桓子至，御公立于象魏之外，命藏象魏，曰：旧章不可亡。'是谓周公之制六典之法为旧章也。"刘向《说苑·建本篇》："孔子曰：'可以与人终日而不倦者，其惟学乎？其身体不足观也，其勇力不足惮也，其先祖不足称也，其族姓不足道也，然而可以开四方而昭于诸侯者，其惟学乎？诗曰："不愆不忘，率由旧章。"夫学之谓也。'"《新序·杂事》："五夫不学，不明古道，而能安国家者，未之有也。"亦引此二句。由此可知，"不愆不忘，率由旧章"二句应含有讽谏君王学法"旧章"之义。吴闿生《诗义会通》："词为嘉成王，实乃规之，尤以'不愆不忘'四句为主。是时制礼作乐，法度大明，而众贤在位，所急者惟能守法任人而已。篇末四句戒百辟卿士之词，因燕及朋友而并及之，借以收束通篇。盖戒百辟卿士即所以讽谕王也，此古人用笔妙处。"朱熹《诗集传》："泰之时所忧者，怠荒而已，此诗所以终于'不解于位，民之攸墍'也。方嘉之，又规之者，盖皋陶庚歌之意也。"

4. "言、语"与正《大雅》的创作

（1）言

《大明》诗原文参见下文。《大明》一诗，颇似一个人在独自地自言自语，娓娓道来，不枝不蔓，一气呵成。如果把它归类于道古，则"道"的方式具有以古及今、以古喻今的特点，而《大明》诗篇的叙述文辞和语意无此特征。所以我们把它归类于乐语之"言"。《大明》与《周颂·武》对应，下文有论。

《皇矣》诗原文参见下文。《大雅·皇矣》与《周颂·维天之命》对应，两者对应的关系及证据下文有述。凡与《周颂》对应的《雅》诗均为早期乐语。《皇矣》无起兴，无由古及今，无背文，无答问，故应属于六种乐语之"言"。

《公刘》：

　　笃公刘，匪居匪康，乃埸乃疆，乃积乃仓。乃裹糇粮，于橐于囊，思辑用光。弓矢斯张，干戈戚扬，爰方启行。

　　笃公刘，于胥斯原。既庶既繁。既顺乃宣，而无永叹。陟则在巘，复降在原。何以舟之？维玉及瑶，鞸琫容刀。

　　笃公刘，逝彼百泉，瞻彼溥原。乃陟南冈，乃觏于京。京师之野，于时处处，于时庐旅。于时言言，于时语语。

　　笃公刘，于京斯依。跄跄济济，俾筵俾几。既登乃依，乃造其曹。执豕于牢，酌之用匏。食之饮之，君之宗之。

　　笃公刘，既溥既长。既景乃冈，相其阴阳，观其流泉。其军三单，度其隰原，彻田为粮。度其夕阳，豳居允荒。

　　笃公刘，于豳斯馆。涉渭为乱，取厉取锻。止基乃理，爰众爰有。夹其皇涧，溯其过涧。止旅乃密，芮鞫之即。

　　《公刘》虽然无法确定其对应的《周颂》诗篇，但它属于正《大雅》，与《文王》《大明》《绵》《思齐》《皇矣》《生民》诸篇极为类似，故它亦当是乐语的产物。它与《皇矣》一样，无起兴，无由古及今，无背文，无答问，故应属于六种乐语之"言"。《公刘》曰："于时言言，于时语语。"《毛传》："直言曰言，论难曰语。"《郑笺》："言其所当言，语其所当语，谓安民馆客，施教令也。"是否周之先人公刘时已有此"言语"之礼，不得而知。比较大的可能是：周代诗人据其时之礼仪用语而述公刘之事。

　　《灵台》：

　　经始灵台，经之营之。庶民攻之，不日成之。经始勿亟，庶民子来。
王在灵囿，麀鹿攸伏。麀鹿濯濯，白鸟翯翯。王在灵沼，於牣鱼跃。
虡业维枞，贲鼓维镛。於论鼓钟，於乐辟廱。
於论鼓锺，於乐辟雍。鼍鼓逢逢，矇瞍奏公。

　　《大雅》文王诸诗止于《灵台》，在编《诗》者那里，是以之为文王的文治武功作结之意：为一代盛世明君的文治武功作结。但《灵台》一诗并非作于文王之时，它是乐语的产物。我们把它归类于"言"，因为其文辞没有"兴、道、讽、诵、语"的特征。

（2）语

《既醉》诗原文参见下文。《大雅·既醉》有一个明显的特点：不少诗句是以问答的形式写作的。这无疑会给我们一个指向：《既醉》是乐语之"语"的文辞。因为早期乐语之"语"含有与人讨论、相互问答的意思。当然《既醉》一诗亦符合"讽诵"的特点，因为：其一，《周颂·执竞》曰："既醉既饱，福禄来反。"而《既醉》即曰："既醉以酒，既饱以德。"颇符合"倍文"的特点。其二，《既醉》亦符合"讽诵"之以古讽今的特点，如诗中曰"孝子不匮，永锡尔类"之类言辞即是针对"今"而发。但《既醉》在正《大雅》中是唯一有问答的诗篇，所以我们把它归之于"语"。

5. 小结

乐语	兴	道	讽、诵	言	语
对应的诗篇	《行苇》《凫鹥》《棫朴》《旱麓》《泂酌》	《绵》《生民》《思齐》	《文王》《下武》《文王有声》《假乐》	《大明》《皇矣》《公刘》《灵台》	《既醉》
创作特征	以善物喻善事，以古喻今，以古兴今。	直接道古，末尾略及于"今"。	"倍文"，背诵升歌之义，并对今之王有所讽谏。	颇似诗人自言自语，娓娓道来，不枝不蔓，一气呵成。	以有问有答的形式写作。

根据以上对正《大雅》中六种乐语的分类考查，我们可以总结六种乐语的特征：

1. 六种乐语分为三组：兴道、讽诵、言语。每一组中的两种乐语是很相近的，以至于很难分清彼此。如："兴"是以古兴今，但语说的重点在于"今"，"古"只是一个引子和开头。"道"是道古，但《绵》在道古之前，诗首句以"绵绵瓜瓞"开头并作喻，颇似兴语；并且"道"也含有由古及今的含义，如《绵》末章曰："予曰有疏附，予曰有先后。予曰有奔奏，予曰有御侮。"《生民》诗末以描写祭祀后稷的场面作结，这对于诗的主体内容来说，都是由古及今之辞。《思齐》结尾"肆成人有德，小子有造。古人之无斁，誉髦斯士"，也是针对"今"而言的，"斯士"即是指太学之教中的国子。可见每一组中两种乐语的区别是极其细微的，以至于"讽、诵"这两种乐语在《大雅》诗篇中的归类，今人已很难分别。

2. 据《大雅》中《文王》《下武》《文王有声》等讽诵之辞来看，古人把"讽诵"解释为"倍文"是正确的。但讽诵不只是"倍（背）"，它既是复述大意，亦是一种演绎和发挥。否则，如果是直接的背，就不会有创新，也就不会有《大雅》中的这些诗篇了。

3. 言、语之辞的特点是没有起兴,没有比喻,直说而已。言、语的时候,既可以言古,亦可以语今。

4. 六种乐语在当时既有可能单独使用,亦有可能相互搭配、混合使用。因为我们从上文所论可以看出,有的诗篇在乐语中的归类比较明确,有些则不明确,难以区分和归类。

九　正《大雅》与《周颂》的对应关系

瓦格纳说:"只有伟大的个性才能明白揭示伟大的创造。"

《礼记·仲尼燕居》:"不能诗,于礼缪;不能乐,于礼素。"《礼记·孔子闲居》:"志之所至,诗亦至焉。诗之所至,礼亦至焉。礼之所至,乐亦至焉。"王安石《答吴孝宗书》:"某之学,则唯《诗》《礼》足以相解,以其理同故也。"邱汉生辑校王安石《诗义钩沉·序》:"'《诗》《礼》足以相解'是王安石经说的一个重要论点,就是《诗》可以解《礼》,《礼》可以解《诗》。"王应麟《困学纪闻》:"《诗》《礼》互为表里。《宾之初筵》《行苇》可见《大射仪》,《楚茨》可见《少牢馈食礼》。"陈戍国《诗经校注》:"以礼说诗是不可避免的治《诗》之道。治《诗三百》必当治礼。"[1]从前人的这些论述足以见《诗》与《礼》的密切关系。皮锡瑞《三礼通论》:"六经之文,皆有礼在其中。六经之义,亦以礼为尤重。"《诗》《礼》可以互解,前人亦作过一些尝试,但均是针对单篇的简略解释,未出现较有系统的以《诗》《礼》互解法阐释某一创作现象或创作规律的论述。下文试在这一方面做一尝试。

《诗经》之《雅》《颂》间存在部分对应,前人已注意到这种现象。这种对应主要集中于《周颂》与正《大雅》的部分诗篇。但前贤只是注意到并指出这种对应现象,并未探究这种对应的缘由,亦未从创作源头上考察这种对应以揭示其实质。我们认为,《大雅》与《周颂》部分诗篇的对应,是由周代乐语之教所决定的。本节试从周代乐语之教的角度考察《大雅》中与《周颂》相对应的部分诗篇的创作情况,以此揭示《雅》《颂》对应的实质,探求产生这种对应的根源,揭示部分《雅》诗创作的礼仪背景。

《礼记·乐记》子夏论古乐、新乐之别时曰:"讯疾以雅。君子于是语,于是道古。"《孔疏》:"'讯疾以雅'者,雅,谓乐器名。舞者讯疾,奏此雅器以节之。'君子

---

[1] 陈戍国:《诗经校注》,岳麓书社,1997 年。

于是语'者,谓君子于此之时语说乐之义理也。'于是道古'者,言君子作乐之时亦谓说古乐之道理也。"显然,君子是在雅器的伴奏下"于是语,于是道古"的。这种在雅器伴奏下的"语"和"道古"之辞,如果有专人以诗的方式记录为能流传后世的乐章,它能是什么呢? 非《雅》诗莫属。周代这种语说《颂》诗诗义的乐语之教,直接导致了《大雅》部分诗篇的创作。

若对《周颂》《大雅》中相对应的诗篇加以详细的对比考察,可以发现,这些对应的诗篇具有很多相同的因素:所记述的事件相同,所颂美的对象相同,所用的文辞相同或相近,我们甚至还可发现叙述方式、抒情结构的相似,还可发现部分对应诗篇具有前后相承接的写作特征。在对应的诗篇中,《雅》《颂》最基本、也最明显的不同是:《雅》诗无一例外的都比相对应的《颂》诗记事、颂美更详细、更具体。以上这些特征无疑会引导我们加以思索,并最终把这种对应与周礼乐语之教联系起来。由此我们认为:《大雅》中的部分诗篇是在对《周颂》诗义加以解说——解说其本事、本义,对其诗之义加以演绎、发挥。显然,这些《雅》诗在其创作之初就与某种仪式有关,诗篇是仪式的产物。综合各种因素加以考虑,《大雅》部分诗篇的这种创作特征和规律,必然与周礼乐语之教相关联,即:这些与《周颂》相对应的《雅》诗,是周礼乐语之教中针对所升歌的乐歌之义而"语"的产物。

马瑞辰《毛诗传笺通释·例言》:"考证之学,首在以经证经,实事求是。"以下我们就以诗证诗,通过《大雅》《周颂》部分诗篇的对比考察,结合周礼乐语之教,揭示《大雅》与《周颂》之间的对应。

1.《绵》与《天作》

《大雅·绵》:

> 绵绵瓜瓞。民之初生,自土沮漆。古公亶父,陶复陶穴,未有家室。
> 古公亶父,来朝走马。率西水浒,至于岐下。爰及姜女,聿来胥宇。
> 周原膴膴,堇荼如饴。爰始爰谋,爰契我龟。曰止曰时,筑室于兹。
> 乃慰乃止,乃左乃右,乃疆乃理,乃宣乃亩。自西徂东,周爰执事。
> 乃召司空,乃召司徒,俾立室家。其绳则直,缩版以载,作庙翼翼。
> 捄之陾陾,度之薨薨,筑之登登,削屡冯冯。百堵皆兴,鼛鼓弗胜。
> 乃立皋门,皋门有伉。乃立应门,应门将将。乃立冢土,戎丑攸行。
> 肆不殄厥愠,亦不陨厥问。柞棫拔矣,行道兑矣。混夷駾矣,维其
> 喙矣!
> 虞芮质厥成,文王蹶厥生。予曰有疏附,予曰有先后。予曰有奔

奏,予曰有御侮!

《周颂·天作》:

> 天作高山,大王荒之。彼作矣,文王康之。彼徂矣,岐有夷之行。
> 子孙保之。

《绵》与《周颂·天作》对应。《天作》是歌,《绵》是诗人在乐语的基础上创作的诗。

《周颂·天作》的结构很简单:先颂太王垦治岐山,后言文王承续之而为周之子孙造福。杨树达《积微居小学述林·诗周颂天作篇释》:“天作岐山,太王垦辟其芜秽。彼为其始,文王赓续为之。是以虽彼险阻之岐山,亦有平易之道路也。夫先人创业之艰难如此,子孙其善保之哉!”《大雅·绵》篇幅较长,通过对照比较可知,其结构一如《天作》:先以主要篇幅铺叙太王治理岐山的详细情节,末归结于文王能成就前王之功。两者的抒情顺序和结构完全相同,所记述的事件、颂美的对象亦相同。[①]

具体说来,《绵》诗九章,自二章“古公亶父,来朝走马。率西水浒,至于岐下”始,至第四章结束“自西徂东,周爰执事”,均是围绕《天作》“天作高山,大王荒之”,以之为话题和中心,而对太王“荒”岐山的本事和具体情形作展开铺叙,以阐发其义。《毛传》:“荒,大也。大王行道,能大天之所作也。”《郑笺》:“高山,谓岐山也。天生此高山,使兴云雨以利万物。大王自豳迁焉,则能尊大之,广其德泽。居之一年成邑,二年成都,三年五倍其初。”杨树达《诗周颂天作篇释》:“《说文》:‘荒,芜也。’芜谓之荒,垦治芜秽亦谓之荒,古名动同辞之通例也。盖开山为古代至艰难之业,故孟子称‘益烈山泽’,楚庄王称其先君若敖蚡冒也,亦曰‘筚路蓝缕,以启山林’,与诗人之意一也。”可知《天作》所言太王“荒”高山,必是指《绵》所叙太王垦治岐山之事。

《绵》自五章“乃召司空,乃召司徒,俾立室家”,直至第七章结束“乃立冢土,戎丑攸行”,乃对应着《天作》“彼作矣”句。“作”者,筑作宗庙、居室也,故《绵》诗云“缩版以载,作庙翼翼”“百堵皆兴”“曰止曰时,筑室于兹”等等。

[①] 古公亶父是否即太王,学界说法不一。从本节所论《绵》与《天作》的对应看,应是一人。《礼记·大传》孔颖达《疏》:“大王名亶父者。”《穆天子传》有“大王亶父”之称,亦可见是一人。

《绵》第八章:"肆不殄厥愠,亦不陨厥问。柞棫拔矣,行道兑矣。混夷骏矣,维其喙矣。"则是对《天作》"彼徂矣,岐有夷之行"的具体说解。《毛传》:"兑,成蹊也。"《孔疏》:"《说文》云:'蹊,径也。'宣十一年《左传》曰:'牵牛以蹊人之田。'则蹊者,先无行道,初为径路之名。兑是成蹊之貌。《传》言'成蹊'者,以混夷之地野旷人稀,虽有旧道,当有荒秽,故因士众之过得成蹊径。"由此可见,《绵》诗"柞棫拔矣,行道兑矣",正是对《天作》"彼徂矣,岐有夷之行"之义的阐发。

《绵》第九章以颂文王作结,这正对应着《天作》"文王康之",对其义加以阐发。杨树达释"康"为"庚",解为"续"。二诗均颂文王能承续太王之业。

《绵》与《天作》两诗之对应如此密实,可知两诗在创作上必有某种密切的关系。

《天作》是告神的《颂》诗,故只从总体上作较为抽象的、概括性的颂美;《绵》作为《雅》诗,是要"正"人的,因而必须有具体可感的事迹,以为所"正"之人树立具体的典范。

前人或以为《绵》大部篇幅均颂太王,诗末转颂文王与诗的主要内容不相连类,甚至有人认为末章为错简。如明季本《诗说解颐》:"九章言文王得虞芮之归心,与上文似不相属。"现在从《绵》与《天作》相对应的角度观察,可以看出,《绵》之末章颂及文王并以之作结是必然的,绝非"不相属"之辞,因为《天作》即是由颂太王而及于文王的。若从礼仪的角度加以阐释,《绵》诗的创作,是周礼乐语之教中,诗人据歌《天作》之后的"道古"之辞而作。两诗中的颂文王之辞,从某种意义上说是两诗的点题之笔。《绵》起首第一句"绵绵瓜瓞",正是以比喻方式兴起下文,以比喻周之圣王从太王到文王励精图治、代代相承的功业和传统,与诗末颂文王作结正相照应。否则,诗之开端"绵绵瓜瓞",孤零零一语,岂不成了无关诗旨的赘辞?而且,《绵》之卒章以"予曰有疏附,予曰有先后。予曰有奔奏,予曰有御侮"的一连串排比诗句作结,正酷似诗人模仿"道古"仪式时众人你一言我一语称道文王的情状,可谓惟妙惟肖!

2.《生民》与《思文》

《大雅·生民》:

> 厥初生民,时维姜嫄。生民如何?克禋克祀,以弗无子。履帝武敏歆,攸介攸止。载震载夙,载生载育,时维后稷。
>
> 诞弥厥月,先生如达。不坼不副,无菑无害,以赫厥灵。上帝不宁,不康禋祀,居然生子。

诞寘之隘巷,牛羊腓字之。诞寘之平林,会伐平林。诞寘之寒冰,鸟覆翼之。鸟乃去矣,后稷呱矣。实覃实讦,厥声载路。

诞实匍匐,克岐克嶷。以就口食。蓺之荏菽,荏菽旆旆。禾役穟穟,麻麦幪幪,瓜瓞唪唪。

诞后稷之穑,有相之道。茀厥丰草,种之黄茂。实方实苞,实种实褎,实发实秀,实坚实好,实颖实栗,即有邰家室。

诞降嘉种,维秬维秠,维穈维芑。恒之秬秠,是获是亩。恒之穈芑,是任是负。以归肇祀。

诞我祀如何? 或舂或揄,或簸或蹂。释之叟叟,烝之浮浮。载谋载惟。取萧祭脂,取羝以軷,载燔载烈,以兴嗣岁。

卬盛于豆,于豆于登。其香始升,上帝居歆。胡臭亶时。后稷肇祀。庶无罪悔,以迄于今。

《周颂·思文》:

思文后稷,克配彼天。立我烝民,莫匪尔极。贻我来牟,帝命率育,无此疆尔界。陈常于时夏。

解读《生民》必须与《周颂·思文》联系起来。

《周颂·思文》一诗内容、结构都很简单,诗赞颂后稷受帝命发明农业、种植谷物,为民造福,功德可与天配,诗义明确无误,并与《序》说相符。《生民》虽然未发现与《思文》一一对应的诗句,但一如其他对应的诗篇一样,《思文》概括性的颂美功德,无具体事迹可言,而《生民》正从具体事迹和情节上铺叙后稷自降生至发明农业的功业,这对《思文》的概括颂美无疑是一种阐发、延伸和弥补,与《思文》概括性的颂美相辅相成。这种弥补不是以对乐歌《思文》的句义作一一说解的方式呈现,而是从总体上细致勾勒关于后稷的事迹,具体陈述关于后稷的传说,从而对乐歌《思文》所颂之人、之事作一总体的阐发和注解。

《生民》是说解《思文》之义的诗篇。《生民》开篇曰:"厥初生民……"作为叙史颂功类诗篇,这样的开头应当是在暗示着:诗的创作是有所承接、有所针对、有所照应的,故事的叙述是有所因循、有所凭据的。否则起首下一"厥"字,岂不显得突兀而无着落?

《生民》虽历叙后稷出生、被弃等种种神异传说,但所述最详者仍是关于后稷发明、种植农作物之事,这是诗篇所颂的核心;而颂后稷发明农业、养育烝民亦正是《思文》的主题和核心。这就反映了《生民》在创作上的一个特征:阐发乐歌之义而不离其本。

《生民》诗八章,第七章以"诞我祀如何"引出末二章对祭祀典礼的描述。对于末二章所咏的祭祀典礼,即"我祀"之义,历来有两说:一以为指后稷始立祀典,一以为指"今"祀后稷之典。现在从对应的角度看,《生民》末二章对祀典的描述,正照应了《思文》"思文后稷,克配彼天"之义,是对此二句所咏后稷配天礼的阐发和具体铺陈。而"思文后稷,克配彼天"无疑是指"今"时后稷配天之礼,这样就解决了《生民》末二章所咏"我祀"典礼的归属问题:"我祀"指诗篇创作时的祀典,而不是代后稷立言。《思文》只曰"克配彼天",至于如何"配"的,则不得而知;《生民》末二章正是对其时行后稷配天礼具体情形的阐发和说解,故曰"其香始升,上帝居歆""庶无罪悔,以迄于今"云云。因为《思文》诗中已明言后稷配天之事,故《生民》于诗之末亦相应地对这一祀典予以阐说。

《生民》与《思文》的对应前人早有关注,但因未能明其对应的缘由及其礼仪背景,故作出的论断大都似是而非,不得其要。《诗经传说汇纂》段昌武曰:"配天乐歌已见于《颂》,此殆大臣因祀事之余推原其所以尊者。"又吴征曰:"《颂》有'思文后稷'矣,《生民》乃祭之后饮酒受釐时所歌,施于人而非施于鬼神者,自当为《雅》。盖祭祀之时歌之于鬼神者,《颂》诗也;受釐之时歌之于生人者,《雅》诗也。"说这些论断似是而非,是因为:"推原其所以尊者""施于人而非施于鬼神者",是也;"因祀事之余""饮酒受釐时所歌",非也。前贤可谓离真理的边缘只差一步。

《生民》之"诞"亦不妨可理解为今义诞生、开始,因为周人尊后稷为始祖,这"诞"字可能就有表明或暗示始祖的含义。就如同《公刘》篇美公刘之笃厚,故每章章首皆冠以"笃"字一样。愚意,《生民》之"诞"就是《生民》的主题,《公刘》之"笃"就是《公刘》的主题。诗人之用语可谓具微言大义矣!

3.《文王》与《清庙》

《大雅·文王》:

> 文王在上,於昭于天。周虽旧邦,其命维新。有周不显,帝命不时。文王陟降,在帝左右。
>
> 亹亹文王,令闻不已。陈锡哉周,侯文王孙子。文王孙子,本支百世。凡周之士,不显亦世。

世之不显,厥犹翼翼。思皇多士,生此王国。王国克生,维周之桢;
济济多士,文王以宁。

穆穆文王,於缉熙敬止.假哉天命,有商孙子。商之孙子,其丽不
亿。上帝既命,侯于周服。

侯服于周,天命靡常。殷士肤敏,祼将于京。厥作祼将,常服黼冔。
王之荩臣,无念尔祖。

无念尔祖,聿修厥德。永言配命,自求多福。殷之未丧师,克配上
帝。宜鉴于殷,骏命不易!

命之不易,无遏尔躬。宣昭义问,有虞殷自天。上天之载,无声无
臭。仪刑文王,万邦作孚。

《周颂·清庙》:

於穆清庙,肃雝显相。济济多士,秉文之德。对越在天,骏奔走在
庙。不显不承,无射于人斯。

《文王》是据《清庙》而创作的,没有《清庙》就没有《文王》。正《大雅》诗篇的
创作,是周礼乐语之教的产物。《周颂》的主体性质和特征是歌,不是诗。《周颂》
在其创作和使用之初也不被称为"诗",而是被视为、被当作歌使用。西周以前,
中国没有诗,只有歌。周代升歌最早使用的歌乐是《周颂》,西周最早的乐语是针
对《周颂》之歌乐而语,由此而产生的中国最早被称为"诗"的是正《大雅》。故严
格说来,中国最早的诗是正《大雅》,中国第一首诗是《文王》。

《文王》是根据乐语中"讽诵"之辞而作。按照古人的阐释,"讽诵"都是"倍
文",即背诵升歌之辞,其实准确地说,是背诵升歌之义。因为"倍文"不是直接背
诵歌辞,而是复述歌辞之意,而且是有所发挥的。以《大雅·文王》和《周颂·清
庙》相对应的例子来看,我们更确信了这一点。

《清庙》是《周颂》的第一篇,《文王》是《大雅》的第一篇,《文王》无疑是根据升
歌《清庙》时的乐语而创作。我们可以看到:《清庙》曰"不显不承",何谓?《文
王》曰"有周不显,帝命不时",即其意。时、承一声之转,皆美之义。① 则可知"有
周不显,帝命不时"即是为阐释"不显不承"而言。《清庙》曰"济济多士,秉文之

---

① 见王引之《经传释词》及马瑞辰《毛诗传笺通释》、胡承珙《毛诗后笺》。

德",《文王》即曰"济济多士,文王以宁";《清庙》曰"对越在天",《文王》即曰"文王在上,於昭于天"。《文王》末章"命之不易,无遏尔躬。宣昭义问,有虞殷自天。上天之载,无声无臭。仪刑文王,万邦作孚"数语,大抵是阐发《清庙》末句"无射于人斯"之义。可知"讽诵"既是"倍文",又不局限于"文";名曰"倍文",其实是以发挥、演绎为主的。并且,既然称之曰"讽",可知这种"倍文"应该是有所"讽"的,而且必定是讽"今"的。所以我们可以看到,《文王》结尾曰:"无念尔祖,聿修厥德。永言配命,自求多福。……宜鉴于殷,骏命不易。"这些不正是讽"今"之辞吗?孔颖达《毛诗正义》曰:"六章以下为因戒成王,言以殷亡为鉴,用文王为法。"而且"无念尔祖,聿修厥德"这些诗句,可以肯定是诗人根据当时的现成言辞而创作的,而当时的这种现成言辞,无疑是乐语之辞。

从总体上看,《清庙》《文王》二诗所颂之人、之事是相同的。《清庙》以描写祭祀中人的活动为主,非着力于颂神;而《文王》的主要内容也正相应地针对人而言,同样以描写祭祀中人的活动为主,非着力于颂神。《文王》诗共七章,自二章"陈锡哉周,侯文王孙子"始,即转向对"文王孙子"——祭祀者的描写。诗中所颂的周士、殷士的活动,正是对《清庙》中人物活动的铺陈描述,对《清庙》诗义作阐发。铺陈、阐发诗义的宗旨显然是为了某种教化作用,故《文王》反复申言"无念尔祖,聿修厥德。永言配命,自求多福""宜鉴于殷,骏命不易"云云。

《清庙》《文王》两诗所颂的人物、事件及诗的主题均相同,所以《文王》是升歌《清庙》后针对乐歌之义的"语说"之辞,或者说,《文王》是据"语说"乐歌之辞而创作。

从《文王》与《清庙》的对应来看,当时每一场乐语中,其所语的对象不止一首歌乐,即不是只针对《周颂》的一首诗,而是针对《周颂》的一组诗或一个乐章而语的。因为我们看到,《文王》的内容除与《清庙》相对应外,与《清庙》相邻的同一乐章的诗也有对应。如《周颂》第二篇《维天之命》曰:"於乎不显,文王之德之纯。"如果没有铁证,任何人都会以为,"於乎不显"是形容"文王之德之纯"的。可是有了《文王》一诗,我们方知:"有周不显,帝命不时。"原来《维天之命》"於乎不显"是形容"有周"的。又如《维清》曰"维周之祯",何谓"维周之祯"?《文王》即对之加以相应的演绎和发挥:"世之不显,厥犹翼翼。思皇多士,生此王国。王国克生,维周之桢。"正因周家有此"多士"之祯祥,故"济济多士,文王以宁"。

《清庙》一诗未言及天命,而《文王》一开始就言及天命:"周虽旧邦,其命维新。"这显然是针对《维天之命》而言的:"维天之命,於穆不已。"

《文王》第六章:"无念尔祖,聿修厥德。永言配命,自求多福。"这应是对《周颂》第一乐章第四幕《烈文》中"惠我无疆,子孙保之。无封靡于尔邦,维王其崇之。念兹戎功,继序其皇之。无竞维人,四方其训之"诸语的说解和演绎。《文王》末章:"命之不易,无遏尔躬。宣昭义问,有虞殷自天。上天之载,无声无臭。仪刑文王,万邦作孚。"这应是对《烈文》中"不显维德,百辟其刑之。於乎前王不忘"诸语的说解和演绎。

这样看来,《文王》的创作,是乐语中针对《周颂》的第一乐章整体而语的,又以《清庙》为主。周代乐语的这种方式,如果不对《周颂》这场大戏的乐章加以研究,如果不了解乐语,如果不以乐语为背景对《大雅》和《周颂》的对应做细致深入的比较分析研究,是永远无法知晓的。

《文王》曰:"穆穆文王,於缉熙敬止。"读了此诗句,我们似乎明白了《周颂·敬之》所言的"学有缉熙于光明"是什么意思,原来嗣王(成王)此言亦含有学习文王的含义。

中国第一首诗即运用连珠格(顶真)的修辞艺术,诗句章章蝉联,一气呵成,浑然一体,令人称奇。笔者推测,这种章与章之间蝉联顶真的艺术,可能与当时乐语的方式有关,即:《文王》七章,每一章一层意思,每一章的一层意思都是当时乐语中一个人的语辞,那么《文王》即是由当时乐语中众人的语辞连缀而成。众人在行乐语时,是相互接续而"语"的。后来制礼作乐时,诗人把乐语之辞改写为诗歌,就形成了这种蝉联顶真的艺术。如果不是这样的话,那么第四章末曰"侯于周服",第五章首为何还要重复曰"侯服于周"? 第五章末曰"无念尔祖",第六章首为何还要重复"无念尔祖"呢? 所以,从乐语的角度来看,像《文王》《大明》这种蝉联顶真艺术的运用,在当时可能是无意识的运用,不是有意识的艺术创作。

4.《大明》与《武》

《大雅·大明》:

明明在下,赫赫在上。天难忱斯,不易维王。天位殷适,使不挟四方.

挚仲氏任,自彼殷商,来嫁于周,曰嫔于京。乃及王季,维德之行。

大任有身,生此文王。维此文王,小心翼翼。昭事上帝,聿怀多福。厥德不回,以受方国。

天监在下,有命既集。文王初载,天作之合。在洽之阳,在渭之涘。

文王嘉止,大邦有子。大邦有子,俔天之妹。文定厥祥,亲迎于渭。

造舟为梁,不显其光。

有命自天,命此文王。于周于京,缵女维莘。长子维行,笃生武王。
保右命尔,燮伐大商。

殷商之旅,其会如林。矢于牧野,维予侯兴。上帝临女,无贰尔心。

牧野洋洋,檀车煌煌,驷騵彭彭。维师尚父,时维鹰扬。涼彼武王,
肆伐大商,会朝清明。

《周颂·武》:

於皇武王! 无竞维烈。允文文王,克开厥后。嗣武受之,胜殷遏
刘,耆定尔功。

《大明》与《周颂·武》对应。《周颂·武》一诗的主题是歌颂武王继承文王的
事业,胜殷而建立大功。作为《颂》诗,其对功德的歌颂显然是概括而抽象的。与
之相应,《大雅·大明》即是以《武》的思想内容为主题而对其诗义加以演绎、阐发
之作。

《武》《大明》二诗的抒情结构相同。《武》的抒情结构是:首二句"於皇武王!
无竞维烈",先用概括性的诗句歌颂武王。然后再从颂文王"克开厥后"说起。这
样的顺序似乎在文、武二王的次序上弄颠倒了,但《武》的主题是赞颂武王,以颂
武王开头正是为了突出强调诗的题旨。然后才按顺序写,从文王为后代开创基
业,说到"嗣武受之",最终能"胜殷遏刘,耆定尔功",可谓水到渠成,章法严谨而
不呆板。

与之相应,《大明》的抒情结构与《武》完全相同。《大明》亦从颂武王写起,首
章"明明在下,赫赫在上。天难忱斯,不易维王。天位殷适,使不挟四方",用概括
性的诗句歌颂武王,是对《武》诗首二句"於皇武王,无竞维烈"之义的演绎。而两
诗的起首又分别是两诗诗义的总括和纲领。故孔颖达《毛诗正义》于首章曰:"此
章为总目,其辞兼文、武。"首章末二句"天位殷适,使不挟四方"为下文张本,蓄
势,设伏,故为全诗总目。马其昶《诗毛氏学》:"文王明德下彻于民,上著于天,故曰
'大明'。文王之德明明于下,即《大学》所云'明明德于天下'也,故《传》以'察'训
'明'。明察及下,则下化。《荀子》引诗曰:'"明明在下,赫赫在上。"此言上明而下
化也。'著见于天,是上明;明明于下,是下化。此自新新民之极功。毛本荀义也。"

《大明》自二章始虽从太任、王季写起,但其实只是作为铺垫而引出文王。故

自"大任有身，生此文王"以下，即着力颂文王。至第六章"长子维行，笃生武王"以下至篇末，即着力颂武王。毫无疑问，《大明》这两部分内容，即分别对应着《武》"允文文王，克开厥后"和"嗣武受之，胜殷遏刘，耆定尔功"两部分而言。《武》颂至"胜殷遏刘，耆定尔功"即止，《大明》亦颂至"肆伐大商，会朝清明"即戛然而止，绝不旁逸斜出，绝无支离之言。显然，《大明》是按照严格的顺序对《武》一诗的诗义逐一加以阐发而作。

《大明·孔疏》："此经八章，从六章上五句'长子维行'以上，说文王有德，能受天命，故云'有命自天，命此文王'，是文王有明德、天命之事也。'笃生武王'以下，说武王有明德，天复命之，故云'保右命尔，燮伐大商'。说文王之德则追本其母，述武王之功则兼言其佐；文王则天生贤配，武王则帝所降临：皆是欲崇其美，故辞所泛及。"

以《武》与《大明》相对照，可知两诗的抒情结构完全吻合。其中"维此文王，小心翼翼。昭事上帝，聿怀多福。厥德不回，以受方国"数语，正是针对着《武》"允文文王"之"文"而发挥其义。且诗中"生此文王""维此文王""命此文王"的称呼，亦是照应着《武》诗中的文王而言。《大明》曰："有命自天，命此文王。于周于京，缵女维莘。长子维行，笃生武王。保右命尔，燮伐大商。"这些诗句正是在针对《武》诗中颂文王"克开厥后"之义而加以阐发。

《大明》和《武》两诗的对应如此工整、严密，故我们可以断定，《大明》是为阐发《武》的诗义而创作。诗人是据当时的乐语之辞而创作。

《大明》二章曰："太任有身，生此文王。"三章曰："维此文王，小心翼翼。"六章曰："有命自天，命此文王。"诗中为何称"此文王"？因为《大明》是就乐语之教中的乐语之辞而创作，而乐语是针对"歌"而语的。对于《大雅》来说，"歌"就是《周颂》。故《大明》"此文王"就是指《周颂·武》中的"允文文王"而言。"允文文王，克开厥后。嗣武受之，胜殷遏刘"，《大明》全诗就是紧紧围绕着《周颂·武》中的这几句诗加以演绎、发挥、阐释的——文王是如何"开厥后"，武王是如何"受之"而"胜殷遏刘"的。

《大明》八章，至第六章才出现武王，以下二章即写武王伐商之功，诗人可谓善于铺垫矣！由此我们可以看出，《大明》这一幕乐语，其时之人在围绕《周颂·武》而语的时候，是偏重于就《武》诗中的文王的有关内容而语的。故《诗序》阐释《大明》时亦先言"文王有明德"，然后再接言"故天复命武王"。实际上，每一场乐语所语的内容，已经大大超越了它所针对的歌乐的含义。乐语重在扩展、发挥和演绎，并不重在阐释与解说。故《大雅》与《周颂》的实质性关联，自古至今一直未被人发现。

5.《既醉》与《执竞》

《大雅·既醉》：

> 既醉以酒，既饱以德。君子万年，介尔景福。
> 既醉以酒，尔肴既将。君子万年，介尔昭明。
> 昭明有融，高朗令终，令终有俶。公尸嘉告。
> 其告维何？笾豆静嘉。朋友攸摄，摄以威仪。
> 威仪孔时，君子有孝子。孝子不匮，永锡尔类。
> 其类维何？室家之壸。君子万年，永锡祚胤。
> 其胤维何？天被尔禄。君子万年，景命有仆。
> 其仆维何？厘尔女士。厘尔女士，从以孙子。

《周颂·执竞》：

> 执竞武王，无竞维烈。不显成康，上帝是皇。自彼成康，奄有四方，
> 斤斤其明。钟鼓喤喤，磬筦将将，降福穰穰。降福简简，威仪反反。既
> 醉既饱，福禄来反。

《大雅·既醉》与《周颂·执竞》对应的特征如下：

《执竞》末二句曰："既醉既饱，福禄来反。"《既醉》首二句"既醉以酒，既饱以德"，正是对《执竞》"既醉既饱"的最佳说解。《既醉》自"公尸嘉告。其告维何"二句以下，皆是"公尸"对祭主的嘏辞，全是祝福语，即所谓"君子有孝子""室家之壸""君子万年，永锡祚胤""景命有仆""厘尔女士，从以孙子"云云，这些祝福语恰又是对《执竞》末句"福禄来反"的具体注解。《执竞》与《既醉》，一以"既醉既饱，福禄来反"作结，一以"既醉以酒，既饱以德"始，两诗具有明显的前后承接、前因后果的连贯性特征。这种前后承接的连贯性特征恰是《既醉》对《执竞》诗义加以阐发、说解的最佳证据。这是《周颂》与《大雅》对应诗篇承接特征的一个缩影。读了《既醉》，我们才知道什么是"既醉既饱"，"福禄来反"的具体含义是什么。故孔颖达《毛诗正义》于《执竞》篇曰："'既醉既饱'，即《既醉》所云'醉酒饱德'是也。此时祭之末节，人多倦而违礼，故美其礼无违者，以重得福禄，即经之'来反'也。"又，《既醉》"朋友攸摄，摄以威仪""威仪孔时"，即是申明《执竞》"威仪反反"之义。

《既醉》"室家之壶""君子万年,永锡祚胤。其胤维何? 天被尔禄。君子万年,景命有仆"云云,即是申明《执竞》"降福简简"之义。

从两者对应的关系看,《既醉》中的"君子"即是《执竞》中的"武王"。

6.《下武》与《昊天有成命》

《大雅·下武》:

> 下武维周,世有哲王。三后在天,王配于京。
> 王配于京,世德作求。永言配命,成王之孚。
> 成王之孚,下土之式。永言孝思,孝思维则。
> 媚兹一人,应侯顺德。永言孝思,昭哉嗣服。
> 昭兹来许,绳其祖武。于万斯年,受天之祜。
> 受天之祜,四方来贺。于万斯年,不遐有佐。

《周颂·昊天有成命》:

> 昊天有成命,二后受之。成王不敢康,夙夜基命宥密。於缉熙! 单
> 厥心,肆其靖之。

《下武》与《昊天有成命》两诗的抒情结构相同:都先颂受天命之"后",然后着力颂诗篇创作时之时王——成王能继天命、承受文德武功而保之的功德和决心,同时亦显其忠孝之义。由颂"后"作引子,然后主颂成王,是两诗在抒情结构上的共同特征。《下武》自"成王之孚"以下专颂成王,其曰"绳其祖武,于万斯年,受天之祜"云云,即是对《昊天有成命》"成王不敢康,夙夜基命宥密。於缉熙! 单厥心,肆其靖之"之义的具体说解。

《昊天有成命》曰:"昊天有成命,二后受之。成王不敢康,夙夜基命宥密。"其曰"夙夜基命","基命"应即"继命"之义。而《下武序》曰:"《下武》,继文也。""继文",继承文德武功,实际也就是继承天命义。由此亦可见两诗之对应关系。《尚书·洛诰》:"周公拜手稽首曰:'朕复子明辟。王如弗敢及,天基命定命,予乃胤保大相东土,其基作民明辟。'"《孔疏》:"我乃继文王、武王安定天下之道。"顾颉刚、刘起釪《尚书校释译论》释为:"周公拜手叩头说:'我复命给你这位贤明的君主。我王如果自谦不能赶上先王,其实上天已赐给你安定天下的大命。今我

继续辅翼你大定东土,我王就作为万民贤明的君主了。'"①可见成王时确实有此"基命"之辞,诗人之言不虚。

总之,《昊天有成命》是郊祀天而以成王配之诗,《下武》是对《昊天有成命》诗义的阐发和说解,是据其时乐语之教中语说乐歌之辞而创作。《下武》每章首尾顶针相承,与《文王》的写作方式相类,应与《文王》为同时代之作。

7.《大雅》与《周颂》其他对应的诗篇

(1)《大雅·思齐》与《周颂·雍》对应

《诗序》:"《雍》,禘大祖也。"《笺》:"大祖,谓文王。"《雍》以"既右烈考,亦右文母"结束,《传》:"文母,大姒也。"陆德明《音义》:"姒,文王妃。"《思齐》即以颂周之圣母、贤妃周姜、大任、大姒起始,而后及于文王。这也是一种前后承接式的对应。《思齐》"雍雍在宫,肃肃在庙",即对应着《雍》"有来雍雍,至止肃肃"。两相对照,可知《雍》此二句诗义为:雍雍来自宫中,至庙中而肃肃。

(2)《大雅·凫鹥》与《周颂·丝衣》对应

《序》:"《丝衣》,绎宾尸也。"与之相应,《凫鹥》诗中反复陈述的无非是"公尸来燕""公尸燕饮"之事。《丝衣》曰:"兕觥其觩,旨酒思柔。"与之相应,《凫鹥》即反复申言:"尔酒既清,尔肴既馨。""旨酒欣欣,燔炙芬芬。"《丝衣》曰:"不吴不敖,胡考之休。"《传》:"吴,哗也。考,成也。"《笺》:"饮美酒者皆思自安,不喧哗,不敖慢也,此得寿者之休征。"与之相应,《凫鹥》即反复申言:"公尸来燕来宁""公尸来燕来宜""公尸来燕来处""福禄来成""福禄攸降"云云。由这些证据可知,《凫鹥》《丝衣》两诗所颂者均是宴"尸"之事,两诗对应的线索还是有迹可循、昭然可见的。

(3)《大雅·皇矣》与《周颂·维天之命》对应

《维天之命》无疑是颂文王、祀文王之诗,诗始曰"维天之命,於穆不已",继曰"於乎不显,文王之德之纯",显然意在颂文王之受天命。与之相应,《皇矣》即从天命的转移写起,言天帝"监观四方",最终"乃眷西顾"而受命于周。《皇矣》自二章末"天立厥配,受命既固"以下,即着力颂文王受帝命之后一连串的文治武功,这可能就是《维天之命》所言的"文王之德之纯"吧?故《皇矣·孔疏》曰:"诗人抑扬,因事发咏,假言天意,去恶与善,归美文王,以为世教耳。"从孔氏语亦可隐见《皇矣》与乐教礼仪的关系。

8. 小结

《周颂》,在只能读见其辞的今人看来,不免有些简略、单调、难懂且枯燥乏

---

① 顾颉刚、刘起釪:《尚书校释译论》,中华书局,2005 年。

味，然而不要忘了，《周颂》在当时不仅是最好最美的音乐和歌舞，也是最高级的音乐歌舞，它容括了西周建立之际周人最重要、最深厚的思想和情感。《周颂》的简略、单调，其实恰恰源自于并决定于它的级别和地位的高级。这就如同任何国家最高级别的宪法都是简略而概括性的，不可能是具体的。《周颂》就是西周初期记录成册的宪法。但一个国家只有大纲式的宪法还不够，还需要具体的阐释性法律条文。从正《大雅》的创作源自于对《周颂》的阐发这一角度而言，《周颂》和正《大雅》的关系，即如同宪法和法律条文的关系。

本章所论周礼乐语之教与《雅》《颂》之间的关系，是一个前人无所涉及的新领域、新发现，它打通了《雅》与《颂》的关系，揭示了一个千古之谜，为研究《诗经》与礼乐之关系以及风、雅、颂之间关系寻找了一个突破口。这一研究结论为我们确定无疑地证明：（1）《诗经》是礼乐文化的直接产物。（2）《诗经》风、雅、颂三部分是一个互相关联的整体。（3）《周颂》是《诗》之根，是《诗经》创作的本源，对《诗经》创作决定作用。

本章以周礼乐语之教为切入点，论述了《大雅》部分诗篇与《周颂》之间的对应关系。现在接下来需要研究的是：《大雅》共 31 首诗，《周颂》也是 31 首诗，这其中是否也有着某种有趣的、诱人的秘密等待着我们去揭示呢？或者，编《诗》者是否有意以这样的编排而有所暗示呢？

十　乐语之教的应用及《周颂》地位的变迁

1. 仪式记录是早期诗歌创作的基本方式和规律

《大雅》部分诗篇是据周礼乐语之教中"语说""道古"之辞而创作的，是周代乐教的产物，这一观点有充分的诗文本的证据。这些《雅》诗是对相应的《周颂》诗篇诗义的阐发——或阐释其语意，或发挥其诗义，或演绎其本事。"歌"后之"语"的特点是：既不脱离乐歌之义，又不局限于乐歌之义；有的偏重于阐释，有的偏重于发挥。正是这些特征，使得这些《雅》诗与相应的《颂》诗的关系显得若即若离，若不从周礼乐语之教的角度加以考查，则难以窥其本源。

以现存的言辞为底本而创作诗歌，这是中国早期诗歌创作的基本方式和规律。《大雅》诗篇的创作已被前文所证明。在《周颂》中，《烈文》《臣工》《闵予小子》等诰辞即是典型的以当时现成的言辞创作的诗篇。《小雅》中亦不乏此类诗篇。孔颖达《毛诗正义》于《小雅·四牡》篇曰："凡诗述序人言以为歌，诗本其言皆曰歌。下云'歌《采薇》以遣之'，此《序·笺》云'陈其功苦以歌乐之'，皆当时直言,非歌也。后为诗入歌,故云歌耳。"孔氏此言不仅只针对《四牡》《采薇》而言,而是对中国早期诗歌创作方式、创作规律的一种概括性总结。"各民族最早的文学,都是因仪式记诵需要而产生的韵文。"①

清姜炳璋《诗序补义》:"《雅》主追叙其事,故详明;《颂》主形容功德,故简括。"所言虽不误,但这只是现象,不是《雅》《颂》之别的实质。刘大杰《中国文学发展史》认为,雅诗是颂诗演进的结果。说明他早在几十年前即已注意到《雅》《颂》具有某种特殊的关系,惜亦未能从礼乐上阐释其缘由。美国学者王靖献《钟与鼓——〈诗经〉的套语及其创作方式》有这样的观点:"多布森认为,从风格与语言上看,中国早期诗体的演进可分为如下的'连续阶段':《国风》源于《小雅》,《小雅》源于《大雅》,《大雅》源于《颂》。"②国外学者从《诗经》的语言形式方面研究得出的结论,与我们从周礼乐教角度研究而得出的结论是部分一致的。中国古代也有与我们的观点、结论相一致的言论。《荀子·乐论》:"君子以钟鼓道志。"《国语·鲁语下》师亥曰:"诗所以合意。"贾谊《新书·道德说》:"诗者,志德之理而明其指,令人缘之以自成也。"《汉书·礼乐志》:"和亲之说难形,则发于诗歌咏言、钟石管弦。"左思《三都赋序》:"发言为诗者,咏其所志也。"劳孝舆《春秋诗话》:"古诗学何为哉?学以用诗,学以说诗。"从这些言辞中,尚可约略窥见上古乐语之教语说诗义传统的影子。还有更为直接的说法。郑玄《诗谱序》:"及成王、周公致大平,制礼作乐,而有《颂》声兴焉,盛之至也。本之由此,《风》《雅》而来,故皆录之,谓之《诗》之正经。"郑玄明言:谓之"《诗》之正经"的部分《风》《雅》是本之《颂》声而来的。最早结集而进入《诗》文本的应当就是这些被称为"正经"的诗。

正《大雅》部分诗篇与《周颂》的这种阐释与被阐释的对应关系,很类似《礼记》与《仪礼》的关系。《朱子语类》曰:"《仪礼》是经,《礼记》是解《仪礼》之作。"朱熹之言已得到古今礼学家的证实和一致认同。如勾承益《先秦礼学》:"虽然《礼记》中也有不少针对礼仪程序的具体记录,但就其中与《仪礼》内容相关联的部分而言,它显然是对《仪礼》各种仪式的内在礼学意义的揭示和阐明。如《仪礼》中有《丧服》《士丧礼》《既夕礼》《士虞礼》等篇,《礼记》中就有与之相对应的《曾子问》《丧服小记》《杂记》《奔丧》《问丧》《服问》《间传》《三年问》《丧服四制》等;《仪

---

① 王昆吾:《中国早期艺术与宗教·诗六义原始》,东方出版社,1998年。

② 《钟与鼓——〈诗经〉的套语及其创作方式》(The Bell and the Drum:Shih Ching as Formulaic Poetry in an Oral Tradition),[美]王靖献著,谢濂译,四川人民出版社,1990年。不过王靖献书中关于这一观点的言论仅此数语而已,没有任何例证和论述,其在很大程度上只是一种推测之辞。

礼》中有《士冠礼》《士昏礼》《乡饮酒礼》《乡射礼》《大射》《燕礼》等篇目,《礼记》中就有与之相应的《冠义》《昏义》《乡饮酒义》《射义》《燕义》等;《仪礼》中有《聘礼》,《礼记》中则有《聘义》。"①陈戍国《先秦礼制研究》:"《礼记·昏义》是阐发《仪礼》的《昏礼》的,《礼记》的《丧服四制》《三年问》《间传》《大传》《丧大记》《丧服小记》《问丧》诸篇则为《仪礼》的《士丧》《丧服》作解说,《礼记》礼类诸篇均可类推。"②杨华:《先秦礼乐文化》:"《周礼》是周代国家构建的基本大法,《仪礼》是礼乐制度中贵族生活的细节规定,《礼记》是从这些细节规定中阐发儒家治国为邦的微言要义。三者各自分立而又共为一体。"③前贤发现《仪礼》与《礼记》的关系,却未能发现《诗》之《风》《雅》《颂》同样存在这种阐释与被阐释的关系。笔者由此推测:《诗经》的三部分《风》《雅》《颂》,最初也有可能是各自成册,单独结集的,即如同流传至今的"三礼"。

2. 乐语之教的应用

周礼乐语之教的宗旨是使当事人从中受到某种政治、伦理的教化,并受到某种赋说能力的训练和培养。"乐语之教的首先一个目的,是造就能够主持仪式、知礼仪、善道古的人才。"④这种仪式的主要针对对象是国子这样的王室贵族的后裔。仪式的应用场合,《周礼》《礼记》明确记载的有:大司乐教国子,祭祀,天子视学等。《礼记》言"登歌《清庙》"或"升歌《清庙》"者凡4次,均用于以上这三种场合。⑤而天子视学的目的也是针对国子的,即检查、督促国子们学习礼乐的情况;并借此举行养老之礼,让国子们在亲临其境、耳闻目染中接受礼乐的教育。这种乐教即《礼记·王制》所言"顺先王诗书礼乐以造士"的一部分。在各种场合中针对乐歌的语说诗义仪式,必然会带有针对国子进行教育的性质和特征,而这种特征也会在因之而创作的诗篇中有所反映。因此,我们检之《大雅》诗篇,可以发现下列诗句:《文王》篇有:"陈锡哉周,侯文王孙子。""文王孙子,本支百世。凡周之士,不显亦世。世之不显,厥犹翼翼。思皇多士,生此王国。王国克生,维周之桢;济济多士,文王以宁。"《思齐》篇有:"肆成人有德,小子有造。古之人无斁,誉髦斯士。"(《毛传》:"肆,故今也。")《下武》篇有:"昭哉嗣服","昭兹来许,绳其祖武。"《文王有声》篇有:"诒厥孙谋,以燕翼子。"这些诗句仍然保留了祭祀或

① 勾承益:《先秦礼学》,巴蜀书社,2002 年。
② 陈戍国:《先秦礼制研究》,湖南教育出版社,1991 年。
③ 杨华《先秦礼乐文化》,湖北教育出版社,1996 年。
④ 王昆吾:《中国早期艺术与宗教·诗六义原始》,东方出版社,1998 年。
⑤ "语说"诗义和"道古"仪式不只限于所升歌《清庙》之诗,这已为前文的考察所证明。

太学之教中语说仪式时针对国子而言的含义。故刘向《说苑·建本篇》曰:"'成人有德,小子有造',大学之教也。"此言甚是。"肆成人有德,小子有造。古之人无斁,誉髦斯士",四句诗中,两句说老人,两句说国子,这无疑是把太学之教和养老仪式两者结合着来说——本来这两种仪式就是密不可分的,甚至可说是一个仪式的两个环节。我们依此类推,《大雅》之中,《棫朴》曰"周王寿考,遐不作人",《旱麓》曰"岂弟君子,遐不作人",这些言辞亦应与太学之教有关。"作人"者,兴作人才也。既对国子们有所颂美和鼓励,又以兴作人才之功归之于君子,诗人可谓言不虚发。

陈子展《诗经直解》引薛瑄云:"《思齐》一诗,修身、齐家、治国、平天下之道备焉。"《诗三百解题》又曰:"《思齐》这诗不妨和《大学》同读。相传曾子作《大学》,他是不是从读《思齐》一诗而得到了启示呢?"俞樾《群经平议》释《思齐》末章曰:"惟成人有德,故古老之人不见厌恶。惟小子有造,故其俊士无不安乐也。"如此,则《思齐》的创作不仅与国子之教有关,亦与其时之养老仪式有关。以一斑窥全豹,《思齐》即是乐语之教与《雅》诗创作之关系的一个缩影。故戴震《戴震文集》曰:"明乎礼可以通《诗》。"清范家相《诗沈》:"圣人之作乐,与礼制相为表里,而其施不同。"王昆吾说:"诗之用就是礼乐之用。乐教是早期诗歌传授的主要方式。中国早期诗歌的分类,其实质是仪式分类。"[①]

以乐歌之义为参照对象而加以阐发或发挥,这应是《大雅》最早的创作方式。大致到西周后期时,才把不依乐歌为参照而独立创作的诗篇亦称为诵。如《大雅·崧高》:"吉甫作诵,其诗孔硕,其风肆好,以赠申伯。"这种不歌而诵,大抵是为了有所讽谏而诵。再到后来春秋时期,这种不歌而诵已不再作诗,而只是对已有之诗加以赋诵而已,此即春秋之赋诗言志。

由乐语之教而产生的《雅》诗,是为阐发乐歌之义而作,这种阐发是以教化为宗旨的,故正《大雅》诗篇都具有明显的教化之义。《国语·楚语上》申叔时答楚庄王关于傅太子之道曰:"教之诗,而为之导广显德,以耀明其志。"这反映了春秋时期重视借诗明志的社会文化背景。而西周乐语之教中的"既歌而语"仪式,从一定意义上说是一种早期的借诗明志,或者说它是后来借诗明志、赋诗言志现象的滥觞和萌芽。从在固定仪式中通过"语说"诗义、"道古"而激志、励志,到不受仪式束缚的较为随意的借诗明志、赋诗言志,这反映了周代乐教发展演变的轨迹。然而这"源"与"流"之间却有很大的不同:乐教阶段的"语说"诗义,直探诗

---

① 王昆吾:《中国早期艺术与宗教·诗六义原始》,东方出版社,1998 年。

之本事、本义;而德教阶段的借诗明志、赋诗言志则多脱离诗义,随己所需而发挥,以致造成了很多诗篇本义的散失和歪曲。从某种意义上说,乐语之教传统的消失,即是子夏所言的新乐和古乐之别的焦点所在。而乐语之教消失之后,正是赋诗言志代替了它——以具体诗篇的赋诵来表达与己意相近、相同的情志、理念。

3. 《周颂》地位的变迁

《左传》引《颂》诗而称"诗曰"始于文公四年:"诗曰:'畏天之威,于时保之。'敬主之谓也。"自此以后才陆续见有引《颂》诗而称"诗曰"者,如宣公十一年:"诗曰:'文王既勤止。'文王犹勤,况寡德乎?"成公四年:"诗曰:'敬之敬之! 天惟显思,命不易哉!'夫晋侯之命在诸侯矣,可不敬乎?"而在文公四年之前《左传》之"诗曰"全部限于《风》《雅》,引《颂》诗只称"颂曰",或"《周颂》曰""《鲁颂》曰""《商颂》曰"。这既说明了《颂》诗进入《诗》文本的时间相对较晚,也说明《周颂》在早期的地位不同于一般的诗。《周颂》在早期被用于乐教时所歌的素材,也是歌之后"语说""道古"的素材,这本身就说明了它的特殊性。

《周颂》与其他诗歌在周人心目中的这种不同,还可以从另一面加以观察和阐释。朱东润先生《诗大小雅说臆》以丰富的例证说明:"在《国语》成书之日,今之《大雅》《小雅》皆总称'周诗'。"[1]张中宇也认为:"春秋时期大、小《雅》可任意、大量、广泛称'诗','雅'与'诗'关系极为自然、密切,很可能表明'诗'在早期首先指大、小《雅》。"[2]对此笔者欲加以补充的是,最早的"诗"概念可能并非指今人所见的大、小《雅》,而只是指大、小"正雅"而言。因为"变雅"的创作时间无疑要晚于"正雅"。《汉书·艺文志》曰:"诵其言谓之诗。"似乎班固是从正《大雅》诗篇的创作情况阐释早期"诗"的定义。

既然最早的"诗"是"雅",那么就意味着,《颂》在最初是不属于"诗"的。那么最初的《颂》是什么呢? 或者说《颂》在早期被视为什么呢? 我们认为,在《颂》不被视为"诗"的西周时期,《颂》其实是被视为与"传"相似、相近的文化产品,即被视为近乎"史传"的文化产品。《国语·鲁语下》闵马父曰:

　　　　昔正考父校商之名《颂》十二篇于周太师,以《那》为首,其辑之乱曰:"自古在昔,先民有作。温恭朝夕,执事有恪。"先圣王之传,恭犹不

---

① 朱东润:《诗三百篇谈故·诗大小雅说臆》,云南人民出版社,2007 年。
② 张中宇:《〈国语〉、〈左传〉的引"诗"和〈诗〉的编订》,《文学评论》2008 年第 4 期。

敢专①，称曰"自古"，古曰"在昔"，昔曰"先民"。

闵马父称其所引之《商颂》为"先圣王之传"，这是史籍中记载的《颂》被视为并称为"传"的直接证据。《论语·学而》曾子曰："吾日三省吾身：为人谋而不忠乎？与朋友交而不信乎？传不习乎？"古注均释此"传"为指孔子对弟子所传授的知识、礼教等而言，但黄怀信认为古注皆误："传，名词。当谓经传，诸说非。"②《大戴礼记·卫将军文子篇》："卫将军文子问于子贡曰：'吾闻夫子之施教也，先以诗、世。'"此"诗、世"应即《论语》曾子所言之"传"。《列女传·楚庄樊姬传》："明日，王以姬言告虞邱子，邱子避席不知所对。于是避舍，使人迎孙叔敖而进之，王以为令尹。治楚三年，而庄王以霸。楚史书曰：'庄王之霸，樊姬之力也。'又曰：'温恭朝夕，执事有恪。'此之谓也。"其先曰"楚史书曰"，后"又曰"，则"温恭朝夕，执事有恪"亦是楚史。总之，《颂》在最初是被视为"传"的史类作品。王小盾说：

> "经"是同"传"相对的词语。"传"字从"人"，指通过人、在口耳之间进行的阐释与传授。"经"则是书籍的通称，指连缀竹简成册的丝编或韦编。③

从口耳传授的"传"到编辑成册的"经"，需要一段时间的发展过程。而在《诗》《书》尚未形成完整的文本、因而尚未有"经"之概念的西周时期，"传"就被当成了与后来之"经"有同等地位的东西，而被尊视和崇拜。正因为其时之"传"就是其时之"经"，所以要对之加以阐释。《颂》诗在早期之所以成为乐语之教中语说的对象，其中一个缘故即在于此。被视为"传"的《颂》诗，在周代前期相当长一段时间内，如同后来战国秦汉间解"经"一样，被反复加以解说。④ 只不过这些解说、阐释之辞除一部分被诗人转化成诗的形式而保留在《雅》中之外，其余大部分均已散失。而这种语说诗义的传统却延续下来，至春秋时期尚可见。先秦古籍中有大量引诗而加以解说的例子。据笔者统计，先秦礼书和史籍中引诗而加以辞句上的解说者，大多都是引《颂》诗；而引《颂》之外的其他诗，一般均不予以辞

---

① 前人不解此处文意，一律标点为"先圣王之传恭，犹不敢专"，致使语意模糊不可解。
② 黄怀信等撰：《论语汇校集释》，上海古籍出版社，2008年。
③ 王昆吾：《中国早期艺术与宗教·诗六义原始》，东方出版社，1998年。
④ 秦汉及其以后解经传统的形成可能即肇始于周礼乐语之教对《周颂》诗义的解说和阐释。

句上的解说,只简言"某某之谓也"或"此言某某也"等作结,这可能亦是受西周乐语之教的影响所致。不过由西周到春秋,由最初乐语之教中语说诗义以激志、励志,发展到引诗以明志,且语说诗义的仪式亦越来越简化,以至于古籍中只可见引诗而解说其词句,已很难见完整解说诗义者。

春秋战国至秦汉之际,编辑成册的《诗》地位渐升,最终被视为"经",而以前"传"的地位则随之显著下降。郑玄《小、大雅谱》:"传曰:'文王基之,武王凿之,周公内之。'谓其道同,终始相成,比而合之,故《大雅》十八篇、《小雅》十六篇为正经。"《正义》:"凡书非正经者谓之传。未知此传在何书也。"传本来就是指口耳相传的史传,难怪博学如孔颖达也不知在何书了。孔颖达所说的这种非正经的传,却不是传最初的地位。

《周颂》的地位也与传一起经历了一个由西周到春秋的逐步下降过程。《周颂》的地位从与"经"等同的"传",发展到被视为非正经的传,这种变迁可以为我们解释:其一,为何今人所见到的《诗经》文本是风、雅、颂的顺序,而不是颂、雅、风的顺序。因为完整的《诗三百》的结集是在春秋时期,而不是在西周时期。其二,为何《颂》在较晚的春秋时期才被编入《诗》文本。因为《颂》诗直至春秋时期才被视为与《风》《雅》性质相同的文学;在西周时期,《周颂》是被视为至高无上的"经""史"看待的。

《周颂》是《诗三百》中最早的作品,它由被视为"史"转而被视为"文",即已决定了它的文学地位必不能与后起的风、雅相媲美。从政治因素上看,《周颂》地位的下降与周王朝在诸侯国中地位的下降是密切相关的。西周时期《周颂》诗文本单行,其独尊的地位是由周王朝在诸侯国中的独尊地位决定的。西周时对《周颂》的尊崇实质上即是对周王朝、周天子的尊崇。因为《周颂》无论从其内容之所颂上看,还是从其所用上看,都是周天子的"独家专用产品",与诸侯国无涉。而随着平王东迁,诸侯崛起,周天子逐渐失去对诸侯国的控制力,周王朝也不再有独尊的地位。虽然《周颂》的使用权自西周至春秋始终属于周天子,但随着"根"的衰弱和腐烂,"花"和"枝叶"亦不再绚烂和辉煌。"皮之不存,毛将焉附?"①所以从政治因素上看,《周颂》在春秋时期地位的下降亦是必然的。

《周礼·夏官·训方氏》:"训方氏掌道四方之政事,与其上下之志。诵四方之传道。正岁则布而训四方,而观新物。"郑玄注:"道,犹言也,为王说之。四方,

---

① 《左传》僖公十四年虢射语。

诸侯也。上下,君臣也。传道,世世所传说往古之事也。为王诵之,犹今论圣德尧舜之道矣。故《书》'传'为'傅',杜子春云:'傅当作传,《书》亦或为传。'布告以教天下,使知世所善恶。"贾公彦《疏》:"训方氏训四方美恶而向王言之,以其政事及君臣上下皆有善恶。古昔之善道恒诵之在口,王问则为王诵之。以其善道可传,故须诵之。"在周代后人眼中,《周颂》是传善道的。

十一　合语与正《小雅》的创作

(一) 合语

1. 什么是"合语"

《礼记·文王世子》:

> 凡祭与养老乞言、合语之礼,皆小乐正诏之于东序。大乐正教[①]舞干戚,语说,命乞言,皆大乐正授数,大司成论说在东序。

郑玄注:

> 合语,谓乡射、乡饮酒、大射、燕射之属也。《乡射记》曰:"古者于旅也语。"语说,合语之说也。

孔颖达《礼记正义》:

> 教世子及学士祭与养老合语之威仪,又教世子等祭与养老合语之义理。……乡射、乡饮酒必大射、燕射之等,至旅酬之时皆合语也。其实祭未及养老,亦皆合语也。故《诗·楚茨》论祭祀之事云"笑语卒获",笺云"古者于旅也语",是祭有合语也。养老既乞言,自然合语也。引《乡射记》者,证旅酬之时得言说先王之法。言"合语"者,谓合会义理而语说也。

[①] 此字为"斅",亦作"敩",读为 xiào,乃"教"的意思。王力《古汉语字典》认为:学、斅、敩、教、效、校为同源字。

元陈澔《礼记集说》："合语,谓祭及养老与乡射、乡饮、大射、燕射之礼至旅酬之时,皆得言说先王之法,合会义理而相告语也。"清孙希旦《礼记集解》："升歌及下管、间歌、合乐之后,乐正告乐备作,相为司正,乃行旅酬,于此时有合语之礼也。"清江永《礼记训义择言》："君求言于老人为乞言;三老五更群老与君言父子、君臣、长幼之道,为合语。合言之,乞言、合语皆谓之语。《内则》谓三王皆有惇史,惇史所以记此言语也。乞言、合语皆有威仪,小乐正诏之。其言语有篇章辞说,大乐正授数,大司成论说之,经文前后甚明。《乡射记》:'古者于旅也语。'盖谓行礼以静默为敬,唯旅酬时以酒相劝,乃可言语。"

由此可知,"合语"一般是在周代奏乐仪式之末的"合乐"之后进行,"合语"之名即得名于"合乐",所以"合语"也是一种"乐语"。但必须明确的是,并非周代奏乐仪式中既有"乐语",又有"合语",它们是不同时期的礼乐术语。"乐语"是最正的、最古的礼乐术语,"合语"是西周"乐语"发展至西周中后期的一种演变形式。周代礼乐是随时代而发展的,不是一成不变的。

《仪礼·乡射记》："古者于旅也语。"郑玄注："礼成乐备,乃可以言语先王礼乐之道也。"这种"合语"是在"合乐"之后的旅酬时进行的,故曰"于旅也语"。不过笔者推测,"合语"有可能是在旅酬之前或者之后进行,可能不是在旅酬过程中进行。

2. "合语"与"乐语"的异同

"乐语"与"合语"的相同之处在于:其一,它们都是针对乐歌而语。其二,它们都是一种对国子、世子们的培养、训练和教化。它们的宗旨相同,内容也相似。故《礼记·文王世子》下文曰："凡大合乐,必遂养老。凡语于郊者,必取贤敛才焉。或以德进,或以事举,或以言扬。曲艺皆誓之,以待又语。三而一有焉,乃进其等。"孔颖达《疏》:

"或以德进"者,谓人能不同,各随才用也。德,谓有道德者;进,谓用爵之也。德最为上,故进之宜先也。"或以事举"者,事次德者,虽无德而解世事,或吏治之属亦举用之也。"或以言扬"者,次事也。扬亦进、举之类,互言之。虽无德、无事,而能言语应对,堪为使命,亦举用之。

《文王世子》又曰:

> 凡三王教世子必以礼乐,乐所以修内也,礼所以修外也。礼乐交错于中,发形于外,是故其成也怿,恭敬而温文。……《记》曰:"虞、夏、商、周有师保,有疑丞。设四辅及三公,不必备,唯其人。"语使能也。君子曰德,德成而教尊,教尊而官正,官正而国治,君之谓也。

郑玄注:

> 语,言也。得能则用之,无则已,不必备其官也。小人处其位,不如且阙。

孔颖达《疏》:

> "乐所以修内"者,乐是喜乐之事,喜乐从内而生,和谐性情,故云所以修内也。"礼所以修外也"者,礼是恭敬之事,恭敬是正其容体,容体在表,故所以修外也。……"设四辅及三公,不必备,唯其人",此皆古《记》之文。"语使能"一句是后作《记》者解前《记》之人所言,以四辅三公不必须备,惟择好人者。

由此我们可以明显地看到,"乐语""合语"仪式其实是融合了乐教和礼教为一体的全面的德和能的教育、培养、训练。所以它们在周代礼乐教化中是如此重要,以至于即使是《诗》的创作和编排也以之为纲目。

明郝敬《礼记通解》:

> 圣人立教于方蒙,养之以和平,谐之以声音,邑之以舞蹈,间之以节奏,以揉其骄责之习,振其怠惰之气。故舜命夔典乐,教胄子,使之宽温,无虐无傲。诗云:"温温恭人,惟德之基。"子云:"兴于诗,立于礼,成于乐。"先圣、后圣,其教同也。

"乐语"与"合语"的不同之处在于:

其一,大司乐教国子的六种乐语,是周代奏乐仪式中针对"升歌"的"语",非旅酬之"语",它的地位及庄重、神圣性肯定要高于旅酬之"合语"的。所以周代早期的"乐语"分为六种，而"合语"并没有六种语说方式之分。从这个角度看，"合语"虽然是"乐语"的演变发展，但其实是"乐语"的退化。

在周代奏乐仪式中，"升歌"是最古的，其他仪式如下管、间歌、合乐等，应有一个陆续演变、增益的过程，所以"乐语"与"合语"应有一种时间上的差异。"乐语"是最正的、最古的礼乐术语，"合语"是西周早期"乐语"发展至西周中后期的一种演变。

"合语"应用的场合，《文王世子》郑玄注认为："合语，谓乡射、乡饮酒、大射、燕射之属也。"可见西周中后期的多数礼仪场合都有"合语"之礼。《礼记·王制》曰："凡养老，有虞氏以燕礼，夏后氏以飨礼，殷人以食礼，周人修而兼用之。"周人既然兼用之，则"合语"之仪式应用的场合必广。但乡射、乡饮酒、大射、燕射，包括养老乞言等这些礼仪，在《周颂》和正《大雅》中均不见其影子，所以它们肯定不是周初的礼仪，那么"合语"也肯定不是周初的礼仪。

其二，通过前文的论述可知，"乐语"与正《大雅》的创作紧密相关，六种"乐语"在正《大雅》中都有一一印证。而且"乐语"具有明确的针对性，它针对"升歌"而"语"，所升之歌即《周颂》。故而《大雅》与《周颂》的不少诗篇有一种对应的关系。

既然"合语"也是一种"乐语"，它亦应与诗的创作有关。通过考查、对照《诗经》，可知《小雅》"正诗"及部分变《小雅》，即是据"合语"之辞而创作的诗篇。但是"合语"之"语"已经看不到"乐语"那样的六种方式的区别了，它只是比较笼统地"言说先王之法"及"父子、君臣、长幼之道"。

由此我们可以得出结论："乐语"是早期的语，"合语"是后期的"乐语"。六种"乐语"在早期是严格执行的，因而它们在正《大雅》诗篇的创作中都有一一的对应和体现。由"乐语"发展演变而来的"合语"不再有"兴、道、讽、诵、言、语"六种方式，故"合语"虽体现于《小雅》诗篇的创作中，但已难觅六种语说方式的痕迹。

其三，通过前文的论述可知，六种"乐语"方式均是对"升歌"的人和事加以演绎、发挥，它有明确的针对性，它与"旅酬"无关，故《诗序》均是从所"语"之事的角度阐释正《大雅》的。"合语"是"合乐"之后、旅酬之时而"语"，我们从据"合语"之辞而创作的《小雅》诗篇的内容可以看到，"合语"已经不再针对具体的人和事，而只是言说礼仪本身而已。其时之人通过言说正规、完善的礼仪来回顾"先王之法"和"父子、君臣、长幼之道"，以从中受到教育和感化。

从下表中所列的《诗序》对正《大雅》和正《小雅》的阐释，我们可以看到"乐语"与"合语"的不同:《大雅》全部从具体事件的角度加以阐释,《小雅》全部从礼仪的角度加以阐释。

	大雅		小雅
乐语	1.《文王》,文王受命作周也。 2.《大明》,文王有明德,故天复命武王也。 3.《绵》,文王之兴,本由太王也。 4.《棫朴》,文王能官人也。 5.《旱麓》,受祖也。周之先祖世修后稷、公刘之业,太王、王季申之以百禄干福焉。 6.《思齐》,文王所以圣也。 7.《皇矣》,美周也。天监代殷莫若周,周世世修德莫若文王。 8.《灵台》,民始附也。文王受命而民乐其有灵德,以及鸟兽昆虫焉。 9.《下武》,继文也。武王有圣德,复受天命,能昭先人之功焉。 10.《文王有声》,继伐也。武王能广文王之声,卒其伐功也。 11.《生民》,尊祖也。后稷生于姜嫄,文、武之功起于后稷,故推以配天焉。 12.《行苇》,忠厚也。周家忠厚,仁及草木,故能内睦九族,外尊事黄耇,养老乞言,以成其福禄焉。 13.《既醉》,大平也。醉酒饱德,人有士君子之行焉。 14.《凫鹥》,守成也。大平之君子能持盈守成,神祇祖考安乐之也。 15.《假乐》,嘉成王也。	合语	1.《鹿鸣》,燕群臣嘉宾也。 2.《四牡》,劳使臣之来也。 3.《皇皇者华》,君遣使臣也。 4.《常棣》,燕兄弟也。 5.《伐木》,燕朋友故旧也。 6.《天保》,下报上也。 7.《采薇》,遣戍役也。 8.《出车》,劳还率也。 9.《杕杜》,劳还役也。 10.《鱼丽》,美万物盛多,能备礼也。 11.《南有嘉鱼》,乐与贤也。 12.《南山有台》,乐得贤也。 13.《蓼萧》,泽及四海也。 14.《湛露》,天子燕诸侯也。 15.《彤弓》,天子赐有功诸侯也。 16.《菁菁者莪》,乐育材也。

(二) 大、小《雅》之别

关于《诗经》大、小《雅》之别,古今有多种说法。现在我们以上文所论为基础,从以下两方面可以看出大、小《雅》之别的关键。

其一,从政治事件的大、小角度而言,"文王受命作周""文王能官人""民始附""继文""继伐""尊祖""太平守成"等等,这些政治大事对于周人来说是至高无上的。而与之相比较,"燕群臣嘉宾""劳使臣""遣使臣""燕兄弟"等等,均是一些具体礼仪,它们显然无法与《大雅》中的那些大事、大礼相比。《大雅》中的那些大事、大礼均是周代名副其实的"国之大事",它的重要程度显然要远远大于养老乞言、燕、射等一些具体的仪节。故《诗大序》曰:"政有小、大,故有《小雅》焉,有《大雅》焉。"前人多有非之者,其实《诗大序》之言不误。孔颖达《毛诗正义》曰:"正经述大政为《大雅》,述小政为《小雅》,有小雅、大雅之声。"《诗大序》所言"政有小大",正是从正《小雅》、正《大雅》诗篇所言之"事""礼"的小、大而言的。而这种所言之"事"的大小,其实就是礼仪层次的高低、大小。在周代,歌奏《清庙》《文王》,就如同现在奏唱国歌之类;而歌奏《鹿鸣》,就如同现在奏唱《迎宾曲》《祝酒歌》之类。孰高孰低,不言自明。

清李光地《诗所》:"通上下之情,联亲疏之欢,其事未远于《风》,是以为'小雅'也。推受命之原,述祖宗之德,其事已近于《颂》,是以为'大雅'也。"王小盾说:"中国早期的诗歌分类,其实质是仪式分类。仪式重在分别社会等级,仪式之乐则是对这种分别的修饰。周代礼乐制度是等级明确的。《诗经》一书的结构乃反映了它用为仪式乐歌的功能。风、小雅、大雅、颂的四分,其本质是四套仪式节目的区分。"[①]鲁洪生也认为:"风、雅、颂最初是由于用于不同的典礼而进行的分类。"[②]前贤所言不误,笔者欲对之加以补充的是:"大雅""小雅"的分类,最初是针对"正大雅""正小雅"而分类的,不是针对全部《雅》诗而分类的。"风""雅""颂"的分类均是如此,它们最初都是针对"正诗"而分类的,因为最早的《诗》文本只有"正诗"。

其二,正《小雅》诗篇均是"合乐"后的"合语",而正《大雅》诗篇是"升歌"后的"乐语"。"合乐"本就比"升歌"低一个等级,故一为《小雅》,一为《大雅》。"小雅""大雅"无疑是指礼仪层次的高低、大小。"大雅""小雅"的得名之谜就隐藏在"乐语"与"合语"的不同之中。

其三,正《小雅》与正《大雅》在创作时间上有一段距离,它们不是同一时期的礼仪和诗篇。笔者试从以下几个方面证明这一点。

1. 正《小雅》是"合语"的产物,正《大雅》是"乐语"的产物。周代的礼仪有一个发生、发展、兴盛的过程,不是一蹴而就的。"乐语"与"合语"有一种时间上的

---

① 王昆吾:《中国早期艺术与宗教·诗六义原始》,东方出版社,1998年。
② 鲁洪生:《从赋比兴产生的时代背景看其本义》,《中国社会科学》1993年第3期。

差异。礼经中的"乐语"大都记载于《周礼》,"合语"大都记载于《礼记》和《仪礼》。而《礼记》和《仪礼》所记之礼,大都是西周中晚期甚或是春秋时期的礼仪;《周礼》所记之礼虽未必都是西周早期的礼仪,但总体上比《礼记》《仪礼》的礼仪略早。与之相应,正《小雅》和正《大雅》在创作时间上亦有先后、早晚之别,它们不是同一时间、同一时期的礼仪和诗篇。从下文的论述我们可以看到,与《小雅》有关的礼仪大都见于《仪礼》和《礼记》,它们应该是西周中后期的礼仪和诗篇。

2.《周颂》是中国"诗"之根,中国最早的"诗"都是以《周颂》为基础而创作的。以《周颂》为基础而创作的第一批诗篇就是正《大雅》,而正《大雅》与《周颂》的创作已经有一段时间的距离。因为必须先有《周颂》这些最基本的礼仪,然后才可能有较为复杂而高级的礼仪。正《大雅》是"乐语"的产物,正《小雅》是"合语"的产物,"乐语"与"合语"有一段时间的距离,则正《大雅》与正《小雅》必有一段时间的距离。《周颂》是西周初期的"诗",正《大雅》是西周初期稍后时间段的诗,大致在成、康之际,正《小雅》应是西周中后期的诗篇。正《小雅》所体现的西周礼乐的兴盛,与学界所认同的西周中期礼乐的成熟,在时间上是完全吻合、一致的。

3.《左传》襄公二十九年:

> 吴公子札来聘,请观于周乐。……为之歌《小雅》,曰:"美哉! 思而不贰,怨而不言,其周德之衰乎? 犹有先王之遗民焉!"为之歌《大雅》,曰:"广哉! 熙熙乎! 曲而有直体,其文王之德乎?"

季札论《小雅》,曰:"其周德之衰乎?"论《大雅》,曰:"其文王之德乎?""周德之衰",在时间上至早亦应该是指西周中期而言,与文、武、成、康盛世无涉。从乐语与诗的创作的角度看正《小雅》和正《大雅》的创作时间,季札的评语至确。这说明春秋时期人是知道、了解《诗经》的创作真相的,他们的阐释和评价最符合《诗经》创作的本义和真实情况。

4.《鹿鸣》所咏是"养老乞言礼",而《史记·十二诸侯年表》曰:"仁义陵迟,《鹿鸣》刺焉。"汉蔡邕《琴操》曰:"《鹿鸣》者,周大臣在所作也。王道衰,君志倾,留心声色,内顾妃后;设酒食佳肴,不能厚养贤者;尽礼极欢,行见于色。大臣昭然独见,必知贤士幽隐,小人在位,周道陵迟自是以始,故弹琴以风谏,歌以感之,庶几可复。"三家诗从诗篇创作时间的角度加以阐释,认为这些诗是"王道衰"时所作,其实是对的;《毛诗》从诗篇所咏之礼仪的角度加以阐释,认为这些诗是歌咏周文王如何如何,其实也是对的。因为"乐语""合语"都与"歌"有关,"歌"文王,故"语"当然离不开文王。《毛诗》的不足之处在于,它把风、雅"正诗"全部归之于西周初文、武、成王三个时期之作,以为后世君王树立一种楷模,这在一定程度上歪曲了诗篇的创作时间。

5.《小雅·鱼丽》篇:

> 鱼丽于罶,鲿鲨。君子有酒,旨且多。
> 鱼丽于罶,鲂鳢。君子有酒,多且旨。
> 鱼丽于罶,鰋鲤。君子有酒,旨且有。

"君子有酒,旨且多"云云,显然是从酒的饮用的角度而言的;那么其前文所言之"鱼"也应是从食用的角度而言的。西周初文、武、成王之世是不会出现这样诗句和思想意识的。试比较《周颂·潜》:

> 猗与漆沮,潜有多鱼。有鳣有鲔,鲦鲿鰋鲤。以享以祀,以介景福。

还有《周颂·丰年》:

> 丰年多黍多稌,亦有高廪,万亿及秭。为酒为醴,烝畀祖妣,以洽百礼。降福孔皆。

还有《周颂·载芟》:

> 载获济济,有实其积,万亿及秭。为酒为醴,烝畀祖妣,以洽百礼。

显而易见,《周颂》中言及鱼、言及酒,都是从祭祀献神的角度而言的,绝不会涉及食用和饮用,它们与《小雅》显然是不同时期之人的思想意识,具有不同的时代文化背景。

6. 在祝福语上,正《大雅》与正《小雅》亦有别。《大雅·棫朴》第四、五章曰:

> 倬彼云汉,为章于天。周王寿考,遐不作人?
> 追琢其章,金玉其相。勉勉我王,纲纪四方。

《大雅·旱麓》曰：

> 瞻彼旱麓，榛楛济济。岂弟君子，干禄岂弟。
> 瑟彼玉瓒，黄流在中。岂弟君子，福禄攸降。
> 鸢飞戾天，鱼跃于渊。岂弟君子，遐不作人？
> 清酒既载，骍牡既备。以享以祀，以介景福。……

试与《小雅》中的祝福语相比较，《南山有台》第一、二章：

> 南山有台，北山有莱。乐只君子，邦家之基。乐只君子，万寿无期。
> 南山有桑，北山有杨。乐只君子，邦家之光。乐只君子，万寿无疆。

《天保》：

> 天保定尔，亦孔之固。俾尔单厚，何福不除？俾尔多益，以莫不庶。
> 天保定尔，俾尔戬谷。罄无不宜，受天百禄。降尔遐福，维日不足。
> 天保定尔，以莫不兴。如山如阜，如冈如陵，如川之方至，以莫不
> 增。……
> 如月之恒，如日之升。如南山之寿，不骞不崩。如松柏之茂，无不
> 尔或承。

可以看出，《大雅》中的祝福语比较平和，适度，不夸张，祝福的同时亦有勉励。《小雅》的祝福语则相当夸张，"万寿无期""如南山之寿"云云，极尽颂美之能事；而且几乎不见勉励之辞，只剩祝福了。这种差别，应该是不同时期、不同文化背景、思想背景造成的。所以正《大雅》和正《小雅》应是不同时期的诗篇。

总之，大、小《雅》最重要的不同在于两点：第一，礼仪层次的高低不同；第二，创作时间和文化背景的不同。

从"乐语""合语"与《诗经》创作的关系，以及《大雅》《小雅》的命名缘由，我们可以看到《诗经》"正诗"的礼乐性质。《诗》本身不是礼，但《诗》中有礼，它是礼乐的产物，是礼乐的体现。《诗》与礼乐一样，都是儒家用以治国、平天下的工具。在《礼记》中，孔子对于有礼如何、无礼如何，说的非常明白。有礼如何？《中庸》：

子曰:"明乎郊社之义、尝禘之礼,治国其如指诸掌而已乎! 是故以之居处有礼,故长幼辨也;以之闺门之内有礼,故三族和也;以之朝廷有礼,故官爵序也;以之田猎有礼,故戎事闲也;以之军旅有礼,故武功成也。是故宫室得其度,量鼎得其象,味得其时,乐得其节,车得其式,鬼神得其飨,丧纪得其哀,辨说得其党,官得其体,政事得其施。加于身而错于前,凡众之动得其宜。"

无礼如何?《仲尼燕居》:

子曰:"礼者何也? 即事之治也。君子有其事,必有其治。治国而无礼,譬犹瞽之无相与! 伥伥乎其何之? 譬如终夜有求于幽室之中,非烛何见? 若无礼,则手足无所错,耳目无所加,进退揖让无所制。是故以之居处,长幼失其别,闺门三族失其和,朝廷官爵失其序,田猎戎事失其策,军旅武功失其制,宫室失其度,量鼎失其象,味失其时,乐失其节,车失其式,鬼神失其飨,丧纪失其哀,辨说失其党,官失其体,政事失其施,加于身而错于前,凡众之动失其宜。如此,则无以祖洽于众也。"

孔子的这种思想在《诗经》中亦有所体现。有礼如何?《诗经》"正诗"一派和乐融融的盛世气象是也。无礼如何?《诗序》在变《小雅》之首篇《六月》之《序》文中曰:

《鹿鸣》废,则和乐缺矣。《四牡》废,则君臣缺矣。《皇皇者华》废,则忠信缺矣。《常棣》废,则兄弟缺矣。《伐木》废,则朋友缺矣。《天保》废,则福禄缺矣。《采薇》废,则征伐缺矣。《出车》废,则功力缺矣。《杕杜》废,则师众缺矣。《鱼丽》废,则法度缺矣。《南陔》废,则孝友缺矣。《白华》废,则廉耻缺矣。《华黍》废,则蓄积缺矣。《由庚》废,则阴阳失其道矣。《南有嘉鱼》废,则贤者不安,下不得其所矣。《崇丘》废,则万物不遂矣。《南山有台》废,则为国之基队矣。《由仪》废,则万物失其道理矣。《蓼萧》废,则恩泽乖矣。《湛露》废,则万国离矣。《彤弓》废,则诸夏衰矣。《菁菁者莪》废,则无礼仪矣。小雅尽废,则四夷交侵,中国微矣。

《诗序》表面上是在说诗篇废，其实是在强调礼仪废。这与《礼记》中孔子阐述有礼如何、无礼如何的言论正一脉相承。由于废礼，而导致"四夷交侵，中国微矣"，于是才有周宣王的"南征""北伐"（《采芑》《六月》），这正是《诗经》的编排用意。

（三）"合语"与正《小雅》的创作

1. 养老乞言礼语辞

《鹿鸣》：

> 呦呦鹿鸣，食野之苹。我有嘉宾，鼓瑟吹笙。吹笙鼓簧，承筐是将。人之好我，示我周行。
>
> 呦呦鹿鸣，食野之蒿。我有嘉宾，德音孔昭。视民不恌，君子是则是效。我有旨酒，嘉宾式燕以敖。
>
> 呦呦鹿鸣，食野之芩。我有嘉宾，鼓瑟鼓琴。鼓瑟鼓琴，和乐且湛。我有旨酒，以燕乐嘉宾之心。

读《鹿鸣》，一股礼的气息扑面而来，它标志着中华文明又进入了一个新的阶段，迈向了一个新的台阶：礼乐文明时期。以《鹿鸣》为首的正《小雅》16 首诗，均是对各种"礼"的展演和歌咏，它们以与《礼经》不同的方式向我们展现了什么是成熟的、繁盛的、理想状态的周礼。

《礼记·文王世子》：

> 凡祭与养老乞言、合语之礼，皆小乐正诏之于东序。大乐正学舞干戚，语说，命乞言，皆大乐正授数，大司成论说在东序。

郑玄注："学以三老之威仪也。养老乞言，养老人之贤者，因从乞善言可行者也。合语，谓乡射、乡饮酒、大射、燕射之属也。《乡射记》曰：'古者于旅也语。'"元陈澔《礼记集说》："养老祈言，谓行养老之礼之时，因祈善言之可行者于此老人也。"

据《文王世子》这一记载及郑氏、孔氏等的阐释可知，周代天子有一种"养老乞言"的礼节仪式。这一礼仪一般是与祭祀及各种燕、射活动之中相关联的。这种仪式有一个环节："乞言"，即祈求善言之意。这种向天子进献的善言无疑是关于修身、齐家、治国平天下的至善、至正之言，这是养老礼仪的一个组成部分。对照诗篇,我们认为,《鹿鸣》所咏正是《文王世子》记载的周天子所行的这种"养老乞言"礼。诗中之"我"即周天子,诗中之"嘉宾"即"养老乞言"礼仪中的老人之贤者,而诗所云"人之好我,示我周行"即指这种"乞言"仪式而言。故前人释"周行"为至道、善道,应是正解,符合诗的本义和礼仪背景。

如何知道《鹿鸣》是据"合语"之辞而作呢? 周代行"养老乞言"礼,必须先有天子的"乞言",然后才有"嘉宾"向天子进献的"善言"。乞言在先,进言在后。故《小雅》首篇《鹿鸣》曰:"我有旨酒""我有嘉宾","我"定是指周天子,诗人显然是代周天子立言。然而诗篇完全是诗人独立创作吗? 非也。《周颂》、正《大雅》、正《小雅》《二南》,《诗经》的五部分"正诗"都是仪式的产物,它们的创作都是有"本"而言的,诗篇都是诗人据仪式中的成辞而作。就《鹿鸣》来说,诗人即是模仿"养老乞言"仪式之始,天子向老者"乞言"之辞而作。诗篇是对现成言辞的模仿和加工。朱熹《诗集传》:"周行,大道也。古者于旅也语,故欲于此闻其言也。"又曰:"《记》曰:'私惠不归德,君子不自留焉。'盖其所望于群臣嘉宾者,唯在于示我以大道,则必不以私惠为德而自留焉。"

诗人把周天子向老者的"乞言"之辞演绎为一首三个章节的诗篇。这种作法一直延续到现在。如《歌声与微笑》的词作者王健原来所写的歌词就是极为简单的两句话:请把我的歌带回你的家,请把你的微笑留下。明天这歌声飞遍海角天涯,明天这微笑将是遍野春花。作曲家谷建芬把这两句话演绎成一首可反复演唱的动听歌曲。

从《鹿鸣》我们可以看到周代"养老乞言"礼仪中的天子之辞,那么这种礼仪中亦必定有老者之辞,即天子"乞言"之后,有老者进献天子的"善言"。这种"善言"即保存在《常棣》《伐木》二诗。《常棣》:

> 常棣之华,鄂不韡韡。凡今之人,莫如兄弟。
>
> 死丧之威,兄弟孔怀。原隰裒矣,兄弟求矣。
>
> 脊令在原,兄弟急难。每有良朋,况也永叹。
>
> 兄弟阋于墙,外御其务。每有良朋,烝也无戎。
>
> 丧乱既平,既安且宁。虽有兄弟,不如友生。
>
> 傧尔笾豆,饮酒之饫。兄弟既具,和乐且孺。
>
> 妻子好合,如鼓瑟琴。兄弟既翕,和乐且湛。
>
> 宜尔家室,乐尔妻帑。是究是图,亶其然乎?

《伐木》：

> 伐木丁丁，鸟鸣嘤嘤。出自幽谷，迁于乔木。嘤其鸣矣，求其友声。
> 相彼鸟矣，犹求友声。矧伊人矣，不求友生？神之听之，终和且平。
> 伐木许许，酾酒有藇。既有肥羜，以速诸父。宁适不来，微我弗顾。
> 於粲洒扫，陈馈八簋。既有肥牡，以速诸舅。宁适不来，微我有咎。
> 伐木于阪，酾酒有衍。笾豆有践，兄弟无远。民之失德，乾餱以愆。
> 有酒湑我，无酒酤我。坎坎鼓我，蹲蹲舞我。迨我暇矣，饮此湑矣。

"常棣之华，鄂不韡韡"，此诗首二句是起兴。《孔疏》引王肃云："不韡韡，言韡韡也。以兴兄弟能内睦、外御，则强盛而有光耀，若常棣之华发也。"花只有与绿叶相互衬托才散发光辉，以喻国君只有与兄弟相互团结才能振国兴邦，光宗耀祖。以下即着力陈述国君与兄弟和睦团结的重要性。《伐木》亦同样强调这一点。诗中为何要强调这种兄弟和睦团结的重要性？把此二诗放在礼仪文化背景中加以审视，可以知道，《常棣》《伐木》二诗所咏之辞即是"养老乞言"礼中老者进献的"善言"。诗篇是据现存言辞加工、改造而作，它本身并不就是当时的"善言"原辞，但诗句与当时的"善言"原辞的差距也不会太大，至少意思是完全相同的。因为"养老乞言"礼是"合语"仪式的一部分，而"合语"与"乐语"一样，其所"语"都是一种有节奏、韵律的雅言，绝不是日常用语式的语言。

《礼记·文王世子》又曰：

> 天子视学，大昕鼓征，所以警众也。众至，然后天子至。……始之养也，适东序，释奠于先老。遂设三老五更群老之席位焉。适馔省醴，养老之珍具，遂发咏焉。退修之，以孝养也。反，登歌《清庙》。既歌而语，以成之也。言父子、君臣、长幼之道，合德音之致，礼之大者也。

"言父子、君臣、长幼之道，合德音之致"，是"合语"的主题与核心，也是西周中期的"礼之大者"。郑玄注："三老、五更各一人也，皆年老更事致仕者也。天子以父兄养之，示天下之孝悌也。名以三五者，取象三辰五星，天所因以照明天下者。群老无数，其礼亡。以《乡饮酒礼》言之，帝位之处，则三老如宾，五更如介，群老如众宾必也。"《孔疏》："以其天子父兄所事，故知致仕者，知天子以父兄养之者，以天子冕而总干而舞，执酱而馈，是父兄事也。"郑、孔对《文王世子》的注释为我们提供了一个重要信息：天子行养老乞言礼的选择对象是父兄，且天子与之燕时待之如宾。

元陈澔《礼记集说》："老、更受献毕，皆立于西阶下东面，今皆反升就席，乃使乐工登堂歌《清庙》之诗以乐之。歌毕，至旅酬时，谈说善道以成就天子养老之礼也。其所言说者，皆是讲明父子、君臣、长幼之道理，集合《清庙》诗中所咏文王道德之音声，皆德之极致，礼之大者也。"由此可知："养老乞言"礼于"登歌《清庙》"之后，有一种"既歌而语"的仪式。"语说"的内容有二：一是语说父子、君臣、长幼之道，也就是陈澔所言的"谈说善道"；二是语说"合乐之所美"，即针对所歌的内容而语。

礼书经文中的记载，为我们理解、阐释《常棣》《伐木》二诗提供了一种可资凭据的礼仪背景和参证。《常棣》一诗反复强调"凡今之人，莫如兄弟""兄弟既具，和乐且孺"等内容，这正是此诗的要义。《伐木》一诗反复强调"既有肥羜，以速诸父""笾豆有践，兄弟无远"，这无疑也是此诗的要义。把诗篇与上文所述的礼仪背景相对照，我们可知：其一，《常棣》《伐木》二诗乃为天子之父、兄辈所咏，而"养老乞言"礼中的老者的身份正是天子之父、兄。其二，此二诗所歌咏、强调的要义正是"父子、君臣、长幼之道"，这无疑正是"养老乞言"礼中老者向天子所进的"善道"。以上两点说明：《常棣》《伐木》二诗所咏的内容无不与礼书所载的经文相合。因此我们有理由断定：《常棣》《伐木》是据礼仪之辞而创作的诗篇。

《鹿鸣》诗中"嘉宾"之善言为何？从《鹿鸣》诗不得而知。《常棣》《伐木》二诗即是对当时老者之善言的记录和歌咏。《鹿鸣》《常棣》《伐木》合在一起，完整地向我们展现了西周时期"养老乞言"礼中"合语"之辞的面貌。它们与《雅》《颂》中的很多诗篇一样，是据现有言辞而加工创作的诗篇。

《常棣》《伐木》是据当时养老仪式中老者的"善言"而创作的，而当时老者向天子及"未来的天子"世子进善言，必定要向他们灌输、强调一种尊老、爱故旧的思想意识，因为这些老者自身就是天子的"故旧"。故《伐木》诗中以启发式、劝谏式的语气曰："相彼鸟矣，犹求友声。矧伊人矣，不求友生？神之听之，终和且平。"这与《常棣》反复强调"凡今之人，莫如兄弟""傧尔笾豆，饮酒之饫。兄弟既具，和乐且孺""是究是图，亶其然乎"，这些讽谏加启发式的言辞，其用意是一致的。这些老者对天子、世子们而言，是一种特殊的关系：既是故旧，又是父兄、友朋的关系。所以我们看到，《常棣》《伐木》二诗所强调的伦理亲情理念，如"凡今之人，莫如兄弟""笾豆有践，兄弟无远""既有肥羜，以速诸父"云云，其实是作为天子父兄辈的老者从自身利益出发而发的言论，且显然是长者、尊者的语气。这些老者既为自己所受到的待遇而欣悦，又希望这种礼节能长久保持下去。故《常棣》《伐木》二诗正言、反言、比喻、对比、反问、启发、诱导、劝谏，反复道之，可谓不遗余力，煞费苦心。从"养老乞言"礼的角度来加以审视，就不难理解二诗为何会有此类言辞。

2. 劳礼语辞

"三礼"经文中未列"劳礼"条目，但"劳礼"在周代是真实存在的，而且是重要的礼仪。"劳礼"是一些大礼的一部分，它与诸多重大礼仪是融为一体的。或因出使而劳，或因觐见而劳，或因出师、凯旋而劳，"劳礼"包容在这些大礼之中，它本身不单独列为一种礼仪条目。这些大礼主要指聘礼、觐见礼、军礼。所以在礼经的聘礼、觐见礼、军礼中，均可见到劳礼的有关记载。《仪礼·聘礼》：

> 宾至于近郊，张旃。君使下大夫请行，反。君使卿朝服用束帛劳。上介出请，入告。宾礼辞，迎于舍门之外，再拜。劳者不答拜。宾揖，先入，受于舍门内，劳者奉币入。……出迎劳者，劳者礼辞。宾揖，先入。劳者从之。乘皮设。宾用束锦傧劳者，劳者再拜稽首受。……下大夫劳者遂以宾入。

诸侯觐见天子亦有劳礼。《仪礼·觐礼》："至于郊，王使人皮弁用璧劳。"这有可能是诸侯国之劳礼。《周礼·秋官·小行人》："小行人掌邦国宾客之礼籍，以待四方之使者。凡诸侯入王，则逆劳于畿。及郊劳、视馆、将币，为承而摈。凡四方之使者，大客则摈，小客则受其币而听其辞。"这是周天子之劳礼。劳礼是有等级的。《周礼·秋官·大行人》："上公三劳，侯伯再劳，子男一劳。"《国语·周语中》："周之《秩官》有之曰：'敌国宾至，关尹以告，行理以节逆之，候人为导，卿出郊劳。'"派遣卿以行郊劳礼，可见劳礼在当时被重视的程度。《周礼》中，宫人、祭仆、司弓矢、大行人、小行人、诸子、行夫、司仪等职均有与劳礼有关的事务。

《左传》昭公二年："叔弓聘于晋，报宣子也。晋侯使郊劳。"《左传》僖公三十三年："齐国庄子来聘，自郊劳至于赠贿，礼成而加之以敏。"杜预注："迎来曰郊劳，送去曰赠贿。"《上海博物馆藏楚竹书·吴命》亦记有郊劳礼："孤使一介使亲于郊，逆劳其大夫，且请其行。"这都证明了文献所载郊劳礼的真实性。

古代的郊劳礼不仅见于聘礼和觐礼，军礼中亦有郊劳礼。清刘锦藻《清续文献通考》："凡凯旋乐有二：一曰铙歌，设于郊劳处。一曰凯歌，郊劳礼成，圣驾还宫于马上。"谢小华撰文说："在北京房山区良乡镇大南关村，现有一座八方亭，亭内立有一块乾隆皇帝御制碑。这里就是清代一处郊劳台的遗址。乾隆皇帝曾分别于乾隆二十五年（1760 年）和四十一年在此犒赏出征将士凯旋，庆贺征战的胜利。……乾隆皇帝就此次郊劳礼有诗曰：'京县郊南亲劳军，圜坛陈犩谢成勋。出师本意聊尝试，奏凯今朝备礼文。释甲韬戈罢征伐，论功行赏策忠勋。膝前抱见询经历，一瞬五年戚以欣。同心万里那睽违？毕竟欢言赋采薇。勇将归来兼福将，黻衣著得解戎衣。漫称偃武修文日，恐如嬉文恬武机。饮至宁夸畅和乐？持盈益励慎几微。'"①

当然，古代的劳礼并非只有郊劳。也有国君亲自慰劳来使，即不行于郊。《仪礼·聘礼》：

> 公曰："然，而不善乎？"授上介币，再拜稽首。公答再拜。私币不
> 告。君劳之。再拜稽首。君答再拜。若有献，则曰："某君之赐也。君
> 其以赐乎？"上介徒以公赐告，如上宾之礼。君劳之。再拜稽首。君答
> 拜。劳上介亦如之。

郑玄注："善其能使于四方。而，犹女也。劳之以道路勤苦。"《仪礼·觐礼》："自屏南适门西，遂入门左。北面立，王劳之。"郊劳礼都是天子或国君派遣卿、大行人或小行人为之。此国君所行之劳礼无疑不在郊，而行于国都内宗庙之类的场所。清凌廷堪《礼经释例》："凡聘、觐礼毕，主人皆亲劳宾。"

《周礼》："大宗伯……以宾礼亲邦国，……以军礼同邦国，……以嘉礼亲万民。"而劳礼贯穿于这些大礼之中，可知劳礼在当时的重要性。劳礼在西周、春秋时期是一以贯之的，故《左传》屡记有劳礼，如昭公元年："叔孙归，曾夭御季孙以劳之。"

好几首与"劳"有关的诗出现在《小雅》正诗中，说明劳礼在周代是源远流长的。《毛诗》之《序》《传》《笺》把正《小雅》诗篇一律归之于周文王，既是渊源有自的，亦是有礼乐文化背景的，不可轻易否定。另外，《诗序》不曰"劳"，而曰"遣"、曰"勤"者，其实亦属于劳礼。

《四牡》：

> 四牡骓骓，周道倭迟。岂不怀归？王事靡盬，我心伤悲。

---

① 谢小华：《迎接和慰劳凯旋将士的场所——郊劳台》，《北京档案》2007 年第 10 期。

四牡骓骓，啴啴骆马，岂不怀归？王事靡盬，不遑启处。

翩翩者鵻，载飞载下，集于苞栩。王事靡盬，不遑将父。

翩翩者鵻，载飞载止，集于苞杞。王事靡盬，不遑将母。

驾彼四骆，载骤骎骎。岂不怀归？是用作歌，将母来谂。

《诗序》："《四牡》，劳使臣之来也。有功而见知，则说矣。"《郑笺》："文王为西伯之时，三分天下有其二，以服事殷。使臣以王事往来于其职，于其来也，陈其功苦以歌乐之。"孔颖达《毛诗正义》："文王为西伯之时，令其臣以王事出使于其所职之国，事毕来归，而王劳来之也。言凡臣之出使，唯恐其君不知己功耳。今臣使反，有功，而为王所见知，则其臣忻悦矣。故文王所述其功苦以劳之，而悦其心焉。此经五章皆劳辞也。"

《诗序》释诗，往往前后照应，互文见义，相互补足。《四牡·序》"有功而见知，则说矣"，为以下几首咏劳礼诗之总义。故《毛诗正义》曰："其'有功见知，则悦矣'，总述劳意。"

《四牡》为《小雅》第二篇，紧承《鹿鸣》之后，且《四牡》之后即是同为咏劳礼之诗《皇皇者华》，可见劳礼在其时的重要性。

此诗与下列几首与劳礼有关的诗，为何不是使臣、征夫的自我之辞，而是诗人咏劳礼的语辞？这个问题困惑着古今众多《诗经》研究和爱好者。笔者以为：

第一，正《小雅》诗篇都是礼仪用诗，都是为咏礼而作，那么这几首与劳礼有关的诗篇也不会例外。

第二，《四牡》曰："王事靡盬，我心伤悲。""王事靡盬，不遑启处。"《杕杜》曰："王事靡盬，我心伤悲。""王事靡盬，忧我父母。"《采薇》曰："王事靡盬，不遑启处。"《出车》曰："王事多难，不遑启居。"又，《采薇》曰："昔我往矣，杨柳依依。今我来思，雨雪霏霏。"《出车》曰："昔我往矣，黍稷方华。今我来思，雨雪载涂。"据《诗序》，《四牡》《杕杜》《采薇》《出车》分别是劳使臣、劳还役、遣戍役、劳还率之诗，如果这些诗篇是使臣、征夫、将帅的自我之辞，那么这些不同身份之人的言辞为何如此相似呢？如果理解为礼仪用诗，咏礼而作，则没有这样的疑问和困惑——因为这些诗篇都是相同的诗人根据相同、相似的礼仪和相同、相似的"合语"礼仪之辞而创作的，故而诗的言辞固然会相同、相似。

第三，春秋时期距离这些诗篇创作的的时间最近。《左传》襄公四年："《四牡》，君所以劳使臣也，敢不重拜？"《国语·鲁语下》："《四牡》，君之所以章使臣之勤也，敢不拜章？"又唐孔颖达《毛诗正义·卷耳》："事莫劳于兵役，故举其尤苦而言之。《四牡》之篇是其事也。"清吴闿生《诗义会通》引唐代《六帖》曰："《四牡》《采薇》《出车》《杕杜》，皆君上之言也，而反托为其人之言，具道其明发之怀，怵离之恨，往来之众，思望之勤，臣下之隐衷伏虑毕达于前，真足使人截肛碎首而不悔。文章之用，乃能动天地、感鬼神者，凡以此也。"

清马其昶《诗毛氏学》引朱氏曰："翩翩者雏，犹或飞或下，而集于所安之处。今使人乃劳苦于外，而不遑养其父，此君人者所以不能自安，而深以为忧也。"引范氏曰："忠臣孝子之行役，未尝不念其亲。君之使臣岂待其劳苦而自伤哉？亦忧其忧如己而已矣。此圣人所以感人心也。"引范祖禹曰："卒章再言母，本其恩所起，以教爱也。爱母，则敬父矣；敬父，则尊君矣。未有爱亲而不爱其君者也。"引程子曰："《四牡》之义，悯使臣之勤劳，故云：'有功而见知则说矣。'上不知下之劳，则下不自尽其力，故《四牡》之义废，则君臣缺矣。"

吕祖谦《丽泽论说集录》："《四牡》《鸨羽》二诗，诗语大率相似，然所以有'说'与'怨'之异者，无他焉，其'说'，以上知其勤，故说耳；其'怨'，以下自言其劳，故怨耳。"蒋悌生《五经蠡测》："自言其愁苦则怨，上之人慰劳而代之言则悦。"夏良胜《中庸衍义》："臣劳于事而不自言，君探其情而代之言，上下之间可谓各尽其道矣。"湛若水《格物通》："臣尽其臣之心，则事君以忠矣；君尽其君之心，则使臣以礼矣。君臣上下各尽其道，此周之盛时所以臣无旷职，君无少恩，庶绩咸熙，有自来矣。"陈仅《群经质》："《皇华》遣使出，则勉以公义；《四牡》劳使归，则伸其私情。文王之《采薇》《杕杜》，周公之《破斧》《东山》，皆同此意。"明朱善《诗解颐》："为人臣者将欲致其力于私养欤？则当官而行，国事固不可以不恤；将欲致其力于王事欤？则子职之不共，又何以为孝哉？此王者之劳使臣，所以必探其情而代之言；为人臣者闻之，亦必有以自慰，而益不懈于用力矣。"清姜文灿、吴荃《诗经正解》："君之使臣，固欲其忠也，然求忠臣于孝子之门。是以先王责人以忠，而必先责之以孝。其劝孝者，正以劝忠也。《记》曰：'孝以事君。'又曰：'事君不忠，非孝也。'正此谓夫！"清傅恒《诗义折中》云："夫使臣奉命驰驱，不敢顾父母者，事上之义也，所以尽忠也；而人君念其勤劳，忧其不能将父母者，恤下之恩也，所以教孝也。劳于王事虽不顾养，而勇战敬官，不辱其亲，则尽忠乃所以全孝也。故《四牡》之义行，则君臣之道两得之矣。"

从古人对《四牡》诗义的阐释，我们可知《小雅·六月·序》所言"《四牡》废则君臣缺矣"的深义。

古人大都认为《四牡》是君劳使臣之辞。难道春秋时期人及古人的说法全都错了，全都误解了，只有今人的解释是正确的？这种可能性有多大？

第四,周文王时期的史实和历史资料,今人只知其大致情形和一些重要事件,而无法知其详情和历史、文化的细节,而西周时期的人应该是详知的。这些据"合语"礼仪之辞而创作的诗,都是西周时期的诗,不会迟至东周时期。安知文王时遣、劳使臣不是如此? 今日之军队、将帅出征,往往不也是高唱战歌以"劳"之吗?

《左传》襄公四年:"文王帅殷之叛国以事纣,使命频烦,趄公奉职。"《逸周书·程典》:"文王合六州之侯奉勤于商。"《论语·泰伯》:"三分天下有其二,以服事殷。"《后汉书·西羌传》:"文王率西戎,征殷之叛国以事纣。"可知《序》《传》《笺》《疏》阐释《四牡》的古义并不虚妄。

这些"合乐"仪式的语说之辞,本就是言说文王之道的,故据其辞而创作的诗亦是言说文王之道的,毫不为奇,毫不为怪,完全顺理成章。只是这些诗篇本身不是创作于文王之世,它们是西周制礼作乐的产物。《毛传》于《四牡》首章云:"文王率诸侯抚叛国而朝聘乎纣,故周公作乐,以歌文王之道为后世法。"此是《毛传》释诗前后照应、关联之一例,此语绝非单释《四牡》。故陈奂《诗毛氏传疏》曰:"(《毛传》)此言为一部诸文王诗之总义矣。"明郝敬《毛诗原解·四牡》亦曰:"凡《风》《雅》歌文王之事,非即作于文王之世。周道大行而后礼乐兴,是成王、周公之世矣,故称'王事'、称'天子',文、武同焉。"除了诗篇作时的错误之外,古人对这些诗篇的礼仪阐释是正确无误的。

《四牡》末章曰:"岂不怀归? 是用作歌,将母来谂。"《毛诗正义》:"此实意所欲言,君劳而述之,后遂为歌。凡诗述序人言以为歌,诗本其言皆曰歌。下云'歌《采薇》以遣之',此《序·笺》云'陈其功苦以歌乐之',皆当时直言,非歌也。后为诗人歌,故云歌耳。"孔颖达此言,即是指"合语"而言——先有直言,然后才有歌、有诗。这是对《诗经》"正诗"创作普遍规律和实际情况的概括。

《皇皇者华》:

> 皇皇者华,于彼原隰。駪駪征夫,每怀靡及。
> 我马维驹,六辔如濡。载驰载驱,周爰咨诹。
> 我马维骐,六辔如丝。载驰载驱,周爰咨谋。
> 我马维骆,六辔沃若。载驰载驱,周爰咨度。
> 我马维骃,六辔既均。载驰载驱,周爰咨询。

《诗序》:"《皇皇者华》,君遣使臣也。送之以礼乐,言远而有光华也。"《毛传》:"言臣出使,能扬君之美,延其誉于四方,则为不辱命也。""遣",亦"劳"之意。《皇皇者华》是劳使臣出使,故曰"遣";《四牡》为劳使臣之归,故曰"劳"。

孔颖达《毛诗正义》:"君遣使臣之时,送之以礼乐,教以若将不及,驱驰而行于忠信之人,咨访于五善。言臣出使,当扬君之美,使远而有光华焉。文王之臣非不能奉命有光华,但此圣君之诗,垂示典法,君能戒遣使臣,所以臣无辱命。"孔颖达所言"垂示典法"一语极是,亦是对《诗经》所有"正诗"创作规律和特征的概括。清马其昶《诗毛氏学》:"遣使臣而重之以礼乐者,以其能宣道化于天下也。"

此诗中的"征夫",即是指使臣而言,非指被征发之人。《毛诗正义》:"此实使臣,谓之行夫者,犹《春秋》以使者为行人也。君遣使,一人而已,而云众行夫者,使与上介、众介总戒敕之,非一,故言众也。案:《聘礼》谓使者受命于君,唯上介立于其左接闻命,众介则不与。此得总敕之者,彼受命者所聘之意或国之密事,唯使与上介受之,故众介不与闻命。至君遣使臣,临涂戒敕,虽众介亦在也。"

《皇皇者华》二章《毛诗正义》曰:"此文王教使臣曰……"《国语·鲁语下》叔孙穆子曰:"《皇皇者华》,君教使臣曰:'每怀靡及。'谋谋度询,必咨于周,敢不拜教? 臣闻之曰:'怀和为每怀。'"《左传》襄公四年:"《皇皇者华》,君教使臣曰:'必咨于周。'臣闻之,访问于善为咨。"这说明,春秋时期人是把《皇皇者华》理解为君教使臣之辞,而不是今人理解的征夫自我之辞。

《皇皇者华》与《四牡》一样,均是据周代"合语"礼仪中语说之辞而创作。语说以"文王之道"为宗旨,故语说之辞及诗篇总不离文王。但语说仪式和诗篇的创作均在西周中后期制礼作乐之时。明郝敬《毛诗原解·皇皇者华》:"使臣受命不同,总之宣上德、达下情耳。人主深居清穆,四方艰难疾苦无由周知,故使臣以周谘为先务。燕以遣之,所谓送以礼也;歌以乐之,所谓送以乐也。'远而有光华',是《皇华》所取义也。"

《周南·卷耳》:"我姑酌彼金罍,维以不永怀。"《郑笺》:"我,我君也。臣出使,功成而反,君且当设飨燕之礼,与之饮酒以劳之。"孔颖达《毛诗正义》:"乡饮酒,大夫之飨礼亦有旅酬、无算爵,则飨末亦有旅酬。"有旅酬,就有"合语",因为"古者于旅也语"。所以《小雅》中咏劳礼之诗,一如其他"正诗"一样,均应是据"合语"之辞而作。

《鹿鸣·序》:"既饮食之,又实币帛筐篚,以将其厚意,然后忠臣嘉宾得尽其心矣。"《四牡·笺》:"无私恩,非孝子也;无公义,非忠臣也。君子不以私害公,不以家事辞王事。"《皇皇者华·传》:"忠臣奉使,能光君命,无远无近,如华不以高下易其色。"显然,这些诗是偏重于歌"文王之道"中的上下、君臣之义。陈奂《诗毛氏传疏·皇皇者华》曰："臣之功,本君之教也。"此语看似宣扬封建教义,实则当时确实如此——即使现在也是如此。

《采薇》:

> 采薇采薇,薇亦作止。曰归曰归,岁亦莫止。靡室靡家,猃狁之故。不遑启居,猃狁之故。
>
> 采薇采薇,薇亦柔止。曰归曰归,心亦忧止。忧心烈烈,载饥载渴。我戍未定,靡使归聘。
>
> 采薇采薇,薇亦刚止。曰归曰归,岁亦阳止。王事靡盬,不遑启处。忧心孔疚,我行不来。
>
> 彼尔维何?维常之华。彼路斯何?君子之车。戎车既驾,四牡业业。岂敢定居,一月三捷。
>
> 驾彼四牡,四牡骙骙。君子所依,小人所腓。四牡翼翼,象弭鱼服。岂不日戒?猃狁孔棘。
>
> 昔我往矣,杨柳依依。今我来思,雨雪霏霏。行道迟迟,载渴载饥。我心伤悲,莫知我哀!

《出车》:

> 我出我车,于彼牧矣。自天子所,谓我来矣。召彼仆夫,谓之载矣!王事多难,维其棘矣!
>
> 我出我车,于彼郊矣。设此旐矣,建彼旄矣。彼旟旐斯,胡不旆旆?忧心悄悄,仆夫况瘁。
>
> 王命南仲,往城于方。出车彭彭,旗旐央央。天子命我,城彼朔方。赫赫南仲,猃狁于襄。
>
> 昔我往矣,黍稷方华。今我来思,雨雪载涂。王事多难,不遑启居。岂不怀归?畏此简书。
>
> 喓喓草虫,趯趯阜螽。未见君子,忧心忡忡。既见君子,我心则降。赫赫南仲,薄伐西戎。
>
> 春日迟迟,卉木萋萋。仓庚喈喈,采蘩祁祁。执讯获丑,薄言还归。赫赫南仲,猃狁于夷。

《杕杜》：

　　有杕之杜，有睆其实。王事靡盬，继嗣我日。日月阳止，女心伤止，
征夫遑止。

　　有杕之杜，其叶萋萋。王事靡盬，我心伤悲。卉木萋止，女心悲止，
征夫归止。

　　陟彼北山，言采其杞。王事靡盬，忧我父母。檀车幝幝，四牡痯痯，
征夫不远。

　　匪载匪来，忧心孔疚。期逝不至，而多为恤。卜筮偕止，会言近止，
征夫迩止。

　　《诗序》："《采薇》，遣戍役也。文王之时，西有昆夷之患，北有玁狁之难。以
天子之命命将率，遣戍役，以守卫中国。故歌《采薇》以遣之，《出车》以劳还，《杕
杜》以勤归也。""《出车》，劳还率也。""《杕杜》，劳还役也。"《郑笺》："文王为西伯，
服事殷之时也。昆夷，西戎也。天子，殷王也。戍，守也。西伯以殷王之命命其
属为将率，将戍役御西戎及北狄之难，歌《采薇》以遣之。《杕杜》勤归者，以其勤
劳之故，于其归，歌《杕杜》以休息之。"《毛诗正义》："文王以天子殷王之命，命其
属为将率，遣屯戍之役人北攘玁狁，西伐西戎，以防守扞卫中国，故歌此《采薇》以
遣之。及其还也，歌《出车》以劳将帅之还，歌《杕杜》以勤戍役之归。"

　　"《皇皇者华》，君遣使臣也"，"遣使臣"与"遣戍役"有相同之处，一是对使臣
的安慰和诫勉，一是对戍卫将士的安慰和诫勉，故它们应该同属于劳礼。《出车》
《杕杜》之《序》直言"劳"，无疑属劳礼。这三首诗的创作性质，与上文所论《四牡》
《皇皇者华》一样，诗是据"合语"之辞而作，诗辞所言虽不离文王事，与文王有关，
但诗之作在西周时期，是西周中后期制礼作乐的产物。孔颖达《毛诗正义》曰：
"言'歌《采薇》以遣之'者，正谓述其所遣之辞以作诗。后人歌，因谓本所遣之辞
为歌也。勤、劳一也。劳者，陈其功劳；勤者，陈其勤苦，但变文耳。还与归，一
也。还谓自役而反，归据乡家之辞。"《出车》是"劳还率"的，将帅出师归来后未必
归家，故曰"《出车》以劳还"；《杕杜》是"劳还役"的，戍卒出师归来后大多归家，故
曰"《杕杜》以勤归"。由此可见《诗序》用语之精确。

　　对于后人来说，因不了解《诗经》"正诗"的"乐语""合语"性质，而感觉文王说
有点虚幻不实。孔颖达《毛诗正义》曰：

皇甫谧《帝王世纪》曰："文王受命,四年周正月丙子朔,昆夷氏侵周,一日三至周之东门。文王闭门修德而不与战。"昆夷进来,不与战,明退即伐之也。《尚书传》:"四年伐犬夷。"注云:"犬夷,昆夷也。四年伐之,南仲一行,并平二寇。"下《笺》云:"猃狁大,故以为始、以为终。"以《书传》不言四年伐猃狁,而言伐犬夷,作者之意偶言耳。《书序》云:"殷始咎周。"注云:"纣闻文王断虞芮之讼,又三伐皆胜,始畏恶之,拘于羑里。"纣命之使伐,胜而恶之者,纣以戎狄交侵,须加防御,文王请伐,便即命之。但往克敌,功德益高,人望将移,故畏恶之耳。

《周颂·维清·郑笺》曰:"文王受命,七年五伐也。"此即《尚书大传》所云:"文王受命,一年断虞芮之质,二年伐邘,三年伐密须,四年伐犬夷,五年伐耆,六年伐崇,七年而崩。"由此可见文王说不虚。《毛诗正义·采薇》又曰:

古者师出不逾时,今从仲春涉冬,若不豫告,恐一时望还,故丁宁归期,定其心也。既师出不逾时,而文王过者,圣人观敌强弱,临事制宜,抚巡以道,虽久不困。高宗之伐鬼方,周公之征四国,皆三年乃归。文王之于此行,岁暮始反,人无怨言,故载以为法。

《采薇》末章曰:"昔我往矣,杨柳依依。今我来思,雨雪霏霏。"然而《出车》末章曰:"春日迟迟,卉木萋萋。执讯获丑,薄言还归。"既然同为一时之事,为何一曰冬归,一曰春归呢?因为《采薇》是"遣戍役"之辞,遣者,劳也,安慰、勉励之,并非实言其归期。故《毛诗正义·采薇》曰:"序其中情告之,是故使之怀恩而怨寇也。"而《出车》是"劳还率"之辞,劳还时,已明知归期,故实言之。

我们可以通过比较《采薇》和《出车》两诗内容的不同,看出"遣戍役"和"劳还率"的不同。《采薇》从头至尾纯是抒情,没有描写任何具体的事件:既抒其征戍之苦,亦抒其御寇立功的豪情,又设想其归来之期。这些描写即《毛诗正义》所言:"序其忧劳,亦知其意也。""猃狁之难甚急,豫述其苦以劝之。""重序其往反之时,极言其苦以说之。""述其劳苦,言己知其情,所以悦之,使民忘其劳也。"亦即《毛传》所言:"君子能尽人之情,故人忘其死。"《采薇》是"遣戍役"之辞,遣之时,只能预见和设想,所以诗中没有具体事件的描写。而《出车》是"劳还率"之辞,劳之时,事情都已发生,故诗中对事件的叙述描写较为具体。如:"我出我车,于彼牧矣。自天子所,谓我来矣。召彼仆夫,谓之载矣。""天子命我,城彼朔方。赫赫南仲，狁于襄。"由此可见，《诗序》以"遣戍役"和"劳还率"阐释这两首诗，实为正解。

《出车·郑笺》："遣将率及戍役，同歌同时，欲其同心也。反而劳之，异歌异日，殊尊卑也。《礼记》曰：'赐君子、小人不同日。'此其义也。"《采薇》即君子与戍卒同言，如："驾彼四牡，四牡骙骙。君子所依，小人所腓。"这正印证了"遣将率及戍役，同歌同时，欲其同心也"。而《出车》从头至尾皆是以将帅口吻抒写，如诗开头即曰："我出我车，于彼牧矣。自天子所，谓我来矣。召彼仆夫，谓之载矣。"《杕杜》从头至尾皆是以征夫口吻抒写，如："王事靡盬，继嗣我日。日月阳止，女心伤止，征夫遑止。"这正印证了"反而劳之，异歌异日，殊尊卑也"。由此可见古说不误。

《出车》五章曰："赫赫南仲，薄伐西戎。"六章："赫赫南仲，狁于夷。"则此诗定非诗中将帅南仲自我之辞。但《出车》首章曰："我出我车，于彼牧矣。自天子所，谓我来矣。"诗中的将帅就是南仲，但诗中始则将帅南仲自我之辞，末则诗人第三人称口吻，为何前后不一致呢？唯一的情况只有一种：诗的前文是述以往之成辞，至篇末才转为诗人口吻。就《出车》来说，述以往之成辞，即是在"合语"仪式中语说文王之辞。故《出车》之《郑笺》和《孔疏》在阐释语中总不离文王，就是这个缘故。也就是说，《出车》等《小雅》"正诗"其实是据"合语"中的成辞而作。与正《大雅》诗篇一样，这些仪式中乐语成辞，其初大多数本就是不离文王的。

周代的礼乐并不全部创作、完备于西周初期，西周初期的周公、成王只是创其始，以后从西周初期至中期会有所发展、增补、完善。完备而复杂的周礼不是一蹴而就的。周代的"乐语""合语"之礼绝非西周初期即有。据史学家考证，西周昭王、穆王时期才是西周的极盛时期。与之相应，西周的礼乐文化亦是至昭、穆时期才臻于成熟、完善的。"从礼器制度来看，真正的'周礼'大概是从穆王时代才开始的。"[①]唐兰说：

《国语》六记管仲对齐桓公说："昔吾先王昭王、穆王世法文、武，远绩以成名。"对西周奴隶制王朝的这两个王是很恭维的，这显然代表周朝一些统治者的想法。昭、穆两代应该是西周文化最发达的时代，拿封建社会来比较，昭穆时代是相当于汉代的汉武帝、唐代的唐明皇和清代的乾隆，都是由极盛到衰落的转变时期。后代史学家都以为"周监于二代，郁郁乎文哉"都是周公搞的。其实周公摄政只有七年。东征、作雒，

---

① 郭宝均遗著：《商周青铜器群综合研究》，邹衡、徐自强整理，文物出版社，1981年。

一些大事还忙不过来。就算摄政五年开始制礼作乐，两三年里面能搞多少东西？就算搞了一些，以后的康、昭、穆能够永远照搬，没有一些发展吗？《吕刑》作于穆王时代就是一个明显的例子。正由于孔子自命为继承周公，就把康、昭、穆几乎都抹杀了。从青铜器铭刻来看，成王时代铜器很多，但既没有大器，也没有长篇铭文。像大、小《盂鼎》那样几百斤的重器，几百字的长铭，是康王末年才开始的。[①]

陈成国也说："各种各样的礼不是同时产生的。任何礼制都不是一产生就有了完备的形式。说礼的起源，不应该武断为凡礼皆起于某时，而应该注意到各种礼不是同时产生的。"[②]

3. 觐见礼语辞

《周礼·春官·大宗伯》："以宾礼亲邦国：春见曰朝，夏见曰宗，秋见曰觐，冬见曰遇，时见曰会，殷见曰同。"《周礼·秋官·大行人》："春朝诸侯而图天下之事，秋觐以比邦国之功。"礼书中所记的各种礼仪，应是一种理想的礼仪，实际应用中的差别可能并不那么严格，所以本书把《诗经·小雅》中所记录的诸侯朝觐天子之礼统称为觐见礼。朝觐礼也是当时周天子巩固统治的一种手段和制度，故《礼记·乐记》："朝觐，然后诸侯知所从臣。"《礼记·祭义》："朝觐，所以教诸侯之臣也。"

《蓼萧》：

> 蓼彼萧斯，零露湑兮。既见君子，我心写兮。燕笑语兮，是以有誉处兮。
> 蓼彼萧斯，零露瀼瀼。既见君子，为龙为光。其德不爽，寿考不忘。
> 蓼彼萧斯，零露泥泥。既见君子，孔燕岂弟。宜兄宜弟，令德寿岂。
> 蓼彼萧斯，零露浓浓。既见君子，鞗革忡忡。和鸾雍雍，万福攸同。

此诗中的"君子"受到"万福攸同"的歌颂，又有"鞗革""和鸾"之车饰，可知"君子"必为周天子，而"既见君子"的"我"则是分封的诸侯国君。特别值得注意的是，"燕笑语兮"一句透露出这样的信息：诗的创作背景有"燕"，有"语"，这与

---

① 《唐兰先生金文论集》，紫金城出版社，1995年。
② 陈成国：《先秦礼制研究》，湖南教育出版社，1991年。

周代"古者于旅也语"的文化背景十分相合。这告诉我们：《蓼萧》的创作是有"本"可依的。诗人作诗所依凭的"本"，即是周代觐见礼中的"合语"礼仪之辞。

"既见君子，我心写兮。燕笑语兮，是以有誉处兮。""既见君子，为龙为光。其德不爽，寿考不忘。"我们完全可以顺理成章地推测，这就是当时觐见礼仪中觐见者诸侯臣的语辞，即旅酬时的"合语"之辞。诗人的创作既有"本"可依，又有所模仿、发挥。有"本"可依，说明诗篇不是纯粹的创作；有所模仿、发挥，说明诗中有诗人创作的因素。这种"半创作"的状态，正是中国早期诗歌创作的真实情况。也正是这种"半创作"的状态，使诗的创作真相如同迷雾，不易明了。

《菁菁者莪》：

> 菁菁者莪，在彼中阿。既见君子，乐且有仪。
> 菁菁者莪，在彼中沚。既见君子，我心则喜。
> 菁菁者莪，在彼中陵。既见君子，锡我百朋。
> 汎汎杨舟，载沉载浮。既见君子，我心则休。

《序》："《菁菁者莪》，乐育材也。君子能长育人材，则天下喜乐之矣。"若从诗中"既见君子，乐且有仪""既见君子，我心则喜"来看，以此诗为乐育材之诗亦未为不可；但此诗"我"见君子后，君子还"锡（赐）我百朋"，这样一来，此诗就不仅仅是乐育材了。且此诗末章之兴"汎汎杨舟，载沉载浮"，与前三章之兴亦不类，很可能是末章暗中点题之句。《荀子·哀公篇》记孔子曰："且丘闻之：君者，舟也；庶人者，水也。水则载舟，水则覆舟。"此言可能即《菁菁者莪》末章"汎汎杨舟，载沉载浮"之意。则此诗所咏应为诸侯见天子之事。《左传》文公三年："公如晋，晋侯飨公，赋《菁菁者莪》。庄叔以公降拜曰：'小国受命于大国，敢不慎仪？君贶之以大礼，何乐如之！抑小国之乐，大国之惠也。'"《菁菁者莪》与其前之《蓼萧》《湛露》《彤弓》篇次相连，前三篇均咏诸侯与天子之事，此篇之事自应与之相属。

周天子的宗亲诸侯见天子，必定有"燕"，"燕"必定有"语"。诗中为何似乎看不到"语"呢？因为诗人的创作艺术水平掩盖、隐藏了"语"的痕迹。而且诗人对礼仪的歌咏，不是从周天子的角度立言，而是从诸侯的角度立言；不是代天子立言，而是代诸侯立言。这说明，正《小雅》的创作时间不会在西周初期，而只能在西周中后期。

总之，《蓼萧》《菁菁者莪》二诗是据西周觐见礼仪的"合语"之辞而创作。

4. 燕礼语辞

《南有嘉鱼》：

> 南有嘉鱼,烝然罩罩。君子有酒,嘉宾式燕以乐。
> 南有嘉鱼,烝然汕汕。君子有酒,嘉宾式燕以衎。
> 南有樛木,甘瓠累之。君子有酒,嘉宾式燕绥之。
> 翩翩者鵻,烝然来思。君子有酒,嘉宾式燕又思。

"嘉宾式燕绥之",《笺》:"绥,安也。"《仪礼·燕礼》:

> 司正洗角觯,南面坐奠于中庭,升,东楹之东受命,西阶上北面命卿
> 大夫:"君曰'以我安'。"卿大夫皆对曰:"诺。敢不安!"
> 司正升受命,皆命:"君曰'无不醉'。"宾及卿大夫皆兴,对曰:"诺。
> 敢不醉!"皆反坐。

郑玄注:"君意殷勤,欲留宾饮酒。命卿大夫以我故安,或亦其实不主意于宾。"由此可见《南有嘉鱼》一诗必与礼仪有密切的联系,这一礼仪即应是"燕礼"。诗中言辞即是诗人据"燕礼"中"合语"之成辞而作。

《湛露》：

> 湛湛露斯,匪阳不晞。厌厌夜饮,不醉无归。
> 湛湛露斯,在彼丰草。厌厌夜饮,在宗载考。
> 湛湛露斯,在彼杞棘。显允君子,莫不令德。
> 其桐其椅,其实离离。岂弟君子,莫不令仪。

此诗曰:"厌厌夜饮,不醉无归。"《仪礼·燕礼》:

> 司正升受命,皆命:"君曰'无不醉'。"宾及卿大夫皆兴,对曰:"诺。
> 敢不醉!"皆反坐。

郑玄注:"'皆命'者,命宾,命卿大夫也。"对照诗篇,我们认为《湛露》亦是为燕礼而作。诗曰"厌厌夜饮",《毛传》:"厌厌,安也。"胡承珙《毛诗后笺》:

此"厌厌夜饮"训"安"者,即《仪礼·燕礼》"君曰'以我安'"。下文"不醉无归",即《燕礼》"君曰'无不醉'",宾及卿大夫皆曰"诺,敢不醉"也。

据此可知,诗人亦是用其时燕礼仪式中的"合语"成辞而作诗,与《南有嘉鱼》同。《毛传》训"厌厌"为"安",《郑笺》释"绥"为"安",可能皆是以礼为训。《左传》文公四年:"卫宁武子来聘。公与之宴,为赋《湛露》。不拜。又不答赋。使行人私焉。对曰:'臣以为肄业及之也。昔诸侯朝于王,王宴乐之,于是乎为赋《湛露》。则天子当阳,诸侯用命也。诸侯敌王所忾而献其功,王于是赐之彤弓一,彤矢百,以觉报宴。今陪臣来继旧好,君辱贶之,其敢干大礼以自取戾?'"鲁文公为客人歌奏《湛露》当然是用诗,但宁武子之答语却涉及此诗的创作背景,即周天子为诸侯之朝而于宴时赋《湛露》。宁武子言"昔诸侯朝于王"云云,当然是指西周时期之事。宁武子明言《湛露》是因天子宴乐诸侯而赋,则《湛露》必是因燕礼而创作。

《左传》文四年宁武子语不仅言及《湛露》,亦言及天子赐诸侯彤弓之事,此即《小雅·彤弓》篇之所咏:

> 彤弓弨兮,受言藏之。我有嘉宾,中心贶之。钟鼓既设,一朝飨之。
> 彤弓弨兮,受言载之。我有嘉宾,中心喜之。钟鼓既设,一朝右之。
> 彤弓弨兮,受言櫜之。我有嘉宾,中心好之。钟鼓既设,一朝酬之。

《序》:"《彤弓》,天子锡有功诸侯也。"从诗中"彤弓弨兮,受言藏之"诸语看,《序》说固有据;但诗又曰"钟鼓既设,一朝飨之"云云,可知此诗所咏之赐应是燕后之赐,即此诗所咏亦与燕礼有关。孙诒让《籀顾述林》:"首章'飨之',即献。次章'右之',即酢。合之三章云'酬之',正是献、酢、酬之礼。"周代燕礼中"献""酢""酬"程序的完成,称为"一献"之礼。这充分证明了此诗创作的礼仪背景。

但此诗的礼仪背景却并非一般的燕礼,而是周代比燕礼等级高的飨礼。此诗中已明言"一朝飨之",故其所咏属飨礼可确定无疑。不过飨礼与燕礼相近,它可以视为一种高级的燕礼,两者的礼节有相同亦有相异的因素。飨礼在后代失传,故《仪礼》不载飨礼。因其与燕礼相近,故我们仍可从燕礼的角度视之。在周代,只有周天子可行飨礼;且飨礼一般只用于周天子招待高级贵族。①《礼记·王制》孔颖达《疏》引皇侃语认为,周代飨礼用于四种情况,其一便是诸侯来朝。在正《小雅》中,《南有嘉鱼》《蓼萧》《湛露》《彤弓》《菁菁者莪》诸诗所咏礼仪背景相近,且篇次相连。从诸侯来朝,到燕饮,到赏赐,可谓一应具有,次序井然。《彤弓》为招待高级贵族之飨礼,其下篇《菁菁者莪》即曰"锡我百朋",这无疑是一种重礼。此亦可见这些诗篇在时事、礼仪背景上的关系。

据刘雨《西周金文中的"周礼"》,燕礼以尽欢而散为其特征,而飨礼则有点相反:备酒食而不用。漆子扬先生也认为:"《燕礼》是与群臣的欢会,只求尽情宴饮。"②燕礼的这一特征亦与诗所咏之内容相合。《彤弓》《菁菁者莪》所咏为飨礼,即毫不言及燕饮之事;而《湛露》曰"不醉无归",无疑是燕礼了。

《周颂》皆歌咏礼仪,正《小雅》亦皆歌咏礼仪,但《周颂》31 首诗篇歌咏的礼仪与正《小雅》诗篇歌咏的礼仪无一重合。显然,正《小雅》时代的礼仪非周初所有,它是周礼发展至隆盛时代的全新的礼仪,它是真正的乐之盛、礼之隆。从对后世的影响看,正《小雅》隆盛时代的周礼,比《周颂》中的周礼对后世的影响更大。因为《周颂》时代的周礼都是周代礼仪的大纲大法,它不仅只适用于周天子,大多亦只能适用于周初那个时代,且极为简朴。故《周颂》所载录的周礼只与《尚书》西周初的部分文献有所对应和印证,而与三《礼》经文只有少许蛛丝马迹的印证。而正《小雅》所载录的周礼,在三《礼》经文及春秋时期的文献如《左传》《国语》、诸子散文中,都有大量的印证,说明西周中期繁盛时代的礼仪比周初的礼仪对后世影响更大。

5. 下报上语辞

《天保》:

> 天保定尔,亦孔之固。俾尔单厚,何福不除。俾尔多益,以莫不庶。
> 天保定尔,俾尔戬穀。罄无不宜,受天百禄。降尔遐福,维日不足。
> 天保定尔,以莫不兴。如山如阜,如冈如陵。如川之方至,以莫不增。
> 吉蠲为饎,是用孝享。禴祠烝尝,于公先王。君曰卜尔,万寿无疆。
> 神之吊矣,诒尔多福。民之质矣,日用饮食。群黎百姓,遍为尔德。

---

① 参考刘雨《西周金文中的"周礼"》、杨宽《西周史》等。
② 漆子扬:《从〈仪礼〉乐制的变通看周代乐礼的文化属性》,《中国文化研究》2008 年春之卷。

如月之恒,如日之升。如南山之寿,不骞不崩。如松柏之茂,无不
尔或承。

《序》:"《天保》,下报上也。君能下下以成其政,臣能归美以报其上焉。"《天
保》一诗是下报上之辞,即西周礼仪中"合语"之时,臣下归美于君的颂辞,诗人是
集合这类语辞而作诗的。再证之以诗中的十个"尔"字,都是臣下面语君王之辞,
"语"的特征十分明显。诗人作诗时,必定不是"合语"当时即作,而是事后所作,
故诗中这些面语似的尔汝之辞必定是有所本的,这个蓝本必定是西周中后期礼
仪中的"合语"成辞。吴闿生《诗义会通》:"前三章言天之福君,以五'如'结之;后
三章言神之福君,以四'如'结之。"李元吉《读书呓语》:"前言天福之,中言神福
之,末乃言臣民祝之也。"

《鱼丽》:

　　　鱼丽于罶,鳣鲨。君子有酒,旨且多。
　　　鱼丽于罶,鲂鱧。君子有酒,多且旨。
　　　鱼丽于罶,鰋鲤。君子有酒,旨且有。
　　　物其多矣,维其嘉矣。
　　　物其旨矣,维其偕矣。
　　　物其有矣,维其时矣。

《序》:"《鱼丽》,美万物盛多,能备礼也。文、武以《天保》以上治内,《采薇》以
下治外。始于忧勤,终于逸乐,故美万物盛多,可以告于神明矣。"《鱼丽序》可以
和《天保序》对读,它们都是各自乐章的最后一幕,都是乐章总结性的、象征性的
尾声。如果把《鱼丽序》和《天保序》的《序》文对换,也是可以的,因为《鱼丽》也是
"下报上",《天保》也是"能备礼"。它们共同的含义和作用,是在乐章之末,以总
结性、象征性的颂美,歌咏表演文、武"始于忧勤,终于逸乐",即歌咏表演文、武治
内、治外而终得福与乐。至于诗的创作方式,《鱼丽》与《天保》一样,都是诗人据
周代礼仪中的"合语"成辞而作,这类言辞都是臣下归美君上的颂辞。

《南山有台》:

　　　南山有台,北山有莱。乐只君子,邦家之基。乐只君子,万寿无期。
　　　南山有桑,北山有杨。乐只君子,邦家之光。乐只君子,万寿无疆。

南山有杞,北山有李。乐只君子,民之父母。乐只君子,德音不已。

南山有栲,北山有杻。乐只君子,遐不眉寿。乐只君子,德音是茂。

南山有枸,北山有楰。乐只君子,遐不黄耇。乐只君子,保艾尔后。

《序》:"《南山有台》,乐得贤也。得贤,则能为邦家立太平之基矣。"《笺》:"人君得贤,则其德广大坚固,如南山之有基趾。"首章《郑笺》:"山之有草木以自覆盖,成其高大,喻人君有贤臣,以自尊显。"

诗中所反复歌咏的"乐只君子",是指天子、君王呢,还是指贤才呢?愚以为,"乐只君子"指天子或君王。此诗"乐得贤"之义只是隐含在每章首二句的起兴之中。郝敬《毛诗原解》:"南山、北山,左右前后之比。"《序》曰"得贤",必指天子得贤,那么诗中反复歌咏"乐只君子",必是歌咏天子。诗人作诗是有所本的,即本之于周代礼仪中臣下报美君上的"合语"之辞。但诗人的创作亦功不可没,因为当时礼仪中的"语"应是众人的"合语",不会如此井然有序。把众人的"合语"之辞组合、排列的如此得当,是诗人之功。

十二 春秋语说传统与《二南》的创作

1. 春秋时期对西周乐语传统的继承

《二南》明显具有德政的思想,显然是春秋时期儒家德政思想文化的产物,《二南》创作于春秋时期。"正诗"的创作,在当时是依托于礼乐歌舞表演的,不是单独的纯粹的诗歌创作。切莫以为衰世不可制作礼乐,切莫以为只有西周初期才有制礼作乐,周代制礼作乐是一个过程。

春秋时期还有类似西周"乐语""合语"的语说文化传统吗?答案是肯定的。春秋时期的周代礼乐并未崩坏,而只是呈现出不同的面貌和特色。《国语·周语下》:

晋羊舌肸聘于周,发币于大夫及单靖公。靖公享之,俭而敬,宾礼赠饯视其上而从之;燕无私,送不过郊;语说《昊天有成命》。单之老送叔向,叔向告之曰:"异哉!吾闻之曰:'一姓不再兴。'今周其兴乎?其有单子也。昔史佚有言曰:'动莫若敬,居莫若俭,德莫若让,事莫若咨。'单子之贶我,礼也,皆有焉。夫宫室不崇,器无彤镂,俭也;身耸除洁,外内齐给,敬也;宴好享赐,不逾其上,让也;宾之礼事,放上而动,咨也。如是而加之以无私,重之以不肴,能避怨矣。居俭动敬,德让事咨,而能避怨,以为卿佐,其有不兴乎?

　　"且其语说《昊天有成命》,颂之盛德也。其诗曰:'昊天有成命,二后受之,成王不敢康,夙夜基命宥密。於缉熙,宣厥心,肆其靖之。'是道成王之德也。成王能明文昭,能定武烈者也。夫道成命者而称昊天,翼其上也。二后受之,让于德也。成王不敢康,敬百姓也。夙夜,恭也;基,始也。命,信也。宥,宽也。密,宁也。缉,明也。熙,广也。宣,厚也。肆,固也。靖,和也。其始也,翼上德让,而敬百姓;其中也,恭俭信宽,帅归于宁;其终也,广厚其心,以固和之。始于德让,中于信宽,终于固和,故曰成。单子俭敬让咨,以应成德。单若不兴,子孙必蕃,后世不忘。

　　"诗曰:'其类维何? 室家之壶。君子万年,永锡祚胤。'类也者,不忝前哲之谓也。壶也者,广裕民人之谓也。万年也者,令闻不忘之谓也。胤也者,子孙蕃育之谓也。单子朝夕不忘成王之德,可谓不忝前哲矣。膺保明德,以佐王室,可谓广裕民人矣。若能类善物以混厚民人者,必有章誉蕃育之祚,则单子必当之矣。单若有阙,必兹君之子孙实续之,不出于他矣。"

"语说《昊天有成命》",韦昭注:"语,宴语所及也。"《国语》韦昭注保留了今已亡佚的东汉郑众、贾逵,三国虞翻、唐固等注本的片断,是今人所见的《国语》最早注释,具有相当的权威性和可信度。所以叔向称赞单穆之老"语说《昊天有成命》",这肯定就是类似西周"乐语""合语"的语说文化传统在春秋时期的延续。由此可知,语说诗义的传统在春秋时期尚存,并未消失。

　　这一语说《昊天有成命》的记载,在引诗之后,语说的内容大致有三方面:一是对诗中词义的解释,如"夙夜,恭也"云云;二是对诗义的阐释,如"成王能明文昭"云云;三是联系现实而对诗义加以延伸、发挥,如"单子俭敬让咨"云云。可见这种语说《周颂》诗义以修身、明志的传统一直延续到春秋时期。这一记载虽是春秋时期的事,但仍可视为西周乐语之教的标本,我们可以此窥视西周时期乐语之教的大致情形。在这一记载中,语说之人联系现实而对诗义加以延伸发挥,其末曰"子孙必蕃,后世不忘",这不由得使我们联想起《文王》诗末"仪刑文王,万邦作孚"云云,这无疑也是其时语说《清庙》时联系现实而加以发挥之辞。所以《国语·周语下》的这一记载,可以视为西周乐语之教中语说诗义的影子。朱自清说:"以乐歌相语,该是初民的生活方式之一。"①

我们特别关注的是,单之老不仅语说《周颂》,还语说正《大雅》,其所引诗句即出自《大雅·既醉》。这无疑是一条很重要的资料,它告诉我们:"正诗"的创作是一步一步"说"出来的。正《大雅》是语说《周颂》的产物,而正《小雅》时代西周人的语说,可能就已经包含《周颂》和正《大雅》。到了春秋时期,不仅可以语说《周颂》和正《大雅》,而且还可能语说正《小雅》。

《国语·周语下》这一资料还有一个重要信息:春秋时期人对"德"的重视无以复加,远远胜过前代。叔向这段话中出现了 10 个"德"字,它无疑向我们展现了春秋时期的思想文化面貌。而这一典型思想文化特征,正与《周南》《召南》重"德"的思想文化特征相照应。

《国语·周语中》:"晋既克楚于鄢,使郤至告庆于周。未将事,王叔简公饮之酒,交酬好货皆厚,饮酒宴语相说也。"如果知晓周代的礼乐文化背景,即可知这里的"宴语"不是日常的宴会私语,而是礼仪"宴语"。而且"饮酒宴语相说"应该不是"相悦"的意思,而是"相互语说"。

《左传》僖公二十七年:

> 谋元帅。赵衰曰:"郤縠可。臣亟闻其言矣,说礼乐而敦《诗》《书》。《诗》《书》,义之府也。礼乐,德之则也。德义,利之本也。《夏书》曰:'赋纳以言,明试以功,车服以庸。'君其试之。"

既然"说礼乐"是紧承"臣亟闻其言矣",那么就有可能是"说(shuō)礼乐",而不是"说(yuè)礼乐"。

《左传》昭公十二年:"夏,宋华定来聘,通嗣君也。享之,为赋《蓼萧》,弗知,又不答赋。昭子曰:'必亡。宴语之不怀,宠光之不宣,令德之不知,同福之不受,将何以在?'"杜预注:"怀,思也。""宴语之不怀",显然是鲁国人讽刺宋华定不知、不懂"宴语"。春秋时期的这种"宴语",显然是西周"于旅也语"传统的继承和投射。

《国语·楚语上》申叔时论如何教导辅佐楚庄王太子时曰:"教之春秋,而为之耸善而抑恶焉,以戒劝其心;教之世,而为之昭明德而废幽昏焉,以休惧其动;教之诗,而为之导广显德,以耀明其志;教之礼,使知上下之则;教之乐,以

---

① 《朱自清说诗·诗言志辨》,上海古籍出版社,1998 年。

疏其秽而镇其浮；教之令，使访物官；教之语，使明其德，而知先王之务用明德于民也；教之故志，使知废兴者而戒惧焉；教之训典，使知族类，行比义焉。若是而不从，动而不悛，则文咏物以行之，求贤良以翼之。"这里把教太子"语"的能力与教太子礼、乐、诗、令等能力相提并论，可见春秋时期仍然延续了重视乐语的传统。

2. 《二南》诗篇创作的语说痕迹

《周南》《召南》是"正风"，"正诗"都是礼乐的产物，有统一的创作规律，那么《二南》也应该是语说传统的产物。只不过《二南》是春秋时期礼仪语说的产物，其时的语说详情缺乏较为详细的文献资料，但春秋时期的语说必定与西周乐语、合语有所不同。对于《诗经》而言，特别是对于《诗经》"正诗"而言，诗歌的艺术水平其实决定于当时的言辞艺术水平，语言表达艺术水平的发展和进步决定了诗歌艺术水平的发展和进步。《诗经》"正诗"之中，艺术水平最高的当然是《二南》。

"《清庙》，祀文王也。""《文王》，文王受命作周也。"《清庙》《文王》与文王有关，没有任何疑问和问题。《鹿鸣》未出现文王，然郑玄《小大雅谱》曰："小雅自《鹿鸣》至于《鱼丽》，先其文所以治内，后其武所以治外。"《毛诗正义》："《天保》以上自然是文王诗也。"《小大雅谱》又曰："传曰：'文王基之，武王凿之，周公内之。'谓其道同，终始相成，比而合之，故大雅十八篇、小雅十六为正经。"《诗》之"正诗"都是象征性的礼乐表演之辞，都是缅怀先贤、回忆革命历程之诗，故它们固与以文王为首的周先王有关，这是不争的事实。故毛、郑、孔对《小雅》16 首"正诗"的阐释，篇篇不离文王。如《鹿鸣》起首曰："呦呦鹿鸣，食野之苹。"《毛诗正义》曰："以兴文王既有酒食，亦有恳笃诚实之心发于中，召其臣下而共行飨燕之礼以致之。"若不从《诗经》"正诗"的内部特征和创作规律加以审视，一定会对古人的说法嗤之以鼻，不知所云。《小雅·四牡·传》曰："歌文王之道为后世法。"此一语可为《诗经》"正诗"的总纲。

《关雎》歌咏"后妃之德"，今人皆不信之，但今人的怀疑和否定是不成立的。文王虽是殷商诸侯，但西周之前，完善的宗法制尚未确立，殷商时期诸侯与天子的关系，正如王国维先生所言："自殷以前，天子、诸侯君臣之分未定也。故当夏后之世，而殷之王亥、王恒累叶称王，汤未放桀之时亦已称王。当商之末，而周之文、武亦称王。盖诸侯之于天子，犹后世诸侯之于盟主，未有君臣之分也。"《二南》创作于春秋时期，其时之周人显然是把文王作为天子加以歌咏表演的，故太姒自然可称"后妃"。《礼记·文王世子》孔颖达《疏》："旅酬之时得言说先王之法。合语者，谓合会义理而语说也。"如果从乐语的角度视之，《二南》这些诗篇看似创作,其实其原始材料亦是乐语。乐语是"言说先王之法"的,故诗的文辞中虽没有出现文王、太姒,但诗的"义理"中有文王、太姒,因为诗是"合会义理而语说"的产物。

王先谦《诗三家义集疏》:"思念古道之极盛,由于贤女性不妒忌,其行侔天地,故可配至尊。陈往讽今,主文谲谏,言者无罪,闻者足戒,风人极轨,所以取冠全诗。"从乐语的角度看,其实这话是正确的。可是必须明确的是,这些"正诗"并非创作于文王时期,它们是周代制礼作乐的产物。而且从《周颂》到《正雅》到《二南》,不是同一时间的创作,这些诗篇的创作从西周初期周公制礼作乐,一直延续到春秋时期。《礼记·祭法》云"周人祖文王而宗武王",以文王为首的周先王,并非只在周初时期是革命领袖,他们在整个西周和春秋时期都是周人心目中的革命领袖。

《卷耳》后三章通过虚拟想象的艺术方式,演绎后妃"朝夕思念,至于忧勤"的辅佐君子之志。"朝夕思念"之义于诗中可见,但是,"辅佐君子求贤审官"云云,诗中看似没有啊,《诗序》这是从何说起呢? 现在我们来看"后妃之志"中的"辅佐君子求贤审官,知臣下之勤劳",在诗中是如何演绎的。笔者在阐释《正大雅》的时候,把它与创作于它之前的《周颂》相比较研究,终于发现了隐秘,正确阐释了《正大雅》。[①] 欲知《卷耳》诗义,亦必须以诗证诗。

二章曰:"我姑酌彼金罍,维以不永怀。"三章曰:"我姑酌彼兕觥,维以不永伤。"

《小雅·鹿鸣》曰:"我有旨酒,以燕乐嘉宾之心。"《常棣》:"傧尔笾豆,饮酒之饫。"《伐木》:"伐木于阪,酾酒有衍。笾豆有践,兄弟无远。民之失德,干糇以愆。有酒湑我,无酒酤我。坎坎鼓我,蹲蹲舞我。迨我暇矣,饮此湑矣。"《天保》:"民之质矣,日用饮食。群黎百姓,遍为尔德。"《鱼丽》:"鱼丽于罶,鲿鲨。君子有酒,旨且多。鱼丽于罶,鲂鳢。君子有酒,多且旨。鱼丽于罶,鰋鲤。君子有酒,旨且有。"《南有嘉鱼》:"南有嘉鱼,烝然罩罩。君子有酒,嘉宾式燕以乐。南有樛木,甘瓠累之。君子有酒,嘉宾式燕绥之。"《湛露》:"湛湛露斯,匪阳不晞。厌厌夜饮,不醉无归。湛湛露斯,在彼丰草。厌厌夜饮,在宗载考。"《彤弓》:"我有嘉宾,中心贶之。钟鼓既设,一朝飨之。……我有嘉宾,中心好之。钟鼓既设,一朝酬之。"

仅在《正小雅》中,就有这么多抒写宴饮的诗句。或疑问曰:这么频繁地重

---

① 参见祝秀权《诗经正义》,上海三联书店,2020 年。

视、歌咏宴饮，这不低俗吗？这不是腐败吗？答曰：非也。此绝不是低俗，更与腐败不沾边。《正小雅》中的这些诗句，歌咏的都是君臣之间的宴饮，它们在当时是一种礼仪。周代的这种君臣宴饮礼仪绝不可小觑，原因主要有二：其一，当时的这种君臣宴饮礼仪，其实质和核心要义不在于宴饮本身，而在于宴饮仪式中所体现的君臣之间亲和、亲近。这种宴饮礼仪，本质上是一种政治仪式和策略，是周天子与其分封的诸侯百官之间的一种凝聚纽带，它能显示周天子的亲贤之意。其二，这种礼仪是周人的首创，周代之前是没有这种礼仪的。因而在周代，这种礼仪具有开辟鸿蒙的性质和重要意义。而在周代的礼乐歌舞表演中，周人把这些礼仪设想为始于周文王。周人以之展演周文王天才的开创性的经国方略，以为时王及后世君王效法。

那么，既然宴饮，就得有酒，就得有酒杯，《卷耳》中的"金罍"、"兕觥"就是这么来的。"我姑酌彼金罍"、"我姑酌彼兕觥"，诗人代后妃言："我"朝思暮想，欲为我之君子求贤任才，若能求得此大贤大才，我愿以最高级的君臣宴饮礼仪款待之，故曰："我姑酌彼金罍"、"我姑酌彼兕觥"。而求得贤才绝非易事，作为一女性后妃，只能有此愿、此心、此情、此志而已，故曰："维以不永怀"、"维以不永伤"。这不正是《卷耳》这一幕礼乐歌舞表演所展演的后妃"辅佐君子求贤审官"之志吗？

后三章曰："我马虺隤"、"我马玄黄"、"我马瘏矣，我仆痡矣"。

《正小雅》中有这样的诗句：《四牡》："四牡騑騑，周道倭迟，岂不怀归？王事靡盬，我心伤悲。四牡騑騑，啴啴骆马，岂不怀归？王事靡盬，不遑启处。"《皇皇者华》："皇皇者华，于彼原隰。駪駪征夫，每怀靡及。我马维驹，六辔如濡。载驰载驱，周爰咨诹。我马维骐，六辔如丝。载驰载驱，周爰咨谋。……"《杕杜》："陟彼北山，言采其杞。王事靡盬，忧我父母。檀车幝幝，四牡痯痯，征夫不远。"《出车》："我出我车，于彼牧矣！自天子所，谓我来矣！召彼仆夫，谓之载矣！王事多难，维其棘矣！"《诗序》分别曰："《四牡》，劳使臣之来也。""《皇皇者华》，君遣使臣也。""《杕杜》，劳还役也。""《出车》，劳还率也。"

《卷耳》后三章这样的抒写，在当时一定照应着《小雅》中的有关礼乐歌舞表演。因为《小雅》的创作在西周中后期，《周南》的创作在春秋时期，所以它们之间的关联和照应，正暗示并反映着周代礼乐的发展演变轨迹。周代礼乐的发展是一脉相承的，前后礼乐彼此关联。笔者已经证明了正《大雅》与《周颂》之间的对应关系，即是铁证。

二章《郑笺》曰："臣出使，功成而反，君且当设飨燕之礼与之饮酒以劳之，我则以是不复长忧思也。言'且'者,君赏功臣或多于此。"《毛诗正义》曰:"事莫劳于兵役,故举其尤苦而言之。其实聘使之劳亦闵念之,《四牡》之篇是其事也。《笺》言'君子宜知其然',谓未还宜知之,还则宜赏之。故上句欲君子知其劳,下句欲君子加其赏也。"孔颖达所言"未还宜知之",这不正是君遣使臣的《皇皇者华》、遣戍役的《采薇》之类的礼乐吗?"还则宜赏之",这不正是劳使臣之来的《四牡》、劳还役的《杕杜》、劳还率(帅)的《出车》之类的礼乐吗? 以彼证此,以前证后,《卷耳》的诗义昭然若揭。——后妃不仅有"辅佐君子求贤审官"之志,还能"知臣下之勤劳"。

也就是说,春秋时期的诗人之所以这样抒写,是因为有西周时期的那些《正小雅》中的礼仪作背景。有那样的政治、文化背景(《正小雅》时代的西周礼仪),才有这样的杰作和歌咏(《卷耳》)。这些政治、文化背景,如君宴饮百官及劳赏臣、使等,在当时是常识,故《卷耳》这样的表演及唱辞,在当时不会有任何的误解和理解障碍。而这些文化在今天已经大抵不见,故今人的理解障碍源自于文化背景的隔膜。

二章《传》曰"人君黄金罍",那么"我姑酌彼金罍"一定是指"人君"之事。而这样的立言、表演、歌咏方式,又正好可以展演后妃"辅佐君子求贤审官,知臣下之勤劳"的主题含义。末章"云何吁矣",正照应着前二章的"维以不永怀"、"维以不永伤",这正是后妃"朝夕思念,至于忧勤"的形象表演。由于时代文化背景和思维的迥异,今人欲理解当时歌舞表演中的这些含义,自然是十分困难。但没见过的事物,你不能说它就不存在。这正是考验今人智慧和文学艺术修养的地方。当然,更是考验读者是否真正熟悉《诗经》的地方。

《淮南子·俶真》篇:"今矰缴机而在上,罻罗张而在下,虽欲翱翔,其势焉得? 故诗云:'采采卷耳,不盈顷筐。嗟我怀人,寘彼周行。'以言慕远世也。"从礼乐的角度说,此语揭示了《卷耳》及《二南》"正诗"的作义。因为当时的礼乐表演就是回顾周先王及其配偶的偶像风范,表达时人对先王盛世的敬慕、向往之情。诗中的"后妃"是一种偶像,那么诗中的描写亦主要是一种虚拟、发挥、演绎之辞,非实写其事。而诗中的这些诗句,又是据当时礼乐仪式中的语说之辞而加工创作。虽非实写、实说其事,但应该亦不全虚,大抵总有其事迹的轮廓和基础存在,周人才能在语说时加以演绎、发挥,肯定不全是虚构。这种情况大致即如同现在的各种电影、电视节目,展演建国之前革命战争年代的领袖人物一样,主要是对其精神、形象的一种提炼、歌咏和演绎,而不是纪实。

《二南》大力提倡德教,这无疑是春秋时期思想文化背景的产物。叶林生认为：在阶级社会中,道德是阶级的道德。对民众来说,道德是要靠统治者由上向下灌输的,这就是所谓"教化"。上之所以能向下灌输,是因为"上"是有德的大人、君子,道德与人的地位合而为一。《隋书》曰:"圣人法乾坤以作则,因卑高以垂教,设官分职,锡珪胙土,由近以制远,由中以统外。"中国文化中的君子、大人皆官之别名,都是道德的化身。这样,以道德为本也就是以官长为本了。[①]

按照《周颂》、正《大雅》、正《小雅》《二南》的顺序加以研究考查,可以看出,从西周初期直到春秋时期,礼乐仪式中的语说之辞,内容变得越来越简单,而艺术性变得越来越高,因而呈现在我们面前的诗篇的主题思想也变得越来越隐晦,越来越难懂,如同迷雾一般。对于《二南》来说,其艺术性越来越高的突出表现在于：精湛而巧妙的比兴艺术手法的使用,借喻、隐喻、代拟艺术手法的运用,主题寄寓于言辞之外,文学的性质越来越强,真正做到了"诗妙俱从言外得"。《二南》的比兴艺术手法在《诗经》中达到了登峰造极之境,这无疑是当时春秋时期语辞艺术水平和技巧得到极大提升和飞跃的实证和产物。甚至有整首诗的诗义全寄意于比兴之中者,如《周南·樛木》：

　　　　南有樛木,葛藟累之。乐只君子,福履绥之。
　　　　南有樛木,葛藟荒之。乐只君子,福履将之。
　　　　南有樛木,葛藟萦之。乐只君子,福履成之。

《序》："《樛木》,后妃逮下也。言能逮下而无嫉妒之心焉。"《毛传》："木下曲曰樛。"《郑笺》："木枝以下垂之故,故葛也、藟也得累(léi)而蔓之而上下俱盛。兴者,喻后妃能以意下逮众妾,使得其次序,则众妾上附事之,而礼义亦俱盛。妃妾以礼义相与和,又能以礼乐乐其君子,使为福禄所安。"可以看出,诗中语大抵是虚辞,是其时乐语中颂美文王之辞,是一种歌咏偶像而想象、演绎、发挥、延伸的产物。演绎、发挥先王及其后妃的偶像教化作用,是诗的宗旨,也是当时乐语的宗旨。郝敬《毛诗原解》："此诗人咏歌之辞。'南有樛木'何也? 南方阳明,故美多比南;北方幽暗,故刺多比北。木枝下垂曰樛。樛木下接,葛藟上附,象后妃逮下,众妾亲上。二语赋、比、兴三义具矣。"

《周南·螽斯》：

---

① 叶林生:《殷周人神关系之演进及思考》,《苏州大学学报》2001 年第 1 期。

> 螽斯羽，诜诜兮。宜尔子孙，振振兮。
>
> 螽斯羽，薨薨兮。宜尔子孙，绳绳兮。
>
> 螽斯羽，揖揖兮。宜尔子孙，蛰蛰兮。

《序》："《螽斯》，后妃子孙众多也。言若螽斯不妒忌，则子孙众多也。"《笺》："忌，有所讳恶于人。"《毛诗正义》："以其不妒忌，则嫔妾俱进，所生亦后妃之子孙，故得众多也。《思齐》云：'大姒嗣徽音，则百斯男。'《传》云'大姒十子，众妾则宜百子'是也。三章皆言后妃不妒忌，子孙众多。既言其多，因说其美，言仁厚、戒慎、和集耳。"虽然《大雅·思齐·毛传》用了"宜"表示推测之辞，似乎未知大姒"则百斯男"是否是实事，但《诗序》对《螽斯》的阐释，无疑与《大雅·思齐》所言大姒的情况是一脉相承的。也就是说，《诗序》之言渊源有自，非无凭据的妄言。当我们从乐语的角度考查周代"歌"与歌后之"语"的联系，《诗序》"后妃"说是怎么来的便有了线索。这种线索让我们相信：《二南》亦如同大、小正《雅》一样，是就据乐语之辞而创作。而对于《二南》诗篇创作时的乐语来说，"乐歌"未必是《周颂》，也有可能是正《雅》。《周南·螽斯》与《大雅·思齐》的这种关联，让我们很确信这一点。《二南》诗篇的创作与正《雅》有丝丝缕缕的联系，正如同正《雅》与《周颂》有着丝丝缕缕的联系一样。只不过《二南》与正《雅》诗篇暗中关联的关系更为隐秘，更不易觉察，这应该是春秋时期的礼仪不如西周时礼仪那样单纯而明确的缘故。

虽然《螽斯》所歌咏之人和事与太姒、文王有关，但这种宣扬后妃"不妒忌"的思想意识，是春秋时期人的思想意识，不会是文王时的思想意识，故诗之作在春秋时期。以通过对后妃太姒不妒忌的歌咏，对其时之诸侯王及贵族之后妃予以教戒和感化。《大雅·思齐》所咏"大姒嗣徽音，则百斯男"，亦大抵是虚拟而歌咏，非实写其事，故《毛传》以推测之辞释之曰："大姒十子，众妾则宜百子。"由此可见，《诗经》"正诗"从《周颂》到正《大雅》、正《小雅》，是陆续进入乐歌仪式的。春秋时期人针对乐歌而语，已经不再只语说《周颂》，正《雅》也是语说的内容，《二南》由此应运而生。当全部"正诗"结集完备之后，《二南》也应理所当然地成为"乐歌"，春秋时期的"房中乐"可能即指《周南》《召南》。春秋时期礼仪常用之乐有燕乐、乡乐、射乐、房中乐，它们可能并不是单纯的乐，而是"乐歌"。既然是"乐歌"，就有歌辞，它们有可能即对应着《诗经》中的正《小雅》和《二南》的部分诗篇。

《说苑·贵德篇》："诗曰：'蔽芾甘棠，勿剪勿伐，召伯所芨。'召公不欲变民事，故不入邑中，舍于甘棠之下而听断焉，陕间之人皆得其所，是故后世思而歌诔之。善之，故言之；言之不足，故嗟叹之；嗟叹之不足，故歌咏之。百姓叹其美而致其敬，甘棠之不伐也，政教恶乎不行？孔子曰：'吾于《甘棠》见宗庙之敬也。'甚尊其人，必敬其位，顺安万物，古圣之道几哉！孔子历七十二君，冀道之一行而得施其德，使民生于全育，悉庶安土，万物熙熙，各乐其终，卒不遇。故睹麟而泣，哀道不行，德泽不洽，于是退作《春秋》，明素王之道以示后人。恩施其惠，未尝辍忘，是以百王尊之，志士法焉，诵其文章，传今不绝，德及之也。"刘向认为"善之，故言之"，据此我们认为，像《召南·甘棠》这样的《二南》正诗，在创作之前是有"言"在先的。因为"言之不足""嗟叹之不足"，故而才以诗歌咏之。所以《二南》也应是乐语的产物。

《召南·摽有梅》："求我庶士，迨其吉兮。"《郑笺》："我，我当嫁者。"孔颖达《正义》："言'我'者，诗人'我'。此女之当嫁者，亦非女自我。"可见郑、孔都认为此诗是诗人代言的虚拟之辞，非其时实有一此女。其实诗人也不是诗的最初代言者，最初代言者应是行乐语时的上层贵族，诗人只不过把他们的乐语之辞加工、改写为诗而已。

《召南·驺虞》："彼茁者葭，壹发五豝。于嗟乎驺虞！彼茁者蓬，壹发五豵。于嗟乎驺虞！"陈奂《诗毛氏传疏》："文王有信德而驺虞以应，故诗人于嗟乎美叹之也。"《毛传》："驺虞，有至信之德则应之。"此正是当时行乐语之时以嗟叹驺虞做结束语的用意。否则，嗟叹义兽驺虞与语说国君射猎有何关系？

《召南·采蘩》："于以采蘩？于沼于沚。于以用之？公侯之事。于以采蘩？于涧之中。于以用之？公侯之宫。"《召南·采蘋》："于以采蘋？南涧之滨。于以采藻？于彼行潦。于以盛之？维筐及筥。于以湘之？维锜及釜。于以奠之？宗室牖下。谁其尸之？有齐季女。"《采蘩》《采蘋》这种一问一答的歌咏方式，让我们相信，周代至春秋时期还有乐语文化的遗存，这些诗的文辞也应是乐语中语说的产物，因为西周六种"乐语"中的"语"即是一种对答的表达和交流方式。《召南·行露》："厌浥行露。岂不夙夜？谓行多露。谁谓雀无角？何以穿我屋？谁谓女无家？何以速我狱？虽速我狱，室家不足。谁谓鼠无牙？何以穿我墉？谁谓女无家？何以速我讼？虽速我讼，亦不女从。"《行露》以问答方式抒写，颇似乐语中之"语"辞。诗全是虚辞，制礼作乐中行乐语时，只是借这种方式，以显示、演绎文王时礼仪教化行于世，世风大正之情形，非谓文王时真有此女、真有此狱讼之事也。诗句只是乐语剧本中虚拟、演绎的台词而已。

《周颂》是《诗》之根，尤其是"正诗"之根，正《大雅》、正《小雅》《二南》，其乐章之总主题，其实都是或明或暗地指向《周颂》的，没有《周颂》，就没有"正诗"，甚至就没有《诗》。正《大雅》直接歌咏《周颂》中出现的那些人和事,说明它与《周颂》的时间距离不是很远。在正《小雅》中,我们只能看到歌咏先王礼仪之辞了,而不见其人,说明它与《周颂》已经有一定的时间距离了,因为周先王的事迹和形象在正《小雅》时代的周人的意识中已经有点模糊,不够清晰。《二南》既不具体歌咏周先王其人其事,也不像正《小雅》那样直接歌咏先王时代的礼仪,而只是歌咏一种先王的风化作用,且《二南》对先王的风化作用的歌咏,全以虚拟之辞呈现,这无疑是因为诗的创作时间距离《周颂》中的周先王已经很远了的缘故。从内容和抒写艺术上看,《召南》与《周颂》已经有非常大的距离。《周颂》、正《大雅》诗中皆明确出现"文王",可是到了《二南》,诗中皆隐去了文王,笔者推测,主要原因还是时间距离的因素。文王等周先王的形象在春秋时期人心目中越来越模糊,以致只成了一种偶像和精神因素而被歌咏。柯汝锷《甓天录》:"不有《雅》,何有《南》?不如从旧说为当。"此语今人没有认为是的。然而笔者以为:此语是也。试补充曰:不有《颂》,何有《雅》? 不有《雅》,何有《南》?

《仪礼》一书把与祭祀有关的"特牲馈食礼""少牢馈食礼""有司彻"等章节编排在最后,而把出现相对较晚的"士冠礼""士昏礼""士相见礼""乡饮酒礼""乡射礼""燕礼"等编排在最前,这种编排顺序与《诗经》按风雅颂的顺序排列,即按诗篇实际创作时间的反向顺序排列的模式如出一辙。这向我们透露出一种信息:《诗经》定本的最终编排时间是在春秋战国时期。这种编排实际是春秋时人对古旧西周礼乐的一种背弃,对春秋战国时期"当代"新礼乐的一种有意肯定和显扬。这种现象和做法在任何时代都有,是很正常、很容易理解的。那种"古旧"的西周礼乐,在西周之时是地位最高的、最盛的礼乐,而在"现在",它们已经被新的礼乐所代替,"现在"的人当然普遍重视、欣赏、接受的是"现在"的礼乐,因为过去的已经过去了——就如同古人心目中至高无上的"经"在今日的地位和处境一样。

第五章

演义： 中国早期诗歌的创作方式和规律

　　内容提要：古人在宗经思想基础上产生了"依经立义"的思想观念，《诗经》五部分"正诗"的层类创作，就是"依经立义"的肇始和典范。"依经立义"思想突出体现在说经释经文化，由此产生了中国古代诗歌与文学创作的基本手法和规律：演义（演绎）。"演义"或称"演绎""衍义""衍绎"。"文王拘而演周易"就是"演义"的源头。"演义"，就是要把"经"义演说的更通俗，更明确，更易于理解和流传。对"经"的演义，产生了"传""记""说""变""演义"等文体。"演义"最初作为一种言说方式，它来源于周代上层社会仪式中的言说艺术，中国早期诗歌就是在层层"演义"中创作和发展的。"演义"并非只属于"史"的范畴，它属于"文"（文学创作）的范畴和"艺术"（语言艺术）的范畴，故有"以诗演诗"（《诗经》）、"以史演史"（"春秋三传"）、"以文演文"（《庄子》等）、"以象演象"（《周易》）之种种。演义的要义在于求变、翻新、通俗化、艺术提升等。演义（演绎）是中国古代各类体裁文学创作的重要艺术手法。

一　宗经思想与说经释经

1. 宗经思想

　　以"经"为正统，取法于经典，是中国古代文学的一贯传统和思维定式。这种传统和思维定式源自于对"经"的崇拜和肯定及对典雅文风的追求。清孙联奎《〈诗品〉臆说》："典，非典故，乃典重也。彝鼎图书自典重。雅，即风雅、雅饬之雅。"在中国古代经典之中，以儒家"六经"最为正宗。《文心雕龙·宗经》：

三极彝训，其书曰经。经也者，恒久之至道，不刊之鸿教也。故象天地，效鬼神，参物序，制人纪，洞性灵之奥区，极文章之骨髓者也。皇世《三坟》，帝代《五典》，重以《八索》，申以《九丘》，岁历绵暧，条流纷糅，自夫子删述而大宝咸耀，于是《易》张《十翼》，《书》标七观，《诗》列四始，《礼》正五经，《春秋》五例。义既埏乎性情，辞亦匠于文理，故能开学养正，昭明有融。……根柢槃深，枝叶峻茂，辞约而旨丰，事近而喻远，是以往者虽旧，余味日新。后进追取而非晚，前修久用而未先，可谓太山遍雨，河润千里者也。……若禀经以制式，酌雅以富言，是即山而铸铜，煮海而为盐也。故文能宗经，体有六义：一则情深而不诡，二则风清而不杂，三则事信而不诞，四则义贞而不回，五则体约而不芜，六则文丽而不淫。……赞曰：性灵熔匠，文章奥府。渊哉铄乎！群言之祖。

又《文心雕龙·体性》："典雅者，镕式经诰，方轨儒门者也。"《定势》："模经为式者，自入典雅之懿。"

翻开《文心雕龙》的目录："原道第一，征圣第二，宗经第三。"这个顺序是耐人寻味、富有深意的。可以这么说：之所以要"宗经"，其实质和宗旨是欲"征圣"；之所以要"宗经""征圣"，其实质和宗旨是欲"原道"。这个逻辑层次是很鲜明的。因为"经"中寄寓了"道"，这是"经"之为"经"的根本因素。

尤其耐人寻味且富有深意的是，《原道》篇本该论"道"，而刘勰在《原道》篇中的大部分文字皆是大谈"文"，似乎在刘勰那里，"道"就寄寓于"文"之中。刘勰的思想实际以及"道""经""圣""文"的关系确实如此——"经"的基本性质是"文"，而不是学界一般认为的"史""哲"或"小学"之类。《原道》篇最后总结曰："道沿圣以垂文，圣因文以明道。""《易》曰：'鼓天下之动者存乎辞。'辞之所以能鼓天下者，乃道之文也。"刘勰又在《征圣》篇曰："夫作者曰圣，述者曰明。陶铸性情，功在上哲。夫子文章可得而闻，则圣人之情见乎文辞矣。先王圣化布在方册，夫子风采溢于格言。是以远称唐世，则焕乎为盛；近褒周代，则郁哉可从：此政化贵文之征也。……夫鉴周日月，妙极机神；文成规矩，思合符契。或简言以达旨，或博文以该情，或明理以立体，或隐义以藏用。……是以论文必征于圣，窥圣必宗于经。"

刘勰在《原道》篇中认为，"人文之元，肇自太极。幽赞神明，《易》象惟先。"认为《易》是中国人文之元祖、原始。《易》之后，使"文"大盛而飞升者是周公："重以公旦多材，振其徽烈，剬诗缉颂，斧藻群言。"周公旦对"文"的卓著成就在于他在

"斧藻群言"的基础上而"剟诗缉颂"。周公之后，使"文"大盛者非孔子莫属，故刘勰亦给予大书特书："至若夫子继圣，独秀前哲，熔钧六经，必金声而玉振；雕琢性情，组织辞令，木铎启而千里应，席珍流而万世响，写天地之辉光，晓生民之耳目矣。爰自风姓，暨于孔氏，玄圣创典，素王述训，莫不原道心以敷章，研神理而设教。"

《原道》篇、《征圣》篇对"道""圣""经""文"关系的论述，是刘勰"宗经"思想观点的立论根基。在此基础上，《宗经第三》做出了令人信服的论断："若禀经以制式，酌雅以富言，是即山而铸铜，煮海而为盐也。""经"是文学创作取之不尽、用之不竭的源泉。刘勰显然是在对先秦经典的创作及其价值、地位加以总结，而不是在申明自己的文学主张。

《四库全书总目提要》："经禀圣裁，垂型万世。删定之旨，如日中天，无所容其赞述。""经"是圣人垂教后世之至文，其思想价值和文采价值在某种程度上都有不可超越的因素，故古人一直尊奉"文必宗经"的思想理念。南北朝颜之推《颜氏家训》："夫文章者，源出五经。诏命策檄，生于《书》者也；序述论议，生于《易》者也；歌咏赋颂，生于《诗》者也；祭祀哀诔，生于《礼》者也；书奏箴铭，生于《春秋》者也。"宋李耆卿《文章精义》："《易》《诗》《书》《仪礼》《春秋》《论语》《大学》《中庸》《孟子》皆圣贤明道经世之书，虽非为作文而设，而千万世文章从是出焉。"唐刘知几《史通》："自圣贤述作，是曰经典。句皆韶夏，言尽琳琅。秩秩德音，洋洋盈耳。譬夫游沧海者徒惊其浩旷，登太山者但嗟其峻极。"白居易《与元九书》："天之文，三光首之；地之文，五材首之；人之文，六经首之。就六经言，《诗》又首之。"①清朱彝尊《经义考》引黄焯曰："六经，文之至也，不可以拟而续也。后之为文者，舍六经奚以哉？"唐宋文人大力提倡"文以载道"，其实也是宗经思想的体现。韩愈《答李秀才书》："愈之所志于古者，不惟其辞之好，好其道焉尔。"欧阳修《答吴充秀才书》："圣人之文虽不可及，然大抵道胜者，文不难而自至也。"《朱子语类》朱熹曰："道者，文之根本；文者，道之枝叶。惟其根本乎道，所以发之于文皆道也。三代圣贤文章皆从此心写出，文便是道。"清朱彝尊《答胡司桌书》："六经者，文之源也，足以尽天下之情之辞之政之心，不入于虚伪而归于有用。"清徐增《而庵诗话》："欲学诗，先学道。学道则性情正，性情正则原本得。"黄寿祺《群经要略》："中国经学与文学关系十分重大。群经原即文学作品之最典范者，后世各体文学

---

① 三光：指日、月、星。五材：一指五种物质：金木水火土；二指五种德性：勇智仁信忠。

皆自群经出。凡欲治中国文学史或从事文学创作者,倘无经学根柢,概莫能为也。"①

"经"是中国最早的文献。虽然在理论上最早未必是最好,但"五经"却实实在在既是"最早"亦是"最好"。"最好"的缘由,虽然圣人创作和编辑是一个因素,但最重要的因素在于"五经"都是"载道"之文,后世古籍文献皆不可望其项背。无论是在思想上,还是在文化、文学、史学上,"六经"都是取之不尽、用之不竭的源泉。

在宗经思想基础上,古人产生了"依经立义"的思想观念。东汉王逸《楚辞章句序》:"夫《离骚》之文,依托五经以立义焉:'帝高阳之苗裔',则'厥初生,民时惟姜嫄'也;'纫秋兰以为佩',则'将翱将翔,佩玉琼琚'也;'夕揽洲之宿莽',则《易》'潜龙勿用'也;'驷玉虬而乘鹥',则'时乘六龙以御天也';'就重华而陈辞',则《尚书》咎繇之谟也;登昆仑而涉流沙,则《禹贡》之敷土也。"刘勰《文心雕龙·辨骚》将之概括为:"《离骚》之文,依经立义。"但实际上,"依经立义"却非始于战国时的《离骚》。远在《离骚》之前,《诗经》五部分"正诗"的层类创作,就是"依经立义"的肇始和典范。也就是说,"经"本身的创作,也是遵从"依经立义"的规律,是"依经立义"的产物。

2. 说经释经

如何"依经立义"? 古人的"依经立义"思想突出体现在说经释经文化。

《庄子·外物》篇:"饰小说以干县令,其于大达亦远矣。"先秦既然有"小说",那么是否也应该有"大说"呢? 后世的小说,如《红楼梦》,其本身固然已经是"大说","小说"乃约定俗成之名,同时也含有谦辞之意。但先秦的"小说"之"小"乃实指"小"的含义,理应有与之相对的"大说"。时间越远古,"说"的地位和重要性越大,亦应有程度、层次不同的"说"法。实际上,先秦人意识中的"大说"是与"经"义有关的"说",在那个"经"产生的时代,与"经"无关的"说"当然是"小说"了。先秦"小说"是与"经说"即"大说"相对、相比较的一个概念,这其中蕴含着对"经"的价值评判。

迄今为止,学界对"说经释经"的认识和研究大都集中在佛经、圣经等领域。如:释迦说法时,创造了许多演讲教理的方法,他总是尽量使用大众通用和熟习的概念、词句,但赋予它们以新的意义。随着对佛法理解的深入,出现了许多杰出的解经高僧,他们大多承担着宣讲和启导的双重作用,以自己的理解引导僧众

① 黄寿祺:《群经要略》,华东师范大学出版社,2000 年。

出入于佛教经典,求得对佛法的正闻正见。^① 讲经的基本形式是说唱结合,韵白交织。唱腔分"单调""平调""滚龙调""摇铃调""挂金锁""打莲花"等。和声以唱腔而发。"单调"一句一和;"平调"两句一和;"滚龙调"一口气唱完几句,然后发和;"挂金锁"则用铃铛、木鱼伴奏,唱完一档发一次和声。佛者发出的和声必须和佛头的说唱情绪相映衬,喜怒哀乐必须和故事情节的起伏相谐和。^②

就如同前贤对"依经立义"的认识和研究只局限于始于《离骚》的秦汉以后的诗文一样,学界对"说经讲经"的认识和研究也是不完善的,具有局限性。因为从西周初期开始,周人就已经学会了"说经讲经"艺术,从而产生了《诗经》"正诗"中的大量诗篇。只不过因为当时没有"经"的明确术语,因而也没有"依经立义"和"说经讲经"的明确概念。但当时"经"的概念却实实在在存在于西周人的心目中,他们也实实在在地在实施着"依经立义"和"说经讲经",只不过当时没有明确出现这种提法和术语而已。

佛教传入中国,中国人的说经讲经艺术和热情再一次得到了激发,并由此在唐宋兴盛起来。而且因为佛教的魅力,中国人的说经讲经从说讲本土之"经"转而增加了讲说佛经的内容。可以这么定性地说:说经讲经艺术是原滋原味的中国本土文化,它兴起并兴盛于周代,是周代礼乐文化的产物。佛教佛经的传入,使说经讲经这种本土文化重新得以兴盛,并因此而有了外来文化的因素。唐宋的说经讲经艺术和文化是中外文化融合交汇的产物,但它的基本因子是中国本土文化。

3. 经传文化

《史记·十二诸侯年表》:"孔子明王道,干七十余君,莫能用,故西观周室,论史记旧闻,兴于鲁而次《春秋》。……鲁君子左丘明惧弟子人人异端,各安其意,失其真,故因孔子史记具论其语,成《左氏春秋》。"杜预《春秋左氏传序》:"左丘明受经于仲尼,以为经者,不刊之书也。故传或先经以始事,后经以终义,或依经以辨理,或错经以合异,随义而发。"其实《左传》阐释《春秋》及其解经方式,也是左氏向其前人学习的结果,是时代文化背景使然。此解经传统和方式自西周初期即已肇始,惜古今前人均未发现这个隐秘。也就是说,说经解经最早是周代的礼乐文化。

始于周代的"说经释经"文化,在中国古代形成了一种"经传"文化。《文心雕

---

① 时空:《中国佛教寺院的讲经仪式》,《华夏文化》1994 年第 12 期。
② 陈永涛:《经与圣经》,《天风》2020 年第 5 期。

龙·史传》:"传者,转也。转授经旨,以授予后。""传"是与"经"相对而得名的。"传",即"转授经旨",解说经义。如《诗》有《毛诗故训传》,《春秋》有《春秋左传》《春秋公羊传》《春秋谷梁传》,合称"春秋三传",《书》有孔安国《传》等。

"传"的内容,有的通过诠释文字、名物以解说经义,如《毛诗诂训传》《尚书》孔安国《传》。《公羊传》定公元年:"主人习其读而问其传。"何休《春秋公羊传解诂》:"读,谓经;传,谓训诂。"有的通过记述史事以证实经义,如《左传》。有的通过探究义理以阐发经义,如《公羊传》《榖梁传》。"《春秋》三传"不主诠释文字名物,而重在记述史实与探究义理。王充《论衡·书解篇》:"圣人作其经,贤者造其传。述作者之意,采圣人之志,故经须传也。"后来"经"的范围逐渐扩大,一些本来属于传、记的文字典籍的地位不断提高,也升入了"经"的行列。①

清章学诚《文史通义》:"夫子之时,犹不名经也。则因传而有经之名,犹之因子而立父之号矣","今之所谓经,其强半皆古人之所谓传也"。章氏可谓知晓"经传"者。今人不见引用章氏此言者,皆因不知晓"经传"的源头所致。清皮锡瑞《经学历史》:"汉人引《论语》多称'传'。《孝经》虽名为经,而汉人引之亦称'传'。"《史记·李将军列传》"太史公曰:"传曰:'其身正,不令而行;其身不正,虽令不从。'其李将军之谓也。"司马迁所引"传曰"之语出自《论语·子路》。《国语·鲁语下》闵马父曰:"昔正考父校商之名《颂》十二篇于周太师,以《那》为首,其辑之乱曰:'自古在昔,先民有作。温恭朝夕,执事有恪。'先圣王之传,恭犹不敢专,称曰'自古',古曰'在昔',昔曰'先民'。"闵马父称其所引《商颂》为"先圣王之传",这是史籍中记载的《颂》被视为并称为"传"的直接证据。《论语·学而》曾子曰:"吾日三省吾身:为人谋而不忠乎?与朋友交而不信乎?传不习乎?"古注均释此"传"为指孔子对弟子所传授的知识、礼教等,但黄怀信认为:"传,名词。当谓经传,诸说非。"②所以,先有"经"还是先有"传",这就如同先有鸡还是先有蛋一样,是一个说不清的论题。因为后世的"经",在无"经"之称名的时代可以被视为"传"。在已有"经"之称名的时代有时仍可称为"传",是沿用古说,是对传统观念的一种崇拜和尊重。故"经"与"传"的定性和定位是相对的。这正如同孔子把尧、舜、周公看作是圣人,而孔子的学生又把孔子看作是圣人。《周颂》在当时没有"经"之名和定位,但到了正《大雅》时期,《周颂》成了升歌之后的言说对象,它虽然仍没有"经"之名,但实际上其时已经被视为"经"了,否则就不会对之加以

---

① 张衍田:《从经、传、记释义说到"十三经"组合》,《北大史学》2004 年第 1 期。
② 黄怀信等撰:《论语汇校集释》,上海古籍出版社,2008 年。

言说和阐释。

　　"经"年代久远，文意古奥，难得索解，必有赖于传文的阐释，才能够明白其意义。桓谭《新论·正经篇》："经与传犹衣之表里，相待而成。经而无传，使圣人闭门思之，十年不能知也。""传"虽说是相依于"经"而产生的，但并非只是经文的简单重复，而是增添了新的意义。明冯复京《六家诗名物疏》曰："以经解经，辟犹以水投水，虽欲无合，其可得乎？""经"本身就是历史积累的产物，其文本的定型大都经历了漫长的过程。在持续的解释中，"经"与"传"水乳交融的依从性逐渐建立起来。离开了"传"的解经活动，"经"变成一种浅薄而有限的自我理解。湛若水《格物通》："夫圣人之治本于一心，圣人之心见于六经，故学六经者，所以因圣言以感吾心而达于政治者也。后世之学乃以经书资口耳言语之末，让圣贤之道而不为得，非买椟而还其珠之谓哉？"①曹海东把"传"的内容概括为四点：1.语义训释。2.记载故事。3.揭示义例、意蕴。4.引申发明义理。②

　　清林云铭《庄子因》评《秋水》曰："是篇文字自内篇《齐物论》脱化而来。"清周金然《南华经传释》：

　　　　余尝以《中庸》释《大学》，以《金刚》释《心经》，以《南华》释《道德》，称三教经传，有驻之疑之者，遂秘不敢示人。今谛阅《南华》，则自经自传，不自秘也。盖其意尽于内七篇，至于外篇、杂篇，无非引伸内七篇，帷末篇自序耳。错而观之，其意较然，拒复须注哉？因定内七篇为"经"，余篇为"传"。自注自释，庶几参漆园之独解焉。

　　周金然提出庄子"自经自传"的观点，这种现象在先秦诸子中不独庄子，其他诸子也有；不独诸子之文，《诗经》也有。惜前人均未发现这个隐秘。如《周颂》是"经"，对于《周颂》而言，正《大雅》就是"传"，因为正《大雅》是阐释、说解《周颂》的产物。正《大雅》产生之后，它很快也就变成了"经"。正《小雅》和《周南》《召南》的情形亦如是。不过明确的"经传"概念和文体的出现是在春秋战国时期。

　　朱熹《晦菴集》："若夫《雅》《颂》之篇，则皆成周之世朝廷郊庙乐歌之词，其语和而庄，其义宽而密，其作者往往圣人之徒，固所以为万世法程而不可易者也。至于《雅》之变者，亦皆一时贤人君子闵时病俗之所为。而圣人取之，其忠厚恻怛

① 景海峰：《论"以传解经"与"以经解经"》，《学术月刊》2016 年第 6 期。
② 曹海东：《朱熹论经传》，《华中国学》2016 年春之卷。

之心,陈善闭邪之意,尤非后世能言之士所能及之。此《诗》之为经,所以人事浃于下,天道备于上,而无一理之不具也。"

先秦解经之文,"传"不是唯一名称,还有"记""说"等,皆是解说经文的文体名称。如《仪礼》是"经",《礼记》是阐释《仪礼》之作,故《礼记》中有《学记》《乐记》《祭义》《经解》《坊记》《表记》《冠义》《昏义》《乡饮酒义》《射义》《燕义》《聘义》等,解"经"的意旨很明显。《墨子》有《经上》《经下》,紧接着又有《经说上》《经说下》,亦是阐释与被阐释的关系。《韩非子》有《内储说》《外储说》,每类也分"经""说"两部分。明吴讷《文章辨体》:"说者,释也,述也,解释义理而以己意述之也。"钱穆《国学概论》:

> "经"者,对"传"与"说"而言之。无"传"与"说",则不谓"经"也。《说文》:"经,织也。"《左氏昭十五年传》:"王之大经也。"《疏》:"经者,纲纪之言也。"古者于书有"记""传""故训",多离书独立,不若后世章句即以厕比本书之下。故谓其所传之本书曰"经",言其为"传"之纲纪也。故"经"名之立必在"传""记"盛行之后。①

学界常"经传"合称,且古语有"名不见经传",可知在早期解经之文中,"传"是最正规的名称。《汉书·艺文志》:"后世经传既已乖离,博学者又不思多闻阙疑之义,而务碎义逃难,便辞巧说,破坏形体,说五字之文至于二三万言。"

二 演义:古代文学创作的基本手法和规律

1. 演义(演绎)的含义

《说文》:"演,长流也。"《释名·释言语》:"演,延也,言蔓延而广也。"故古有词语"演延"(绵延,广远)、"演迤"(绵延不绝)、"演溢"(蔓延满溢)、"演展"(演变发展)、"演递"(演变发展)、"推演""表演""演变"。《说文》:"绎,抽丝也。"《方言》:"绎,理也。丝曰绎之。"引申为抽绎出头绪,探寻其义理。如:绎味(细细寻味,探究其中道理)、绎思(寻思)、绎志(抒陈志向)。由此可知,"演绎"的含义是:推演、扩展而探求其义理。

《周易·系辞上》:"大衍之数五十,其用四十有九。"郑玄注:"衍,演也。"高亨

---

① 钱穆:《国学概论》,商务印书馆,2008 年。

《周易古经今注》："先秦人称算卦为衍，汉人称算卦为演，衍与演古字通也。"《孔丛子》："衍，演，广也。"

"演义"，"演"谁的"义"，当然是演说"经"义。为什么要演说"经"义？因为"经"中寄寓着"道"。"演义"，就是要把"经"中寄寓的"道"演说的更明白，更通俗，更易于理解和流传。"道"是"经"的第一主题，"经"就是以传道为主题和主线而层类创作、发展的。"道"最初是口头传诵的，记录是希望使"道"变为真正永恒的手段、方法。

清刘廷玑《在园杂志》："演义者，本有其事而添设敷衍，非无中生有者比也。"明冯梦龙曰："取其义深者演而浅之，文简者绎而细之。使艰晦者大明，不解者悉著。"[1]孙犁说："演者，延也，即引申演变之意。但所演变也必须是义之所含，即情理之所容。完全出乎情理之外，则虽是文学创作，亦不可取。"[2]

2. 演义的源起和流变

中国的叙事艺术起于史官。章学诚《文史通义》："史所贵者，义也，而所具者事也，所凭者文也。""演义"源自儒家经传，本作动词，特指一种释经的言说方式，具有对原典进行经义推衍、文字增广和内容发挥等特征。"演义"或称"演绎""衍义""衍绎"。"文王拘而演周易"，指周文王推衍伏羲八卦为六十四卦，并作卦爻辞。《周易》卦、爻及辞就是"演义"的源头。

先秦两汉时期，"演义"大量用于阐释儒家经典。其时"演绎"的文字多称"传"，不称"演义"。"传"与"演义"一样，也是一种阐释方式，同时也是一种文体形式。这些释经之作均运用了同一言说方式：依附某部经典，增广内容与文字，发明经义，已确立了"演义"这种言说方式的基本特征。因解经手段不同，早期"演义"有演言、演事、演象的区别。大体而言，以事注经的有《左传》，以象释经的有《易传》，其余多为演言。

章炳麟《洪秀全演义序》："演义之萌芽，盖远起于战国。今观晚周诸子说上世故事，多根本经典，而以己意饰增，或言或事，率多数倍。若《六韬》之出于太公，则演其事者也；若《素问》之托于岐伯，则演其言者也。"据学者研究，《逸周书》是以《竹书纪年》为"经"而演义的产物。《竹书纪年》与《逸周书》之间，"结"与"解"、"简"与"详"之迹灼然可察。[3]

从汉代开始，"演义"这种言说方式已开始由释经扩展到其他领域。《汉书·

① 冯梦龙：《列女演义序》，《古今列女传演义》，上海古籍出版社，1994年。
② 孙犁：《耕堂读书记》，百花文艺出版社，1989年。
③ 毕庶春：《〈逸周书〉篇题之"解"考论》，《辽东学院学报》2017年第6期。

公孙贺传》："至宣帝时,汝南桓宽次公治《公羊春秋》。……推衍盐铁之议,增广条目,极其论难,著数万言,亦欲以究治乱,成一家之法焉。"这段话明确概括了"演义"这种言说方式的特征:以某项政治议题为根据,增广内容和文字,发明其义。《盐铁论》是桓宽"推演"汉昭帝时盐铁会议纪要之作。

至唐代,"演义"开始从言说方式衍化为一种文类专名。苏鹗《苏氏演义》是今存最早以"演义"名书之作。其后"演义"之书渐多,有经学的"演义",如南宋真德秀的《大学衍义》;诸子学的演义,如南宋张德深推衍司马光《潜虚》而成的《潜虚演义》;诗学的演义,如元张性的《杜律演义》;术数的演义,如明陈道生的《遁甲演义》。这些"演义"之作都依据某部原著,敷衍内容及增广文字、阐发意义,是"演义"这种言说方式的产物。

《三国志演义》是首部正式题署"演义"的历史小说。明刊《三国演义》的题名大有意味:嘉靖元年刊本全称为《三国志通俗演义》,其"演义"用作名词,已衍化为一种小说类型;而其余大部分刊本的题名中都嵌有"按鉴演义三国志传"等字,其中"演义"仍作为动词,指示一种针对正史的阐释性言说方式。明清历史小说之题名,"演义"与"传""志传"同义,并无根本的体式之别。无论"演言"还是"演事",其言说方式具有相同特征,即推演事义、增广文字、揭示意义。① 鲁迅《中国小说史略》论"演义"曰:"皆排比陈寿《三国志》及裴松之注,间亦仍采平话,又加推演而作之。"

3. 演义是古代文学创作的基本手法

学界前贤对"演义"的认识和观点有一种偏差和误区:"演义"最初作为一种言说方式,并非起源于史学文献,并非是先秦史官的创造发明,它来源于周代上层社会仪式中的言说艺术。实际上,"演义"是中国文学特别是中国早期诗歌创作的一个基本规律和基本手法,中国早期诗歌就是在层层"演义"中创作和发展的。在"春秋三传"阐释、演绎《春秋》之前,"演绎(演义)"艺术已在西周广泛应用。"三传"对《春秋》的阐释、演绎,只是时代言说艺术手法和规律的应用,而不是发明创造。

至今为止,学界尚不知"演义"有"以诗演诗"(《诗经》)、"以史演史"("春秋三传")、"以文演文"(《庄子》等)、"以象演象"(《周易》)的种类区别,以为"演义"只属于"史"的范畴,而不知"演义"从一开始就属于"文"(文学创作)的范畴和"艺术"(语言艺术)的范畴。故《后汉书·周党传》曰:"党等文不能演义,武不能死君。""文"有诸多方面,而曰"文不能演义",可知"演义"在"文"的范畴中的重要地

---

① 杨绪容:《"演义"的生成》,《文学评论》2010 年第 6 期。

位。顾颉刚说："《太誓》，史也，其文皆若诗、若箴，岂复誓师之辞？盖史之所作而瞽之所歌也；不则瞽闻其事于史而演其义于歌者也。"①

就《诗经》来说，我们现在以《诗经》为底本研究"诗"的发生，我们只能这样做。但在当时，这种演义（演绎）艺术，本质上其实不是诗性的演义，而是歌舞性质的演义。诗、戏剧、说唱等多种艺术即滥觞于周代的礼乐歌舞表演，它们也继承了周代礼乐歌舞表演的基本手法：演义（演绎）。王国维在《宋元戏曲考》中称戏曲是一种"以歌舞演故事"的艺术，笔者对此欲指出的是：以歌舞演故事的艺术岂止宋代才有？周代即已有这种艺术。

《韩诗外传》虽然只是在故事的末尾引诗，但其中的每一个故事其实是为阐释故事末尾所引之诗（诗句）而创作的，故其书称为"传"。这个"传"，既有名词的文体意义的"传"的含义，亦有动词"传"的含义。《韩诗外传》这样的书如果是在唐宋以后，则一定会称为"韩诗演义"的书名。因为"外传"的含义，就是从外在方面用故事的方式阐释《诗》句的意思。

南宋至明，"演义"之风盛行，经部、子部、集部的著作均有"演义"，而唯独史部的著作没有一部"演义"。② 这是很令人深思且富有启发意义的，因为"演义"本就不单单属于史学范畴。早期以"演义"为名的书籍多数并不是史类著作，而大抵是经学类著作，如《苏氏演义》《大学衍义》《三经演义》《尚书演义》《易演义》《诗演义》《杜律演义》等。明梁寅《诗演义·序》："博稽训诂，以启其塞。根之义理，以达其义。隐也使之显，略也使之详。"

西方"轴心时代"，柏拉图和亚里士多德都主张过诗是"模仿"说，这当然是有一定道理的。但中国早期诗歌的发生，模仿说不能解决、解释一切问题和本质问题，因为中国早期诗歌创作固然有模仿的因素，但超越才是实质。没有超越，而只是模仿，仍然不会有诗。而中国早期诗人超越的重要手段就是"演义"。诗的产生，与其说是语言文字发展的结果，毋宁说是一种新的意识形态和思想理念的形成和建构。诗和诗人受人崇拜，根本因素就在于此。柏拉图也在《伊安篇》中认为诗人是"受到灵感的神的代言人"，诗是"一种轻飘的长着羽翼的神明的东西"。"最平庸的诗人也有时唱出最美妙的诗歌"，而美妙的诗歌则是"诗神的作品"，是"神的诏语"。"诗人创造的是金的世界，它绝不是对上帝创造的铜的世界的镜像式的简单模仿。"③

---

① 顾颉刚：《史林杂识》，中华书局，1963 年。
② 黄霖：《"演义"辨略》，《文学评论》2003 年第 6 期。
③ 何伟文：《论锡德尼〈诗辩〉中诗人的"神性"》，《外国文学评论》2014 年第 3 期。

三　演义的要义

1. 求变

社会、时代是不断发展、千变万化的，而"经"及其承载的"道"却是不变的。在不断发展变化的社会、时代面前，"经"以其不变应万变，必然会有一定的缺陷。于是各个时代的人们用各种"变"的形式和方式，传承"经"及其承载的"道"。各个时代各种变化的传"经"方式，各种演绎（演义），乃是人们为传承"经典"及其承载的"道"而所作的努力，为克服"经"及其承载的"道"之"不变"缺陷的一种应变手段。

《论衡·书解》："圣人作其经，贤者造其传，述作者之意，采圣人之志。"《礼记·中庸》："子曰：'无忧者，其惟文王乎？以王季为父，以武王为子，父作之，子述之。'"这些经典语录中其实都含有"演义"的因素在内。

从诗歌的角度而言，"演义（演绎）"方式之变往往是由音乐之变决定的。音乐之变决定了语言和言说方式之变，而由此又带来了内容之变。当然，无论是音乐之变还是内容之变，都应该是由社会之变引起的。汉赋由骚体赋变为汉大赋，又变为东汉之抒情小赋，唐诗从初唐至晚唐诗歌创作的变化，都是社会时代变化的产物，宋词亦如是。

最初的变纯是一种技艺，需要的是较强的记忆力、婉转的歌喉、善辩的口才，而不一定需要歌咏的专业知识和理论素养，甚至连基本的读写技能都不一定要有。[①] "演变"虽是后起词，但这种演而变之的语言、说唱表演艺术和文化现象却古已有之，且源远流长。《周颂》"经"文产生以后，在西周初期的成、康之际，就已经产生了对《周颂》这些"经文"加以"转变"的意识，通过唱诵、讽咏方式的转变，使"经"呈现出新的面貌、新的涵义。没有周代乐语这种语言讽诵方式的转变，就没有新诗的产生。而六种"乐语"：兴、道、讽、诵、言、语，其实就是六种演绎（演义）方式。

2. 翻新

中国早期的演义（演绎）艺术基本是口头演义，即接近于后世说唱艺术的演义。且先秦时期周代的演义（演绎）艺术是群体性的，非个人艺术行为，如"乐语""合语"。这类群体演义（演绎）艺术具有程式化的特点。

[①] 俞晓红：《论变文是俗讲的书录本》，《温州师范学院学报》2006年第4期。

"程式中蕴涵着传统的智慧，是一种集体的意象。它是一定地域、一定阶层较为固定的集体描述，蕴藏着一定传统中人们的审美文化心理。"①"对于歌手而言，程式是他构筑诗句或者故事的'建筑用砖块'，他的史诗大厦就是这样一块一块垒搭而成的。他不能去斟酌每一个字眼，他需要的是整块的砖头，拿来就用，不能在表演现场加工材料。"②

程式带来了重复，而语言表达的重复艺术又创造了《诗》的重章叠唱。但重复不是无意义、无规律的重复，而是一种逐层翻新的重复。西周初期的《周颂》不分章，不重章叠唱，由此可知西周初期的说唱艺术是不重复的。自正《大雅》开始分章，从而逐渐有了重章叠唱；至西周中后期的正《小雅》，重章叠唱艺术才成熟起来。由此可以清晰地看出西周音乐语言重复翻新艺术的发展轨迹。

变的实质是求新。翻新、求新，是变的宗旨。有变而无新，则无需变，或者是不成功的变。翻出新意是变的必然结果。演义而带来的翻新，不仅指内容的翻新，更是艺术的翻新。"诗"就是在层层演义（演绎）中，艺术手法不断翻新，艺术水平逐步提高的。在这方面，《诗》就是最典型的例证。从《周颂》到《大雅》，再到《小雅》，再到《国风》，艺术风格和水平逐步从朴拙到疏朗，到流畅，再发展到精致，明显地反映出周代诗歌的艺术发展轨迹。

3. 通俗化

"变"是一种迎合时代的变。欲迎合时代，除了变出新意之外，还需以"变"（演义、演绎）的方式使之通俗化。中国自有语言、文字以来，语言文化一直是沿着由"诘屈聱牙"、晦涩难懂向浅显易懂、通俗流畅的方向发展的。与之相伴，诗歌艺术及其语言表达也是沿着这样的风格路线发展变化的。每一次变化，都是时人用新的时代语言去演义（演绎）前代经典的结果，文学艺术也在代代相承的演义（演绎）中越来越通俗化。

依据某种相对来说更为经典的底本，对其进行通俗化的演义翻新，这种类似于二度创作的模式，是许多文学、曲艺文本的共同特征。如今大量的文学、曲艺乃至戏曲作品，很多都各自有其母本，而这些作品的意义正在于其文本比元典包含了更多通俗化的文学因子。文学、文化文本创作的关键正在于因"俗"而变。当时代文化的通俗语境发生变化的时候，其衍生文本也应当有所回应。从这个角度而言，唐代以后的各类"变文"与"演义"，都是文学、语言艺术与时俱进的

---

① 富世平：《敦煌变文中的程式及其意义》，《敦煌研究》2008 年第 4 期。
② 朝戈金：《口传史诗学：〈江格尔〉程式句法研究》，广西人民出版社，2000 年。

产物。

宗教界也是如此。经师与导师的讲经唱导,不过都是一种化俗的手段。《唱导总论》说:"昔草创高僧本以八科成传,却寻经导二伎,虽于道为末,而悟俗可崇。"可见"经导"是作为化导俗众的"伎艺"而显示其存在价值。①

4. 艺术虚构

《孟子·尽心下》:"尽信《书》则不如无《书》。吾于《武成》取二三策而已矣。"孟子对于《书》尚且如此看待,那么我们对于《诗》,则要加一个"更"字。毫无疑问,《诗》的虚拟、演绎、发挥成分比《书》要多得多。从最早的《周颂》开始,"诗"就是一步一步在"演义(演绎)"中诞生的。所以,如果信奉古人"六经皆史"的话,那么至少对于《诗》则要另眼相看,否则,那就真的是"周余黎民,靡有孑遗"了。我们可以把孟子的话延伸为:"尽信书,则不如无书。"

明冯梦龙《警世通言序》:"野史尽真乎?曰:不必也。尽赝乎?曰:不必也。然则去其赝而存其真乎?曰:不必也。人不必有其事,事不必丽其人。其真者可以补金匮石室之遗,而赝者亦必有一番激扬劝诱、悲歌感慨之意。事赝而理亦真,不害于风化,不谬于圣贤,不戾于诗书经史,若此者其可废乎?"《说岳全传》金丰曰:"从来创说者不宜出于虚,而亦不必尽由于实。苟事事皆虚,则过于诞妄,而无以服考古之心;事事皆实,则失于平庸,而无以动一时之听。"他从历史演义的角度,主张"实者虚之,虚者实之"。由此可见,"演义(演绎)"其实是文学创作最重要的手法。

培根说:"由于真实历史事件和行为没有这种满足人的精神的伟大,诗便虚构出更伟大、更具英雄气概的行为和事件。由于真实历史所提供的行动的成功和结局并不太符合人们的善恶价值观,诗便对此进行虚构,使之更公正地顺应因果报应,更符合神启天道。"②卡西尔则认为:"倘若艺术要无条件地放弃幻象的话,它也就同时放弃了艺术直觉和艺术创作的对象。"③弗莱则认为:"诗人具有明显不顾事实的独一无二的特权,于是在传统上诗人被称作'得到许可的说谎者'。"④制作出来的文本包含作者的主观意图,但它与作者的真实情感是两码事。"制作"的主要意图是刺激接受者的情感反应,而不是表达个人的情感。⑤

---

① 俞晓红:《从寺院讲唱到俗讲、转变》,《河南教育学院学报》2006 年第 1 期。
② [英]培根:《学术的进展》,刘象愚、陈永国译,北京大学出版社,2003 年。
③ [德]卡西尔:《人文科学的逻辑》,关之尹译,上海译文出版社,2004 年。
④ [加]弗莱:《批评的剖析》,陈慧译,上海外语教育出版社,2009 年。
⑤ 卢永和:《"诗言志"与"诗是某种制作"》,《学术论坛》2009 年第 1 期。

但是我们必须认识到，对于"诗"而言，特别是对于早期的诗而言，"制作"其实就是"创作"和"创造"。中国早期诗歌制作和创作的基本手法是演绎，中国早期诗歌是演绎的产物。演绎就是发挥、虚构、想象、引申，演绎就是文学创作。故《诗经》绝不能当作信史看待，《诗经》中的铺叙、描写绝不能当作真实的历史看待，因为演绎手法有力地证明了《诗经》是文学，不是历史。这一结论的得出，并不降低《诗经》的价值和地位，恰恰相反，这一结论的得出会提高《诗经》的价值和地位。一个简单的比较性例证是：中国古代"四大名著"中，从历史的角度看，《红楼梦》是最不真实、最不可信的，因为《红楼梦》的人和事全为虚构，全为历史上所无，但是《红楼梦》却是公认的中国古代"四大名著"之首，它的价值和地位是其他三个名著所无法代替的。因为《红楼梦》的真实是最高级的艺术真实，是超越了历史真实的文学意义上的"真实"。

诗人的语言是一种求美的语言，思维也是一种求美的思维。诗歌在求美的同时，当然也求真，但诗歌的"真"是一种文学意义上的"真"，而不是现实意义上和历史意义上的真。文学意义上的"真"是一种高级的真实，是一种抽取历史精华因素的真实，不是低级的复制式的、录制式的真实。所以文学能使人受到教育和激励，涤荡和净化灵魂，陶冶情操，而复制、录制式的真实历史却往往只能给人带来无奈、粗俗和消沉。

"其称名也小，其取类也大。其旨远，其辞文。其言曲而中，其事肆而隐。"（《周易·系辞》）此语用来形容诗的语言，倒是极为妥帖。"易道与诗道存在一定契合。易道最终目的在于求真，在于穷理尽性，完善宇宙人生；诗道中的审美也与求真、求善不可分开。杰出的诗人以圣人一般的眼界和胸怀昭示真谛，将求真与审美合而为一。"①

诗的言说是对语言的特殊运用，是更高层次的言语行为，它是人类心灵不断扩大、延伸的产物。诗的言说对真理的暗示只有通过审美性才能实现，以审美的语言本真地言说存在。一个人可以没完没了地讲，但他却什么也没说，因为他谈吐的不是焕发着鲜活生命的话语。诗意的言说，本真的言说，从中可以听见诗人对存在的独特领会和理解，将存在个性化地昭示出来，它是惊世骇俗的。同时这种情感在接受者的审美领会中也唤起了一种发现，感受到自己生活在世界中的一种新方式。所以有人曾说，诗更新了我们生活的地平线。审美的文学语言提出并突出了一种生活态度，它以不同的方式构造出我们的生活态度。正是在这

---

① 李瑞卿：《易学语言观念及其诗学意义》，《中国中外文艺理论研究》2014 年第 4 期。

个意义上说,诗的言说是真理的一种生产方式。①

中国艺术从一开始就是写意艺术,写意艺术重在写其神,而非写其形。诗歌亦是艺术,中国早期诗歌在演义中翻新,亦是重在"演"其神,而非演其形。因此,中国诗歌在一开始就是一种半虚拟的创作状态,一开始就呈现出较高的文学、艺术价值。《诗经》的"比兴"艺术,最早亦是由一种思维方式演变为诗歌艺术的。"比兴"的实质其实就是"演义(演绎)"艺术由实到虚的发展产物,是"演义(演绎)"和虚拟艺术不断升级的产物。"演义(演绎)"艺术的不断升级和翻新,几乎决定了早期诗歌从发生到发展演变的一切方面。

"演义(演绎)"本身亦源远流长,早在神话时代,这种引譬连类、类比联想、触类旁通的"演义(演绎)"思维和手法就已经存在和使用。"神话还意味着一种认知和信仰,一种创造意义的工具和活动,它将有限的、不连贯的经验重新加以组织,使之成为一个完整、连贯、可理解的有机整体。巫觋的话语具有一种'拟境'的性质:它不是对现实的客观描述,而更多地属于一种想象性的陈述。它固然也包含了某些经验性的观察和反思,但随即就把这种观察和反思的结果纳入一个想象的框架之中。而这个框架是由超验的直觉和幻想所构成的,本质上属于一种难以验证的信仰。因此巫觋被视为'民之精爽不携贰者',具有'其智能上下比义,其圣能光远宣朗,其明能光照之,其聪能听彻之'的异能,具有祈福禳灾、前知前见的能力。他能够把凌乱而有限的现实经验转化为一种逻辑连贯的有意义的整体。而要做到这一点,超越的想象几乎是必不可少的,而且再没有比语言更为便利的工具了。"②

5. 演义的缺陷

演义虽求变,但所"演"之元典的核心思想不能变,这是"演义"成功与否的关键。

成功的演义,其本身亦不失为文化经典,如《三国演义》。但历史上亦有大量不成功的演义作品,大都湮没在历史长河中。如《清华简》所收录《周公之琴舞》组诗,对周公及《诗》的演义(演绎)即大失其真。及时行乐的思想在西周初期的周人那里是断断不会有的,更不会在周公的思想意识中出现。《蟋蟀》这首诗是《唐风》,这首诗与周公八竿子也打不着。所以清华简《周公之琴舞》其实是战国时期人对《诗》的再次演绎。《诗》文本在战国时期人那里已经到了随意组合、演

---

① 雷淑娟:《语言的言说与人的言说》,《学习与探索》2006 年第 1 期。
② 沈立岩:《巫歌、祝由、筮辞:早期语言观念的一个考察》,《励耘学刊》2011 年第 1 期。

绎、发挥的程度。《周公之琴舞》是战国时期不成功的演诗的产物，是战国时代思想文化使之然，绝不是西周初期的实事。

清华简《保训》记录周文王以历史典故教导太子武王发，希望他能够效法前贤，不要骄纵、懈怠，以"身受大命"。这也是战国时期人对西周史籍再次演绎的文字，它的性质属于"演义"，不能作纯粹的信史看。

演义还容易造成经典本义的流失，造成经义的歪曲和误解。如《诗经》诗篇本义（即经义）在后世的湮没和流失，后人对《诗经》诗义的歪曲和误解，即与后人对《诗》的不断演义大有关系。

早期的演义大都是口头演义，形式表现为说唱。朝戈金认为，口传史诗演唱中有叙述不一致的现象："至于叙述中的缺陷，是由于歌手依照固定主题来结构故事的，但是它们又在细节的某些方面彼此矛盾或不一致。这种所谓文本的缺陷，是口头表演中所难以避免的。"①

四　《诗经》演义举证

1.《诗》是演义（演绎）的产物

《周易·系辞》："书不尽言，言不尽意。""立象以尽意。"卦象、爻象时代的《易》，虽然已经有了"书"和"言"，但它们还远没有发展到满足人们表达和交流需要的程度，当时人们需以"象"作为表达和交流的主要工具。圣人这种"立象以尽意"的发明，无意中为中国人立下了一种思维和表达范式：以"象"尽意。圣人创立的这种以"象"尽意的思维范式和表达范式的最大影响，就体现在诗歌上，体现在后世"诗"的创作上，因为早期诗歌是据仪式演剧之"象"而言说的产物，《周颂》即是这种言说的典型代表。《周颂》之后产生的正《大雅》，又是在歌舞表演《周颂》后，针对《周颂》之"象"而言说的产物。由此可见仪式表演对于中国早期诗歌产生的重要性和决定意义。

中国学界皆知中国文学评论的象喻、隐喻特征，而不知中国文学创作其实也是以象喻、隐喻为基本特征的。"语言与思维相表里，思既翻空易奇，言亦无翼而飞，最具自由而少有限制。"②从原始卜筮辞到巫祝祝祷辞，再发展到祭祀演剧之

---

① 朝戈金：《口传史诗的田野作业问题》，《民族文学研究》1999 年第 3 期。
② 沈立岩：《巫歌、祝由、筮辞：早期语言观念的一个考察》，《励耘学刊》2011 年第 1 期。

辞,再到瞽矇讽诵之辞,甚至包括史官记录之辞①,无一不是以虚拟和想象为基本特征的。因为它们都是抒写、抒情性的,因而它们无一不是以演义(演绎)为基本铺叙手法。那么在它们基础上产生的最早的"诗"——《周颂》,无疑也是演义(演绎)性质的文字,不是实录。至于《周颂》之后,在《周颂》基础上产生的正《大雅》、正《小雅》《周南》《召南》,其逐层演义(演绎)的性质非常明显。但丁说:"诗不是别的,而是写得合乎韵律、讲究修辞的虚构故事。"②

从诗歌的发生学意义上看,重章叠唱形式的产生决定于两个因素:周代语言艺术的发展进步和周代音乐的发展进步。从演义(演绎)的角度看,《诗》的重章叠唱正是既有重复又有变化的演义(演绎)艺术手法的痕迹,即重章叠唱是演义(演绎)的产物。这种既有重复又有变化的演义(演绎)艺术,应是周代其时的语言演义(演绎)艺术向音乐学习、靠近的结果。"变奏是一种重复言说的音乐修辞艺术,某一固定的意义以不同的形式出现。其核心思想包括:主题的初次呈现,乐思推进过程中的不断重复,通过种种修饰手段而形成的形态变化。基于重复和变化的既对立又统一的乐思推进原则。变奏是最古老的音乐技法,通过主题的初次呈现、再次呈现,通过变化的呈现,主题被一次次反复,印象被一次次加强,意义被一次次申明,听者也就一次次自觉或不自觉地接受主题,在内心强化着对这个主题的意义认同。而其中变化的数量、方式和结果正是变奏曲的形式感和意趣所在。"③音乐变奏方式的多样化,带来了诗歌重章叠唱艺术的多样化。

当然,《诗经》重章叠唱艺术归根结底是一种语言艺术,它还含有多人唱和的产生因素在内。从发生学上看,重章叠唱的实质是合语时的复述,它反映了周代乐语的简单化。周代乐语简单化的缘由在于:1. 合语距离西周初乐语的时间已经比较长远,人们对周人祖先可以言说的内容越来越少,后人对周人祖先的记忆也越来越模糊。2. 合语的技艺越来越不如乐语,因而不得不复述。创作于西周初期的正《大雅》,从《文王》至《行苇》12 篇,虽然分章,但都不重章叠唱,这说明西周初期的早期乐语是不需要复述的。至西周中后期乐语才始有复述,诗歌也才出现了重章叠唱,并从西周中后期到春秋时期而逐步成熟。这种重章叠唱艺术在《诗经》中的从无到有,从简单到复杂,从单一到多样,在从《周颂》到《大雅》

---

① 钱锺书《管锥编》:"《左传》记言而实乃拟言、代言,谓是后世小说、院本中对话、宾白之椎轮草创,未过也。"中华书局,1986 年。

② [意]但丁:《论俗语》,《西方文论选》,上海译文出版社,1979 年。

③ 王丹丹:《重复言说的音乐艺术》,《中国音乐学》2014 年第 1 期。

《小雅》，再到《周南》《召南》的重章叠唱艺术的发展演变中，体现得淋漓尽致。

《诗经》"正诗"的每一首诗都经历了双重或多重的演义（演绎）过程。最初的《周颂》是把祭祀演剧作为"象"而演义的产物。随后，有音乐性质的"语"（乐语）或说唱，又是一种演义，它把《周颂》当作"象"而加以演义。正《大雅》产生之后，也应该曾经被当作"象"而加以演义。这些诗篇总"制作"之时，又经历了制作者的演绎，制作者根据原辞再次演绎、发挥而成诗。这种演义（演绎）性质的诗歌创作，后世一直沿用不衰。从《离骚》后半部分的虚拟演绎，到《长恨歌》后半部分的虚拟演绎等等，演义（演绎）手法在古代诗歌创作中长盛不衰，直至今日。《诗经》中，《国风》和《小雅》大量重章叠唱的诗篇，大都是这样在简单原辞的基础上演绎出来的。如《相鼠》："相鼠有皮，人而无仪。人而无仪，不死何为？相鼠有齿，人而无止。人而无止，不死何俟？相鼠有体，人而无礼。人而无礼，胡不遄死？"《序》："《相鼠》，刺无礼也。卫文公能正其群臣，而刺在位承先君之化，无礼仪也。"我们可以断定：《相鼠》是诗人据卫文公训诫群臣的训辞而作。试想象：当时卫文公训诫群臣时，咬牙切齿地说："你们以后谁要是再像以前那样无耻，就给我死去！"因为其辞和其事具有历史转折意义，是有关风化的历史大事，故被诗人演绎（演义）成诗篇《相鼠》。从措辞之严厉、用语之狠、表达之直白来看，当时卫文公决心移风易俗、正上层社会腐化之风、拨乱反正的意志和情态跃然纸上。

2. 《诗经》演义举证

（1）《生民》

闻一多在《神话与诗·姜嫄履大人迹考》中，对于《生民》诗中的姜嫄怀孕之谜考证曰："上云禋祀，下云履迹，是履迹乃祭祀仪式之一部分，疑即一种象征的舞蹈。所谓'帝'实即代表上帝之神尸。神舞于前，姜嫄随其后，践神尸之迹而舞。其事可乐，故曰'履帝武敏歆'，犹言与尸伴舞而心甚悦喜也。舞毕而相携止息于幽闲之处，因而有孕也。当时实情，只是与人野合而有身，后人讳言野合，则曰履人之迹，更欲神异其事，乃曰履帝迹耳。"其结论不可谓不圆满，不可谓不令人信服，故闻一多此说几乎成了《生民》诗中姜嫄怀孕之谜的标准答案。然而，如果我们从演绎的角度看，《生民》是对《周颂·思文》的演绎，而且是西周时人的演绎，那么姜嫄"履帝武敏歆"之"帝"，则很有可能并不是现实版的神尸，而是神话版的上帝或天帝。故《毛传》释曰："帝，高辛氏之帝也。"《郑笺》："帝，上帝也。"无论"上帝"还是"高辛氏之帝"，其实都比释为"神尸"更符合作诗的本义。因为《生民》通过对《思文》的演绎，目的就是要神化后稷，神化后的后稷才可以"推以配天"。诗人的本义其实就是姜嫄踩着上帝的足迹而感应孕，这样以来，后稷才是上帝之子,"推以配天"才顺理成章,且与后文"以赫厥灵"的一连串灵异之事相吻合,如"先生如达"及三弃而不死等。如果以实事或所谓的历史真相或人之常情来理解、考证姜嫄怀孕之事,则正与诗人的本义相反,且诗歌本身也就没有了美感和吸引力,也不符合诗篇创作的演义规律。

《生民》共八章,中间六章每章都以"诞"字起头。《汉字源流字典》:"诞,本义为说大话。"又有虚妄、荒诞义,故古语有诞妄、诞妄不经。由此我们可知,"诞"的本义有夸大而言说的含义。《汉语大词典》:"诞告,广泛告知。"《尚书·汤诰》:"王归自克夏,至于亳,诞告万方。"孔《传》:"诞,大也。"秀权按:《生民》之"诞"乃乐语的痕迹,它既有开始言说之意,又有发挥、演绎、夸大之意。"诞"字在诗中反复出现,与《生民》诗最初之作义及作法息息相关。李惇《群经识小》:"周公作诗亦托于荒诞之说,何也? 曰:立言之体当然也。"《生民》未必为周公作,然其曰"立言之体当然",是符合正《大雅》乃乐语的产物这一实际情况的。

"诞"字的构形,"言"旁加一"延",我们据此可以推测,"诞"在《生民》中可能表示拉长了声音说话的样子。讽诵歌咏是语言在音乐旋律上进行延长的一种艺术表现形式。而且《生民》中间六章的起首六句"诞"字句,有三句是五个字,显然至少这三句的"诞"字是可以去掉的。我们据此可以推测,"诞"在《生民》中可能类似元代剧本中的"科""白"之类,是一种提示性文辞。所以《生民》与《诗经》所有"正诗"中的每一首诗一样,它是对礼乐仪式表演中剧本台词的记录。

西周时期人语说文王、武王之事,除了以歌颂为目的而有意夸大的言辞之外,是基本真实可信的,因为其时之人有知道其实情的可能性。但西周时人要语说后稷的事情,就未必知其实情了。《生民》中后稷的传说故事,不仅对于今人来说是神话传说,可能对于西周行乐语仪式之人来说,已经是或接近神话传说了,故《生民》所歌咏之事的虚诞是固然的。履帝迹、后稷被弃而存活,是乐语之人神话后稷形象的夸大、想象之辞,不可过于考实,否则无助于甚至有碍于经义的理解。《生民》所歌咏之事是虚诞的,诗中所叙神话是夸大、想象之辞,是不可以实事和历史加以考证的。它是在艺术性地展现历史,其创作宗旨并不在于记录历史。这也正如《玄鸟》诗中所言的"天命玄鸟,降而生商",诗人的意思就是说上天命令"玄鸟"降临人间而生下商人。诗人作诗运用的是神话思维和艺术思维,而不是历史思维和逻辑思维。周代其时之人在运用神话思维方面的优势,是今人不可企及的,甚至是今人无法想象的。

(2)《氓》

《氓》亦是《诗》之演绎手法的绝佳一例。

要理解《氓》的诗义，首先必须做两个脑急转弯。第一个脑急转弯是：今人提倡恋爱婚姻自由自主，这当然是对的。但周代是礼制社会，一切社会思想行为皆纳入礼的轨道，故周代的恋爱婚姻观念与今相反。周代之时的一个女性，如果她的恋爱婚姻没有遵从"父母之命、媒妁之言"，而是自由恋爱结婚的，肯定不会受到社会的肯定和同情，不会被社会正统思想所接受，从而必被视为离经叛道，视为淫乱。《氓》的主人公就是如此。

第二个脑急转弯是：作者≠叙述者（"我"）。文学作品的作者不等于作品的叙述者，即作品中的"我"。文学作品最重要的创作手法就是经过提炼之后的虚拟、演绎，特别是诗歌，这一手法在《诗经》运用得很普遍，这也是《氓》这首诗最易于使人误解的原因。

《序》："《氓》，刺时也。宣公之时，礼义消亡，淫风大行，男女无别，遂相奔诱。华落色衰，复相弃背，或乃困而自悔丧其妃耦，故序其事以风焉。美反正，刺淫泆（yì）也。""美反正，刺淫泆"，即美妇人反悔自正，以之刺淫乱的世风。诗中的女性在恋爱婚姻上做错了，事后又有所反悔，故诗人美之以风世人。马其昶《诗毛氏学》："结婚而不由父母之命，读此诗可鉴矣。"《氓》的本义是使人受到人生的启示和教育：婚姻之事不可随意苟合。故诗人"序其事以风"，美妇人反悔自正并以之刺淫。今人以《氓》为女子无故被弃，这种偏离经义的阐释只会引起读者对男人的误怨。两相比较，孰高孰下，不言自明。

《氓》的诗义为什么是"美反正，刺淫泆"？因为这首诗的创作是有时代历史背景的，这个时代历史背景就是《诗序》所言卫国国君卫宣公淫乱之事。国君乱于上，而民化于下，上行下效，遂造成"淫风大行，男女无别，遂相奔诱。华落色衰，复相弃背"。此即印证了《诗大序》所言"一国之事系一人之本"的含义：一国之如何，全系于一人之如何；一人之如何，决定了一国如何。这是对古代君主制国家性质的高度概括。"一国之事系一人之本"是《国风》的总纲。

诗人根据卫宣公时期上乱下化的社会状况，提炼、概括、虚拟了一女性受淫乱世风影响而私自"淫奔"的典型形象，以此讽刺当时淫乱的世风。诗中之氓、女、我、尔，并不针对某一个具体的人，它们是一群人、一类人的代称，或理解为一种社会现象的代称。故孔颖达《毛诗正义》曰："当时皆相诱，色衰乃相弃，其中或有困而自悔，弃丧其妃耦者，故叙此自悔之事以风刺其时焉。美者，美此妇人反正自悔，所以刺当时之淫泆也。'复相弃背'以上，总言当时一国之事；'或乃困而自悔'以下，叙此经所陈者，是困而自悔之辞也。上二章说女初奔男之事，下四章言困而自悔也。"古人的阐释，你越品味越有意思，越琢磨越能受到教育；而今人的阐释只是肤浅的表象和无关宏旨的皮毛。

诗中用古人对普通民众的称呼"氓"代指诗中的男性,这至少即说明了两个至关重要的方面:其一,诗中的人物是提炼、概括、虚拟的人物形象,非特指、专指某个特定之人;其二,诗中所叙之事是当时普遍的社会现象,不是特定的偶然的个人之事。卫宣公上乱下化,造成卫国礼义消亡,淫风大行,这在当时是人人皆知之事,故其时之人读《氓》,不需要思考就会明白诗义。而对于后人、今人来说,社会文化背景的消失,造成了对诗篇本义理解的困难,再加上诗人高超的提炼、概括、虚拟、演绎的艺术水平,以及以女性第一人称的叙述视角,今人要理解《氓》的本义,自然极为困难。

《氓》除了首段之外,后文均是女性的回忆、反思和怨悔之辞,正是这些内容最易使今人误解。其实,这些回忆、反思和怨悔之辞均是诗人围绕诗的本义、诗的主题的发挥、演绎之辞,它们并不是诗的本义和主题。诗人浓墨重彩地演绎女性的怨悔,就是要突出表现"淫乱"的祸患和结局。而正是这些浓墨重彩的演绎之辞,造成了后人对诗义的误解。如果把《氓》的反思和怨悔之辞当作《氓》的正义和主义,那就难怪认为《氓》是弃妇诗了。对于《氓》这样的诗而言,诗的本义是寄寓于文字之外的,原因就在于当时歌舞表演的演绎艺术。"言而无文,行之不远。"诗人总得把诗的主题演绎成一个有情节的故事,诗才完整,才有文采,才易于流传。这也正如同《红楼梦》,光有一个反封建的主题还不够,必须得把这个主题寄寓于一个生动感人的故事之中,这才算是文学。否则,只有一个主题,没有一个可以寄寓主题的故事情节,那只能是标语口号或公文,而不是文学。

《诗序》对《氓》的阐释,不仅仅是一首诗的现象,它涉及《诗经》创作手法的一种普遍现象:演义(演绎),代言,虚拟。演绎在《诗经》中无处不在,在古今诗歌创作中亦无处不在。离开演绎艺术,几乎无法进行任何诗歌创作和文学创作。

(3)《关雎》

《关雎》的主题句:"窈窕淑女,君子好逑。"

《关雎》共五章,第一章是中心意思,是主题之所在,后四章是对主题的演绎(演义)。诗人之意全寄寓于"窈窕淑女,君子好逑"两句,其他诗句都是围绕主题句的发挥、演绎之辞,故《诗序》阐释《关雎》之义曰"乐得淑女以配君子",一语即点破了《关雎》的主题。如果把"求之不得"如何如何、求得之时如何如何这些内容当作诗的正义和主义,那就难怪认为《关雎》是普通男女恋歌或新婚之歌了。我们分析一下《关雎》是如何演绎的。

《关雎》第二至五章分两层意思：二章、三章为第一层：演绎如何"求之"；四章、五章为第二层：演绎"求得"后如何。第一层又分两层意思：第二章演绎"求之"，第三章演绎"求之不得"。二章、三章分别从正、反两个层面演绎主题。第二层两章意思相近，但琴瑟相对而言比较普通，故用"采之"作兴；钟鼓较之琴瑟显然很贵重，能"钟鼓乐之"的女性一定是后妃之类的人，故用"芼之"作兴。《传》："芼，择也。德盛者宜有钟鼓之乐。"按照《毛传》的阐释，"芼"含有选择、精选的含义。在此之前，"采"比"流"已经有了进一层选择的含义。从"流之"到"采之"到"芼之"，词义范围一步步缩小，含有一层层精选的含义。而"流之""采之""芼之"，正照应着各自的下文"求之""友之""乐之"。"左右流之"比较随意，正适合比较随意的"求之"；在"流之"基础上有所选择的"左右采之"，正适合进一步的"友之"；在"友之"基础上精选后的"左右芼之"，故进一步可以"乐之"了。看似并列的意思，其实含有递进的含义。诗人抒写及遣词用语之精妙，演绎艺术之高超，叹莫能及！

二至五章的层层演绎，无非是在演绎"窈窕淑女，君子好逑"而已。《关雎》第二至第五章，尽情地演绎了主题思想："窈窕淑女，君子好逑"，也淋漓尽致地演绎了中正、和谐的理想婚恋模式。没有这些演绎，则其不成为诗。有了这些演绎，才见得"窈窕淑女"之可贵。相声艺术讲究三分逗七分捧。从某种意义上说，这些演绎的诗句，才是诗最重要的内容，是最有诗意和艺术性的内容。

《关雎》的演绎还不止于此。前文说过，古人有"依经立义"思想，"经"的衍生物"传"亦是对"经"的演绎。我们看《毛传》是如何演绎《关雎》的。

其一，对"和谐"的演绎。

《传》："关关，和声也。""关关"究竟是不是拟声词？答曰："关关"是拟声词，但它模拟的是"和声"，而不是随意的鸣叫。"和"的本义就是指声音相应或音乐和谐。"和"就是和谐。"窈窕"淑女配"君子"，当然取的就是"和"。如果"关关"只是拟声，它就承载不起兴起下文窈窕淑女配君子的作用。只有"关关"是"和声"，那么它所兴起的下文窈窕淑女配君子也才是"和声"，否则岂不是一般化的女配男，或者美女配英雄？

《关雎》后四章是对首章主题的演绎，这四章演绎的重点就是"和"。君子对淑女的追求，只是反复地表达"寤寐求之""寤寐思服""辗转反侧"而已，没有过激的思想行为，始终在一片和谐温馨的氛围中追求。这一点正是后四章所强调的重点，正是读者读诗时需特别留意的。《关雎》中的追求是多么文明、理性，多么温馨和谐。而且古代的乐器，琴瑟、钟鼓经常搭配使用，所以琴瑟、钟鼓也有比喻和谐之意。《小雅·常棣》："妻子好合，如鼓琴瑟。"《关雎》歌咏了符合礼仪的理想婚恋模式。中正和谐，就是《关雎》的基调和主旋律。

"关关"之"和声"没那么简单。儒家思想中的"修、齐、治、平"，每一个方面都离不开"和"。夫妇是人伦之源，是社会的细胞。文明社会里的夫妇处于家庭的核心位置。夫妇不和，则家庭不和，进而影响到社会之和谐。身不和不康，家不和不兴，国不和不治。而《关雎》，就是儒家"修齐治平"思想的艺术化展演。所以，读《诗经》，你遇到的第一个词就是"和"，读出的第一个含义就是"和"，受到的第一个教育就是"和"。身不和不康，家不和不兴，国不和不治。

其二，对"夫妇有别"的演绎。

《传》："窈窕，幽闲也。"孔颖达《毛诗正义》："'窈窕'者，谓淑女所居之宫形状窈窕然，故《笺》言幽闲深宫是也，言其幽深而闲静也。"《文选》李善注引薛君《韩诗章句》："窈窕，贞专貌。"其实《毛诗》之"幽闲"，即是《韩诗》之"贞专"。

《传》："后妃说乐君子之德，无不和谐；又不淫其色，慎固幽深，若雎鸠之有别焉，然后可以风化天下。夫妇有别则父子亲，父子亲则君臣敬，君臣敬则朝廷正，朝廷正则王化成。"《毛传》这段话中含有丰富的上古文化信息知识。《毛传》最后几句排比句是以"夫妇有别"开始的。周代诗歌中强调"夫妇有别"，我们有理由推测：周代之前大抵是"夫妇无别"的时代，否则周代人就没有理由强调、宣传、提倡这一点。

按照今人理解，"夫妇有别"是不待言的，因为夫妇就是男女，男女当然有别。可是上古社会却不是这样。上古时期没有婚姻制度，在这种情况下，大概人们的理念中只有"男女"，没有"夫妇"的概念。《列子·汤问》篇记载了原始时期的情形是："长幼侪居，不君不臣；男女杂游，不媒不聘。"《管子·君臣下》："古者未有君臣上下之别，未有夫妇妃匹之合，兽处群居，以力相征。"《吕氏春秋·恃君览》："昔太古尝无君矣，其民聚生群处，知母不知父，无亲戚兄弟夫妻男女之别，无上下长幼之道，无进退揖让之礼。"《白虎通·号》篇："古之时，未有三纲六纪，民人但知其母，不知其父。能覆前而不能覆后。于是伏羲仰观象于天，俯察法于地，因夫妇，正五行，始定人道。"《礼记·曲礼上》："夫唯禽兽无礼，故父子聚麀。是故圣人作为礼以教人，使人以有礼，知自别于禽兽。"人类进入文明社会，有了婚姻制度，才有了夫妇。西周宗法制的建立，特别需要以夫妇为核心的家庭的稳固。欲稳固、巩固宗法制，就得从"夫妇有别"开始。

"夫妇无别"，即男女无别。男女无别，即意味着群居，意味着杂婚，意味着乱伦，是动物式的生活。"夫妇有别"，即男女有别，这种意识是人类进入文明时代的标志。从"夫妇无别"到"夫妇有别"，是文化的巨大进步。《孟子·滕文公上》：
"饱食、暖衣、逸居而无教，则近于禽兽。圣人有忧之，使契为司徒，教以人伦：父
子有亲，君臣有义，夫妇有别，长幼有叙，朋友有信。放勋曰劳之来之，匡之直之，
辅之翼之，使自得之，又从而振德之。"孟子认为帝尧（放勋）教化民众以人伦，其
中就有"夫妇有别"，这应该是儒家对帝尧的神化。《毛传》所阐释的《关雎》中的
"夫妇有别"才是真实的历史情况。但两者所强调的最高统治者以身作范、导民
以正的教化、风化作用是一致的。《礼记·效特牲》亦曰："男女有别，然后父子
亲，父子亲然后义生，义生然后礼作，礼作然后万物安。无别无义，禽兽之
道也。"

"夫妇有别"也指一种男女外内之别。《易经·坤·文言》曰："阴虽有美，含
之以从王事，弗敢成也。地道也，妻道也，臣道也。地道无成而代有终也。"所以
儒家认为，"成"是男人的事；而女性本应该"弗敢成""无成"。在家庭中，夫为阳，
妻为阴，阴是辅助阳的。《礼记·礼器》曰："大明生于东，月生于西，此阴阳之分、
夫妇之位也。"《礼记·内则》："礼始于谨夫妇，为宫室，辨外内。男子居外，女子
居内，深宫固门，阍寺守之。"《国语·鲁语上》："男女之别，国之大节也，不可无
也。"《周易·家人·彖》："女正位乎内，男正位乎外。男女正，天地之大义也。"知
此，我们就明白了《毛传》释"窈窕"为"幽闲"的理由。同时我们也可明白，"窈窕"
其实就对应着前句"在河之洲"。或者说，在河之洲的水鸟，就象征比喻"窈窕淑
女"。这就是儒家思维中的"后妃之德"。在周代那个时代，能配"君子"的"窈窕
淑女"当然是"后妃"。《礼记·中庸》子曰："君子之道造端乎夫妇，及其至也，察
乎天地。"《礼记·昏义》："敬慎重正而后亲之，礼之大体，而所以成男女之别而立
夫妇之义也。男女有别而后夫妇有义，夫妇有义而后父子有亲，父子有亲而后君
臣有正。故曰：昏礼者，礼之本也。""夫妇有别"有利于充分发挥男女各自的最
大潜能。这就如同社会分工越细，越有利于人的潜能的发挥。

其三，对"不淫其色"的演绎。

《关雎》所强调的"窈窕"淑女，还有另一层含义，此即《毛传》所言："又不淫其
色，慎固幽深，若雎鸠之有别焉。"看来淑女后妃"慎固幽深"（窈窕）还有一个重要
因素："不淫其色"。"其"当然指"淑女"。关于这一点，《诗大序》有具体阐述：

> 《关雎》，后妃之德也。风之始也，所以风天下而正夫妇也。……是
> 以《关雎》乐得淑女以配君子，忧在进贤，不淫其色；哀窈窕，思贤才，而
> 无伤善之心焉——是《关雎》之义也。

《大序》明言"《关雎》乐得淑女以配君子"。"不淫其色",意为"使之(君子)不淫其色","其"指"女"。"无伤善之心",意为"使之(女)无伤善之心"。

《大序》末段之意分两层说:"乐"正照应"哀","忧"正照应"思","不"正照应"无"。意思虽分两层说,而两层意思实则相同或相近:"乐得淑女以配君子",即"哀窈窕"之意;"忧在进贤",即"思贤才"之意;"不淫其色",即"无伤善之心"之意。

《论语》孔子所言"《关雎》乐而不淫,哀而不伤",即是对《诗大序》末段之意的概括:乐(得淑女以配君子,忧在进贤)不淫(其色),哀(窈窕,思贤才)而无伤(善之心焉)——是《关雎》之义也。

《诗大序》这几句话,句句吃紧,字字关键。反复强调"得淑女""配君子""进贤""不淫其色",其核心含义就是"窈窕淑女,君子好逑",故一言以蔽之曰:"后妃之德"。

《关雎》所强调的"不淫其色"这一理念非常重要,特别是对于后世读者而言,它比上一层含义更重要。只要想一想,古往今来,有多少人因为"色"而误身、误家、误国,就可明白:圣人的思想是多么深刻,圣人的眼光是多么高远,他的心胸、眼光遥视千万代!"历史学家描述已发生的事,而诗人却描述可能发生的事,因此诗比历史是更哲学的、更严肃的:因为诗所说的多半带有普遍性,而历史所说的则是个别的事。"①诗的这种高度概括性、预见性和智慧,是诗的永恒魅力之一。

实际上,"不淫其色"这一层意思,与"夫妇有别"这一层意思是密切相关的。试想:在"夫妇无别"(即男女无别)的时代,怎么可能做到"不淫其色"?"窈窕淑女"在《关雎》中出现了四次,反复强调"窈窕淑女",主要就是欲强调"夫妇有别""不淫其色"。《毛传》在阐释"雎鸠"时,特意强调此鸟"挚而有别",也正是强调"夫妇有别""不淫其色"这一思想理念。在中国文明开化之始的那个时代,儒家所倡导的这一思想理念的巨大思想文化意义,无论你怎么拔高它,都不为过。

古人的阐释,你越琢磨越有意思,越琢磨越能受到教育和启示,越琢磨越觉得深刻。而按照今人的阐释理解《关雎》,你连这首诗的皮毛都没掌握。

《大学》:"心不在焉,视而不见,听而不闻,食而不知其味。此谓修身在正其心。"今人读解《关雎》,正如古圣人所言之"心不在焉,视而不见,听而不闻,食而不知其味"。

---

① 朱光潜:《西方美学史》,人民文学出版社,1981年。

五　演义在古代文学创作中的应用

1. 九歌

鲁迅说："创作，表面是一张画或一个雕象，其实他自己思想和人格的表现。"(《热风》)演义(演绎)亦是创作，演义(演绎)的内容和形式亦是作者思想和人格的表现。在这方面，《九歌》是典型的例子。

王逸《楚辞章句》："《九歌》者，屈原之所作也。昔楚国南郡之邑，沅湘之间，其俗信鬼而好祠，其祠必作歌乐鼓舞以乐诸神。屈原放逐，窜伏其域，怀忧苦毒，愁思沸郁，出见俗人祭祀之礼，歌舞之乐，其词鄙陋，因为作《九歌》之曲，上陈事神之敬，下见己之冤结，托之以风谏。故其文意不同，章句杂错，而广异闻。""广异闻"其实就是演义(演绎)。朱熹《楚辞集注》："蛮荆陋俗，闻既鄙理，而其阴阳人鬼之间又或不能无亵慢淫荒之杂。原既放逐，见而感之，故颇为更定其词，去其泰甚，而又因彼事神之心以寄吾忠君爱国眷恋不忘之意。是以其言虽若不能无嫌于燕呢，而君子反有取焉。"

荆楚旧俗"信巫鬼，重淫祀"，沅湘僻壤巫风尤盛，祭歌、巫歌不会少，但这并不是《九歌》，仅仅是屈原写作《九歌》的素材。屈原把带有浓厚迷信色彩的祭歌、巫歌进行彻底改造，使祭歌中的神灵完全摆脱原始的野性，以全新的姿态出现在人们面前。"寓情草木，托意男女"，《九歌》是屈原忧世伤时的抒情之作。明李光地《九歌后语》："《九歌》则《离骚》之外篇尔。"清林云铭《楚词灯》认为：《九歌》"乃《九章》之变调，非他人祀神者所能取用"。[1]

陈玉洁认为，屈原创作《九歌》使用了"代拟"艺术，包括：1. 叙赞式结构。直接抒写对神灵的颂赞、怀思之情，如《东皇太一》《云中君》《国殇》。2. 对唱式结构。人、神对唱的抒写方式，如《大司命》《少司命》。3. 寻觅、纪行结构。通过寻觅神灵而不遇，抒发对神灵的怀思之情，如《湘君》《湘夫人》。《九歌》拟神鬼之情状栩栩如生，个性鲜明，历代诗论家或论其"情致缥缈"，"善言鬼神之情状"，或曰"喜读之可以佐歌，悲读之可以当哭"，或曰"状所祀之神，几恍惚有物矣"。[2] 秀权以为，屈原《九歌》的"代拟"艺术，本质上是一种演义(演绎)艺术。屈原创作手法的出发点是演义，因演义而代拟。我们欣赏、赞叹、折服的是诗人非凡、高超的

---

① 曲宗瑜：《是"巫歌"还是屈原之歌》，《辽宁师范大学学报》1984 年第 4 期。
② 陈玉洁、潘啸龙：《〈九歌〉"代拟"艺术研究》，《阜阳师范学院学报》2003 年第 5 期。

演义(演绎)艺术。演义(演绎),不仅使《九歌》摆脱了楚国巫歌的"鄙陋""亵慢",艺术上也远远有所超越。《九歌》对环境氛围的创设、描绘,对衣饰、扈从的虚拟,对细节、神态、心理的刻画、描摹,其实都源自于诗人屈原精湛的演义(演绎)艺术。钱锺书《管锥编》论《九歌》曰:"作者假借神或巫之口吻,以抒一己之胸臆。忽合而一,忽分而二,合为吾我,分相尔彼,而隐约间参乎神与巫之离坐离立者,又有屈子在,如玉之烟,如剑之气。胥出一口,宛若多身。叙述搬演,杂用并施。"这分明是说,屈原用自己的生花妙笔和情思演绎美妙动人的神巫故事。

《九歌》兼具了中国早期诗歌发生规律中的"制作"和"演义(演绎)"两大特征——《九歌》是以"演义(演绎)"手法而"制作"出来的诗歌。屈原的"制作"是先秦诗歌继《诗三百》之后的又一次制作。刘熙载《艺概·赋概》:"《楚辞·九歌》两言以蔽之,曰:乐以迎来,哀以送往。"之所以如此,是因为特定的"制作"和"演义(演绎)"是有规律可寻的,是有模式和定式的。闻一多在《什么是九歌》中认为:"《九歌》是一种祭坛前的雏形歌舞剧,而我们只能从纸上欣赏剧中的歌辞。"这也是《九歌》如同《周颂》那样被"制作"过的痕迹和证据,否则就不会有这种"歌舞剧"的形态。王国维《宋元戏曲考》也认为《九歌》"盖后世戏剧之萌芽"。但前贤均未认识到《周颂》和《诗经》"正诗"的礼仪歌舞表演特征,误将中国戏剧之萌芽延迟了一点。

《楚辞·九歌·惜往日》:"惜往日之曾信兮,受命诏以昭诗。奉先功以照下兮,明法度之嫌疑。"王逸注:"君告屈原明文典也。"屈原"受命诏以昭诗",在屈原的作品中只能是《九歌》。这也是《九歌》是"制作"的产物的证据。清戴震《屈原赋注》:"《九歌·东皇》等篇,皆就当时祀典赋之,非祠神所歌。"在这一点上,《九歌》也与《周颂》相同,因为《周颂》也是从祭祀演剧之辞,经过"制作""演义(演绎)"而来,而不直接是祭祀的产物。仪式思维下的先秦文学,其创作是根据仪式而创作,而创作目的以及创作的成果也是为了仪式。《离骚》的创作亦以假想中的仪式为基本构思,仍然是一种仪式型思维的文学创作。这都是时代文化特征和思维特征使之然。

《周颂》与《九歌》同为"制作""演义(演绎)"的产物,它们内容和风格的不同决定于:一是官方的制作,一是个人制作。当然,它们的不同首先还决定于它们制作时所依凭的蓝本内容的不同:周天子的祭祀礼乐必定在内容和风格上不同于南方楚国的祭祀乐舞。

2. 汉赋

《文心雕龙·诠赋》:"《诗》有六义,其二曰赋。赋者,铺也。铺采摛文,体物写志也。昔邵公称'公卿献诗，师箴瞍赋'，《传》云'登高能赋，可为大夫'。诗序则同义，传说则异体。总其归途，实相枝干。故刘向明'不歌而颂'，班固称'古诗之流'也。……赋也者，受命于诗人，而拓宇于《楚辞》也。"班固《两都赋序》："赋者，古诗之流也。昔成康没而颂声寝，王泽竭而诗不作。……或以抒下情而通讽谕，或以宣上德而尽忠孝，雍容揄扬，著于后嗣，抑亦雅颂之亚也。"《汉书·艺文志》："大儒孙卿及楚臣屈原离谗忧国，皆作赋以讽，咸有恻隐古诗之义。"晋挚虞《文章流别论》："赋者，敷陈之称，古诗之流也。古之作诗者发乎情，止乎礼义。情之发，因辞以形之；礼义之旨，须事以明之，故有赋焉。所以假象尽辞，敷陈其志。"宋晁补之《变离骚序》："诗之一变而为骚，再变而为赋。"宋祝尧《古赋辨体》："汉兴，赋家专取《诗》中'赋'之一义以为赋。"清程廷祚《心青溪集》："赋与骚虽异体，而皆源于诗。"清程廷祚曰："诗者，骚、赋之大原也。"

古人论汉赋，皆与《诗》相关联，这不是偶然的，其重要原因之一是赋继承了《诗》的演义（演绎）手法。汉赋重"赋"，其实是抛弃了诗的"比兴"而专以"赋"为创作之能事，即专以铺叙描写为能事。这种创作手法的选择其实暗含了一个重要因素：对"演义（演绎）"手法的重视、继承和发展。因为《诗》的演义手法就是"赋"，"赋"就是"演义（演绎）"。而"演义（演绎）"既是文学创作最基本的功夫，也是中国早期诗文创作的基本规律。与赋或"演义（演绎）"相比，比兴其实只能算"小道"，赋或"演义（演绎）"才是大手笔。汉人在《诗》之"六义"中独选取"赋"而大力发扬之，其实是文学创作的自然选择，是对文学创作基本规律的继承和发扬。

《文心雕龙·辨骚》称《楚辞》"虽取熔经旨，亦自铸伟辞"，其实此二语所概括的是"演义（演绎）"手法的基本规律和模式。无论是《诗》中的演义，还是《诗》之后的演义，都遵循这一模式和规律。

不仅汉赋，汉乐府亦继承了《诗》的演义（演绎）艺术。《汉书·礼乐志》："至武帝……立乐府，采诗夜诵，有赵代秦楚之讴。以李延年为协律都尉，多举司马相如等数十人造为诗赋。"据有人统计，汉代乐府诗的作者大都是贵族、文人，这就说明汉乐府诗歌不是民歌。[①] 很多汉乐府诗歌，如《有所思》《上邪》，今人读起来觉得像民歌，也是因为诗人演绎艺术水平的高超所致。

3. 变文

乐语、合语本身就是中国早期的说唱艺术，六种乐语都近似于说唱，而不单

---

① 曾晓峰：《从〈乐府诗集〉的统计数据重新审视汉乐府》，《西南民族大学学报》2004 年第 3 期。

纯是"语"。如果单纯是"语"的话，就无法或者很难与"乐"相配合。所以，如果要追溯中国说唱文学和艺术的源头，笔者以为应追溯至西周初期即有的"乐语"，后来发展为"合语"。

唐代"变文"属于说唱文学，从内容上看，它们是对于故事的演说，包括佛经故事、历史故事和当代时事。至宋代说话兴起，"话本"亦是说唱艺术，是说话人演讲故事所用的底本。唐代"变文"和宋代"话本"在创作方式上都是"演义（演绎）"的产物。"除了进行文字层面的敷演、解释外，还有用通俗易懂的语言形式向普通大众宣讲佛学义理与佛教故事这一层面的意义。"①

"变"是"变相"或"变文"的简称。"变"指转变、转换、变化。第一指语体的转变。"变"指由口语变成文字，或者使书面故事口语化。相应地，"变文"就是把口语变成文字作品或书面故事口语化的作品。第二指文体的转变。"所谓'变相'，意即根据文字改变成图象，'变文'意即把一种记载改变成另一种体裁的文字。所谓'变文'之'变'，当指'变更'了佛经的本文而成为俗讲之意。"第三指语言风格的变化。"变"指把"古典的故事重新再演说一番，变化一番，使人们容易明白。"亦即使之"通俗化"。所以"变文"和"演义"的含义差不多。②

"变文"的基本形式是韵散相间，而韵散相间的形式应该是世界上大多数国家、民族早期诗歌、韵文及口传文化的一个共同特征。作为文明古国的中国，这种常见形式自然不应该是外来文化影响的产物。韵散相间的形式早在先秦即已出现，如楚辞、早期辞赋、荀子《成相》等。"变文"的根是扎在中华民族文化土壤中的，佛教等外来文化只是使其内容和形式受到一定影响的外来因素。

"变"就是"传奇"，就是"演绎（演义）"。之所以称"变"，是就其故事、内容和创作手法的"传奇""演绎（演义）"的性质而言的。郑振铎说："'变文'的意思和'演义'是差不多的，就是把古典的故事重新再说一番，变化一番，使人容易明白。"③"变文作为一种说唱文学，远可以从古代的赋找到来源。变文是在我国民族固有的赋和诗歌、骈文的基础上演进而来的。"④说"变文"是变佛经为通俗文，就解释不通与佛经无关的"变文"；说它是佛教术语，由印度传入，然而所有佛教术语、经典中均不见"变文"这个字眼和对音；说它是"变相"的解说文，则又找不到与之对应的"变相"。"变文"就是铺叙奇异、非常性故事的作品，"变文"就是奇

---

① 王炜：《"演义"流变考》，《文艺研究》2018年第10期。
② 张正学：《变·变相·变文》，《求是学刊》2014年第6期。
③ 郑振铎：《插图本中国文学史》，人民文学出版社，1957年。
④ 程毅中：《关于变文的几点探索》，《文学遗产增刊》第十辑。

异、非常性故事，就是铺叙奇异故事的文字或作品。①

敦煌石室所藏的说唱文本是盛唐以后说唱的缩影，其内容和形式可分为三类：说话、讲经和转变，其演述底本分别称为话本、讲经文和变文。变文不似说话只说不唱，也不似讲经那样要背诵呆板的佛经条文，遵循一定规范的讲唱程序，它的形式比较自由，演述内容亦不限于佛经的范围，民间传说、历史故事以及当代社会生活都是它取材的对象。这种且说且唱的艺术形式，虽曾为宗教宣传所利用，却仍是土生土长的我国民间艺术。变文之"变"字，除去文学上的含义外，可能在更大的成分上是指音乐而言。汉魏清商乐中，以"变"标题的，就有吴声歌曲中《长史变》《欢闻变》《子夜变歌》及器乐曲《六变》等。对于这些"变"的含义，宋郭茂倩《乐府诗集》曾有明确解题曰："皆曲之变也。"这种形式灵活多变的清商乐，和边说边唱的变文对音乐上的需求，自然有着更密切的联系。②

《隋书·经籍志》有《投壶经》一卷，《投壶变》一卷。"变"是和"传""说"相近的文体。"传"与"经"相对，故曰"经传"；"说"与"经"相对，故曰"经说"。"经传""经说"之"变例"，可谓之"经变"。《说》《传》《变》三者皆诠释经义，引申经旨；还有与"道常"对应的"事变"之义。敦煌遗书中《刘家太子变》又称《刘家太子传》，《后土夫人变》又称《后土夫人传》，原因正在于此。敦煌"变文"正是晋杜预所言"错综经文以尽其变"的"传"之变例，清人顾炎武所说"传"之"正""变"二体的变体。此类变体很为正统经学家和史学家所垢病，"变文"在后世的湮没即与此有关。③ "佛学中之名词往往滥觞中土典籍，而后人多昧其所由来。……夫古今典册浩如烟海，后人读书不多，欲尽知其出处，诚为难事。"④

以经文为正典，从经文衍变而来的故事性文类，名之为变文。讲经文常简称"经"，而变文作品很多题目中即含"经"字，或题目含"变文"的作品而申明是讲经，这清楚表明变文和经文、讲经文的血缘关系。变，相对于正而言；没有正则无所谓变。"正"和"变"是一对相互对立却又密切关联的文学概念。"正变"的这种关系可以在中国文学的内部系统中找到明晰的旁证，《诗三百》即有正有变。内容的变换势必带来音乐形式的相应变化。⑤

对于《诗经》而言，"毛诗"即是"正"，"三家诗"即是"变"。因为齐、鲁、韩"三

---

① 曲金良：《"变文"名实新辨》，《敦煌研究》1986年第2期。
② 赵后起：《变文源流初探》，《南京艺术学院学报》1984年第2期。
③ 参见陇菲：《经说·经传·经变：再说"变文"之"变"》，《国学论衡》第二辑。
④ 丁福保：《佛学大辞典》，中国书店，2011年。
⑤ 俞晓红：《释"变"与"变文"》，《上海师范大学学报》2004年第3期。

家诗"对诗义的阐释显得更通俗化,更易于被普通民众所接受和理解。(尽管它们并不是诗的本义)而对于《毛诗》(即流传后世的《诗经》)而言,唐代及其之前,有关诗义的《诗序》《毛传》《郑笺》等古义,几乎无人怀疑和反驳。自宋代始,才出现了如同今日的各种"现代化"的阐释,这可能即与始于唐代的文体、文风之变即说唱艺术之变相关。然而这种对于《诗经》的"变",却是《诗经》的一大损失,因为这些"新义"背离了经义,已经不再是对经文的演义,而是对经文和经义的反对和背弃。其最终结果是造成后世没有了"经",这是中国文化的巨大损失。

第六章

礼乐歌舞表演： 中国早期诗歌的创作宗旨和动力

内容提要：《诗经》在周代，从创作到应用，其载体都是歌舞表演，而不是文本诵读。早期诗歌从创作到应用，均与"歌"、歌舞表演息息相关。早期的"诗"在当时完全是活性的、动态的、直观的、有声有色的艺术，是实实在在的多媒体艺术。人人皆知《诗》与礼乐歌舞有关，然古今并未有人真正从礼乐歌舞表演的层面阐释《诗经》，真正把《诗》与礼乐歌舞表演的关系落实到实处。《诗经》的五部分"正诗"是五场规模宏大的礼乐歌舞表演。五场礼乐歌舞表演层次清晰。每场礼乐歌舞表演都是分乐章的，每一场礼乐歌舞表演的乐章都昭然可辨，各乐章的排列井然有序，每一幕之间的排列顺序同样井然有序，由此才有"《麟之趾》，《关雎》之应也"、"《驺虞》，《鹊巢》之应也"这样的阐释。这种阐释说明：当时的礼乐歌舞表演确实有这样的前后一呼一应，浑然一体的情形。礼乐歌舞表演既是中国早期诗歌的创作宗旨，也是推动中国早期诗歌创作及其发展演变的动力。

一 "正诗"与礼乐歌舞表演

《诗经》古有"正变"之说。郑玄《诗谱序》："风有《周南》《召南》，雅有《鹿鸣》《文王》之属，谓之《诗》之正经。"唐陆德明《经典释文》："从《关雎》至《驺虞》(即《周南》《召南》)二十五篇，谓之'正风'。从《鹿鸣》至《菁菁者莪》凡二十二篇，皆正《小雅》，皆圣人之迹，故谓之'正'。自《文王》以下至《卷阿》十八篇，是文王、武王、成王、周公之正《大雅》。"《诗大序》："至于王道衰，礼义废，政教失，国异政，家殊俗，而变风、变雅作矣。"《颂》也有正变，《周颂》是"正颂"，《鲁颂》是"变颂"。

"正诗"中有《周颂》，才有了"四始"。故"正诗"是指《周南》《召南》正《大雅》正《小雅》《周颂》五部分。

"正变"说是为了强调"正诗"的重要地位而提出来的。"正诗"为什么重要？其一，最早的《诗》文本只有"正诗"，是《诗》之"始"，故称"四始"。宋代程大昌《诗论》曰："《诗》有《南》《雅》《颂》，无《国风》。其曰'国风'者非古也。"从最早的《诗》文本的角度而言，这话是正确的。其二，在《诗经》编辑者那里，"正诗"是《诗经》中最好的诗，最重要的诗，是《诗》之纲领，《诗》之精华，是理解《诗经》文本及其经学大义的门户。其三，"正诗"都是歌咏"先王"的，都是盛世之歌，一派和平之音。"正变"说为《诗经》划定了一条界线，它引导读者以诗识世，以诗辨世，以诗识人；它引导读者，学《诗》应以学习"先王"为首要，特别是以学习文王为第一课，以学习文王之德为重中之重；它引导读者以"正诗"作为《诗经》的纲领和旗帜，这就奠定了《诗经》"无邪"的、和平中正的基调。

《诗经》五部分"正诗"是特意创作并精心编排的五场礼乐歌舞表演。五场礼乐歌舞表演层次清晰。每场礼乐歌舞表演都是分乐章的，每一场礼乐歌舞表演的乐章都昭然可辨。每一乐章中的每一首诗即是这一乐章的其中一幕。每一乐章都有自己的中心和主题，各乐章的排列井然有序，彼此相互关联。每一幕也都有独立的主题，《诗序》阐释之语即是每一幕歌舞表演的主题。每一幕之间的排列顺序同样井然有序，丝毫不乱。五场礼乐歌舞表演彼此间是相互联系、照应的，每场礼乐歌舞表演内部的每一幕之间也是相互联系、照应的，由此才有"《麟之趾》，《关雎》之应也""《驺虞》，《鹊巢》之应也"这样的阐释。这种阐释说明：当时的礼乐歌舞表演确实有这样前后一呼一应、浑然一体的情形。

五场礼乐歌舞表演不是同一个时间点的产物，西周初期周公制礼作乐的文化产物只有《周颂》。《周颂》是周初所制定的礼乐大法、大纲的最集中体现。《周颂》的要义即在于以一种艺术化的形式彰显周礼。正风、正雅即是在《周颂》这个基本大法的基础上，继续以艺术化的仪式表演的形式阐释、显扬周礼。五场礼乐歌舞表演清晰地反映了中国早期诗歌的发展脉络及其在当时的应用情况。只有在仪式表演这个层面上理解、看待《诗经》"正诗"的五场礼乐歌舞表演，你才会对经文中所录的这些诗歌品味不已，叹为观止！你才会为中华民族的礼乐文化而骄傲、自豪、震撼！人人皆知《诗》与乐有关，然古今并未有人真正从礼乐的层面阐释《诗经》，真正把《诗》与礼乐的关系落实到实处。

"正诗"是经不是史，它有着经的内涵和要义，而不是在记录史事。它的经学要义乃在于其中所体现的治国的大政，礼义的大纲，以及以周代圣贤明君作为后世君王典范的深意。如果把它当作史看待，用考据、实证的方法阐释它，不仅误解了"正诗"的性质，也降低了它的经学价值和地位。圣人编定《诗》《书》，其要义不在于由具体事件而构成的细枝末节，而在于关于家国、政治、社会乃至后世子孙的整体远大构想。

二　第一场礼乐歌舞表演：周颂

古今学者阐释《周颂》，均以考据、实证的方法，把《周颂》诗篇与周初的具体事件一一相对应，认为某诗即为歌咏某事而作。实际上，《周颂》是周初制礼作乐时的一体化创作，不是一次次祭祀典礼的创作积累起来的。周初周公、成王时代一体化制作的《周颂》是一场完整的礼乐歌舞表演，其中的乐章层次，以及每一乐章中每一幕表演的层次非常清晰，并与今人所见《周颂》的编排顺序若合符节，基本不乱。这场礼乐歌舞表演依次展演周代历任贤君筚路蓝缕，励精图治，直至周武王完成推翻殷商的大业，建立西周，又有圣贤君臣成、康、周、召为继承、巩固先祖遗业而制礼作乐的伟大功绩。《周颂》即是对这场礼乐歌舞表演的台词的记录，这一点至今不被世人所知。前人机械性地以"什"划分《周颂》及《大雅》《小雅》，致使其经义隐没不彰，深可叹息！

第一乐章：万象更新。第一幕：秉文之德——《清庙》。第二幕：文王之德之纯——《维天之命》。第三幕：文王之典——《维清》。第四幕：成王即政——《烈文》。

《清庙》是制礼作乐的第一场礼乐歌舞表演第一幕表演的歌咏之辞，这一幕表演主要模仿周初祭祀文王的典礼。《周颂》的每一幕表演都是以某一仪式典礼为原型和蓝本，并综合多次仪式典礼而创作的。诗的主题不是咏事，而是咏礼。诗篇歌咏的是普遍性的礼仪，而不是具体事件。《周颂》是制礼作乐的产物，而不是具体事件的产物。第一幕《清庙》的主题是"秉文之德"，是主于人的角度而表演的。第二幕的主题是"文王之德之纯"，才主于颂文王。这种结构顺序是由《周颂》这场礼乐歌舞表演的总主题决定的：美盛德，颂成功。《清庙》《维天之命》均颂德，《维清》颂"文王之典"。典者，法也，事功也，已逊于德，故《维清》居后。而《清庙》曰"秉文之德"，比起《维天之命》只言"文王之德之纯"，它更能显示周初开国时周人的精神风貌，故《清庙》居首。第四幕是模仿成王即政时大诰诸侯之辞及情景而创作的，是礼乐歌舞表演中的模仿之辞。

第一乐章一开头以周公成洛邑、朝诸侯而祀文王的场面，拉开礼乐歌舞表演的序幕。一片庄严肃穆而又宁静和谐的祭祀典礼氛围,祭祀者"秉文之德"的内心情感状态,"骏奔走在庙"的神情,突出地显示了万象更新的特定时代氛围。第一幕和第二幕完全是一整体,因为既然祭祀文王,就要对文王有所禀告,其禀告之辞就是经诗人加工后我们所见的《维天之命》。第一幕和第二幕都是一种敬仰和崇拜之情以及决心和斗志,第三幕就实处表达要效法"文王之典"。这样,两方面相互补充,第一乐章的立意和主题就充足了。第四幕仿佛从对历史的回顾中又回到了现实:在严辞诰戒助祭诸侯的表演中,推出成王即政的画面,使第一乐章最终落到了实处,在现实的、当前的画面中结束第一乐章礼乐歌舞表演。第一乐章万象更新的主题,无疑是制礼作乐所要展演的最重要的内容,是周初那个时刻的最重大事件。

第二乐章:筚路蓝缕。第一幕:古公亶父的伟绩——《天作》。第二幕:成王不敢康——《昊天有成命》。第三幕:靖四方,保天命——《我将》。

第一幕是以太王、文王为典型代表,歌咏周代先王、先公们筚路蓝缕开创周家基业的功绩,这也是第二乐章的主要内容和主题。第二幕《昊天有成命》歌咏文王、武王,正好承顺而下,第三幕《我将》以成王祭祀文王作结,三首诗前后一脉相承,有条不紊。敬业慎畏,保守天命,它代表了一种时代精神风貌,也典型地反映了制礼作乐的主题。

第二乐章先歌咏太王(古公亶父)开垦岐山的功绩,文王承续太王之业,终使岐山有平易之道路可行,以此歌咏表演先人筚路蓝缕创业之艰难。《天作》的主题也是第二乐章的主题。然后在第二幕《昊天有成命》中又承续第一乐章的话题,歌咏文、武二后受天命而不敢康宁,成王夙夜勤谨以定天下。第三幕《我将》在明堂祀文王的颂辞中,表达成王将"仪式刑文王之典",靖四方,保天命的意志和决心。可见第二乐章的三首诗是严格按照时间顺序而表演的,三首诗一脉相承,乐章的主题是歌咏、表演先王的筚路蓝缕之功。

第三乐章:强大的武王。第一幕:薄言震之,莫不震迭——《时迈》。第二幕:执竞武王——《执竞》。

第三乐章的主题是颂武王,颂武王只突出颂其强大,颂其强大,显然是因为周武王推翻了强大的殷商王朝,建立了大邦周。第一幕先以武王巡守之《时迈》,歌咏表演武王克商后"薄言震之,莫不震迭"的威震天下的威力,至今读来,仍有震撼人心的余威。《执竞》劈首便曰:"执竞武王,无竞维烈。"连用两"竞"字,可知武王的强大形象在周人心目中已经深入骨髓,这一乐章的主题就是歌咏武王的强大。

　　第四乐章：后稷的功绩。第一幕：后稷配天——《思文》。第二幕：督促农事——《臣工》。第三幕：敬授民时——《噫嘻》。

　　《思文》赞颂后稷受帝命为民造福，功德可与天配，诗意与《序》说皆明确无误。《臣工》是戒敕助祭诸侯的言辞，督促其重视农耕，布置其如何从事农业劳作。事为助祭，而诗则歌咏告诫之辞，因为诗是制礼作乐的产物，是为礼乐歌舞表演而创作，非其事当时即作。后人误把其诗与其事混为一谈，这与《诗经》"正诗"全部是仪式表演之辞的整体创作情况不符。"敬授民时"本身即是一种仪式，诗不是为某一特定事件而歌咏，而是诗人概括、提炼"敬授民时"仪式之诰辞大意而作。《思文》《臣工》《噫嘻》三诗相连绝不是偶然的，制礼作乐之初它们就是现在这样的排序，它们是《周颂》这场礼乐歌舞表演的一个板块、一个乐章，前后、彼此互有关联。《臣工》命令臣工、保介们"命我众人：庤乃钱镈，奄观铚艾"，《噫嘻》命令告诫的对象"率时农夫，播厥百谷"，说明了它们共同的主题：歌咏表演后稷发明农作物，造福后人的丰功伟绩；并借后稷的灵光和号召力，督促农人勤谨于农事，不懈怠于农务。这一乐章的三首诗有一条主线，即：农事。《诗序》："《思文》，后稷配天也。"《毛诗正义》："郊天主为祈谷。"故《思文》之后的《臣工》《噫嘻》二诗均与祈谷有关。《臣工》《噫嘻》二诗都是借后稷的灵威和感召力诰戒农人，三首诗有共同的表演主题，三首诗的排列顺序也是一脉相承的。

　　第五乐章：成功报祖先。第一幕：我客戾止，亦有斯容——《振鹭》。第二幕：为酒为醴，烝畀祖妣——《丰年》。第三幕：我客戾止，永观厥成——《有瞽》。第四幕：冬荐鱼，春献鲔——《潜》。

　　《振鹭》的主题在于显示周天子能以自己的盛德感化、训服异族，显示胜利者对失败者的征服，从而在礼乐歌舞表演中显示其"成功"。像《丰年》这种宽泛地歌咏报祭，不言人物、时间、被祭对象的诗，显然是制礼作乐所作，非为歌咏某一具体的祭祀典礼而作。《有瞽》"我客戾止，永观厥成"，表明当时礼乐歌舞表演的宗旨即是为禀告、显示周人之盛德与成功，这是点明题旨的诗句，亦点明了制礼作乐的要义。

　　第五乐章的主题是以成功报祭祖先。这一乐章的四幕分两个方面：一是以实际业绩禀告祖先，《振鹭》《有瞽》是也；二是以实物报祭祖先，《丰年》《潜》是也。

　　第六乐章：壮观的助祭。第一幕：相维辟公，相予肆祀——《雍》。第二幕：载见辟王，曰求厥章——《载见》。第三幕：有客宿宿，有客信信——《有客》。

　　文王在周人祖先中地位最高，故这一乐章以歌咏禘大祖文王的仪式典礼为首，而把专门歌咏助祭场面之壮观的诗篇《载见》居于第二幕，以此突出领袖文王的地位和制礼作乐的主题。《载见》歌咏表演诸侯助祭的场面,周王室的强大、周天子的显赫以及诸侯对天子的臣服,都在这壮观的助祭典礼中显示出来。第六乐章的主题是歌咏表演助祭场面的壮观和助祭之事的荣光,以显示周天子的成功,并以之告神。制礼作乐时,专以一独立的乐章歌咏、表现助祭,绝非偶然。助祭的重要性绝不仅仅在于其事本身,而在于助祭仪式过程中所体现和维系的君臣上下的关系,它在当时是重大的政治事件,关乎周王朝的稳固和长治久安。《雍》歌咏表演太祖文王祀典的助祭,禘是大祭,再加上文王在祭祀典礼中的地位,决定了《雍》居本乐章之首。《载见》歌咏表演诸侯助祭场面的壮观,以及由助祭而带来的主、客的荣光和显赫。因《载见》是歌咏"诸侯始见乎武王庙",故居《雍》诗禘太祖文王之后,居本乐章第二。《有客》歌咏微子来见祖庙,其事的重要性显然小于前二者,故居本乐章之末。乐章的前后线索和结构一脉相承,清晰可见。

第七乐章:大武乐章。 第一幕:始而北出——《时迈》。第二幕:再成而灭商——《武》。第三幕:三成而南——《赉》。第四幕:四成而南国是疆——《般》。第五幕:五成而分周公左召公右——《酌》。第六幕:六成复缀以崇——《桓》。

《大武》乐章中,除《武》之外的其余五首诗,均是制礼作乐时配用诗以增益《大武》的结果,并非《大武》乐章在其创作之初即有六首诗。武王时的《大武》只有一成,即《武》。《武》在创作之初是单独表演的,又是后世《大武》乐章的雏形和核心,它就是原创的"大武",没有《武》就没有"大武"乐章。

第八乐章:励精图治。 第一幕:维予小子,夙夜敬止——《闵予小子》。第二幕:将予就之,继犹判涣——《访落》。第三幕:日就月将,学有缉熙于光明——《敬之》。第四幕:惩前毖后——《小毖》。

《闵予小子》四诗不是明确针对某一具体事件而作,它们是制礼作乐的产物。其时之诗人把周初君臣之间这些"谋""进戒""求助"的言辞,以诗的容易记忆的韵语形式加以创作,用之于礼乐歌舞表演,并以之为后世君臣之法度和楷模。这一乐章的主题是歌咏刚嗣位的周成王励精图治的决心和愿望。《诗序》以"朝于庙""谋于庙""进戒""求助"区别这四首诗,但其言辞在当时是整然一体,不可分割的。《闵予小子》表达了成王"维予小子,夙夜敬止"的决心和愿望,随之《访落》向群臣明确表达了"将予就之,继犹判涣"的求助之情,继而《敬之》歌咏若群臣能辅弼成王,成王将"日就月将,学有缉熙于光明"的宏愿,最后《小毖》针对周初发生的管蔡之乱等实事,在一片惩前毖后的誓言中,为本乐章落下帷幕。这组诗情景逼真,饱含真情实感,至今读来,仍似有历历在目之感,令人惊叹。

　　第九乐章：重农籍田。 第一幕：载芟载柞，千耦其耘——《载芟》。第二幕：畟畟良耜，俶载南亩——《良耜》。

　　最高统治者率民亲耕籍田，不仅是为祭祀之需，也是重农、促耕的需要，也是为后世子孙做示范的需要。当时制礼作乐中这些诗的创作，也是欲使这些礼仪在后世代代相传，永久保持而不废。

　　第十乐章：礼敬神尸：《丝衣》。

　　《丝衣》是制礼作乐第一场礼乐歌舞表演的尾声。《丝衣》要义有三：其一，礼敬"尸"，亦即礼敬祖先神灵。故创作此诗，为制礼作乐的第一场礼乐歌舞表演的总主题做一象征性的总结和收束。其二，制礼作乐的第一场礼乐歌舞表演已经有九个乐章，但"九"不是整数，只有再加一乐章，才算"十全十美"，才算"十足"。其三，制礼作乐的第一场礼乐歌舞表演已经有 30 首诗，但一年十二个月中最大的、足满的月份天数是 31 天，所以只有再加一首诗，这场礼乐歌舞表演才能象征"完满"，否则它就有亏缺，就不能象征一场"完满"的礼乐歌舞表演。

　　《周颂》31 首诗都是成组出现的，这种情况也说明了《周颂》创作的集中性、一体性，它们不是一首一首单独创作的，而是有计划、有规模的创作，这就是那场伟大的制礼作乐。

三　第二场礼乐歌舞表演：正大雅

　　郑玄《小大雅谱》："大雅《民劳》、小雅《六月》之后，皆谓之变雅。"孔颖达《毛诗正义》："《民劳》《六月》之后，其诗皆王道衰乃作，非制礼所用。"可知《诗》之"正诗"皆是制礼作乐所作。周代"制礼作乐"是一个过程，从西周初期一直持续到春秋时期，而不是一个时间点。正《大雅》创作于西周成康至昭穆之际。

　　第一乐章：改天换地。 第一幕：文王受命作周——《文王》。第二幕：武王再受命，天下大明——《大明》。第三幕：文王之兴本由太王——《绵》。

　　第一乐章的主题是改天换地，歌咏表演周人克商之后，西周初期那特殊时期的万象更新的天下大势和时代主题。第一幕歌咏表演克商后，包括殷商后裔在内的天下诸侯服命于周的情景，以突出表演一种改天换地的时代大势和氛围，这是在那个特殊时代的周人的最重要、最突出的思想意识，也是这一乐章的主题之所在，故以之为首。第二幕和第三幕在一定程度上是对第一幕所表演的主题的扩展延伸。文王受命作周，但并未迎来改天换地的新时代，直至武王复受天命，继文王而完成克商大业，才使周人迎来了天下大明新时代。故《大明》即以武王继承文王之志而一举克商为背景,歌咏表演那"肆伐大商,会朝清明"的伟业,这是惊天动地的历史壮举,是改天换地的最终完成。第三幕是"文王受命作周"这一主题在时间上向上的延伸。《绵》追述、表演太王古公亶父筚路蓝缕,开创、奠基周家大业,造福周人,直至文王承续太王之业而兴周邦。《绵》之首句"绵绵瓜瓞",看似孤零零一语,上下均无关联,其实,它正是第一乐章礼乐歌舞表演的主线——从太王到文王,再到武王,周之先王前赴后继,犹如一条绵绵不绝的藤蔓,代代相传,才迎来这改天换地的新时代。

第二乐章:大救星。第一幕:文王能官人——《棫朴》。第二幕:文王受祖——《旱麓》。第三幕:文王齐家——《思齐》。第四幕:美周——《皇矣》。第五幕:建灵台,颂成功——《灵台》。

第一乐章主咏事,第二乐章才主咏人——分别从不同的方面歌咏文王为周人的大救星。《棫朴》歌咏文王能官人,《旱麓》歌咏文王能受祖,《思齐》歌咏文王能齐家,《皇矣》歌咏文王的具体功业。第一乐章犹如一曲加长版的《歌唱祖国》,第二乐章犹如一曲加长版的《东方红》。

第一幕《棫朴》歌咏文王能官人,即能任用人才,如果从最实在的意义上说,这应是文王功成名就的最重要的因素,故以之为首。可见周人在开国之际,虽曰天曰帝曰命,但他们的思想仍然是很现实的,并不虚幻。第二幕《旱麓》歌咏文王能受祖,即能继承祖业之传统和功绩,这显然亦是文王之所以圣的很重要的因素,故居于第二。第三幕《思齐》歌咏文王能齐家、治国,这是文王能官人、能受祖的结果和成效,故居于第三。第四幕《皇矣》美周,其实主咏文王。诗颂太王垦辟林壤道路,王季扩展疆域而"奄有四方",最后着力歌咏文王勇于征伐,强固周邦。这一幕是文王之功业的最具体、最现实、最突出的表现,故这一幕在第二乐章中既是必不可少的,也是至关重要的,否则,若没有这一幕,文王的功业就显得有点虚。第五幕《灵台》以建灵台而颂成功,为文王的文治武功作结,使这一乐章在一片"民始附"的、王与万民同乐的欢庆高潮中落下帷幕。《大雅》文王诸诗止于《灵台》,含有以修建灵台为文王的文治武功作结之意:为一代盛世明君的文治武功作结。

第三乐章:美哉武王。第一幕:武王继文——《下武》。第二幕:武王继功——《文王有声》。

第三乐章的主题是歌咏表演武王既能继文,又能继功。对于儒家思想而言,无疑继文重于继功,继文在先,继功在后,故《下武》在先,《文王有声》在后。武王善于继祖,故上能"绳其祖武",下能"昭兹来许"。且克商大业与"宅是镐京"均是"武王成之",故武王美哉!

第四乐章：尊祖。第一幕：始祖后稷之功——《生民》。第二幕：周家忠厚，尊贤养老——《行苇》。

第四乐章的主题是尊祖。对于周人来说，尊祖莫远于后稷，故第一幕《生民》歌咏表演后稷发明农业之功，最终获得配天的地位。第二幕《行苇》从最远的始祖一下拉回到最近的祖——以对尊贤养老之礼的歌咏表演，显示"周家忠厚"这一主旨。对于西周时人来说，周家最近的祖，最值得歌咏表演的祖，最值得进入历史记载、历史记忆的祖，莫过于文王、武王、后稷，故于第一乐章《改天换地》、第二乐章《大救星》、第三乐章《美哉武王》之后，第四乐章《尊祖》紧继其后，为歌咏祖业的礼乐歌舞表演作一礼赞性的总结，并以此显示"周家忠厚"之意。

第五乐章：太平守成。第一幕：太平——《既醉》。第二幕：守成——《凫鹥》。第三幕：嘉成王——《假乐》。

第五乐章的三幕仪式剧目表演，《诗序》曰"大平""守成""嘉成王"，则这一乐章的主题为歌咏周成王无疑，周成王在周代历史中本就是太平守成之君。孔颖达《毛诗正义·凫鹥》："上篇言太平，此篇言守成，即守此太平之成功也。"第一幕《既醉》歌咏表演"太平"，第二幕《凫鹥》歌咏表演"守成"，均是就西周建立之初周成王时代的天下大势而歌咏，非主于歌咏君王，至第三幕《假乐》才主于歌咏君王——周成王。可见这一乐章虽分为三首诗，实际是三位一体的完整乐章，彼此不可分割。

四　第三场礼乐歌舞表演：正小雅

陆德明《经典释文》："从《鹿鸣》至《菁菁者莪》凡二十二篇，皆正小雅。六篇亡，今唯十六篇。从此至《鱼丽》十篇是文、武之小雅，先其文王以治内，后其武王以治外。宴劳嘉宾，亲睦九族，事非隆重，故为小雅。皆圣人之迹，故谓之'正'。"读正《小雅》，一股礼的气息扑面而来，它标志着中华文明又进入了一个新的阶段，迈向了一个新的台阶：真正成熟的、繁盛的礼乐文明时期。正《小雅》创作于西周中后期，它们是周礼发展至兴盛时期的产物，它们艺术化地记录、反映了兴盛时期的周礼。

第一乐章：文武治内。第一幕：燕群臣嘉宾——《鹿鸣》。第二幕：劳使臣——《四牡》。第三幕：遣使臣——《皇皇者华》。第四幕：燕兄弟——《常棣》。第五幕：燕朋友故旧——《伐木》。第六幕：下报上——《天保》。

从《诗序》的阐释语看，"燕""劳""遣""报"，这些显然是周代的礼乐用语，这些礼乐用语在《礼经》经文中都可以找到相对应的记载,而且与诗的用语若合符节。诗是根据礼乐表演而创作的,或者说,诗其实就是当时礼乐表演中的台辞。

《鹿鸣》是为礼而作,为礼而用,因而诗篇中的宴饮强调的是君臣之礼,而不是一般的吃喝。如果说重礼是《诗经》的重要特征,那么《诗经》四部分的第一首诗:《关雎》《鹿鸣》《文王》《清庙》,均因强调礼而得以为"始",它们是礼的标本和典范。

第一乐章前五幕的主题:"燕群臣嘉宾""劳使臣""遣使臣""燕兄弟""燕朋友故旧",这无疑都是"治内"之事,故第一乐章歌咏表演文、武治内的情形,以之为时王及后世效法。第五幕表演治内的成效,在一片"天保定尔"的福禄颂美声中落下帷幕。

第二乐章:文武治外。第一幕:遣戍役——《采薇》。第二幕:劳还率——《出车》。第三幕:劳还役——《杕杜》。第四幕:终于逸乐——《鱼丽》。

正《小雅》第二乐章以歌《采薇》、《出车》、《杕杜》之辞,表演文、武如何治外的情形。第二乐章的最后以《鱼丽》作结,用以表演文、武能治内、治外,终得《鱼丽》之福与乐。孔颖达《毛诗正义》:"僖二十五年《左传》云:'德以柔中国,刑以威四夷。'《诗》亦见此法也。"此可为《诗序》治内、治外说进一解。这并不是编《诗》者以这样的编排而显示文、武治内、治外,而是当时的礼乐歌舞表演的乐章编排及其含义即是如此。

《诗序》:"《鱼丽》,美万物盛多,能备礼也。文、武以《天保》以上治内,《采薇》以下治外。始于忧勤,终于逸乐,故美万物盛多,可以告于神明矣。"《笺》:"内,谓诸夏也。外,谓夷狄也。告于神明者,于祭祀而歌之。"上一乐章《天保序》:"《天保》,下报上也。君能下下以成其政,臣能归美以报其上焉。"《鱼丽序》可以和《天保序》对读,它们都是各自乐章的最后一幕,都是乐章总结性的、象征性的尾声,它们在正《小雅》第一、第二乐章中的含义和作用基本相同。它们共同的含义和作用,是在乐章之末,以总结性、象征性的颂美,歌咏表演文、武"始于忧勤,终于逸乐",即歌咏表演文、武治内、治外而终得福与乐。

第三乐章:效法文武,治内治外。第一幕:乐与贤——《南有嘉鱼》。第二幕:乐得贤——《南山有台》。第三幕:泽及四海——《蓼萧》。第四幕:燕诸侯——《湛露》。第五幕:赐有功——《彤弓》。第六幕:乐育材——《菁菁者莪》。

第一、二乐章分别歌咏表演文、武治内、治外,第三乐章紧承其后,歌咏表演正《小雅》诗篇创作时之时王效法文、武,治内、治外的情形。本乐章也可以分为两个乐章:第三乐章的主题:时王效法文、武治内。第一幕《南有嘉鱼》"乐与贤"，第二幕《南山有台》"乐得贤"，即是歌咏表演时王效法文、武治内的情形。第三幕《蓼萧》"泽及四海"是第三乐章的象征性小结，以比喻象征时王治内之成效。第四乐章的主题：时王效法文、武治外。第一幕《湛露》"燕诸侯"，第二幕《彤弓》"赐有功"，即是歌咏表演时王效法文、武治外的情形。第三幕《菁菁者莪》"乐育材"，是第四乐章的象征性小结，以比喻象征时王治外之成效。第三乐章第三幕《蓼萧》和第四乐章第三幕《菁菁者莪》在乐章中的含义和作用，即等同于第一乐章第六幕《天保》和第二乐章第四幕《鱼丽》在乐章中的含义和作用，它们都是乐章末象征性、总结性的一幕。由此可见，正《小雅》礼乐歌舞表演的每一乐章和每一幕都条理井然，极为有序，流传至今丝毫未发生错乱。

五　第四场礼乐歌舞表演：周南

《二南》创作于春秋时期，其时较为系统的儒家德治思想已经形成，故《二南》歌咏表演最高统治者身体力行的风范作用，这意味着中华文明又迈向了一个新的台阶，达到了一个新的思想高度：以德治理天下的儒家思想高度，这是那个被称为中国文化"轴心时代"的典型的儒家思想特征。中国早期诗歌是分期分批"层累"创作的，每一阶段集中的诗歌创作，都对前一阶段诗歌创作有所超越。

第一乐章：后妃风范。第一幕：后妃之德——《关雎》；第二幕：后妃之本——《葛覃》；第三幕：后妃之志——《卷耳》。

后妃欲风范天下，首要因素当然在于内在之德，故以《关雎》为首是理所当然的。其次在于后妃内在的素质和修养，故歌咏女功之事、躬俭节用的《葛覃》为第二幕。作为天下人风范的后妃不仅要有其"德"和"本"，还应当有辅佐君子进贤之"志"。这三个方面显然是按从主到次的顺序加以表演的：有内在之德和内在之功，又有辅佐君子之志，如此则可以为天下风范矣！

第二乐章：后妃之所致。第一幕：逮下不嫉妒——《樛木》；第二幕：子孙众多——《螽斯》；第三幕：婚姻以时——《桃夭》。

第二乐章的主题是"后妃之所致"，即由第一章后妃风范所引致的风化之效。作为女性，"后妃之所致"的根由即在于本乐章第一幕表演的后妃之逮下不嫉妒；然而同一场礼乐歌舞表演，前后都是紧密相关的，"后妃之所致"的根由其实亦在于前一乐章的女德、女功、女志等方面。后妃有其德、功、志和不嫉妒的品质，对内致子孙众多，对外致男女以正，婚姻以时，这是后妃风范的另一方面，是对第一乐章主题的延伸和补充。

第三乐章：后妃之化。第一幕：后妃化男——《兔罝》；第二幕：后妃化女——《芣苢》。

第三乐章的主题和结构简单而明确：第一幕《兔罝》歌咏表演后妃之美德、风范可化天下之男，故天下贤人众多，即使赳赳之武夫亦莫不好德，而可为公侯之腹心。第二幕《芣苢》歌咏表演后妃之美德、风范可化天下之女，故和平之世，妇人采芣苢而乐有子，俨然一派和乐升平气象。这是第一乐章"后妃风范"和第二乐章"后妃之所致"的推广和延伸，也是"后妃风范"和"后妃之所致"的最终功效之所在和体现。同时，《芣苢》言"和平"，则把三个乐章的礼乐歌舞表演从文王后妃的身体力行最终落实到了西周建立而和平盛世到来的结局。

第四乐章：文王之化。第一幕：文王之化广及南国——《汉广》；第二幕：文王之化行于汝坟——《汝坟》。

第四乐章的主题是歌咏表演文王化及南国。第一幕歌咏表演南国受文王之化，贞女不可随意求得。第二幕歌咏表演文王之化无所不及，汝坟小国之妇人亦能体恤其君子，而以国事为重，故勉之以正。第四乐章有揭示、总结这一场礼乐歌舞表演深层主题的含义和功用，以此点明：所谓"后妃之德""后妃之化"者，实乃文王之德、文王之化也。明白了这一层意思，你才会为礼乐歌舞表演的深层含义和精巧微妙的结构编排所折服。

第五乐章"《关雎》之应"：《麟之趾》。

"《关雎》之应"，其实也就是"风化之应"的意思。《麟之趾》是第四场礼乐歌舞表演《周南》的欢庆结局，这一幕表演以麟作喻，麟象征着吉祥和信厚，这种吉祥和信厚是由文王、后妃的风化所致，故曰"《关雎》之应"。在一片"于嗟麟兮"的歌舞咏叹中，寄寓了儒家的美政理想，为这场礼乐歌舞表演留下了余音袅袅、令人回味的结局。

六 第五场礼乐歌舞表演：召南

第一乐章：人伦正，朝廷治。第一幕：夫人之德——《鹊巢》。第二幕：夫人不失职——《采蘩》。第三幕：大夫妻以礼自防——《草虫》。第四幕：大夫妻循法度——《采蘋》。第五幕：美召伯——《甘棠》。第六幕：召伯听讼——《行露》。第七幕：《鹊巢》之功致——《羔羊》。

第一乐章的结构有四个分乐章："《鹊巢》，夫人之德也"，"《采蘩》，夫人不失职也"，为第一分乐章，以歌咏表演"夫人"为主题；"《草虫》，大夫妻能以礼自防也"，"《采蘋》，大夫妻能循法度也"，为第二分乐章，以歌咏表演"大夫妻"为主题；"《甘棠》，美召伯也"，"《行露》，召伯听讼也"，为第三分乐章，以歌咏表演召伯为主题；"《羔羊》，《鹊巢》之功致也"，为第四分乐章，可算是第一乐章的压轴礼乐歌舞表演，对第一乐章之义加以象征性的总结。从《诗序》阐释《羔羊》是"《鹊巢》之功致"这一点来看，它们是同一乐章，故不把它们分为四个乐章。本乐章的总主题即是《羔羊序》所言："召南之国化文王之政。"前三个分乐章分别从不同的侧面和层面对这一总主题加以展演。

第二乐章：天下纯被文王之化。第一幕：劝以义——《殷其雷》。第二幕：男女及时——《摽有梅》。第三幕：惠及下——《小星》。第四幕：美媵——《江有汜》。第五幕：恶无礼——《野有死麕》。第六幕：美王姬——《何彼秾矣》。

第二乐章的总主题是歌咏表演"天下纯被文王之化"，以见文王之化无所不至，无所不在，无人不被，这是对第一乐章主题的补充，同时两个乐章的主题又相互印证。第一乐章歌咏表演"人伦正，朝廷治"，如果文王之化只是化及上而不及下，则不完美，故第二乐章的六幕分别从不同的侧面歌咏文王之化如阳光一般普照天下、无微不至的情形。这一乐章之所以会出现大夫之室家、贱妾、媵等这些身份低贱的人物形象，并分别成为每一幕歌咏表演的中心，是由这一乐章的总主题决定的。

第三乐章：《鹊巢》之应：《驺虞》。

《序》："《驺虞》，《鹊巢》之应也。《鹊巢》之化行，人伦既正，朝廷既治，天下纯被文王之化，则庶类蕃殖，搜田以时。仁如驺虞，则王道成也。"《二南》读至《驺虞》，才知道《诗大序》所言"《周南》《召南》，正始之道，王化之基"的含义。朱善《诗解颐》："公子之仁无以异于麟趾，所以见家道之盛；诸侯之仁无以异于驺虞，所以见王道之成。由是而法度彰，由是而礼乐著。"

从《周南》末篇《麟之趾》所咏之麟及《召南》末篇《驺虞》所咏之驺虞都是虚拟的、自然界中不存在的动物这一点来看，我们可以断定：《二南》诗篇都是以虚拟化的手法创作的，非实赋其事。它们显然是服务于、从属于同样是虚拟性质的歌舞表演的。后世解《诗》者一个最大的失误是：在歌舞表演缺失的情况下，误把这些诗篇当作独立的诗歌创作来理解和阐释，这样得出的结论注定会偏离本义；再加上不从礼乐表演的整体上去理解、阐释其乐章义，其结论自然会与诗义风马牛不相及，甚至于南辕北辙了。这就如同断案，案件的性质不明，就很难破案。

七 礼乐歌舞表演视野下的"正诗"

《周南》《召南》是"正始之道，王化之基"，因为它们艺术化地展演了"人伦正，朝廷治，天下纯被文王之化"的盛世图景。读《二南》，让我们真切感受到什么是"风"。——一股温暖祥和、文明和谐之风扑面而来。《关雎》歌咏"后妃之德"，因为它是周人以文王、太姒为榜样而"风天下，正夫妇"的旗帜。《诗经》四部分均以歌咏周文王为始，因为文王是周人信仰之始。编《诗》者意欲学诗者的思想行为以文王为始，向文王看齐，以学习文王为第一课。

《周南》曰"后妃"，《召南》曰"夫人"、曰"大夫妻"，则《召南》主要歌咏表演受文王、后妃风化的诸侯国情形。诸侯国"人伦正，朝廷治"亦是文王德政风化的结果，故《驺虞序》云："人伦既正，朝廷既治，天下纯被文王之化，则王道成也。"《鹊巢》"夫人之德"即照应着《关雎》"后妃之德"，且"之子于归，百两成之"云云，亦照应着《关雎》"窈窕淑女，琴瑟友之""窈窕淑女，钟鼓乐之"。故《召南》与《周南》两场礼乐歌舞表演的整体结构和立意构思是相同的，只是其象征的人物身份地位有所不同而已。

解《二南》不能只局限于诗的言辞，因为《二南》的诗义多寄于言外；亦不能就此诗论此诗，因为《二南》诗篇均是前后关联照应的。诗在当时是服务于、从属于歌舞表演的，故每一首诗的主题都必须与整体的乐章义相关联、相一致。孔颖达《毛诗正义·甘棠》："论卷则总归文王，指篇即专美召伯也。"孔颖达认为《行露》是"诗人假其事而为之辞"，非常正确。像《行露》这样的男女讼辞，显然系虚拟之辞，而非实事。这种虚拟之辞，也只有在艺术性的歌舞表演中才有。从礼乐歌舞表演的角度视之，不仅诗义不难理解，且极富有艺术情趣。

《摽有梅》的主题是歌咏婚姻及时以礼而行，有未能及时以礼而行者，亦可以以礼而有所变通。诗正是在"以礼而行"这个主题上，歌咏展演文王之化的。当时的歌舞表演以这样的虚拟假想之辞，歌咏"被文王之化，男女得以及时"的主题。若纯以诗中言辞的表面现象视之、解之，则此诗为普通女子渴盼待嫁之辞，这种浅层次的理解离诗义相去甚远，与乐章义亦毫不相干，与"正诗"的经义更是大相径庭。《摽有梅》这样的歌舞表演，在当时无疑是欲以展演一种有关家国天下之治理的大义，以使欣赏歌舞的人受到教育、鼓舞和感化，绝不是让上层社会的贵族去欣赏无关风化的风情表演。

《序》："《小星》，惠及下也。夫人无妒忌之行，惠及贱妾，进御于君，知其命有贵贱，能尽其心矣。"对于《小星》之《序》这样的阐释，今人大多嗤之以鼻。然而对照今人的各种背离经义的阐释，在经书中，在正经中，只有如此才是唯一正确的含义。《小星》中这种"寔命不同"的思想意识，在女性中强调严格的尊卑之礼，应该是春秋时期人的思想意识，西周之前的文王时代应该没有这样的思想意识，故《二南》应该创作于春秋时期。

《小星》诗中所言"抱衾与裯"，很富有戏剧性，故古今均有怀疑不解者。如《郑志》张逸问："诸妾抱帐进御于君，有常寝，何其碎？"宋代洪迈《容斋随笔》："诸侯有一国，其宫中嫔妾虽云至下，固非闾阎贱微之比，何至于抱衾而行？况于床帐，势非一己之力所能致者。"然而诗的这种戏剧性的歌咏抒写，正告诉我们：诗是虚拟的歌舞表演之辞，非实赋其事。故诗在内容、抒写上的夸张、富于戏剧性是自然的，甚至是必然的。怀疑、嗤笑《小星》诗中的"抱衾与裯"，就如同怀疑、嗤笑京剧表演中把一个鞭子夹在两腿间，用以当作马来骑一样，只有不懂艺术的人才会怀疑、嗤笑之。

对于《小星》诗来说，夫人"惠及下"，夫人无妒忌之行，当时的这种虚拟性歌舞表演确实是寄意于这一主题的，其宗旨与其他诗篇一样，在于歌咏、宣扬先王及其配偶的风化、教化及仪范作用。三家诗以事解诗的最大缺陷在于：只见其事，不见其经，可谓取小而失大。因为对于正诗来说，事是虚拟的，经义非在事中，而在事外。对于像《小星》之类的正诗，就"诗"这一面来说，今人固然从中看到了阶级、阶层、不平等，甚至看到了对立、压迫等等含义，这也没什么错；但是就"经"这一面来说，诗的本义却是欲以之显扬"惠及下"之义的。

《序》："《江有汜》，美媵也。勤而无怨，嫡能悔过也。文王之时，江沱之间有嫡不以其媵备数，媵遇劳而无怨，嫡亦自悔也。"《江有汜》之《序》虽似实指其事，然而诗的创作仍然是虚拟性的，非实赋其事。此诗《序》所言之"事"，其实是礼乐歌舞表演中虚拟的"事"，非针对其时之某一"嫡"、某一"媵"而言。朱善《诗解颐》："自一人之身言之，则可以见其私欲消而天理复；自天下之势言之，又可以验夫圣化行而美俗成。一人之悔不悔，其事为甚微，而可以验王化之行不行，则所系为甚大。"秀权按：此语看似迂腐，其实极得诗义。诗服务于、从属于《二南》美教化、咏偶像的总主题，而不是每首诗在各言其事，互不相干。这就如同今人对于革命战争年代的领袖及其事迹，在不同的年代和时期，分别从不同的角度、不同的题材、不同的层次上反复加以展演一样，以从中汲取教育意义和精神力量。

《序》："《野有死麕》，恶无礼也。天下大乱，强暴相陵，遂成淫风。被文王之化，虽当乱世，犹恶无礼也。"今人对于《野有死麕》这样的对于今人来说过于纯朴、过于讲"礼"、过于天真的表演,已经无法理解了,隔膜太大,心与心、思维与思维、文化与文化的距离太大。不过这也正《诗经》的魅力所在。如果退回到周代人的思维模式,再让你观看《野有死麕》这样的表演,你会惊叹:太有意思了! 确实是"恶无礼"! 不愧是"思无邪"!《野有死麕》正是"思无邪"的教本,是圣人作为"无邪"教本的诗。《野有死麕》不是描写男女邂逅相遇的生活即景,而是以这种虚拟的人物、场景和表演,象征一种礼仪和风化,即"恶无礼"。它与《召南》其他诗篇的主题是相吻合的。今人只见其诗,而无法知其歌舞情形。试思:先民由古朴不知礼而发展到知礼,难道是自发的吗? 否也。必定是教育、风化的结果。那么《野有死麕》通过这种戏剧性的表演,以表现"被文王之化,虽当乱世,犹恶无礼",不仅是完全可以理解的,而且是必然的、唯一正确的阐释。当你观看台上的戏剧、歌舞、话剧、小品表演,你是不会把其中的情节、场景、人物、言辞等等——都理解为和现实生活一模一样,因为你知道那是表演。但同时你也知道,那戏剧、歌舞、话剧、小品表演,其实都是源于生活的,它们比现实生活更真实,只不过它们是一种艺术的真实,而不是生活的真实。

推而言之,《诗经》五部分"正诗"均是如此。"正诗"的主旨是歌咏、表演先圣王的风范,以之为现世及后世所法效。诗在当时服务、从属于虚拟、缅怀性质的歌舞表演。一言以蔽之:《诗序》所阐释的其实是每一幕歌舞表演的含义,而不是或者不单单是所谓的"诗义"。

从《周颂》到正《大雅》,再到正《小雅》,再到《二南》,《诗经》正诗的这种虚拟性和戏剧性,呈现出越来越明显的特征,因而它们越来越富有文学性和艺术性,它们清晰地反映了周代诗歌的发展历程。这种富于想象性的虚拟化构思和抒写艺术的逐步成熟,正是推动中国早期诗歌艺术发展进步的重要因素。

《史记·乐书》:"太史公曰:夫上古明王举乐者,非以娱心自乐,快意恣欲,将欲为治也。正教者皆始于音,音正而行正。故音乐者,所以动荡血脉、通流精神而和正心也。"秀权按:太史公之言,于《诗经》五场礼乐歌舞表演见之矣!

八 礼乐歌舞表演是中国早期诗歌的创作宗旨和动力

宋郑樵《诗辨妄》:"《诗三百篇》皆可歌可诵可舞可弦,后之弦歌与舞者皆废,直诵其文而已,故论者多失诗之意。史传之文以实录为主,歌咏之文扬其善而隐其恶。后世欲求歌咏之文太过,直以史视之,则非矣。"郑樵《通志》:"古之诗,今之辞曲也。若不能歌之,但能诵其文而说其义,可乎? 当汉之初,去三代未远,虽经主学者不识诗，而太乐氏以声歌肄业，往往仲尼三百篇瞽史之徒例能歌也。奈义理之说既胜，则声歌之学遂微。"

《诗经》在周代，从创作到应用，其载体都是歌舞表演。因此《诗经》与其说是一部诗集，毋宁说是一部乐歌集。后世作为诗集的文本性质的《诗经》，失去了它最初的歌舞表演载体，也就近似于一件出土文物或者一具干尸，没有了它最初鲜活的生命力。认识这一点，对于阅读、理解、研究《诗经》至关重要。因为这既可以有助于理解诗篇在当时与歌舞表演融为一体的原初义，纠正只阅读纯文本而带来的误解和偏见，又可以认识早期诗歌及其创作的特征和普遍规律。

《诗经》经文中，"诗"字出现了三次，而"歌"出现了14次，这很能说明《诗三百》的性质特征。如：

《召南·江有汜》："不我过，其啸也歌。"

《魏风·园有桃》："心之忧矣，我歌且谣。"

《陈风·墓门》："夫也不良，歌以讯之。"

《卫风·考槃》："独寐寤歌，永矢弗过。"

《小雅·四牡》："是用作歌，将母来谂。"

《小雅·四月》："君子作歌，维以告哀。"

《小雅·何人斯》："作此好歌，以极反侧。"

《小雅·车辖》："虽无德与女，式歌且舞。"

《小雅·白华》："啸歌伤怀，念彼硕人。"

《大雅·卷阿》："岂弟君子，来游来歌，以矢其音。""矢诗不多，维以遂歌。"

《大雅·桑柔》："虽曰匪予，既作尔歌。"

这些诗句明确告诉我们：这些"诗"在当时人及诗篇作者心目中的第一性质是"歌"，它们的创作宗旨是为了"歌"，而不是如后世那样的供阅读欣赏。特别是《大雅·卷阿》"矢诗不多，维以遂歌"，更明确透露了一个信息：即使被视为"诗"，也是为了"歌"。可以说，在周代，在《诗经》中，人们并没有明确的"作诗"意识理念，而只有"作歌"意识理念。当然，这些诗歌并不等同于后世那样的任情而歌，而是依托礼乐仪式表演的"歌"。

《左传》襄公二十九年吴公子季札于鲁观周乐，从"为之歌《周南》《召南》"直至"为之歌《颂》"，均曰"歌"。并不是这些诗到春秋时期才被用为"歌"，而是这些诗从创作到应用，均与"歌"、与歌舞表演息息相关。这些"诗"在当时完全是活性的、动态的、直观的、有声有色的艺术，它们在当时是地地道道的多媒体艺术。

宋郑樵《通志》："《诗》在于声，不在于义。"清程延祚《诗论》："三百篇之诗，尽在声歌。"王国维《观堂集林·说周颂》:"风、雅、颂之别,当于声求之。颂之所以异于风、雅者,在声不在容。今就其所著者言之,则颂之声较风、雅为缓也。"美国学者王靖献说:"历史上曾经有过这样一个时期:无论在中国或在欧洲,作诗是歌唱与随口而歌,仅仅是熟练地运用职业性贮存的套语。评价一首诗的标准并不是独创性,而是联想的全体性。"①这对于我们理解早期诗歌的创作方式很有启发意义。鲁迅认为魏晋是中国文学的自觉时代,今天看来,这一结论仍然不可推翻。魏晋之前,中国诗歌大都伴歌舞表演而生,为歌舞表演而作,并不纯粹是文学性质的创作。可是直至今日,学界对这一点在《诗经》中的表现、存在,认识并不清晰,对歌舞表演在《诗经》中的具体情形并未落到实处。似乎楚辞之《九歌》及汉乐府的性质是歌舞表演,而比它们更久远的《诗经》反倒是为写诗而作似的。

礼乐歌舞表演既是中国早期诗歌的创作宗旨,也是推动中国早期诗歌创作及其发展演变的动力。这一特征和规律不只是《诗经》独有,《诗经》之后的楚辞,直至汉代乐府诗歌,均有这一特征和创作规律,可谓源远流长。就《诗经》来说,它与礼乐歌舞表演密不可分的关系,决定于周代的制礼作乐制度。周代制礼作乐从西周初期周公制礼作乐,一直持续到春秋时期。《周南》《召南》即是春秋时期制礼作乐的产物。而《诗三百》整体上又是一部大的礼乐文本,《诗三百》的完整结集也是一次礼乐的制作,而不纯粹是周代诗集的编辑整理。《诗三百》,无论从其整体上来看,还是从其中的每一部分来看,还是从其中的每一首诗来看,它们都是为礼乐歌舞表演而生,为礼乐歌舞表演服务。

闻一多说:"严格的讲,二千年前楚辞时代的人们对《九歌》的态度,和我们今天的态度并没有什么差别。同是欣赏艺术,所差的是,他们是在祭坛前观剧——一种雏形的歌舞剧,我们则只能从纸上欣赏剧中的歌辞罢了。"②闻一多先生所言极是。楚辞,特别是《九歌》中的歌舞演剧较为明显,学界多有所论。清陈本礼《屈辞精义》"《九歌》之乐,有男巫歌者,有女巫歌者,有巫觋弄舞而歌者,有一巫唱而众和者。"闻一多对《九歌》的古歌舞剧作了一定程度的还原,为其中的每一篇设置了舞台表演场景、演唱角色和演唱形式,这是对先秦古歌舞剧研究的开创性贡献。③ 可是从古至今,人们并未发现、认可古歌舞剧的萌芽其实是在《诗经》,而不是在《楚辞》。楚辞是"流",而不是"源"。

---

① [美]王靖献:《钟与鼓:诗经的套语及其创作方式》,谢谦译,四川人民出版社,1990年。
② 闻一多:《神话与诗》,生活·读书·新知三联书店,1982年。
③ 闻一多:《神话与诗·〈九歌〉古歌舞剧悬解》,生活·读书·新知三联书店,1982年。

　　关于汉乐府诗与歌舞表演的关系,顾颉刚说:"纳兰性德《渌水亭杂识》说:'《焦仲卿妻》又是乐府中之别体,意者如后世之《数落山坡羊》一人弹唱者乎?'这句话很可信。我们看《焦仲卿妻》一诗中,如'物物各自异,种种在其中',如'纤纤作细步,精妙世无双',和'云有第三郎,窈窕世无双',其辞气均与现在的大鼓书和弹词相同。'多谢后世人,戒之慎勿忘',这种唱罢时对于听众的丁宁的口气,与今大鼓书中《单刀赴会》的结尾说'这就是五月十三圣贤爷单刀会,留下了仁义二字万古传',《吕蒙正教书》的结尾说'明公听了这个段,凡事要忍,心莫要高'是很相像的。"①

　　迄今为止,学界的研究结论是:汉乐府诗歌是说唱艺术、歌舞表演的产物。证据大致有:(1)汉乐府诗歌大量运用对话,具有表演的特征。(2)句式长短不齐,具有说唱艺术的特征。(3)汉乐府诗歌的语言是雅言,不是民歌式语言。

　　乐府最早是一种机构,其职能是采诗、作诗和制作诗。汉代乐府诗大部分都是制作出来的,而其制作的原材料,就是采来的说唱艺术、歌舞表演的唱辞。在这一点上,汉乐府诗歌与《诗经》礼乐仪式诗歌的创作、整理、编辑情形是一样的。明胡应麟《诗薮》盛赞汉乐府诗歌的语言:"质而不俚,浅而能深,近而能远,天下至文靡以过之。"显然,汉乐府诗歌的语言是雅言,不是民歌式语言。这种雅言艺术是文人创作或制作的结果。

　　有人把汉乐府诗歌的戏剧表演性特征概括为四点:1. 渲染戏剧性背景。2. 捕摄戏剧性时刻。3. 人物心理表演式的刻划。4. 人物的戏剧性独语和对话。② 其实,这四点在《诗经》中都能找到大量的例证,可惜学界对此均视而不见。

　　乐府诗歌中有"艳","艳"本是在大曲演唱之前的一段序曲,但在汉乐府中却有《艳歌何尝行》《艳歌罗敷行》《艳歌行》《艳歌》《古艳歌》等,为什么会有这种现象? 齐天举认为,这是因为"艳歌的作用是放在正歌之前以组织听众情绪。艳歌在演奏过程中歌辞不断增加,结构逐渐扩展、完善,最后脱离正歌,由附庸蔚为大国,于是游离正歌而单行。"③汉乐府诗歌中的"解""艳""趋""乱"等原本都是音乐术语,在歌舞表演缺失的情况下,这些音乐性术语可以让我们窥视当时这些诗歌创作时歌舞一体的情形。中国最早的诗歌《诗经》中没有这些术语,应是编辑、整理、制作时按北方文化习惯整齐划一的结果。而且《诗经》305 首诗歌均有

① 顾颉刚:《古史辨·论诗经所录全为乐歌》,上海古籍出版社,1982 年。
② 阮忠:《汉乐府叙事诗的戏剧性》,《南都学坛》1996 年第 1 期。
③ 齐天举:《古乐府艳歌之演变》,《阴山学刊》1989 年第 1 期。

"序"，从说唱艺术和歌舞表演的角度看，《诗三百》之"序"可能也是说唱和歌舞表演的产物。也就是说，《诗》之"序"在当时可能和诗篇本身是一体的，不可分割的。我们不妨这样设想：如果当时礼乐歌舞表演中每一幕都有报幕员的话，那么《序》可能应该就是每一幕歌舞表演之前的报幕员的话。当然，当时未必有报幕员，如果"序"与诗在当时的礼乐歌舞表演中是一体的话，"序"有可能是表演者或说唱者自报主题之辞。《诗序》并不是可有可无的，更不是后人的臆解或歪曲。如果你换个角度，从礼乐歌舞表演的角度观察《诗序》和诗的关系，就会发现每一首诗所歌唱、表演的主题，正如同《诗序》所揭示的那样。

汉乐府与《诗经》，在诗集的编定、诗歌作品的创作、社会文化背景等等方面，都有相似、相近之处。但汉乐府没有成为中国第二部"诗经"，原因应该在于它没有经过圣人再一次的加工整理，即没有经过像孔子删定《诗经》那样，把周代诗歌从三千多首删定为《诗三百》，后人所见的《乐府诗集》仍然是五千多首未经删定的诗歌原貌，因而它只能是"诗集"。

第七章

中国诗歌发生学总纲： 诗言志

内容提要：从"诗"与"志"的关联这个意义上阐释、定义"诗"，"诗"的本义是：古代官府、宫廷中对有特殊价值、意义之言辞的艺术性记录、记载。"诗言志"包括两个方面的含义：其一，诗言记；其二，抒情言志。而"诗言记"也有两方面含义：其一，最早的诗是对格言警句的记载；其二，最早的诗是对现成言辞的记录。在周代"诗"形成、发展的过程中，"诗言记"阶段持续的时间并不太长，它很快就转向了"抒情言志"的路径。诗的本性是抒情的。正因为诗继承了歌的抒情的本质特征，故歌与诗从最初直至今日，都是二而一、一而二，分分合合，而又水乳交融的。"诗言志"是中国人对诗的性质、特征、功能的第一次总结，是中国诗歌发生学总纲，它是周代人对发生时期"诗"的认识和总结。它通过对"志"的强调，显示了周代文化飞跃时期中国人对内在意识形态、情感、思想等方面的重视和飞跃，它是中国文化从原始型、感性型迈向文明型、理性型的一次跨越和飞升。从记录的言辞到抒情言志的诗，已经发生了质变。没有从生活语言到诗的艺术语言的质变和升华，就不会有"诗言志"。

一 "诗言志"的提出及其含义

1. "诗言志"的提出

"诗"字不见于甲骨文，《周易》中亦不见"诗"字。《尚书》中"诗"字两见：《金縢》曰："公乃为诗以贻王，名之曰《鸱鸮》。"《尧典》曰："诗言志。"《尧典》所言"诗言志"，是作者从自己的角度立言而假想之辞，不是尧时即有"诗"。《诗经》中

"诗"字三见,均在《雅》诗中:《小雅·巷伯》:"寺人孟子,作为此诗。"《大雅·卷阿》:"矢诗不多,维以遂歌。"《大雅·崧高》:"吉甫作诵,其诗孔硕。"《诗经》三次出现的"诗"字均在《雅》诗中,这是十分耐人寻味的,它很可能是一种密码:暗示最早的"诗"指"雅"。以上所言材料都指向一个结论:"诗"的出现是在周代。

发生学意义上的"诗",离不开"诗言志"。古文献对"诗"字本义的阐释,大抵不离"诗言志"的范畴。而"诗言志"的源头即在《尚书·尧典》:

> 帝曰:"夔!命汝典乐,教胄子,直而温,宽而栗,刚而无虐,简而无傲。诗言志,歌永言,声依永,律和声。八音克谐,无相夺伦,神人以和。"夔曰:"於!予击石拊石,百兽率舞。"

首先必须明确的是:《尧典》是经不是史,作为《书经》的首篇,它是《书》之"正",它的内容寄托了《书》之作者和编者的美政理想,是儒家对理想状态的君臣关系及理想社会的一种设想。程水金说:

> 《尚书·尧典》既非一般意义上以所谓"传信"为宗旨而"缀遗辑佚"的史学著作,也不同于所谓"残丛小语,道听途说"的小说家言,而是作为儒学经典文献的基本品格传之于世,这就规定了《尧典》是"经"不是"史"。凡是以所谓"征实考信"的史学方法进入本文,一开始便误入歧途。如果将历史与考古学的研究成果如数吸纳,作为《尧典》的诠释基础,则无异于缘木以求鱼,导致经义晦而不明。[①]

所以《尧典》不是真实的历史。无论是"教胄子"还是"诗言志",这都是周代社会的礼乐思想理念,不是远古尧舜时期的情况。不过,从"诗"的发生学意义上说,"诗言志"概念的提出是真实的,是正确的。

宋夏僎《尚书详解》:"'诗言志'至'律和声',即教以乐语也。盖人之气质,直者常劲正而不温和,宽者常缓怠而不庄栗。庄栗,即恭谨之谓也。刚强者常失于苛虐,简易者常失于傲慢,皆失之一偏,不合于中和之理。故教者因其直则教以温,因其宽则教以栗,因其刚而教以无虐,因其简而教以无傲,皆使之于中和,不蹈一偏之失。此所谓教以乐也。既教以乐,则气质全矣。"此虽是宋代人的阐释,

---

① 程水金:《〈尧典〉是经不是史》,《光明日报》2017年9月25日。

但比传统《尚书》之《孔传》和孔颖达《疏》对《尧典》此数语的阐释更符合实情。①

王文生说："《尚书》中的虞、夏、商、周书中，除了《商书》中的《盘庚》及《周书》被大家公认为传承下来的原始资料外，其余部分是由后人或根据原始材料或根据口头传说加以整理而写成文字材料的。后人在整理这些材料时，难免渗入他自己那个时代的语言、语气、地名甚至对材料的理解等等。'诗言志'这段材料托名舜、夔那个时代，既无足够文献、也无出土文物可以证明，自然很难使人相信它真是虞舜时期的产品。从现存的材料来看，我们还找不到周以前的可信的诗。尽管一些古籍提到'尧歌大唐''舜造《南风》''涂山歌于《候人》''殷整思于《西河》'，涉及唐、虞、夏、商几个时代，学者们已经指出，它们不见经传，附会显然，且也说不清楚它们究竟是歌还是诗，不能作为诗起源的凭据。现在看来，还只有收集在《诗经》里的诗篇是可信的早期的诗。而从字源来看，殷墟甲骨文无'诗'字，最早的'诗'字也是出现在《诗经》里，《诗经》应该是中国诗的源头。"②

2. "诗"与"志"

《说文》："诗，志也。从言，寺声。"《左传》襄公二十七年："诗以言志。"《庄子·天下篇》："诗以道志。"《礼记·乐记》："诗，言其志也；歌，咏其声也；舞，动其容也。"《管子·山权篇》："诗者，所以记物也。""诗，记人无失辞。"《荀子·儒效篇》："诗言是其志也。"贾谊《新书·道德》："诗者，志德之理而明其指，令人缘之以自成也。故曰：诗者，此之志者也。"

杨树达《说文十义·释诗》："志字从心，㞢声，寺字亦从㞢声。㞢、志、寺古音盖无二。古文从言㞢，'言㞢'即'言志'也。篆文从言寺，'言寺'亦'言志'也。……盖诗以言志为古人通义，故造文者之制'诗'字也，即以言志为文。其以㞢为志，或以寺为志，音近假借耳。古诗、志二文同用，故许径以'志'释诗。""'诗'字左边为'言'，右边上半部分为'之'，下半部分为'寸'，其本义是祭祀礼仪主持者在祭祀时使用的祀辞。随着词义的发展变化，'诗'逐渐开始表达'志'的各种义项。诗是民族文化的记录者。"③

《周礼·地官司徒》："诵训掌道方志，以诏观事。"郑玄注："说四方所识久远之事，以告王观博古。"《周礼·春官宗伯》："小史掌邦国之志。"郑玄注引郑司农

---

① 《孔传》和《孔疏》未必有错，因为无论是《尧典》的作者，还是《尧典》创作所依据的当时的仪式表演，其主题都是借周代的思想理念以歌咏尧舜，故《孔传》《孔疏》亦如实以尧舜加以阐释。换句话说，《孔传》《孔疏》的阐释与今人不分青红皂白地一口笃定"诗言志"就是尧舜时代真实的事，性质是有所不同的。

② 王文生：《"诗言志"文学思想纲领产生的时代考》，《文艺理论研究》2010 年第 2 期。

③ 宗晶：《谈"诗"字与"志"字的不解之缘》，《琼州学院学报》2015 年第 1 期。

云："志谓记也，《春秋传》所谓《周志》《国语》所谓《郑书》之属是也。"《周礼·夏官司马》："训方氏掌道四方之政事与其上下之志，诵四方之传道。"郑玄注："道，犹言也，为王说之。"《周礼·秋官司寇》："撢人掌诵王志，道国之政事，以巡天下邦国而语之。"郑玄注："以王之志与政事谕说诸侯，使不迷惑。"

从以上例子可以看出，"诗"训"志"是真实的，"志"训"记"是真实的，那么"诗"有"记（志）"义是可以肯定的。中国文化发展到周代，前代流传下来的各种故事、碑铭等真实有形的"记"和口耳相传的谣谚等无形的"记"已经积累到一定程度，它们为"言志"之"诗"的产生奠定了坚实的基础。如《国语·周语上》内史过曰："昔夏之兴也，融降于崇山；其亡也，回禄信于聆隧。商之兴也，梼杌次于丕山；其亡也，夷羊在牧。周之兴也，鸑鷟鸣于岐山；其衰也，杜伯射王于鄗。是皆神明之志者也。"《墨子·非命中》："于其本之也，考之天鬼之志、圣王之事。"而远古之"歌"，因为没有记录的工具，即没有文字，就决定了大多数原始的歌只能埋没在历史的长河中而不留痕迹。这就决定了在发生学意义上只能是"诗言志"，而没有"歌言志"。

宋李之仪《姑溪居士后集》引王舒王解字云："'诗'字从'言'从'寺'，'寺'者，法度之所在也。"宋吕本中《童蒙训》引吴叔扬《字说》亦如是说。宋罗璧《识遗》："王临川（王安石）谓'诗'制字从'寺'。寺，九卿所居，国以致理，乃理法所也。"《说文》："寺，廷也，有法度者也。从寸，之声。"《一切经音义》："寺，治也，官舍也。""寺"本义是指古代掌管宗庙礼仪的官署，后作为古代官署的泛称。如秦以官员任职之所通称为"寺"，如"大理寺"（职掌审核刑狱案件），寺正（大理寺正卿的略称），寺舍（官舍，官署办公的房子），寺省（古时中央行政机构"省"和"寺"的合称），寺曹（九卿官署），寺署（官署），寺卿（九寺大卿的简称），寺丞（官署中的佐吏）。而"寺"的构字之"寸"原即与法度有关。

在古代，记录、记载事务只由官府、宫廷负责，由官府、宫廷中特殊、特定之人担任记录、记载之职。而官府、宫廷中特殊、特定之人所记录、记载的，又大都是天子及高级贵族、国子等人的言辞。最早的"诗"就是在这种官府、宫廷中特殊、特定之人所记录、记载的天子及高级贵族、国子等人言辞的基础上加工、制作而成的。而且最早的诗的产生，其宗旨也是为了"记"（志）；最早的诗的创作，其方式也是"记"（志）。左思《三都赋序》："发言为诗者，咏其所志也。"而且，最早的"诗"产生以后，人们也是把它视为与"志"一样的典范性的格言警句加以尊奉和应用。如《周颂》，它既是诗，又是西周的典章制度和大纲大法。再加上，周代的诗中本来就保存、记录着很多当时的"志"，如"立我蒸民，莫匪尔极""不识不知，顺帝之则""靡不有初，鲜克有终"等。从发生学意义上说，"诗"是当时最高形态的"志"，是集大成之"志"；"志"是周代早期"诗"的重要内容元素和灵魂。故郭店楚简《语丛》曰："诗，所以会古今之志也者。"再加上，最早的"诗"和"志"的作者都是圣贤，都是当时有最高智慧、灵性和仁德的人。这样，"诗"与"志"有了密切的内在关联性。

由于最早的"诗"几乎就是集大成之"志"，故"诗"和"志"在功能上相近，这也是二者关联的重要因素。《国语·楚语上》申叔时曰："教之诗，而为之导广显德，以耀明其志；……教之故志，使知废兴者而戒惧焉。""导广显德，耀明其志"其实也是"志"的功能，"知废兴者而戒惧"其实也是"诗"的功能。《诗大序》所言"治世之音安以乐，其政和；乱世之音怨以怒，其政乖；亡国之音哀以思，其民困"，其实就是概述周代的诗乐具有"知废兴者而戒惧"的功能。

把上文所述"诗"与"志"的关联点概括如下：

（1）"诗"与"志"造字、构形、声训同源。

（2）古代记录、记载事务（"志"）由官府、宫廷负责（"寺"）。

（3）最早的"诗"的宗旨是为了"记"（志）。

（4）最早的"诗"的创作方式是"记"（志）。

（5）最早的"诗"被视为与"志"一样的典范性的格言警句加以尊奉和应用。

（6）周代"诗"中保存、记录着大量的"志"，最早的"诗"是集大成之"志"。

（7）最早的"诗"和"志"的作者都是当时有最高智慧、灵性和仁德的圣贤之人。

（8）"诗"与"志"在先秦的功用相近。

从"诗"与"志"的关联这个意义上阐释、定义"诗"，我们认为"诗"的本义是：古代官府、宫廷中对有特殊价值、意义之言辞的艺术性记录、记载。

古人有时直接用"诗"字代替"志"字，这是"诗"训为"志"的确切证据。《汉书·司马相如传》："总公卿之议，询封禅之事，诗大泽之博，广符瑞之富。"王念孙《读书杂志·汉书十》："诗者，志也。志者，记也。谓作此颂以记大泽之博，广符瑞之富饶也。"韩愈《刘统军碑》："又如即外碑刻文以显诗之。"

今人在"诗"字构形的基础上又提出了"诗言寺"说，①这是对的。但有三点必须辩明。第一，"诗言志"和"诗言寺"两者不是对立的、排斥的、非此即彼的，而是同一事实真相的相近表述。因为"诗言寺"其实就是"诗言法度"，而"诗言志"其实也包含了"诗言法度"的含义——在周代，不具备典范、法度性质的言辞不会

---

① 叶舒宪：《诗经的文化阐释》，湖北人民出版社，1998年。

被记录。在古代,来自官府的贵族统治者的言论就是法度。"诗"字的构形明确无疑地透露了早期"诗"的性质——早期的诗与民歌、民言无关,它是来自官府的具有典范、法度性质的言论的艺术性记录。《诗经》中每一首诗都可以证明"诗言志"和"诗言寺",它们都与民歌无关。[①] 王齐洲说:"中国早期学术只有王官之学,并无民间学术,考镜源流就不得不寻找与朝廷政教相联系的王官职掌了。"[②]

第二,"诗言寺"只是说"诗"所言的内容范围及"诗"的来源和出处,"诗言寺"与古代宫廷中的"寺人"无关。古代皇宫内供使令的小臣称"寺人"。《诗·秦风·车邻》:"未见君子,寺人之令。"《诗·大雅·瞻卬》:"匪教匪诲,时维妇寺。"可见即使在西周后期,"寺人"已经成了诗人讽刺、批判的对象。至于到了春秋时期,劣迹斑斑的寺人所在多有,它们肯定不会是早期诗的作者。[③] "诗"字构字之"言",是指"诗"是出自官府、宫廷的言辞并记录官府、宫廷的言辞,并非"寺人之言"的意思。《周礼》中记载的为周王诵"志"的礼官:诵训、训方氏、撢人,他们都是官府、宫廷中之人,都是周王身边的礼官,但他们都不称为"寺人"。

第三,"诗言寺"之"寺",也就是"诗"字构形之"寺",指官府、宫廷而言,非指寺庙。因而提出"诗言寺"说者认为,"诗"是"专指祭政合一时代主祭者所歌所颂之'言',即用于礼仪的颂祷之词",这是错误的,至少是有偏差的。虽然发生学意义上中国"诗"的产生毫无疑问与祭祀仪式有关,但"诗"之名的提出却并非基于祭祀,而是基于周代官府、宫廷中的礼乐仪式和礼乐教育。"诗"之所以成为高于"歌"的高雅艺术,这是一个重要因素。

二 "诗言志"的最初含义:诗言记

诗训志,志训记,"诗言志"的第一要义是记录、记载,这是"诗言志"的原始义。闻一多说:"'诗'字训'志',最初正指记诵而言。"[④]诗必须押韵,句式整齐,这些都是为了记忆、传诵、流传之需,故"诗言志"的最早含义必是"诗言记",除此之外别无它义。

最初的"诗"是如何"言志"的?"诗言记"("诗言志")有两个层面的含义。

---

① 参见祝秀权:《诗经正义》,上海三联书店,2020年。
② 王齐洲:《汉人小说观念探赜》,《南京大学学报》2011年第4期。
③ "诗"绝非是"主持祭祀的阉人所言"。也没有证据表明上古时期主持祭祀的人是阉人。
④ 闻一多:《神话与诗》,吉林人民出版社,2013年。

1. "诗言记"第一层面的含义：诗是对格言警句的记载

《墨子·兼爱下》："周诗曰：'王道荡荡，不偏不党。王道平平，不党不偏。其直若矢，其易若砥。君子所履，小人之所视。'"

《墨子·非攻中》："诗曰：'鱼水不务，陆将何及乎？'"

《墨子·非命中》："在于商夏之诗书曰：'命者，暴王作之。'"

《战国策·秦策》："诗云：'行百里者，半于九十。'"

《吕氏春秋·爱士》："此诗之所谓曰'君君子则正，以行其德；君贱人则宽，以尽其力'者也。"

《吕氏春秋·慎人》："舜自为诗曰：'普天之下，莫非王土；率土之滨，莫非王臣。'所以见尽有之也。"

《吕氏春秋·权勋》："诗云：'唯则定国。'"

《吕氏春秋·行论》："诗曰：'将欲毁之，必重累之；将欲踣之，必高举之。'"

以上被名之为"诗"的"诗句"，除"普天之下，莫非王土；率土之滨，莫非王臣"见于《小雅·北山》及"君子所履，小人之所视"见于《小雅·大东》外，其余均不见于《诗经》，但它们有一个共同特点：它们都是格言警句，都是谚语，即它们都是"志"。特别是"在于商夏之诗书曰：'命者，暴王作之。'"，这一条更特别，称这样的格言警句为"诗书"。这些格言警句无所谓称之为"诗"还是"书"，因为它们本质上都是"志"。

正因为"诗"所咏的是有文字记载的"志"，它在层次、品位、等级上远高于咏无文字记载的"歌"。春秋时期大量流行"诗曰""诗云"，就是把"诗"当作一种格言警句、经典加以看待、使用，以为自己的言论增加说服力和可信度。阮元《诗书古训序》曰："《诗三百篇》《尚书》数篇，孔孟以此为学，以此为教，故一言一行深奉不疑，即如孔子作《孝经》、子思作《中庸》、孟子作七篇，多引《诗》《书》为证据，若曰世人亦知此事之义乎？《诗》曰某某即如此，否则恐自说有偏弊，不足以有训于人。"

又如《吕氏春秋·原乱》："故诗曰：'毋过乱门。'所以远之也。"高诱注："逸诗也。"《吕氏春秋》引诗虽不见于《诗经》，但我们可以肯定地说："毋过乱门"是当时人所见于记载的格言、谚语之类的话。故《左传》昭公十九年："谚曰：'无过乱门。'"一谓之"诗曰"，一谓之"谚曰"，"谚"而谓之"诗"，此即"诗言志"的一个绝佳实证。它有力地证明了：早期的"诗"即"志"，故曰"诗言志"。这个例子同时也说明，春秋时期人的"诗"的概念，仍然是处于形成、萌芽期的"诗"的概念。谓诗不始于周代，可乎？

闻一多说："一切记载皆谓之志。"因为远古人类的"记（志）"是如此的困难，如此的珍贵，只有极有价值的事和言才会被记录、记载。而这些被记录、记载下来的文字资料，一定是被当时人当作弥足珍贵的经典和名言警句看待的。最早的诗之所以要"言志"，是因为"诗"又比"志"更高级、更珍贵，它又在"志"之中选择最珍贵、最有价值的，通过一定的加工、改写，演绎成句式整齐的韵文，使之更容易记忆，更容易传诵。在《诗经》中，"立我蒸民，莫匪尔极"，"不识不知，顺帝之则"，这就是《诗》中最明显的"志"。因为据《列子》记载，《诗经》之前就有这样的谣谚存在。

2. "诗言记"第二层面的含义：最早的诗是对现成言辞的记录

《周颂》是中国"诗"的萌芽。《周颂》的很多诗句是根据现存的成辞写作的。如《周颂》部分诗篇所咏是周初各类仪式中的诰辞。大诰诸侯之辞《烈文》与《尚书》周初诸诰相应，是典型的政治性告诫，具有周初克商后特定的时事背景。戒农诰辞《臣工》《噫嘻》以诗的形式记录了周代行"敬授民时"仪式的诰辞，具有珍贵的史料价值。《闵予小子》等四诗以诗的形式记录了周代君臣谋大事于庙的仪式。这些诗篇非诰辞原文，是诗人据当时仪式演剧中的表演性诰辞加工、演绎而创作。

《周颂》的创作方式是记，它们不是实录意义上的记，而是对原始文辞——诰辞、诵辞、语辞加以概括、提炼，记其大意而已。如，康王时的青铜器《盂鼎》铭文："王若曰：'盂！不显文王受天有大命，载武王受文王作邦，辟厥匿，敷有四方，畯正厥民。'"（康王说："盂啊！显赫的文王从上天得到了大命，因而武王继承文王治理国家，除掉那个奸恶，普遍地保有四方，扶正民众。"）[1]此与《执竞》"自彼成康，奄有四方"之语相近。《盂鼎》又有"畏天威"之辞，亦与《我将》"畏天之威"对应。李学勤在《走出疑古时代》中提到陕西出土的一件铜器"史惠鼎"，其上铭文写着"日就月将"[2]，这便是《周颂·敬之》中的诗句。铭文不可能源自诗篇而记，诗篇也不是咏铭文而作，实际情况应该是：铭文所记和诗篇所咏均源自于其时仪式中的诰辞，它们分别以不同的方式记录诰辞而已。这就证明了，《周颂·敬之》所咏一定是当时某种仪式上的成辞。

从《周颂》的创作性质是"记"这一特征，我们可以得出结论："诗言志"者，"诗言记"也。"志"在古代虽有多种含义，但"记"是其最早的含义。例如《周书》又称《周志》，《礼书》又称《礼志》。《国语·楚语上》："教之故志。"韦昭注："故志，谓所

---

① 原文及翻译均引自唐兰《西周青铜器铭文分代史征》，中华书局，1986年。
② 李学勤：《走出疑古时代》，辽宁大学出版社，1994年。

记前世成败之书。"刘毓庆说："原始的诗是为帮助人类记忆而产生的艺术语言，它的特殊功能是'记物'和'记事'。"①

正《大雅》是中国"诗"的正式产生。《大雅》部分诗篇是据周礼乐语之教中"既歌而语"之辞而创作，这些《雅》诗是周礼乐语之教中针对所升歌的乐歌之义而"语"的产物。以乐歌之义为参照对象而加以阐发或发挥，这是《大雅》最早的创作方式。《大雅》中的"史诗"正是诗人凭着某种记忆和当时的某种记录而创作的。这也从一个方面印证了"诗言志"的早期含义——"诗言志"者，"诗言记"也。

《周颂》在当时是"歌"，在正《大雅》产生之前，即没有"诗"之前，《周颂》地位极高。在没有"经"和"经典"概念的时期，《周颂》在当时就是被当作"经"看待的。而"经"的前身就是"志"，即各类广为传颂、被奉为经典治理名言的言辞。所以，《周颂》在当时的真实情形应该是：《周颂》在存在形式、表现形式上是"歌"，在价值地位上是"志"。西周及其之前的各种"故志"很多，但大都没能被记录下来。《周颂》是当时被记录下来的、能够看见的"志"，它即使不是唯一被记录下来的有韵的"志"，也应该是极为罕见和珍贵的"志"。作为诗歌理论的"诗言志"之"志"也不应该旁指，所以"诗言志"之"志"应该有一个隐含的义项："志"隐含指《周颂》。这样一来，"诗言志"所暗含的一个秘密就被我们发现了："诗言志"原来隐含着"诗言《周颂》"的含义。再推论一步：最早的"诗"是正《大雅》，那么"诗言志"的隐藏含义就是：正《大雅》是言说《周颂》的。

"诗"是"言志"的，"歌"是"永言"的。"诗言志，歌永言"中的"诗""歌"，在最初很可能是一种特指，特指正《大雅》和《周颂》，而不是泛指"诗""歌"。因为在《尧典》创作之时，作者所能见闻的"诗"和"歌"可能只有《大雅》和《周颂》。

《雅》《颂》有很多根据其时之现存言辞写作的诗歌，它们正是《诗经》中的早期诗歌。它们的创作方式无疑代表了中国早期诗歌的一般创作方式和规律。《小雅·常棣》《伐木》所咏之事与周代"养老乞言"礼有关，二诗所咏之辞即是"养老乞言"礼中老者进献的"善言"。诗篇是据现存言辞加工、改造、演绎而作，它本身并不就是当时的"善言"原文。

以现存言辞为底本而创作诗歌，这是《雅》《颂》多数诗篇最初的创作方式，亦是中国早期诗歌的主要创作方式。中国早期诗歌是根据现成的言辞加工创作的。它们以诗的形式记录了当时各类言辞的大体含义。"诗言志"者，诗言记也，这正揭示了早期诗歌的创作性质和方式。诗人们用记的方式，使当时的各种典

---

① 刘毓庆：《雅颂新考》，山西高校联合出版社，1996 年。

范性言辞变成易于朗诵和记忆的韵文,使之易于传唱,流传后世,使后人牢记传统,不忘各种修身治国的礼仪。

三 "诗言志"是中国诗歌发生学总纲

正确理解"诗言志"的早期含义,必须先确定三个前提:1."诗言志"说的是发生时期的"诗"。周代之前没有诗。2."诗言志"说的是周代仪式歌诗。3."诗言志"的确凿证据在《诗经》中。离开《诗经》而谈"诗言志",则是南辕北辙,自欺欺人。

"诗言志"是中国人对诗的性质、特征、功能的第一次总结,朱自清《诗言志辨》称之为中国诗论"开山的纲领"。"诗言志"发生在中国诗刚产生的周代,因而它必定是周代人对"诗"的认识和总结。在《尧典》中,"诗"是和"歌""声""律"相提并论而言的,这典型地证明了周代人对其时之"诗"的认识:在周代,"诗"还不是独立的文化形式,它隶属于礼乐歌舞表演,是当时礼乐歌舞综合艺术的其中一个文化因素。把《尧典》的"诗言志"与"歌永言,声依永,律和声。八音克谐,无相夺伦,神人以和"联系起来总体上加以观察,不难看出,它并不是在专言诗,而是着意于当时仪式的客观描述。而且其仪式必定是一种通神的仪式,因为仪式的宗旨是"神人以和"。如果再联系前文"命汝典乐,教胄子"的仪式前提来看,我们可以百分之百地肯定:《尧典》所描述之仪式,一定就是西周时期大司乐"以乐语教国子"的乐教仪式。人无法想象出他没有见过的事物。周代人对仪式的描述,一定是他见过的周代仪式,这是唯物主义的铁的定律。"圣人作乐以养情性,育人材,事神祇,和上下,其体用功效广大深切如此。"[1]"正是从仪式表演的角度,才可以看到朗诵、歌唱、乐曲、乐律这四种事物的依次递进。"[2]

首提"诗",而后始曰"歌""声""律",说明作者已经有了强调"诗"的用意。这说明"诗言志"的最早提出必定不是在周初,它产生于有了明确的"诗"概念的西周时期。这与学界对《尧典》创作时间的研究结论大致相吻合。

"诗"也"永言","歌"也有"言志"的因素,关键在于:1. 侧重点不同。"诗"偏重于"言志","歌"偏重于"永言"。或者说,"诗"是在"永言"的基础上,再加上"言志"的元素,方可称为"诗"。2. 发生时间不同。在没有"诗"的"歌"的时代,"永言"即可"歌",并不特别重视、强调是否"言志";而发生学意义上的"诗"则强调必

---

① 钱宗武主编:《尚书学文献集成·朝鲜卷·书集传详说》,凤凰出版社,2020 年。
② 王小盾:《论汉文化的"诗言志,歌永言"传统》,《文学评论》2009 年第 2 期。

须"言志"。

　　程颐《程氏经说》："诗者,言之述也。"最早的"诗"亦是"永言",正《大雅》即是标准的例证;"诗"之称名出现之前的"歌"的时代,"歌"亦"言志",《周颂》即是例子。但是,在"歌"的时代,是只知道"歌"的时代,没有记录("志")的意识,《周颂》的被记录应该是西周初期以后的事情。而"诗"的时代,有了明确的"志"的意识。所以,"诗"是对"歌"的超越,"言志"是对"永言"的内容和艺术提升。

　　"诗言志,歌永言",其实道出了"诗"与"歌"的区别。发生学意义上的"诗"其实也是咏言的,但"歌"直接咏言,"歌"中的"言"未经加工"制作";"诗"则间接咏言,早期的"诗"是对"言"加工"制作"的产物,因而不易察觉。"言"无论多么普通、平凡,都可以"歌",远古的"歌"所歌的就是歌者要说的话;而"诗"则是经过加工"制作"的高级的艺术化的"言",而且"诗"的"言"绝不普通、平凡,它是值得"记"("志")、值得效法、值得流传的"言"。

　　"歌"并不排斥"言志",但"歌"以抒情为宗旨,无"志"亦可"歌";"诗"虽然也是抒情的,但必须有"志",方才是"诗"。有大义方可谓之"志"。"志"者,记也。为何要"记"? 就是为了记忆、流传。早期的"志"也是"言",但"志"是"言"的精华,"志"是经过挑选的可以被记录的、有流传价值的"言"。

　　"诗"的原始要义为什么是"记"(志)呢? 这是因为,"诗言志"和"歌永言"正是在记录、记载和非记录、记载这一点上相区别的。从发生学意义上说,最初的"诗"所歌咏的是有文字记录、文字记载的或者有文字记录、文字记载价值的事和言,而远古的"歌"所歌咏的是无文字记录、文字记载的或者无文字记录、文字记载价值的言。这就是"诗言志,歌永言"的本质含义,也是"诗言志"与"歌永言"本质区别,同时也是发生学意义上的"诗"与"歌"的不同。"诗"概念最初即是在欲与"歌"相对比、区别的意识和文化背景中而得以确立的。《尧典》作者无意于强调"诗"与"歌"的区别,却在无意中透露了"诗""歌"之别的隐秘。

　　《尧典》先言"诗",后言"歌",说明它产生在"诗"的时代,这种立言方式体现了作者对"诗"的强调。显然,在发生学意义上,"诗"比"歌"高级。"诗"这种高级的文化,必须是在人类的语言文字表达技巧发展到一定阶段才能有的。

　　从发生学意义上说,歌的本质是人的内在心灵、情感、欲望的抒泄,而诗则是各种高级的复杂的文化,如语言、音韵、礼乐等文明发展到一定程度时共同作用的产物。这样一来就决定了诗在产生之初,必然只局限于上层社会,产生于最高统治者和高级贵族一类人群中。

　　"歌"是歌咏心里要说的话,而"诗"则需要有教育意义和铭记、传诵价值,才可以为"诗"。故春秋时期大量赋"诗",均不可用"歌"代替。"'诗'原本是具有政祭合一性质的礼仪圣辞。"①早期的、最初的诗的神圣性是毋庸置疑的。

对"诗"与"歌"有如此明确的界定和洞察秋毫的细微分辨,"诗言志"一定是中国诗发生时期的周代人的思想观念,它不可能是周代之前没有"诗"概念时代的远古人的思想理念。周人言"诗言志",一定是对周代诗歌创作真实情形的总结。也就是说,"诗言志"的理论依据和实证支撑一定是《诗三百》。离开《诗三百》而论证"诗言志",一定是不得其要的。

如果抛开"诗"与"歌"的区别,就"诗"即是"歌"、"歌"即是"诗",即:就当时周代"歌"与"诗"水乳交融的实际情形来看,完全可以认为:"诗言志"其实就是"歌永言",二者并没有太大的差异。《尧典》的作者也并没有对二者加以区分的意思,对两者加以区分辨别的是后人。《周颂》就是周代最早的没有"诗"之名的诗,它在当时的性质是"歌",它在当时的一切方面都是"歌",而《周颂》也是"志"(记)的产物。"诗言志"除了"诗言记"之外的其他含义,是中国传统诗歌一直沿着"抒情言志"的轨道发展而逐步递增的。"诗言志"内涵的增加和丰富,在先秦即已开始。因为《诗经》中春秋时期的诗歌,已经由早期的"言记""永歌"而变为"抒情言志"。"诗言志"在后世独自流行,似乎从此忘掉了"歌永言",原因即在于此。理论是社会实践的产物。《诗大序》阐释"风雅颂"顺序的《诗三百》,必定首先要照顾到《诗三百》的精华:"国风",因而它大谈诗中之"情"的因素,并没有特意强调早期"言志(言记)"意义上的"诗"的内涵。

"诗言志"最重要的文化价值在于:它第一次通过对"志"的强调,显示了周代文化飞跃时期中国人对内在意识形态、情感、思想等方面的重视和飞跃。这种对"志"的重视和飞跃,显然是对此前"歌"的时代只关注外在之"言"的一种文化和思想超越。就中国文化而言,这种超越的意义和价值是巨大的。它是中国文化从原始型、感性型迈向文明型、理性型的一次跨越和飞升。这种跨越和飞升,是与中国"轴心时代"思想、文化上总的巨大飞跃是分不开的。或者可以说,"诗言志"就是中国"轴心时代"的前奏和序幕。"诗言志"在先秦诸子和思想家中能引起那么大的反响,原因即在于此。特别是春秋"赋诗言志"文化,是"诗言志"之反响的最直接体现。通过"赋诗"而"言志",其实质即是显示一个人是有思想、有文化、有品位的人,而不是一个只知外在之"言"而不知内在之情、思、意的人。这也是春秋时期的一大时代特征,是时代文化使之然,是时代文化的烙印。

---

① 韩高年:《从"谣"、"谚"、"歌"看先秦诗歌的形态及其演变》,《学习与探索》2003 年第 5 期。

　　"诗言志"是中国诗歌发生学总纲，它是周代人对诗、歌、声、律之性质、特征、内涵的无意识的总结和区分，是中国最早的诗歌理论和文艺理论。这一理论的产生，对中国古代诗歌创作的导向和引领，意义重大，不可替代。中国古代诗歌就是沿着"诗言志"的创作方向而发展的。

　　学界论述"诗言志"犯了两极错误：要么以为"诗言志"是远古尧舜时期的事，要么直接以春秋时期的赋诗言志为例证，把它直接套在"诗言志"的头上，直接用赋诗言志论述"诗言志"，以为赋诗言志就是"诗言志"的发端，而略去了"诗言志"的原始对象：西周时期中国诗发生期的诗歌创作。一种理论的形成，大都是对前代及当代实践活动的总结基础上得出的。《尧典》"诗言志"理论也必定应该包括对春秋之前西周时期诗歌创作实践的概括和总结。而西周时期的诗歌创作实践，即集中体现在《周颂》和《大雅》《小雅》中。实践是检验真理的唯一标准。在不懂《诗经》的情况下论述"诗言志"，永远只是空谈。《左传》襄公二十七年："文子告叔向曰：'伯有将为戮矣！诗以言志。志诬其上，而公怨之，以为宾荣，其能久乎？'"说明最迟在鲁襄公二十七年之前，周代就已经有了"诗言志"的观念和说法。

四　"诗言志"的后起含义：抒情言志

　　闻一多说："志与诗原来是一个字。志有三个意义：一记忆，二记录，三怀抱。"[1]笔者认为，"记忆"和"记录"均是"记"义，它们属于"志"的同一个义项；而"怀抱"则属于"情志"的范畴，它是"志"的原始义的引申，也是"诗言志"的后起含义。所以，"诗言志"的含义包含两个方面：其一，诗言记；其二，抒情言志。而这两方面的含义，在周代"诗"形成、发展的过程中，"诗言记"阶段持续的时间并不太长，它很快就转向了"抒情言志"的路径，这个转变大致即在西周、东周之交。

　　"诗言记"说的是最初的诗，也只能说的是最初的诗。因为诗如果按照"言记"的路子一直走下去，应该是死路一条。它必须尽快把"言记"的担子卸下来，承担起"歌"所具有的抒情功能，它才会轻装上阵，完成一次质的转变和升华。可幸的是，中国的诗在发生期就很快完成了这个转变。

　　"诗"由"言记"转向"抒情言志"，应归功于"歌"的促进和推动作用。因为中国早期诗的创作，所创作之诗很快就被应用于歌舞表演。诗与歌，两者虽然出生

---

[1] 闻一多：《神话与诗·歌与诗》，吉林人民出版社，2013年。

于不同的家庭,有着不同来源背景,但它们天生是一对夫妻,注定有着一份携手共济的姻缘。闻一多说:"它(诗)与歌有一段宿诺。在记事的课题上,它打头就不感兴趣,所以时时盼着散文的到来,以便卸下这份责任,去与歌合作。孟子'诗亡然后《春秋》作'之'亡',若作'逃亡'解,或许与事实更符合点。"①故"言记"意义上的"诗言志"大抵只适用于西周时期的诗,从春秋时期开始,人们言及"志",大抵是"情志"之意,例证很多。典型的例子如:《左传》襄公二十七年赵孟曰:"请皆赋,以卒君贶,武亦以观七子之志。"《诗大序》:"诗者,志之所之也。在心为志,发言为诗。"上海博物馆藏战国楚竹书《孔子诗论》:"诗亡隐志,乐亡隐情,文亡隐意。"汉魏以后之人在论及"诗"时,基本是按照抒情言志的思路阐释,这当然是对的。孔颖达《诗谱序正义》:"名为'诗'者,《内则》说负子之礼云:'诗负之。'注云:'诗之言承也。'《春秋说题辞》云:'诗之为言志也。'《诗纬含神雾》云:'诗者,持也。'然则诗有三训:承也,志也,持也。作者承君政之善恶,述己志而作诗,为诗所以持人之行,使不失坠,故一名而三训也。"身处唐代的孔颖达这样阐释"诗",无可非议,或许其不足之处在于:这样的阐释其实并没有涉及"诗"的本义,即原始含义。

诗抛弃了原始的"志",转向抒情之后,诗中之"志"被诗人之志代替。换言之,抒情言志意义上的"诗言志",其实仍然是"诗言记",只不过原始的"诗言记"是记外在的、现成的言辞,而后起的"诗言记"是记诗人内心的情感和愿望,记诗人内心之"言"——这才是真正意义上的创作。"诗言志"由最初的"诗言记"或"诗言故志",升华为真正意义上的"诗言志",即言诗人之志。所以我们看到,《诗经》之《诗大序》在把"诗"定义为"志"之后,却并不沿着早期的原始"诗言记"的路子加以阐释,而是大谈"情感"的话题:"诗者,志之所之也。在心为志,发言为诗。情动于中而形于言。言之不足,故嗟叹之;嗟叹之不足,故永歌之;永歌之不足,不知手之舞之、足之蹈之也。情发于声,声成文谓之音。"据此我们可以判断《诗大序》产生的年代:春秋战国时期。因为春秋战国时期的诗已经是抒情言志意义上的诗了。

孔颖达《左传正义》:"在己为情,情动为志,情、志一也。"《尚书》郑玄注"诗言志"曰:"诗所以言人之志意也。"闻一多说:"志,从止从心,本义是停在心上,亦可说藏在心里。故《荀子·解蔽篇》曰:'志也者,臧(藏)也。'注曰:'在心为志。'《诗

---

① 闻一多:《神话与诗·歌与诗》,吉林人民出版社,2013 年。

序·疏》曰：'蕴藏在心谓之志。'"①中国"诗"很早就完成了从"言记"到抒情言志的过渡转变。《诗三百》从《周颂》到正《大雅》，再到正《小雅》，再到《二南》，再到"变风变雅"，抒情言志的成分逐渐增强，诗的抒情性质逐渐明朗，这反映了中国早期之"诗"在内涵、性质方面的发展演变。春秋战国时期圣贤直至汉唐学者大都是沿着抒情言志的思路阐释"诗言志"，应该不是他们不知道"诗言志"的初期含义，而是他们不屑于承认那种早期的、在他们看来低级的"诗言记"。在他们看来，只有抒情言志才是高级的情志，也只有抒情言志才是"诗"应有的功能。而且，即使在早期"诗言记"阶段，其时之"诗"也有抒情言志的成分和因素。"诗"在一产生之时，就和"文"不一样，它不是单纯的"记"，"记"只是它早期阶段的创作方式。"诗"在一产生之时，就在以"记"的方式而抒情言志了。谁能说《周颂》不是在抒情言志呢？中国最早的诗《周颂》都是以"记"的方式而抒情言志的，至于正《大雅》、正《小雅》《二南》，它们在创作方式上虽然也是记各种各样的言辞，但它们抒情言志的内涵谁也无法否认。

《诗大序》曰："诗者，志之所之也。在心为志，发言为诗。情动于中而形于言。"笔者认为，《诗大序》所言"在心为志"之"志"，其实是"记"的意思，犹言"记在心里"。下文并不接着言"志"，而接言"情"，这并不是在以"情"释"志"，而是顺接"发言为诗"而申论之语。因为只"记在心里"当然不是诗，必须"发言"方可"为诗"。而从"记在心里"到"发言为诗"的触动、触发因素则是"情"，故曰"情动于中而形于言"。《周颂》所有诗篇都是"言记"的，记各种诵辞、诰辞之类。而促使周人创作这些诗篇的触发因素，则是西周建立之际周人内心巨大情感因素。正《大雅》亦是如此：正《大雅》所有诗篇都是对周礼乐语之教中"乐语"的记录，而促使周人创作这些诗篇的触发因素，也是周人在升歌《周颂》之后的巨大内心情感触动。以此类推，正《小雅》和《周南》《召南》的创作情形均是如此。"情"触发了"志"的抒发，正是在这一点上，"情"和"志"建立了关联。也正是这个因素，使"诗言志"之"志"必然发展演变为"抒情言志"。

宋陈旸《乐书》："《卷耳》作，见后妃求贤之志；《泉水》作，见卫女思归之志；《鸱鸮》作，而周公救乱之志明；《云汉》作，而宣王拨乱之志著。此诗所以言志也。皋陶赓歌，所以永吾归美之言；禹之九歌，所以永吾劝戒之言；《卷阿》之遂歌，所以永吾用贤之言；《四牡》之所歌，所以永吾将母之言；《何人斯》之好歌，所以永吾恶谗之言。此歌所以永言也。"

---

① 闻一多：《神话与诗·歌与诗》，吉林人民出版社，2013 年。

诗的本性是抒情的。正因为诗继承了歌的抒情的本质特征,故歌与诗从最初直至今日,都是二而一、一而二,分分合合,而又水乳交融的。"结合、分离,再结合、再分离,分离了,又结合。循环往复,以至无穷。每当一种新的音乐出现,便要产生一种倚声填词的新歌诗,乐府、词、曲就是这样形成的。"①公木先生这话说的是音乐与诗歌的关系,其实,用这话来形容歌与诗的关系,似乎更贴切,更合适,更准确。

虽然诗中亦有叙事诗,但叙事并不是诗的本质功能。中国汉民族早期没有大型的真正意义上的叙事诗,中国的诗很早就沿着抒情言志的康庄大道发展。从一定意义上说,正是这个因素,使中国古代诗歌艺术终于发展到极致,并成为中国古代文学的主流。抒情言志就是诗本该要做的事,中国古代诗的发展之路才是正路。

孟子有"以意逆志"说,曰:"说诗者不以文害辞,不以辞害志。以意逆志,是为得之。如以辞而已矣,《云汉》之诗曰:'周余黎民,靡有孑遗。'信斯言也,是周无遗民也。""以意逆志",即认为《诗》其实大都是言在此而意在彼,认为《诗》之言辞只是其表,而"志"才是其本义和真谛,故需以其言辞之意而逆其"志"。之所以要"逆志",即是因为最早的"诗"就是"言志"的。

本质上说,"诗言志"并不完全等同于"诗言记"。因为从记录的言辞到抒情言志的诗,已经发生了质变。没有从生活语言到诗的艺术语言的质变和升华,就不会有"诗言志"。也许"诗教"这个词并不完全妥当,因为诗的主要功用在于感染,而不是直接教育。《诗大序》曰诗可以"动天地,感鬼神,经夫妇,成孝敬,厚人伦,美教化,移风俗",正是言诗的感染功能。

---

① 公木:《歌诗与诵诗》,《文学评论》1980 年第 6 期。

第八章

《诗经》"四始"与周代文化的四次飞跃

　　内容提要： 以《清庙》《文王》《鹿鸣》《关雎》为始的《周颂》、正《大雅》、正《小雅》《二南》，是周代礼乐的范本，是周代思想、文化、文学四个发展阶段的四个新起点，四次新飞跃，它们典型地代表了周代文化和中华文明在不同时期所达到的新高度。以《清庙》为首的《周颂》创作于克商之后的西周早期，它标志着中国诗歌的萌芽，标志着中国礼仪的萌芽，标志着中华文明从蒙昧走向理性、从神本文化走向人本文化的巨大飞跃。以《文王》为首的正《大雅》的创作时间略晚于《周颂》，正《大雅》在思想、诗歌艺术、礼仪等方面比《周颂》都有所进步，标志着周初文化的急速发展。以《鹿鸣》为首的正《小雅》诗篇的创作时间在西周中后期，它们是周礼发展至兴盛时期的产物，它们艺术化地记录、反映了兴盛时期的周礼。正《小雅》诗篇直接歌咏成熟的周礼，这些礼仪在《周颂》和正《大雅》中均未见，它们是《诗经》的精华之一，也是中国文化的宝贵遗产之一。以《关雎》为首的《二南》创作于春秋时期，其时较为系统的儒家思想体系已经形成，德治思想已经形成，《关雎》所宣传、提倡的就是以最高统治者身体力行的风范作用以风化天下的思想意识，这意味着中华文明又迈向了一个新的台阶，达到了一个新的思想高度：以德治理天下的儒家思想高度。这是那个被称为中国文化"轴心时代"的典型的儒家思想特征。

一　《清庙》与万象更新的周初文化

　　《诗序》："《清庙》，祀文王也。周公既成洛邑，朝诸侯，率以祀文王焉。"《清庙》祀文王却不直颂文王,而专就祀文王的场面和祀文王之人立言,颂祭祀者肃敬雍和的精神状态,"骏奔走在庙"的行为状态,"秉文之德"的内在情感,以显示其对文王的虔诚。《孔疏》:"以其祀之得礼,诗人歌咏其事而作《清庙》之诗。后乃用之于乐,以为常歌也。"孔颖达所言极是,"祀之得礼"正是《清庙》诗人抒写的要义。《清庙》文辞极简约,却强调了"骏奔走在庙"这一细节,也是为了突出显示祭祀者的礼敬之情。诗的主题显然不在于咏事,而在于咏礼。周人在开国之初万象更新的时刻,带着庄严肃穆的神情,丝毫不敢怠慢地奔走于文王之清庙,精心备办祭祀文王的一切祭品和环节,并决心继承和发扬光大文王的品德和事业,这正是对文王的最高礼赞。这种发自内心、浸入骨髓的虔诚和礼赞,远远胜过表面而肤浅的言语之赞。祭祀文王的典礼,一切都是那么清静肃穆,一切都是那么有条不紊,这正与文王的清明之德相吻合,亦与周初的开国气象极为一致。

《周颂》之首篇《清庙》即奠定了"颂"的基调,由此我们可以得知"祀之得礼"的内涵:"肃雍"的神情面貌,"秉文之德"的内心境界,"骏奔走在庙"的行为状态。这也就是《清庙·郑笺》所说的:"其礼仪敬且和。"我们从《周颂》中读出了西周初期统治者的思想和精神状态,读出了周初统治者突出的敬业意识,读出了西周初期礼仪的基本文化特征:文明,和谐,牢记传统,励精图治。

《尚书大传》:"《清庙》升歌者,歌先人之功烈德泽也,故欲其清也。其歌之呼也,曰:'於穆清庙,肃雝显相。'於者,叹之也。穆者,敬之也。清者,欲其在位者遍闻之也。故周公升歌文王之功烈德泽,苟在庙中尝见文王者,愀然如复见文王。故《书》曰:'搏拊琴瑟以咏,祖考来假。'此之谓也。"又曰:"于卜洛邑,营成周,改正朔,立宗庙,序祭祀,易牺牲,制礼乐,一统天下,合和四海而致诸侯,皆莫不依绅端冕以奉祭祀者,其下莫不自悉以奉其上者,莫不自悉以奉其祭祀者,此之谓也。尽其天下诸侯之志,而效天下诸侯之功也。庙者,貌也,以其貌言之也。宫室中度,衣服中制,牺牲中辟;杀者中死,割者中理;摅弁者为文,爨灶者有容,椓杙者有数。太庙之中,缤乎其犹模绣也。天下诸侯之悉来进受命于周,而退见文武之尸者千七百七十三诸侯,皆莫不磬折玉音,金声玉色。然后周公与升歌而弦文、武。诸侯在庙中者伋然渊其志,和其情,愀然若复见文、武之身。然后曰:'嗟子乎!此盖吾先君文、武之风也夫!'"这是对《清庙》的最佳阐释。

《清庙》的深层主题和大义在于"秉文之德"。这一主题的大义,应当从文王和德两方面来看。

从文王方面看,周人虽视后稷为始祖,但视文王为大(太)祖,周文王在周人的心目中远高于后稷。这是因为,使原先这个小邦周强大起来,奠定推翻殷商王朝的实力,并酝酿推翻殷商大业的,正是周文王。所以周文王的文治武功,周人一并称之为"德"。在刚推翻殷商的西周初期,"秉文之德"的理念在周人心目中是真实的,虔诚的,非虚夸之辞。西周建立之后,周人决心秉承文王之德,发扬而光大之,奋发图强,文王因此得到了最高的崇拜和礼赞。《清庙》诗中抒写的"秉文之德"思想意识,与《孟子》《尚书》《左传》等书中多次提到的以文王为楷模、以文王之德为勉励的主题是相符合的,故《清庙》为《颂》之首是理所当然的。

如果把眼光再放远一点,全面审视《诗经》三部分《颂》《雅》《风》的主题和基调,则可发现,《清庙》文王之颂不啻为《周颂》之纲领,它也是《诗三百》之纲领,更是《诗经》"正诗"的纲领和主线。从《诗序》《毛传》《郑笺》《孔疏》的阐释中,你不难发现,《诗三百》几乎处处有文王,不离文王。歌咏文王之德,是《诗经》"正诗"的一条或明或暗的主线。文王是《诗》的灵魂。

从德方面看,周人代殷而建立西周,使中华民族从蒙昧迷信的时代向文明理性的时代迈进了一大步,而其中对人的内在之德,特别是统治者之德的提倡和强调,是周文化最突出的特征。这正是王国维《殷周制度论》说的:

> 中国政治与文化之变革莫剧于殷、周之际。殷、周间之大变革,自其表言之,不过一姓一家之兴亡与都邑之移转;自其里言之,则旧制度废而新制度兴,旧文化废而新文化兴。又自其表言之,则古圣人之所以取天下及所以守之者若无以异于后世之帝王;而自其里言之,则其制度文物与其立制之本意乃出于万世治安之大计,其心术与规摩迥非后世帝王所能梦见也。欲观周之所以定天下,必自其制度始矣。……其旨则在纳上下于道德,而合天子、诸侯、卿、大夫、士、庶民以成一道德之团体。周公制作之本意实在于此。周之制度典礼乃道德之器械。……殷、周之兴亡,乃有德与无德之兴亡。故克殷之后,尤兢兢以德治为务。

概括王国维先生的观点,殷周间文化的大变革包括:宗法制度的完善和巩固,由巫史文化过渡到礼乐文化,由注重天帝神灵到注重人的德行。两相比较,我们可以对《周颂》首篇《清庙》歌咏"秉文之德"的社会文化背景有更深的了解和体悟。"秉文之德"是周人的精神世界迈入文明的标志,是中国人的思想、精神境界迈向新时代、新世界的标志,是中华文明在殷周之际大飞跃的标志。特别是,"秉文之德"的口号使中国人第一次有了一种政治信仰。这种政治信仰使中国人第一次有了一种民族凝聚力。这种民族凝聚力不是以武力征伐、强权政治为口号,而是以内在的德为激励、鞭策的旗帜和口号,这使中国传统文化和文明在一开始就奠定了一种内在的基调,打上了具有中国特色的文化烙印和文明品位。

《清庙》是《周颂》的代表和缩影。在文学艺术方面,《周颂》显示出中国诗歌萌芽时的诸多原始性特征。《周颂》多数诗篇在押韵上不规则,有相当多的诗篇则根本不押韵。《周颂》不分章节,抒情模式雷同,艺术形式简单,言词古奥,风格典雅。以《清庙》为首的《周颂》在形式上总体显示出朴拙的特征。这正说明,《周颂》是中国诗的萌芽,是中国文学的一种重要体裁——诗,萌芽、产生的标志,这无疑是中国文化、文学的一个具有划时代意义的大事,是中国文化、文学的一个新时代的标志,标志着中国文化、中国文学迈上了一个新高度,走向了一个新起点。在这一点上,它完全可以与周代商这样的历史政治大事相媲美。

在礼乐文化方面,《周颂》让我们看到了西周初期制礼作乐的最重要的内容,这无疑是极为尊贵的历史、文化资料。《周颂》中记录、保存的各种礼仪都是周代规模最大、级别最高的礼仪,而且是形成期的最基本的周代礼仪。郑玄《周颂谱》:"《周颂》者,周室成功,致太平德洽之诗。其作在周公摄政、成王即位之初。"祭祀文王、武王、后稷、先王先公,郊祀天地、巡守告祭、祈报之祭、以乐舞祭祖、谋于庙、戒于庙、庙中求助等等,这些最基本的礼仪,也只有西周那个改朝换代的时期才能有。

《周颂》中保存的周礼是至关重要的,它让我们看到了周礼的源头,看到了周礼产生之初的大纲和体系框架,看到了周礼中最基本、最重要的精神元素和价值取向。西周初期以后的周礼,无疑都是在《周颂》保存的周礼这个体系框架内发展、增修、演变、乃至成熟的。如果眼光再看远一点,《周颂》中保存的周礼不仅是周代和先秦的礼乐制度的源头,它也是秦汉以后中国封建社会礼乐制度的滥觞和雏形。

总之,无论在思想意识形态上,还是在文学上,礼乐文化上,以《清庙》为首的《周颂》都是周代文化的萌芽期,也是中国早期文明的萌芽期,标志着中华文明从蒙昧走向理性、从神本文化走向人本文化的巨大飞跃。《周颂》是中国文化当之无愧的"始"。

二 《文王》与西周文化的急速飞跃

《序》:"《文王》,文王受命作周也。"《笺》:"受命,受天命而王天下,制立周邦。"歌咏文王受命作周是《文王》的主题,但诗并不主要针对作为神灵的文王而歌咏,而是面向现实,针对周初的天下大势及祭祀文王时周人的思想、精神面貌而歌咏。殷商因失德而亡,文王以德而代殷兴周,所以文王的子孙要以殷为鉴,敬畏天帝,效法文王的德行,才能永保天命,这是《文王》歌咏的主要内容。诗末曰:"仪刑文王,万邦作孚。"此乃卒章显志之句,亦是全诗的主题句。余培林《诗经正诂》:"此诗之旨,四字可以尽之:敬天法祖。"①

《文王》一诗以文王始,以文王终,中间贯之以"文王孙子,本支百世""思皇多士,生此王国""有商孙子,侯服于周""殷士肤敏,祼将于京""宜鉴于殷,骏命不易"等意思。整首诗首尾呼应,主题明确,抒写井然有序,时代感极强,令人品味不已。读《文王》,一派改天换地的气象迎面扑来,与读《周颂》之首《清庙》的感觉完全相符。《文王》在结尾喊出了"仪刑文王,万邦作孚"的口号,这是西周初期那个特定时代的口号,是万象更新时代的号角和主题曲,是特定时代人们心中的共同声音。

《左传》襄公二十九年季札于鲁观乐:"为之歌《大雅》,曰:'广哉!熙熙乎!曲而有直体,其文王之德乎?'"《大雅》非尽歌文王,而曰"文王之德",可见《文王》在《大雅》中的地位,即如《清庙》在《周颂》中的地位,没有任何一首诗可与之相比,它是奠定基调和主题之作。周族之强大及克商之大业奠基于文王,文王是当之无愧的周王朝国父,是《诗》的主线和灵魂。

初读《文王》,会觉得诗的语辞较虚,天也、帝也、神也云云。但实际上,此诗的作意和语辞是很实的。诗中处处以"天命不易"为戒,处处以天命恶殷善周为戒,处处以殷商子孙"侯于周服""祼将于京"为荣,处处以"宜鉴于殷"谏戒时王及后嗣。显然,只有在克商后不久的西周时期才能有这样的言辞,这是在当时特定历史时期下针对现实的言辞,也是当时最紧要的事务,故诗中反复道之。

诗曰:"济济多士,文王以宁。"周人在歌咏文王的同时,亦有告慰文王之意,以对周人精神状态和"仪刑文王"之决心的描写告慰文王之灵。马其昶《诗毛氏学》引刘彝曰:"济济多士本赖文王教化陶范而生,而文王之邦国又待多士从安宁焉。犹人勤于菑田,反以自养;乐于植材,反以自庇。"诗中周士与殷士、"文王孙子"与"商之孙子"同时出现在一首诗中,处处形成对比,这是以胜利者、征服者的欣慰告慰文王,并以之警戒时王及文王子孙。刘台拱《经传小记》:"'商之孙子'与'文王孙子'应,'殷士'与周之士应。'无遏尔躬',言无令文王所受之命至尔身而绝。"

---

① 余培林:《诗经正诂》,三民出版社,2005年。

《史记·周本纪》:"文王礼下贤者,日中,不暇食以待士,士以此多归之。伯夷、叔齐在孤竹,闻西伯善养老,'盍往归之?'大颠、闳夭、散宜生、鬻子、辛甲大夫之徒皆往归之。"《尚书大传》:"文王在位而天下大服,施政而物皆听,令则行,禁则止,动摇而不逆天之道。故曰:天乃大命文王。文王受命,一年断虞芮之讼,二年伐邘,三年伐密须,四年伐犬夷,五年伐耆,六年伐崇,七年而崩。"可见文王受到周人的歌咏是有深层现实原因的。

《文王》一诗综合了继承文德、保守天命的思想意识,这也正是《清庙》一诗所体现出的思想意识,同时也是周初那个时代的思想意识,所以《文王》为《大雅》始,《清庙》为《颂》始。

同时,《清庙》《文王》两首诗的"始",又有丰富的、多重的含义。

第一,它们是中国"诗"之始。在它们之前,中国没有"诗",只有"歌"。随时随口而唱的"歌",与产生于上层社会、用于特定仪式的"诗",两者是不同的概念。

第二,它们标志着一个崭新朝代之始,是一种改天换地、万象更新之始,是中华文明迈向新时代之始。所以《文王》为《大雅》始、《清庙》为《颂》始是一种必然的安排。

第三,它们是周人思想意识之始。西周建立后,人们决心继承文王之德、业,使之永远传承。西周时期,一切大的事业都以文王为口号,以文王为始,一切向文王看齐。

第四,它们是编诗、学诗者之始。编《诗》者以文王为始,意欲学诗者,特别是后世君王的一切思想行为都以文王为始,向文王看齐。编《诗》者的意思:学《诗》者应以学习文王为第一课,以学习文王为首要,故以文王之诗为始。

所以,如果把这两首诗的"始",仅仅只理解为《周颂》和《大雅》的开头,显然远远没能理解经义,没能理解它们的重要地位和"始"的丰富内涵。

《汉书·刘向传》:"孔子论诗,至于'殷士肤敏,祼将于京',喟然叹曰:'大哉天命!善不可不传于子孙,是以富贵无常。不如是,则王公其何以戒慎?民氓何以劝勉?'盖伤微子之事周而痛殷之亡也。"孔子之所叹,也正是《文王》一诗的大义之所在。

上博简《孔子诗论》孔子曰:"《文王》,吾美之。""《文王》曰:'文王在上,於昭于天。'吾美之。"孔子所生活的春秋时期也是周,无论西周还是东周,对于周人来说,文王受命作周是最辉煌、最伟大的事业,因为它标志着一个新时代的开创和奠基,是改天换地的标志,故孔子曰"吾美之"。《论语》:"子畏于匡,曰:'文王既没,文不在兹乎?'"孔子一定是就自己当时所能看到的关于文王的文字而言的,其中一定包含《诗》中关于文王的内容。

如果我们把眼光放远一点,从《文王》扩展到正《大雅》,可以看出,正《大雅》的创作时间应略晚于《周颂》,其所反映的周代文化也向前发展了一步。

在思想意识形态上,正《大雅》有了"天命靡常"(《文王》)、"天难忱斯"(《大明》)的思想意识,这是《周颂》所没有的。在《周颂》中,周人仍处于笃信天命的时期。《周颂》诗中说,文王、武王能成就大业,是因为"昊天有成命,二后受之";周王朝能代商取天下,是由于"昊天其子之,实右序有周";后稷能播百谷养万民,因为有"帝命率育"。所以《周颂》竭力地赞颂天命:"天维显思,命不易哉",于是,作为后世子孙的也理所当然地要"畏天之威""天命匪解"。这"天命匪解"的思想在《周颂》中是很重要的,它代表了周初统治者在面对天命、面对祖先时的一种积极进取的思想态度。"天命匪解",就是要不懈于天命;不懈于天命,就是要保守天命;保守天命,就是要保守疆土和万民。所以,周初统治者在敬天的思想中实际也融进了保民的意识。"我其夙夜,畏天之威,于时保之"(《我将》),表达的也正是这个意思。

无疑,天命是虚幻的,是古人给自己套上一种思想枷锁。殷末商纣王在国家危急之时还自称"有命在天",便是其证。虚幻的意志之天不断被否定的过程,也就是现实的人不断自我肯定的过程。从天命观念的进步,我们可以看出,正《大雅》时代的周人向文明、理性又迈出了一大步。

从《尚书》中我们可以看到,成王时已有天命"不常"的观念。《康诰》是周公告诫康叔之辞,周公说:"汝小子封,惟命不于常,汝念哉?"郑玄注:"命,天命也。天命不于常,言不专佑一家也。"《君奭》是周公对召公的答辞,其中有"天不可信"的句子。

在诗歌抒写艺术上,正《大雅》比《周颂》的进步是显而易见的。《周颂》不押韵或押韵不工整,正《大雅》则从押韵不太规则很快就发展到较为规则的押韵。《周颂》不分章节,正《大雅》全部有章节。而且正《大雅》从一开始的不重章叠唱,很快就发展到像《文王有声》《既醉》《凫鹥》这样的重章叠唱。而且我们惊奇地看到,中国第一首"诗"《文王》即运用了连珠格(顶真)的修辞艺术,诗句章章蝉联,一气呵成,浑然一体,令人称奇。其后的《大明》《下武》亦应用了这一手法。而且《大明》第六章八句一气呵成,句号用在任何地方似乎都不合适:"有命自天,命此文王,于周于京,缵女维莘,长子维行,笃生武王,保右命尔,燮伐大商。"诗人抒写艺术手法的进步令人叹奇。而且,正《大雅》每一首诗的主题高度集中、明确、凝练。笔者曾经尝试每首诗用一个字概括正《大雅》的主题,如:《文王》:命;《大明》：明；《绵》：绵；《棫朴》：人；《旱麓》：祖；《思齐》：齐；《皇矣》：周；《灵台》：成；《下武》：继；《文王有声》：功；《生民》：诞；《行苇》：厚；《既醉》：平；《假乐》：嘉；《公刘》：笃，等等。诗人用语之精、抒情艺术之精于此可见一斑。笔者经常感到惊讶：西周初期的文化为何在短时期内有如此神速地发展？这几乎令人不可思议。"成康之治"非虚名也！

在礼乐文化方面，正《大雅》反映的礼乐文化比《周颂》亦有所发展。《周颂》是周代礼乐的大纲，而正《大雅》中，一些具体的礼仪已经有了萌芽的迹象。比如周礼乐语之教，大司乐教育国子的乐语之教是对人才的全面培养和教育，它包括乐德、乐语、乐舞三个方面，其中乐语教育与中国诗的正式产生直接相关，中国最早的"诗"就是从"乐语"中直接产生的。这种乐语教育不是推翻殷商之后的西周初期所能有的。《行苇》曰："戚戚兄弟，莫远具尔。或肆之筵，或授之几。""曾孙维主，酒醴维醹。酌以大斗，以祈黄耇。黄耇台背，以引以翼。寿考维祺，以介景福。"又曰："敦弓既坚，四鍭既钧，舍矢既均，序宾以贤。敦弓既句，既挟四鍭。四鍭如树，序宾以不侮。"这已经有了"养老乞言礼"和"燕射礼"的影子和雏形，而这两种礼是成熟于西周中后期的，在正《小雅》中有明确、具体的歌咏。所以，西周成、康之际的周代文化是有急速发展的，"制礼作乐"名不虚传。

三 《鹿鸣》与西周中后期礼乐文化的繁盛

《序》："《鹿鸣》，燕群臣嘉宾也。既饮食之，又实币帛筐篚以将其厚意，然后忠臣嘉宾得尽其心矣。"《毛传》："兴也。鹿得蓱，呦呦然鸣而相呼，恳诚发乎中，以兴嘉乐宾客，当有恳诚相招呼，以成礼也。"

读《鹿鸣》，一股礼的气息扑面而来，它标志着中华文明又进入了一个新的阶段，迈向了一个新的台阶：真正成熟的、繁盛的礼乐文明时期。

《清庙》《文王》不是礼乐吗？当然是。只是，它们标志着周礼的奠基和初步形成。而《鹿鸣》则标志、象征着周礼的成熟、兴盛和完善。以《鹿鸣》为首的正《小雅》，均是对各种"礼"的展演和歌咏，它们以与《礼经》不同的方式，艺术化地向我们展现了什么是周礼。

那么《鹿鸣》歌咏的是什么特殊礼仪呢？首章曰："人之好我，示我周行。"《传》："周，至。行，道也。"《鹿鸣》诗中的"嘉宾"是一种特殊的人，是能向周天子示以至善之道的长者，是"德音孔昭""君子是则是效"的尊者。朱熹《诗集传》："周行，大道也。古者于旅也语，故欲于此闻其言也。"又曰："《记》曰：'私惠不归德,君子不自留焉。'盖其所望于群臣嘉宾者,唯在于示我以大道,则必不以私惠为德而自留焉。"朱熹的阐释启示我们:《鹿鸣》一诗的创作应与周代的一种特定礼仪有关,这一礼仪即载于《礼记》。

周代天子有一种"养老乞言"的礼节仪式,这一礼仪一般是与祭祀及各种燕、射活动相关联的。这种仪式有一个特殊环节:"乞言",即祈求善言之意。这种向天子进献的善言无疑是关于修身、齐家、治国平天下的至善、至正之言,这是养老乞言礼仪的重要核心部分。对照诗篇,《鹿鸣》诗之所咏正是《文王世子》记载的周天子所行的这种"养老乞言"礼。诗中之"我"即周天子,诗中之"嘉宾"即"养老乞言"礼仪中的老人之贤者,而诗所云"人之好我,示我周行",即指这种"乞言"仪式而言。故前人释"周行"为至道、善道,应是正解,符合诗的本义和礼仪背景。

《鹿鸣》为礼而作,为礼而用,因而诗篇中的宴饮强调的是君臣之礼,而不是一般的吃喝。故《孔丛子》记孔子曰:"于《鹿鸣》见君臣之有礼也。"如果说重礼是《诗经》的重要特征,那么《诗经》四部分的第一首诗均因强调礼而得以为"始",它们是礼的标本和典范。

《鹿鸣》所歌咏的养老乞言礼,是对这种礼仪的理想状态的歌咏,而不是歌咏某一次具体的养老乞言礼。诗为咏礼而作,非为咏事而作。这正如同《尚书·尧典》所记的君臣对答、对歌,亦是儒家理想中的君臣状态和模式,并非对实际场景和事件的记录。《诗经》"正诗"是经,不是史,它们是制礼作乐的产物。而当时这种理想状态的礼仪,周人亦是归之于周文王的,故《传》《笺》《疏》对于正《小雅》所有诗篇均以"文王"释之。其实这只是在当时的礼乐展演中,假想而归之于文王而已,并非其诗、其礼皆是文王时所有。

《周颂》是周代礼乐的大纲大法,是中华礼乐文明之始。正《大雅》是对《周颂》礼乐大纲的延伸和演绎,象征、标志者周代礼乐的初步形成。正《小雅》是集中、直接歌咏周礼之作,周代各种主要礼仪在正《小雅》中都有歌咏和展演,它们显然创作于周代礼仪趋于繁盛、完备的时期,这一时期即是西周中后期。它们是中华文明进入礼乐文明新时代的象征和标志。

正《小雅》从一开始就大量运用起兴,诗义往往就隐含在起兴之义里,且诗句变得较为通俗流畅,这在《周颂》和《大雅》中均未见。这显然能够说明:正《小雅》比正《大雅》诗篇的创作水平前进了一大步,它反映了中国早期诗歌的发展演变。由此可以证明:正《小雅》诗篇必非创作于周初。正《小雅》诗篇的创作必晚于《周颂》和正《大雅》。

《鹿鸣》云"示我周行",《周颂·敬之》云"示我显德行",两语意思相近。然

《周颂·敬之》是周初制礼作乐时创作的诗篇,其时应没有此养老乞言之礼。不过《周颂·敬之》等诗记录的成王求助群臣的仪式,可能是周代养老乞言礼的源头。所以从"四始"我们可以看到周代礼仪形成、演变、发展的脉络。

西周初期周公制礼作乐,是在刚刚克商之后、社会政局尚不稳定的情况下的制作,这种制作不可能是大规模的。冯洁轩说:"事实上周公是周初可数的大政治家,西周初年所采取的一系列措施可以说都与他有关,说他制礼作乐,应是可信的。但他或者只是个草创者,礼乐之日趋繁复,还在于历史的积渐。"① 所以,从周代的全部礼乐制作来看,它是一个过程,不是一个时间点。

据史学家考论,西周昭王、穆王时期正是西周的极盛时期。与之相应,西周的礼乐文化亦是至昭、穆时才臻于成熟、完善的。"从礼器制度来看,真正的'周礼'大概是从穆王时代才开始的。"② 唐兰说:

> 《国语》六记管仲对齐桓公说:"昔吾先王昭王、穆王世法文、武,远绩以成名。"对西周奴隶制王朝的这两个王是很恭维的,这显然代表周朝一些统治者的想法。昭、穆两代应该是西周文化最发达的时代,拿封建社会来比较,昭穆时代是相当于汉代的汉武帝、唐代的唐明皇和清代的乾隆,都是由极盛到衰落的转变时期。后代史学家以为"周监于二代,郁郁乎文哉"都是周公搞的,其实周公摄政只有七年,东征、作雒,一些大事还忙不过来。就算摄政五年开始制礼作乐,两三年里面能搞多少东西? 就算搞了一些,以后的康、昭、穆能够永远照搬,没有一些发展吗?《吕刑》作于穆王时代就是一个明显的例子。从青铜器铭刻来看,成王时代既没有大器,也没有长篇铭文。像大、小《盂鼎》那样几百斤的重器,几百字的长铭,是康王末年才开始的。③

昭王、穆王时代曾经有一次大规模的文籍编撰活动。《管子·小匡》:"昔吾先王昭王、穆王世法文武之远迹,合群国比校民之有道者,设象以为民纪,式美以相应,比缀以书,原本穷末,粪除其颠旎,赐予以镇抚之,以为民终始。"《国语·齐语》:"管子对曰:'昔吾先王昭王、穆王世法文武远绩以成名,合群叟,比校民之有道者,设象以为民纪。'"韦昭注:"设象,谓设教象之法于象魏也。周礼亦有相似:

① 冯洁轩:《论郑卫之音》,《音乐研究》1984 年第 1 期。
② 郭宝均遗著:《商周青铜器群综合研究》,邹衡、徐自强整理,文物出版社,1981 年。
③ 《唐兰先生金文论集》,紫金城出版社,1995 年。

'正月之吉,悬法于象魏,使万民观焉,挟日而敛之。'所以为民纪纲也。"昭王、穆王时代社会文化生活的繁荣以及各种社会行为方式朝典礼化、制度化方向的发展,为当时制礼作乐活动提供了基础。穆王大规模的制礼作乐活动,真正的"周制"才正式形成。至此,西周礼乐制度成熟。①

正《小雅》诗篇创作的时间无疑是在周礼最为兴盛的时期,这个时间应该在西周初期成康以后至厉王之前的这段时间,即西周中后期。十六首正《小雅》诗篇是周礼发展至兴盛时期的产物,它们又反过来真实、形象地记录、反映了兴盛时期的周礼。正《小雅》诗篇直接歌咏成熟的周礼,这些礼仪在《周颂》和正《大雅》中均未见。它们是《诗经》的精华之一,也是中国文化的宝贵遗产之一。只有在礼乐文化这个意义和层面上,才能真正认识、理解正《小雅》的价值。只把它们当作普通的诗看待,既误解了诗义,也远远降低了它们的重要意义和价值。宋仁宗因《六月》之《序》言"废",而令人讲《鹿鸣》至《菁菁者莪》诸诗,此则只知其一、不知其二也。"废"者,岂仅指废诗而言?"废"无疑主要指废礼。正因为西周末期的废礼,而导致天下大乱,从而才有周宣王的南征北伐。

礼的繁盛标志着文明的迈进,文化的进步。泱泱大中华一直称为文明之邦、礼仪之邦,准确地说,应该是从西周时代开始的。西周是中国历史上最讲"礼"的时期,而这一时期礼的兴盛又在西周中期左右。不过,礼的极盛也有一定的负面因素,因为我们在正《小雅》中似乎看不到有超越前代的新思想的提出和出现。一切皆严格依礼而行,禁锢了人们的思想。这或许是西周中期的历史、文化在学界一直默默无闻的重要原因之一。

以《鹿鸣》为首的正《小雅》诗篇所反映的西周中后期礼乐文化的兴盛,与历史、文化学界的研究结论是一致的。据目前所见青铜器,西周用礼用乐形成规范的制度是在西周中期,周文化到了西周中期方在各诸侯国确立统治地位。政权的更替可以在瞬间实现,文化上的新陈代谢则要相对滞后。西周初年,周人几乎全盘接收了殷商高度发展的青铜文化,不论是器类、形制还是组合、纹饰基本上是晚商的体系,除了铭文稍有增多外,整体面貌无甚改变。西周中期,周人开始彻底摆脱商代的纹饰模式,一切纹饰都经历了周文化的洗礼和改造,从繁褥富丽趋向朴实无华,从天神世界回归人间自然。②

西周早期、中期和晚期,天子礼仪经历了一个变化的过程。西周早期,祭祀

① 王友华:《再谈西周穆王时期的乐悬制度改革》,《中国音乐学》2013 年第 1 期。
② 李朝远:《青铜器上所见西周中期的社会变迁》,《学术月刊》1994 年第 11 期。

礼、朝觐礼和封建礼占据主要地位；到西周中期开始，册命礼逐步发展起来，成为西周中晚期主要的礼制。朝觐礼和祭祀礼有一定的举行，但相比西周早期，数量明显减少；封建礼在中期被册命礼所取代。战争从西周早期一直延续到西周晚期，与之相应的军礼较其他仪礼更为丰富。[①] 如果把《周颂》和正《小雅》歌咏的礼仪作一比较，可以看出，《周颂》和正《小雅》正是学界所认识的西周早期到中后期礼仪变化的真实的、典型的反映。

四 《关雎》与春秋思想文化的新飞跃

《关雎》所描写的两性关系，一开始就有明确的价值取向：它提倡以"窈窕淑女"作为君子的婚配，不是男女间短暂的邂逅、一时的激情。《关雎》诗中对"窈窕淑女"的思慕、追求以及想象中的"琴瑟友之""钟鼓乐之"，始终都在文明、理性的范畴之中。《诗大序》在阐述诗歌理论时，主张诗歌要"发乎情，止乎礼义"，《关雎》正是实现、体现此一诗歌理论的典型代表。故《关雎》不仅为《风》之始，也是《诗》之始，因为它不仅是儒家诗歌理论主张的典型代表，也是儒家家国理念的典型体现。

《关雎》歌咏了儒家的符合礼仪的理想婚恋模式，具有文明理性、中正和谐的特征。君子有君子的风范，淑女有淑女的风范，这是最高统治者身体力行、修身以风化天下的范本。《朱子语类》曰："读《关雎》之诗，便使人有齐壮中正意思，所以冠于三百篇；与《礼》首言'毋不敬'、《书》首言'钦明文思'皆同。"此语正得肯綮。《关雎》如一面旗帜，是指引天子、国君为人做事、齐家治国的大纲大法，是正人的纲要。

《礼记·曲礼》规定了各种男女之大防，如："男女不杂坐，不同施枷，不同巾栉，不亲授。嫂叔不通向。……外言不入于捆，内言不出于捆。"又曰："男女有别，而后夫妇有义；夫妇有义，而后父子有亲；父子有亲，而后君臣有正。"与《诗》相比较，《关雎》正是以文学的、艺术的形式演绎了这种男女之大防，而《曲礼》则是对这种男女之大防的直接表述，《诗》与《礼》互为表里。明于此，便不难理解古人对《关雎》的阐释。《毛传》曰："关关，和声也。雎鸠，王雎也，鸟挚而有别。后妃说乐君子之德，无不和谐，又不淫其色，慎固幽深，若关雎之有别焉，然后可以风化天下。夫妇有别则父子亲，父子亲则君臣敬，君臣敬则朝廷正，朝廷正则王化成。"又曰："窈窕，幽闲也。言后妃有关雎之德，是幽闲贞专之善女，宜为君子

---

① 李春艳：《西周金文中的天子礼仪研究》，陕西师范大学 2016 年博士学位论文。

之好匹。"《韩诗章句》:"雎鸠贞洁慎匹。"《易林·晋之同人》:"贞鸟雎鸠,执一无尤。"既要求夫妇男女感情上要真挚,又要求行为上要"幽深闲静"而"贞洁""不淫""慎匹",这不正是对《礼》中男女之礼的形象演绎吗?

"求之不得"是对人的品行的考验。君子在求之不得时,沉浸在真诚、温馨的相思、爱恋、幻想中,没有过激的、越礼的行为。《关雎》有明确的婚恋价值取向:它提倡以窈窕淑女作为君子的婚配,提倡文明理性的两性情感,这就在两性关系方面为人们规范了一种中正之道。这种文明理性、中正和谐的婚恋思想价值观与社会主义核心价值观极为吻合。

《关雎》向我们展示出了一幅纯净、温馨、和谐、理性的两性情爱追求体验的美好画面,它是我们民族的天籁之音。那亦甜亦苦的相思,痴情深沉的爱恋,文明理性的追求,幸福美好的幻想,所有这一切,都是人类永恒的情感,也是文学永恒的话题。

《诗大序》曰:"《关雎》,后妃之德也。风之始也,所以风天下而正夫妇也,故用之乡人焉,用之邦国焉。……《关雎》乐得淑女以配君子,忧在进贤,不淫其色;哀窈窕,思贤才,而无伤善之心焉,是《关雎》之义也。"《诗大序》这几句话,句句吃紧,字字关键。反复强调"得淑女""配君子""进贤""不淫其色",其核心含义就是"窈窕淑女,君子好逑",故一言以蔽之曰:"后妃之德"。儒家思想的要义之一就是强调最高统治者为民作范,导民以正。

"后妃之德"是周人"风天下而正夫妇"所树立的旗帜,它代表了周人德治思想的一个新的发展阶段,是儒家编《诗》者所寄寓的德治思想的集中体现。这一具有典型儒家特征的思想,不可能为西周时代所有,它一定是春秋时期儒家思想的产物。故以《关雎》为首的《二南》诗篇的创作时间在春秋时期,它标志着周代文化、文明的又一次飞跃——周代思想文化迈入了德治思想的新台阶、新时代、新高度。

周人关于德的思想经历了一个从文王之德到后妃之德的发展过程,这个过程代表了从周人之德到儒家之德的发展过程。西周时期德的思想是比较单纯的,《诗序》对《周颂》的阐释没有出现"德",只在《诗大序》中说"颂者,美盛德之形容"。《大雅》颂德,把德归之于周天子,其中以颂文王之德为主。到了"后妃之德"阶段,已经形成了系统的德治思想:以德治人、治国。这显然反映了"德"的思想意识从西周到春秋的发展演变。

从殷周间政治文化制度变化的大背景看,"后妃之德"是宗法制度下的伦理道德。宗法制带来了家国一体,家国同构。在家天下制度下,"后妃之德"首先代表了宗法制对最高统治者德行的约束。因为最高统治者是大"家"之长，是民之所向，是社会道德风化之根，自己正，才可以正人。在宗法制度下，"后妃之德"又不仅是最高统治者之德，这种德，是以最高统治者为始、为首，推而及于天下的。正是在这个意义上，才可以真正理解为什么《周南》《召南》是"正始之道，王化之基"，为什么"后妃之德"可以"风天下而正夫妇"。故王充《论衡》曰："化民须礼义，礼义须文章。"唐李鼎祚《周易集解》引陆绩曰："圣人教先从家始，家正而天下化之。"没有宗法制社会的家天下制度，"后妃之德"只是一后妃之事而已，与"风天下而正夫妇"何干？

《周颂》、正《大雅》、正《小雅》，无论什么内容，都是针对男人而言的。《诗》欲"正"人，就不得忽视人之中的另一半：女性。而且从人之初的角度来看，女性的重要性远远大于男性。在一定意义上，一个国家、一个民族、一个社会的人的素质，决定于女性的素质。春秋时期的儒家思想家早就意识到了这一点，故《二南》为理想的女性构建了一幅蓝图。在先秦那样的时代，理想的女性，无疑首先是上层社会的女性；在君主制社会，无疑首先是后妃。故曰："《关雎》，后妃之德也。"

以《关雎》为首的《二南》创作于春秋时期，其时较为系统的儒家思想体系已经形成，德治思想已经形成，《关雎》所宣传、提倡的就是以最高统治者身体力行的风范作用以风化天下的思想意识，这显然意味着中华文明又迈向了一个新的台阶，达到了一个新的思想高度：以德治理天下的儒家思想高度。这是那个被称为中国文化"轴心时代"的典型的儒家思想特征。

《关雎》是《诗》之大纲，《诗经》中所寄寓的儒家礼乐教化思想、修身治国平天下思想、德治思想，《关雎》中无不毕具。从这个角度说，《关雎》即如同《诗三百》的一个序幕，它奠定了《诗三百》的主题和基调。编《诗》者不仅把《关雎》作为《诗》之首，而且把论述整部《诗经》的《诗大序》放在《关雎》的《序》文里，这本身就说明了《关雎》的重要意义。同时，"后妃之德"又与《周颂》之首《清庙》"秉文之德"相照应，以使德的主线贯穿《诗》的首尾。故郝敬《毛诗原解》曰："《诗》通《关雎》《二南》，思过半矣。"

《关雎》凝缩了儒家对于和谐社会、礼制社会的构想，是儒家家天下思想蓝图的缩影。这样高级的、超前的男女婚恋之情，《关雎》中就有，然而并不是那个时代就有，因为《关雎》歌咏的是一种理想，而不是事件和现实。《关雎》对理想淑女的歌咏，及对文明理性的男女婚恋的歌咏，是一种导向和规范，《关雎》的礼的内涵及其"风天下，正夫妇"的大义正在于此。这种高级的相思、婚恋之情和理想状态的淑女，即使对今人，也有学习、效仿的需要，即使对今人，也未必不是一种楷模,何况在远古周代呢?

《关雎》不仅反映了春秋时期思想文化的飞跃,也反映了诗歌艺术的飞跃。流畅的诗句,优美的旋律,还有大量文雅的词语和成语,如窈窕、参差、寤寐、悠哉悠哉、辗转反侧等等,这些词语或成语大多只见于《关雎》,《诗经》其他诗篇中未出现或极少出现。一首诗首创了这么多词语,古诗中极为罕见。

"关关雎鸠,在河之洲。窈窕淑女,君子好逑",第一、二、四句押"iu"韵,第三句不押韵;"参差荇菜,左右流之。窈窕淑女,寤寐求之",第一、二、四句押"i"韵,第三句不押韵。每四句之中,一、二、四句押韵,第三句不押韵,似乎唐代绝句的押韵格式在《关雎》中就已经出现了。明乎此,您不得不为诗人的艺术水平所惊叹:太超前了! 简直不可思议!

五 结语

以《清庙》《文王》《鹿鸣》《关雎》为首的《周颂》、正《大雅》、正《小雅》《二南》四部分,在诗的风格、语言特征等方面,分别有朴拙、疏朗、流畅、精致四种特征,它们反映了中国早期诗歌从发生、发展到成熟到几个不同阶段,且四部分诗歌所反映的周人的思想认识水平,也各自具有明显不同的特征。大体来说,《周颂》是中国"诗"的萌芽,它创作于西周初周公、成王时期。《周颂》所抒写的都是西周初周公、成王时期治国的大政,礼义的大纲,它反映了西周建立之后的周人对于家国、政治、社会乃至后世子孙的整体的远大构想,这正与历史上的"周公制礼作乐"相照应、相印证。正《大雅》的创作略晚于《周颂》,大致在西周初期成康之时。正《大雅》中的礼仪与《周颂》大体相对应,而又略有发展。《周颂》和正《大雅》中都能看到周礼的雏形。正《小雅》无一篇不写礼,无一篇不反映礼。而且正《小雅》中的礼仪复杂、成熟而完备,它是有体系、有规模的周礼,它显然是周礼发展到成熟时期的文化产物,这一时期即是西周中后期。《二南》,如果从礼的角度考查其内容和创作特征,可以看出:一,《二南》中的周礼已经下移;二,《二南》明显具有德政的思想意识。故《二南》显然是春秋时期儒家德政思想文化的产物,它的创作在春秋时期。从《周颂》到正《大雅》到正《小雅》到《二南》,既清晰地反映了周礼的发展轨迹,又清晰地反映了中国早期诗歌的发展轨迹。中国早期诗歌是分期分批"层累"创作的。每一阶段集中的诗歌创作,都对前一阶段诗歌创作有所超越和发展,都是中国早期诗歌创作的一次进步。"正诗"创作的发展脉络,清晰地反映了西周礼乐制度的发展脉络和轨迹,代表了周代文化在四个不同时期的四次进步和飞跃。

"四始"是礼乐文化的范本,是周礼的四个发展阶段之始,是周人思想意识的四个发展阶段之始,它们典型地反映、代表了周代四个阶段的思想、文化和诗歌艺术水平的特征和中华文明所达到的高度。"四始"反映了中国早期诗歌发展演变的轨迹,较为清晰地反映了周代礼乐的发展轨迹,也反映了中国早期人们对于治理天下的思想认识的发展轨迹。

《诗经》颂、雅、风三部分,其实是一种在时间层面和礼乐层面上的层次之别。《雅》之于《颂》,《风》之于《雅》,都是改朝换代后的新产品,新诗乐。王国维说"一代有一代之文学",这是从中华文化的大范围而言,其实从微观而言,一朝也有一朝之文学。颂、雅、风三个层次,都是改朝换代后的新诗乐,它们有着不同等级的礼仪之用,反映了不同时期周人的思想文化风貌。

"四始"是经不是史。它有着经的内涵和要义,而不是在记录史事。它的经学要义乃在于其中所体现的治国的大政,礼义的大纲,以及以周代圣贤明君作为后世君王典范的深意。圣人编定《诗经》,其要义不在于由具体事件而构成的细枝末节,而在于关乎家国、政治、社会乃至后世子孙的整体的远大构想。在圣人笔下,这种远大构想以一种艺术化的形式展现出来。而其中所蕴含的思想内涵的深意,为后世构建了一幅理想盛世的蓝图。这幅蓝图足以垂法后人,给后世君王以治国、平天下的思想的引导。从这个意义上说,《诗经》"四始"是中国版的、具有中国特色的治国宣言。

从中国传统文化的大范围看,周代文化的四次飞跃至关重要,它奠定了儒家文化的基本要义和基本思想走向,使中国传统文化始终沿着文明、礼仪的健康轨道发展、迈进,从而使中国成为举世闻名的文明礼仪之邦。从这个意义上说,周代文化的四次飞跃是中华文明的源头。

第九章

从抒写方式看《商颂》宋诗说

　　内容提要：欲证明周代之前没有"诗"，必须对《商颂》的创作时间有明确的结论，否则这一论题就不完整和严密。《商颂》的创作时间应在"汤孙"之时，根据诗义推断，"汤孙"应指殷商后裔宋国人，《史记》"襄公之时……作《商颂》"之言应不误。《商颂》的主要创作方式是模仿和加工：前二篇《那》《烈祖》模仿《周颂》，后三篇《玄鸟》《长发》《殷武》模仿《大雅》，故《商颂》有大量诗句与《周颂》《大雅》《鲁颂》的诗句相似或对应。《国语》所言"正考父校商之名《颂》十二篇于周太师"，"校"应为"仿效"的意思。《商颂》押韵工整，不是商代所能有。但《商颂》的内容仍是颂商，而不是颂宋襄公，后人对《史记》的理解有误。

一　关于《商颂》公案的争论

　　自汉代至今，《商颂》的作时一直是《诗经》研究中争论的焦点之一，大体分今、古文两种观点。古文毛诗认为《商颂》是西周之前殷商时代的诗歌，今文三家诗认为《商颂》是春秋时宋国人创作的诗歌，故后世形成了商诗说和宋诗说两派。争论之激烈，使这一问题成了"《诗经》学四大公案"之一。"凡是能从古书征引的材料都征引了，根据这些材料，双方都曾推论种种理由来反驳对方，都持之有据，言之成理，然而都不能驳倒对方。""有时是东风压倒西风，有时是西风压倒东风。"①

---

① 张松如：《商颂研究》，夏传才：《序》，南开大学出版社，1995年。

历史上"宋诗说"盛行主要有两个时期：一是汉代毛诗盛行之前，今文三家诗均主宋诗说。二是清中叶以后直至近、现代。今文经学名家魏源、皮锡瑞、王先谦力主宋诗说。魏源《诗古微》以十三证证明《商颂》是宋诗，皮锡瑞《诗经通论》又增补七证，王先谦《诗三家义集疏》盛赞"魏、皮二十记，精确无伦，即令起古人于九泉，当无异议"。紧承其后，王国维作《说商颂》（收入《观堂集林》），引殷墟甲骨卜辞为证，继续证明《商颂》不是商代作品，同时又对宋诗说作了修正，认为《商颂》是西周中后期宋人所作。其时的梁启超、其后的郭沫若均赞同王国维的观点。现、当代学者中，《尚书》学家顾颉刚、刘起釪之《尚书校释译论》，历史学教授王晖之《商周文化比较研究》，均认为《商颂》是宋诗。另外，俞平伯《论〈商颂〉的年代》（收入《古史辨》第三册）、刘大杰《中国文学史》、冯沅君、陆侃如《中国诗史》、游国恩主编《中国文学史》、梅显懋《〈商颂〉作年之我见》[①]均主宋诗说。

1956 年杨公骥、张松如发表《论商颂》，[②]重主《商颂》为商诗说。1995 年张松如又出版专著《商颂研究》，认为"《商颂》的确是殷商奴隶社会的颂歌"，"一切企图否认《商颂》是殷商颂歌的理由，都是杜撰的和臆测的，都是错误的和不能成立的。"由其时至今，陆续发表了一批论证《商颂》为商诗的论文，如刘毓庆《〈商颂〉非宋人作考》，张启成《论〈商颂〉为商诗》，常教《商颂作于殷商述考》，赵明《殷商旧歌〈商颂〉述论》，陈桐生《史记与诗经》第五章《〈商颂〉辨》，江林昌《〈商颂〉的作者、作期和性质》等。

也有折中的第三种观点，如清代王夫之即主《商颂》"商三宋二"说。夏传才在张松如《商颂研究·序》中说："说它们是商诗，不见得春秋时人没有加工或改写；说它们是宋诗，不见得没有依据前代遗留的蓝本或资料。从内容到形式，有前代的东西，也有春秋时代的东西，我国古籍大多这样。"

《史记·宋世家》：

> 襄公之时，修行仁义，欲为盟主。其大夫正考父美之，故追道契、汤、高宗，殷所以兴，作商颂。

这可以看作是宋诗说的源头。对于《史记》的这个记载，《史记》三家注就有不同的观点。裴骃《史记集解》曰："《韩诗·商颂章句》亦美襄公。"司马贞《史记

---

① 梅显懋：《商颂作年之我见》，《文学遗产》1986 年第 5 期。
② 《文学遗产增刊》第 2 辑，作家出版社，1956 年 1 月。

索隐》："裴骃引《韩诗·商颂章句》亦美襄公,非也。今按:《毛诗·商颂·序》云正考父于周之太师得商颂十二篇,以《那》为首。《国语》亦同此说。今五篇存,皆是商家祭祀乐章,非考父追作也。又考父佐戴、武、宣,则在襄公前且百许岁,安得述而美之?斯谬说耳。"

薛君《韩诗章句》:"正考父,孔子之先也,作《商颂》十二篇。"此裴骃所本。《左传》昭公七年:"吾闻将有达者曰孔丘,圣人之后也,而灭于宋,其祖弗父何以有宋而授厉公。及正考父佐戴、武、宣,三命兹益共。"此司马贞所本。

笔者经过研究和思考,认为商诗说证据不足,《商颂》的创作性质是模仿,即模仿周人而作诗。那么它就不是商诗,而是宋诗。

二 《商颂》的主题不够明确

《那》首六句为第一层,总写祭祀的场景,并点明"汤孙奏假"的主题。中间十句为第二层,对祭祀所奏之乐加以描写。后六句为第三层,从"自古在昔,先民有作"写到"顾予烝尝,汤孙之将",跳跃性、概括性极大。

可以看出,《那》几乎全部诗句都是对当时祭祀情景的描写,几乎没有对作为被祭祀对象的神灵的歌咏。那么此诗有何证据为"祀成汤"之作?可能唯一的证据只有"汤孙"一词了。可是《商颂》中有"汤孙"一词的还有《烈祖》"汤孙之将"和《殷武》"汤孙之绪",而《诗序》并不以《烈祖》和《殷武》亦为祀成汤之诗,而分别以它们为祀中宗、祀高宗之诗。那么《那》为"祀成汤"的唯一的证据亦不可靠了。所以《诗序》对《那》的阐释令人怀疑。

《郑笺》以"汤孙"为太甲,以直解法释"汤孙"为"汤之孙",未必是。郑玄以"汤孙"为主祭者之时王,则是正确的。否则,何以《烈祖》祀中宗、《殷武》祀高宗均曰"汤孙"?诗全文都是对作为主祭者的歌咏和对以祭祀乐舞为主的祭祀场景的描写,这一点对今人颇有启发性,因为这个抒写特点与《周颂》《鲁颂》主颂时王的主题相吻合。

如果把"汤孙"确定为主祭者,那么我们只能说:《那》是祭祀"烈祖"之诗。而"烈祖"与《周颂·雍》"烈考"则不同,可知《那》诗的创作距离"烈祖"的时代应该是相当远的。这种推测与诗中所言"自古在昔,先民有作"是相吻合的,因为如果是成汤之孙太甲祭祀成汤,应该不会有此"自古""先民"之语。

《商颂》五诗,《序》所释不一,为何首首都有汤呢?《烈祖》祀中宗,《玄鸟》《殷武》祀高宗,《长发》大禘,均言及汤。这不能不令人怀疑:要么《诗序》有问题,要么诗的作时有问题:即:五首诗或本即是同时所作。

《诗序》对三《颂》的阐释,都只有首篇有续申之辞,其余诗篇均无续申之辞。《商颂》首篇《那》之《序》:"微子至于戴公,其间礼乐废坏。有正考甫者,得《商颂》十二篇于周大师,以《那》为首。"大抵出于《国语·鲁语》之语而略有发挥而已,完全不是像《周颂》首篇《清庙序》和《鲁颂》首篇《駉序》那样,用序诗者自己的语言加以阐释。《清庙》首《序》曰"祀文王也",后《序》曰"周公既成雒邑,朝诸侯,率以祀文王焉";《駉》首《序》曰"颂僖公也",后《序》曰"僖公能遵伯禽之法,俭以足用,宽以爱民,务农重谷,牧于坰野,鲁人尊之,于是季孙行父请命于周,而史克作是颂"。它们都是准确针对首《序》所言之事加以阐释。而《那》首《序》曰"祀成汤也",后《序》却撇开首《序》所言之成汤和祀成汤者,而言宋人之事。这种阐释和不同亦是很耐人寻味的。若按照《鲁颂·駉》首《序》和后《序》阐释的模式来套《商颂·那·序》的话,我们似乎可以理解:谁祀成汤?殷商后裔宋人祀成汤。

再看《诗序》对《商颂》五首诗的阐释,亦颇令人致疑:"《那》,祀成汤也","《烈祖》,祀中宗也","《玄鸟》,祀高宗也","《长发》,大禘也","《殷武》,祀高宗也",五首诗的阐释语如此单调,全是一个模式。《诗序》对《商颂》的阐释,与对《周颂》的阐释篇篇用语不一、明确而具体,形成了鲜明的对比。《诗序》对《商颂》的阐释,倒是与其对《鲁颂》的阐释相近,因为《诗序》对《鲁颂》的阐释也是较为单调的模式型用语:《鲁颂》四篇均曰"颂僖公"云云。这似乎也暗示了:《商颂》的作时与《鲁颂》相近。

三 主祭者"汤孙"应是宋人

《那》与《烈祖》均是"汤孙"祀其烈祖之诗,诗必作于"汤孙"之时。二诗均以描写祭祀场面为主,《那》重描写祭祀时奏乐的场面,《烈祖》偏重于描写献祭的场面。两诗共出现 10 个"我"和 4 个"汤孙","我"就是"汤孙",即主祭者。由此可见诗篇所颂的重点在"今"。"於赫汤孙!穆穆厥声",显然是颂作为主祭者的汤孙。

1978 年,河南固始侯古堆 1 号墓出土一对铜簠,其上铭文曰:"有殷天乙唐孙宋公繺作其妹勾敔夫人季子媵簠。"宋公繺即春秋时宋景公(公元前 516—前 451 年),簠是宋景公为其妹季子(勾敔夫人)出嫁时所作的陪嫁物。以殷商卜辞中屡称成汤为"唐"来看,铭文中"唐"显然是"汤"。可知春秋时宋国国君是曾自称"汤孙"的,这就显示了宋诗的迹象。王先谦《诗三家义集疏》:"汤孙,指主祭之宋公。"

《玄鸟》以颂"武丁孙子"能承受汤之大业为主,故诗句多处强调这一点,如汤"宅殷土芒芒",而"武丁孙子"则"邦畿千里";汤"正域彼四方",而"武丁孙子"则"肇域彼四海"。前后所颂正互相呼应。诗中"武丁孙子"的重复处是全诗的分水岭,前此回顾历史,后此专颂"武丁孙子"。看来"武丁孙子"所指为谁,是此诗的关键处,因为按照《诗经》"颂"诗主颂时王的特征,此诗应即作于"武丁孙子"时期。

《毛传》:"武丁,高宗也。"不释"武丁孙子"。《郑笺》:"商之先君受天命而行之不解殆者,在高宗之孙子。言高宗兴汤之功,法度明也。"又曰:"高宗之孙子有武功、有王德于天下者,无所不胜服。"郑玄所释不甚明,可能其意以"武丁孙子"为武丁。《孔疏》:"商之先君受天之命年世延长,所以不至危殆者,在此高宗武丁善为人之孙子也。此武丁为人之子孙,行其先祖武德之王道,威德盛大,无所不胜任之也。故于此祀高宗也,乃有诸侯建龙旂者十乘来助殷祭。"显然,孔颖达释"武丁孙子"为武丁。此可能亦是毛意。则毛、郑、孔同以"武丁孙子"为武丁。

可是我们认为,释"武丁孙子"为武丁应该是有问题的。诗曰:

> 武丁孙子,武王靡不胜。龙旂十乘,大糦是承。邦畿千里,维民所止,肇域彼四海。四海来假,来假祁祁。

我们觉得,"龙旂十乘"以下云云,显然是紧承上句"武丁孙子"的话题而言的。如果"武丁孙子"二句颂咏武丁,其下忽言今之祀武丁时"龙旂十乘"的景象,即如孔颖达所言的那样,则诗义的转折非常突然,颇为不顺。诗人作诗当不会如此立言。

"武丁孙子"不是高宗武丁,也不是武丁之孙子,而应是武丁之子孙。《鲁颂·閟宫》颂美鲁僖公而曰"周公之孙,庄公之子",鲁僖公是鲁庄公之子是实,但绝不是周公之孙,可见"孙"必为泛指后世子孙。《大雅·文王》"文王孙子,本支百世",也泛指文王子孙,故《郑笺》云:"其子孙嫡为天子,庶为诸侯,皆百世。"即以"子孙"释"孙子"。此与《玄鸟》"武丁孙子"文法正一致。不可拘泥于"孙子"而望文生义。《诗经》此类文辞颇多:《周南·螽斯》"宜尔子孙"、《大雅·假乐》"子孙千亿"、《大雅·皇矣》"施于孙子"、《大雅·既醉》"从以孙子"、《周颂·天作》"子孙保之"等皆是,均不可拘泥于文辞作解。

蒋悌生《五经蠡测》:"夫商有天下六百余年,至武丁孙子犹能若此。武王革商之后，以文、武、周公积累之仁，殷民怀其旧章，屡臣屡叛，商之德其盛矣乎！"蒋悌生所言，正符合宋襄公时的历史情况。

"美盛德之形容"以告神，乃"颂"诗的基本性质。《商颂》的这一创作特征，亦符合宋襄公好大喜功的特点。但《商诗》的美盛德，乃模仿的产物，殷商时未必有此盛德的意识。

四 模仿的创作方式

方玉润《诗经原始》："《那》全诗辞意与周之《有瞽》备举诸乐已成文者亦复相类。"《商颂·那》与《周颂·有瞽》在抒写方式上类似，如《那》曰"置我鞉鼓，奏鼓简简"，《有瞽》曰"设业设虡，应田县鼓"；《那》曰"汤孙奏假，……既和且平"，《有瞽》曰"既备乃奏，箫管备举，……肃雍和鸣"；《那》曰"穆穆厥声"，《有瞽》曰"喤喤厥声"；《那》曰"我有嘉客，亦不夷怿"，《有瞽》曰"我客戾止，永观厥成"。两诗的抒情结构也一致。我们几乎可以认为：《那》是《有瞽》的翻版。颇疑《那》诗"我有嘉客，亦不夷怿"并非如《有瞽》那样的写实，而只是模仿的产物。

《烈祖》亦有很多诗句与其他诗篇相对应。如"有秩斯祜，申锡无疆"，与《周颂·烈文》"锡兹祉福，惠我无疆"语意同；"约軝错衡，八鸾鸧鸧"，与《小雅·采芑》同；"以假以享"，与《周颂·我将》"我将我享"句相似。

《那》与《烈祖》在内容、语辞、抒写模式、风格等方面都很相似，以致后人有以为《烈祖》亦是祀成汤之诗。特别值得注意的是：《那》与《烈祖》两诗均以"顾予烝尝，汤孙之将"作结，但《那》祀成汤，《烈祖》祀中宗，若诗作于殷商时，不应有这样完全相同的重复。它们与《周颂·赉》和《般》同以"时周之命"作结不同，因为《周颂·赉》和《般》均是周武王克商后所作，它们本就作于同一时间，所以用语相同是可以理解的。但成汤至中宗，历经太丁、外丙、中壬、太甲、小甲、雍己数代，若《那》与《烈祖》分别是成汤之孙和中宗太戊之孙祭祀其祖而作，这种用语的完全相同就是不可理解的了。那么这种情况很可能即说明：《那》与《烈祖》都是宋人于同一时间所作，故其文辞、结构相同。两诗均以"顾予烝尝，汤孙之将"作结，应是诗人正考父模仿《周颂》而创作的结果。

"校"字在先秦就有"仿效"义。《管子·牧民》："不敬宗庙，则民乃上校。"尹知章注："校，效也。君无所尊，民亦效之。"那么《国语》所言"正考父校商之名《颂》十二篇于周太师"，可能即"仿效"的意思。王国维《说商颂上》："考汉以前初无校书之说。余疑鲁语'校'字当读为'效'，效者，献也。谓正考父献此十二篇于周大师。"

如果正考父是仿效周太师而作颂，《玄鸟》可能不是效《生民》而作，而是效《大雅》首篇《文王》而作。我们可以看到，《玄鸟》曰"天命玄鸟，降而生商"，又曰"古帝命武汤"，《文王》曰"有周不显，帝命不时"；《玄鸟》曰"商之先后，受命不殆"，《文王》曰"穆穆文王，於缉熙敬止"，其实就是言文王敬天命；《玄鸟》曰"在武丁孙子。武丁孙子，武王靡不胜"，《文王》曰"侯文王孙子。文王孙子，本支百世"；《玄鸟》曰"四海来假，来假祁祁"，《文王》曰"殷士肤敏，裸将于京"。《玄鸟》"在武丁孙子。武丁孙子，武王靡不胜"，两"武丁孙子"在上下句的重复，可能正是模仿《大雅·文王》"侯文王孙子。文王孙子，本支百世"而创作的结果。那么《玄鸟》应是宋诗，而非商诗。

如果说《玄鸟》乃模仿《文王》而作的话，则《长发》很可能是模仿《大明》而作：《大明》先历述太任、王季、文王、太姒为周兴之始，然后才及武王伐纣，《长发》亦先历述玄王契、相土为商兴之始，然后才及武王汤伐桀；《大明》歌咏"大任有身，生此文王"，"长子维行，笃生武王"，《长发》即歌咏"有娀方将，帝立子生商"；《大明》歌咏武王伐纣曰"矢于牧野，维予侯兴。上帝临女，无贰尔心"，《长发》歌咏汤伐桀曰"何天之龙，敷奏其勇。不震不动，不戁不竦"；《大明》歌咏武王伐纣曰"牧野洋洋，檀车煌煌，驷騵彭彭。维师尚父，时维鹰扬。凉彼武王，肆伐大商"，《长发》歌咏汤伐桀曰"武王载旆，有虔秉钺，如火烈烈，则莫我敢曷。苞有三蘖，莫遂莫达，九有有截。韦顾既伐，昆吾夏桀"；《大明》歌咏武王伐纣而终及于师尚父，《长发》歌咏汤伐桀而终及于阿衡。可见两诗抒写模式相同，结构相似。

有没有可能是周人模仿商人而作诗呢？这是没有可能的。因为《文王》《大明》诸诗是据周礼乐语之辞而作，《文王》是据周礼乐语之教中语说《清庙》的语辞而作，《大明》是据周礼乐语之教中语说《周颂·武》的语辞而作，它们毫无疑问都是周人的独创，丝毫不存在模仿的可能性。

当然，正如同《玄鸟》模仿《文王》而不单模仿《文王》一样，《长发》应亦不单模仿《大明》。因为我们看到，《长发》首章曰"有娀方将，帝立子生商"，将言契之受命而推本至其母有娀氏，这无疑会使我们联想到《生民》将言周之受命而先推本至后稷之母姜嫄，两诗的写作模式是相同的。所以我们说，模仿，是《商颂》创作的一大特征。

所以，如果是正考父效周太师而作颂的话，《商颂》的创作实情可能是：前二篇《那》《烈祖》效《周颂》，后三篇《玄鸟》《长发》《殷武》效《大雅》。当然，诗人正考父之效，未必这么明确地前效《颂》后效《雅》，而只是一个大体的仿效情况，因为我们看到《周颂·载见》亦有"龙旗阳阳"之文，这与《玄鸟》"龙旂十乘"相似。《商颂》若是商时所作,难道商、周都使用龙旗?

陆次云《尚论持平》:"愚谓读《生民》之诗,当若《武成》之取二三策;读《玄鸟》之诗,当学陶渊明之不求甚解,而且多闻阙疑,等之《齐谐》志怪之书,存而不论可也。"从《商颂》大抵皆为模仿之辞的角度看,这话是对的。《论语·八佾》子曰:"夏礼吾能言之,杞不足征也;殷礼吾能言之,宋不足征也,文献不足故也。足,则吾能征之矣。"如果《商颂》都是殷商之诗,则孔子不会言"文献不足"而"不足征"了。实际上,孔子所言"殷礼吾能言之,宋不足征也",此语正透露了《商颂》是宋诗的意思。

兹把《商颂》与《诗经》其他部分诗句的对应列举如下,以见《商颂》乃诗人以模仿的方式而创作的情况。

1.《那》

於赫汤孙! 穆穆厥声。——《大雅·文王》"穆穆文王",《维天之命》"於穆不已",《周颂·雝》"天子穆穆"。

既和且平。——《小雅·伐木》"神之听之,终和且平"。

《那》《烈祖》诗末均曰"顾予烝尝,汤孙之将"。清毛奇龄《毛诗写官记》:"此两句两诗并列,或如《信南山》《甫田》末'报以介福,万寿无疆',当是乐例未可知也。犹《楚辞·湘君》《湘夫人》两歌,其末章皆有'捐予玦兮江中'四语,可验也。但古乐既亡,不能确行其说耳。"

自古在昔,先民有作。——《大雅·板》《小雅·小旻》均有"先民"。

2.《烈祖》

时靡有争。——《大雅·江汉》"时靡有争"。

约軧错衡,八鸾鸧鸧。——《小雅·采芑》"约軧错衡,八鸾玱玱",《大雅·烝民》、《韩奕》作"八鸾锵锵"。

来假来飨。——《大雅·凫鹥》"公尸来燕来宁。公尸来燕来宜。公尸来燕来处。公尸来燕来宗"。

有秩斯祜。——《小雅·白华》"有扁斯石"。

我受命溥将。——《大雅·卷阿》"尔受命长矣"。

既载清酤。——《大雅·旱麓》"清酒既载"。

黄耇无疆。——《仪礼·士冠礼》亦有"黄耇无疆"。

自天降康,丰年穰穰。——《周颂·执竞》"降福穰穰"。

3.《玄鸟》

奄有九有。——《大雅·皇矣》《周颂·执竞》"奄有四方",《鲁颂·閟宫》"奄有下土"奄有下国"奄有龟蒙"。

古帝命武汤。——《大雅·皇矣》"帝谓文王"。

在武丁孙子。武丁孙子,武王靡不胜。——《大雅·文王》"侯文王孙子。文王孙子,本支百世"。

4.《长发》

则莫我敢曷。——《鲁颂·闵宫》"则莫我敢承"。

允也天子。——《小雅·车攻》"允矣君子"。

5.《殷武》

曰商是常。——《鲁颂·闵宫》"鲁邦是常"。

以保我后生。——《小雅·南山有台》"保艾尔后",《小雅·伐木》"不如友生"。

松柏丸丸。《传》:"丸丸,易直也。"——《大雅·皇矣》"松柏斯兑",《传》:"兑,易直也。"

设都于禹之绩。——《大雅·文王有声》"丰水东注,惟禹之绩",《鲁颂·闵宫》"奄有下土,缵禹之绪"。

不僭不滥。——《大雅·抑》"不僭不贼",《小雅·鼓钟》"以雅以南,以龠不僭",《左传》襄公二十六年:"善为国者,赏不僭而刑不滥。"

赫赫厥声,濯濯厥灵。——《大雅·生民》"无灾无害,以赫厥灵"。

五　押韵、用语等方面

《长发》七章五十一句,句句用韵。前六章一章一韵,末章六句三韵。押韵如此工整的诗篇,商代能有吗？若商代即有此押韵工整的诗篇,作于西周初的《周颂》为何又倒退至几乎不押韵？

在押韵上,《殷武》同上篇《长发》一样,章章用韵,且押韵工整。这样押韵成熟的诗,商代应该没有。若有,则极不符合事物发展的规律。因为中国早期诗歌应是从《周颂》那样的几乎不押韵,到正《大雅》那样的押韵不工整,再到《小雅》《国风》那样的工整押韵。语言的押韵,既与语言文字的发展有关,也与礼乐文化的发展有关。

称"殷武"为"彼",则诗人应是站在"殷武"之外的角度而立言的。"昔有成汤"亦是如此。"昔有成汤,自彼氐羌,莫敢不来享,莫敢不来王,曰商是常",体会诗意,诗人应同时是把成汤、氐羌、商作为追述远昔的对象而歌咏的。当然,这几句诗本就是诗人追述远昔的诗句。《殷武》的中间内容均是追述远昔,只有首尾二章非追述远昔。但首章歌咏"挞彼殷武"云云,却最终落实到"汤孙之绪"。同为《商颂》,"汤孙"所指不应有异。《那》曰:"汤孙奏假,绥我思成。""假"者,告也。"奏假",奏告之意。这显然是言祭祀者"汤孙"奏告先祖神灵之意,故下句曰"绥我思成"。由此可知,《殷武》首章从颂"殷武"而最终落实到祭祀者"汤孙"。

"罙入"即深入,"深入"这个词的产生时间不会太早。《殷武》中不可能出现较早的词语还有:莫敢、天命、封建、商邑、寿考、后生。"后生"这样的词,商代应不会有,"后生"的出现不会早于《小雅·伐木》之"友生"。

《长发》七章曰:"昔在中叶。"马瑞辰《毛诗传笺通释》:"下文'允也天子'指汤,承上言之,则'中叶'宜指汤时。盖自殷有天下言,则汤为开创之君;自玄王立国言,则汤为中叶矣。"诗人以殷商为"昔",亦是站在殷商之外的角度而立言,说明诗不作于殷商之时。

《长发》自商族起源追述至汤灭夏桀而建国的历代先祖的功业,而又以颂成汤为主,颂至阿衡辅佐商王时即止。《玄鸟》以追述商族起源始,《长发》亦以追述商族起源始。《玄鸟》曰"百禄是何",《长发》曰"百禄是遒""百禄是总"。言辞、结构的相似,说明它们有可能是同时之作。

《长发》七章,其第四、五两章已有重章叠唱的形式:

> 受小球大球,为下国缀旒,何天之休。不竞不绿,不刚不柔。敷政优优。百禄是遒。
> 受小共大共,为下国骏厖。何天之龙,敷奏其勇。不震不动,不戁不竦,百禄是总。

然而若按照对仗工整的原则,这两章在流传过程中或许有所错简,原文可能为:

> 受小球大球,为下国缀旒,何天之休,敷政优优。不竞不绿,不刚不柔,百禄是遒。
> 受小共大共,为下国骏厖。何天之龙,敷奏其勇。不震不动,不戁不竦,百禄是总。

或为:

　　　　受小球大球,为下国缀旒,何天之休。不竞不绒,不刚不柔。敷政
　　优优,百禄是遒。

　　　　受小共大共,为下国骏厖,何天之龙。不震不动,不戁不竦,敷奏
　　其勇,百禄是总。

　　《诗经》从《周颂》到正《大雅》,再到正《小雅》,再到《二南》,清晰地反映了周
代诗歌的发展轨迹,其中《周颂》中没有重章叠唱,正《大雅》才有萌芽状态的重章
叠唱,至正《小雅》,重章叠唱手法才较为成熟。《长发》重章叠唱形式的出现,说
明它的创作时间不会太早。

　　《大雅·生民》是抒写周人创始的神话,《诗序》曰:"《生民》,尊祖也。后稷生
于姜嫄,文、武之功起于后稷,故推以配天焉。"这后稷配天礼其实就是《周颂·思
文》所歌咏之礼。无论《思文》还是《生民》,都是西周的诗歌,不可能是西周之前
的诗歌。而且从朴拙的《思文》到疏朗的《生民》,显然反映了周代诗歌的发展演
变。那么《玄鸟》这样成熟的诗,能在商代就有吗? 这显然是一个很大的问号。
《玄鸟》诗中"商""殷"并用,也很可能说明:诗的创作时间不会太早。王国维《说
商颂上》:"自其文辞观之,则殷墟卜辞中所记祭礼与制度,于《商颂》中无一可寻,
其所见之人名地名成语,与殷时之称不类,而反与周时之称相类。卜辞称国度曰
'商'不曰'殷',而《颂》则殷、商错出;卜辞称大乙不曰'汤',而《颂》则曰'汤'、曰
'烈祖'、曰'武王'等。"①

六　《商颂》颂商,而非颂宋

　　前人因《鲁颂·闷宫》末章与《商颂·殷武》末章相似,从而认为《闷宫》作者
模仿、抄袭《殷武》,如杨雄《法言》:"正考父尝睎尹吉甫矣,公子奚斯尝睎正考甫
矣。"现在看来,模仿说是对的,但话却说反了:应是《殷武》作者正考父模仿《闷
宫》作者奚斯。

　　《商颂》是宋诗,但《商颂》的内容仍是颂殷商,而非颂宋。

　　《史记·宋世家》曰:"襄公之时修行仁义,欲为盟主,其大夫正考父美之,故
追道契、汤、高宗,殷所以兴,作《商颂》。"正考父为美宋襄公,"故追道契、汤、高

---

① 王国维:《观堂集林》,河北教育出版社,2003 年。

宗，殷所以兴"而"作《商颂》"。司马迁说作《商颂》为美宋襄公而作，但并没有说《商颂》的内容是美宋襄公。《商颂》的内容是"追道契、汤、高宗，殷所以兴"，这正与今所见《商颂》的内容相吻合。显然，正考父是以追述殷商先王事迹为内容，以模仿《周颂》《鲁颂》《大雅》为创作方式，而美宋襄公的。《商颂》有一些描写祭祀者"汤孙"的内容，正是在形式上模仿的结果。后人不细查《史记》之语，误以为《商颂》诗篇的内容均为美宋襄公，此乃一大误解。

《礼记·乐记》："武王克殷反商，未及下车而封黄帝之后于蓟，封帝尧之后于祝，封帝舜之后于陈。下车而封夏后氏之后于杞，投殷之后于宋。封王子比干之墓，释箕子之囚，使之行商容而复其位。"郑玄注："商容，商礼乐之官也。"孔颖达《疏》："使箕子检视殷家礼乐之官，若有贤者所处，皆令复居其故位也。知'容'为礼乐者，《汉书·儒林传》云'孝文时徐生善为容'，是善礼乐者谓之容也。"新封的宋人被允许有行使礼乐的资格，这也可以解释为什么《诗经》中会有《商颂》了。但宋人有资格行使礼乐，必是宋人的新礼乐，不会是殷商的旧礼乐，故《商颂》是宋诗，不是商诗。

刘勰《文心雕龙·颂赞》："'四始'之至，《颂》居其极。……《颂》主告神，义必纯美。鲁国以公旦次编，商人以前王追录。"《文心雕龙》所言正符合《商颂》的实际情况：《商颂》是颂"前王"的，而其创作是"追录"的。

《文心雕龙·颂赞》又曰："至于秦政刻文，爰颂其德。汉之惠景，亦有述容。沿世并作，相继于时矣。若夫子云之表充国，孟坚之序戴侯，武仲之美显宗，史岑之述熹后，或拟《清庙》，或范《䮷》《那》，虽浅深不同，详略各异，其褒德显容，典章一也。"可以推知，秦汉人模仿《周颂》《鲁颂》《商颂》而作颂祷之诗文，大抵与《商颂》作者模仿《周颂》《鲁颂》《大雅》而作诗的情形类似。

《路史后记》注引郑玄《六艺论》：

> 文王创基至鲁僖间，《商颂》不在数矣。孔子删诗时录此五章，岂无意哉？"商邑翼翼，四方之极。""我有嘉客，亦不夷怿。"岂能忘哉？景山高，坟墓之所在也。商邑之大，岂无贤才哉？松柏丸丸，在于斫而迁之。方斫而敬承之，以用之尔。松柏小材，有梴而整布；众楹大材，有闲而静别。既各得施，则寝成而孔安矣。拱成群材而任以成国，则人君高拱仰成矣，是绸缪牖户之义也。

郑玄含蓄地说"《商颂》不在数"，其实鲁僖公之前，本就没有《商颂》。笔者颇疑孔子屡言"诗三百",可能就是整数三百,不包括《商颂》五首。后来又"追录"《商颂》五首于《诗》,可能亦与孔子的祖先本就是宋国人有关。

《毛诗正义》引《郑志》郑玄答张逸云:"诗本无文字,后人不能尽得其次第,录者直录,存义而已。"《商颂》的创作情况本就很复杂,再加上今本《诗经》是秦火后汉人的记录,这就使《商颂》更增加了复杂的因素,故商诗、宋诗成了一个争讼不已的千古悬案。

图书在版编目(CIP)数据

中国诗歌发生学/祝秀权著. —上海：上海三联书店,2022.8
ISBN 978-7-5426-7811-9

Ⅰ.①中…　Ⅱ.①祝…　Ⅲ.①古典诗歌－诗歌研究－中国
Ⅳ.①I207.22

中国版本图书馆 CIP 数据核字(2022)第 153180 号

中国诗歌发生学

著　　者 / 祝秀权

责任编辑 / 郑秀艳
装帧设计 / 一本好书
监　　制 / 姚　军
责任校对 / 王凌霄

出版发行 / 上海三联书店
　　　　　(200030)中国上海市漕溪北路 331 号 A 座 6 楼
邮　　箱 / sdxsanlian@sina.com
邮购电话 / 021-22895540
印　　刷 / 上海惠敦印务科技有限公司

版　　次 / 2022 年 8 月第 1 版
印　　次 / 2022 年 8 月第 1 次印刷
开　　本 / 710 mm×1000 mm　1/16
字　　数 / 450 千字
印　　张 / 25.75
书　　号 / ISBN 978-7-5426-7811-9/I·1781
定　　价 / 98.00 元

敬启读者,如发现本书有印装质量问题,请与印刷厂联系 021-63779028